Sarah Lark

LE CHANT DES HIGHLANDS

La Promesse des étoiles

Roman

Traduit de l'allemand par Noémie Juglet et Isabelle Liber

CHARLESTON

Titre original : *Himmelsstürmerinnen*

Traduit de l'allemand par Noémie Juglet et Isabelle Liber

76, boulevard Pasteur
75015 Paris – France
www.editionscharleston.fr

Maquette : Patrick Leleux PAO

ISBN : 978-2-38529-263-8

Pour suivre notre actualité, rejoignez-nous sur Facebook (Éditions.Charleston), sur Instagram (@editionscharleston) et sur TikTok (@editionscharleston) !

Charleston s'engage pour une fabrication écoresponsable ! Amoureux des livres, nous sommes soucieux de l'impact de notre passion et choisissons nos imprimeurs avec la plus grande attention pour que nos ouvrages soient imprimés sur du papier issu de forêts gérées durablement.

LES PERSONNAGES

Ailis

est fascinée par les étoiles depuis sa plus tendre enfance. Le scintillement de la voûte céleste exerce sur elle un attrait magique. Elle est la fille unique de Charles Hard, marquis de Thorgale, le chef du clan. Ce titre risque toutefois d'être transmis au frère de Charles et à son fils, George, si la mère d'Ailis, lady Alison, ne parvient pas à donner naissance à un héritier. Malgré leur amour pour Ailis, ses parents doivent alors envisager une solution radicale.

Katrina

est la petite dernière de lady Mairead et William Hard. Seule fille d'une fratrie de quatre, elle a tous les droits à Old Lane Manor, et arrive toujours à ses fins. À l'issue d'un énième caprice, elle obtient qu'Emily, la fille de la cuisinière, passe ses journées avec elle. Hélas, Katrina considère davantage l'enfant comme sa propriété que comme une camarade de jeu – une situation qui ne sera pas sans conséquence. Katrina aime être au centre de l'attention et s'imagine un jour briller sur les plus grandes scènes du monde.

Donella

aime aller au fond des choses : comment fonctionne un moulin à café ? Et une boîte à musique ? Elle démonte et remonte tout ce qui lui tombe sous la main. À partir du jour où Donella découvre une gravure de montgolfière achetée par son grand-père, elle se met à rêver de s'envoler et de construire des ballons à air chaud ainsi que des dirigeables. À Cliff Tower, le manoir qui surplombe la mer, sa principale occupation consiste à esquiver les attaques de son frère George : imbu de lui-même, l'héritier du clan Hard voudrait que cette sœur si intelligente ne lui fasse pas de l'ombre.

Emily

est la fille de la cuisinière d'Old Lane Manor. En devenant la compagne de jeu de Katrina, elle découvre un monde auquel la classe inférieure n'a pas accès : elle goûte au plaisir des vêtements raffinés (devenus trop petits pour Katrina), participe au *tea time* entre dames et profite de l'enseignement de la préceptrice – autant d'activités qui, pour Katrina, seraient d'un ennui mortel sans camarade. Mais tout n'est pas aussi rose qu'il y paraît et, bientôt, Katrina entend décider des moindres faits et gestes de la jeune fille. Emily, qui adopte un bébé oie et se découvre une passion pour l'ornithologie, devra affronter la jalousie de son aînée.

Rêves d'enfants

Écosse, 1873-1880

AILIS

Thorgale House, siège du clan écossais Hard, été 1873

AILIS LEVA POUR LA PREMIÈRE FOIS LES YEUX vers les étoiles le jour où sa bonne d'enfants perdit la notion du temps. Larna, sa jeune nanny, avait d'abord été femme de chambre au domaine de Thorgale House, et la mère d'Ailis, au moment où sa fille quittait plus ou moins les langes, lui avait proposé de monter en grade. La nourrice jusqu'alors responsable de la petite avait été congédiée puisqu'une autre grossesse tardait à s'annoncer, contrairement à ce qu'on espérait.

Pour Ailis, ce changement marqua la fin d'un emploi du temps strictement rythmé par les repas, le change, les sorties au parc et une brève entrevue quotidienne avec ses parents. Larna, qui n'avait que 15 ans, adorait l'enfant placée sous sa garde et traitait Ailis comme une poupée qu'on chérit. Elle la portait, la chatouillait et jouait avec elle. Elle lui chantait des chansons et, plus tard, lui raconta des histoires merveilleuses. Elle démêlait délicatement ses boucles brunes avec une brosse douce, comparait aux œufs du merle ses yeux noisette mouchetés de vert et ne cessait d'admirer son mignon petit nez en trompette.

Larna avait à présent 17 ans, Ailis 4, et les mêmes liens affectueux les unissaient toujours. Ces derniers mois, pourtant, Aidan, un jeune jardinier, était entré dans la vie de Larna. La bonne et l'enfant le rejoignaient dans le parc de la propriété, où il sculptait de petits chevaux en bois pour Ailis et embrassait Larna.

Cet après-midi-là, la chaleur estivale était propice à un nouveau rendez-vous dans le parc. Aidan devait garnir quelques plates-bandes, Larna et Ailis étaient venues l'« aider ». La fillette joua avec un petit râteau et un arrosoir, et, quand tous trois s'installèrent dans l'herbe une fois la besogne achevée, elle tombait de fatigue. Larna avait apporté leur dîner, des sandwichs, dont la petite grignota quelques bouchées avant de s'endormir sur sa couverture, épuisée.

Larna et Aidan, saisissant l'occasion, s'allongèrent à leur tour sur la couverture voisine, et perdirent la notion du temps.

En ouvrant les yeux, Ailis s'étonna un instant de ne pas se trouver dans sa chambre d'enfant. Elle était toujours au parc, où le ciel, auparavant bleu, se teintait de rouge tandis que le soleil disparaissait derrière une colline. La fillette contempla la scène, fascinée, et remarqua que la lumière déclinait en même temps que le soleil. Le bleu du ciel fonça jusqu'à devenir noir quand, soudain, des lueurs dorées y apparurent. Isolées ou regroupées, elles scintillaient dans l'immensité qui la surplombait. L'enfant, en extase, eut le souffle coupé. C'était la première fois qu'elle restait dehors après le coucher du soleil : jamais un tel spectacle ne s'était offert à ses yeux.

— Larna !

D'une voix émue, elle appela sa bonne. Larna s'était endormie sur la couverture d'à côté, dans les bras d'Aidan, mais en entendant Ailis elle se réveilla en sursaut. Et fut aussitôt prise de panique.

— Aidan, Aidan, mon Dieu, nous nous sommes endormis ! Ailis devrait être couchée depuis longtemps, et, avant, j'aurais encore dû la présenter à Madame… baignée et en tenue de nuit… Hâtons-nous ! Ce serait un miracle que personne n'ait encore rien remarqué…

Larna se leva d'un bond, rassembla les restes du pique-nique et prit l'enfant dans ses bras, même si celle-ci, bien sûr, savait déjà marcher.

— Ils ne doivent pas nous voir ensemble ! s'écria Aidan, qui semblait indécis sur la conduite à tenir : devait-il prendre ses jambes à son cou ou d'abord aider Larna à tout rapporter à l'intérieur ?

Ailis restait sourde à leur inquiétude. Les lumières du ciel continuaient de la fasciner, bien plus que le repli précipité de Larna et Aidan.

— Qu'est-ce que c'est ? demanda-t-elle à Larna en pointant un doigt vers le ciel.

La jeune femme jeta un coup d'œil au-dessus d'elle.

— Des étoiles, ma chérie. Ce que tu vois, ce sont les étoiles…

Ce furent les derniers mots qu'Ailis entendit de sa chère nanny. La fillette ne se souvenait plus du déroulement de la nuit dans tous ses détails, mais elle se rappelait qu'Aidan et Larna s'étaient vite trouvés nez à nez avec une cohorte de domestiques occupés à fouiller le parc, armés de lanternes.

Lady Alison Hard avait été prise d'hystérie en ne voyant pas revenir Larna et sa fille. En dépit du bon sens – où auraient pu être la jeune bonne et sa protégée, sinon dans le parc ou en quelque endroit de la propriété ? –, elle avait organisé une battue et inspectait elle-même la maison, criant et pleurant. Lorsque Larna arriva avec Aidan, la maîtresse de maison eut tôt fait de comprendre. Elle se répandit en reproches sur la jeune femme, si bien qu'Ailis, effrayée, fondit en larmes. On la confia alors aux bons soins d'une fille de cuisine, et lady Alison se chargea personnellement de la coucher. Perdue, la petite fille pleurait et réclamait Larna. Elle sanglota jusque dans son sommeil.

La nuit même, Larna et Aidan furent chassés de la maison, sans références ni salaire. On désigna pour régner sur la chambre d'enfants nanny Peterson, une femme sévère et déjà âgée, à l'uniforme toujours parfaitement ajusté et à la coiffe amidonnée – autant de qualités qui n'étaient évidemment pas compatibles avec des jeux débridés et des pique-niques au parc. Le quotidien d'Ailis se pliait ainsi de nouveau à un ordonnancement précis, et l'on fermait les épais rideaux en velours de la fenêtre en saillie bien avant que les étoiles n'apparaissent dans le ciel. Ailis, qui tenait parfois ces lumières pour un simple rêve, finit par remarquer que nanny Peterson avait le sommeil profond. Elle ne bronchait pas quand l'enfant sortait de son petit lit, se glissait sous les rideaux et s'approchait du bow-window. Les grandes vitres permettaient d'admirer le ciel, et Ailis ne se lassait pas du spectacle des étoiles scintillant dans la nuit. Elles n'étaient cependant pas toujours visibles. Tantôt, le ciel était obscur, tantôt on n'apercevait que la plus grande lumière de la nuit, qui devait être la Lune. Il en était question dans certaines des histoires que nanny Peterson lisait consciencieusement chaque soir, une demi-heure durant, et on racontait même que cette Lune avait un visage, mais la fillette ne l'avait jamais vu. D'ailleurs, elle n'était pas toujours ronde : elle avait parfois la forme d'un demi-cercle ou d'un croissant. Ailis aurait bien aimé savoir pourquoi. Et aussi d'où venaient les étoiles… Elle fut presque soulagée qu'une nuit nanny Peterson la découvre devant le bow-window. La nourrice la gronda, bien sûr, mais Ailis put enfin tenter de poser des questions.

— Est-ce que la Lune se cache ? demanda-t-elle timidement tandis que sa nourrice la recouchait.

— Évidemment ! répliqua la bonne d'enfants. Elle préfère ne pas voir les enfants désobéissants !

Ailis se mordit les lèvres. Mieux valait ne pas avouer qu'il lui était arrivé à maintes reprises de contempler la Lune dans toute sa splendeur.

— Et les étoiles ? insista-t-elle. D'où viennent les étoiles ?

La bonne remonta la couverture sur elle d'un geste coutumier.

— Chaque étoile est l'âme d'une petite fille sage que Dieu a rappelée à lui. Voilà pourquoi les enfants doivent toujours être obéissants, tels ces modèles de lumière…

— Mais les enfants doivent mourir pour ça ?

La perspective de contribuer à l'éclairage céleste n'enchantait pas particulièrement Ailis.

— Dors maintenant ! ordonna nanny Peterson au lieu de répondre. Si Dieu le veut, il nous offrira demain un nouveau jour.

Ailis se tut. Elle se sentait un peu coupable de ne pas croire sa bonne. Elle avait compris que des règles régissaient la succession du jour et de la nuit, la trajectoire de la Lune et des étoiles, le lever du Soleil et son coucher.

Et, de toute évidence, rien de tout cela n'avait à voir avec son comportement.

Si nanny Peterson voulait se considérer comme le centre de l'univers, Ailis Hard, elle, voyait les choses autrement.

KATRINA

Old Lane Manor, automne 1873

— Katrina veut bébé pour elle !

À 4 ans, Katrina Hard savait en réalité s'exprimer sous forme de phrases complètes, mais, quand sa demande était particulièrement importante, elle revenait à un langage enfantin. Anna Coxwold, mère du nourrisson convoité et employée de cuisine chez les Hard d'Old Lane Manor, y voyait une stratégie pour attirer l'attention de son entourage. Lady Mairead Hard, surtout, était tout ouïe dès que sa fille Katrina se comportait comme un bébé, s'empressant alors de satisfaire ses désirs.

Anna, quant à elle, était bien décidée à combattre ces manières.

— Vous pouvez regarder la petite Emily, miss Katrina, et vous pouvez aussi lui faire une caresse si vous voulez, mais elle reste mon bébé ! expliqua-t-elle à la jolie fillette blonde, qui fit aussitôt la moue, comme prête à fondre en larmes.

Anna venait travailler au manoir pour la première fois avec sa minuscule Emily, dont on peinait à croire qu'elle puisse déjà avoir quelques mois. Ce n'était pas de gaieté de cœur, bien sûr, mais elle n'avait pas d'aînée ni de famille qui puissent s'occuper de la petite pendant son service. Et il fallait bien qu'elle reprenne le travail : lady Mairead l'avait réclamée peu après la naissance d'Emily. Anna était chargée des gâteaux et des desserts, et Katrina refusait de se passer plus longtemps de ses biscuits préférés.

En principe, rien ne s'opposait à ce qu'Emily dorme dans son couffin dans la cuisine des Hard tandis que sa mère s'y affairait. L'atmosphère y était paisible, et les autres domestiques n'étaient pas gênés par ses rares pleurs, dont rien ne perçait de toute façon dans les appartements des maîtres. Chacun savait que la petite Katrina viendrait à la cuisine en compagnie de sa bonne pour voir ce qu'Anna préparait. Elle s'y montrait souvent et profitait de l'occasion pour chaparder quelques biscuits ou des bonbons. En revanche, qu'elle veuille adopter le bébé d'Anna était plutôt inattendu.

— Tu ne veux pas plutôt goûter un muffin, Katrina ? demanda nanny Tamlin dans l'espoir de détourner l'attention de la demoiselle.

La bonne d'enfants adressa des excuses muettes à Anna. Elle n'osait pas faire preuve d'autorité. La mère de Katrina, lady Mairead, attendait d'elle non pas qu'elle éduque sa fille, mais qu'elle divertisse l'enfant et comble tous ses vœux.

— Katrina veut bébé pour elle ! Emporter bébé. Bébé doit faire dodo avec poupée.

Katrina se penchait avec convoitise au-dessus du couffin, prête à saisir l'enfant endormie.

— Bébé dans mes bras ! réclama-t-elle.

— Ne pourrait-elle pas la prendre un peu ? demanda la bonne, accablée. Nous ferons bien attention qu'elle ne la fasse pas tomber...

— Voyons, Tamlin, ce n'est pas la question ! rétorqua sévèrement Anna. Elle pourrait prendre Emily un moment, bien sûr, mais elle doit apprendre qu'il s'agit d'une enfant, pas d'une poupée. Et qu'elle ne peut pas obtenir tout ce qu'elle veut.

La bonne d'enfants était aussi de cet avis, mais elle tenait à sa place.

— Je vais le dire à maman ! déclara alors Katrina, qui voyait bien que ses babillages l'avaient menée dans une impasse.

Optant pour une autre méthode, elle se dirigea vers les appartements familiaux, traînant dans son sillage sa bonne, qui se lamentait.

Anna et les autres cuisinières les regardèrent partir en secouant la tête.

— Je suis curieuse de voir comment Madame va régler ça, lança Laurie, l'une des filles de cuisine connue pour avoir la langue bien pendue. Ça m'étonnerait que la petite apprenne aujourd'hui le sens du mot « non » !

Anna soupira. Elle craignait le pire. Lady Mairead vénérait sa fille, qui resterait sans doute sa petite dernière. Avant elle, elle avait eu trois fils ; elle avait donc plus que rempli son devoir envers le clan Hard. Contrairement au principe en vigueur dans de nombreuses autres lignées écossaises, chez les Hard, l'héritage était transmis au seul aîné mâle. Quand le porteur du titre de marquis de Thorgale n'avait pas de fils, ses frères, ses cousins ou leurs héritiers lui succédaient.

À l'heure actuelle, Charles Hard de Thorgale House portait le titre, or il n'avait qu'une fille, Ailis, âgée de 4 ans, comme sa cousine Katrina. Lady Alison faisait son possible pour tomber enceinte, mais il se pouvait bien que l'un des fils de lady Mairead et sir William hérite un jour du titre. Connor, le frère aîné de William et Charles, avait déjà lui aussi un fils, George, qui avait 6 ans.

Aucun obstacle ne s'était donc dressé entre lady Mairead et son souhait ardent d'avoir une petite fille, à qui elle passait à présent le moindre caprice. Sir William laissait faire, l'éducation de sa fille ne l'intéressait pas.

La maîtresse de maison ne tarda pas à faire son apparition dans la cuisine. Soucieuse de régler le problème seule avec Anna, elle était venue sans Katrina et sa bonne. Elle commença par examiner la petite Emily et s'extasia devant ce charmant bébé.

— Katrina l'adore déjà ! finit-elle par dire, en venant au fait. Elle n'a qu'une envie : la prendre avec elle dans sa chambre, comme une petite sœur.

Elle souriait.

Anna avait beau être jeune, elle avait de l'assurance et ne lui rendit pas son sourire.

— Plutôt comme une poupée, dit-elle froidement.

Lady Mairead laissa échapper un petit rire nerveux.

— Mais pas du tout, Anna ! Un bébé n'est évidemment pas un jouet ! Seulement, si vous vouliez bien qu'Emily passe un peu de temps chaque jour auprès de Katrina, ce serait sans doute une bonne chose pour les deux enfants ! Nanny Tamlin s'occuperait d'elles et vous apporterait ainsi une aide considérable...

C'était la vérité. Anna pourrait se consacrer à ses tâches de cuisinière sans être dérangée.

— J'allaite ma fille, souligna-t-elle néanmoins, ce qui fit rougir lady Mairead, dont les enfants avaient été allaités par une nourrice, comme c'était l'usage dans son milieu.

— Vous pourriez aller voir Emily à tout moment, tenta lady Mairead.

Anna lui lança un regard sceptique. La robe qu'elle portait en cuisine ne lui permettait pas de se montrer dans les appartements des maîtres. Les bonnes étaient toujours en uniforme impeccable et, avec son tablier taché, Anna détonnerait.

— Ou la nourrice vous apportera la petite, proposa lady Mairead, qui venait sans doute de penser la même chose.

— Il faut que j'en parle à mon mari, déclara Anna.

Le visage de lady Mairead s'illumina.

— Mais bien sûr, faites ! D'ailleurs, je voulais moi aussi m'entretenir avec lui. Comme vous le savez, la place de premier valet est vacante, et nous songeons à ne pas la mettre au concours, mais à la donner à l'un de nos meilleurs domestiques…

— Elle veut nous acheter notre enfant ! s'emporta Anna le soir.

Elle et son mari habitaient une chaumière dans un petit village situé sur les terres d'Old Lane Manor. Leur logis n'était pas grand, mais Anna l'avait aménagé confortablement. Le feu crépitait dans la cheminée, et Emily dormait, paisible, dans le couffin qu'Anna avait elle-même tressé.

— Allons, n'exagère pas !

Ben Coxwold, valet chez les Hard, était occupé à brosser son uniforme qu'il suspendrait ensuite avec soin dans l'armoire pour le lendemain.

— De toute façon, ce ne serait que pour les heures où tu travailles au château, reprit-il. Le soir, tu la ramènerais à la maison.

— Dans un premier temps, répondit Anna. Mais si Katrina veut garder Emily pour elle ? Ou si Emily se plaît mieux là-bas et ne veut plus revenir chez nous ?

Ben balaya ses doutes d'un geste de la main.

— Pour l'instant, elle n'est pas très regardante quant à l'endroit où elle passe ses journées, elle dort tout le temps, alors que la nuit elle est surtout occupée à pleurer. Nanny Tamlin sera ravie de te la rendre, et miss Katrina a besoin de dormir aussi.

Anna n'aurait rien eu contre un peu plus de sommeil : Emily tenait ses parents éveillés la moitié de la nuit. Quand la poupée vivante que désirait tant Katrina se mettrait un jour à hurler plutôt que de sourire gentiment, l'enthousiasme de la petite miss ne tarderait pas à s'évanouir.

— Et s'ils veulent vraiment aider Emily plus tard, poursuivit Ben, est-ce que ce serait si grave ? Tu sais à quoi ressemble l'enseignement à l'école du village. Le pasteur apprend à peine à lire et à écrire aux enfants. Miss Katrina, elle, aura une préceptrice, et avec une camarade de jeu elle apprendra volontiers. Ce serait une chance pour Emily, même si elle est plus jeune que Katrina !

— Une chance ? Que Madame l'éduque à devenir aussi capricieuse et gâtée que sa fille ? railla Anna en détachant ses beaux cheveux bruns, qu'elle nouait la journée en un chignon dissimulé sous sa coiffe. Elle finira par ne plus nous accorder un regard.

Ben secoua la tête.

— Il ne tient qu'à nous qu'il en soit autrement, déclara-t-il.

Le lendemain matin, Anna coucha à contrecœur sa fille entre des draps de lin fin, dans le petit lit qui accueillait jusqu'alors le poupon de Katrina. Elle avait prévu de laisser des langes à la bonne d'enfants, mais nanny Tamlin lui montra une pile de langes moelleux brodés au blason des Hard ainsi que les petites robes de bébé de Katrina, qui se trouvaient encore dans les armoires.

— Miss Katrina voudra habiller le bébé joliment, dit-elle dans un souffle.

Anna se retira sans un mot, la mâchoire crispée.

DONELLA

Cliff Tower, printemps 1880

DONELLA ÉTAIT EN FUITE. À vrai dire, elle en avait presque fait une habitude. Dès que le précepteur relâchait son attention, son frère George ne lui laissait plus une minute de répit. « Embêter les filles » était de loin son jeu préféré, avant même « embêter les domestiques » et « torturer les animaux ». Les chats et les chiens du domaine, comme sa cadette, l'évitaient désormais. Ce jour-là, Donella prenait particulièrement garde à ne pas tomber entre ses griffes, car la famille au grand complet s'apprêtait à partir pour Thorgale House, où l'on fêterait l'anniversaire du marquis. Le chef du clan aimait le célébrer avec ses proches ainsi que des notables locaux, et Donella portait donc une toilette de fête. La femme de chambre de sa mère l'avait aidée à revêtir une robe blanche à dentelles ornée de rubans bleus. Donella avait dû rester assise des heures durant, pendant que la domestique disciplinait ses cheveux roux et lisses en une savante coiffure tressée, qu'elle avait ensuite parée d'une couronne de fleurs multicolores. Depuis que George s'en était aperçu, il tentait de lui arracher sa couronne. Entre ses mains, le fragile ouvrage n'aurait pas résisté plus de quelques secondes : il l'aurait déchiqueté pour se prétendre ensuite innocent et accuser sa sœur à sa place. Leurs parents le croyaient presque toujours – pas seulement parce qu'il était en effet dans les habitudes de leur fille de désassembler, puis de réassembler les objets. La petite de 11 ans pouvait se passionner pour le fonctionnement d'un moulin à café ou d'une boîte à musique, et il fallait bien avouer que le remontage des différentes pièces à l'identique ne réussissait pas toujours. Elle ne cassait cependant jamais rien à dessein et, quand elle avait fait une bêtise, elle le reconnaissait tout de suite. George, au contraire, était perfide et n'hésitait pas à mettre ses fautes sur le dos de quelqu'un d'autre. À Cliff Tower, tout le monde le savait, mais sir Connor et lady Winifred, leurs parents, fermaient les yeux, pour la simple et bonne raison que George était l'« héritier », l'aîné de la génération suivante. Tant que le marquis de Thorgale n'avait pas de fils, c'étaient sir Connor, puis son fils George qui devaient hériter du titre à sa mort. À ce jour, le marquis jouissait d'une excellente santé, et son union pouvait encore être bénie par la naissance d'un héritier mâle. Néanmoins, cette probabilité diminuait à chaque nouvel anniversaire, et George levait le menton de plus en plus haut.

Donella grimpa l'escalier quatre à quatre jusqu'aux appartements de ses grands-parents. Cliff Tower, le manoir qui surplombait la mer, appartenait à la famille de sa mère, les Balincourt, et, faute de descendant mâle, il reviendrait à lady Winifred après leur mort. À l'inverse de ce qui se passait chez les Hard, dans la plupart des familles nobles d'Écosse, le patrimoine pouvait être transmis aux femmes sous certaines conditions. Connor Hard, le père de Donella, n'aurait quant à lui pas d'héritage, si bien que le couple s'était installé dans ce redoutable château fort côtier aussitôt après ses noces. La place n'y manquait pas. Cliff Tower était ce qu'on appelait une maison-tour, une construction médiévale ayant servi à la fois d'ouvrage de défense et d'habitation. Les fenêtres des étages supérieurs, notamment, offraient une vue époustouflante sur la mer, même si elles étaient plutôt étroites. Avec leurs bow-windows et leurs balcons, les appartements des grands-parents étaient plus somptueux et plus clairs que ceux des Hard. Donella s'y attardait volontiers, et elle savait qu'elle y était toujours la bienvenue. Ne trouvant personne dans le salon des Balincourt, elle se dirigea droit vers le bureau de son grand-père, qui régnait encore en grande partie sur la destinée de ses terres. Donella aimait cette pièce qui embaumait le tabac à pipe et les vieux livres en cuir. Frederick Balincourt possédait une imposante bibliothèque et ne voyait aucun inconvénient à ce que sa petite-fille vienne piocher dedans. À 11 ans, elle lisait bien : elle avait appris les bases en même temps que George, mais le précepteur s'était plaint des disputes constantes entre le frère et la sœur, si bien qu'on avait engagé l'année précédente Mlle Durant, chargée d'enseigner à Donella le français, le piano et le dessin. La jeune fille ne s'intéressait qu'à cette dernière matière, contrairement à Mlle Durant, qui n'avait aucun talent pour cet art et ne pouvait en transmettre que des rudiments à sa protégée.

Donella pensait trouver son grand-père assis à son bureau, mais il était debout devant une table de jeu, au centre de la pièce, et examinait le contenu d'un paquet reçu la veille. Il allait refermer la boîte quand il remarqua la présence de Donella et se tourna vers elle pour l'accueillir, tout sourire.

— Donna ! dit-il en utilisant le diminutif qu'elle préférait à son prénom. Tu es magnifique aujourd'hui !

Frederick Balincourt était grand et encore assez mince, avec, sur un visage au nez camus, des favoris qui lui donnaient l'air des marins qu'on voyait dans les livres pour enfants de Donella. Il avait les yeux noisette et le regard doux, et ses cheveux déjà blancs cachaient encore quelques mèches brunes. On disait que sa petite-fille lui ressemblait.

— Viens voir le cadeau que j'ai choisi pour oncle Charles ! J'espère qu'il lui plaira. Ça change un peu des chevaux et des paysages qu'on accroche toujours dans le fumoir.

Il souleva de nouveau le couvercle de la boîte, laissant apparaître une magnifique gravure. Donella contempla le motif, sourcils froncés. C'était une sorte de boule peinte de toutes les couleurs, pointue à son sommet, à laquelle était suspendu quelque chose qui ressemblait à un panier. Et, le plus étonnant, c'était que cet étrange objet flottait dans le ciel. Il semblait en outre se trouver au-dessus d'un feu, puisque des nuages de fumée montaient du sol.

— Qu'est-ce que c'est ? demanda Donella, fascinée. On dirait que… que ça vole !

Son grand-père sourit.

— C'est une montgolfière, le premier ballon à air chaud du monde ! Un vol pionnier a eu lieu en 1783 dans les jardins du château de Versailles. Les frères

Montgolfier, ses inventeurs, avaient installé trois animaux dans la nacelle, pour voir si des êtres vivants pouvaient survivre à une telle expérience.

— Et alors ? demanda Donella. Le ballon s'est écrasé ?

Si le vol avait réussi, à l'heure d'aujourd'hui ces ballons auraient déjà dû être visibles partout dans le ciel… Ah, si l'on pouvait voler ! Donella s'imagina aussitôt avoir son propre ballon, grâce auquel elle pourrait échapper aux attaques constantes de George en s'élevant dans les airs.

Son grand-père secoua la tête.

— Pas du tout ! Au contraire, le principe a même été amélioré. Au début, la montgolfière volait grâce à de l'air chaud, puis on a rempli le ballon de gaz. Elle a alors pu transporter ses passagers sur plusieurs miles en un rien de temps.

Donella le regarda, étonnée.

— Comment se fait-il dans ce cas que nous prenions encore la calèche pour aller à Thorgale House ?

Frederick Balincourt se mit à rire.

— Je crois que ces aérostats sont assez difficiles à diriger. Et les faire monter dans le ciel n'est pas une mince affaire.

— Mais pourquoi volent-ils ? demanda Donella en se penchant sur la gravure, subjuguée. Et jusqu'à quelle hauteur vont-ils ? Sur quelle distance exactement ? On ne pourrait pas améliorer la direction ? En quoi sont-ils fabriqués ? En tissu ?

Son grand-père l'arrêta.

— Je ne sais pas, Donna. Je ne suis ni technicien ni aventurier. Je me suis toujours satisfait de nos chevaux pour aller d'un endroit à un autre. Mais il existe certainement des livres sur les montgolfières. La prochaine fois que je serai à Édimbourg, je regarderai. À vrai dire, si j'ai acheté cette gravure, c'est surtout parce qu'elle m'a paru originale. Maintenant, hâtons-nous de l'empaqueter. Ta grand-mère ne va pas tarder à m'appeler, il est presque temps de partir. Et on te cherche sans doute aussi.

Donella l'aida à emballer le précieux cadeau dans du papier de soie, avant de descendre par le grand escalier tournant en chêne au côté de ses grands-parents. Deux calèches attendaient déjà dans l'allée. Le trajet jusqu'au siège des Hard durerait à peu près une heure et demie. La mère de Donella entreprit une conversation pour égayer le voyage, mais la fillette ne répondit que par monosyllabes. En pensée, elle se rêvait dans la nacelle de l'une de ces montgolfières. Voler devait être tellement plus rapide et amusant !

EMILY

Thorgale House, quelques heures plus tard

Le printemps était radieux ce jour-là et, à l'occasion de l'anniversaire de Charles Hard, des lampions ronds en papier se balançaient dans les arbres du parc de Thorgale House. Donella se demanda pourquoi ces boules multicolores ne s'envolaient pas comme des ballons. Ailis, en tout cas, devait être ravie : tout avait été prévu pour que la fête dure jusqu'au soir. Avec un peu de chance, elles pourraient voir les étoiles – et, cette fois, Donna aurait même de quoi passionner sa cousine préférée. Si l'on pouvait survoler la France, pourquoi aurait-il été impossible de s'envoler jusqu'à ces étoiles qu'elle aimait tant ?

Ailis attendait Donella avec impatience. Seuls les Hard d'Old Lane Manor étaient arrivés pour l'instant, et Ailis n'avait pas grand-chose à partager avec Katrina, toujours flanquée de la discrète Emily. Cette dernière, d'ailleurs, n'était pas si bête. Quand Katrina l'autorisait enfin à ouvrir la bouche, elle pouvait dire des choses très sensées. Mais les occasions étaient rares : Katrina monopolisait le plus souvent la parole et, justement, elle pérorait à présent sur sa nouvelle robe, son nouveau poney et les cours de danse que ses parents l'autorisaient déjà à suivre. À 11 ans elles aussi, Ailis et Donna n'auraient pu y songer que dans leurs rêves – si tant est qu'elles aient considéré comme enviable la perspective de se boudiner dans les mêmes corsets que leurs mères et de laisser les congénères de George poser les mains sur elles. Quant à savoir si Emily avait également des rêves, les cousines l'ignoraient. La fillette aux yeux marron avait quatre ans de moins qu'elles, mais l'air très éveillé, un visage fin et un regard doux. Sa chevelure brune était nouée en une grosse tresse, tandis que les longs cheveux de Katrina tombaient en boucles sur sa robe rose à dentelles. Emily avait revêtu une robe blanche toute simple qu'Ailis croyait avoir déjà vue sur Katrina l'année précédente, mais avec davantage de volants et de rubans. Emily portait de plus un tablier blanc. Bien qu'il soit bordé de dentelles et raffiné, Ailis comprit tout de suite ce qu'il signifiait : le tablier distinguait la maîtresse de la servante, même si lady Mairead qualifiait volontiers la petite fille de « camarade de jeu » de Katrina. Ailis et Donella auraient été bien en peine de définir la place qu'occupait réellement Emily chez les Hard. Katrina la dirigeait comme une servante et, en même temps, elle semblait l'aimer comme une sœur. Donella voyait parfois en elles un duo semblable à celui qu'elle formait avec George, à la différence qu'Emily, elle, ne pouvait pas échapper aux méchancetés de Katrina.

À l'entrée de l'immense parc de Thorgale House, Charles Hard était venu souhaiter la bienvenue à ses invités. Sa fille Ailis, son neveu et ses nièces, qui l'avaient accompagné, saluaient de manière impeccable les nouveaux venus. À quelques pas de là, la jeune Emily attendait patiemment. David, le frère de Katrina, se pliait lui aussi au rituel tout en guettant l'arrivée de son cousin George, qui avait le même âge que lui. Les deux aînés des Hard d'Old Lane Manor, Paul et Edward, n'avaient quant à eux pas pu quitter l'internat.

— Les voilà ! s'écria David à l'intention des filles quand il vit surgir la calèche des parents de George et Donella.

Tant bien que mal, les enfants patientèrent jusqu'à ce que les salutations de rigueur soient terminées. Enfin, leurs cousins purent se joindre à eux.

— Viens, lança George à son cousin David, on va dans le parc !

En quelques minutes, les garçons avaient disparu. Donella serra affectueusement Ailis contre elle, puis se contenta d'une brève accolade avec Katrina. Comme chaque fois, elle ne savait pas comment s'y prendre avec Emily.

— Je me suis dit que nous pourrions pique-niquer dans le parc, proposa Ailis.

Elle n'avait plus que de très vagues souvenirs du pique-nique avec Larna, sa première bonne, mais le mot à lui seul avait déjà quelque chose de séduisant. Les invités de son père découvriraient pendant ce temps les abords de la maison principale, où l'on avait installé plusieurs pavillons de jardin en toile. Des domestiques y proposaient des boissons et des en-cas. Si les enfants s'éloignaient, personne ne le remarquerait.

— Tu as un panier à pique-nique ? Et une couverture où nous pourrons tout installer, comme les grands ? demanda Katrina.

Elle était la seule à avoir de l'expérience en la matière : sa mère, engagée dans des cercles de dames et dans des groupes ecclésiastiques, avait l'habitude d'emmener avec elle sa charmante enfant lors des pique-niques ou des fêtes qui y étaient organisés.

— Et du vin ? demanda-t-elle encore, comme pour laisser entendre à ses cousines que lady Mairead lui permettait d'en boire lors de ces événements.

Les autres ne relevèrent pas, Katrina était connue pour ses vantardises.

— Nous avons tout ce qu'il nous faut, déclara Ailis. C'est notre cuisinière qui a préparé le panier et elle a certainement pensé à tout.

Que la cuisinière ait accepté de préparer ce panier, en plus de tout le travail que lui demandait l'anniversaire de sir Charles, témoignait de l'affection qu'elle portait à Ailis. La fillette profitait encore des premières années passées aux côtés de Larna, qui venait souvent aux cuisines avec sa protégée. À cette époque, les employées s'étaient amourachées de la petite, et elles l'avaient plainte quand nanny Peterson avait repris les rênes et privé Ailis de toute liberté.

— Ta miss est en congé ? demanda Donella à sa cousine, alors que celle-ci se saisissait du lourd panier que lui tendait une fille de cuisine au sourire attendri.

La gouvernante d'Ailis n'était pas française, mais anglaise, et ses méthodes d'éducation étaient aussi sévères que celles de nanny Peterson autrefois. Aujourd'hui, cependant, on ne l'avait pas encore vue.

— Toute la semaine ! répondit Ailis, ravie. Un décès dans la famille. Miss Tarton a dû se rendre à Liverpool… Je… euh… Naturellement, je suis désolée pour elle, ajouta-t-elle, contrite.

Katrina poussa un soupir théâtral.

— Quelle chance tu as ! Chez nous, Mademoiselle n'est jamais malade, n'est-ce pas, Emily ?

Emily réfléchit.

— Le mois dernier, elle a été souffrante deux fois, corrigea-t-elle. Et on s'est plutôt ennuyées…

Ailis et Donella échangèrent un regard. Elles avaient déjà rencontré la gouvernante de Katrina et constaté avec étonnement que sa mission était moins de donner une éducation stricte à ses élèves que de les divertir. Elle parlait le français avec elles, bien sûr, mais hormis cela son enseignement se limitait à de petits jeux instructifs, à la musique et à des promenades. Si Katrina feignait d'envier l'absence de la miss d'Ailis, c'était uniquement pour se rendre intéressante.

— Venez, allons au lac ! lança Ailis aux autres.

Donella saisit elle aussi une anse du panier, tandis qu'Emily emportait les couvertures qu'elles étaleraient dans l'herbe. Thorgale House était entouré d'un vaste parc paysager, où des plates-bandes de fleurs et des haies soignées voisinaient avec des prés, des collines et de petites forêts presque sauvages, sans oublier un étang bordé de roseaux.

— Des oies cendrées couvent près de l'eau, expliqua Ailis alors qu'elles s'installaient dans le pré tout proche. Nous aurons peut-être de la chance. J'aimerais tellement voir des petits, ils sont si mignons quand ils se dandinent derrière leur mère !

— C'est un coin à oiseaux, ici, pas vrai ? demanda George.

Avec David, ils avaient d'abord tenté de construire un barrage sur le ruisseau qui alimentait l'étang. À présent, ils approchaient de celui-ci par le côté opposé et, quand ils se frayèrent un chemin à travers les roseaux pour gagner le rivage, plusieurs oiseaux d'eau s'envolèrent.

— Tu sais quoi ? poursuivit-il. On trouvera peut-être des nids avec des œufs !

De nombreuses espèces nichaient dans les falaises de Cliff Tower, et George possédait déjà une importante collection d'œufs de différentes couleurs, pour certains arrachés à leur nid au terme d'escalades périlleuses. David, qui lui enviait ce trésor, était assez tenté par une expédition similaire.

— Il faut que tu regardes où des oiseaux s'envolent, lui expliqua George. Mais d'où ils partent vraiment, pas où ils voudraient te mener. C'est une ruse, tu vois ? Ils préfèrent avoir un ennemi à leurs trousses que de le voir dévorer leurs œufs.

Les fillettes auraient pu entendre les oiseaux, qui, effarouchés par la venue des garçons, s'étaient envolés à grand fracas en émettant des sifflements et des sons proches du clairon. Mais Ailis et ses camarades étaient trop occupées à sortir du panier la vaisselle colorée qu'elles disposaient joliment sur les couvertures. Donella attrapa les boîtes remplies de cuisses de poulet et les sandwichs emballés dans des sachets. Katrina, après avoir débouché une bouteille de jus de pomme, remplit des verres à vin.

Pendant ce temps, Donella racontait aux autres ce qu'elle savait des montgolfières et leur confiait son désir de voler.

— On irait sans doute beaucoup plus vite. Et ce doit être tellement excitant de voir le monde d'en haut ! Si seulement je savais comment fonctionnent ces ballons...

— Quand l'air chauffe, il cherche à s'échapper par le haut ou par l'extérieur, indiqua Emily aux autres filles, surprises par ses connaissances. Chez nous, maman nous dit toujours de fermer la porte et les fenêtres quand la cheminée est allumée. Sinon, l'air refroidit très vite.

— Ah, réfléchit Donella, ça explique pourquoi les lampions ne s'envolent pas. Il y a un trou sur le dessus. Mais si on les retournait et qu'on plaçait la bougie dessous…

Elle examina ses camarades.

— On essaiera tout à l'heure ! s'écria-t-elle.

Tandis qu'Ailis rappelait qu'on avait tôt fait de mettre le feu à ce genre de lampion en papier et que Katrina rêvait d'oiseaux tirant une calèche dans le ciel, les garçons, eux, trouvèrent le nid d'une oie cendrée. Le couple d'oies volait nerveusement d'un côté et de l'autre ; l'une d'elles semblait même se préparer à attaquer. David prit peur, mais George, en un éclair, attrapa l'un des quatre œufs et le lança en direction de l'oie. L'œuf se brisa sur le plumage de l'animal, qui poussa des cris d'indignation. À son tour, David approcha alors la main du nid.

— Il y en a un qui est déjà fendu ! dit-il.

Quelque chose remuait dans cet œuf, le poussin était sur le point d'éclore.

— Zut ! râla George. Je ne pourrai pas les vider pour les ajouter à ma collection.

D'un geste rageur, il lança un autre œuf sur l'oie paniquée – et découvrit alors entre les roseaux les filles, assises dans l'herbe près de l'étang, qui grignotaient leurs sandwichs en faisant des simagrées. Il afficha un sourire mauvais.

— Regarde-moi ça, un pique-nique entre dames ! Il ne leur manque plus que des œufs brouillés, tu ne crois pas ?

Il prit l'œuf fendu et tendit le dernier à David.

— Suis-moi ! On va se mettre plus près.

Les garçons avancèrent à pas de loup entre les roseaux.

— Je vise ta sœur, et toi la mienne ! commanda George quand ils furent assez proches pour entendre les rires des quatre filles.

— On y va !

Il se dressa d'un bond et brailla :

— Œufs pochés pour la une !

L'œuf s'écrasa sur l'épaule de Katrina. Les filles hurlèrent, d'abord de peur, puis de dégoût en voyant la robe rose de Katrina souillée de liquide visqueux et, par terre, le poussin mort.

— À toi ! cria George, mais David semblait aussi effrayé que les filles.

Il se leva malgré tout, prêt à tirer, quand il croisa le regard réprobateur d'Emily.

— Master David ! s'exclama-t-elle avec dépit.

— Je vais le dire à maman ! glapit Katrina en le reconnaissant à son tour.

C'en était trop pour David qui, dans le fond, était un garçon sage. Il laissa tomber l'œuf dans l'herbe. La coquille se fendit, mais le choc ne suffit pas à briser l'œuf.

— Je... je suis désolé, marmonna David avant de prendre la fuite, George sur les talons.

Les deux garçons coururent vers la maison, David, paniqué, et George, déjà à la recherche d'une excuse. S'ils prenaient l'air angélique et se joignaient tout de suite aux invités, on ne croirait peut-être pas les filles lorsqu'elles raconteraient l'attaque.

Ailis et Donella entouraient de leurs soins Katrina, qui sanglotait. Ailis fit disparaître le poussin mort, et Donella entreprit de nettoyer la robe de Katrina avec une serviette.

Emily s'était approchée de l'œuf que David avait laissé tomber. Elle vit que quelque chose bougeait sous la coquille fêlée et retira délicatement un morceau, ouvrant comme une fenêtre dans l'œuf. Un minuscule bec s'y faufila… La petite fille ne savait pas si elle devait aider le poussin à éclore ou le laisser se débrouiller. Elle s'assit finalement dans l'herbe, cala l'œuf dans son tablier et attendit que l'oisillon, peu à peu, s'extirpe de sa coquille. Deux petites billes noires la fixaient. La pauvre bête était tout humide et visiblement épuisée. Elle agitait les ailes et les pattes, sans jamais quitter Emily de ses yeux ronds.

— Emily !

Quand les autres l'appelèrent, le petit poussin avait un peu séché sur les genoux de la fillette. Il avait presque l'air mignon.

Les cousines avaient rangé le pique-nique et s'apprêtaient à rentrer, leur joie s'était envolée. Katrina pleurait toujours à gros sanglots, et Ailis était bien décidée à dénoncer les garçons. George était peut-être l'héritier désigné, mais il était mal élevé et brutal. Cette fois, il était allé trop loin. Le père d'Ailis, qui était féru de chasse, avait l'habitude d'abattre quelques oies sauvages à l'automne, avant qu'elles ne quittent la région. Détruire leurs œufs pouvait ainsi être assimilé à un délit de braconnage.

— Il trouvera une excuse, dit Donella d'un air sombre quand Ailis lui confia son intention. George s'en tire toujours…

Et elle haussa les épaules, avant de demander soudain :

— Mais où est Emily ?

Ailis trouva la jeune fille tout près des roseaux.

— Regardez ce que j'ai trouvé, dit-elle doucement, le visage illuminé par un sourire radieux.

Katrina cessa aussitôt de pleurer et voulut tout de suite toucher le poussin. Accroupies dans l'herbe près d'Emily, les filles admirèrent l'oisillon qui tentait maladroitement d'avancer. Dès que l'une des cousines voulait s'en saisir, il faisait tout son possible pour retrouver les genoux d'Emily.

— C'est mon bébé ! s'écria Emily, émerveillée. Je vais le garder.

Katrina fronça les sourcils.

— Tu dois d'abord demander à maman si nous avons le droit de l'adopter, déclara-t-elle. Il pourrait nous appartenir à toutes les deux, comme…

— Il est à moi, insista Emily. Et je demanderai à ma propre mère.

Katrina sourit méchamment.

— Si je veux l'avoir, je l'aurai ! déclara-t-elle. Je t'ai bien eue, toi !

Les autres filles retinrent leur respiration. Le poussin, déjà plus agile, se dandinait avec détermination vers Emily. Celle-ci le caressa, puis le glissa dans la poche de son tablier.

— À l'époque, je ne pouvais pas encore marcher, dit-elle. Mais lui il saura voler !

Apprendre la vie

Thorgale House
St Leonards School (St Andrews)
Boston (Massachusetts)
1880-1886

1

— Mais nous n'avons pas bougé d'ici ! affirma George, l'air faussement étonné, lorsque l'apparition des filles parmi les invités provoqua un petit scandale.

Katrina, en larmes, s'était précipitée dans les bras de sa mère tandis qu'Ailis racontait haut et fort, sans emportement, ce qui s'était passé près de l'étang. En guise de preuve, Emily extirpa de la poche de son tablier le poussin, qui suscita aussitôt l'attendrissement de la plupart des dames.

— Les filles ont dû casser l'œuf elles-mêmes, poursuivit George. Sûrement Donella, vu qu'elle est toujours en train de tout démonter…

— Pour étaler ensuite les restes du poussin mort et les coquilles d'œuf sur la robe de son amie ? demanda une voix de femme sur le ton calme et déterminé d'une enquêtrice aguerrie.

— Peut-être qu'elle l'a jeté parce que ça la dégoûtait.

George n'était jamais à court d'explications.

— C'est la vérité, Donella ?

Lady Winifred regardait sa fille froidement. Donella leva les yeux vers elle, troublée et comme paralysée. Elle avait beau s'y être attendue, la réaction de sa mère au mensonge culotté de George la laissait sans voix.

— Non, c'est faux, insista Ailis. Tout s'est passé comme je l'ai raconté. Mais toi aussi, Katrina, dis quelque chose !

Katrina leva un instant la tête du giron de sa mère. Mais, au lieu de venir en aide aux autres, elle gémit :

— Emily ne veut pas me donner le poussin.

— Je vois qu'une fois de plus Katrina a été tourmentée et mise à l'écart, déclara lady Mairead, théâtrale. Et maintenant, vous, les filles, voulez en faire porter la responsabilité aux garçons. Tu n'aurais jamais fait une chose pareille, n'est-ce pas, David ?

David, l'air tout à fait coupable, n'eut pourtant pas le courage d'avouer. Ailis chercha du regard les autres témoins, mais Donella s'était enfuie en sanglotant. Et Emily avait disparu elle aussi, sans doute pour ne pas avoir à donner son poussin à Katrina. Ailis savait qu'elle défendait une cause perdue.

— Je maintiens ce que j'ai dit ! affirma-t-elle malgré tout, mais personne ne semblait plus l'écouter.

— Nous en reparlerons ! décida finalement lady Alison.

Ailis ne savait pas si sa mère mettait réellement en doute sa parole, mais ce qui était sûr, c'est qu'elle ne prendrait pas la défense des filles : tout cela lui semblait trop futile. Seule la femme qui n'avait pas cru George posa sur Ailis un regard presque compatissant. Ailis l'observa à la dérobée. L'inconnue avait un air sévère, mais aimable. Son visage large, d'une pâleur délicate, était dominé par de grands yeux marron et vifs. Ses cheveux bruns étaient serrés en chignon, et sa jupe et son corsage couleur lilas, assortis à son petit chapeau, étaient de bonne confection, quoiqu'un peu simples pour l'occasion. Ailis ne l'avait jamais vue auparavant. Sans doute était-elle venue parler de quelque affaire avec sa mère, puisque les deux femmes venaient de s'asseoir autour de l'un des guéridons disposés dans l'herbe, où lady Alison servait le thé.

Avec un soupir, Ailis prit le panier de pique-nique à peine entamé, qu'elle alla rapporter à la cuisine. Elle y trouva Emily, entourée de plusieurs domestiques attendries qui la regardaient nourrir patiemment son poussin avec une petite cuillère. La cuisinière mouillait un peu de pain avec du lait, qu'Emily insérait par petites portions dans le minuscule bec de l'animal. Le mélange semblait plaire à l'oisillon. Ailis aurait bien voulu demander à Emily pourquoi elle ne l'avait pas soutenue, mais elle se ravisa. Si on ne la croyait pas, elle, la fille du chef du clan, on croirait encore moins Emily, la fille des domestiques.

Elle partit plutôt à la recherche de Donella, qu'elle trouva cachée derrière un buisson dans le jardin, le visage baigné de larmes. Ailis s'accroupit près de sa cousine et lui passa un bras autour des épaules.

— Tu vois, je te l'avais dit ! s'exclama Donna entre deux hoquets. George a toujours une excuse, et mes parents le croient. Tu peux t'attendre au pire s'il hérite un jour vraiment du titre. Il te chassera d'ici, c'est sûr.

— On n'en est pas là, répondit Ailis. D'après maman, j'aurai sûrement un petit frère. Et nanny Peterson me fait prier tous les jours pour ça. Mais pourquoi n'installent-ils pas des roues sur les toits pour que les cigognes viennent y construire leur nid ? Je n'en ai jamais vu chez nous, alors que ce sont elles qui sont censées apporter les bébés.

Donna réprima un rire.

— Je me demande si ce ne sont pas des histoires.

Donella était la plus curieuse des trois cousines. Elle aimait traîner à l'écurie et au jardin, ne serait-ce que pour éviter de croiser George. Et son grand-père élevait des chiens-loups, qui la fascinaient. Elle ne savait pas encore vraiment comment les chiots se retrouvaient dans le ventre des chiennes ou les poussins dans les œufs, mais cela ne requérait la participation d'aucune cigogne, c'était certain.

— Peu importe, déclara Ailis, qui avait déjà trouvé une idée pour consoler son amie. Tu as envie qu'on essaie, pour les lampions ? On arrivera peut-être à en faire voler un…

Donna oublia aussitôt son épouvantable frère.

— Il nous faut des bougies ! s'exclama-t-elle. Et puis la montgolfière était placée sur une estrade ou quelque chose comme ça. Avec une sorte de corbeille qui pendait dessous.

À l'entrée du domaine, les fillettes détachèrent l'un des lampions ronds suspendus dans les arbres, puis s'enfuirent en prenant soin de garder allumée la bougie qu'il contenait. Elles se glissèrent dans une cachette entre des buissons, et Ailis retira avec précaution la bougie, qu'elle posa par terre tandis que Donna tenait le lampion au-dessus.

— Un peu plus bas ! ordonna Ailis. Je pense qu'il faut que tu sentes chauffer le lampion.

Les fillettes patientèrent quelques minutes interminables, puis Donna lâcha le lampion.

— Il vole !

L'aérostat improvisé, qui s'était élevé de quelques centimètres, aidé par une brise légère, retomba doucement sur le sol.

— Ça n'a pas duré longtemps, constata Ailis, déçue, avant d'ajouter, le regard brillant : Mais le principe fonctionne !

— Il a dû refroidir trop vite, supposa Donna. Il faut peut-être que la bougie reste allumée dessous…

Elle se pencha sur le lampion et tâtonna à l'intérieur à la recherche du support de la bougie. D'une main adroite, elle le démonta, puis se servit du ruban avec lequel le lampion était accroché dans l'arbre pour tendre au-dessus de l'ouverture une sorte de filet dans lequel elle coinça le support. Elle retourna le lampion et installa la bougie allumée, veillant toujours à ce que ni le papier ni le ruban ne s'enflamment.

Peu après, sous les yeux ébahis des fillettes, le lampion s'éleva lentement vers le ciel. Le vent, soudain frais, poussait l'objet volant en direction de la fête.

Donna était encore perdue dans l'admiration de leur ballon de fortune qu'Ailis songeait déjà au pire.

— On aurait mieux fait d'essayer près de l'étang, murmura-t-elle.

Seul Frederick Balincourt se montra assez impressionné par l'« invention » de sa petite-fille – une fois le feu éteint. Le lampion en flammes était retombé sur un pavillon de jardin, dont la toile légère avait aussitôt pris feu et flambé en quelques secondes. Par chance, personne n'était blessé ; on avait même pu sauver les plateaux chargés de sandwichs. Deux courageux domestiques avaient immédiatement arraché et piétiné la toile pour étouffer les flammes. Malgré tout, les invités avaient eu une peur bleue, et, quand les deux coupables furent identifiées, une pluie de reproches s'abattit sur elles. Donella tenta d'expliquer qu'elles avaient seulement voulu reproduire une montgolfière, mais ses parents ne voulaient rien entendre. Ailis et sa cousine furent bannies à la table des enfants et contraintes d'y passer le reste de la soirée sous surveillance. Les parents de Donna promirent en outre de réfléchir à une punition de circonstance. Sans un mot, les deux fillettes rejoignirent la place qu'on leur avait assignée et, faute d'autre occupation, se mirent à écouter les conversations des invités qui parvenaient jusqu'à elles.

La mère de Donella manifestait si fort son désarroi que les deux délinquantes saisissaient chacune de ses paroles.

— Que pouvons-nous faire ? demandait lady Winifred, au comble de la détresse.

Elle n'attendait pas vraiment de réponse de la part de ses belles-sœurs, assises à ses côtés avec un verre de punch. Après cet incident, tout le monde avait eu besoin d'un remontant.

— Donella ne s'entend pas avec son frère, poursuivit-elle, elle préfère traîner aux écuries que s'occuper à des travaux d'aiguille, et quand elle lit, ce sont des ouvrages invraisemblables qui parlent d'inventions ou d'expéditions dans les contrées les plus étranges. Et toi, tu l'encourages, en plus !

Ces derniers mots s'adressaient à Frederick Balincourt, qui avait tenté d'expliquer l'expérience de lampion volant menée par Donella. Mais, après la tirade de sa fille, il préféra faire profil bas. Quand lady Winifred était dans cette humeur, rien ne pouvait la calmer.

À la place, ce fut une autre personne qui intervint : l'invitée qui, plus tôt, avait mis en doute l'histoire de George sur les œufs d'oie.

— Chère lady Winifred, dit-elle très poliment, il suffirait peut-être d'offrir un environnement plus structuré à l'esprit vif de votre fille…

Ailis et Donella dressèrent l'oreille : l'inconnue se présenta sous le nom de Louisa Innes Lumsden, directrice d'une école de jeunes filles à St Andrews.

— L'école St Leonards représente l'excellence dans l'éducation donnée aux jeunes filles, et les apprentissages y sont les mêmes que dans les grands établissements pour garçons. Cela signifie que nos élèves ne sont pas en premier lieu préparées à tenir un foyer ; elles ont aussi la possibilité d'accéder à des études universitaires si elles le souhaitent.

La mère de Katrina la dévisagea avec méfiance.

— Vous êtes donc de ces suffragettes ? demanda-t-elle, pincée. De ces femmes belliqueuses qui veulent priver les jeunes filles de leur féminité ?

Miss Lumsden se mit à rire.

— Loin de moi cette idée, milady ! Seulement, il me semble qu'on ne devrait pas leur retirer leur entendement ; la sagesse est femme, comme on le sait. Si nombre de nos semblables s'épanouissent à tenir leur foyer, à éduquer leurs enfants et à veiller à la satisfaction de leur époux, il n'y a strictement rien à y redire. En revanche, on devrait les laisser en décider elles-mêmes, et, quand elles sont poussées par la soif du savoir comme votre charmante fille ou votre nièce, elles devraient avoir la possibilité d'apprendre. À St Leonards, nous enseignons non seulement les matières qui relèvent traditionnellement de l'éducation des filles, comme le français, la musique et l'histoire de l'art, mais aussi les sciences naturelles et le sport. Les jeunes filles y reçoivent une éducation polyvalente.

— Charles et moi songeons à confier Ailis à l'institution de miss Lumsden, intervint alors lady Alison à la surprise de son entourage. J'ai eu l'honneur de faire sa connaissance la semaine passée, lors d'un thé chez lady Bentworth.

Comme on l'apprit dans la suite de la conversation, miss Lumsden était en visite chez son cousin dans les environs de Thorgale House, avec sa mère. Celle-ci avait souhaité voir sa sœur, qui vivait dans la demeure de son fils.

— Si je suis revenue en Écosse, c'est d'abord pour m'occuper de ma mère, expliqua la directrice. J'ai étudié à Bruxelles et à Londres, où j'ai aussi enseigné. Et je me suis engagée dans le mouvement des femmes, c'est vrai, mais cela ne fait pas fatalement de moi une suffragette militante.

Elle sourit, surtout à l'intention de lady Mairead.

— Au fond, reprit-elle, je pense que vous êtes toutes ici d'avis que la femme, si elle est l'inférieure de l'homme sur le plan physique, ne l'est certainement pas sur le plan intellectuel. Les femmes ont davantage à offrir au monde que des mouchoirs brodés et des recettes de rôtis. Songez à la petite Donella : plutôt que de la punir de s'interroger sur tout et rien, si l'on encourage ses capacités dans le bon sens, elle ne mettra plus le feu à des pavillons, mais... qui sait ? Peut-être s'envolera-t-elle un jour vers la Lune !

Tout le monde rit de ce qui était à l'évidence une plaisanterie, et l'on trouva cette miss Lumsden charmante. Un rien excentrique, peut-être, mais comment aurait-il pu en être autrement d'une femme qui avait préféré les études au mariage ?

— N'allez-vous pas mettre des bêtises dans la tête de ces jeunes filles ? demanda lady Winifred. Ne leur donnez-vous pas de la sorte des idées... déplacées ?

Miss Lumsden haussa les épaules.

— Ce n'est pas mon influence qui incite votre fille – comme vous le regrettiez tout à l'heure – à s'intéresser davantage aux écuries qu'aux travaux d'aiguille et à préférer aux livres sur les elfes et les fées ceux qui parlent d'inventeurs et d'aventuriers. Ces choses-là arrivent d'elles-mêmes. Quant aux « idées déplacées », si vous voulez dire par là que les jeunes filles pourraient refuser de fonder un foyer parce qu'elles ont suivi des leçons de physique et de chimie, rassurez-vous : la grande majorité de mes élèves se marient. Et leur union est souvent plus épanouissante et heureuse que celle de leurs sœurs moins cultivées, car elles ont autre chose à raconter à leurs époux que des contes de fées.

De nouveau, on rit de bon cœur.

— Vous m'avez en tout cas convaincue, dit lady Alison. Si mon époux est d'accord, et si Ailis en a envie elle aussi, nous l'inscrirons à St Leonards. D'autant que dans sa situation… Il est certain qu'elle n'héritera pas du titre, et sans parler de malheur, si mon mari venait à mourir avant que nous n'ayons eu le temps de la marier, sa dot pourrait dépendre du bon vouloir d'un parent masculin…

Ses paroles furent couvertes par les protestations scandalisées de ses belles-sœurs, qui avaient enfanté les mâles en question. Leurs fils, assuraient-elles, se montreraient bien évidemment justes et généreux envers Ailis ! Lady Alison et miss Lumsden posèrent un instant les yeux sur George…

— Je pense qu'il est toujours bon pour une jeune fille d'avoir une autre issue que le mariage, si jamais celui-ci, pour une raison ou une autre, ne devait pas avoir lieu, déclara miss Lumsden. Et je me réjouis de la venue d'Ailis, tout comme je me réjouirais de celle de Donella. Réfléchissez-y !

Lady Mairead fut la première à chercher à en savoir plus. Elle n'avait pas apprécié qu'on évoque uniquement Ailis et Donella. Peut-être sa fille était-elle sous-estimée ?

— Qu'en est-il de Katrina ? demanda-t-elle sur un ton où affleurait l'indignation. Elle n'a pas participé à cette bêtise avec le lampion, c'est une enfant très bien élevée. Mais son esprit n'en est pas moins vif !

— Je n'en doute pas une seconde, dit miss Lumsden en hochant la tête. Notre école conviendrait bien sûr à vos filles… la plus jeune est d'ailleurs vraiment charmante, elle aussi. Mais nous n'acceptons les élèves qu'à partir de 11 ans.

Lady Mairead la corrigea.

— Emily n'est pas ma fille, ses parents sont des domestiques. Nous l'avons à notre service comme camarade de jeu de Katrina. Notre propriété est un peu isolée, et nous n'avons que des garçons. Nous ne voulions pas que Katrina se sente seule.

— Dans ce cas, le pensionnat serait une bonne option pour elle, dit miss Lumsden. Je serais ravie de vous transmettre à toutes des informations sur notre école. Et, cela s'entend, vous êtes les bienvenues pour une visite. Si vous avez des questions, je serai ici quelques jours encore. Ma mère souhaite profiter au mieux de cette occasion de voir sa sœur.

Sur ces mots, la directrice s'éloigna : on avait appelé pour le dîner, et elle devait retrouver son voisin de table.

Donella et Ailis se regardèrent.

— Nous deux, ensemble au pensionnat ? dit Donna, tout excitée. Ce serait formidable !

Son grand-père, qui prenait congé des gentlemen avec lesquels il avait discuté, lui adressa un petit clin d'œil. Apparemment, il avait suivi la conversation des dames, au moins en partie, et peut-être sir Charles lui avait-il aussi parlé de son intention d'envoyer Ailis à St Leonards.

— Ça va marcher ! souffla-t-il à Donella. Je suis de ton côté. Au moins pour que dans cent ans nous puissions voler plutôt que de nous déplacer encore en calèche !

2

Lady Mairead profita en effet de la présence de miss Lumsden dans la région pour la contacter et l'inviter à Old Lane Manor. Autour de scones et d'une tasse de thé, elle confia à la directrice ce qui la préoccupait :

— Nous avons proposé à Katrina d'aller à St Leonards avec ses cousines, mais elle refuse. Elle ne veut pas partir sans sa compagne de jeu. Elle exige d'emmener Emily.

— C'est tout à l'honneur de votre fille d'insister pour que son amie profite elle aussi d'un enseignement supérieur, que ses parents ne pourraient sans doute pas lui offrir, répondit miss Lumsden. Toutefois, je crains qu'Emily soit trop jeune pour notre école : nos élèves doivent avoir au moins 11 ans. Quel âge a-t-elle ?

— Elle aura 7 ans cet été, avoua lady Mairead.

Quand miss Lumsden fit remarquer que cette petite semblait déjà très éveillée pour son âge, le visage de lady Mairead se figea en une grimace amère.

— C'est indéniablement trop tôt, persista la directrice avec un accent de regret dans la voix. Mais je suis certaine que Katrina trouvera d'autres camarades.

Lady Mairead chassa de son front une mèche imaginaire.

— Vous ne comprenez pas… Katrina ne partira pas sans Emily. Elle exige d'emmener la fillette avec elle.

Miss Lumsden fronça les sourcils.

— Vous pourriez peut-être faire preuve d'un peu plus d'autorité, souligna-t-elle. Il ne devrait pas être permis à une enfant de 11 ans de décider de son inscription ou non au pensionnat. Et encore moins d'en poser les conditions. Mais qu'en pense Emily ? Et ses parents ?

Lady Mairead haussa les épaules. À l'évidence, elle n'avait pas songé à leur poser la question.

— Aller à l'école serait pour Emily un privilège, dit-elle finalement. Mais si c'est impossible… Katrina veut l'emmener, toutefois elle n'exigera pas qu'Emily suive l'enseignement. Qu'en est-il des domestiques, miss Lumsden ? Les jeunes filles doivent bien avoir le droit d'emmener avec elles leur femme de chambre ?

Lady Mairead n'avait rien perdu de son assurance. Personne n'avait le droit de contrarier les souhaits de Katrina. Elle était certaine qu'on trouverait une solution.

Cependant, la directrice avait changé de ton.

— Mon école, lady Hard, entend encourager l'indépendance des élèves, dit-elle fermement. Que des serviteurs soient aux petits soins pour elles n'est pas dans notre philosophie. Et nous ne leur permettons certainement pas de décider du sort d'autres fillettes comme… comme si elles étaient leur propriété ! À vous entendre formuler le désir de votre fille d'emmener cette petite, on croirait qu'il s'agit d'un animal de compagnie. C'est impensable ! Si Emily devait accompagner votre fille, ce ne serait qu'en tant qu'élève et camarade – sur un pied d'égalité –, et non pour lui servir de compagne de jeu ou, pire, de femme de chambre !

— Vous pourriez donc accepter ? demanda lady Mairead. Malgré son jeune âge ?

Miss Lumsden soupira. Cette requête exigeait un non ferme et définitif, mais la fillette qui se tenait toujours dans l'ombre de Katrina Hard avait déjà piqué sa curiosité lors de la fête d'anniversaire. Le sauvetage de l'oison l'avait touchée, et elle était peinée qu'une enfant vive chez les Hard sous le joug d'une autre. Elle aurait voulu aider Emily à s'engager dans une voie qui soit la sienne.

— Je pourrais envisager de parler à Emily ainsi qu'à ses parents, concéda-t-elle. Si Emily souhaite accompagner votre fille, et si ses parents ne voient pas d'inconvénient à ce qu'une enfant encore si jeune soit envoyée en pension, je pourrais – à la condition d'une maturité suffisante – songer à faire une exception…

Lady Mairead sourit, satisfaite.

— À la bonne heure ! s'exclama-t-elle. Je vais de ce pas prévenir Anna et Ben Coxwold. Ils seront sans doute ravis d'avoir un après-midi libre. Demain, cela vous irait-il ?

Les parents d'Emily reçurent la directrice chez eux, dans leur cuisine, autour de la table en bois bien astiquée. La chaumière ne comportait à l'origine qu'une seule pièce mais, après la naissance du frère d'Emily, puis de sa sœur, les maîtres les avaient autorisés à construire une petite extension où dormaient les trois enfants. Miss Lumsden fut enchantée de constater que l'espace était douillet. Des courtepointes colorées, certainement cousues par la maîtresse de maison, recouvraient les lits. La vaisselle qu'Anna posa sur la table était en céramique bon marché, mais on en avait pris soin, et aucune pièce n'était ébréchée. Anna portait une robe bleue, sans aucun doute sa robe du dimanche, et Ben son uniforme de valet. Ils n'étaient pas habitués à recevoir, cependant leur invitée de marque eut droit à du thé et aux mêmes scones que ceux servis chez lady Mairead. Miss Lumsden se rappela que la mère d'Emily était embauchée chez les Hard comme confiseuse et pâtissière.

Après que les trois enfants eurent poliment salué miss Lumsden, Anna et Ben les envoyèrent jouer dehors.

— Amusez-vous avec Gooby ! leur lança Anna.

L'oison tenait son nom d'Ailis, qui avait eu l'idée de combiner les mots *goose* – « oie » en anglais – et *baby*. Miss Lumsden avait déjà repéré l'animal quand Emily lui avait tendu la main. Il était blotti dans la poche du tablier de la fillette et avançait le cou, curieux de ce que lui réservait le monde.

— Et toi, surveille les petits, Emily, ajouta la mère de famille.

Il n'était pas question que l'aînée assiste à leur conversation avec la directrice.

Anna et Ben attendirent que miss Lumsden ait bu une gorgée de thé avant d'aborder le sujet de l'école.

— Mon mari et moi ne sommes pas tout à fait d'accord, avoua Anna. Ben pense…

— En fait, cette histoire nous a toujours un peu inquiétés, commença Ben en toute franchise. Même si, au début, c'est moi qui ai autorisé Emily à passer quelques heures par jour avec la petite lady, alors qu'Anna ne l'a laissée partir qu'à contrecœur…

— Ben se disait qu'une éducation distinguée pourrait par la suite l'aider à trouver une meilleure place, expliqua Anna, mais moi je craignais qu'en passant tout son temps avec les maîtres elle devienne capricieuse et se détache de nous.

— Et à qui l'avenir a-t-il donné raison ? demanda miss Lumsden avec un sourire.

— Je pense que mon mari est dans le vrai. Emily est gentille et bien éduquée – nous sommes souvent les premiers étonnés qu'elle sache si bien lire et connaisse tant de choses ! Et elle n'est pas non plus capricieuse... elle est... enfin, la fréquentation de la petite demoiselle l'a rendue très... souple.

Miss Lumsden hocha la tête. Anna s'exprimait avec prudence, mais ses propos confirmaient l'intuition qu'elle avait. Pour Katrina, Emily était non pas une camarade qu'on considère sur un pied d'égalité, mais plutôt une demoiselle de compagnie qu'elle pouvait gâter ou rejeter selon son bon vouloir.

— Dans ce cas, pourquoi ne pas l'inscrire avec Katrina dans notre école ? demanda-t-elle en répétant aux Coxwold ce qu'elle avait déjà expliqué aux Hard et à d'autres parents intéressés, c'est-à-dire que St Leonards avait pour ambition de favoriser le développement individuel des élèves et de leur offrir une éducation complète.

— Eh bien, pour commencer, Emily n'en a pas envie, confia Ben. Depuis un moment déjà, nous avons l'impression que, le matin, elle ne se rend pas de gaieté de cœur au château. Elle considère que c'est son devoir, mais je crois qu'elle n'apprécie pas vraiment de passer du temps avec Katrina.

Miss Lumsden n'en fut pas surprise, mais elle écarta cet argument d'un haussement d'épaules.

— Comme je l'ai dit hier à la mère de Katrina, les enfants de cet âge n'ont pas à décider seuls de leur inscription au pensionnat. Beaucoup ont des difficultés à se séparer de leur foyer, mais il faut songer aux avantages d'une éducation scolaire.

Elle s'attendait à voir les Coxwold mettre en avant le trop jeune âge d'Emily, mais ni Anna ni Ben ne semblaient douter de la maturité de leur fille. Miss Lumsden se dit qu'autre chose devait les arrêter. Elle avait cependant en face d'elle des domestiques privilégiés : leurs gages de cuisinière et de premier valet étaient suffisants pour nourrir leurs enfants. Ils n'étaient pas obligés, comme certains de leurs voisins, de placer leurs filles si jeunes.

— Mais est-ce que cette éducation scolaire sera vraiment un avantage pour Emily ? demanda Ben. Voyez-vous, miss Katrina n'aura pas toujours besoin d'une petite compagne. Un jour, Emily sera renvoyée du château, et à quoi lui servira-t-il alors d'avoir appris le français ? Et puis, vous avez dit vous-même que, dans votre école, elle ne devrait pas être considérée comme la suivante de miss Katrina, mais recevrait le même enseignement que ces enfants riches. Il vaudrait peut-être mieux qu'elle reste ici, avec les gens de sa condition, et qu'elle apprenne un métier... Elle pourrait commencer comme fille de cuisine et se former auprès des cuisinières... ou bien s'engager comme bonne, puis passer femme de chambre ou gouvernante...

Pour miss Lumsden, l'argument méritait considération. Mais Anna prit le contre-pied de son mari.

— Emily est très intelligente, souligna-t-elle. Je suis certaine qu'elle pourrait réussir à l'école et... avoir une meilleure position. Devenir institutrice, peut-être, ou dame de compagnie pour une femme âgée... En tout cas, travailler sans se salir les mains ni trimer du matin au soir !

Elle avait proféré ces derniers mots d'une voix presque hargneuse.

Lady Mairead s'était autrefois senti le droit de disposer d'Emily comme si c'était la chose la plus naturelle du monde – une blessure qu'Anna Coxwold n'avait jamais surmontée. Il n'était pas difficile pour elle de comprendre qu'Emily en avait désormais assez de Katrina.

Miss Lumsden hocha la tête.

— Le mieux serait que je parle à Emily, je crois. Dans ce cas précis, l'avis de l'enfant me semble peut-être même décisif. Je serais curieuse de savoir ce qu'elle en pense. Qu'en dites-vous ? Je pourrais tout simplement me joindre à vos enfants. Emily sera plus en confiance que si nous la faisons entrer et l'interrogeons avec cérémonie.

Anna acquiesça et remit à miss Lumsden une assiette de scones pour les enfants. Les plus petits seraient ainsi occupés, et la directrice pourrait parler à Emily en toute tranquillité.

Devant la maison, les enfants jouaient avec leur oison et un chiot. Les deux bébés animaux rivalisaient de rapidité quand il s'agissait de courir après la fratrie Coxwold, même si la petite oie, bien sûr, était quelque peu défavorisée. Dès qu'elle risquait d'être séparée d'Emily, elle poussait des cris plaintifs et cacardait de plus belle.

— Comme elle a grandi ! remarqua miss Lumsden. C'est surprenant, en si peu de jours.

— Je la nourris par intervalles de quelques heures, expliqua Emily. Chaque fois qu'elle m'appelle – et que Katrina le permet.

— Katrina décide de ce que tu fais ? demanda miss Lumsden avec un étonnement feint. Je pensais que vous jouiez et appreniez volontiers ensemble.

Emily hocha consciencieusement la tête.

— Bien sûr, prétendit-elle. Sauf que... le plus souvent, c'est Katrina qui propose une activité, et puis Mademoiselle nous la fait faire. Je ne peux pas m'en aller comme ça.

— Mademoiselle, c'est votre préceptrice ? demanda miss Lumsden. Que vous enseigne-t-elle ?

— Elle nous apprend à lire, à écrire et à compter. Mais Katrina n'aime pas trop ça, alors nous dessinons beaucoup, ou bien nous jouons du piano. Et puis nous parlons français, et nous chantons.

Miss Lumsden observa la petite fille à l'esprit vif.

— Maintenant, Emily, lui dit-elle avec un regard encourageant, il va falloir faire un choix. Et décider si vous irez dans une vraie école pour y apprendre encore beaucoup d'autres choses. Tu sais que je dirige l'école St Leonards à St Andrews. Aurais-tu envie d'y aller avec Katrina ? Est-ce qu'apprendre te plaît ?

Emily se mordit les lèvres. Elle ne savait que répondre. Il allait sans dire qu'elle avait soif de connaissances. Mais au pensionnat elle serait sous la coupe de Katrina jour et nuit, au lieu de quelques heures quotidiennes.

— Mon papa dit qu'à part lire et écrire, on n'a pas vraiment besoin de savoir grand-chose, finit-elle par dire pour éluder la question. Et je me débrouille déjà assez bien dans les deux.

— J'ajouterais : compter, fit remarquer miss Lumsden d'un air grave. Tout le monde devrait également être capable de compter. Mais en ce qui te concerne... n'y a-t-il pas quelque chose que tu ne sais pas et que tu aimerais savoir ?

Emily réfléchit en caressant son oie d'un geste machinal. Le chiot était resté près de son frère et sa sœur pour profiter avec eux des scones préparés par leur mère.

— Si, dit-elle ensuite, mais c'est quelque chose qu'on n'apprend pas à l'école. En tout cas pas avec Mademoiselle. Et pas non plus avec le précepteur de David...

Miss Lumsden en déduisit que la petite devait aussi écouter l'enseignement qu'on dispensait au fils aîné.

— Ce n'est peut-être pas quelque chose qui intéresse beaucoup David, dit miss Lumsden, supposant que le jeune garçon pouvait choisir lui aussi les matières qu'on lui enseignait. Mais dis-moi de quoi il s'agit.

Emily plissa le front.

— Je... j'aime les animaux, avança-t-elle enfin. Et je voudrais bien savoir pourquoi les êtres humains et les animaux... sont... euh... comme ça.

— Comme quoi ? demanda la directrice. Tu veux parler de leur morphologie ? Ce serait du domaine de l'anatomie. Ou songes-tu à leur comportement ? Ce serait alors une question de biologie. Deux matières que nous enseignons.

Emily secoua la tête.

— Non... c'est plutôt... Disons que les chiens sont toujours gentils...

Le chiot les avait rejointes, et la fillette, ayant fait disparaître l'oison dans la poche de son tablier, caressait à présent la boule de poils noir et blanc.

— ... alors que les êtres humains sont parfois gentils, parfois méchants, conclut-elle.

— C'est une affaire de point de vue, fit remarquer miss Lumsden, le sourire aux lèvres. Que diraient les chats si tu leur demandais leur avis ?

Emily pouffa de rire, preuve s'il en fallait que la petite était intelligente.

— Mais assez plaisanté, continua la directrice, qui avait recouvré son sérieux. Ce que tu évoques, Emily, relève d'une science toute récente. Il s'agit de la psychologie, qui est la science de l'âme. Elle n'a pas encore fait son entrée dans nos salles de classe, mais c'est une matière que tu peux étudier dans certaines universités. Quand tu seras un peu plus âgée, tu pourras par exemple lire Charles Darwin. Ce scientifique célèbre a déjà mené des recherches sur les points communs et les différences entre l'être humain et l'animal. Notre école ne sera peut-être pas en mesure de répondre à toutes tes questions, mais nous pourrons t'apprendre comment chercher des réponses, et surtout comment les trouver. Au fond, c'est ça le plus important, tu ne crois pas ?

— De toute façon, je devrai faire ce que Katrina décide, soupira Emily. Maman me dit toujours de ne pas être ingrate…

Miss Lumsden haussa les épaules.

— Cette fois-ci, c'est à toi de décider. Si, vraiment, tu préfères ne pas aller avec Katrina à St Leonards, il me suffit de dire à lady Mairead que tu n'es pas encore assez grande et réfléchie.

Emily la regarda, offusquée.

— Vous voulez dire que je suis plus bête que Katrina ?

L'habile enseignante sourit intérieurement.

— Eh bien…

— Mais pas du tout ! dit Emily en se redressant. Si c'est comme ça, je préfère encore venir dans votre école ! Seulement il faudrait que je puisse emmener mon oie…

3

L'ÉCOLE ST LEONARDS, près de la petite ville de St Andrews, dans le sud de l'Écosse, se trouvait au cœur de collines verdoyantes. Le pensionnat comprenait un vaste parc, une écurie et une remise pour les voitures et calèches de l'école. L'intendant des écuries, Mr Harris, était un gros homme débonnaire, qui élevait aussi quelques volailles à proximité des communs et ne voyait pas d'inconvénient à faire de la place dans son poulailler pour la jeune oie d'Emily.

— Je crains seulement qu'elle ne s'envole bientôt vers d'autres horizons, dit-il gentiment à Emily, alors qu'ils installaient un bac où Gooby pourrait se baigner et lui fabriquaient un abri dans la partie barbelée qui lui était réservée. Comme tu le vois, la clôture n'est pas très haute.

Emily secoua la tête en ouvrant la porte du nouvel enclos, où la petite oie la rejoignit aussitôt.

— Elle ne sait pas voler, dit-elle avec une pointe de regret. Je ne sais pas pourquoi, mais elle ne vole pas.

L'intendant observa l'oiseau, les sourcils froncés.

— C'est peut-être qu'elle est trop jeune ?

On était en automne, et l'oison avait à présent 5 mois. Ses vrais parents devaient déjà se préparer à partir vers le sud. Normalement, la petite oie les aurait accompagnés.

— En tout cas, réfléchit Mr Harris, elle ne m'a pas l'air malade. Elle sait nager ?

Emily répondit par l'affirmative. Elle avait tout de suite eu de la sympathie pour l'intendant des écuries : il était beaucoup moins sévère et impressionnant que miss Lumsden et la maîtresse d'internat. À leur arrivée, cette dernière les avait brièvement saluées, elle et les cousines Hard, avant d'envoyer aussitôt Emily et son oie aux écuries. Et puis Mr Harris semblait réellement s'intéresser à Gooby. Emily pourrait enfin partager avec quelqu'un ses inquiétudes sur l'animal, qui refusait de voler.

— C'est moi qui lui ai appris à nager, raconta-t-elle. Dans l'étang du parc des Hard. Je suis allée dans l'eau, et elle m'a suivie. Et ensuite, lady Mairead m'a grondée, et ma mère aussi, parce que j'étais mouillée.

L'intendant des écuries éclata de rire.

— Il va donc falloir que tu lui apprennes aussi à voler, dit-il, puisque apparemment elle te considère comme sa mère.

Emily sourit avec bonheur.

— C'est vrai, elle me suit partout. Et elle ne fait ça qu'avec moi, avec personne d'autre ! Depuis qu'elle est sortie de l'œuf, elle ne me quitte plus.

Et elle s'empressa de raconter à son nouvel ami comment elle avait trouvé Gooby. Emily était beaucoup moins timide avec les employés de maison qu'avec les maîtres – dont Katrina et ses cousines, d'une certaine manière, faisaient partie elles aussi. L'intendant l'écoutait avec intérêt, trouvant cette petite fille et son curieux animal domestique d'une spontanéité et d'un naturel bien agréables en comparaison des autres élèves. Certaines étaient venues avec leur poney, et il incombait bien sûr à l'intendant de s'en occuper, mais les jeunes filles étaient en général peu loquaces avec le personnel, voire arrogantes.

— Alors il faut que j'apprenne à voler moi aussi, réfléchit Emily à voix haute. Je vais demander à Donella, elle parle sans arrêt de ces drôles de ballons. Elle aura peut-être une idée. À présent je dois y aller. Katrina veut que je déballe ses affaires.

Mr Harris secoua la tête.

— Mais tu es élève ici, n'est-ce pas ? Tu n'es pas domestique...

Qu'Emily fasse partie du personnel l'aurait étonné. On employait des bonnes de cet âge, certes, mais elles n'étaient pas aussi bien vêtues que la petite mère adoptive de l'oie, et la directrice ne serait certainement pas intervenue en personne pour qu'elle ait la permission d'amener son animal.

— Bien sûr, dit Emily, le visage grave. Mais ce sont les parents de Katrina qui paient les frais de scolarité pour moi. Alors je dois quand même me montrer reconnaissante, c'est ce que dit maman.

En un rien de temps, l'intendant des écuries apprit d'Emily qu'elle vivait depuis son plus jeune âge chez les Hard et tenait lieu de compagne de jeu à Katrina. Elle ne retrouvait la chaumière de ses parents que pour la nuit. L'intendant se sentit vaguement navré pour l'enfant.

— Tu vas sûrement manquer à ta famille, maintenant. Et puis, tu m'as l'air plus jeune que la plupart des filles qui arrivent ici... Tu as déjà 11 ans ?

— Seulement 7 ! avoua Emily en souriant. Mais je suis futée !

C'est d'abord à Gooby qu'Emily manqua le plus. Enfermée dans son enclos, la petite oie ne pouvait plus suivre la fillette comme elle en avait l'habitude. Elle poussa des cris, cacarda, appela, se jeta contre la barrière et battit des ailes, mais, à la surprise de Mr Harris, elle ne sembla effectivement pas disposée à s'envoler pour suivre sa mère adoptive. Emily s'éloigna le cœur serré, elle aussi, mais avec détermination. L'intendant n'en conçut que plus de respect pour elle. À la perspective de se séparer de leur animal chéri, rares étaient les enfants qui se seraient pliés aux exigences de la vie avec une telle volonté.

Emily se dirigea vers l'école, un immense édifice du Moyen Âge qui réunissait plusieurs bâtiments gris avec de hautes fenêtres, des tours, des encorbellements et des ogives. L'ensemble était beaucoup plus grand que le domaine des Hard, et même Thorgale House aurait pu y rentrer deux fois. Emily se souvenait du bâtiment dans lequel Ailis, Donella et Katrina avaient disparu au moment où la maîtresse d'internat l'avait envoyée chez Mr Harris avec son oie. Dans l'entrée, elle reconnut aussitôt la femme replète, vêtue d'une robe d'après-midi soignée de couleur sombre sur laquelle était noué un tablier immaculé. Elle était encore occupée à accueillir des élèves. Quand sonnait l'heure de la séparation entre les enfants et leurs parents, le hall immense s'emplissait de pleurs. Emily était bien contente d'avoir manqué les adieux de Katrina à sa mère, qui n'avait pas pu s'empêcher d'accompagner en personne sa fille au pensionnat.

Les parents d'Ailis et de Donella leur avaient déjà dit au revoir chez elles.

La maîtresse d'internat se tourna vers Emily et lui demanda son prénom.

— Ah oui, Emily, tu partages ta chambre avec les filles Hard. Deuxième étage, la chambre Copernic. C'est la troisième à gauche dans le couloir. Je te souhaite la bienvenue. Et j'espère que tu te sentiras à ton aise chez nous !

Katrina, elle, ne se sentait pas à son aise et faisait même l'étalage de son mécontentement. Elle avait pleuré et, dans la chambre équipée de lits superposés, assise sur l'un des lits du bas, elle se lamentait à présent sur l'étroitesse des armoires, sur ces lits impossibles et sur les conditions désastreuses dans lesquelles elles allaient devoir se laver.

Son insatisfaction semblait avoir poussé à bout Ailis, qui n'y tint plus.

— Mon Dieu, Katrina, tu n'as pas bientôt fini de faire des manières ? Tu devais emporter deux uniformes, une tenue de sport et quelques tabliers, ni plus, ni moins – les armoires sont bien assez grandes pour ça. Et tu as entendu ce qu'a dit la maîtresse d'internat ? Il y a aussi de grandes salles de bains modernes, mais nous les partageons avec les autres. La cruche et la cuvette ne sont là que pour une petite toilette rapide. Et maintenant décide-toi : tu dors en haut ou en bas ?

Ailis et Donella avaient jeté leur dévolu sur les lits du haut et semblaient plutôt s'amuser de l'exiguïté des lieux. Rien ne pouvait entacher l'enthousiasme des deux cousines. Elles étaient amies depuis leur plus tendre enfance, et la perspective de vivre désormais ensemble les comblait. Elles avaient déjà pris possession des armoires et des bureaux. Seules les valises de Katrina et d'Emily étaient encore pleines.

Pendant qu'Emily ouvrait la sienne, bien plus petite que les autres, les cousines l'assaillirent de questions sur Gooby.

— Peut-être pourrons-nous aller la voir avant le dîner ? proposa Donella en voyant à quel point Emily était inquiète pour sa petite oie. Dès qu'elle saura que tu viens la voir régulièrement, elle s'habituera, c'est sûr.

Comme l'on pouvait s'y attendre, Katrina avait apporté beaucoup plus de vêtements que ne le prescrivait l'école, si bien que les autres durent faire de la place dans leurs armoires pour y ranger une partie de ses affaires. À la grande joie de toutes, lady Mairead avait craint que sa fille puisse mourir non seulement de froid à St Leonards, mais aussi de faim : Emily sortit des bagages des biscuits et du gâteau, que Donella décréta aussitôt biens communs. Emily croqua dans une gaufre préparée la veille par sa mère et, pour la première fois depuis son arrivée, elle sentit son cœur se serrer.

Enfin, les quatre filles prirent le chemin de la salle à manger, où toutes les élèves étaient réunies autour de longues tables, chacune présidée par deux enseignantes. On priait avant le repas, et pour inaugurer ce premier soir, la directrice tint un discours de bienvenue à l'attention des élèves.

— La philosophie de notre école tient en une phrase : aucune jeune fille ne devrait en savoir moins que ses frères ! déclara-t-elle d'une voix déterminée. Lorsque vos frères raconteront un jour fièrement qu'ils sont allés à Eton, vous pourrez leur répliquer avec la même assurance : « J'ai étudié à St Leonards. » Croyez-moi : si vous êtes assises un jour sur les mêmes bancs d'université qu'eux, il n'y a aucune raison que vos notes ne soient pas meilleures que les leurs, et de loin ! Voilà ce que j'attends de vous – et mes enseignantes et moi-même ferons tout ce qui est en notre pouvoir pour vous y préparer !

Donella hocha la tête avec enthousiasme. Katrina s'ennuyait. Emily n'aurait rien eu contre un petit frère qui fasse carrière, mais elle savait qu'il n'irait jamais plus loin que l'école du village. Ailis, elle, était toujours fille unique.

Pendant les premières semaines au pensionnat, malgré les larmes qu'avait versées Katrina, Emily et sa jeune oie furent celles qui souffrirent le plus de la séparation. La plupart des élèves ne voyaient de toute façon guère leurs parents. Elles étaient sous la responsabilité de bonnes d'enfants et de préceptrices, et les relations avec ces dernières étaient rarement proches. Emily, au contraire, avait le cœur lourd en pensant à sa famille. Au coucher, sa mère avait l'habitude de prier avec les trois enfants, écoutant alors leurs tracas, et, si cela n'allait pas du tout, s'ils se réveillaient au beau milieu d'un cauchemar, ils pouvaient toujours se glisser dans le lit parental. Et puis, chez eux, Gooby dormait dans une corbeille à côté d'Emily… Ni la fillette ni son oie n'appréciaient que cette dernière soit désormais reléguée avec les autres volailles. Emily avait mauvaise conscience de l'abandonner, mais la plupart des enseignantes lui interdisaient d'assister aux cours avec elle, et, même si la fillette nettoyait consciencieusement toutes les saletés que faisait son oie, la maîtresse d'internat n'appréciait pas non plus sa présence. Katrina se plaignait de l'odeur de l'animal dans la chambre, mais Donella lui enseigna bientôt le principe du donnant-donnant : Donna et

Ailis ne révélaient pas qu'Emily faisait le plus souvent les devoirs de Katrina, et Katrina, en contrepartie, ne disait rien des fois où Gooby se blottissait contre Emily, qui s'endormait, trop épuisée pour reconduire l'oie à son enclos.

De toutes, Katrina était celle qui avait le plus de mal à s'adapter au rythme quotidien du pensionnat. Elle détestait les brèves séances de sport matinales auxquelles les filles étaient tenues d'assister, elle n'aimait pas la nourriture qu'on servait, et l'enseignement était trop difficile. Donella et Ailis adoraient au contraire relever de nouveaux défis, et Emily absorbait comme une éponge le contenu des cours. Katrina, elle, ne se sentit dans son élément qu'au moment où on aborda les matières artistiques. St Leonards travaillait à l'épanouissement intellectuel des jeunes filles, mais il n'était pas question qu'elles s'appauvrissent culturellement. L'école les emmenait voir des expositions ou écouter des concerts, et celles qui le souhaitaient pouvaient suivre des cours de musique. Chaque année, la cérémonie de clôture et les fêtes de Noël étaient couronnées par une pièce chantée dont les élèves avaient l'entière responsabilité, du texte au décor, conçu et fabriqué par les filles elles-mêmes, les passionnées de travaux manuels étant alors autorisées à manier le marteau et les clous.

Katrina demanda à suivre des cours de piano et de chant, sans même exiger qu'Emily l'accompagne. Elle s'engagea également dans la troupe de théâtre, mais commença quand même par se plaindre qu'on ait attribué le premier rôle sans l'attendre. Dès son entrée à l'école, elle développa des stratagèmes pour occuper le devant de la scène, ce qui amusait ses enseignantes, mais les inquiétait aussi.

Au deuxième semestre, miss Lumsden vint s'entretenir de ce sujet avec miss Porter, la professeure de musique :

— Katrina Hard vient de me confier qu'elle voulait devenir chanteuse d'opéra, annonça-t-elle sur un ton presque interrogateur.

Ce genre de projet professionnel arrivait rarement aux oreilles de la directrice. Pourtant, miss Lumsden s'entretenait régulièrement avec les élèves afin de déceler leurs intérêts et leurs dispositions.

Miss Porter soupira.

— Depuis la représentation de l'ensemble de l'opéra d'Édimbourg à St Andrews, elle en parle à tout le monde, confirma-t-elle. Il est vrai qu'elle a un très beau timbre, mais son talent suffit-il pour les grandes scènes ? Je ne saurais en juger. Ce qui est certain, c'est qu'elle a tout d'une diva. Elle flatte, manipule et n'hésite pas à trahir les autres quand elle veut quelque chose.

L'enseignante fit la grimace, puis reprit :

— À défaut, elle se dit intéressée par une carrière dans le théâtre, encore qu'elle songe sans doute davantage au cabaret qu'à Shakespeare. Elle croit qu'être jolie et avoir une belle voix est suffisant pour réussir...

— Dans ce cas, prenez garde qu'elle ne file pas avec le prochain cirque qui passe, dit miss Lumsden en riant de bon cœur. Et modérez la jeune fille : je ne voudrais pas avoir d'ennuis avec ses parents. Car, même avec la plus belle voix du monde, Katrina reste une Hard. Et jamais sa famille ne permettra qu'elle entre à l'opéra ! Le clan fomente sûrement déjà des plans pour la marier à un cousin et en tirer quelque avantage politique. D'après ce que je sais, Ailis n'a pas encore de frère. La question de l'héritier n'est donc toujours pas résolue.

4

St Leonards, automne 1882

Katrina Hard s'empressa de lever la main quand, à peine entrée dans la salle de classe, miss Alliston, qui enseignait la biologie aux élèves de troisième année, aperçut les pièces éparses du microscope démonté. L'instrument avait été acquis un an plus tôt et faisait la fierté de la jeune professeure de biologie. Elle aimait l'utiliser dans ses cours, d'autant plus qu'il permettait aux élèves de se familiariser avec les méthodes de recherche de la science moderne.

— Miss Alliston ! Miss Alliston ! Donella et Ailis ont démonté le microscope. Elles voulaient le transformer en... télé... euh... en quelque chose, et maintenant il est cassé.

— En télescope, sale rapporteuse ! rétorqua Donna. Et il n'est pas cassé. Je n'ai pas eu le temps de le remonter, voilà tout.

Miss Alliston s'efforça de garder son calme et constata qu'effectivement, ce n'était pas là l'œuvre de petites vandales. Les pièces de l'appareil étaient soigneusement disposées sur un morceau de toile, prêtes à être remises en place. Donella et Ailis Hard comptaient d'ailleurs parmi ses élèves préférées. Elle aimait leur vivacité d'esprit, et l'inventivité de Donna la réjouissait tout particulièrement. Les cousines Hard, de même que la discrète Emily, étaient sans aucun doute les jeunes filles les plus intéressantes de la promotion mais, pour l'heure, il lui fallait faire preuve de fermeté.

— Est-ce vrai, Ailis ? demanda-t-elle. Avez-vous touché sans autorisation à ce précieux instrument ?

Ailis se leva et hocha la tête d'un air coupable.

— Je... c'était mon idée. Vous savez, on devrait bientôt pouvoir observer dans le ciel une comète très rare... alors j'ai pensé qu'un télescope...

— Non, c'est moi qui ai proposé de lui en fabriquer un, la coupa Donella. Malheureusement, je n'ai pas réussi. Je voulais remonter le microscope avant votre arrivée, mais Ailis et moi étions de corvée de tableau, et je n'ai pas eu le temps.

Miss Alliston soupira.

— Bien, alors essayons de comprendre pourquoi cela n'a pas fonctionné. Katrina, quelle est la différence entre un microscope et un télescope ?

Katrina se mordit les lèvres.

— Avec... euh... un microscope, on peut voir de très petites choses.

— Exact. Et avec un télescope ?

Une autre élève prit la parole.

— C'est comme une sorte de longue-vue !

— Tout à fait. Le télescope permet de voir des choses parfois immenses, mais très lointaines. Comme des étoiles, des lunes et des soleils. Dans les deux cas, il s'agit donc d'instruments optiques. Ils fonctionnent avec un objectif...

Miss Alliston prit une des pièces du microscope pour la leur montrer.

— ... ainsi qu'avec un oculaire, qui joue le rôle de loupe. Encore faut-il savoir que l'objectif et l'oculaire ne s'utilisent pas de la même manière. Et, visiblement, l'expérimentation seule n'aura pas suffi à notre chère Donella pour parvenir à cette conclusion.

Ailis leva la main.

— Ça a un rapport avec la distance focale...

La jeune enseignante lui sourit.

— Exact. Et, pour vous punir d'avoir touché à mon microscope, vous me rendrez après-demain une rédaction détaillant les différences entre les deux appareils. En outre, vous resterez après la fin du cours, et nous remonterons le microscope ensemble. Il n'est absolument pas cassé, Katrina, il n'y avait pas lieu de te faire tant de souci. Tu n'as qu'à rester toi aussi à la fin de l'heure pour t'en assurer. Tu pourras documenter notre travail et me présenter demain un court exposé sur la structure du microscope.

Katrina fit la moue. Emily leva la main avec dévouement.

— Est-ce que je peux rester aussi ? demanda-t-elle.

Elle semblait plus résignée que curieuse d'en apprendre davantage. Miss Alliston secoua la tête.

— Non, tu n'as rien à voir avec cette histoire. Tu pourras sortir à l'heure et aller t'occuper de ton oison. Ou plutôt devrais-je dire ton oie, maintenant qu'elle a atteint l'âge adulte. Elle ne vole toujours pas ?

Emily secoua la tête.

— Mr Harris dit qu'il faudrait d'abord que j'apprenne à voler pour lui montrer...

Miss Alliston se mit à rire.

— Il ne vaut mieux pas, Emily. Dédale s'y est déjà essayé, et on ne peut pas dire que la fin ait été heureuse. Connaissez-vous cette histoire ?

— Il a utilisé de la cire à la place de la colle. Alors évidemment elle a fondu au soleil, et son fils Icare n'a pas pu voler, expliqua Donna avec condescendance. Il faudrait plutôt...

— D'un point de vue physique, c'est parce que leurs muscles manquent de puissance que les humains ne peuvent pas voler, et aussi à cause de notre carrure et de la densité de nos os, expliqua Ailis.

Les camarades de chambre d'Emily semblaient s'être penchées sur le problème de son oie.

— Les oiseaux, continua-t-elle, ont un corps aérodynamique, et leur squelette léger se compose d'os creux...

Miss Alliston hocha la tête.

— Voilà qui serait aussi un sujet intéressant pour un devoir. Mais, pour le moment, continuons sur les thèmes déjà abordés. Emily, où en étions-nous restées hier ?

Miss Alliston trouvait qu'elle avait résolu le problème avec brio, de façon très pédagogue, et elle en éprouvait une certaine fierté. N'ayant pas cours après le déjeuner, elle s'était accordé une promenade dans le parc de l'école. Elle pensait à nouveau aux filles Hard, et à Emily, qui suivait Katrina Hard comme son ombre, bien qu'elle ait davantage en commun avec les deux autres cousines. Ailis et Donella s'intéressaient aux sciences naturelles, et la professeure de mathématiques ne tarissait pas d'éloges sur les dons qu'Ailis déployait dans sa discipline. Elle en était venue aux mêmes conclusions que miss Alliston : Ailis était la théoricienne de la bande, calculant et analysant avant de passer à l'action, tandis que Donella, plus audacieuse et inventive, préférait essayer d'abord. Habile de ses mains, elle aurait sûrement réussi à remonter le microscope sans l'aide de son enseignante. Katrina manifestait de l'intérêt pour de tout autres sujets. Miss Alliston n'appréciait pas vraiment la jeune fille, qui était décidément trop manipulatrice à son goût, mais elle savait que Katrina excellait en cours d'art et de musique. Elle était bonne chanteuse et comédienne, elle concevait les décors pour les pièces chantées dans lesquelles elle apparaissait, et elle savait se mettre en scène. Katrina pouvait mener quiconque par le bout du nez – elle avait même réussi à duper la directrice de l'école depuis qu'elle s'était lancée dans la crosse féminine. Miss Lumsden était férue de ce sport qu'elle avait introduit en Écosse, et elle recherchait toujours de nouveaux talents pour intégrer l'équipe de l'école. Katrina, que de nombreuses années de cours de danse avaient rendue souple et agile, s'était aisément démarquée sur le terrain. D'après miss Alliston, la jeune fille ne se passionnait guère pour la crosse féminine, mais avait à cœur de s'attirer la sympathie de la directrice.

Sur le chemin du retour, l'enseignante passa devant une pelouse où on avait installé quelques jeux pour les élèves les plus jeunes. La balançoire, la bascule et le portique étaient d'ordinaire déserts à cette heure-là, car les première année avaient cours de sport, tandis que les deuxième année s'estimaient déjà trop grandes pour le terrain de jeu. Ce jour-là, cependant, miss Alliston entendit des jeunes filles discuter et fut étonnée de reconnaître les voix de Donella Hard et Emily Coxwold. Elle se cacha derrière des buissons pour mieux voir, et découvrit l'oie d'Emily, qui observait d'un œil attentif les jeunes filles.

Amusée, l'enseignante comprit que c'était à nouveau la question du vol qui les préoccupait. Emily était assise sur la balançoire et se propulsait avec force d'avant en arrière, encourageant son oie à voler avec elle.

— Je n'arrive pas à aller plus haut ! cria-t-elle à Donna. De toute façon, ça ne sert à rien, Gooby ne fait que courir derrière moi.

En effet, l'oie suivait avec excitation sa mère adoptive vers la droite, puis vers la gauche, mais ne faisait aucune tentative pour la rejoindre dans les airs.

— Eh bien... réfléchit Donella, c'est que tu ne vas pas très haut, et surtout tu n'avances pas : elle s'en rend bien compte, elle n'est pas idiote !

Miss Alliston sourit. Ce n'était pas l'interprétation la plus évidente. Elle-même n'aurait pas nécessairement considéré comme une preuve d'intelligence les allées et venues frénétiques de l'animal sous la balançoire.

— Il faudrait que tu te déplaces dans les airs, conclut Donella. Le but, quand on vole, c'est quand même d'arriver rapidement quelque part. Peut-être qu'on pourrait tendre une corde entre deux arbres... L'un d'eux devrait se trouver sur une colline, ou du moins plus haut que l'autre arbre. Avant de fixer la corde, on passerait un anneau dedans, auquel on accrocherait une barre pour s'agripper, et tu pourrais voler d'un point à l'autre, comme avec un téléphérique.

Donella se gratta la tête.

— Mais nous aurions alors besoin d'un câble, continua-t-elle. Une corde de chanvre ne résisterait pas aux frottements...

De toute façon, Emily ne paraissait pas enchantée à l'idée de dévaler une colline les pieds dans le vide à l'aide d'un téléphérique de fortune.

— Ou alors nous pourrions suspendre des cordes à des branches pour que tu te balances de l'une à l'autre, comme les singes… poursuivit Donna, perdue dans ses réflexions.

Emily secoua la tête.

— Je crois que ça me ferait trop peur. Katrina dit que je devrais simplement jeter Gooby du haut d'une tour, et qu'alors elle serait bien obligée de voler…

Mais cette perspective ne semblait pas lui plaire davantage. Donna fit la grimace.

— Ou bien elle se romprait le cou. Quoi qu'il en soit, on a déjà essayé cette méthode. Tu te rappelles la fois où on l'a hissée dans un arbre, puis appâtée pour qu'elle descende en volant ?

— Tu l'as même un peu poussée ! lui reprocha Emily.

— Seulement un tout petit peu ! répliqua Donna en levant les yeux au ciel. Et puis il ne lui est rien arrivé. Elle a déployé ses ailes, les a vaguement agitées, et elle est arrivée en bas sans égratignure. Le seul problème, c'est qu'on ne peut pas vraiment appeler ça voler…

Emily laissa échapper un soupir de découragement.

— Laissons cela, au moins pour aujourd'hui. On a encore des devoirs à faire…

— À part le devoir sur le télescope, il ne nous reste que la dissertation d'anglais. On aura vite fait de la rédiger, et le télescope, on s'en occupera demain. Ailis est déjà en train de chercher des livres sur le sujet. On a largement le temps d'emmener Gooby à l'étang.

Donella savait que les promenades régulières à l'étang de l'école étaient une autre stratégie d'Emily pour inciter Gooby à se comporter davantage comme un animal de son espèce. Deux couples d'oies sauvages y vivaient, et Emily espérait que Gooby établirait un contact avec elles, puis tomberait amoureuse d'un jeune et gentil mâle qu'elle suivrait à tire-d'aile jusqu'en Afrique. Pour l'heure, cependant, elle revenait toujours en courant vers Emily à la vue des autres oies, lesquelles ne paraissaient pas plus enclines à faire de nouvelles rencontres.

Emily secoua la tête.

— Je dois encore écrire deux dissertations, déclara-t-elle. La mienne et celle de Katrina. Elle ne m'a toujours pas dit quelle était sa pièce favorite parmi celles de Mr Shakespeare… Et toi, tu as choisi laquelle ?

Les jeunes filles devaient rédiger un court résumé de leur œuvre préférée et expliquer pourquoi elles l'appréciaient plus qu'une autre.

— *Le Songe d'une nuit d'été*, répondit Donella. Ce moment où les elfes volent, je trouve ça tellement beau… Et, pour Katrina, ça ne peut être que *Macbeth*. Tu n'as qu'à écrire : « J'aime cette pièce car je m'identifie aussi bien à lady Macbeth qu'aux sorcières. »

Miss Alliston manqua éclater de rire. Elle pouvait comprendre que Katrina se fasse aider dans les matières scientifiques. Mais qu'elle demande également à Emily de rédiger ses dissertations d'anglais relevait de la pure fainéantise. Dans les disciplines linguistiques, Katrina était tout aussi douée que ses camarades. Consciente qu'il n'y avait rien de bien glorieux à cela, la jeune enseignante ressentit néanmoins un malin plaisir à l'idée d'aller dénoncer la petite intrigante à sa professeure d'anglais…

5

Les années passaient à toute vitesse à St Leonards, et c'est lors de sa quatrième année qu'Ailis vit se réaliser son vœu le plus cher : miss Lumsden, qui avait fait l'acquisition d'un télescope pour l'école, engagea une professeure de physique qui avait aussi des notions d'astronomie.

Jusqu'alors, l'enthousiasme d'Ailis pour les étoiles avait été plutôt découragé – surtout depuis que sa mère s'était prise d'intérêt pour l'astrologie, qui n'avait de science que le nom. Lady Alison s'était mise à recevoir de manière régulière à Thorgale House des astrologues qui lui prédisaient l'avenir. Bien sûr, il en allait presque toujours de la même et éternelle question : parviendrait-elle encore à donner un fils à son mari ?

Ailis ne pouvait s'empêcher de lever les yeux au ciel quand les astrologues se livraient à des calculs complexes, d'autant plus que la plupart étaient faux et s'appuyaient sur des faits réfutés depuis longtemps. La jeune fille avait désormais lu tous les livres dont disposait l'école au sujet du ciel et des étoiles, après quoi miss Lumsden lui avait donné l'autorisation de se rendre à la bibliothèque de l'université de St Andrews. Les ouvrages qu'elle y avait trouvés parlaient non pas d'horoscope, mais de soleils et de lunes, d'étoiles fixes et de constellations, de nébuleuses, de comètes et de novae. Évidemment, elle avait tenté d'expliquer tout cela à sa mère, mais lady Alison ne voulait rien entendre. La plupart de ses astrologues lui prédisaient la naissance prochaine d'un garçon, et elle s'accrochait à ce miracle à venir.

Tandis qu'Ailis se consacrait aux manifestations célestes avec un enthousiasme grandissant, Donna, de son côté, avait eu l'occasion de se réjouir du malheur de son frère, au moins pour un instant. Dans une lettre, sa mère lui avait annoncé que George venait d'être renvoyé d'Eton, après une année seulement au sein de ce pensionnat réservé à l'élite... De toute évidence, le jeune homme n'était pas à la hauteur de l'enseignement dispensé là-bas. Ses parents allaient devoir se mettre à la recherche d'une école moins exigeante. Donella lisait également avec attention tous les articles de presse évoquant les vols tentés par des aventuriers du monde entier. Et elle avait bien sûr dévoré *Cinq Semaines en ballon,* le roman de Jules Verne, ainsi que tous ses autres livres.

Emily, elle, s'était mise à étudier plus en détail les principes physiques régissant le vol des oiseaux. Elle avait commencé à mesurer avec soin plusieurs oies, dont la sienne, afin de vérifier si son manque d'intérêt pour les airs pouvait provenir d'une malformation quelconque. Si Gooby se tenait tranquille pendant ces manipulations, on ne pouvait pas en dire autant des oies de Mr Harris, qui étaient tout sauf disposées à se laisser importuner au nom de la science. Voulant bien faire, l'intendant des écuries avait eu l'idée d'apporter à Emily l'oie encore dotée de ses plumes qu'il réservait pour le repas de la Saint-Martin. La jeune fille avait fondu en larmes à la vue de l'animal mort. Ailis et Donna, elles, l'avaient disséqué avec intérêt, sous la supervision enthousiaste de miss Alliston, qui avait reproché à Emily sa trop grande émotivité. Une véritable scientifique devait apprendre à se contrôler dans ce genre de situation. Depuis, Emily se demandait si elle était vraiment faite pour la recherche en biologie, ou si elle ne devait pas plutôt se tourner vers la psychologie, cette discipline naissante. Autorisée à son tour à fréquenter la bibliothèque universitaire, elle avait appris lors de ses lectures que cette science étudiait les sensations et le comportement humains.

— Ça ne concerne que les humains ? avait-elle d'abord demandé avec déception, avant de s'essayer à appliquer les concepts du rationalisme et de l'empirisme aux oies et aux chiens.

Quant à Katrina, elle continuait de se passionner pour la musique et la comédie. Elle était la star incontestée du groupe de théâtre, et personne ne cherchait plus à lui disputer les premiers rôles. De fait, elle attirait désormais tous les regards sur scène. À la différence de ses camarades, elle affichait déjà des formes féminines, sa voix avait gagné en personnalité et, quand elle dansait, les spectateurs ne la quittaient plus des yeux.

— Voilà qui est fort éloigné de la danse classique ! jugea miss Lumsden avec sévérité lors de la cérémonie qui clôturait la quatrième année d'études.

Sur scène, Katrina esquissait au son de la musique des mouvements gracieux qui n'avaient plus grand-chose à voir avec ce que miss Lumsden entendait jusque-là par « ballet ». La directrice n'aurait pas su dire si le spectacle d'un corps se mouvant de manière si expressive lui plaisait ou lui répugnait. La professeure de danse et de musique, miss Perigord, tenta de lui fournir une vague explication.

— En fait, c'est plutôt... euh... de la danse expressionniste. Il s'agit du... eh bien... du système Delsarte... finit-elle par avouer. Développé par François Delsarte. Un mélange de paroles, de musique et de gestes qui... qui exprime les émotions intimes et les sensations corporelles.

La directrice fronça les sourcils.

— Je n'en ai encore jamais entendu parler, admit-elle.

— Pourtant, c'est... très en vogue... argumenta maladroitement miss Perigord. Delsarte a même donné des cours à des chanteurs et acteurs célèbres. Je... je peux vous prêter un livre à ce sujet si vous le souhaitez.

Elle sortit un petit ouvrage de son sac, intitulé *Delsarte System of Expression*, de Genevieve Stebbins – sans doute s'était-elle préparée à recevoir des critiques de la part de la directrice.

Miss Lumsden accepta le livre.

— J'apprécierais toutefois que vous m'informiez au préalable des changements apportés à votre programme, ajouta-t-elle. Je suis ouverte à la nouveauté, mais je ne suis pas sûre de pouvoir en dire autant des parents de Katrina.

Ceux-ci étaient surtout ravis de constater que George Hard manifestait pour la première fois un certain intérêt à l'égard de sa cousine. Le père d'Ailis, qui parut aussi le remarquer, n'en fut pas aussi heureux.

Les quatre jeunes filles entamèrent finalement leur dernière année à l'école, et Ailis et Donna parlaient déjà de poursuivre des études après leurs examens, qu'elles obtiendraient à coup sûr avec les honneurs.

— Mais, d'abord, nous allons devoir faire notre entrée dans le monde, soupira Donella. En tout cas, mes parents ont l'air de tenir à ce que la reine admire au moins une fois ma révérence, et à ce que j'aille danser de bal en bal pendant tout l'hiver, voire toute l'année.

— Vois le côté positif : tu vas apprendre à voler, même si ce n'est que de bras en bras ! lança Ailis, malicieuse. Dans l'entre-soi de la haute noblesse. Qui sait ? Peut-être finiras-tu par opter pour le mariage ?

Donna leva les yeux au ciel.

— Qui pourrait bien vouloir de moi ? rétorqua-t-elle.

Elle était convaincue de ne pas être vraiment belle. Tout au plus était-elle jolie. Ce n'est pas qu'elle n'aimait pas son apparence ni qu'elle en avait honte, mais elle avait compris depuis longtemps, sans que cela soit une source de jalousie, qu'elle ne pouvait pas rivaliser avec la beauté classique d'Ailis, avec son visage noble aux traits réguliers, ses yeux noisette et ses cheveux acajou, désormais lisses. Plus petite que ses cousines, Donna n'était ni aussi mince qu'Ailis ni dotée de courbes aussi voluptueuses que Katrina. Elle n'était pas vraiment gracieuse, mais plutôt alerte et athlétique. Ses cheveux blond foncé tiraient sur le roux et résistaient à toute tentative de les dompter en un chignon sage, ce qu'il fallait aussi attribuer au peu de patience dont Donna faisait preuve pour se coiffer. Ses yeux marron brillaient d'un éclat vif, et son teint était plus hâlé que celui de ses cousines. Contrairement à Katrina, qu'on pouvait qualifier de lunatique, et à Ailis, parfois en proie à la mélancolie, elle se montrait la plupart du temps joyeuse et d'humeur égale. Elle était d'ailleurs la seule à entretenir des amitiés en dehors de leur petit groupe de quatre. Si Ailis était aussi conviée à des soirées ou à des piqueniques, c'est uniquement parce qu'on y avait d'abord invité Donna. Mais ce n'était pas ce qu'il fallait pour séduire le prince charmant.

— À choisir, je préférerais étudier tout de suite, déclara-t-elle, mettant fin à une discussion du reste peu sérieuse. Imagine que quelqu'un arrive à voler avant moi !

Ailis rit et enfila un tablier propre par-dessus sa robe aux couleurs de St Leonards.

— Tu sais pourquoi miss Lumsden veut me voir ? l'interrogea-t-elle.

Les jeunes filles étaient retournées dans leur chambre pour commencer leurs devoirs, mais la maîtresse d'internat les avait interrompues en leur annonçant qu'Ailis Hard devait se présenter aussi vite que possible dans le bureau de miss Lumsden.

Donna secoua la tête.

— En tout cas, si on te convoque en tant que témoin, je n'ai rien à me reprocher, dit-elle.

Elle fit la grimace. L'époque où elle démontait des objets sans autorisation afin de percer le mystère de leur fonctionnement était désormais loin derrière elle. La jeune fille avait d'excellentes notes en physique et comprenait généralement tout d'un appareil mécanique dès le premier coup d'œil.

— Je n'en sais rien non plus, confessa Ailis. Il ne me reste plus qu'à aller voir de quoi il retourne. Si ça se trouve, des première année ont tenté de transformer le télescope en microscope !

Les cousines se séparèrent en riant, et quelques minutes plus tard Ailis arriva devant le bureau de la directrice. Elle frappa à la porte sans hésitation. Elle ne craignait pas miss Lumsden, au contraire : elle l'admirait et l'appréciait.

La directrice était assise derrière un bureau massif et dévisageait Ailis d'un œil presque soucieux.

— Ailis ! l'accueillit-elle avec chaleur. Quelque chose est-il arrivé ? Un événement tragique ?

Ailis fronça les sourcils.

— Que voulez-vous dire, miss Lumsden ? Quel événement tragique ? On m'a seulement annoncé que vous vouliez me voir.

— Oh…

D'un geste de la main, la directrice l'invita à prendre un siège.

— Assieds-toi donc, Ailis. Et pardonne-moi de t'avoir inquiétée. Je pensais que tu avais peut-être reçu une dépêche avec plus de détails. Tout ce que tes parents m'ont dit, c'est que tu devais rentrer chez toi. Aussi rapidement que possible. J'ai donc pensé que…

— Non, non, personne ne m'a écrit. Et aucun événement particulier ne se prépare, répondit Ailis en haussant les épaules, décontenancée. Que… que dit la dépêche ?

— Eh bien, aucun motif n'est donné, mais une chose est claire : tes parents souhaitent que tu rentres immédiatement à Thorgale House.

La directrice adressa un signe de tête encourageant à Ailis.

— Je vais leur répondre dès aujourd'hui. Tu pourras prendre le train de 9 h 30 demain matin, Mr Harris te conduira à la gare. Et j'espère évidemment te revoir très bientôt.

— Je reviendrai aussi tôt que possible, promit Ailis. Je ne voudrais rater sous aucun prétexte la session d'observation des étoiles avec miss Pearse vendredi soir.

On était lundi, et Ailis comptait bien être de retour le lendemain après-midi au plus tard.

6

Le trajet en train depuis St Andrews n'était pas très long, mais il y avait encore beaucoup de chemin à parcourir pour rejoindre Thorgale House depuis la gare, sur des routes parfois mal aménagées. Ailis espérait que la réponse de miss Lumsden était parvenue assez tôt à ses parents pour qu'ils lui envoient une voiture. À peine avait-elle posé un pied sur le quai qu'elle aperçut avec joie une calèche de Thorgale House. Rover, le vieux cocher de son père, qui s'attendait à devoir patienter des heures jusqu'à l'arrivée d'Ailis, était installé confortablement sur la banquette. Il avait le temps. Il était désormais trop vieux pour travailler toute la journée, mais il se rendait utile en tant qu'homme à tout faire ou bien se chargeait de trajets simples, comme aujourd'hui. La jeune fille et le vieux domestique étaient ravis de se voir.

— Eh bien, missy, vous avez dû vous lever à l'aube pour arriver aussi tôt ! la salua Rover sur un ton amical.

Il connaissait la jeune femme depuis sa naissance, et, s'il consentait à la vouvoyer, il n'avait jamais pu se résoudre à l'appeler « lady Ailis ». Ailis lui sourit.

— Au chant du coq, Rover ! confirma-t-elle. De toute façon, j'étais si nerveuse que je n'ai pas très bien dormi. Est-ce que tout va bien à la maison ?

Le vieux cocher hocha la tête et la débarrassa de son bagage.

— Oui, tout le monde est en forme.

— C'est que... on m'a fait venir si soudainement, continua Ailis dans l'espoir de lui arracher des informations.

— Pour sûr, c'est lady Alison qui va être contente de vous voir, marmonna Rover.

En bon domestique, il maîtrisait l'art de répondre poliment à toute question sans jamais révéler d'informations sur la vie privée de ses maîtres.

Ailis renonça à en apprendre davantage et prit place dans la calèche.

— Dans ce cas, ne faisons pas attendre ma famille.

Ils traversèrent d'abord le petit village de Thorgale, puis continuèrent en cahotant sur le chemin à travers bois, champs et prairies en direction de Thorgale House. C'était l'automne, et les paysans s'apprêtaient à labourer et ensemencer les terres. Certains saluèrent la calèche des maîtres, et Ailis leur répondit d'un geste cordial. Elle aimait la simplicité des habitants de la campagne et le calme des terres de son enfance – ainsi que l'obscurité qui y régnait à la nuit tombée : les étoiles étaient alors beaucoup plus visibles qu'à St Andrews, où de nombreux foyers allumaient des lampes à huile et des bougies afin de continuer à discuter et à lire en soirée.

Ils atteignirent enfin la demeure familiale, construite dans le même style que St Leonards – les deux bâtiments dataient du Moyen Âge, mais la façade de

Thorgale House était plus ornée que celle de l'imposante bâtisse fonctionnelle du pensionnat. De temps en temps, Ailis se remémorait que l'endroit où elle vivait s'appelait à l'origine « château de Thorgale », un nom autrement plus majestueux que « Thorgale House ». Enfant, elle y avait joué à la princesse avec Donella...

La calèche s'arrêta dans l'allée, et Mrs Townsend, l'intendante, apparut sur le seuil. Un domestique et une bonne la suivaient, prêts à réceptionner les bagages d'Ailis. Mrs Townsend regarda d'un air presque désapprobateur l'unique sac apporté par la jeune fille.

— Bienvenue, lady Ailis ! la salua poliment l'intendante. Votre père pensait vous voir arriver plus tard, mais je savais que vous prendriez le premier train.

Mrs Townsend appréciait le sérieux, la fiabilité et le caractère serein d'Ailis. Sa mère était plus versatile, et son père souvent de mauvaise humeur.

— Sir Charles pourra vous recevoir tout de suite. Je vais vous faire apporter le thé dans ses appartements, vous devez avoir faim. Ou bien préférez-vous d'abord vous rafraîchir un peu ? Votre chambre est prête...

L'intendante inclina légèrement la tête.

— Oh, je vous remercie, Mrs Townsend, mais je ne compte pas rester longtemps, dit Ailis. Si possible, j'aimerais repartir avec le train de ce soir, ou au plus tard demain matin, sans quoi je manquerais trop l'école...

Ailis craignait de faire baisser sa moyenne si elle n'assistait pas à l'examen prévu le lendemain.

— Comme il vous plaira, lady Ailis, répondit l'intendante. Je vais informer tout de suite le marquis de votre arrivée. Mais entrez d'abord vous réchauffer. Il fait un froid terrible ici, en Écosse !

Mrs Townsend, qui venait d'Angleterre, ne pouvait s'empêcher de se plaindre de la météo écossaise, soi-disant beaucoup plus mauvaise que chez elle.

Ailis remit son chapeau et son manteau à la bonne, se recoiffa en vitesse et attendit le retour de l'intendante devant l'immense cheminée qui crépitait dans le vaste hall d'entrée, seulement garni de quelques meubles imposants.

— Votre père vous attend dans le fumoir, annonça l'intendante.

Ailis suivit le domestique jusqu'au deuxième étage. Elle savait où son père avait ses habitudes, mais Mrs Townsend était attachée aux traditions, et il faisait souvent si sombre dans les couloirs de la vieille demeure qu'un valet était le bienvenu pour éclairer la voie. Dans la galerie menant au bureau de son père, le domestique faillit se cogner à la mère d'Ailis. Il s'excusa et s'écarta aussitôt pour la laisser passer. Lady Alison semblait pressée mais, en apercevant Ailis, elle se figea.

— Ailis !

Mère et fille échangèrent l'étreinte quelque peu formelle dont elles avaient l'habitude. Lorsque Ailis se dégagea, elle remarqua que sa mère avait les yeux rougis, comme si elle venait de pleurer ou avait versé beaucoup de larmes ces derniers temps. Lady Alison prit la parole à voix basse avant qu'Ailis n'ait le temps de poser la moindre question.

— Ailis, je veux... je dois... enfin, je veux que tu saches que ton père et moi en avons discuté. Je ne lui en veux pas... Ce... C'est la seule solution... J'espère que... que tu comprendras...

Le domestique avait déjà frappé à la porte du fumoir, qu'il tenait ouverte. Lady Alison quitta sa fille précipitamment, la laissant seule.

Ailis entra et découvrit son père assis derrière son bureau, un meuble aux proportions démesurées, entièrement recouvert de cuir. Elle se demanda pourquoi il ne la recevait pas dans un fauteuil devant la cheminée, mais peut-être était-ce dû au thé que la prévenante Mrs Townsend avait fait servir et déposer sur le bureau. Ailis repéra deux tasses dans leurs soucoupes, et deux serviteurs à étages remplis de gâteaux et de petits sandwichs à l'œuf. Elle sentit l'eau lui monter à la bouche : elle n'avait rien avalé depuis le matin.

— C'est une bonne chose que tu sois venue si vite.

Son père s'était levé pour la saluer, l'embrassant maladroitement sur les deux joues.

— Mais cela ne me surprend pas, reprit-il. Tu as toujours eu le sens du devoir...

Tandis que sir Charles paraissait chercher ses mots, Ailis se chargea de servir le thé, comme cela était de mise pour la fille du maître de maison. Elle versa trois cuillères de sucre dans celui de son père, car c'est ainsi qu'il l'aimait. Elle ajouta également du sucre et du lait dans sa propre tasse. Puis elle s'assit, saisit un savoureux sandwich à l'œuf et croqua dedans avec appétit. Son père paraissait toujours ne pas savoir par où commencer.

— Eh bien, Ailis, si je t'ai fait venir, c'est... Il s'agit de cette affaire de succession. Il semble que ta mère ne pourra jamais m'offrir de fils, dit-il enfin.

— J'en suis sincèrement navrée, répondit Ailis sur un ton qu'elle voulait compatissant, même si elle ne croyait plus depuis longtemps à la possibilité d'une nouvelle grossesse de sa mère.

— Alors, voilà, ta mère et moi avons décidé de dissoudre notre mariage. Je vais me remarier... je...

Ailis manqua s'étouffer.

— Comment ? s'exclama-t-elle.

Son père triturait sa cuillère à thé. Il n'avait encore rien bu, pas plus qu'il n'avait touché aux gâteaux.

— Nous avons essayé, mais ça ne fonctionne pas. Ta mère ne peut pas assurer la succession masculine. Et, comme il ne serait pas non plus dans ton intérêt que ton cousin George hérite du titre, nous devons trouver une solution.

À ces mots, Ailis sentit le rouge lui monter aux joues. Elle n'avait pas l'habitude que son père lui parle si ouvertement. Certes, les élèves de St Leonards ne recevaient pas l'éducation prude dispensée dans d'autres pensionnats pour jeunes filles, et après plusieurs années de cours de biologie elles ne croyaient plus à l'histoire de la cigogne, mais Ailis trouvait malgré tout la situation embarrassante. Et elle ne voyait pas en quoi son avis au sujet de la succession pouvait importer à son père. Une fois qu'elle eut à peu près assimilé la nouvelle, elle lui demanda :

— Et comment comptes-tu faire ? Tu ne peux pas divorcer, si ? Enfin… comme nous sommes catholiques… Il me semblait que l'Église n'admettait pas le divorce, ajouta-t-elle, voyant que son père ne réagissait pas.

Charles Hard rougit à son tour.

— En effet… Eh bien, un divorce est évidemment impossible. Mais j'ai fait déposer une demande à Rome. Et… il se trouve que la curie a accepté d'annuler mon mariage.

Ailis le fixa, les yeux écarquillés.

— Mais, père, votre mariage a été consommé… Vous m'avez eue, moi !

Charles se passa la main sur le front.

— Oui… c'est bien là le problème…

Ailis l'interrogea du regard.

— Je… je ne pourrai plus te reconnaître comme ma fille.

Elle était enfin sortie, cette nouvelle que le marquis de Thorgale avait eu tant de mal à annoncer !

La colère mais aussi l'effroi s'emparèrent d'Ailis. Sa gorge se serra lorsqu'elle prit conscience de la portée de cette décision. Apprendre que son père avait l'intention de remplacer sa mère par quelque étrangère était déjà un choc en soi, mais voilà que son nom, son titre, son existence même étaient en jeu. Son père entendait tout lui retirer. Elle avait l'impression qu'il voulait l'effacer.

Bien que son cœur batte à se rompre, elle conserva son sérieux habituel.

— Donc, si je comprends bien, commença-t-elle, tu comptes forcer ma mère à avouer un adultère dont je serais issue, tandis que, de ton côté, tu ne l'aurais pas touchée une seule fois en vingt ans de vie commune. Ce qui ferait de moi une bâtarde, et de ma mère une prostituée. Toi et ces messieurs de Rome nous mettez au ban de la société afin que tu puisses concevoir ton héritier avec une nouvelle femme.

Ailis adressa un regard fulminant à son père.

— C'est ignoble ! conclut-elle.

Le visage de Charles Hard devint écarlate, mais cette fois de colère.

— Je te prie de surveiller ton langage, Ailis ! Inutile de présenter les choses de façon si tranchée. Je me trouve dans une situation désespérée. Ta mère est du même avis. Évidemment, elle sera mise à l'abri. Elle songe à se rendre en France : là-bas, personne ne saura rien. Quant à toi… voilà, j'ai trouvé une possibilité de te marier.

— Quoi ?

Ailis se demandait si elle nageait en plein cauchemar ou si une montée de fièvre soudaine lui causait des hallucinations.

Son père leva la main en un geste rassurant.

— Ne crains rien, Ailis, ce sera une union respectable, ton futur mari est issu de la noblesse. C'est un Hay...

Les Hay comptaient parmi les clans les plus influents et les plus respectés d'Écosse. Mais il allait de soi que Charles Hard n'avait pas promis sa fille à un prétendant au titre de chef.

— Cuthbert Hay, pour être exact, un petit-neveu du chef actuel...

Ailis n'avait encore jamais entendu parler de lui. Ses yeux et sa voix s'emplirent de méfiance.

— Mais, alors, pourquoi cet homme accepterait-il d'épouser ta bâtarde de fille ? Et quand cela doit-il avoir lieu ?

— Eh bien, annuler un mariage, ça ne se fait pas comme ça, du jour au lendemain, déclara son père, insensible à l'émotion de sa fille et paraissant même reprendre confiance en lui. Cela devrait durer quelques mois, et d'ici là rien ne change. Si nous prévoyons le mariage pour dans, disons, six semaines...

— Six semaines ?

Ce fut un nouveau choc pour Ailis. Habituellement, les fiançailles d'une noble étaient annoncées un an environ avant le mariage.

— Mais tout le monde va croire que je... que nous devons nous marier...

La honte la submergeait rien qu'à l'idée du regard de pitié des invités, sans aucun doute adressés au marié.

— Cela n'a pas d'importance, la coupa Charles Hard. Puisque, de toute façon... vous allez émigrer...

Ailis le fixa sans comprendre.

— Émigrer ? répéta-t-elle d'une voix blanche.

— Oui.

Charles s'empressa de poursuivre.

— Cuthbert accepte de t'épouser à condition que ta dot suffise à vous payer une traversée pour les États-Unis et à vous assurer un capital de départ, qui lui permettra de poursuivre sur place ses études de photographie. Il y a à Boston un laboratoire au sein duquel il prévoit de travailler et de se former. Sa famille ne souhaite pas le soutenir. Vous partirez au plus vite. Je pense qu'ici on vous aura vite oubliés. Là-bas, tu seras une Hay, et personne ne s'intéressera à ton nom de jeune fille.

Ailis se sentit prise de vertige. Son père avait bel et bien l'intention de la faire disparaître, et le clan Hay ne pleurerait pas non plus ce Cuthbert bien longtemps. Ses doigts se cramponnèrent à l'étoffe de son costume de voyage. Il était hors de question qu'elle se mette à pleurer...

— Et si je me mariais avec mon cousin George ?

Son corps se crispa à cette idée. Elle détestait George. Mais unir la fille d'un marquis à l'héritier légitime du titre était une solution courante dans une telle situation. Charles Hard hésita.

— Bien sûr, ç'a été ma première idée, répondit-il dans un souffle. Mais... George ne veut pas de toi. Il te trouve trop érudite, trop maigre, et par-dessus le marché tu es amie avec sa sœur. Il dit qu'il veut choisir sa femme lui-même et, comme tu le sais, pour le moment il est en position de force.

Ailis commençait à perdre pied. Telle était donc l'image que sa famille se faisait d'elle : elle était laide, autoritaire, et s'entourait des mauvaises personnes. Quelques heures plus tôt, alors qu'elle montait dans le train, son existence la satisfaisait pleinement : elle était une élève brillante, estimée de ses professeures et de ses camarades, et ce qu'elle voyait dans le miroir lui plaisait aussi. La discussion avec son père venait de réduire cela à néant. Elle était devenue un appendice gênant dont on voulait se débarrasser au plus vite.

Il lui restait pour seul réconfort le souvenir de l'existence de femmes fortes telles que miss Lumsden.

— Si tu me donnais l'argent avec lequel tu as l'intention de payer ce... Mr Hay, je pourrais peut-être m'en sortir toute seule, articula-t-elle avec difficulté. Je pourrais étudier et devenir enseignante, comme miss Lumsden.

Charles Hard frappa du poing sur la table.

— Hors de question ! s'exclama-t-il, implacable. Tu viendrais à coup sûr te réfugier auprès de la famille en cas de problème. Ta chère miss Lumsden a bien fini par revenir en Écosse. Et qui sait si tu ne nous déshonorerais pas ? Non, Ailis, tu te marieras, un point c'est tout ! Fais connaissance avec Cuthbert, peut-être tomberez-vous amoureux. De toute façon, c'est la seule solution, tu devras t'en accommoder.

Ailis se retrouva dans sa chambre sans savoir comment elle y était arrivée. Là, elle pleura enfin sans retenue.

7

Le jour suivant, c'est à lady Alison que revint la tâche d'exposer en détail à sa fille le plan que sa famille avait échafaudé pour elle.

— Ton père ne veut que ton bien ! insista-t-elle, ce qui déclencha une nouvelle crise de larmes chez Ailis. Nous avons longuement réfléchi à la manière de mettre en œuvre cette… cette solution sans que cela soit à ton désavantage…

— Alors, payez-moi des études ! s'écria Ailis. J'irai en Angleterre, ou ailleurs, où vous voudrez. Ensuite j'arriverai bien à me débrouiller toute seule. Et je me fiche du nom que je porte !

Lady Alison secoua la tête.

— Ton père a raison, il n'en est pas question. Toute cette histoire… nous voulons éviter de créer encore plus d'agitation. William et Connor crieront bien assez au scandale quand la nouvelle de l'annulation circulera. Ils imaginent déjà leurs fils à la place du marquis. Nous avons énormément de chance que l'Église…

— Nous ? l'interrompit Ailis. Tu t'identifies vraiment à ce plan infâme ? Tu acceptes qu'on te chasse, qu'on te calomnie, qu'on t'échange…

Les yeux de sa mère se mouillèrent de larmes.

— Tout… tout est ma faute. Ton père, lui… Ton père peut avoir des enfants, mais moi je n'ai fait qu'enchaîner les fausses couches. Et maintenant je commence à me faire vieille…

Ailis la foudroya du regard.

— Et quel âge a la nouvelle ? Du sang neuf, j'imagine, mais issu de la vieille noblesse ? Elle a été facile à trouver ?

— C'est Muriel Armstrong-Baird, répondit sa mère à voix basse. Et elle aura bientôt… 20 ans. Mais elle est déjà veuve. Son mariage avec Thomas Baird remonte à deux ans, il est décédé des suites d'une chute à cheval. Elle a déjà un fils.

Ailis s'apitoya brièvement sur le sort de ce petit garçon dont l'héritage serait aussi maigre que le sien. Thomas Baird était le deuxième ou le troisième dans l'ordre de succession du clan, et son fils aurait certainement bénéficié d'un statut privilégié au sein de la famille. Mais, désormais, il grandirait auprès d'un beau-père qui attendrait une seule chose : que sa mère mette au monde un héritier masculin. Pour Charles Hard, cet enfant issu d'une première union ne comptait pas : tout au plus était-il la preuve que sa future épouse était apte à engendrer des garçons.

— Elle n'a que quatre ans de plus que moi, souligna Ailis.

— Justement. Elle a encore du temps devant elle. Mais parlons plutôt de ton avenir.

Lady Alison avait repris contenance et se concentrait de nouveau sur les étapes suivantes.

— Tu rencontreras Cuthbert dimanche prochain. Tu verras, c'est un jeune homme charmant.

— Il pourrait être le prince héritier en personne que ce serait la même chose ! s'emporta Ailis. Je voulais terminer l'école avant de me marier ! Pourquoi m'avoir envoyée à St Leonards si c'est pour que je finisse comme une stupide femme d'intérieur dans un patelin perdu au fin fond de l'Amérique ?

— Je crois que Boston est une assez grande ville.

Lady Alison gardait son calme, ce qui n'était pas surprenant. Elle avait eu le temps de se faire à la situation.

— Et puis te marier ne te rendra pas plus bête, poursuivit-elle. Je suis navrée pour l'école. Personne n'aurait pu prévoir cela.

C'est vrai, pensa Ailis. Pas plus que sa mère, elle n'aurait imaginé que les événements prendraient cette tournure.

Jusqu'au dimanche, Ailis passa le plus clair de son temps en compagnie de la couturière de lady Alison. Celle-ci était chargée de lui confectionner, outre sa robe de mariée, une garde-robe adaptée pour Boston. Ailis apprit que le climat de la côte Est ne différait guère de celui de l'Europe centrale : les étés pouvaient y être chauds, et il y neigeait en hiver. Aucun vêtement spécifique n'était donc nécessaire, mais, ces dernières années, Ailis avait presque exclusivement porté son uniforme scolaire, et lady Alison jugeait trop enfantin le reste de sa garde-robe. Ailis prit soudain conscience que ce mariage signifiait aussi son entrée dans l'âge adulte, ce qui allait de pair avec une obligation de s'habiller et de se comporter d'une autre manière. Tout cela lui paraissait aussi effrayant que la soie d'un blanc immaculé et le tulle bouffant qui s'entassaient autour d'elle.

Le moindre ruban de sa robe de mariée faisait l'objet de longues discussions entre lady Alison et Mrs Barrister, la couturière. Lorsque Ailis leur objecta qu'elle n'avait même pas encore rencontré le prétendant, et qu'il était peut-être un peu tôt pour prendre les mesures de sa robe, elles rirent de bon cœur.

Le dimanche, le futur époux se présenta comme prévu à l'heure du thé. Il se révéla en effet bien éduqué, et plutôt bel homme. Cuthbert Hay, de six ans l'aîné d'Ailis, avait la peau claire et les cheveux roux, ce qui était commun en Écosse et en Irlande. Il était frisé, raison pour laquelle, peut-être, il privilégiait une coupe très courte, qui lui évitait d'avoir l'air hirsute. Il ne portait pas de barbe, préférant des favoris qui le flattaient et mettaient en valeur les contours de son visage. Ses yeux marron clair étaient surmontés de sourcils légèrement frisés eux aussi, et ses lèvres pleines, qui paraissaient douces, avaient une couleur presque orangée. Cuthbert Hay salua ses hôtes d'un petit sourire en coin qu'on aurait pu qualifier de gentiment malicieux, voire de rusé. Il avait fière allure dans le complet qu'il avait revêtu pour l'occasion. Il était élancé, mais pas trop maigre, et Ailis remarqua qu'il n'était pas très grand – elle le dépasserait si elle portait des talons hauts. En tout cas, elle n'avait pas besoin de lever la tête pour le regarder dans les yeux.

— Miss Hard ! C'est un plaisir de faire votre connaissance, déclara-t-il après avoir salué les parents d'Ailis dans les règles de l'art.

Ailis s'apprêtait à lui serrer la main, mais il la saisit pour la porter lentement à ses lèvres, esquissant un baiser. Les mains de Cuthbert étaient douces, et leur contact n'était pas désagréable.

— Mr… Mr Hay, parvint à articuler Ailis d'une voix rauque.

Lady Alison invita son hôte à s'asseoir et intima à Ailis de servir le thé. Celle-ci s'exécuta et en renversa un peu à côté, incapable de réprimer le tremblement de ses mains.

Ailis profita de ce que tous buvaient pour recouvrer son calme. Cuthbert parlait avec lady Alison et sir Charles ; ils s'entretinrent des connaissances et parents qu'ils avaient en commun, puis de sa passion, la daguerréotypie.

— Elle aura tôt fait de remplacer les portraits peints, affirma-t-il. Et le procédé se perfectionne de jour en jour. Songez à la méthode du collodion humide, par exemple, et aux processus à base de gélatine. Je pense opter pour l'une de ces nouvelles techniques de développement. Whipple et Black les utilisent déjà.

— Ce sont les daguerréotypistes de Boston ? le questionna Ailis.

Cuthbert confirma avec enthousiasme.

— Assurément le meilleur studio du monde ! fanfaronna-t-il. Je suis très fier de pouvoir travailler avec eux !

Ailis se demanda s'il envisageait d'investir une partie de sa dot dans ce studio. Il lui paraissait étrange que des photographes d'une telle renommée recrutent leurs employés dans un pays aussi lointain que l'Écosse. Toutefois, la photographie était une nouvelle discipline artistique intéressante, notamment quant à ses potentielles applications scientifiques. Plus besoin de dessiner les choses pour les documenter. Et, si l'on parvenait à relier l'appareil à un télescope…

Ce discours sur la photographie commençait cependant à ennuyer lady Alison. Elle mit fin à la discussion en proposant à Cuthbert de réaliser un daguerréotype de sa fille : après tout, ce serait un joli souvenir, à présent qu'ils prévoyaient d'émigrer tous deux.

Cuthbert accepta, et Ailis se retint de demander ce qu'on raconterait au futur héritier lorsqu'il voudrait savoir qui était cette dame inconnue sur la photographie. Mais sans doute le cliché suivrait-il sa mère en exil. En se mariant, Ailis serait rayée de la famille Hard.

— Peut-être aimerais-tu montrer le parc à Mr Hay, Ailis ? lui suggéra sa mère, mettant fin au thé. Une petite promenade...

Ailis aurait pu s'en passer. L'automne était froid et humide. Pour avoir chaud, elle aurait eu besoin d'une veste cirée, ce qui n'était sans doute pas considéré comme une tenue appropriée pour faire plus ample connaissance avec son futur époux. Une bonne lui tendit à la place une mante, qu'elle passa par-dessus sa robe d'après-midi en laine, ainsi qu'un parapluie. Cuthbert saisit cette occasion pour lui donner le bras et lui tenir le parapluie. Il ne tombait que quelques gouttes, mais cela ne suffisait pas à rendre Ailis plus enjouée.

— C'est un très joli parc, déclara Cuthbert après qu'ils eurent fait quelques pas. Et... et maintenant ?

Ailis espérait qu'il n'avait pas l'intention de l'embrasser.

— Maintenant ? Nous faisons connaissance, lui indiqua-t-elle, pleine d'amertume. Souhaitez-vous commencer, Mr Hay ? Ou devrais-je plutôt vous appeler Mr Cuthbert ?

— Commencer ? demanda-t-il, déconcerté.

Ailis soupira.

— Peut-être pourriez-vous d'abord me raconter quelque chose qui vous concerne. Me parler de votre vie, pour ainsi dire...

Elle était décidée à rester polie, mais la question qui lui brûlait la langue depuis le début lui échappa malgré elle.

— Pourquoi votre famille ne finance-t-elle pas votre formation aux États-Unis ? Les Hay ne sont pas considérés comme pauvres.

Ailis craignait de le mettre en colère, mais Cuthbert accueillit sa question avec un sourire.

— Vous avez raison, répondit-il d'une voix sereine. En réalité, mon père possède lui aussi une bicoque de ce genre.

Il pointa le doigt en direction de la majestueuse bâtisse de Thorgale House qui surplombait le parc.

— Le siège de ma famille n'est certes pas aussi grand et somptueux que le vôtre, dit-il, mais il reste tout à fait convenable, à ceci près que l'héritage ne m'en laissera pas une miette.

— Vous ne donnez pas l'impression d'en être attristé, fit remarquer Ailis.

Cuthbert rit.

— Non, pour être honnête, je ne regrette ni la maison, ni la chasse, ni le village et ses métayers qui assurent la subsistance de tout ce petit monde. Je suis la brebis galeuse de la famille, je ne me sens nulle part vraiment à ma place… Cela a commencé dès l'école, à Gordonstown, que vous connaissez peut-être de nom. Un très vieux pensionnat. Les élèves qui l'ont fréquenté en parlent toujours avec des étoiles dans les yeux. Je suis le seul à n'avoir jamais été séduit par les douches froides ni par les courses à pied matinales auxquelles on nous obligeait à participer à moitié nus, qu'il vente ou qu'il pleuve.

Il frissonna à ce souvenir, et Ailis pensa que lui non plus ne devait pas prendre grand plaisir à cette promenade.

— Et qu'avez-vous fait d'autre là-bas ? À Gordonstown ? demanda-t-elle, curieuse de découvrir s'ils partageaient un intérêt commun pour les sciences.

— J'y ai lu des livres aussi soporifiques que le laudanum, étudié deux langues que plus personne ne parle, fait un peu de mathématiques et appris à manier un marteau : la probabilité de s'écraser un doigt augmente à mesure que la température baisse. Et je me gelais en permanence…

Il sourit de son air malicieux, et Ailis dut admettre qu'elle commençait à le trouver amusant.

— Naturellement, tout cela a contribué à m'endurcir, ce qui signifie que ma future femme aura rarement besoin de me soigner pour un rhume.

— Excellente nouvelle, approuva Ailis, qui ne se sentait pas l'âme d'une infirmière. Et ensuite ?

— Eh bien, j'ai survécu. Mais je restais le dernier de la fratrie, à qui il fallait à tout prix trouver une vocation quelconque afin qu'il ne vive pas aux crochets de sa famille. Bien entendu, dans ces cas-là, on aime à songer à une carrière militaire, dit-il en levant les yeux au ciel. Mais je ne suis pas enclin à tirer sur qui ce soit ; même la chasse me rebute. Pourquoi devrais-je me traîner à travers bois dans le froid et l'humidité dans le seul but d'abattre un cerf ? Je ne tue pas non plus les bœufs dans lesquels sont taillés mes steaks !

Ailis rit.

— Vous n'êtes donc pas végétarien.

Le jeune homme secoua la tête.

— Non, j'apprécie la bonne chère et je n'ai pas mon pareil pour manier le couteau et la fourchette, sans pour autant ressentir le besoin de brandir une épée ou d'embrocher mon prochain à la baïonnette. En somme, je n'aspire ni à tuer ni à vivre la vie d'un soldat. Faire carrière dans la diplomatie m'aurait peut-être plu, mais ma famille n'avait pas les relations nécessaires. Et puis je ne suis pas très patient. Quid des études ? Vous ai-je déjà dit que je ne supportais pas la vue du sang ? La médecine n'était pas une option... Ce fut donc le droit, mais les premières leçons m'ont ennuyé à mourir ! En revanche, j'ai profité comme il se doit de la vie étudiante...

Cuthbert fit une moue amusée.

— ... jusqu'au moment où mon vieux père a trouvé trop coûteux de continuer à me financer. Pourtant, j'en gagnais, de l'argent, lorsque l'idée venait à l'un de mes camarades d'aller chanter à la fenêtre de sa bien-aimée. J'ai une belle voix et j'ai appris à jouer du luth. On était prêt à payer de coquettes sommes pour que je me charge du concert.

Ailis éclata une nouvelle fois de rire. Son futur mari était un drôle de personnage ; il ne se prenait pas au sérieux et n'était pas dénué de charisme.

— Et puis, j'ai constaté que je pouvais réaliser en un tour de main des caricatures et des portraits de mes camarades ou de leurs amies. J'ai alors choisi d'étudier les beaux-arts, qui me paraissaient plus adaptés que ce fatras juridique, même si ma famille, elle, était loin de m'encourager dans cette voie. Seulement, pour mes professeurs, je manquais de talent... Ensuite, mon frère s'est marié. Un photographe s'est présenté chez nous pour réaliser un daguerréotype, et j'ai compris que mon avenir était là. Hélas, mon père ne voyait pas les choses du même œil, contrairement au vôtre, qui a l'intention de me soutenir, et de façon plutôt généreuse.

Cuthbert la regarda avec candeur.

— Cela, bien sûr, uniquement avec votre accord.

Ailis se disait que, peut-être, elle pourrait apprécier ce charmeur à la discussion divertissante. Elle lui sourit.

— Maintenant, à mon tour. Que souhaiteriez-vous savoir sur moi ?

Cuthbert réfléchit.

— Ailis, diras-tu oui ? demanda-t-il seulement.

Lorsque Ailis put enfin refermer derrière elle la porte de sa chambre, elle se jeta sur son lit, luttant contre la sensation de froid et de vide qui l'envahissait. Elle ne cessait de se répéter que Cuthbert était sympathique, qu'il avait un don pour raconter des histoires et l'avait fait rire. Il n'était pas rebutant comme son cousin George, et il était loin d'être idiot, même s'il manquait un peu de constance. Rien de tout cela ne pouvait pourtant lui faire oublier son cruel manque d'intérêt pour elle. Ni son histoire ni ses passions n'éveillaient sa curiosité… et la voir pour la première fois n'avait déclenché en lui aucune réaction. À l'évidence, elle s'était fait des illusions jusqu'à présent : elle n'était ni belle ni intéressante ; ses parents devaient avoir raison. Elle n'avait pas la personnalité de miss Lumsden, et, livrée à elle-même, elle n'arriverait à rien. Elle pouvait toujours admirer les étoiles, elle ne les atteindrait jamais.

8

Ailis aurait aimé retourner à l'école pour quelques semaines. À Thorgale House, il n'y avait rien à faire qu'essayer de nouvelles robes à longueur de journée. Sa mère et elle avaient prévu d'aller faire des achats à Édimbourg, avant de changer d'avis : au lieu de faire transporter le mobilier dans des caisses jusqu'aux États-Unis, il serait plus judicieux de l'acquérir à Boston. Ailis emporterait une seule malle contenant son trousseau, constitué de draps et de linge de maison, ainsi que d'un peu d'argenterie appartenant à la famille de sa mère depuis des générations. Rien ne s'opposait donc à ce qu'elle retourne à St Leonards en attendant son mariage, et peut-être même que miss Lumsden se serait arrangée pour qu'elle passe ses examens finaux en avance. Mais ses parents n'avaient rien voulu entendre. Elle avait eu l'autorisation de se rendre une dernière fois à St Andrews – pour récupérer ses affaires et faire ses adieux. Une semaine après son départ, elle reparut donc au pensionnat, où elle fut aussitôt convoquée dans le bureau de miss Lumsden. Ailis espérait ne pas devoir informer elle-même la directrice des événements.

Mais miss Lumsden était déjà au courant, les parents d'Ailis avaient dû lui annoncer la nouvelle. Quand Ailis entra dans son bureau, la directrice réagit de manière inattendue : elle prit aussitôt son élève préférée dans ses bras.

— Ma chère Ailis, je suis sincèrement désolée ! Cette... cette décision de nous quitter, ça ne peut pas réellement venir de toi, n'est-ce pas ? dit-elle d'une voix qui trahissait sa peine.

— A-t-il écrit cela ? Mon père ? A-t-il écrit que je voulais...

Ailis sentit son cœur se serrer face à cette nouvelle trahison.

— Ton père m'a informée que tu songeais à te marier, expliqua la directrice. Mais je ne peux pas le croire. Pas toi ! Il y a une semaine, tu n'avais encore jamais évoqué cette éventualité... Enfin, ce ne sont pas mes affaires, mais...

Ailis, qui luttait pour faire bonne figure, appuya la tête contre l'épaule de sa professeure et fondit en larmes. Miss Lumsden l'écouta d'une oreille patiente, sa colère grandissant à mesure que le récit de la jeune fille avançait.

— Tu ne vas pas t'opposer à ce plan ? demanda-t-elle finalement d'une voix douce.

Ailis secoua la tête.

— Et comment donc ? Je pourrais dire non devant l'autel, mais ensuite ? J'ai 16 ans et je suis sans argent, sans formation... Une fois le mariage de mes parents annulé, il ne me restera même pas mon nom. Je suis une moins-que-rien, miss Lumsden ! Toute ma vie je me suis raconté des histoires... vous nous avez raconté des histoires !

Son ton s'était teinté de reproche.

— Vous nous avez fait croire que nous pouvions y arriver, étudier, changer les choses, bien que nous soyons des femmes. Mais ce n'est pas le cas ! Pour ma part, je n'ai pas le choix. Mon avenir, c'est Cuthbert Hay qui en décidera, un homme qui ne souhaite même pas me connaître...

Dans un récit entrecoupé de sanglots, elle lui relata sa première rencontre avec son futur époux. Miss Lumsden la fit alors asseoir face à son bureau, derrière lequel elle prit place.

— Ailis, tout cela est très... fâcheux, annonça-t-elle finalement. Mais ce n'est pas une raison pour baisser les bras. Ton futur mari ne semble pas trop conservateur.

— Un risque-tout et un bel étourneau. Voilà de quoi il a l'air !

— Peut-être est-ce préférable à un riche propriétaire terrien, à un médecin ou à un juriste de renom, répliqua la directrice. La probabilité qu'il ne te laisse pas sortir et te confine à un rôle de femme d'intérieur est plus faible. Et puis les États-Unis sont un pays jeune. La science et la recherche y sont en plein essor. N'oublions pas que tu pars pour Boston ! Une ville universitaire ! As-tu déjà entendu parler de Harvard ? C'est là qu'enseignent les professeurs les plus brillants du monde. Quel dommage que tu ne puisses pas terminer l'école ! Mais ne t'en fais pas : je vais te rédiger un excellent certificat de fin de scolarité. Peut-être aurastu l'occasion de t'inscrire dans une bibliothèque et de suivre des cours pour continuer à te former. Ce sera sans doute plus difficile pour toi que pour tes amies, mais Boston pourrait aussi être ta chance. Tu es tout sauf une moins-que-rien, Ailis Hard !

Lorsque Ailis quitta le bureau de la directrice, elle se sentait un peu mieux. Il lui restait à annoncer son mariage aux autres élèves, et notamment à ses cousines. Donella et Katrina n'en savaient encore rien : les Hard de Thorgale House souhaitaient rester discrets aussi longtemps que possible sur l'annulation de leur mariage. Mais peu importait à Ailis que ses cousines répètent la nouvelle. Elle ne voulait leur cacher cela sous aucun prétexte, et surtout pas à Donella ! Les jeunes filles se montrèrent bouleversées par son sort. Même Katrina, pour qui la scolarité avait le moins d'importance, était épouvantée par le choix des parents d'Ailis.

— Je ne me laisserais pas marier aussi facilement ! affirma-t-elle avec détermination. Mon futur mari, c'est moi qui le choisirai, et ce ne sera sûrement pas un de ces ennuyeux bonshommes de la noblesse rurale écossaise.

— Je ne dirais pas que Cuthbert Hay est ennuyeux, répondit Ailis, qui commençait à comprendre ce que voulait dire miss Lumsden en affirmant que ce n'était pas un si mauvais parti. Et puis, il paraît que Boston est une ville palpitante…

Donella, encore sous le choc, sortit de sa stupeur pour serrer Ailis dans ses bras.

— Je t'écrirai ! promit-elle. Nous ne nous perdrons jamais de vue, quoi qu'il advienne !

Emily ne s'immisça pas dans la discussion : elle ne parvenait pas à s'offusquer de ce qui arrivait à Ailis. La jeune noble comprenait à son tour qu'elle n'était pas maîtresse de son destin, voilà tout.

Le chef du clan Hard organisa pour sa fille un mariage digne de son rang, auquel participèrent même d'éminents membres du clan Hay. Bien sûr, le délai était trop court pour réunir la moitié de l'Écosse, comme c'était l'usage pour des unions de cette importance, mais en cette période de Noël, l'ambiance était tout de même à la fête. Lors de la réception qui suivit la cérémonie de mariage, Ailis raconta à ses cousines avoir reçu de St Leonards un remarquable certificat de fin de scolarité.

— En temps normal, il y aurait là une bonne raison de se réjouir, regretta-t-elle avec amertume. Un vrai diplôme avec d'aussi bonnes notes, voilà qui justifierait une telle fête...

Donna l'enlaça et l'embrassa sur la joue.

— Qui sait, peut-être que ce mariage te rendra très heureuse ! tenta-t-elle de la réconforter. En tout cas, c'est mon vœu le plus cher pour cette fin d'année, et, si tu veux, je peux l'envoyer dans le ciel avec un lampion volant !

Le rire d'Ailis vint se mêler à ses larmes, même si elle ne se faisait pas d'illusions quant au bonheur avec Cuthbert. Au moins son mari se montrait-il poli et avenant envers tous les invités. Il se révéla aussi un excellent danseur, et fit bonne impression à Donella et Katrina, qui remplissaient le rôle de demoiselles d'honneur. Cuthbert sembla même un peu flirter avec Katrina. Emily, qui observait la scène d'un œil attentif, glissa à Donella :

— On dirait qu'il préfère les blondes. Il ne regarde pas Ailis avec ces yeux-là.

Cuthbert s'acquitta malgré tout de son devoir conjugal dès la nuit de noces. Ailis avait appréhendé ce moment. Devoir vivre avec un inconnu était déjà assez pénible. Se déshabiller devant lui et le laisser toucher toutes les parties de son corps était encore plus difficile. Cuthbert sembla se rendre compte de sa réticence. Il n'insista pas pour la voir entièrement nue et se contenta de retrousser sa robe de nuit en dentelle pour s'approcher d'elle. Lui-même portait une chemise de nuit, de sorte qu'elle ne fut pas obligée de contempler son bas-ventre. Il prit son temps, la caressa et essaya autant que possible d'éveiller son désir avant d'entrer en elle. Ce fut douloureux, mais pas aussi dégoûtant et humiliant qu'elle l'avait craint.

— Ça s'arrangera avec le temps, la consola-t-il.

Puis il détourna le regard quand elle se leva pour laver le sang qui souillait ses jambes.

— En tout cas, je peux t'assurer que je resterai prévenant avec toi.

Le départ pour Londres puis la traversée de l'Atlantique eurent lieu peu de temps après le mariage. Pendant le voyage, Cuthbert continua de se comporter en parfait gentleman. La petite cabine qu'ils partageaient avec un autre couple contenait deux lits superposés, et Cuthbert eut la délicatesse de laisser tranquille sa jeune épouse pendant tout le temps que dura la longue traversée. Ailis aurait été morte de honte d'avoir à s'exécuter en présence de leurs compagnons de chambrée. Mr et Mrs Rand, quant à eux, semblaient n'en éprouver aucune gêne. Mr Rand rejoignait sa femme presque toutes les nuits, et Ailis essayait tant bien que mal de faire abstraction du bruit. Cuthbert évitait ces épisodes à sa manière, prolongeant les soirées et passant des heures dans le fumoir du bateau avec les autres gentlemen. Il se révéla doué pour le poker et le black jack, sans toutefois se risquer à miser gros. Avec les petites sommes qu'il empochait, il invitait Ailis à boire du champagne sur le pont, et les autres femmes ne tardèrent pas à lui envier ce mari charmant et courtois.

Ailis aimait les soirées en mer, surtout parce qu'elle pouvait alors admirer le ciel étoilé. Dans la profonde obscurité qui régnait au milieu de l'océan, les corps célestes brillaient plus intensément que sur Terre. Elle aurait aimé avoir un télescope pour s'aventurer encore plus avant dans ce monde merveilleux, et en venait presque à se réjouir de son arrivée à Boston. Entre-temps, elle avait appris que Harvard disposait d'un observatoire, et que la faculté d'astronomie y était très réputée. Un certain Pr Edward Pickering dirigeait l'institut. Il avait déjà fait de nombreuses découvertes et signé quantité de publications sur le sujet. En cadeau d'adieu, miss Lumsden avait offert à Ailis quelques-uns des journaux dans lesquels étaient parus ses articles.

— Je ne les comprendrai sûrement pas, avait commencé Ailis, intimidée, mais miss Lumsden avait balayé ses paroles d'un geste.

— Tu apprendras à les comprendre. Ne garde pas tes lumières sous le boisseau.

Ailis, installée sur une chaise longue avec vue sur la mer, passait donc ses journées à lire des articles scientifiques, puis à rechercher les mots inconnus dans le dictionnaire en plusieurs volumes qu'elle avait découvert dans la bibliothèque du bateau. Tous les termes n'y figuraient pas, et elle ne comprenait pas toujours l'intégralité du contexte, mais elle appréciait de s'occuper autrement qu'en bavardant des heures durant avec les passagers ou en flânant sur le pont. Elle se mêlait aux autres voyageurs le soir venu, car certains d'entre eux s'intéressaient aussi à la voûte céleste, même s'ils se livraient parfois aux suppositions les plus farfelues sur ce qu'ils pouvaient observer. Ailis se mit à réunir chaque soir un groupe d'amateurs à qui elle enseignait avec passion tout ce qu'elle savait sur les constellations, les soleils et les lunes. Cuthbert, qui se joignait à eux, paraissait fier de sa femme, ou du moins appréciait-il l'admiration dont il bénéficiait grâce à elle.

9

Au bout de deux longues semaines, le bateau à vapeur moderne atteignit New York, et les passagers s'acquittèrent des formalités d'immigration sur Ellis Island. Tout le monde n'était pas autorisé à entrer aux États-Unis, mais Cuthbert disposait d'une lettre d'invitation de Whipple and Black ainsi que d'une somme d'argent, déjà transférée vers une banque américaine, qui leur suffirait pour survivre sur place pendant plusieurs semaines, voire plusieurs mois. En outre, ils étaient tous deux jeunes et en bonne santé. Comme il n'y avait aucune raison qu'on leur refuse l'immigration, ils furent rapidement autorisés à rejoindre Manhattan.

Là-bas, Cuthbert laissa Ailis dans un café du port, afin de « prendre ses repères ». Ailis n'était pas d'accord, elle aurait préféré s'installer dans un hôtel pour reprendre la route vers Boston dès le lendemain et y chercher un appartement sans attendre. Son mari semblait toutefois convaincu que ses nouveaux employeurs avaient déjà tout arrangé pour lui. Il lui donna donc un rapide baiser sur la joue, puis se dirigea vers la City où, l'espérait-il, des nouvelles l'attendaient...

À mesure que le temps passait, l'inquiétude d'Ailis grandissait. Le café était convenable, la gérante et la serveuse semblaient être d'honnêtes personnes. Le lieu n'avait rien d'une taverne comme on en trouvait dans les ports, mais une jeune femme seule qui remuait son café pendant des heures finissait tout de même par y attirer l'attention. Lorsque la nuit commença à tomber, les regards se firent suspicieux.

— Nous fermons bientôt, miss, dit la serveuse. Êtes-vous... êtes-vous seule avec tous ces bagages ?

Cuthbert avait fait stocker la malle contenant le trousseau d'Ailis, mais les deux grosses valises étaient restées dans le café avec elle.

— Mon mari doit revenir me chercher, expliqua Ailis, ce qui lui valut des regards compatissants. Nous arrivons juste, il voulait chercher un logement ou un moyen de poursuivre le voyage. Nous nous rendons à Boston. S'il vous plaît, je... je ne sais pas où l'attendre sinon.

— Vous pouvez rester ici jusqu'à 19 heures, pas plus, l'avertit la gérante du café. Rentrer plus tard serait trop dangereux pour Amy et moi. Des individus peu fréquentables rôdent dans le quartier à la nuit tombée... Ce n'est pas un endroit sûr pour une femme seule.

L'inquiétude d'Ailis se mua bientôt en désespoir. Toutefois, elle semblait avoir convaincu les deux femmes qu'elle n'était pas une dévergondée. Amy, la serveuse, lui écrivit même l'adresse d'une pension respectable située non loin de là.

— Avez-vous au moins un peu d'argent ?

Ailis répondit par l'affirmative. Elle avait en sa possession l'argent destiné à aménager son futur logement – sa mère le lui avait donné à elle plutôt qu'à Cuthbert, et, sans savoir pourquoi, elle s'était gardée d'en informer son époux.

— Dans ce cas, nous allons vous trouver un porteur pour vous aider avec les valises, décida la gérante, et vous irez chez Mrs Westwood. C'est elle qui tient la pension.

— Pour votre mari, nous n'avons qu'à mettre un mot sur la porte, proposa Amy. Il le trouvera. Sinon, eh bien, il se débrouillera jusqu'à demain matin, puis il reviendra demander de vos nouvelles. Il n'aurait pas dû vous laisser attendre toute seule. Qu'il se fasse donc un peu de souci pour vous, ça lui apprendra !

Ailis ne pouvait qu'acquiescer. Mais, au moment où elle s'apprêtait à se mettre en route, Cuthbert reparut enfin, outré d'avoir découvert qu'à Boston personne n'avait rien prévu pour l'accueillir.

— Ce n'était pourtant pas faute de savoir sur quel bateau nous voyagions ! s'emporta-t-il. Ils auraient au moins pu organiser notre trajet jusqu'à Boston.

— Peut-être avaient-ils autre chose à faire que de t'accueillir en grande pompe ! s'agaça Ailis. Cuthbert, tu es leur employé, pas un membre de la famille dont on attend la venue avec impatience ! C'est à toi de te débrouiller pour te rendre à Boston. N'as-tu encore jamais réservé un hôtel ou consulté des horaires de train, avec toutes les aventures que tu as vécues ?

Il n'en avait jamais eu la nécessité, elle le soupçonnait. À Édimbourg, il avait dû être pris en charge par une corporation étudiante, et pendant sa brève carrière artistique, loger chez des amis ou des membres de la famille. Pour le reste, il s'était probablement laissé porter. Sans doute avait-il toujours trouvé quelqu'un pour l'emmener d'une ville à l'autre… Le clan des Hay avait de vastes ramifications. Et l'on ne refusait pas le gîte à l'un de ses membres qui cherchait à se loger à l'improviste.

— Nous allons commencer par aller dans cette pension, déclara Ailis. Ce n'est pas loin. Et, puisque tu es là, nous économiserons le porteur.

La tenancière de la petite pension se révéla très sympathique, ce qui ne l'empêcha pas de demander à voir l'acte de mariage du jeune couple avant d'accepter de lui louer une chambre double. Dans un premier temps, Cuthbert ne parvint pas à retrouver le document, et Ailis se voyait déjà dormir seule dans une chambre, au calme. Après ce long voyage, elle aurait aimé se laver en toute tranquillité et se reposer sans être dérangée par les ronflements d'autrui. Toutefois, son mari finit par mettre la main sur le papier, et ils s'installèrent ensemble dans une chambre propre. Après cette longue période d'abstinence, Cuthbert ne tarda pas à réclamer son dû, et, encore sous le coup de la colère et de la déception, il prit sa femme plus brutalement que d'habitude. Ailis resta allongée sans bouger, à subir son sort. Elle mit ensuite longtemps à trouver le sommeil, alors qu'elle était exténuée. De quoi demain serait-il fait ? Le trajet en train jusqu'à Boston serait simple à organiser, elle s'était renseignée auprès de la tenancière. Mais comment réagirait Cuthbert quand il constaterait que ses employeurs ne l'attendaient pas avec un logement de maître ? Ailis se rendit compte qu'elle savait peu de choses sur son époux. Supportait-il les déceptions, ou le rendaient-elles colérique et désobligeant ? Qu'adviendrait-il s'il se lassait de la photographie aussi rapidement qu'il s'était lassé des beaux-arts et du droit ? Si elle ne voulait pas s'inquiéter inutilement, désormais elle s'attendait au pire. Tard dans la nuit, elle finit par sombrer dans un sommeil agité.

Le lendemain matin, la tenancière leur prépara un bon petit déjeuner. Cuthbert prit le temps de bavarder avec elle, laissant opérer son charme naturel, tandis qu'Ailis aurait préféré partir au plus vite. Le trajet durerait plusieurs heures, et elle ne voulait pas arriver trop tard dans sa nouvelle ville.

Ils atteignirent Boston en fin d'après-midi, avec leurs valises pour seuls bagages. Cuthbert avait l'intention de faire livrer la malle depuis New York dès qu'ils auraient leur propre adresse. Il espérait encore que son employeur lui mettrait un appartement à disposition, et rejeta la proposition d'Ailis, qui aurait préféré trouver un hôtel pour la première nuit et entamer des recherches le lendemain.

— Allons donc faire un tour chez Whipple and Black ! s'exclama Cuthbert lorsqu'ils sortirent de la gare. C'est sûrement encore ouvert. On verra bien ce qu'on nous dira.

— Connais-tu au moins leur adresse ? l'interrogea Ailis, maussade.

Sa valise était lourde, et son mari peu enclin à porter leurs deux bagages.

— Bien sûr ! dit-il. Ils sont au croisement de Washington Street et de Temple Street. Ça ne doit pas être loin.

Ailis se demanda comment il pouvait en être si certain, mais elle n'avait pas d'autre choix que de le suivre en direction du centre-ville.

Le chemin lui fit oublier sa mauvaise humeur. Boston comptait parmi les plus vieilles villes des États-Unis. Elle se révélait toutefois nettement plus moderne que Londres ou Édimbourg, et son style architectural en était le témoin le plus évident. Des briques rouges habillaient les bâtiments, mais çà et là les habitants n'avaient pas peur d'affirmer leur goût pour les couleurs : ils avaient peint leurs maisons en rouge ou en jaune et décoré leurs balcons de fleurs multicolores. Ailis avait lu que la ville avait été fondée par des émigrés puritains, peu connus pour leur fantaisie en matière d'architecture. Depuis que Boston s'était fait un nom en tant que métropole des sciences, s'emplissant d'étudiants et de chercheurs du monde entier, le paysage urbain avait changé. Les rues offraient un vaste choix de boutiques, dotées de larges vitrines et d'impressionnants étalages, et un magasin sur deux semblait vendre des livres ! Plusieurs espaces verts apportaient un souffle de fraîcheur à la ville, incitant à flâner sous des arbres centenaires.

Le studio de photographie se trouvait en plein centre de la City, et donc à bonne distance de la gare. Mais Ailis n'était pas fâchée de marcher un peu après le long trajet en train, car Boston lui plaisait de plus en plus. Cuthbert dut s'arrêter plusieurs fois pour demander son chemin, et les passants l'aidèrent tous de bonne grâce. *Cette ville a décidément tout pour plaire,* pensa la jeune femme. Enfin, ils atteignirent les locaux de Whipple and Black, dont la grande enseigne publicitaire fit forte impression sur Ailis. Située dans un bâtiment de haute taille, la boutique, à première vue, ne différait guère des autres magasins. Dans les vitrines étaient exposés des daguerréotypes, des portraits mais aussi des photographies de bâtiments et de rues. Et, lorsqu'elle pénétra dans l'atelier, Ailis fut captivée par une image qui trônait bien en évidence au-dessus du comptoir.

— C'est… la Lune !

Elle n'en croyait pas ses yeux : la photographie était une vue très rapprochée d'un croissant de lune devant une mer d'étoiles. Elle fit un pas en avant. Elle aurait aimé pouvoir toucher cette image.

— Nous avons également une étoile en stock ! annonça une voix derrière elle.

Le studio à proprement parler devait se situer dans la pièce voisine, où étaient disposés de nombreux accessoires destinés à la réalisation de portraits. Un homme élancé en sortit, dont le visage rappelait celui d'Abraham Lincoln. Ses cheveux étaient bruns, ses yeux marron brillaient d'un éclat vif, et il affichait un sourire avenant. Il pointa du doigt une plus petite photographie exposée sur un autre mur.

— Véga. Une étape majeure dans l'histoire de l'astrophotographie, sans vouloir me jeter des fleurs.

— C'est vous qui l'avez prise ? demanda Ailis, éblouie.

L'homme hocha la tête.

— John Adams Whipple, se présenta-t-il.

Il remarqua alors la présence de Cuthbert.

— Comment puis-je vous aider ?

Cuthbert s'avança.

— Je suis Cuthbert Hay, annonça-t-il fièrement. Nous avons correspondu…

Mr Whipple réfléchit. Ce nom paraissait ne rien lui dire.

— D'Écosse ! s'impatienta Cuthbert.

L'homme plissa le front puis sourit, comme pris d'une illumination.

— Mais oui, le jeune Écossais qui souhaiterait travailler chez nous ! Pardonnez-moi, je pense que c'est avec Mr Black que vous avez correspondu, et je ne peux pas me rappeler le nom de tous les stagiaires qui passent par ici. Quoi qu'il en soit, nous sommes ravis de votre venue. Mais, pour l'heure, si vous voulez bien m'excuser, la nuit devrait être claire, et le Pr Pickering nous attend à l'observatoire.

— Vous travaillez avec l'observatoire ? s'étonna Ailis. Oh, Cuthbert, mais je l'ignorais ! Je pensais que tu photographierais seulement des gens ici, je…

— Ailis, tais-toi un peu, veux-tu ? l'interrompit Cuthbert avec agacement, ce qui lui valut des regards déconcertés de la part d'Ailis et du photographe. Excusez-moi, Mr Whipple, l'astrologie est... comment dire... le dada de mon épouse.

John Whipple rit.

— Vous écrivez des horoscopes ? lui demanda-t-il.

Le visage d'Ailis s'empourpra sur-le-champ.

— Non, non, bien sûr que non ! se défendit-elle. Mon mari veut dire « astronomie », je m'intéresse aux étoiles, aux nébuleuses... à la Lune... tout ce que le ciel a en réserve. J'aurais aimé faire des études dans ce domaine, mais...

— Mr Whipple, la coupa Cuthbert, nous n'avons pas encore d'appartement. Est-il prévu que nous nous en chargions nous-mêmes ? Et quand dois-je commencer à travailler ? J'aurais aimé démarrer immédiatement. J'ai déjà une certaine expérience, mes photos sont... Si vous avez besoin d'assistance tout de suite, eh bien...

Mr Whipple fronça de nouveau les sourcils.

— Et que comptez-vous faire de votre ravissante épouse pendant ce temps ? demanda-t-il. Non, rien ne presse. De toute façon, pour commencer, nous avons l'intention de vous confier le développement de nos clichés. Vous n'avez sûrement encore jamais travaillé avec des daguerréotypes sur verre.

Cuthbert dut admettre que cette méthode lui était inconnue, et Ailis semblait désormais la plus intéressée.

— Est-ce qu'on travaille avec des plaques de verre ? demanda-t-elle. Pour l'astrophotographie, je veux dire. En daguerréotypie classique, on utilise plutôt des plaques en cuivre, n'est-ce pas ?

Elle était la première étonnée de tout ce qu'elle avait retenu des interminables discours de Cuthbert à propos de son art.

— Des plaques en cuivre recouvertes d'argent, ajouta-t-elle, sans parvenir à se détacher de la photographie de Véga.

Mr Whipple approuva de la tête et se tourna vers Cuthbert.

— Votre jeune épouse est aussi intelligente que jolie ! complimenta-t-il son nouvel employé. Je ne peux que vous féliciter.

Il attendit que Cuthbert affiche une expression satisfaite avant de se tourner à nouveau vers Ailis.

— Mrs Hay, je suis certes un peu pressé, mais, puisque vous êtes là… Pourrais-je… Voilà, j'aimerais vous photographier. Ici même, devant l'image de Véga… Votre expression est si…

Le rouge monta aux joues d'Ailis.

— Je ne crois pas qu'un portrait réalisé par un spécialiste tel que vous soit dans nos moyens, commença-t-elle.

Cuthbert avait déjà fait son portrait en Écosse, mais Ailis n'avait pas été enchantée par le résultat, bien qu'elle s'y soit reconnue. Elle y paraissait perplexe et angoissée : la photo révélait si ouvertement son humeur et ses craintes que c'en était presque effrayant. Le cliché avait toutefois plu à sa mère, ravie de ce cadeau d'adieu.

Mr Whipple l'arrêta d'un geste.

— Mrs Hay, je me considère comme un artiste. Si je vous demande de poser pour moi, c'est plutôt moi qui vous suis redevable.

Hésitante, Ailis se tourna vers la représentation de Véga et sentit de nouveau l'émerveillement et la joie la gagner.

— Oui, c'est ça ! l'encouragea le photographe. Peut-être pourriez-vous aussi retirer votre chapeau… Pendant ce temps, je vais chercher le matériel nécessaire. Hay, venez donc m'aider à porter tout ça.

Cuthbert fit une légère grimace. John Adams Whipple était vite passé de « Mr Hay » à un simple « Hay », trop expéditif à son goût. À croire qu'on s'adressait à un assistant.

En retirant son chapeau, Ailis eut l'impression de se décoiffer. Quelques mèches s'échappèrent de sa coiffure plutôt sévère. Elle chercha des yeux un miroir, mais Mr Whipple secoua la tête.

— Non, non, restez comme ça ! On dirait qu'une légère brise souffle, ça donne de la vie à l'image… Ce sera superbe !

Cuthbert sembla trouver le moment bien choisi pour adresser quelques flatteries à son futur chef, et peut-être aussi à sa femme.

— Vous pourriez appeler cette œuvre *Vénus*, tenta-t-il. Une femme en adoration devant la déesse de la Beauté.

Ailis tourna la tête vers lui, et dans son regard l'admiration céda la place à la colère.

— C'est Véga ! s'indigna-t-elle à raison. Une étoile de la constellation de la Lyre. Vénus est une planète de notre système solaire. N'as-tu donc rien retenu de mes exposés ? Ni rien écouté de ce que je t'ai raconté ?

Lors de leurs promenades du soir sur le pont, elle lui avait si souvent parlé des étoiles.

Mr Whipple éclata de rire.

— *Véga* signifie « aigle en piqué », précisa-t-il. Et, si j'avais immortalisé votre ravissante épouse à cet instant, la ressemblance aurait été parfaite. Mais, je vous en prie, Mrs Hay, posez encore une fois pour moi avant d'étriper votre mari… Il est vrai que les deux noms se ressemblent beaucoup.

En contemplant Véga, Ailis oublia aisément sa colère. Les possibilités offertes par l'astrophotographie l'émerveillaient. Bien sûr, elle avait déjà pu observer Véga grâce au télescope de l'école, mais elle avait toujours dû céder sa place à l'élève suivante après quelques secondes, et, naturellement, une seule étoile était visible dans le champ. Avec l'astrophotographie, on pouvait capturer en image plusieurs étoiles et constellations, les mettre côte à côte et les comparer… Elle peina à quitter l'étoile des yeux une fois la photographie terminée.

— J'ai hâte de voir le résultat, déclara-t-elle finalement.

Le photographe sourit.

— Non seulement vous le verrez, mais je réaliserai également pour vous un tirage que vous pourrez garder. Comme je vous le disais, Hay, dit-il en se tournant vers Cuthbert, nous travaillons désormais avec des plaques de verre, sur collodion humide, et de plus en plus sur collodion sec au tanin. Nous pouvons ainsi réaliser plusieurs positifs à partir d'un négatif. Les plaques se conservent pendant six mois. C'est une vraie sensation… Mais l'heure tourne, et je dois hélas vraiment vous laisser. Le professeur attend.

Ailis et Cuthbert quittèrent l'atelier et marchèrent d'abord sans but à travers la ville. Ils n'échangèrent pas un mot. Pour la première fois, Ailis était vraiment en colère contre son mari. Elle savait qu'il n'était époustouflé ni par son apparence ni par ses connaissances, mais elle avait quand même espéré qu'il lui accorderait un peu plus d'attention. Elle comprenait à présent que son intérêt n'avait été que feint, probablement dans le but d'impressionner les autres passagers, qui eux faisaient part d'un enthousiasme sincère pour les explications d'Ailis.

Ils finirent par trouver un hôtel bon marché entre la gare et le studio de photographie, et la scène de la nuit précédente se répéta plus ou moins à l'identique. Cuthbert était contrarié, et Ailis encore plus, mais il exigea qu'elle s'acquitte de son devoir conjugal. Elle souleva sa robe de nuit en silence, et ressentit pour la première fois un réel dégoût pendant l'acte.

Le matin venu, ils achetèrent plusieurs quotidiens et parcoururent les annonces à la recherche d'appartements à louer qui ne soient ni trop chers ni trop éloignés du travail de Cuthbert. Ce dernier critère s'avéra difficile à satisfaire, car Whipple and Black avait élu domicile dans un quartier plutôt chic... Pour finir, ils sélectionnèrent deux appartements proches de l'université. Ailis sentit son cœur s'emballer à l'idée de vivre à quelques minutes à pied d'une grande bibliothèque, et peut-être même de l'observatoire. Elle fut également séduite par l'endroit lorsqu'ils s'y rendirent pour rencontrer les propriétaires.

Usant de son charme, Cuthbert conquit immédiatement la logeuse du premier appartement. Il aurait signé le contrat sur-le-champ si Ailis n'avait pas insisté pour visiter d'abord le second, qui se révéla mieux situé, plus grand et moins cher. Cuthbert se laissa même convaincre, et ils décidèrent d'un commun accord d'emménager aussi rapidement que possible.

Le reste de la journée fut consacré à l'achat de meubles et de différents articles ménagers. Il était évident que Cuthbert s'ennuyait – les longues réflexions et les comparatifs de prix n'étaient pas sa tasse de thé. Ailis finit par lui proposer d'aller chez Whipple and Black. Elle terminerait les courses toute seule et se chargerait de faire livrer sa malle depuis New York. Quand son mari s'éloigna, soulagé, elle put enfin respirer.

La deuxième soirée du couple Hay à Boston se déroula enfin de manière harmonieuse. Cuthbert semblait satisfait de ce qu'il avait accompli durant la journée. À la fermeture du studio, il rentra à l'appartement, dont le confort s'était amélioré grâce à Ailis, la plupart des meubles ayant déjà été livrés. Toutefois, rien n'était prêt pour le dîner. Sa jeune épouse n'avait pas eu le temps de faire des courses et, surtout, la cuisinière de l'appartement, une sorte de colosse en fonte, l'intimidait. Ailis avait souvent vu d'autres femmes aux fourneaux, mais elle ne s'était encore jamais risquée à en allumer un elle-même. Heureusement, la sympathique femme du propriétaire lui promit de lui montrer dès le lendemain comment dompter ce mastodonte.

Cuthbert ne s'en formalisa pas. Il accompagna la jeune femme jusqu'à la pension pour rendre leur chambre, puis l'emmena dans un très bon restaurant, où, à la surprise d'Ailis, il commanda du homard. Les fruits de mer étaient bien meilleur marché à Boston que sur le Vieux Continent, et Cuthbert insista pour trinquer au champagne. Il semblait conscient d'avoir mal agi et tentait de se racheter en la gâtant. Ailis lui pardonna – après tout, qu'aurait-elle pu faire d'autre ? – et écouta avec intérêt le récit de son travail au studio. Généralement, lui révéla-t-il, il ne rentrerait pas à la maison aussi tôt qu'aujourd'hui. Les photographes avaient l'habitude de profiter des heures du jour pour réaliser des daguerréotypes et des calotypes. Ces derniers s'appuyaient sur la technique du négatif, que les photographes privilégiaient désormais. Le soir venu, ils développaient leurs travaux jusque tard dans la nuit, et John Adams Whiple avait été clair : il incomberait au nouveau stagiaire d'effectuer cette tâche fastidieuse, qui n'était pas non plus dénuée de danger en raison des nombreux produits chimiques utilisés. La situation était loin d'enchanter Cuthbert mais, en une seule journée, il avait tant appris auprès des célèbres photographes qu'il était prêt, dans un premier temps du moins, à s'exécuter sans rechigner.

— Rien que l'idée d'insuffler de la vie aux prises de vue ! Ils photographient de profil, jouent avec la lumière, demandent aux modèles d'adopter différentes poses... Beaucoup de clients ne le voient pas d'un bon œil, et pourtant c'est l'avenir ! Au fait, tes photographies sont en cours de développement. Nous pourrons les voir demain.

Cuthbert n'en finissait pas de s'enthousiasmer, et Ailis commençait elle aussi à se sentir heureuse. Cette nouvelle ville était belle, ses habitants aimables, et les commerçants réactifs et flexibles. En Écosse, elle n'aurait sûrement pas réussi à aménager aussi bien un appartement en un jour. Tout ce dont elle avait besoin était en stock et avait été livré sur-le-champ. Les magasins étant en concurrence, ils mettaient un point d'honneur à satisfaire leur clientèle. Sur le chemin du retour vers l'appartement, elle permit à Cuthbert de passer le bras autour de ses épaules, et, quand il voulut ensuite s'unir à elle, il n'y eut plus seulement de la douleur et de la gêne, mais aussi un certain sentiment de proximité. L'homme qui partageait sa vie n'irait pas lui décrocher la lune, mais peut-être la photographierait-il pour elle. Ailis envisageait à nouveau l'avenir avec espoir et confiance.

10

C'EST AINSI QU'ELLE TROUVA le courage d'affronter le lendemain l'« épreuve de la flamme et du fourneau ». Venue l'instruire comme promis, l'épouse du propriétaire sembla un peu déçue de ne pas être accueillie avec une tasse de thé ou de café. Elle n'avait sans doute pas cru qu'Ailis puisse être si novice en la matière. Elle expliqua donc à la nouvelle locataire comment empiler bois, copeaux, feuilles de journal et autres papiers, puis y mettre le feu pour obtenir une belle flambée ou une braise durable, suivant ce dont on avait besoin.

— Le mieux est de ne jamais laisser le feu s'éteindre tout à fait, conseilla-t-elle à Ailis, à qui elle indiqua aussi que, pour se chauffer, on utilisait du charbon ou des briquettes.

Après quoi elles prirent finalement le thé, tandis qu'Ailis évoquait le métier passionnant de son mari, et les photographies de la Lune et de Véga.

— C'est vrai, se souvint Mrs Herbert, j'avais vu ça dans le journal, à l'époque. Mais c'était il y a longtemps, quand Mr Bond était encore directeur de l'observatoire. Ils avaient remporté un prix lors d'une exposition à Londres...

— L'astronomie vous intéresse ? demanda Ailis, étonnée par tout ce que savait cette simple femme d'intérieur.

Mrs Herbert rit.

— Mon petit, expliqua-t-elle, l'université est pour ainsi dire notre voisine ! Et nous louons souvent à des étudiants. Quand vous connaîtrez mieux l'immeuble, vous constaterez que la plupart des appartements sont occupés par deux ou trois jeunes messieurs qui se partagent le loyer. Et il m'arrive aussi de faire le ménage à la bibliothèque...

Ailis réfléchit. Si obtenir une carte de lectrice à la bibliothèque était impossible, elle pourrait toujours y proposer ses services comme femme de ménage et accéder ainsi aux collections. Cependant, en dehors de la chambre de l'internat, que les jeunes filles devaient garder propre, elle n'avait jamais entretenu d'intérieur. Ce soir-là, elle décida de s'essayer d'abord à la cuisine. Elle avait alimenté le fourneau toute la journée, si bien que la chaleur était presque intenable. Les œufs au plat avec lesquels elle se lança dans son entreprise de jeune cuisinière souffrirent eux aussi de la température : ils noircirent avant même qu'Ailis ait le temps de les frire de l'autre côté. Elle parvint néanmoins à faire cuire des pommes de terre dans un grand fait-tout, en se demandant ce qu'elle pourrait servir avec. Elle finit par se rappeler qu'à Thorgale House, les jours de chasse, on grillait parfois des saucisses sur le feu. Elle fit une tentative avec les saucisses qu'elle prévoyait pour le petit déjeuner du lendemain. Elle les piqua sur une fourchette, ouvrit la porte du poêle et avança la main vers les flammes qui crépitaient. Elle manqua se brûler, mais réussit à les faire cuire. Si elles étaient calcinées par endroits, celles qu'on préparait à Thorgale House l'étaient aussi. Ailis espérait que Cuthbert ne se plaindrait pas. Hélas, il n'était pas de la meilleure humeur lorsqu'il rentra, vers 23 heures. Les pommes de terre et les saucisses avaient refroidi entre-temps, ce qui ajouta encore à sa grogne.

— Ces maudites plaques de verre m'ont éreinté ! Le développement n'est pas aussi dangereux qu'avec le mercure et le cyanure de potassium qu'on utilise pour les daguerréotypes, mais laver et fixer tout ça reste un vrai travail de forçat.

Cuthbert se figea un instant en découvrant les pommes de terre et les saucisses.

— C'est une méthode difficile à apprendre ? demanda Ailis.

Cuthbert fit la grimace.

— Visiblement moins que d'apprendre à cuisiner. Seigneur, Ailis, dois-je comprendre que c'est notre dîner ?

— C'est mon premier essai, avoua Ailis. Et, pour tout te dire, je préférerais développer des plaques de verre. As-tu vu le portrait que Whipple a fait de moi ?

Cuthbert hocha la tête et, d'un geste théâtral, sortit de son sac une photographie déjà encadrée.

— Avec les compliments du photographe, dit-il du bout des lèvres, comme contraint de reconnaître que cette photographie était de bien meilleure facture que son propre daguerréotype.

Ailis découvrit avec stupeur le portrait d'une jeune femme devant un ciel étoilé. Elle n'était pas certaine qu'elle s'y serait reconnue si elle était tombée sur cette photographie dans une exposition. La jeune femme était bien trop belle, son visage trop rêveur : il disait le désir et la béatitude, l'envie et l'adoration. Quiconque contemplerait cette œuvre en aurait le souffle coupé.

— C'est... c'est magnifique, dit-elle doucement. Mais... ce n'est pas moi...

Cuthbert ne la contredit pas.

— C'est Whipple, ça ! Du grand art ! Il voit le meilleur chez ses modèles, et c'est ce qu'il capture. Mais je crois que je commence à comprendre comment il s'y prend. Si je n'étais pas relégué aux développements...

Ailis se taisait. Les yeux rivés sur le portrait, elle croyait entendre la voix de son enseignante.

« Mais si, Ailis, lui chuchotait miss Lumsden à l'oreille, c'est exactement toi ! »

Le lendemain, une fois Cuthbert parti, Ailis prit le chemin de l'université – et de l'observatoire ! Le complexe sur lequel avait régné autrefois le Pr Bond, à qui avait succédé Edward Pickering, rassemblait quelques bâtiments peu élevés, coiffés pour certains de coupoles, et n'avait rien de bien impressionnant. Ailis savait cependant qu'il accueillait le plus grand télescope du monde – et le plus moderne à ce jour. Il avait notamment permis à Mr Whipple de réaliser ses photographies. Elle enviait les étudiants qui entraient comme bon leur semblait, et n'avait qu'un seul souhait : leur emboîter le pas. Elle n'osa pourtant pas s'y risquer. À l'accueil, quelqu'un voudrait sûrement savoir ce qu'elle désirait. L'idée la traversa de tenter sa chance et de demander avec le plus grand aplomb où était la bibliothèque. Mais celle-ci ne se trouvait peut-être pas dans le bâtiment central, et Ailis serait alors aussitôt démasquée... Les jeunes hommes qui se partageaient un appartement dans son immeuble étudiaient-ils l'astronomie ? En réalité, l'université Harvard proposait tant de cursus différents qu'un tel hasard était peu probable.

Finalement, Ailis acheta des légumes et de la viande, puis renouvela ses essais aux fourneaux, cette fois avec une flamme moins généreuse. Et, tandis qu'elle cuisinait une sorte de ragoût, elle rêvait de plaques de verre sur lesquelles, après le traitement adéquat, apparaissait comme par miracle une reproduction des étoiles.

Dans les mois qui suivirent, Cuthbert n'eut pas davantage de plaisir à travailler chez Whipple and Black. Il continuait de développer les plaques des photographes, souvent jusqu'au milieu de la nuit. Ailis le soupçonnait d'être trop lent et de manquer de motivation. La prise de vue était ce qu'il préférait, mais son travail ne satisfaisait pas toujours ses maîtres. Cuthbert, qui avait fait sien le principe selon lequel il fallait mettre de la vie dans les photographies, persuadait les clients qui passaient commande de s'amuser devant l'objectif. Les jeunes femmes, notamment, prenaient alors des poses presque aguicheuses, et les parents poussaient de hauts cris.

— Letitia devait envoyer cette photographie à son fiancé. Mais nous ne pouvons décemment pas imposer cela à un jeune homme convenable ! Que penserait Gerald…

Mr Whipple écouta patiemment les lamentations d'une mère scandalisée, et promit de refaire un portrait, après quoi il sermonna Cuthbert.

— Hay, l'arbre généalogique de cette famille remonte au *Mayflower* ! Vieille noblesse de Boston, en quelque sorte. Et vous, vous représentez leur fille comme… voyons, je n'irais pas jusqu'à dire comme une fille publique, mais en tout cas dans une pose pour le moins indécente.

— Vous m'avez dit de saisir l'essence du modèle, se défendit Cuthbert. Et cette fille a dans le regard ce petit quelque chose…

— Elle a 17 ans ! le rabroua Mr Whipple. Elle a forcément encore un brin d'innocence, de douceur, de naïveté… Chaque être humain a plusieurs facettes, Hay. Et quand on vous paie pour un portrait, vous devez mettre en lumière les qualités qui valorisent le client. Quels que soient les aspects sombres que vous puissiez voir en lui.

Rentré chez lui, Cuthbert enrageait toujours plusieurs heures plus tard. Il avait encore dû développer des plaques, parmi lesquelles se trouvaient aussi les clichés d'un spectre stellaire. Le photographe était un certain Henry Draper, qui travaillait en étroite collaboration avec l'observatoire et l'atelier Whipple and Black. Il s'intéressait surtout au spectre visible des étoiles et, grâce à de longs temps d'exposition, s'essayait également au spectrogramme de comètes ou de nébuleuses. Ailis avait eu connaissance de son travail par les revues que miss Lumsden lui avait offertes, mais elle ne s'était pas rendu compte qu'à Boston elle serait si près de ce chercheur d'exception.

— Comme c'est excitant ! s'écria-t-elle, le regard soudain pétillant. Penses-tu… penses-tu que je pourrais voir les plaques ?

— Ma foi, tu peux bien m'accompagner.

Les plaques développées devaient être livrées dès le lendemain, mais Cuthbert n'avait pas tout à fait terminé son travail. Après leur dîner déjà tardif, il serait donc forcé de retourner à l'atelier.

— Si ça te passionne tellement, tu n'as qu'à les développer toi-même ! ajouta-t-il.

Sa proposition allait à l'encontre des règles établies par son employeur : les salles de développement, qui constituaient le cœur de l'atelier, étaient interdites à toute personne extérieure. On y testait sans cesse de nouvelles techniques, dont la concurrence ne devait rien savoir. Ailis pensa que Cuthbert voulait se venger de son chef, même si celui-ci n'apprendrait jamais qu'elle avait aidé son mari. D'ailleurs, elle s'en fichait : la tentation était trop grande ! Le cœur battant, elle suivit Cuthbert dans les rues obscures, jusqu'au sanctuaire de l'atelier Whipple and Black.

Elle étudia avec intérêt les étiquettes des bouteilles et des bacs de produits chimiques, puis se tourna presque avec adoration vers les plaques exposées.

— Les voilà donc ? demanda-t-elle dans un souffle.

Cuthbert soupira.

— Il y en a encore huit autres à développer. Et il faut aussi en préparer de nouvelles.

Il lui montra ensuite comment verser sur les plaques une solution de sulfate de fer. L'opération devait se dérouler dans l'obscurité – seule une petite lampe rouge était permise. Une première image apparaissait alors, comme dessinée avec une poudre sombre.

— C'est de l'argent, expliqua Cuthbert, de l'argent métallique. Le sulfate de fer le décompose à partir du nitrate d'argent qui a d'abord servi à préparer la plaque.

Il appliqua pour finir un mélange à base de nitrate d'argent et d'une solution à l'acide citrique, et l'image devint plus nette. Ailis reconnut la constellation d'Orion.

— Mais elle est à l'envers ! s'exclama-t-elle.

— C'est un négatif, précisa Cuthbert. Ce qui sera dans des tons clairs sur la photographie apparaît ici dans des tons foncés, et inversement.

Il fallait encore fixer le négatif, ce qui consistait à le plonger dans un bain d'hyposulfite de sodium, à le laver, puis à l'enduire d'une couche de vernis à l'alcool.

Cuthbert accomplit toutes ces tâches à la va-vite. Ailis en avait le cœur serré.

— Laisse-moi essayer, demanda-t-elle quand il se saisit de la plaque suivante.

Elle répéta l'opération avec des gestes soigneux, presque tendres, pour fixer la constellation qu'on y voyait.

— C'est beaucoup plus net ainsi, déclara-t-elle avec satisfaction.

Cuthbert leva les yeux au ciel.

— Allons bon, si tu te crois plus douée...

Les nuits suivantes, Ailis posa encore beaucoup de questions, jusqu'à maîtriser au moins aussi bien que son mari tant les techniques de développement que la préparation des plaques de verre. Cuthbert ne se donnait même plus la peine de l'accompagner le soir à l'atelier. Il rentrait chez eux et lui tendait les clefs, ravi d'avoir terminé sa journée. De temps à autre, il en profitait aussi pour sortir, ce qu'Ailis ne remarqua pas tout de suite. Quand elle s'en aperçut, elle ne trouva rien à y redire. En quoi aurait-elle dû s'offusquer qu'il aille boire une bière après le travail ou passe une soirée au théâtre ou au café-concert ? De toute façon, elle n'avait pas envie de l'accompagner. Son travail au laboratoire la comblait, même si l'astrophotographie n'y occupait qu'une place marginale. La plupart du temps, elle développait des portraits de citoyens de Boston, des vues de rue ou des photographies de bâtiments. Elle en profitait pour améliorer ses compétences, se consacrant ensuite avec encore plus de soin et de passion aux rares commandes de l'observatoire. Elle travaillait souvent jusqu'à l'aube et devait ensuite se hâter de rentrer pour préparer le petit déjeuner de Cuthbert.

Quelques semaines plus tard, alors qu'Ailis développait justement des plaques représentant des étoiles, elle fut incapable d'identifier la constellation photographiée. Elle eut alors une idée qui pourrait lui permettre de justifier sa venue à la bibliothèque universitaire : l'observatoire avait sa propre petite bibliothèque spécialisée en astronomie. Elle se sentait enfin le courage de s'y rendre.

Quand Ailis pénétra dans la bibliothèque, vers midi, elle la trouva quasiment vide. Un employé qui semblait s'ennuyer, peut-être un étudiant, classait des fiches assis à son bureau. À l'entrée, un homme âgé et bedonnant se tenait devant un rayonnage. Il avait le visage rond, un bouc pointu et les cheveux clairsemés.

Ailis salua timidement, puis s'adressa au jeune homme assis derrière son bureau, à qui elle demanda une carte de bibliothèque.

Il la regarda de haut.

— Vous n'êtes pas étudiante, fit-il observer.

Aucune femme n'était inscrite à l'université cette année-là, et Ailis le savait. À Harvard, il leur était pourtant permis d'étudier.

— Non, répondit-elle. Mais je travaille sur les photographies de Mr Draper à l'atelier Whipple and Black. Et je pourrais… je pourrais mieux y parvenir si j'avais la possibilité de me renseigner un peu sur le sujet.

Elle adressa un sourire aimable au jeune homme, qui fronça les sourcils.

— C'est-à-dire ?

— Eh bien, disons que… si je savais comment ces étoiles nous apparaissent sans télescope, je pourrais peut-être mieux exploiter les photographies.

Ailis tournait autour du pot. Ses propos n'avaient aucun sens et elle espérait que l'employé n'y connaissait rien en astrophotographie.

À son grand étonnement, l'homme âgé, dont le visage s'était éclairé d'un sourire furtif tandis qu'elle s'expliquait, s'immisça alors dans leur conversation.

— Allons, Berger, ne faites pas tant d'histoires ! Nous ne pouvons que nous réjouir de ce que la population de cette ville s'intéresse à nos recherches. Si cette jeune dame veut s'instruire... elle ne donne pas l'impression de vouloir s'enfuir avec nos encyclopédies scientifiques afin de les revendre aux puces.

Il observa Ailis avec attention et reprit :

— Quel est le domaine qui vous intéresse le plus, miss...

— Mrs, le corrigea Ailis, Mrs Cuthbert Hay. Mon mari travaille également pour Mr Whipple... Il est assistant.

L'homme s'approcha.

— Il me semble vous avoir déjà vue... dit-il en réfléchissant tandis que Mr Berger reportait de mauvaise grâce sur une carte de bibliothèque l'adresse indiquée par Ailis. Voyons, notre très cher maître Whipple n'aurait-il pas réalisé un portrait de vous ?

Les joues d'Ailis s'empourprèrent. Quand elle avait découvert son portrait exposé chez Whipple and Black, elle n'avait pas su dire si cela lui faisait plaisir ou l'embarrassait. Elle acquiesça finalement. L'homme lui adressa un sourire plein de bonté, et Ailis elle aussi eut soudain l'impression de l'avoir déjà vu.

— J'espère en tout cas que votre lecture vous mettra des étoiles dans les yeux ! plaisanta-t-il avant de poser sur le bureau de Mr Berger la liste qu'il avait rédigée. Commandez-moi à nouveau ces ouvrages, je vous prie. Dans l'édition revue et corrigée.

Le jeune homme se leva et s'inclina.

— Tout de suite, professeur !

C'est alors qu'Ailis se souvint. Les revues de miss Lumsden…

— C'est le Pr Pickering ? demanda-t-elle dans un souffle.

Mr Berger hocha la tête.

Ailis rougit encore une fois. Le Pr Pickering, son idole ! Et il lui avait parlé ! Radieuse, elle prit la carte de bibliothèque qu'on lui tendait, puis explora avec délices l'univers de l'astronomie qui s'ouvrait à elle. Désormais, tous ces livres, de Ptolémée à Joseph von Fraunhofer et William Herschel, étaient à portée de main !

Une heure plus tard, elle quitta la bibliothèque en emportant des ouvrages sur les planètes, les astéroïdes et la constellation d'Orion. Elle avait hâte de s'y plonger dès l'après-midi, mais une lettre de sa cousine Donella l'attendait chez elle, et elle décida d'y répondre d'abord. Après tout, la journée avait été riche en événements dignes d'être racontés. De son côté, Donella brossait un tableau vivant de son dernier semestre à St Leonards. Ailis avait appris par ses précédentes lettres que Donna s'était rapprochée d'Emily après son départ – le lit qu'avait occupé Ailis dans leur chambre était resté vide, et Donella avait bien plus de points communs avec Emily qu'avec Katrina.

Cette nouvelle lettre évoquait leur projet de fin d'études. Donna et Emily avaient choisi de travailler ensemble sur le vol des oiseaux, l'anatomie de leurs ailes et l'influence de leur poids et de leur envergure sur leur aptitude à voler. Dans sa lettre, Donna dissertait déjà sur la pesanteur, la résistance à l'air, la forme des ailes, la poussée et la portance dynamique.

Bien sûr, nous continuons aussi d'étudier à cette fin notre chère Gooby, même si elle ne vole toujours pas. Entre nous, elle me paraît un peu trop grasse et flegmatique, et je doute fort qu'elle décolle un jour. Elle suit Emily partout où elle le peut et ne s'intéresse guère aux volatiles qu'élève l'intendant des écuries. À mon avis, elle se prend pour un être humain. Elle adorerait dormir dans notre chambre, ce dont Emily serait ravie, surtout que personne n'occupe ton lit. Mais, naturellement, Katrina est contre et elle n'hésiterait pas à aller moucharder. L'oie semble d'ailleurs sentir que Katrina a peu de sympathie pour elle : elle lui a déjà mordu deux fois les mollets. La rivalité entre ces deux-là pour s'attirer les faveurs d'Emily ne manque pas de piquant.

Là où les choses sont moins amusantes pour Emily, c'est que Katrina a pris l'habitude de disposer d'elle comme d'une femme de chambre et d'une assistante. Pour son projet de fin d'études, notre cousine voudrait créer un opéra-comique avec le club de théâtre. Ou plutôt à contre-pied de celui-ci. Tu connais Katrina : elle veut décider de tout. Cette fois, pourtant, il se pourrait qu'elle n'ait pas tort : elle est indéniablement plus investie dans ce projet que tous ces cabotins et fait même preuve d'une certaine discipline. Mais, bien sûr, c'est Emily qui se charge d'abattre le gros de la besogne, qu'il s'agisse de planifier les répétitions ou de recopier au propre les ébauches de texte et les partitions, ce qui lui est difficile puisqu'elle ne sait pas lire les notes. Sans compter qu'il lui incombe toujours aussi de ranger la chambre, de prendre soin des effets de Katrina et de faire ses devoirs à sa place. La pauvrette est occupée du matin au soir, et j'ai déjà réfléchi à aller dénoncer

Katrina. On ne peut quand même pas accepter qu'elle se dérobe à presque toutes ses obligations ! Mais elles seraient sûrement punies l'une et l'autre, et je ne peux pas faire ça à Emily. Elle est trop douce et trop humble pour ce monde, voilà tout.

Ailis ne pouvait que partager cet avis, même si sa compassion pour Emily était toute relative. La jeune fille souffrait d'un quotidien difficile aux côtés de Katrina, certes, mais un jour elle se libérerait de cette emprise et serait diplômée de l'une des meilleures écoles de jeunes filles du pays – sans oublier sa formation de femme de chambre ou de suivante. Durant les vacances scolaires, avait écrit Donella, lady Mairead exigeait d'Emily qu'elle assiste sa propre femme de chambre afin d'acquérir les compétences qui lui permettraient par la suite d'aider Katrina à se coiffer et se vêtir. Donna s'en était offusquée : elle trouvait qu'Emily méritait un peu de temps libre, mais les parents d'Emily y étaient favorables. Si la jeune fille n'avait pas été scolarisée, le moment aurait été venu pour elle de travailler au château, et les Coxwold considéraient cette formation de femme de chambre comme une excellente opportunité. Ailis voyait elle aussi la réalité en face : si aucune université n'accordait de bourse à Emily, elle pourrait toujours se placer comme domestique, économiser ainsi de l'argent, puis financer elle-même ses études. C'était un chemin jonché d'obstacles, mais il offrait davantage de perspectives qu'Ailis n'en avait. Elle était liée à Cuthbert pour le restant de ses jours et, même si elle s'efforçait à présent de faire contre mauvaise fortune bon cœur, jamais elle n'irait à l'université.

Grâce à la carte de bibliothèque qu'elle détenait désormais, elle entreprit néanmoins un fabuleux voyage à la découverte des corps célestes. Chaque jour, elle passait plusieurs heures à lire, et quand elle avait l'occasion de développer des travaux astrophotographiques, elle tentait de les analyser en s'appuyant sur ce qu'elle avait appris. Bien sûr, elle n'y parvenait qu'à moitié, mais sentait qu'elle progressait. Au moins, elle y prenait un réel plaisir, oubliant pour un temps les tâches rébarbatives d'une femme d'intérieur. Comme elle travaillait de nuit à l'atelier, Cuthbert ne l'approchait plus que rarement pour exiger son dû. Elle appréciait cette situation et, au début, n'y réfléchit pas plus qu'aux sorties répétées de son mari au bar ou au cabaret. Elle finit par soupçonner qu'il avait d'autres femmes dans sa vie, mais elle ne lui demanda pas de comptes. Lui non plus n'avait pas vraiment choisi cette union, et elle ne voyait pas d'inconvénient à ce que chacun s'en accommode à présent de son mieux. Elle posait en revanche un regard réprobateur – et inquiet – sur la relation de Cuthbert à ses employeurs, qui ne cessait de se dégrader. Si sa famille le considérait comme le vilain petit canard, Cuthbert n'en demeurait pas moins un Hay, membre de l'un des clans les plus importants d'Écosse, et donc empli de fierté. Il n'acceptait pas qu'on ne lui confie encore que des tâches subalternes ni qu'on critique ses travaux – Ailis était bien placée pour le savoir. Chez Whipple and Black, pourtant, les remarques n'avaient rien d'injurieux, elles étaient en général polies et visaient à faire progresser Cuthbert dans son travail de photographe. Ailis tentait parfois de lui faire entendre raison, mais il s'emportait alors contre elle. Peu à peu, elle comprenait que l'homme qu'elle avait épousé, non content d'être un risque-tout, était aussi un donneur de leçons maladif. À la longue, comme elle le craignait, ses employeurs ne le toléreraient plus, et cela marquerait pour elle aussi la fin d'un travail passionnant à l'atelier.

Par malheur, ce fut justement ce travail qui mit le feu aux poudres. Un soir, alors qu'Ailis donnait la dernière main à d'émouvantes photos de mariage, John Adams Whipple surgit dans l'atelier.

— Mrs Hay, dit-il d'une voix qui trahissait moins l'étonnement que la déception et le trouble. Je vous avoue que je ne voulais pas le croire.

Ailis, soulagée qu'il ne soit pas entré pendant qu'elle s'activait dans la chambre noire, baissa les yeux.

— Je... je...

Rien ne lui venait à l'esprit qui puisse justifier sa présence, ni surtout l'absence de Cuthbert.

— Vous exécutez la tâche confiée à votre époux, résuma Mr Whipple. Pour la plus grande satisfaction de tous, dois-je souligner. Le Pr Pickering m'en a touché un mot aujourd'hui alors que je passais à l'observatoire. Il m'a demandé de saluer ma si formidable employée et s'est déclaré conquis par le travail que cette Mrs Hay réalisait à partir des plaques de Mr Draper et de l'institut. Un développement à la hauteur de ces prises de vue sensationnelles, voilà ce qu'il a dit. Inutile donc de prétendre qu'il s'agit d'une exception. Pour travailler de manière si professionnelle, il faut avoir acquis de l'expérience.

Ailis écoutait ces compliments, la tête basse.

— C'est... J'avoue que ça me plaît beaucoup, dit-elle.

Mr Whipple hocha la tête.

— Ce qui n'est pas le cas de votre époux, fit-il observer. Je suis désolé, Mrs Hay, aussi enchantés que nous soyons de votre travail, nous ne sommes pas satisfaits du sien. Pour être honnête, si nous l'avons gardé si longtemps, c'est pour le génie évident dont il faisait preuve dans la préparation de l'image et le développement – c'est-à-dire les tâches que *vous* réalisiez. Et maintenant que je vous trouve ici, je dois en outre lui faire grief d'avoir été malhonnête et d'avoir dérogé à notre accord de confidentialité.

— Je n'ai jamais...

Ailis allait assurer à Mr Whipple qu'en aucun cas elle n'aurait révélé le moindre secret, mais il la coupa.

— Vous n'avez naturellement rien à vous reprocher. Il n'en demeure pas moins que votre époux nous a dupés. Nous serons hélas contraints de nous séparer de lui dès demain – et donc de vous.

Il la regardait avec un regret sincère.

— Et si je restais ? demanda Ailis, qui venait d'avoir une idée. Vous pourriez m'embaucher. Seulement pour le développement... Enfin, quand vous travaillez à l'observatoire, je pourrais peut-être... vous accompagner pour apprendre...

Mr Whipple sourit.

— Décidément, vous avez une vraie passion pour les étoiles, constata-t-il avec gentillesse. C'est vrai, nous pourrions envisager de vous engager. Mais croyez-vous que votre mari serait d'accord ? Après la confrontation sans nul doute désagréable que nous aurons demain ?

Que Cuthbert soit en droit de décider de ses moindres faits et gestes fit à Ailis l'effet d'un coup de poignard. Elle savait ce qu'impliquait le mariage, mais chez les couples qu'elle connaissait, les divergences d'intérêt n'avaient jamais été aussi frappantes qu'elles ne menaçaient à présent de le devenir entre elle et Cuthbert.

— Que faire ? murmura-t-elle.

Mr Whipple haussa les épaules, désolé.

— Il vous faudra en discuter avec votre époux. Je peux seulement vous assurer que je suis le premier navré par cette situation.

La course aux étoiles

Boston, 1886-1889
Écosse, 1886-1888
« Grand Tour », 1888-1889

1

QUAND AILIS ARRIVA CHEZ EUX, Cuthbert n'était pas encore là. Une chance : elle préférait laisser à l'employeur de son époux le soin de lui annoncer qu'ils étaient découverts. Aussi décida-t-elle de feindre le sommeil le soir, quand il rentrerait, mais aussi le lendemain matin, jusqu'à son départ pour l'atelier. Quand elle travaillait tard, il arrivait parfois qu'elle ne se réveille pas à temps, et Cuthbert se préparait alors son petit déjeuner seul. Il n'était pas despote sur tous les points, loin de là. Peut-être lui permettrait-il de continuer à travailler pour Whipple and Black ?

L'espoir d'Ailis se révéla illusoire. Quand ils se retrouvèrent le lendemain, Cuthbert fulminait, et sa colère ne visait pas uniquement ses employeurs, mais aussi son épouse.

— Comment as-tu pu aller raconter à ce Pickering que tu développais ses photographies ? rugit-il. Tu voulais te vanter, c'est ça ? Tu voulais qu'on te prenne au sérieux ? Eh bien, c'est réussi ! Grâce à toi, je passe pour un incapable : tes travaux sont plus appréciés que les miens…

— Mais je n'y peux rien ! s'emporta Ailis. J'ai fait de mon mieux, c'est tout.

— Et pas moi, peut-être ? gronda Cuthbert. Je me suis défilé, c'est ce que tu veux dire ? Te voilà portée aux nues, digne de considération…

— Parce que tu n'as pas repris ces félicitations à ton compte, peut-être ? le railla Ailis, qui commençait à perdre patience. Je ne voulais pas me vanter devant Pickering. J'avais simplement besoin d'une raison pour obtenir une carte de bibliothèque…

Elle brandit le petit document, à portée de main puisqu'elle comptait rapporter ses livres le jour même. Cuthbert le saisit et, plus vite que l'éclair, le déchira.

— Et il ne t'est pas venu à l'idée de me demander mon avis avant ? Tu ne manques pas de culot ! Aller là-bas, prétendre je ne sais quoi et t'arroger l'accès à la bibliothèque…

— Je ne me suis rien arrogé du tout ! s'exclama Ailis. Et en quoi cela te concerne-t-il ? Faut-il que je te demande la permission pour lire ?

— C'est ce que ferait une bonne épouse, affirma Cuthbert. Une épouse humble, vertueuse…

Ailis en riait presque.

— Tu n'es pas sérieux, Cuthbert ! Tu voudrais vraiment que je te demande l'autorisation avant de lire un livre ou d'ouvrir la bouche ? Tu veux m'enfermer dans cet appartement ?

— Il faut croire que je devrais ! rétorqua Cuthbert d'une voix soudain mélodramatique. Je… je devrais te punir. Oui…

En vérité, sa colère retombait déjà. Cuthbert s'emportait vite, mais ses éclats ne duraient jamais longtemps.

Il était trop nonchalant pour réfléchir à des sanctions et les appliquer. Sentant que l'humeur de son époux changeait, Ailis prit les devants.

— Cesse donc ces bêtises, et réfléchissons plutôt à ce que nous pouvons faire. Nous devons gagner de l'argent, avança-t-elle d'une voix plus sereine qu'elle ne l'était elle-même. Je ne sais pas si Mr Whipple t'a parlé...

— De son idée de te garder et de me mettre à la porte ? s'indigna Cuthbert, saisi par une colère nouvelle. Ah, ça lui irait bien ! Dès notre première entrevue, il m'avait déjà semblé qu'il te faisait les yeux doux. Il est hors de question que je te laisse travailler seule avec tous ces hommes... qui plus est de nuit !

Malgré sa déception et la gravité du moment, Ailis se sentit prise d'une envie de rire. Elle travaillait chaque nuit à l'atelier depuis six mois, et il n'y avait jamais eu personne pour l'importuner. En l'état actuel des choses, Cuthbert risquait toutefois de ne pas se montrer très réceptif à ces arguments.

— Soit, dit-elle avec un soupir. Dans ce cas, que comptes-tu faire pour protéger ma vertu et empêcher que je ne meure de faim ?

Cuthbert se redressa, semblant presque gagner quelques centimètres.

— Nous créons notre propre affaire, déclara-t-il. Je m'achète un appareil photo moderne, et nous proposons de réaliser des portraits. Et, ici, nous installerons pour toi une chambre noire où tu pourras développer les tirages.

— Mais comment trouveras-tu des clients ? demanda Ailis.

Cuthbert lui sourit avec morgue.

— Oh, mais je les ai déjà ! Jusqu'ici, je me servais uniquement de mon vieil appareil photo, je n'ai donc réalisé que des daguerréotypes. Je les développais entre deux projets à l'atelier, quand il n'y avait personne. Mais maintenant nous allons passer aux choses sérieuses…

— Mais qui sont ces gens ? s'étonna Ailis. Où les as-tu trouvés ? Tu as détourné la clientèle de Whipple and Black ?

Avait-il trahi une fois de plus la confiance de ses employeurs ? Cuthbert secoua la tête.

— Pas du tout ! J'ai prospecté moi-même, expliqua-t-il sur un ton suffisant. Le soir, dans les bars et les théâtres de variété. Là-bas, les gens ne peuvent pas s'offrir les services de Whipple and Black, et d'ailleurs ils n'aiment pas leur style. Tandis que moi ils m'adorent ! Tu verras, nos affaires seront bonnes.

Dès le lendemain, une bonne partie de la dot d'Ailis fut engloutie par l'achat d'un appareil photographique dernier cri et d'équipements pour la chambre noire. La pièce en question, jusqu'à présent utilisée comme débarras, aurait dû un jour être transformée en chambre d'enfant. Au début de son mariage, comme Cuthbert la rejoignait souvent la nuit, Ailis s'était attendue à tomber enceinte rapidement. Les choses avaient changé quand elle avait commencé à travailler à l'atelier, et lui à sortir de son côté. Pourquoi, dans ce cas, ne pas assigner un autre usage à cette pièce ? Leur situation n'était plus la même à présent, mais Cuthbert continuait de passer ses nuits à l'extérieur, pour trouver des clients à qui proposer leurs services photographiques. Quand il venait ensuite se coucher auprès d'elle, il était trop épuisé pour exiger qu'elle accomplisse son devoir d'épouse. Elle en était d'autant plus soulagée qu'il sentait souvent la bière, le whisky ou le vin, ce qu'il justifiait toujours de la même façon : ses clients attendaient d'un rendez-vous qu'on y boive aussi un verre.

— Comme ça, tout le monde est plus détendu, affirmait-il, et Ailis saurait bientôt ce qu'il entendait par là.

Quand Ailis se mit à développer les premiers travaux de Cuthbert, certaines photographies, au moment où les contours de l'image se précisaient peu à peu, lui firent monter le rose aux joues. Son époux semblait s'être spécialisé dans les beautés de la nuit : actrices, danseuses ou autres dames qui gagnaient leur vie on ne savait comment. Les modèles étaient tous très beaux et peu vêtus – Cuthbert avait en cela parfaitement assimilé la leçon de Mr Whipple quant à la nécessité de rendre vivante la photographie.

Quelques jours plus tard, Ailis écrivit une nouvelle lettre à Donella.

On croirait presque qu'il les a surprises en train de se déshabiller, ou photographiées par le trou de la serrure. Mr Whipple a dit un jour qu'une image devait raconter une histoire. Sur ce point, on peut féliciter Cuthbert pour son travail. Pourtant, je l'avoue : les premières fois, je me suis sentie gênée d'avoir à développer de telles photos... Les dames en question – ou les metteurs en scène ou directeurs de théâtre pour lesquels elles travaillent – paient plutôt bien, il faut en convenir. Cuthbert gagne nettement plus que lorsqu'il travaillait chez Whipple and Black, ce dont il retire une immense fierté. Il n'a pas en tête que, sur le plan commercial, les dépenses doivent être déduites des recettes : il s'agit d'abord de rentabiliser son coûteux appareil, sans oublier les additions souvent astronomiques qu'il règle pour les boissons. Cela étant, nous n'allons pas trop mal. Je regrette seulement les clichés du ciel de Mr Draper, et bien sûr de Mr Whipple.

Elle ne regrettait pas les livres, car, ni une ni deux, elle avait demandé une nouvelle carte de bibliothèque. Dorénavant, elle lisait en cachette afin de ne plus s'attirer les foudres de Cuthbert.

Dans sa réponse, Donella racontait l'émouvante cérémonie de remise des diplômes. Avec Emily, elles avaient toutes les deux reçu des prix, et une excellente note était venue sanctionner leur travail sur le vol des oiseaux. Katrina avait triomphé dans sa pièce. D'après Donclla, si sa cousine n'était vraiment pas faite pour diriger une équipe et remportait sans doute à l'issue de sa scolarité le titre de l'élève la plus détestée, elle avait néanmoins su motiver ses troupes. La représentation était beaucoup plus professionnelle que tout ce que le club de théâtre avait proposé jusque-là. Les enseignantes s'étaient montrées très impressionnées. Katrina avait prouvé son talent de chanteuse et de productrice, mais aussi d'auteure et de compositrice. Malgré tout, ses parents n'envisageaient pas une seconde de l'envoyer au conservatoire.

Pour Donella aussi, poursuivre des études était encore un rêve lointain.

Ils exigent vraiment de nous que nous débutions ! Nous passerons l'automne et l'hiver à Londres, lady Mairead est déjà dans tous ses états. Elle veut rester avec nous tout l'hiver, tandis que ma mère ne nous rejoindra que durant quelques semaines – avec George, dont les résultats au college *sont pourtant loin d'être brillants. Mais l'université d'Édimbourg recale rarement les élèves de la noblesse (encore moins quand il s'agit de chefs de clan désignés, ce qui, à l'heure actuelle, est encore le cas de George).*

Un sourire féroce passa sur le visage d'Ailis tandis qu'elle lisait ces lignes. Elle savait que les secondes noces de son père avec la jeune Muriel avaient été célébrées en grande pompe, peu après l'annulation de son premier mariage. À présent, son père s'évertuait à assurer sa descendance masculine, mais sans succès, du moins à ce qu'en savait Ailis. Elle reprit la lecture de la lettre de Donna.

L'idée est apparemment que George profite de la saison pour mieux faire connaissance avec Katrina, et inversement, mais pour l'instant aucun ne semble s'intéresser à l'autre. Lors du bal de fin d'études, ils ont dansé ensemble, sans la moindre conviction si tu veux mon avis. Katrina n'est même pas aussi impatiente de débuter que je l'aurais cru. Elle continue d'être coquette, mais elle a aussi de l'ambition. Dans le fond, elle n'est pas si différente de nous... Elle aspire à cultiver ses talents, mais on ne le lui permet pas. Alors elle passe sa frustration sur Emily. Qui, elle, aimerait surtout rester à Old Lane Manor et passer un peu de temps avec ses parents, son frère, sa sœur, et son oie. Elle voudrait aussi obtenir une bourse dans différents colleges. Qui ne tente rien n'a rien, et sa jeunesse est un atout. Une fille de 13 ans à peine qui sort de St Leonards avec les honneurs mérite sans conteste d'être soutenue. Seulement Katrina n'en démord pas : elle veut l'avoir à ses côtés pour la saison, et bien sûr sa mère appuie ses exigences. Emily devra remplir le rôle de femme de chambre auprès d'elles deux. D'après lady Mairead, ce sera un moyen d'acquérir l'expérience et la visibilité qui lui seront utiles par la suite pour postuler à une place bien rémunérée. Les parents d'Emily pensent de même – de toute façon, ils ne peuvent pas imaginer que leur fille étudie. Miss Lumsden a eu beau leur parler et leur expliquer qu'une candidature pour une bourse avait plus de chances d'aboutir maintenant, ils font la sourde oreille. Emily se doit d'être reconnaissance pour tout ce qu'elle a reçu des Hard. Elle les accompagnera donc et s'ennuiera à mourir. Par chance, il y a des pigeons dans les parcs de Londres : elle trouvera peut-être là un nouveau champ de recherche.

Ailis avait du mal à imaginer que les pigeons de Hyde Park suffisent à consoler Emily des opportunités qui lui échappaient. D'un autre côté, elle ne serait retardée que d'un semestre. Si Emily demandait une bourse l'année suivante, elle serait toujours plus jeune que toutes les autres diplômées des écoles de jeunes filles.

2

Au cours des mois suivants, rien ne vint égayer le quotidien monotone d'Ailis, tandis que Donella et Katrina dansaient à Londres. Donella écrivait des lettres pittoresques raillant la société dans laquelle elle évoluait. La reine paraissait observer d'un œil moqueur, voire ennuyé, ces débutantes venues esquisser devant elle une révérence plus ou moins maladroite. Au moins l'apparition de Katrina avait-elle été un sans-faute qui remplissait d'une fierté débordante lady Mairead : sa fille était belle comme un cœur, souriait joliment, et sa révérence était parfaite. Il en résulta lors des bals un nombre élevé de jeunes prétendants tous plus prometteurs les uns que les autres, dont l'empressement permettait en premier lieu à Katrina de tenir George à bonne distance. Aucune des deux cousines ne trouva l'élu de son cœur. Mais, si Katrina prenait au moins plaisir à occuper le devant de la scène, Donella, elle, s'amusait tout au plus lors d'un pique-nique ou d'une chevauchée dans Hyde Park…

Donna évoquait également des vêneries à cheval. Les cousines, qui montaient depuis leur plus jeune âge, étaient capables de suivre sans difficulté une meute au galop. Mais Donella, comme Ailis, détestait acculer le renard jusqu'à ce que mort s'ensuive, et Katrina s'estimait peu à son avantage en tenue de chasse. Qu'Emily pleure la mort du renard, et elle s'attirait aussitôt les moqueries d'une Katrina excédée. Donella devait alors prendre la jeune fille dans ses bras et la consoler. À présent qu'elles débutaient, au moins, elles n'étaient plus forcées de participer aux battues et autres réjouissances, si bien qu'Emily pouvait profiter d'un environnement où personne ne tirait sur des oiseaux…

De son côté, Cuthbert, qui passait de plus en plus de temps à l'extérieur, se découvrait de nouveaux talents. En juin 1887, alors que Donella et Katrina rentraient de Londres et retrouvaient leur Écosse natale, il emmena Ailis voir la première d'un opéra-comique dans l'un des petits théâtres de la ville. Le spectacle, d'une simplicité presque déroutante, racontait l'histoire d'un étudiant qu'un camarade fortuné payait pour chanter en l'honneur de sa belle, ce qui déclenchait une série de péripéties. À la fin, la jeune fille, amenée à choisir entre le beau musicien et le riche héritier, se prononçait sans grande surprise pour le premier. Si elle trouvait l'intrigue un peu naïve, Ailis n'en fut pas moins impressionnée quand Cuthbert lui raconta fièrement avoir écrit la pièce et participé à sa mise en scène. Ces derniers temps, sa passion pour le théâtre allait croissant, tandis qu'Ailis constatait avec inquiétude que ses règles avaient du retard. Elle finit par se rendre chez une sage-femme recommandée par Mrs Herbert, et apprit qu'elle était enceinte.

— Nous allons devoir trouver une solution, dit-elle à Cuthbert après lui avoir annoncé la nouvelle.

Sans être des plus enthousiastes, sa réaction n'avait pas été négative. Il avait eu la délicatesse de lui assurer qu'il se réjouissait et qu'il lui importait peu que ce soit un garçon ou une fille. Ailis continua sur sa lancée.

— Nous ne pouvons pas élever un enfant dans un appartement qui consiste pour moitié en une chambre noire, avec des produits chimiques qui sont déjà nocifs pour les adultes. Il nous faut trouver un logement plus grand, ou alors – et c'est ce que je proposerais – acheter une maison. C'était prévu depuis le début, et mon père t'a donné l'argent nécessaire. Nous pourrions par exemple chercher une maison de ville ou quelque chose à proximité de l'université, dans un quartier un peu plus vert. Nous installerions l'atelier au rez-de-chaussée, et nous à l'étage.

Cuthbert ne semblait pas convaincu.

— Je ne sais pas trop, dit-il. Notre appartement est tellement central... Mais commence à chercher, si tu veux. Nous verrons bien.

Puis il l'invita au restaurant pour fêter l'événement, et Ailis se réconcilia de nouveau avec sa situation de femme mariée. Bien sûr, elle avait imaginé sa vie autrement, mais la réalité était ce qu'elle était, et elle se réjouissait de devenir mère. Elle voulait choyer son enfant, jouer avec lui comme sa bonne autrefois avec elle. Et lui montrer les étoiles.

Elle passa les jours suivants à éplucher les petites annonces et à parcourir les rues à la recherche de maisons à vendre. Elle n'avait encore rien trouvé d'intéressant quand, quelques jours plus tard, Cuthbert la mit devant le fait accompli.

— Ailis, j'ai la solution idéale ! lança-t-il gaiement en arrivant à la maison. Écoute ça : je vais abandonner mon affaire !

Ailis le regarda sans comprendre. De quoi comptait-il vivre ?

— Tu n'auras plus rien à développer, et notre enfant ne sera pas exposé aux produits chimiques, expliqua-t-il. Mais nous ne rendrons pas notre appartement, en tout cas pas tout de suite. J'ai acheté un théâtre, Ailis ! Un théâtre à nous !

— Quoi ?

Ailis fut prise de vertige. Que voulait-il faire d'un théâtre ?

— C'est le Boston Music Hall. Une institution de renom, établie depuis 1852. Bien sûr, il y a quelques travaux à faire : jusqu'à présent, c'étaient des troupes de théâtre amateur et je ne sais quelles associations qui s'y réunissaient. Disons qu'il est un peu sur le retour. Mais rien qui ne puisse pas être rénové dans les plus brefs délais !

— Et d'où vient l'argent ? demanda Ailis.

En vérité, elle connaissait déjà la réponse, mais un problème subsistait : un théâtre coûtait sûrement plus cher qu'une maison. Et si, en plus, il fallait le rénover…

— Mais voyons, de ta dot, naturellement ! Ainsi que de la vente de l'appareil photo et de tout l'équipement. Il nous faudra peut-être encore emprunter une petite somme, mais les banques ne devraient pas se faire prier pour prêter de l'argent à un tel établissement…

Cuthbert lui sourit comme s'il venait de lui décrocher la lune. Ailis était sans voix.

— Tu aurais quand même pu me demander, non ? Il s'agit après tout de ma dot et de mon avenir. Nous allons avoir un enfant…

Cuthbert leva les yeux au ciel.

— À toi, à moi… pas de ça entre nous ! Je suis ton mari, et donc le mieux placé pour savoir ce qui est bon pour nous. Le Boston Music Hall sera un succès, je te le garantis. C'est de l'argent bien investi.

Ailis n'en était pas si sûre : Cuthbert ne connaissait rien du métier de directeur de théâtre ou d'administrateur, pas plus qu'il n'avait de notions de comptabilité. Jusque-là, c'est elle qui avait tenu les comptes de son activité de photographe – dont on ne pouvait pas dire qu'elle leur rapportait gros : ils s'en sortaient à peine. Comment pourraient-ils financer une entreprise d'une autre dimension, qui nécessitait des dizaines d'employés et d'artistes qu'il faudrait tous payer ?

— Tu es vraiment rabat-joie ! lui reprocha Cuthbert quand elle exprima ses doutes. Tu vois toujours tout en noir. Et on ne peut jamais te satisfaire. Alors que toi, tu ne sais rien faire de tes dix doigts !

Ailis resta bouche bée. Comme chaque fois lorsqu'ils se disputaient, Cuthbert était injuste. Elle aurait bien voulu faire quelque chose de ses dix doigts. Mais il lui avait assez clairement signifié qu'il décidait de tous ses faits et gestes, limitant par là ce à quoi elle aurait pu parvenir. Ailis rêvait de travailler pour Whipple and Black, et pour Mr Draper et Mr Pickering. Qui sait, peut-être aurait-elle pu se spécialiser en astrophotographie ? Furieuse, elle lui jeta ses pensées à la figure.

— J'aurais pu manier l'appareil photo tout aussi bien que toi si un maître comme Mr Whipple ou Mr Draper m'avait montré comment m'y prendre ! Je voulais passer mon diplôme, faire des études…

Cuthbert se mit à rire.

— Oh, Ailis, tu ne vas pas recommencer avec ça ! Nous sommes d'accord pour dire que tu es un joli petit bout de femme, à même d'arracher quelques compliments à Mr Whipple. Mais ces projets, les études de physique, l'astrologie…

— L'ASTRONOMIE ! hurla Ailis.

— Quelle différence ? répliqua-t-il, balayant sa colère. Des lubies, rien d'autre. Ton père m'avait prévenu, il m'avait bien dit de garder un œil sur toi, avec les idées saugrenues qu'on t'a inculquées dans cette école. Tu ne crois quand même pas sérieusement que tu as assez de cervelle pour faire des études auprès du Pr Pickering ? En physique ? Les femmes y sont-elles seulement admises ? De toute façon, c'en est fini de ces bêtises. Tu vas avoir un enfant, et je vais gagner de quoi vous nourrir. Tu n'as pas besoin d'en savoir ni d'en vouloir davantage.

Ailis avait encore des choses à dire, mais poursuivre ne mènerait à rien, elle le savait. Cuthbert lui avait en outre porté un coup au moral en lui apprenant que son père et lui s'étaient entretenus de ses ambitions et les méprisaient. Elle ne pouvait rien faire, sinon accepter son destin. Une fois encore, elle ressentait, ancrée en elle, la crainte que les hommes de son entourage puissent avoir raison. Elle se surestimait peut-être, et les compliments de Mr Whipple pouvaient n'avoir été qu'un prétexte…

Une fois de plus, Ailis pleura jusqu'à trouver le sommeil. Cuthbert ne fut en rien dérangé par ses sanglots. La porte de l'appartement avait claqué peu après leur dispute, et il ne reparut pas de la nuit.

Situé sur Hamilton Place, le Boston Music Hall était un imposant bâtiment orné d'arches et de colonnes. La salle de théâtre, qui pouvait accueillir plus de mille personnes et rutilait de couleurs chaudes, avait autrefois été magnifique. À présent, la peinture s'écaillait, les moulures et ornements avaient besoin d'être rénovés, et de nouveaux sièges auraient été bienvenus. En visitant le bâtiment, Ailis eut le tournis en tentant de calculer combien coûterait la rénovation, et combien d'employés il leur faudrait pour faire tourner le théâtre. Placeurs, personnel de ménage, billettistes, machinistes, éclairagistes... C'était un projet colossal, et Ailis, à vrai dire, ne les croyait pas capables, ni elle ni Cuthbert, d'en tirer un quelconque profit. Elle se força cependant à l'optimisme et s'attela à la planification. Afin de limiter les pertes financières, l'inauguration devrait avoir lieu le plus tôt possible. Elle proposa donc à Cuthbert de l'aider à recruter artisans et employés. À Thorgale House, elle avait pu observer pendant des années de quelle manière on dirigeait une grande maison. Sa mère lui avait permis d'assister aux entretiens d'embauche, et Ailis avait appris à être polie tout en sachant se montrer ferme. Elle se sentait apte à organiser la gestion du théâtre. Cuthbert n'aurait ainsi plus qu'à s'occuper de la direction artistique.

Dès la rénovation, Ailis dut cependant constater que travailler avec son mari n'était pas une mince affaire. Cuthbert refusait de se montrer conciliant, même quand il était absolument nécessaire de trouver un compromis, par exemple lorsque l'un des murs qu'il souhaitait supprimer se révéla être un mur porteur. Ailis, comprenant sans difficulté les calculs statiques, tenta alors de faire l'intermédiaire entre son mari et l'architecte, et ne parvint qu'à s'attirer la colère de Cuthbert. À la fin, il lui interdit même d'intervenir dans les travaux et lui ordonna de s'occuper de la décoration, de choisir les tissus pour les rideaux, ainsi que les sièges, les tapis et d'autres accessoires. Ailis, hélas, était moins à son aise dans ce domaine que dans la technique.

Son sens esthétique ne la prédestinait pas à cette tâche, elle n'avait aucun talent pour combiner les tons, surtout s'il s'agissait des couleurs extravagantes qu'imaginait Cuthbert pour le foyer de son théâtre. Il passait donc d'un accès de fureur à l'autre à chaque nouvelle présentation d'échantillons de tissus ou de nuanciers, jusqu'au jour où il la priva aussi de cette tâche-là. Doté quant à lui de dons certains en la matière, il transforma au fil des semaines le théâtre en un univers enchanté scintillant de mille nuances. Une invitation pour le public à s'abandonner et s'enivrer de ses rêves. Ailis ne manqua pas de le complimenter, même si elle comprenait qu'il ne se souciait nullement de son opinion.

« Tu n'y connais rien de toute façon » devint l'une des phrases favorites de Cuthbert, et Ailis finit par s'accommoder de son rôle de rabat-joie ignorante des secrets de l'art.

Cuthbert entreprit de recruter des artistes pour le spectacle de variétés qui serait donné lors de l'inauguration, ainsi que des comédiens et chanteurs qui constitueraient une troupe fixe. Après le succès de son premier opéra-comique, il envisageait aussi de monter ses propres pièces dans son propre théâtre.

Au même moment, Ailis se lança dans des entretiens d'embauche avec les employés qui travailleraient à la maintenance, aux décors, à la caisse et au placement du public. Elle aurait aimé que Cuthbert lui laisse carte blanche, mais là encore il devait mettre son grain de sel : le plus souvent, il lui envoyait des jeunes femmes attirées par le théâtre mais sans talent pour la scène. Elles en manquaient aussi dans les autres domaines, ce qui entraînait de nouvelles disputes entre les époux.

— Cuthbert, la petite Juliette est tout à fait gentille, vraiment, mais elle sait à peine compter jusqu'à dix ! Je ne peux quand même pas l'embaucher à la caisse ! Et pour en faire une ouvreuse il me faudrait des mois : je lui ai dit que nous avions à l'orchestre et dans les loges des fauteuils qui portaient les mêmes numéros, et elle n'en croyait pas ses oreilles. Quant à ce Joe Waters... d'accord, il t'a raconté qu'il avait été machiniste à Broadway, et peut-être dit-il vrai. Mais à l'heure qu'il est c'est un buveur et il empeste le whisky à des lieues à la ronde. Tu ne peux pas l'embaucher, il tombera de l'échelle à la première occasion ! Si cette affaire doit tourner, il te faut du personnel qualifié, capable de travailler de manière autonome !

Mais Cuthbert ne tenait compte d'aucune mise en garde. Soit il sortait de ses gonds et s'emportait contre elle, soit il la laissait parler sans même l'écouter ni lui répondre. Ailis était piquée, mais ne pouvait laisser libre cours nulle part à son dépit, excepté dans ses lettres à Donella.

Et les réponses de cette dernière n'étaient pas de nature à égayer son humeur.

Je comprends que ce soit difficile, mais au moins tu as quelque chose à faire. Je dois pour ma part me contenter d'attendre. J'ai posé ma candidature auprès de tout ce qu'on peut trouver comme universités qui acceptent les femmes, au moins en théorie. Dans les cursus techniques comme l'aéronautique, ou même la physique et la chimie, il semble toutefois que la crainte de voir les étudiantes se révéler plus intelligentes que les étudiants soit trop vive, à moins que l'on ne redoute qu'elles déconcentrent ces messieurs par leur simple présence. Je ne sais pas pourquoi, mais je ne reçois que des refus. Il en va de même pour Emily. La faculté de biologie accueille pourtant déjà des femmes, mais les bourses ne leur sont pas attribuées. Emily est donc elle aussi dans l'attente, et espère le meilleur. Elle ne cherche pas d'autre place que chez les Hard, de peur de devoir aussitôt y renoncer si l'on devait l'autoriser à s'inscrire à l'université. Mais de nous toutes c'est presque Katrina qui est le plus à plaindre : elle n'a plus rien à espérer. Elle n'a tenté d'intégrer aucune université. Elle a seulement posé sa candidature dans un ou deux conservatoires, ce à quoi ses parents se sont fermement opposés. Elle n'a même pas eu l'autorisation d'aller passer les auditions. Tante Mairead se montre pour la première fois inflexible face à sa fille adorée : il est hors de question d'en faire une chanteuse ou une chansonnière, ainsi qu'elle le dit. La famille n'a toujours pas abandonné l'idée de l'unir à George. Sais-tu d'ailleurs que lady Muriel vient de donner naissance à une ravissante petite fille ?

C'est par cette lettre de Donna qu'Ailis apprit la naissance de sa demi-sœur. Son père avait dû être trop désappointé pour annoncer l'événement en bonne et due forme. Entre-temps, la mère d'Ailis s'était installée dans une superbe demeure du Sud de la France, où elle s'adonnait à la culture des roses et à l'élevage des lévriers. Le climat méditerranéen se prêtait idéalement à ces deux activités, et il émanait des lettres de lady Alison un parfum d'églantine, d'apaisement et de sérénité. Les dernières années à Thorgale House l'avaient sans doute épuisée : elle laissait bien volontiers à celle qui lui avait succédé le soin d'enfanter un héritier.

3

DONELLA OUVRIT LA LETTRE qu'elle avait reçue d'une université. Elle ne se faisait aucune illusion. L'enveloppe contenait une seule feuille ; ce ne pouvait être qu'un refus. En cas d'admission, on recevait une grosse enveloppe avec toutes sortes d'informations sur le *college*.

Elle ne s'était pas trompée : c'était une déception de plus. Donella glissa la lettre dans sa poche et gagna le salon, où sa mère se faisait servir le thé.

— Encore un refus ? demanda lady Winifred sans feindre trop de compassion.

Donella savait que ses parents, eux non plus, n'approuvaient pas ses projets d'études. Ils auraient préféré qu'elle se fiance pendant la saison des bals, et, durant l'été, ils ne manquèrent pas une occasion de la présenter à d'autres jeunes hommes.

Donella soupira.

— Il faut croire que le destin en a décidé autrement. Au moins pour cette année. Si encore je savais quoi faire de mon temps ! Je parle d'une occupation intéressante, pas du prochain pique-nique de tante Mairead.

Lady Winifred sourit.

— Figure-toi que ton père et moi y avons réfléchi. Cela va te plaire, compte tenu de ton intérêt pour les voyages...

Personne n'avait oublié qu'enfant, Donna préférait les récits d'aventures aux romans pour jeunes filles.

— Un voyage ? demanda Donella avec humeur. Et où comptez-vous m'envoyer cette fois ?

Le souvenir de son séjour de débutante à Londres était encore vivace, et elle n'avait aucune envie de reproduire cette expérience ailleurs.

— Je ne parle pas de t'envoyer seule où que ce soit, il est question de toi et ton frère, annonça sa mère. Comme tu le sais, les voyages forment la jeunesse.

— George a plus à faire que moi sur ce point, souligna Donna sur un ton pincé.

George n'étudiait plus. À l'université d'Édimbourg, seul établissement qu'il ait pu décrocher, ses notes avaient été médiocres. Une chance, avait écrit Donna à sa cousine Ailis, qu'il ait fait du droit plutôt que de la médecine. Un mauvais juriste ne pouvait tuer personne.

— Ne sois pas si méprisante envers ton frère ! la sermonna sa mère.

Les Hard avaient accepté sans émoi que George interrompe prématurément ses études. Si l'on attendait d'un jeune homme de son rang qu'il passe quelques semestres à l'université, personne n'exigeait de diplôme.

— Je ne t'apprends sans doute rien en te disant qu'il est d'usage d'envoyer les jeunes gens de l'aristocratie parfaire leur apprentissage à travers le monde, lors d'un voyage qu'on appelle le « grand tour ». Tu en as sûrement déjà entendu parler.

Donna dressa l'oreille. Un grand tour durait au moins un an, souvent plus, et passait par les pays les plus intéressants d'Europe : la France, l'Italie, l'Espagne. Jusqu'à peu, on allait même jusqu'en Nouvelle-Zélande, où l'on pouvait admirer les Pink and White Terraces. Cette merveille naturelle avait toutefois disparu un an plus tôt dans une inondation due à une éruption volcanique ; elle ne faisait plus partie désormais des destinations remarquables. À la place, certains voyageurs se rendaient aux États-Unis, où les chutes du Niagara, par exemple, comptaient parmi les sites incontournables. Peut-être Donna pourrait-elle rendre visite à Ailis, à Boston...

— Vous voulez que George et moi partions en voyage autour du monde ? Seuls ? demanda Donna, médusée. Mais pourquoi ?

La classe supérieure anglaise avait coutume d'envoyer les jeunes gens en voyage avec un tuteur. Mais cette habitude n'était pas encore répandue dans la noblesse écossaise, demeurée plus traditionnelle.

— Pas seuls, bien sûr que non, rectifia sa mère. Vos grands-parents vous accompagneront. Tous deux sont encore en pleine forme, et votre grand-père, surtout, est impatient de découvrir de nouveaux horizons. Et puis Katrina se joindra à vous.

— Ah, je comprends mieux !

Donella voyait clair dans le jeu de ses parents. Ce projet n'avait rien à voir avec son avenir à elle, il concernait George et Katrina.

— Grand-mère, grand-père et moi devrons jouer les chaperons pour George et Katrina, c'est ça ? demanda-t-elle sans vergogne. Et détourner le regard au bon moment si jamais ces deux-là se rapprochent enfin, comme le prévoit le plan ?

— Donella, surveille ton langage ! la réprimanda sa mère. Il est vrai que nous ne serions pas mécontents de voir naître une histoire entre eux. Mais cela ne veut pas dire pour autant...

— Et vous leur avez déjà parlé de votre merveilleuse idée ? demanda encore Donna, mi-agacée, mi-amusée, en réprimant une pique supplémentaire.

— Ton frère et ta cousine sont très reconnaissants de cette occasion de découvrir le monde, déclara lady Winifred. Il semble que ce ne soit pas ton cas...

Katrina, reconnaissante ? Donna ne pouvait pas l'imaginer une seconde. Sa cousine avait toujours obtenu ce qu'elle voulait. Et George ? Nul doute qu'il était enthousiaste. Il avait toujours eu un penchant pour l'aventure. Donna devait avouer qu'il en allait de même pour elle. Elle était curieuse des merveilles naturelles que comptait le monde, et plus encore des avancées techniques qu'elle pourrait découvrir en visitant les métropoles internationales. Londres, par certains aspects, l'avait impressionnée. Les premières automobiles, le confort de l'eau courante, les canalisations, les énormes navires sur la Tamise... Qui sait ce que Paris, Madrid, Rome ou New York auraient à lui offrir ? Elle prit sur elle de répondre poliment.

— Je vous suis très reconnaissante aussi. C'est seulement un peu... soudain. Mais je suis ravie à l'idée de voyager. Je ne raterais cela pour rien au monde.

Sauf pour l'université, s'il s'en trouve finalement une pour m'accepter, pensa Donella, mais elle préféra garder cette réflexion pour elle.

Katrina et George étaient tout feu tout flamme à la perspective de ce voyage. Katrina, notamment, espérait pouvoir se rapprocher de ses objectifs professionnels en quittant l'Écosse et l'Angleterre. Mais elle n'avait nullement l'intention de partir sans sa demoiselle de compagnie et femme de chambre. Qui la coifferait sinon Emily ? Qui l'aiderait à s'habiller et se tiendrait à sa disposition de jour comme de nuit ?

Ces projets n'étaient pas du goût d'Emily. Sa mère, Anna, lui reprocha son ingratitude, mais Emily, à tout juste 14 ans, était prête à remettre en question le monde qui l'avait vue naître. Elle savait depuis toujours qu'elle avait la tête bien faite, surpassant largement Katrina en la matière, mais jusqu'à présent elle avait accepté comme une prescription divine de devoir se satisfaire du rôle de servante. Dorénavant, elle ne voulait plus de cette situation, pas si cela impliquait de travailler gratuitement au service de Katrina Hard. Emily était décidée à étudier, et comme il semblait hors de portée d'obtenir une bourse, elle avait l'intention de gagner l'argent nécessaire. Il lui fallait donc s'engager comme domestique ou, ce qui était peut-être même mieux payé, comme ouvrière dans l'une des nombreuses usines ouvertes récemment. En tout état de cause, elle préférait s'y mettre sans délai plutôt que de passer une ou deux années à parcourir le monde aux côtés de Katrina. D'ailleurs, elle en avait par-dessus la tête de Katrina et de ses humeurs.

— Emily, s'obstinait sa mère, les maîtres sont parfois capricieux et injustes. C'est le cas de tous les êtres humains…

Emily soupirait en se rappelant une question fondamentale à laquelle elle avait espéré répondre durant sa scolarité à St Leonards : pourquoi les humains se montraient-ils si souvent cruels et contradictoires ? Alors que le comportement des animaux semblait, lui, aller de soi… Sur ce point, le pensionnat l'avait déçue : elle ne savait toujours pas d'où venaient les sautes d'humeur et les méchancetés qu'on observait invariablement chez les hommes…

— Les parents ne sont pas toujours justes envers leurs enfants, les enfants d'une même fratrie ne le sont pas non plus entre eux. Il faut t'y faire, Emily. Et tu dois tant aux Hard. Milady est encore venue me parler aujourd'hui…

Tout en essayant d'amadouer sa fille, Anna l'examinait à la dérobée. Lady Mairead avait invité ou, plutôt, convoqué Emily à un entretien dans l'après-midi. Anna avait exigé de sa fille qu'elle s'habille soigneusement pour l'occasion et se montre sous son meilleur jour.

— N'oublie jamais que tu leur es redevable, rappela-t-elle avec insistance.

— Et je suis censée le payer toute ma vie ? se rebiffa Emily. Dieu sait si j'en ai déjà bavé avec cette formidable Katrina ! Sans moi, elle ne serait jamais sortie diplômée de St Leonards. Et sans l'aide d'Ailis elle n'aurait même jamais compris le peu de théorie musicale dont elle avait besoin…

— Personne ne te demande de sacrifier toute ta vie, répliqua Anna. Il n'est question que d'une année, deux au plus. Tu ne serais pas recluse je ne sais où, et tu verrais le monde… C'est une chance à saisir, Emily. Mais tu es ingrate. Et tes arguments ne sont que des prétextes.

Emily obéit à contrecœur. Tant qu'elle n'était pas majeure, elle n'avait pas le choix. Personne ne l'engagerait sans l'accord de ses parents.

Suivie comme toujours par Gooby, qui avait attendu la jeune fille en picorant l'herbe devant la chaumière, Emily prit le chemin de la maison des maîtres. L'herbe qui poussait autour était bien grasse. L'oie n'était jamais autorisée à entrer et le savait. Elle s'arrêta devant la maison pour arracher aussitôt quelques brins.

Katrina revenait de son cours de chant. Elle avait au moins pu obtenir de ses parents la permission de continuer à étudier la musique. Elle descendit de la calèche garée devant la demeure seigneuriale et décida de passer par l'entrée de service. Elle avait faim : à la cuisine, elle pourrait sûrement grappiller quelque chose.

En se dirigeant vers la porte de derrière, elle aperçut Gooby. Elle se sentit contrariée en pensant à Emily, qui ne savait pas apprécier à sa juste valeur son offre généreuse et rechignait à l'accompagner dans son voyage autour du monde. La petite ne manquait d'ailleurs pas d'audace ces derniers temps. Un jour, à Londres, elle s'était même plainte à sa mère que Katrina l'ait giflée, alors que sa main lui avait simplement échappé... Et, pour ce qui était d'asticoter Emily, ma foi, cela arrivait aussi entre frères et sœurs : George, par exemple, ne manquait pas une occasion d'embêter Donella, ce que Katrina trouvait désormais très amusant. Dans d'autres circonstances, peut-être, George et elle n'auraient pas été si mal assortis. Mais Katrina avait d'autres projets. Passer sa vie auprès d'un gentilhomme de campagne l'ennuyait d'avance. Et George exigerait qu'elle lui obéisse, ce qu'elle n'envisageait pas un seul instant !

Gooby l'avait vue, elle aussi ; elle se mit à siffler son animosité à l'égard de la jeune fille. Katrina aperçut alors, dans le chenil près des écuries, les chiens de chasse de son père. Les deux puissants braques, dressés sur leurs pattes, poussaient la porte entrouverte. Le valet de chiens n'avait pas deux sous de jugeote et il était distrait : il oubliait parfois de fermer le chenil. Ce n'était pas très grave, puisque le pré situé autour, où se trouvaient aussi les écuries, était clôturé. Au pire, les chiens effraieraient quelques chevaux. Sauf si, tout à fait par hasard et en toute innocence, Katrina ouvrait la barrière par laquelle on accédait au pré… Elle pourrait alors raconter être allée voir sa jument après son cours. Depuis quelques jours, l'animal boitait. Sa mère croirait sûrement à son inquiétude…

Katrina ouvrit la barrière, puis entra dans la maison par la porte de service comme si de rien n'était. Elle avait regagné sa chambre depuis longtemps quand les cris d'Emily retentirent…

4

Ailis en était à son quatrième mois de grossesse – les nausées matinales étaient derrière elle, mais l'insomnie et la fatigue lui donnaient bien mauvaise mine – quand les préparatifs pour l'inauguration du théâtre touchèrent à leur fin.

En vue du spectacle d'ouverture qui devait avoir lieu en septembre 1887, Cuthbert avait engagé des artistes renommés du théâtre de variété. Il répétait en outre avec une jeune femme qu'il avait remarquée lors des auditions pour sa troupe. Comme il prévoyait de l'engager au théâtre en tant que chanteuse et comédienne, il voulait profiter de l'inauguration pour la présenter au public à travers quelques chansons.

— Felice Roberts est une vraie découverte ! annonça-t-il à Ailis, peu emballée. Une tessiture sur trois octaves, et de l'expressivité, de la présence…

Ailis se demanda depuis quand son mari était un spécialiste de musique et de registres vocaux. Certes, il jouait du luth et un peu de piano, mais il n'était jamais allé au conservatoire. Pour avoir souvent aidé Katrina à comprendre des notions de composition tel le contrepoint, Ailis connaissait mieux que lui la théorie musicale. Elle comprenait l'harmonie, qui reposait sur des règles mathématiques. En revanche, elle n'avait jamais eu envie d'apprendre à chanter ni à jouer d'un instrument. Cuthbert, lui, était doué d'indéniables talents artistiques et parvenait peu à peu à convaincre Ailis, pourtant sceptique, que rien d'autre ne comptait. Tout le monde pouvait analyser des partitions ou développer des photographies, disait-il, alors qu'écrire une chanson émouvante ou donner vie aux modèles qu'on photographiait était l'apanage de l'artiste – homme, s'entend.

— Les femmes ont plutôt pour mission d'accompagner le génie, aimait à pontifier Cuthbert. Comme Felice, par exemple, qui interprète la musique…

Autrefois, Ailis se serait insurgée contre une telle affirmation, et à présent encore elle doutait de sa véracité. Elle aurait en tout cas aimé rencontrer cette merveilleuse Felice ! N'étant pas très occupée, elle se dit qu'elle pourrait assister à une répétition de Cuthbert et Felice, mais son époux s'y opposa catégoriquement. Felice, disait-il, était très perfectionniste, et que quelqu'un vienne l'écouter l'aurait gênée.

— Surtout si cette personne est désobligeante, ajouta-t-il. Je te connais, tu viens chercher la petite bête…

Quelques jours plus tard, Ailis, de retour de la bibliothèque, se dirigeait vers le centre-ville. Elle était d'excellente humeur : quelques-unes des commandes du Pr Pickering venaient d'être livrées, et elle avait, pour ainsi dire, pris le bibliothécaire la main dans le sac au moment où il déballait les ouvrages pour les cataloguer. Elle avait aussitôt emprunté ces tout nouveaux volumes. Elle serait la première à Boston à être informée des dernières évolutions de la recherche sur les nébuleuses ! L'euphorie qui s'était emparée d'elle lui donna de l'élan, et un rien d'inconscience. Que cette miss Roberts soit donc gênée par une visite imprévue pendant sa répétition avec Cuthbert ! Dans un avenir proche, la diva devrait chanter devant plus de mille personnes. La timidité n'était pas de mise.

Ailis prit résolument la direction du théâtre. Dans le foyer, l'une des employées garnissait de bougies un candélabre. Ailis la salua, tout sourire ; elle avait engagé Doris comme ouvreuse et était très satisfaite de constater que celle-ci se rendait déjà utile, alors que les représentations n'avaient pas encore commencé.

— Dites-moi, Doris, où puis-je trouver mon mari et miss Roberts ? demanda-t-elle tout en s'étonnant que la jeune femme pique un fard.

— Dans… dans la salle de répétition 5, répondit Doris, les joues cramoisies.

Ailis en fut navrée. La jeune femme ne lui avait pas paru si timide lors de l'entretien, et ce n'était pas comme si elle l'avait prise en faute. Pour mettre Doris à l'aise, elle la complimenta sur le choix de la couleur des bougies, puis monta au premier étage, où se trouvaient les salles de répétition. Aucune note ne provenait de la salle 5, ce qui la surprit. Y avait-on seulement installé un piano ? En ouvrant la porte, Ailis sentit poindre en elle de vagues soupçons – et comprit sur-le-champ pourquoi les joues de Doris s'étaient empourprées. Au théâtre, tous devaient être au courant de ce qui se tramait entre Cuthbert et Felice Roberts. Sauf elle, l'épouse trompée.

Le spectacle qui s'offrait à ses yeux était sans équivoque. Felice était allongée sur une méridienne, sans doute placée là pour répéter d'autres scènes.

La jeune femme était presque entièrement dévêtue, et Cuthbert se penchait au-dessus d'elle. Le pantalon baissé jusqu'aux chevilles. Aucune pièce de théâtre ne se répétait ainsi.

— Une tessiture sur trois octaves, hein ? lança Ailis, qui n'avait rien trouvé de mieux. J'imagine que ses soupirs aussi sont très mélodieux.

Cuthbert, et à plus forte raison la jeune femme, restèrent d'abord bouche bée. Felice Roberts était très belle et correspondait tout à fait au type qu'affectionnait Cuthbert : les cheveux blonds, les yeux bleus, la silhouette frêle.

Cuthbert se ressaisit avec une rapidité déconcertante. À peine redressé, il rabrouait déjà sa femme :

— Mais que fais-tu ici ? Tu me surveilles, c'est ça ?

Les yeux d'Ailis lançaient des éclairs.

— J'aurais peut-être dû le faire plus tôt.

— Comme si je ne savais pas que tu te méfies ! lui reprocha-t-il tout en essayant de remettre son pantalon, l'air de rien.

— Eh bien, détrompe-toi : jusqu'à ce jour, ce n'était pas le cas, rectifia Ailis. Je voyais en toi, disons... peut-être un risque-tout, un fantoche, mais encore un époux. Entre ma famille et toi, l'accord était clair. On a considéré qu'il était de mon devoir de t'épouser ; ton devoir à toi était de me respecter, pas de m'humilier. Mais force est de constater que tu me trompes au vu et au su de tout le théâtre. La moitié de la ville doit être au courant, et cette jeune dame si talentueuse n'est peut-être même pas la première. Ce ne sont pas des manières, Cuthbert ! J'ai renoncé à tout pour toi, je finance tous tes caprices...

— Tu me finances ? la coupa Cuthbert en riant. Mais réveille-toi, Ailis, c'est à moi qu'est allé l'argent de ton père, pas à nous, et encore moins à toi ! Quant à ta tolérance envers mes caprices... parlons-en ! Imagines-tu l'effet que ça me fait que tu me critiques constamment, quoi que je fasse ? Que tu restes allongée, raide et froide comme un poisson mort quand je veux te faire l'amour, et que jamais tu n'aies un mot gentil pour moi ?

— Ce n'est pas vrai ! se défendit Ailis.

Elle avait toujours veillé à témoigner de l'estime à son mari, pour peu qu'il ait quelque chose d'estimable à présenter.

— Où que tu ailles, tu t'efforces de saper mon autorité ! prétendit Cuthbert. Tu veux t'imposer, comme avec Whipple ou avec Pickering. Et maintenant ça ! Mes nouvelles recrues ne te conviennent jamais...

Ailis fit la grimace.

— Je dois avouer que le choix de miss Roberts comme jeune ingénue ne me paraît pas des meilleurs. Elle semble avoir déjà acquis toutes sortes d'expériences.

— J'en ai assez, Ailis ! cria Cuthbert, rouge de colère, le pantalon à peine remonté. Je t'ai donné mon nom, et j'ai fait ce que je pouvais pour... pour t'apprécier. Mais dorénavant je ne veux plus de toi dans mon théâtre ! En tout cas pas dans les coulisses. Si tu veux voir ce que je fais ici, tu n'as qu'à t'acheter un billet !

Il s'était reboutonné et se dressait entre elle et Felice. Ailis était pétrifiée. La stupéfaction la paralysait, la rendant incapable d'ordonner ses pensées. La jetait-il vraiment dehors ? La chassait-il de l'endroit qu'il avait acheté avec son argent à elle ? Comme elle n'esquissait pas un geste pour partir, Cuthbert la poussa avec détermination vers la porte.

— Maintenant, va-t'en, je te prie. Miss Roberts aimerait se rhabiller ! dit-il d'une voix ferme.

Et Ailis s'en alla. Elle rentra chez elle sans trop savoir comment. Elle allait devoir reparler de tout cela avec lui. Il restait le père de l'enfant qu'elle portait… Pour l'heure, elle se sentait aussi faible et éreintée que s'il l'avait rouée de coups. Même ses nouveaux livres ne lui apportaient aucune consolation, et elle ne parvenait pas non plus à pleurer. Elle se jeta sur son lit et demeura immobile, essayant de recouvrer son calme et de repousser les pensées qui l'assaillaient. Elle n'y réussit pas. Elle avait été bafouée, dépouillée de sa dot, et pour comble, Cuthbert la jugeait responsable de tous ses échecs. Elle n'avait à Boston ni amis ni famille. L'idée lui traversa l'esprit d'écrire à Donella, mais la force lui manquait là encore. Finalement, elle s'endormit, vaincue par un sommeil lourd et dénué de rêves. Le lendemain matin, quand elle se réveilla la tête bourdonnante et le cœur gonflé de tristesse, presque tous les effets personnels de Cuthbert avaient disparu. Il ne plaisantait pas : pour son théâtre et sa maîtresse, il avait quitté sa femme et son enfant à naître.

5

AILIS N'EN REVENAIT PAS que Cuthbert ait déménagé en douce, sans même prendre la peine de lui parler. Il ne voulait plus d'elle dans sa vie et considérait sa dot comme son bien propre, une sorte de rémunération en échange de ce qu'il avait enduré tout ce temps. Soit. Mais il fallait qu'elle vive de quelque chose. Le loyer de l'appartement était payé au mois : que ferait-elle si Cuthbert ne s'acquittait pas de la somme requise ? Son porte-monnaie ne renfermait plus que quelques dollars... Ailis se demanda si la loi américaine prévoyait une pension ou une aide pour les épouses délaissées et leurs enfants, mais cela lui semblait peu probable. D'ailleurs, Cuthbert s'était lourdement endetté avec la rénovation du théâtre : il pouvait s'en sortir en prétextant un manque d'argent. Et puis Ailis préférait ne pas apparaître sous les traits de la femme abandonnée devant l'administration, la police ou un avocat. Les Hard avaient toujours mené leurs batailles eux-mêmes ! Elle voulait d'abord essayer de s'en sortir seule. Elle devait trouver un emploi ; elle commença donc par chercher où on lui en avait proposé un. En cette journée d'automne, le soleil brillait, et Ailis prit son courage à deux mains. Elle choisit une toilette soignée, puis se mit en chemin vers l'atelier Whipple and Black.

Mr Whipple eut la gentillesse de se rendre tout de suite disponible. Il la salua avec amabilité, lui prit son manteau et la pria de s'asseoir. Mais leur échange se révéla décevant.

— Je serais ravi de pouvoir vous aider, Mrs Hay, mais nous avons déjà un nouveau stagiaire qui nous donne pleine satisfaction : il se charge de la préparation des plaques, s'en accommode et travaille très soigneusement. Par ailleurs, je ne voudrais pas être indiscret, mais il me semble que vous attendez un heureux événement. Voudriez-vous vraiment, dans votre état, manipuler du cyanure de potassium et d'autres produits toxiques ? Les preuves scientifiques manquent encore, mais on sait que le risque d'être touché par certaines maladies graves augmente chez les personnes qui ont développé des daguerréotypes de nombreuses années durant. Je ne pense pas qu'une mère veuille s'exposer ainsi que son enfant à de tels dangers.

Ailis se mordit les lèvres. Mr Whipple avait raison. Elle avait elle-même attiré l'attention de Cuthbert sur la nocivité des produits chimiques, puis lancé l'idée d'acheter une maison, ce qui l'avait précipitée dans cette situation. Assurant son interlocuteur de sa compréhension, elle le remercia donc et retrouva les rues de Boston, où elle acheta un journal pour consulter les petites annonces.

Certains emplois lui semblèrent à sa portée. Vendeuse de confections pour femmes dans un grand magasin, aide dans une épicerie fine, gouvernante pour une jeune fille de 13 ans, sans oublier diverses places d'employée de maison, qu'elle était prête à tenter en dernier lieu.

L'annonce de préceptrice était celle qui lui plaisait le plus, mais sur le seuil de l'élégante maison de ville où elle se présenta, l'intendante secoua la tête après un bref coup d'œil à ses traits tirés et à l'arrondi de son ventre, visible sous son manteau cintré.

— Vous êtes enceinte ! dit-elle, moins circonspecte que Mr Whipple. Pensez-vous vraiment que cela fasse de vous un modèle pour notre petite lady ?

— Je ne me présente pas comme modèle, mais comme gouvernante, répondit Ailis. Et je suis mariée. Aussi mon état n'a-t-il rien de répréhensible.

L'intendante, une femme maigre d'âge moyen qui portait un monocle sévère, laissa échapper une sorte de renâclement.

— Et où se trouve le mari ? Les maîtres exigent de notre préceptrice qu'elle loge sur place. Votre époux devrait-il donc emménager aussi ? Non, je suis désolée, mais la discussion est close. Nous ne saurions faire appel à vous.

Ailis frissonna jusqu'aux os quand la porte se referma devant elle. Elle tourna les talons et resserra son manteau malgré le soleil encore chaud. Puis elle se mit en quête du grand magasin où l'on avait besoin d'une vendeuse aux confections féminines. Son interlocuteur était cette fois un homme, le chef de rayon, et Ailis ne lui fit pas trop mauvaise impression. C'est au moment où il la présenta à ses futures collègues qu'elle eut à affronter des regards sceptiques.

— Vous n'êtes pas sérieux, Mr Baker, lança crânement une femme d'un certain âge. Combien de temps travaillera-t-elle ici avant de faire ses couches ?

Puis, tutoyant Ailis sans la moindre gêne :

— Tu en es à combien ? demanda-t-elle.

Et, sans attendre la réponse, elle reprit à l'intention de son supérieur :

— Les clientes pourraient encore fermer les yeux pendant quelque temps, mais dans une poignée de semaines ce sera embarrassant...

Le chef de rayon examina attentivement Ailis pour la première fois.

— Est-ce vrai, Mrs Hay ? Vous avez... euh... des espérances ? Vous auriez dû me le dire. Si vous n'êtes disponible que quelques semaines, cela ne nous est guère utile. À peine auriez-vous pris vos marques que nous serions obligés de vous libérer.

Ailis comprit que cette place était perdue elle aussi. Elle n'eut pas davantage de succès à l'épicerie fine, mais, en plus, l'odeur de jambon et d'épices qui y régnait lui donnait envie de vomir. Et, bien sûr, la cheffe identifia tout de suite la cause de son ventre rond. Il était hors de question pour elle d'engager une femme enceinte.

— Le travail serait beaucoup trop dur, déclara-t-elle sans malveillance aucune. Votre tâche consiste à remplir les rayons, transporter des caisses, monter sur une échelle. Vous ne pouvez pas vous imposer pareil effort dans votre état. Je suis désolée, Mrs Hay.

Fatiguée et grelottante, Ailis poursuivit tant bien que mal son chemin et alla se renseigner sur les places de femme de ménage et d'employée de maison. Ces entretiens-ci se déroulèrent comme les premiers, et elle dut admettre qu'au théâtre, elle non plus n'aurait pas engagé de femme enceinte au poste de caissière ou d'ouvreuse. Se montrer en public quand on attendait un événement – si heureux soit-il – était inconvenant, surtout à un stade avancé de la grossesse. Comme Ailis était grande et encore mince, elle pouvait assez bien la dissimuler, mais dans quelques semaines son état ne laisserait plus de place au doute. Peut-être pourrait-elle demander du travail dans un comptoir ? Certes, on employait rarement des femmes comme secrétaires ou comptables, mais, après tout, quantité d'épouses tenaient les livres de leur mari entrepreneur sans que personne n'y trouve rien à redire. Elle tenterait sa chance le lendemain. Pour l'heure, elle était trop épuisée et transie. Elle se souvint tout à coup qu'elle n'avait pas rajouté de combustible dans le poêle le matin. La braise serait très certainement éteinte, et elle ne pourrait pas se réchauffer ni se préparer un thé.

Au bord des larmes, elle se dirigea vers le seul endroit où elle se sentait heureuse et en sécurité, et où elle pouvait en outre espérer avoir chaud. Au bout d'une demi-heure, elle arriva en sueur et à bout de forces à la bibliothèque de l'observatoire. Elle voulait s'y réchauffer, peut-être lire un livre repéré récemment sur les taches solaires, et réfléchir aux possibilités qui s'offraient à elle. Elle commençait aussi à avoir faim, mais comptait sur les étoiles pour le lui faire oublier. Après avoir salué le jeune bibliothécaire qui, désormais, la connaissait et ne s'étonnait plus qu'une femme d'intérieur s'intéresse à l'astronomie, elle chercha son livre et s'assit avec à une table. Elle savourait le calme et la chaleur de la salle de lecture, sans pour autant parvenir à se concentrer. Cette journée avait éteint en elle de nouveaux espoirs. Ailis Hay n'avait pas la faveur des astres.

En voyant alors entrer dans la salle le Pr Pickering, elle plongea le nez dans son livre de façon qu'il ne la voie pas. D'habitude, elle échangeait volontiers quelques mots avec lui, mais ce jour-là elle avait le sentiment de ne pas pouvoir mener la moindre conversation supplémentaire.

Manque de chance, le professeur était d'humeur bavarde.

— Bonsoir, Mrs Hay ! la salua-t-il gaiement. Vous voilà à lire bien tard ! Déjà 18 h 30… Ne devriez-vous pas être auprès de votre mari ?

Il lui sourit.

— N'attend-il pas son dîner ? ajouta-t-il.

Ailis voulait répondre sans émoi à ses salutations, mais quand elle leva les yeux et vit le visage rond et avenant, tout en gentillesse malgré les reproches feints, elle perdit contenance et fondit en larmes.

Le Pr Pickering la regarda, désarçonné. Il n'avait pas l'habitudc quc scs étudiants éclatent en sanglots. Puis, faute de mieux, il lui tendit un mouchoir.

— Allons, allons, Mrs Hay, dit-il doucement, ne pleurez pas. Que vous arrive-t-il ? Ça ne peut tout de même pas être si grave…

Ailis essaya de se calmer. Surtout, il ne fallait pas mouiller de ses larmes le précieux livre.

— Je… je… Pardonnez-moi, professeur, ça va aller… Je… je dois seulement…

Elle sanglotait de plus belle.

— Dois-je la mettre dehors ? demanda le bibliothécaire.

Le professeur lui jeta un regard courroucé.

— Jeune homme, vous n'avez pas de cœur, déclara-t-il. Ne vous a-t-on pas appris la courtoisie face à une dame en détresse ? Venez, Mrs Hay, vous allez m'accompagner dans mon bureau, mon secrétaire va nous préparer un thé, et vous me raconterez ce qui vous bouleverse tant.

Avec un sourire encourageant, il reprit :

— À vous voir pleurer ainsi, on croirait que toutes les étoiles du ciel sont tombées.

Ailis renifla et le regarda entre ses larmes.

— Les étoiles ne tombent pas. Et l'on ne devrait pas non plus accorder de crédit à qui prétend décrocher la lune.

Le Pr Pickering se mit à rire.

— J'aime mieux ce ton-là ! Et je crois que nous nous rapprochons du problème. Un chagrin d'amour ?

Ailis secoua la tête.

— Bien pire.

Elle se sentait désormais prête à se lever pour suivre le professeur. Vu son état, plus rien ne l'embarrassait. Elle se ridiculiserait devant la personne qu'elle admirait et respectait le plus au monde. De toute façon, elle ne pouvait pas tomber plus bas.

En arrivant dans le bureau, elle fut happée par les daguerréotypes et photographies qui ornaient les murs. Elle tendit la main vers une représentation de la nébuleuse d'Orion.

— C'est moi qui l'ai développée, dit-elle presque avec une once de fierté.

Le Pr Pickering hocha la tête, puis donna quelques instructions dans la pièce attenante. Presque aussitôt, un jeune homme vint déposer sur son bureau une théière, des tasses, des assiettes et un ravier avec des biscuits. Le professeur s'assit dans son fauteuil et invita Ailis à s'installer en face de lui.

— On m'a dit, oui, déclara-t-il en revenant à la nébuleuse d'Orion. Et l'on m'a aussi dit que vous aviez perdu votre place par ma faute, hélas. Il faut avouer que vous n'aviez pas été tout à fait honnête avec moi.

Ailis rougit.

— Je voulais tellement avoir une carte de bibliothèque ! expliqua-t-elle. Et… et j'ai vraiment travaillé pour Mr Whipple. Seulement… je n'étais pas employée.

— Je sais, dit le Pr Pickering. Vous avez assumé la tâche d'un époux plutôt impertinent. Non, non, ne le défendez pas, il est venu ici quelques fois. Mr Whipple voulait qu'il travaille avec Mr Draper pour se faire une idée de l'astrophotographie.

Ailis le regarda avec étonnement. Cuthbert ne lui en avait jamais rien dit.

— Mais il ne nous a pas donné satisfaction. Tout le monde s'accorde à dire qu'il pense tout savoir et se croit trop expert pour être assistant. Maintenant, il s'essaie au métier de directeur de théâtre, c'est cela ? Et vous œuvrez à ses côtés ?

Ailis en eut de nouveau les larmes aux yeux. Mais elle se maîtrisa et raconta l'histoire de son mariage forcé ainsi que son infructueuse recherche d'emploi.

— Je ne sais plus où m'adresser. Et maintenant... maintenant je suis sans rien.

Le Pr Pickering réfléchit.

— J'aurais peut-être quelque chose pour vous, avança-t-il finalement. J'imagine que c'est en dessous de vos qualifications, mais qui sait ?

Avant qu'Ailis ait eu le temps de répondre, il poursuivit :

— Voyez-vous, j'ai une grande maison, mise à ma disposition par l'université, mais trop vaste pour mon épouse et moi-même. Nous n'employons qu'un valet, et sa femme est là pour l'aider. C'est une personne désagréable – bavarde, insolente et sans bonnes manières –, mais mon épouse sait lui faire face. Sous la direction de Lizzie, elle travaille correctement. Hélas, ma conjointe est depuis quelques semaines dans l'Ohio. Une obligation familiale. Elle prend soin d'une parente âgée. Cela risque de durer plusieurs mois, et je suis seul avec les Barcley, qui n'en font qu'à leur tête. Comme il n'y a personne avec eux la journée, le ménage en pâtit, de sorte que je pourrais avoir besoin d'une intendante digne de ce nom. Vous êtes familière de la tenue d'une maison, n'est-ce pas ?

Ailis avala sa salive. Elle n'avait appris à faire le ménage, la lessive et la cuisine qu'en arrivant à Boston avec Cuthbert. Celui-ci ne s'était du reste jamais plaint.

— J'ai tenu la maison pour mon mari, dit-elle en toute sincérité. À part cela, je n'ai pas d'autres qualifications pratiques. Et je...

Elle s'interrompit, tout en sachant qu'elle ne pouvait pas cacher au bon professeur ce que les autres employeurs avaient vu au premier coup d'œil.

— ... et je suis enceinte, acheva-t-elle, les yeux rivés sur le sol.

Le Pr Pickering haussa les épaules.

— Ma foi, sur ce point-là, je n'ai pas beaucoup de qualifications, mais il y a à Boston un excellent hôpital, où vous pourrez accoucher en sécurité. D'ici là, mais aussi pour la suite, les combles destinés chez nous aux domestiques sont vides : vous pourriez donc vous y installer. Je ne crois pas que je serai dérangé si le bébé pleure. Et de toute façon c'est ici que je passe la plupart de mes journées.

Ailis ne savait que répondre à tant de générosité. Pour la première fois, elle comprit pourquoi certains baisaient les mains de leur maître en signe de reconnaissance.

— Je ferai de mon mieux, murmura-t-elle. Je ne vous décevrai pas.

6

La villa du Pr Pickering se situait à proximité de l'université. Comme on ne pouvait assurer la tenue de cette immense maison qu'avec un minimum de personnel, Ailis considérait que son rôle était plus proche de celui d'une gouvernante ou d'une intendante que de celui d'une femme d'intérieur, seule responsable de toutes les tâches. Elle fit rapidement le constat que, jusqu'ici, l'entretien de la demeure avait été bâclé. À l'évidence, personne n'avait fait la poussière depuis longtemps, sans parler du polissage des couverts. Le valet allumait des feux dans les cheminées mais les nettoyait rarement, voire jamais. Ailis n'aurait pas été étonnée qu'elles fument et soient tapissées de suie. Quant au lavage des sols, le strict minimum avait été fait. Le personnel, on le voyait bien, considérait le maître de maison comme ignorant de la manière dont on tenait un foyer, et savait qu'il n'avait ni le temps ni l'énergie de contrôler le travail. Ailis fit donc ce que sa mère lui avait enseigné et, dès le premier jour, elle convoqua le couple responsable du ménage. Elle dut se faire violence, sa brève expérience d'épouse lui ayant appris à éviter les conflits, et pour cause : chaque fois qu'elle avait exposé un problème à Cuthbert, il avait renversé les rôles pour l'attaquer. Ce fut aussi la stratégie adoptée par l'épouse du valet, qui s'avéra fidèle au portrait de harpie dépeint par le Pr Pickering. Elle protesta à hauts cris et refusa de se plier à l'autorité d'Ailis, exigeant de parler au maître de maison en personne.

— Alors comme ça, Mrs Hay, on voudrait jouer les intendantes ? N'allez pas me faire croire qu'une femme mariée irait travailler engrossée de la sorte ! Et vous osez me donner des ordres ? Moi qui ai toujours été une femme respectable...

Ailis coupa aussitôt l'effrontée.

— Vous êtes peut-être une femme respectable, mais pas une bonne femme de ménage. Tout ce que je vous demande, c'est d'effectuer votre travail avec un peu plus de sérieux et de rigueur. Voyez par vous-même !

Ailis attira son attention sur la poussière qui recouvrait les meubles du salon et la moisissure incrustée dans le carrelage de la cuisine.

Mrs Barcley réagit comme si tout cela n'était qu'une manœuvre destinée à la tourmenter et s'en alla, offensée. Ailis envisagea d'effectuer elle-même le nettoyage nécessaire, puis se ravisa et décida d'en parler au professeur. Elle passa le reste de la journée à se familiariser avec la cuisine, et surtout avec le fourneau moderne. Elle remplit le garde-manger et, le soir venu, servit à Edward Pickering un bon repas sur une belle table. Le maître de maison fut enchanté par cet accueil. Il était rentré de mauvaise humeur, se plaignant un peu des étudiants qui travaillaient pour lui, mais après avoir dégusté un steak, ses accompagnements et deux verres de vin, il fut disposé à écouter les revendications d'Ailis. Elle lui exposa les manquements des Barcley et proposa de les renvoyer.

— J'aimerais engager à la place une bonne encore jeune, qui entrerait pour la première fois au service d'une maison. Une fille de 13 ans ne coûte pas très cher, et je me sens parfaitement capable de la former. Le tout dans le respect des convenances, puisque nous partagerions les combles. Si un homme à tout faire s'avérait quand même nécessaire, nous pourrions employer quelqu'un à l'heure, ou faire appel à un artisan. Le travail à effectuer ne justifie pas la présence permanente d'un valet de pied. Mr Barcley se contente après tout d'alimenter mollement les cheminées et la cuisinière, et peut-être se charge-t-il de temps à autre de faire le service du soir.

Le Pr Pickering l'écouta attentivement, but un autre verre de vin et lui demanda d'où lui venaient ces connaissances, puisqu'elle n'avait jamais tenu que le modeste ménage de son époux.

— Comme je vous l'ai dit hier, je suis issue de la noblesse, se justifia Ailis, embarrassée, mais surtout inquiète que le professeur puisse penser qu'elle s'attribuait des compétences imaginaires. J'ai appris à diriger une vaste maisonnée pourvue de plusieurs domestiques. En revanche, je me suis initiée à la cuisine et au nettoyage une fois installée à Boston avec mon époux.

Edward Pickering sourit.

— Ce qui est certain, c'est que vous avez du talent aux fourneaux, lui signifia-t-il avec reconnaissance.

Ailis le détrompa.

— J'ai acheté un livre de recettes, confessa-t-elle. Je me suis contentée de suivre les indications au pied de la lettre. Ce n'était pas très compliqué… En sachant lire, n'importe qui peut cuisiner.

Il hocha la tête avec bienveillance.

— Moins compliqué que l'astronomie ? l'interrogea-t-il.

Ailis fit la moue.

— Nous ne nous approchons pas assez des étoiles pour risquer de nous brûler, déclara-t-elle. Et j'aimerais pouvoir en dire autant du fourneau ! Les études me réussissent mieux que la cuisine. J'aimais beaucoup aller à l'école.

Elle lui raconta St Leonards, et son départ un an avant l'obtention du certificat.

— J'aurais voulu étudier, confia-t-elle, mais il devait en être autrement. Puis-je me mettre à la recherche d'une bonne, professeur ? Vous chargerez-vous de renvoyer les Barcley ?

Ailis n'était pas sûre de pouvoir se débarrasser ainsi de la discussion certainement déplaisante qui s'annonçait avec le couple. En réalité, cette tâche incombait à l'intendante, mais Ailis craignait de ne pas parvenir à se faire respecter, comme ce matin. Et elle ne voulait pas d'un nouvel échec le lendemain.

Par chance, le Pr Pickering ne savait rien de la répartition des tâches dans une grande maison et se déclara aussitôt disposé à parler aux Barcley. Le lendemain, Ailis se rendit au bureau d'annonces du *Boston Herald*, rédigea une offre d'emploi, puis eut l'idée d'accrocher des affiches autour de la villa des Pickering. Le voisinage devait employer de nombreux serviteurs, dont des couples comme Anna et Ben Coxwold, qui souhaitaient que leur progéniture entre un jour en domesticité. Faute de place, tous les enfants ne pouvaient pas toujours être embauchés dans le même foyer que leurs parents : il devait exister des jeunes filles qui seraient ravies de travailler non loin de leur famille.

Et en effet, le soir même, un certain Mr Raben se présenta à Ailis afin de lui recommander sa fille de 13 ans.

— Annie est travailleuse et solide. Obéissante, aussi. Mais elle est un peu timide. Elle est très effrayée à l'idée de devoir vivre loin de nous. Nos maîtres ont déjà assez de servantes, et Madame dit ne pas vouloir s'encombrer d'une fille qui est encore dans les jupes de sa mère. Alors si vous vouliez bien donner sa chance à notre Annie…

Ailis hocha la tête et serra la main de l'homme. Il occupait la place de palefrenier dans une maison voisine, tandis que sa femme travaillait en cuisine. Lorsque Ailis proposa que sa fille vienne faire un essai sur-le-champ, il se répandit en remerciements.

Le professeur fut étonné quand, deux jours plus tard à peine, Ailis eut la satisfaction de lui présenter une jeune fille blonde à l'apparence un peu gauche, qui vint s'incliner devant lui. Il n'avait pas tout de suite vu que les sols étaient d'une propreté impeccable, et les meubles, débarrassés de leur poussière, mais Ailis ne manqua pas de le lui faire remarquer.

— Annie m'a déjà bien aidée au ménage. Et elle sait aussi allumer les cheminées. C'est son père qui nous apporte le bois à la fin de son service, il travaille à trois maisons d'ici.

Annie fit un sourire timide, et son visage aux traits quelque peu grossiers changea du tout au tout : elle paraissait presque jolie. En grandissant, elle deviendrait une femme vigoureuse, ce qui avait été un critère de sélection pour Ailis. Dans les maisons de maître écossaises, elle avait vu trop de jeunes filles se tuer à des tâches épuisantes comme le transport de l'eau et l'allumage des cheminées. Elle ne souhaitait cela à aucun enfant. Mais Annie avait de la force, et Ailis prenait soin de lui offrir des repas consistants. Ce soir-là, elle avait à nouveau cuisiné pour le professeur et expliqué à Annie comment mettre la table correctement.

— Eh bien, vous n'avez pas perdu votre temps, la félicita Edward Pickering.

Ailis sourit.

— On n'oublie pas son éducation comme ça, répondit-elle. Comment vos étudiants s'en sont-ils sortis aujourd'hui ?

Le professeur soupira.

— L'examen des photographies leur donne bien de la peine. Le but est de classifier les étoiles. Grâce à l'analyse de leur spectre comme une fonction mathématique qui établit la relation entre la lumière et la longueur d'onde, on peut en déduire beaucoup informations.

— Par exemple la luminosité et la vitesse de rotation, s'empressa de dire Ailis. Oui, j'ai lu ça dans un livre. Quel travail passionnant !

— Mes assistants y voient surtout un chapelet de calculs fastidieux. Ils aimeraient tous découvrir de nouvelles étoiles, et si possible leur donner leur nom. Le problème, c'est que ce processus demande avant tout de la patience, et qu'ils n'en ont pas. Mais qu'importe, passons à autre chose. Je ne voudrais pas vous ennuyer…

Jamais quelqu'un n'aurait pu ennuyer Ailis en lui parlant des astres. Elle obtempéra cependant, et orienta la conversation vers des sujets plus légers. Pour le moment, elle était satisfaite de ce qu'elle avait réussi à accomplir. Peut-être l'occasion se présenterait-elle bientôt de prouver au Pr Pickering que les fonctions mathématiques n'avaient pas de secret pour elle.

Les semaines suivantes s'écoulèrent paisiblement. Aidée par Annie, Ailis mit de l'ordre dans la maison. Sa grossesse se déroulait sans heurt et lui laissait tout le loisir d'étudier l'astronomie pendant son temps libre. Rien ne pouvait la perturber, pas même la nouvelle que le Boston Music Hall avait connu un immense succès à son ouverture. Dans le journal quotidien, elle apprit que le spectacle de variétés de la soirée d'inauguration s'était joué devant une salle comble, et que la première pièce produite par Cuthbert avait reçu un accueil chaleureux de la critique. Felice Roberts, la chanteuse aux prétendues trois octaves de tessiture, y était évoquée en termes élogieux, et Ailis en conclut simplement que le reporter du *Boston Herald* avait dû se fier davantage au physique qu'à la musique pour rédiger son billet.

Lorsqu'elle fit part de ces réflexions au professeur, il s'en amusa. Ailis appréciait les soirées passées à converser avec le vieil homme, aussi aimable que cultivé. Comme le terme de sa grossesse approchait, elle ne sortait plus beaucoup, et elle avait plaisir à parler avec lui de l'université et de la scène culturelle de Boston. Sans compter qu'Edward Pickering prenait au sérieux son intérêt pour l'astronomie et lui rapportait souvent de nouveaux livres dont ils discutaient ensuite. Ailis commençait enfin à trouver des réponses à toutes ses questions.

— Un de ces jours, j'aimerais vous emmener à l'observatoire avec moi, lui annonça-t-il un soir. Et vous montrer quelques photographies de Mr Draper ; vous connaissez déjà ses premiers travaux, puisque c'est vous qui les avez développés.

— Mais pas analysés. À l'époque, je n'avais pas le savoir nécessaire, je devais me contenter d'admirer les plaques. Et maintenant... poursuivit-elle en jetant un regard triste à son ventre. Maintenant, le bébé peut naître d'un jour à l'autre.

— Sous une bonne étoile, je l'espère, déclara le Pr Pickering avec un sourire. Sous une bonne étoile…

Les astres scintillaient effectivement tout leur soûl dans le ciel hivernal de Boston lorsque Ailis fut prise de contractions, le 8 février 1888. Paniquée, Annie ne trouva pas mieux que de réveiller le professeur, bien qu'Ailis lui ait demandé de ne pas le déranger. La future mère comptait atteindre l'hôpital par ses propres moyens, mais elle avait sous-estimé la douleur qui lui lacérait les entrailles tels des coups de couteau. Elle était tout juste parvenue à se lever de son lit en gémissant et à enfiler la première robe venue quand Edward Pickering frappa timidement à la porte.

— Annie est partie chercher un fiacre ! lui lança-t-il par l'entrebâillement de la porte.

La situation était sans doute aussi gênante pour lui que pour elle.

— Non, ce n'est pas la peine…

Ailis espérait que le trajet en voiture ne serait pas trop cher. Son salaire était modeste, et la facture de l'hôpital ainsi que les accessoires nécessaires au bébé auraient déjà raison de ses maigres économies.

Mais, dans son affolement, au lieu de se diriger vers la ville, Annie s'était ruée trois maisons plus loin, dans le petit appartement situé au-dessus de l'écurie que les maîtres des lieux mettaient à disposition de ses parents et qui l'avait vue grandir. Sans même demander l'autorisation, son père avait aussitôt attelé des chevaux. Peu après, une charrette s'arrêtait devant la demeure du Pr Pickering.

— Je n'ai pas pris de calèche, car… quand un enfant naît…

Le père d'Annie hésitait – il aurait préféré ne pas avoir à expliquer qu'un accouchement arrivait inévitablement avec son lot de sang et d'autres liquides. Ailis vola à son secours.

— Il vaut mieux ne pas salir les sièges !

Le palefrenier avait garni la charrette de couvertures pour qu'elle puisse s'allonger à son aise, et il était escorté de son épouse. Si celle-ci n'était pas sage-femme, elle avait donné naissance à plusieurs enfants et savait comment encourager et rassurer Ailis.

— C'est plutôt une bonne chose que vous souffriez déjà autant, lui expliqua-t-elle. Ça veut dire que ça ira vite. Supporter des contractions pendant des heures, c'est éreintant. Mieux vaut que ça fasse mal mais que ça ne dure pas trop.

Ailis n'était pas sûre de préférer cette option, mais elle n'avait pas le choix : il lui fallait endurer sa souffrance. Heureusement, ils atteignirent l'hôpital sans tarder, et il s'avéra que la mère d'Annie avait eu raison. Le bébé arriva au bout de six heures seulement. Une éternité pour Ailis, mais pas pour la sage-femme, peu habituée à des événements aussi rapides.

— Surtout lorsqu'il s'agit du premier enfant, ajouta-t-elle au moment où Ailis poussait un dernier cri de douleur en achevant d'expulser le nouveau-né, que la sage-femme saisit. Mais ne criez pas de la sorte, le petit va prendre peur.

— Le petit ? répéta Ailis, émue.

La sage-femme acquiesça et souleva l'enfant par les pieds, ce qui déclencha ses pleurs.

— En voilà un beau garçon ! s'exclama-t-elle. C'est votre mari qui va être content !

Ailis en doutait, même s'il n'était pas totalement impossible que Cuthbert manifeste de l'intérêt pour son fils. En tout cas, cette fois, il ne pourrait pas lui reprocher d'avoir mal fait les choses. Lorsqu'on lui confia le bébé un instant plus tard, elle se sentit submergée par la tendresse.

— Comment allez-vous l'appeler ? demanda la sage-femme.

Ailis embrassa la minuscule tête recouverte d'un duvet orangé.

— Nicolas ! répondit-elle. En hommage à Nicolas Copernic.

— Copernic, comme *copper*, le cuivre ? C'est bien choisi, le petit aura sûrement les cheveux roux, déclara la sage-femme.

— Je n'y avais pas pensé, mais vous avez raison, ce nom lui va comme un gant ! dit Ailis en riant.

Quand elle rapporta cette discussion au professeur et à Annie, celui-ci trouva l'anecdote fort amusante, tandis que la jeune fille crut que l'enfant avait réellement été baptisé Copper.

Ce surnom devait lui rester : presque personne n'appela jamais Nicolas par son véritable prénom.

7

EMILY PLEURAIT À CHAUDES LARMES devant le corps sans vie de Gooby, qu'elle avait réussi à arracher aux chiens de chasse.

— Elle l'a fait exprès, sanglota-t-elle. C'est Katrina, c'est elle qui a ouvert la barrière parce qu'elle savait que les chiens étaient en liberté !

— Enfin, Emily, ça n'a pas de sens, comment aurait-elle pu le savoir ?

Anna n'essayait pas seulement de consoler sa fille, elle voulait également la remettre sur le droit chemin. Il était hors de question qu'elle accuse Katrina aussi ouvertement devant les maîtres.

— En tout cas, ce n'était certainement pas intentionnel, ajouta-t-elle.

— Je n'en serais pas si sûre à ta place ! Katrina a toujours détesté Gooby. Elle a dû voir que les chiens n'étaient pas enfermés, si elle ne les a pas libérés elle-même !

Il était peu probable que Katrina soit allée jusque-là, Emily le savait. En revanche, le manque de fiabilité du valet de chiens n'était un secret pour personne. À de nombreuses reprises déjà, il avait mal refermé le chenil, ce qui lui avait valu des remontrances de sir William. Ce dernier avait aussi demandé au reste du personnel et à sa famille de toujours garder la porte close. Il ne voulait pas que ses chiens chassent sur son domaine.

— Et pourquoi miss Katrina serait-elle allée faire une chose pareille ? s'enquit Anna. Vous êtes amies !

— Tu parles d'une amie ! laissa échapper Emily entre deux hoquets. Elle a voulu me punir. Parce que je refusais de l'accompagner en voyage. C'était… une manière de me menacer !

Anna secoua la tête.

— Tu as perdu la raison, Emily. De quoi aurait-elle pu vouloir te menacer ? Et puis tu as bien donné ton accord à Madame, non ? Tu pars avec elle ?

Les sanglots d'Emily s'intensifièrent.

— Oui, j'ai accepté. Car tu voulais à tout prix que je le fasse. Mais désormais… Maman, si l'occasion se présente de quitter Katrina, je la saisirai ! Peut-être rencontrerai-je quelqu'un qui cherche une femme de chambre, en France ou ailleurs, ou alors je trouverai un autre travail.

— Tu es bien trop jeune pour être embauchée à une vraie place, lui rappela Anna, qui avait déjà eu cette conversation avec Emily avant que sa relation avec Katrina ne se gâte. Aucune femme n'engagerait une fille de ton âge.

— Une opportunité se présentera bien, déclara Emily. Je me suis laissé faire assez longtemps. Mais ça, je ne le lui pardonnerai jamais !

Katrina nia évidemment toute implication dans la mort de Gooby. Sa mère la soutint, mais s'excusa tout de même auprès d'Emily et de sa famille pour ce regrettable accident, que sa fille avait peut-être provoqué par mégarde. Katrina prétendait ne pas se rappeler si elle avait refermé la barrière ou non.

La seule à accorder un crédit absolu à Emily était Donella, qui retraça les événements dans une lettre adressée à Ailis.

Je suis convaincue que Katrina a volontairement lâché les chiens sur Gooby. D'autant plus qu'Emily disait souvent que l'oie était une raison pour ne pas venir avec nous. Katrina était en colère qu'Emily lui résiste, et elle a vu là l'occasion parfaite de lui donner une bonne leçon. Emily voit clair dans son jeu, mais je n'irais pas jusqu'à dire que l'action était planifiée. Katrina a agi sur un coup de tête, comme souvent. Son père l'a d'ailleurs copieusement réprimandée. Lui non plus ne semble pas si sûr qu'il s'agisse d'un oubli malheureux. En ce moment, il est très mécontent d'elle, et ce voyage ne lui plaît pas du tout. Pas plus qu'à papa. À l'évidence, nos mères ont fait leurs petites affaires entre elles. Récemment, j'ai entendu oncle William et papa discuter autour d'un verre de whisky dans le fumoir. Ils se lamentaient de ce qu'aujourd'hui, pour former une union bénéfique à la dynastie, il faille recourir aux manœuvres les plus basses. Où irait le monde, disait mon père, si les femmes avaient leur mot à dire quant au choix de leur époux ? On n'avait jamais demandé leur avis aux jeunes filles du clan avant de les marier. Et les jeunes hommes, eux, se laissaient facilement convaincre par les avantages d'un mariage arrangé. Selon lui, ce n'était jamais qu'une histoire de pouvoir et d'argent. Ce qu'ils n'ont bien sûr pas évoqué, mais avaient certainement en tête, c'est qu'un homme a toujours la liberté de prendre une ou plusieurs maîtresses si son épouse ne lui plaît pas. Une femme, elle, doit se contenter de mettre au monde quelques enfants, forcément issus de son union avec son mari, que celui-ci lui plaise ou non... Enfin, ce n'est pas à toi que je vais apprendre ça. D'ailleurs, ils ont loué ton exemple et ta docilité. Comme si tu avais eu le choix d'épouser Cuthbert ou non. À propos, est-il revenu ? Ou tiens-tu encore la maison de cet éminent professeur ? Cuthbert aurait toutes les raisons d'être fier de son fils. Quoi qu'il en soit, moi, j'ai d'emblée été conquise par ton petit garçon. Merci pour la photographie ! Il est incroyablement mignon. Peut-être qu'il est plus facile de supporter l'interdiction d'étudier et d'apprendre quand on a la chance de vivre avec un petit bonhomme pareil. J'admets que je n'y crois pas totalement, mais je trouve l'idée réconfortante. Je sais que ce voyage ne m'offrira qu'un peu de répit. Dès que nous serons de retour, mon père me mariera moi aussi – de préférence sans solliciter mon avis. Ce périple présente au moins l'avantage de repousser l'échéance. Une telle expédition demande des mois de préparation, et pas seulement parce qu'elle exige la confection d'une garde-robe sophistiquée. Le plus compliqué, c'est d'obtenir les passeports et les visas nécessaires pour entrer et sortir des différents pays. Mon grand-père y consacre tout son temps. Il est déjà très exalté à l'idée de ce voyage, dont il a, semble-t-il, rêvé toute sa vie. Quant à moi, je suis ravie de partager cette aventure avec lui. Nous allons découvrir le monde, tandis que grand-mère jouera les chaperons pour Katrina. Elle se prêtera sans doute au jeu de bon gré, elle qui a toujours tenu à ce que les filles de la famille soient éduquées de façon convenable, comme des dames.

Elle avait été très choquée que mes parents m'envoient à St Leonards. Je serais curieuse d'apprendre de quelle manière maman et papa comptent lui faire savoir que, dans le cas présent, toute interaction déplacée entre George et Katrina est vivement encouragée. Ce grand tour promet d'être riche en événements, c'est certain, et j'ai hâte de te retrouver à Boston.

Ailis suivait avec intérêt les péripéties de sa famille écossaise et, comme toujours, elle avait apprécié la lecture du récit vivant délivré par Donna. Bien sûr, la perte subie par Emily l'attristait, et elle était aussi d'avis que Katrina avait agi intentionnellement. Mais pour l'heure elle avait d'autres soucis. Quelques jours plus tôt, le Pr Pickering lui avait annoncé tout sourire que son épouse rentrait enfin. Bien que personne n'y ait compté, sa tante s'était relevée de sa terrible maladie et n'avait désormais plus besoin que de sa domestique pour l'aider. Ce n'était pas une bonne nouvelle pour Ailis. Lizzie Pickering paraissait être une excellente maîtresse de maison : jusqu'ici elle avait réussi à tenir son ménage en s'appuyant sur les Barcley, peu coopérants, preuve qu'elle était excellente diplomate. Avec Annie, elle viendrait à bout de toutes les tâches ménagères et n'aurait pas besoin d'une intendante en plus. Ailis devait donc s'attendre à être renvoyée, au moment où trouver un emploi se révélait encore plus ardu, à présent qu'elle avait un enfant. Sa place chez le professeur était idéale, lui permettant de surveiller Copper sans problème tout en travaillant, mais aussi de progresser dans les domaines qui l'intéressaient. Edward Pickering continuait à encourager sa passion pour la voûte céleste. Il avait pris l'habitude de lui mettre à disposition les ouvrages dont il exigeait la lecture par ses étudiants. Si elle avait des questions, il lui répondait volontiers, profitant de la soirée pour s'asseoir devant la cheminée avec un verre de vin. Il invitait même presque tous les jours Ailis à dîner avec lui, l'interrogeait sur ses études personnelles et se réjouissait de sa vivacité d'esprit.

Un soir, il l'avait surprise assise à son bureau, un crayon rouge à la main, plongée dans la lecture d'une copie d'examen issue de la pile à corriger. Il s'était approché d'elle, un sourire malicieux sur les lèvres.

— Eh bien, Mrs Hay ! Avez-vous l'intention de me décharger de toutes mes tâches ingrates ? Le ménage *et* les corrections ? Il est vrai que, pour les copies, l'aide d'une personne qualifiée serait bienvenue.

Ailis avait rougi, honteuse.

— Pardonnez-moi, professeur… je voulais seulement y jeter un coup d'œil. Mais, ce devoir, eh bien, soit je n'ai pas tout compris, soit cet étudiant utilise les mauvaises formules, en plus de faire des erreurs de calcul.

Edward Pickering avait baissé le regard sur la copie et éclaté de rire.

— Mr Bernard Wiegand, assurément pas le plus brillant de nos apprentis astronomes. Je crains qu'il ne doive repasser l'examen. Mais continuez donc, parcourez les autres devoirs et notez sur une feuille ce que vous avez à y redire. Je regarderai ensuite les deux, les réponses des étudiants et vos corrections.

Captivée, Ailis avait travaillé sur les copies toute la nuit, Copper dormant à poings fermés à son côté. Les calculs demandés ne lui posaient aucune difficulté, de même que jadis, à l'école. La physique et les mathématiques lui apparaissaient telle une évidence, et elle avait depuis longtemps assimilé les formules nécessaires à l'analyse spectrale. Elle aurait tant aimé participer à l'examen des plaques photographiques dont découlaient ces calculs !

Le lendemain matin, le professeur s'était montré très impressionné par le résultat.

— Et voilà ! Même mon intendante écossaise s'en sort mieux que mes étudiants ! s'était-il exclamé. Je me ferai une joie d'en informer ces messieurs au moment de leur rendre leurs travaux !

Ailis apprendrait bien plus tard que le professeur avait même pris l'habitude de prononcer cette phrase dans ses séminaires dès qu'une grossière erreur était commise.

Le retour de Lizzie Pickering était imminent, et Ailis mettait un point d'honneur à lui restituer un foyer impeccable et un ménage en ordre. Elle appréhendait l'inspection de la maîtresse de maison – Mrs Pickering pourrait trouver n'importe quel prétexte pour la renvoyer sur-le-champ. Ailis, vêtue d'une irréprochable robe sombre, guettait le cœur battant l'arrivée de la femme du professeur. Annie se tenait près d'elle dans son uniforme flambant neuf.

Edward Pickering était lui aussi sur les charbons ardents, mais pour des raisons autrement plus agréables. Il avait pris un jour de congé afin d'accueillir son épouse et insista pour l'aider lui-même à descendre de la calèche.

— Tu m'as tellement manqué ! dit-il d'une voix affectueuse avant d'embrasser la main de la petite femme potelée, dont le visage rond rayonnait de bonheur lui aussi.

Ailis ressentit aussitôt de la sympathie pour Mrs Pickering. Quand Annie fit la révérence devant elle et qu'Ailis voulut l'imiter, l'épouse du professeur se précipita vers elle pour la saluer.

— Non, non, Mrs Hay… dit-elle. Vous êtes bien Mrs Hay, n'est-ce pas ? J'ai tellement entendu parler de vous ! Et je tiens à vous remercier du fond du cœur de m'avoir si bien suppléée ici !

Elle tendit la main à Ailis, puis salua Annie avec presque autant de chaleur.

— On m'a dit que tu étais une fille sérieuse et que tu secondais Mrs Hay avec dévouement. J'en suis ravie, je voulais moi-même engager une jeune servante et la former, mais ma tante est tombée malade… En tout cas, savoir que mon cher Edward était entre de bonnes mains pendant mon absence était important pour moi et je vous en remercie.

— Allons bon, tu exagères ! J'aurais quand même été capable de survivre sans Mrs Hay, dit le Pr Pickering sur un ton bougon, ce qui fit sourire Ailis.

Lizzie Pickering laissa échapper un rire cristallin.

— Tu te serais laissé mourir de faim devant tes analyses de spectres ! affirma-t-elle. Toujours la tête dans les étoiles… Mais j'ai appris que vous vous intéressiez également à l'astronomie, Mrs Hay ? Il faut que vous me racontiez cela, et que vous me présentiez votre fils, mon époux semble prendre plaisir à jouer les grands-pères ! Que diriez-vous de prendre le thé ensemble demain ? Ce serait l'occasion de s'entretenir plus longuement entre femmes !

Ailis accepta son invitation et, dans l'intervalle, s'efforça de faire tout le nécessaire pour que Mrs Pickering soit satisfaite. Elle était consciente que la maîtresse de maison l'observait, commentant de temps à autre son travail.

— Vous rangez le bureau de mon époux, Mrs Hay ? Jusqu'ici, ce meuble a toujours été chasse gardée. Si quelqu'un, un domestique ou moi-même, s'avisait de déplacer ne serait-ce qu'une feuille de papier, il en prenait pour son grade. Comment se fait-il qu'il vous laisse faire ?

Ailis rougit.

— Eh bien… nous avons la même manière d'ordonner nos affaires. Le… le travail en cours se trouve toujours au centre, les analyses des dernières astrophotographies sont rangées à droite, et les corrections à effectuer…

Mrs Pickering fit signe qu'elle avait compris.

— Pour moi, c'est du pareil au même, admit-elle avec un sourire. Mes piles fantaisistes devaient le faire enrager. Je vous en prie, Mrs Hay, faites comme vous en avez l'habitude.

L'heure du thé, à laquelle Copper était aussi convié, arriva enfin. Par chance, l'enfant dormait d'un sommeil profond dans son couffin, et Mrs Pickering s'extasia longuement devant lui.

— De qui tient-il ces ravissantes petites boucles ? demanda-t-elle. Son père était-il roux ?

Ailis sentit sa poitrine se serrer, puis décida de dire la vérité.

— Mon mari est roux, oui. Je n'aime pas parler de lui, et parfois je préfère dire qu'il n'est plus de ce monde. Cela facilite certaines choses, comme trouver un appartement ou un emploi. Mais le professeur est évidemment au courant. La vérité, c'est que j'ai été choisie pour ma dot, puis quittée pour une autre femme. Avoir une épouse et un enfant n'était pas compatible avec les projets de mon mari. Cuthbert Hay est un… comment dire… peut-être pourrait-on le qualifier d'artiste. Il dirige l'un des théâtres de la ville, le Boston Music Hall.

Mrs Pickering plissa le front. Le nom de la salle de spectacle ne lui évoquait rien.

— Maintenant que vous êtes de retour, vous entendrez sûrement parler de lui, continua Ailis. Il connaît un franc succès avec des spectacles de variétés, des numéros d'artistes invités et le programme de sa propre troupe. Ce sont surtout des opéras-comiques, des divertissements légers...

En effet, la réussite de Cuthbert en tant que directeur de théâtre dépassait ce qu'Ailis avait imaginé. Sans doute sa comptabilité était-elle négligée, mais du point de vue artistique il était dans son élément. Il menait une vie mondaine, si bien qu'Ailis voyait souvent son nom dans le journal. Il se montrait dans des manifestations de bienfaisance, des vernissages et des concerts, toujours accompagné de nouvelles actrices et chanteuses dans la fleur de l'âge. Les notables de Boston l'admiraient, il était en permanence sur le devant de la scène. Bref, il menait exactement la vie qui lui plaisait. Ailis ignorait si elle devait se réjouir pour lui – après tout, elle aussi était beaucoup plus heureuse chez le professeur qu'elle ne l'avait été dans son mariage – ou lui en vouloir de les avoir oubliés, Copper et elle.

— Il n'y avait plus de place pour moi dans sa vie, conclut-elle enfin. Mais j'aurais aimé qu'il n'investisse pas l'intégralité de mon argent dans son théâtre pour ensuite m'exclure.

— Peut-être devriez-vous déposer une plainte contre lui, suggéra Mrs Pickering. Envisagez-vous le divorce ?

Ailis secoua la tête.

— Je n'ai pas l'intention d'épouser quelqu'un d'autre. La situation peut donc rester telle qu'elle est, je n'y vois pas d'inconvénient. En revanche, s'il venait à demander le divorce, je ne m'y opposerais pas.

Pour le moment, cette éventualité lui semblait peu probable. Se présenter comme un homme marié devait même arranger Cuthbert : aucune maîtresse n'irait ainsi faire valoir ses droits.

Mrs Pickering sourit.

— Et d'où vous vient votre intérêt pour l'astronomie ? s'enquit-elle, déclenchant un flot de paroles enthousiastes chez son interlocutrice.

Ailis lui raconta avoir observé les étoiles dans son enfance puis à l'école, lui décrivit la fascination qu'exerçait sur elle l'astrophotographie, et lui fit part de son engouement quant aux possibilités d'analyse et de classification des astres.

— Votre époux exerce un métier fantastique, finit-elle par dire. Ses étudiants n'ont pas idée de la chance qu'ils ont de participer à ses recherches !

— Qui sait, l'avenir vous réserve peut-être aussi des surprises, dit Mrs Pickering en lui adressant un petit signe de tête, avant de reprendre un biscuit. Vos étoiles à la cannelle sont à se pâmer, Mrs Hay.

Tout en savourant cette friandise, elle souriait d'un air mystérieux.

Le lendemain, Edward Pickering convoqua Ailis dans son bureau et lui proposa de devenir sa secrétaire.

— Je ne pourrai pas vous payer beaucoup plus qu'actuellement, précisa-t-il à regret. L'institut a un budget serré. Mais vous pouvez rester habiter ici dans un premier temps, et ma femme se fera un plaisir de s'occuper à l'occasion du petit Copper.

Ailis n'en revenait pas.

— C'est… c'est fantastique… Je ne sais pas comment vous remercier.

Le professeur l'arrêta d'un geste.

— Nul besoin de le faire, puisque vous allez vous rendre utile. Je suis convaincu que vous me serez d'une aide précieuse à de nombreux égards. Et, si quelqu'un mérite votre gratitude, c'est avant tout ma femme, car c'était son idée. Moi, j'aurais continué à me débrouiller comme je le pouvais. La tête dans les étoiles, ainsi que le dit toujours ma chère Lizzie. Or, grâce à votre soutien, je vais maintenant avoir le champ libre.

Une fois revenue dans sa chambre, à l'étage des domestiques, Ailis laissa éclater sa joie. Elle prit Copper dans ses bras et esquissa quelques pas de danse. L'enfant riait, paraissant comprendre que sa mère était heureuse. Rien n'arrêterait plus désormais sa course aux étoiles.

8

À LA FIN DE L'AUTOMNE 1888, Donna, Katrina et George partirent pour leur tour du monde. Quoiqu'à contrecœur, Emily était aussi du voyage.

Lady Mairead versa quelques larmes au moment où Katrina et Emily rejoignirent les autres voyageurs dans la calèche. Sa fille portait un costume élégant, tandis qu'Emily avait délibérément choisi une robe simple assortie d'un mantelet sombre, ne laissant aucun doute sur son statut de domestique. Katrina était agacée de ce comportement. Elle avait fait renouveler la totalité de sa garde-robe pour l'occasion et aurait volontiers donné ses anciennes toilettes à Emily, comme elle l'avait toujours fait, mais la jeune fille avait refusé. Elle était la femme de chambre de Katrina, et n'endosserait plus le rôle de camarade de jeu ni de dame de compagnie.

Vis-à-vis de Donna, cependant, elle eut tôt fait d'abandonner cette attitude distante. L'engouement dont faisaient preuve la cousine de Katrina et son grand-père était d'autant plus contagieux qu'Emily partageait leurs centres d'intérêt. Frederick Balincourt était presque plus euphorique que les jeunes gens placés sous sa garde. Les mois précédents, il avait passé des heures à préparer le grand tour, aidé par sa petite-fille. Ensemble, ils avaient établi une liste sur laquelle figuraient des musées des sciences et des musées d'histoire naturelle, mais ils voulaient aussi s'instruire dans les domaines de l'art, de l'architecture et de la musique.

Lady Balincourt poursuivait de tout autres objectifs. Elle espérait que l'une des nombreuses villes thermales d'Europe saurait la soulager de ses maladies articulaires. Très pieuse, elle se faisait également une joie de découvrir toutes les cathédrales et les églises du continent.

Katrina et George n'avaient pas communiqué leurs envies au reste du groupe, mais ils en discutaient entre eux, et aussi bien Emily que Donna avaient saisi au vol des mots tels que « spectacles » et « casino ».

Traditionnellement, lorsqu'on partait de Grande-Bretagne, la première étape du grand tour était la France. Les Hard et les Balincourt avaient entendu monts et merveilles à propos du printemps à Paris, mais, comme le début de leur périple correspondait à la saison froide, la grand-mère de Donna avait insisté pour se rendre d'abord à Ischia, où elle pourrait faire une cure. Si l'île italienne présentait peu d'intérêt pour les cinq jeunes gens, la région avait beaucoup à offrir : ils pourraient visiter Naples ainsi que les sites tout proches d'Herculanum et de Pompéi. L'Italie du Sud avait donc été choisie comme premier lieu de villégiature. La petite troupe avait traversé la Manche jusqu'à Calais avant de prendre la route vers le sud, alternant train et calèche.

La première lettre de Donella parvint à Ailis quelque temps après leur départ.

Autrefois, à l'époque où nous avions des calèches pour seul moyen de locomotion, ce voyage devait être un véritable calvaire. Aujourd'hui, tout est plus simple : le réseau de chemin de fer est bien développé en Europe, et il existe même des voitures-lits et des voitures-restaurants. Je continue à penser que nous nous déplacerons encore plus vite à l'avenir, une fois que l'automobile se sera imposée. Et un jour, c'est certain, nous finirons par voler. Évidemment, les autres m'ont ri au nez quand je leur ai dit cela, mais je n'en reste pas moins convaincue, et grand-père, lui, se montre optimiste. Nous avons donc traversé la France et la Suisse aussi rapidement que possible et fait une première halte à Milan. Grand-mère a prié dans la cathédrale, immense et somptueuse, et grand-père nous a emmenés voir une peinture de Léonard de Vinci, La Cène, *l'un de ses chefs-d'œuvre. Bien qu'Emily et moi soyons plus intéressées par ses travaux scientifiques, en particulier par ses réflexions sur le vol des oiseaux et sur de possibles machines volantes capables de transporter des humains, la découverte de cette fresque fut une expérience inoubliable. Elle se trouve – comment pourrait-il en être autrement ? – dans une église. La ville regorge d'édifices religieux, ce qui est apparemment le cas de toutes les cités italiennes. Milan est aussi connue pour le théâtre de la Scala, où nous avons pu assister à une représentation de* La Traviata, *un opéra magnifique et infiniment triste. Katrina a passé toute la journée du lendemain à chanter des arias, or sa voix est loin d'égaler la beauté de celle de la prima donna, ou du moins ne la maîtrise-t-elle pas aussi bien. George n'en pouvait plus. Je ne décèle rien, ni chez l'un ni chez l'autre, qui indiquerait un début d'idylle.*

Sur le trajet vers Naples, nous avons fait une seconde halte à Florence, qui est avant tout une ville d'art. Nous avons visité la galerie des Offices, où sont exposées d'autres œuvres de Léonard de Vinci, et découvert le travail de Michel-Ange, même s'il faut se rendre à la galleria dell'Accademia pour admirer ses sculptures les plus connues, notamment son David. Grand-mère a été très choquée par sa nudité et, depuis, dans chaque musée, George prend un malin plaisir à dénicher et commenter toutes les statues dévêtues. Il semble qu'à l'Antiquité on ne prenait pas la peine de s'habiller correctement pour poser, à moins que cela ne tienne à une certaine fascination des artistes pour les corps nus. On s'y habitue assez vite et, pour être honnête, en ce qui me concerne, je commence même à me lasser de tous ces objets d'art. Bien sûr, ce sont des chefs-d'œuvre, mais ce qui me captive le plus ici reste la nature. Rien que la lumière ! Le soleil du sud est si éclatant qu'il donne vie à tout ce qu'il touche. Il faut le voir pour le croire ! Les jardins botaniques sont merveilleux, alors que nous sommes en décembre. En Écosse, tout est gris et pluvieux, tandis qu'ici les orangers et les citronniers fleurissent aux côtés d'oliviers, dont certains spécimens ont plusieurs siècles. Des paons se pavanent dans les parcs, pour le plus grand bonheur d'Emily, et la femme du tenancier de notre hôtel élève deux perroquets dans le jardin. Cette profusion de couleurs m'enchante. Imagine : il paraît que la flore sera encore plus colorée et luxuriante à mesure que nous avancerons vers le sud.

Donna écrivait presque quotidiennement, ce qui permettait à Ailis de suivre toutes les étapes de son périple. Elle-même ne pouvait pas lui rendre la pareille, faute d'adresse postale fixe à laquelle envoyer ses lettres. Les voyageurs avaient toutefois prévu de s'attarder à Naples et dans ses environs, assez longtemps, peut-être, pour que le courrier de Boston parvienne en Italie. Ailis aurait eu presque autant de choses à raconter que Donna ! Elle était submergée par les sensations que faisaient naître en elle ses nouvelles expériences à l'observatoire de Harvard. En tant que secrétaire d'Edward Pickering, elle avait ses entrées presque partout, notamment dans les salles de travail où les assistants du professeur analysaient les plaques photographiques fournies par Henry Draper et d'autres astrophotographes. Elle n'avait malheureusement jamais le temps de s'adonner à la contemplation de ces images célestes, mais, aux côtés du Pr Pickering, elle était parfois autorisée à regarder à travers le gigantesque télescope qui rendait les étoiles accessibles aux scientifiques.

Elle se sentait alors transportée par l'immensité du cosmos, par la multitude des phénomènes galactiques tels que la Voie lactée, les nébuleuses et les systèmes planétaires. Il y avait encore tant à découvrir ! Que de mystères restait-il à percer dans cet espace où la Terre n'était rien qu'un grain de poussière ! Ailis aurait voulu participer aux différentes activités de recherche, mais devait se borner à observer et assister le professeur. Elle corrigeait les copies quasiment seule désormais, et transcrivait les découvertes scientifiques du professeur sous sa dictée, avant de mettre le tout en forme pour la publication. Edward Pickering était très satisfait de son travail, mais plus le temps passait, plus elle rêvait d'effectuer ses propres recherches. En outre, elle se sentait toujours irrésistiblement attirée par les plaques photographiques et ne manquait pas une occasion de regarder travailler les analystes. Un jour, elle ne put s'empêcher d'intervenir alors que le professeur, une fois de plus, sonnait les cloches à un employé médiocre.

— Comment diable avez-vous pu obtenir le spectre que vous êtes en train d'analyser ? pestait-il. Vos mesures sont fausses, c'est évident !

Edward Pickering ordonna qu'on lui montre la plaque et saisit le spectroscope. Ailis savait cependant que la mauvaise vue du vieil homme ne lui permettrait pas, malgré ses lunettes, d'en retirer des informations précises. À partir d'un certain âge, il devenait difficile d'examiner les plaques photographiques.

— Il y a des anomalies, tenta de se justifier l'étudiant. Je ne comprends pas non plus, mais...

Ailis se pencha elle aussi sur la plaque, puis sur l'instrument de mesure.

— Ne serait-ce pas... une étoile double ? demanda-t-elle, fébrile. Regardez, professeur, on dirait une anomalie, mais en réalité ce sont seulement deux spectres qui se superposent. La différence de luminosité est minime. Mais là, voyez, de ce côté-ci, on parvient tout juste à distinguer le décalage des raies !

Ailis frissonnait d'excitation. Edward Pickering examina le spectre plus en détail, puis il interrogea son étudiant.

— Vous avez entendu l'hypothèse de mon assistante, gronda-t-il. Comment avez-vous pu rater cela ? Que savez-vous des étoiles doubles ?

Le jeune homme réfléchit intensément.

— Ce sont... euh... deux étoiles si proches qu'elles ne semblent faire qu'une quand on les observe. Elles sont... liées par la gravitation, ce qui signifie qu'elles tournent l'une autour de l'autre, même si leurs orbites varient énormément... de quelques heures à quelques milliers d'années...

— Bien, dit le professeur, qui s'était radouci. Et donc, que fait-on pour étudier de plus près cette possibilité ?

Le jeune homme se mordit les lèvres, dubitatif.

— On essaie de mettre en évidence l'effet Doppler ?

— On recherche des décalages périodiques au niveau des raies, ajouta Ailis. Et, surtout, il faut demander aux photographes d'autres clichés de l'objet stellaire et les comparer. Nous observons alors si la luminosité varie, et la mesurons par photométrie.

Le Pr Pickering hocha la tête.

— Eh bien, faites, déclara-t-il.

L'étudiant se leva d'un bond.

— Je... je vais immédiatement donner les instructions correspondantes, je...

— Ce n'est pas à vous que je m'adresse, intervint sèchement le Pr Pickering. Je pense que le mérite de la découverte de cette étoile double revient à Mrs Hay. Et qu'elle est en mesure de réaliser les calculs nécessaires à la description de ce phénomène. Bien sûr, vous pouvez vous rendre utile en l'aidant dans cette tâche. D'ailleurs, où est passé votre partenaire ?

Habituellement, les assistants travaillaient par deux sur une plaque – l'un examinait et mesurait la photographie tandis que l'autre consignait les résultats.

— Eh bien, Pinter voulait, enfin devait... bafouilla l'étudiant.

— Si Mr Pinter daignait un jour réapparaître ici, je vous prierais de me l'envoyer. Et à partir d'aujourd'hui vous assisterez Mrs Hay. J'imagine qu'écrire devrait être dans vos cordes. Reprenez l'examen de la plaque depuis le début, Mrs Hay, peut-être y a-t-il eu d'autres ratés...

Et le vieil homme s'éloigna, abandonnant Ailis à sa nouvelle mission, et à son assistant revêche. La jeune femme était stupéfaite. Elle se demandait si elle venait d'être promue à long terme ou s'il était seulement question de montrer à l'étudiant que même l'intendante écossaise du Pr Pickering parvenait à de meilleures conclusions que lui. Mais, dès qu'elle se pencha sur la plaque photographique, tous ses questionnements disparurent. Elle avait sous les yeux un négatif : les étoiles y apparaissaient sous forme de points noirs sur fond blanc, ce qui devait faciliter l'analyse. Ailis attrapa la loupe, évalua une étoile après l'autre et mesura leurs spectres, tout en dictant les résultats. Elle avait rarement été aussi heureuse.

Quelques jours plus tard, elle écrivit une lettre enthousiaste à Donna, espérant que son courrier parviendrait à Naples avant le départ de sa cousine.

J'ai une nouvelle mission ! On m'a ENFIN confié une tâche scientifique : j'analyse des plaques photographiques, c'est-à-dire des clichés de systèmes stellaires. Je découvre chaque jour des merveilles insoupçonnées ! Le professeur me confie les plaques les plus intéressantes, ou me charge d'examiner à nouveau des images déjà analysées lorsqu'il doute des résultats. Tout cela est si époustouflant que j'ai l'impression de voyager dans l'espace ! Mes collègues calculateurs, ainsi que l'on nous appelle ici, ne sont hélas pas très sympathiques. Mon partenaire, Mr Gabriel, essaie même de m'attribuer des erreurs en ne notant pas correctement ce que je lui dicte. Je dois sans arrêt contrôler son travail. Et nous n'échangeons jamais aucune idée, alors qu'il serait parfois fort utile d'avoir un deuxième avis sur un spectre. Las, ce cher Mr Gabriel refuse catégoriquement de sortir de son rôle passif lorsque nous travaillons ensemble. Analyse et transcription de la dictée sont pourtant censées alterner au sein des équipes. Je songe à demander un changement de partenaire, mais je crains d'être alors encore plus mal vue. Et je n'ai toujours pas osé faire part au professeur de mes réflexions de fond. Mon idée est la suivante : je pense qu'une tâche requérant autant de minutie et de patience pourrait très bien être effectuée par des femmes. Après tout, je ne suis pas la seule à savoir compter, sans oublier qu'il y a désormais des étudiantes en astronomie. Nul doute qu'elles peinent à trouver un emploi après leur diplôme, pour les raisons qu'on connaît. Alors pourquoi ne pas recruter plutôt des femmes ?

Ailis n'osa jamais formuler cette proposition, mais, par un heureux hasard, ce fut son détestable partenaire qui fit germer l'idée dans la tête du professeur. Edward Pickering désespérait de son étudiant, qu'il avait surpris à mal retranscrire la dictée d'Ailis. Lorsqu'il le lui fit remarquer, encore persuadé d'avoir affaire à une simple erreur, Ailis explosa et finit par raconter au professeur qu'il ne s'agissait pas d'un incident isolé. Mr Gabriel fut aussitôt convoqué dans le bureau d'Edward Pickering, puis renvoyé quelques minutes plus tard sans avoir manifesté le moindre remords, ni même saisi la portée de ses actes. À la place, il ouvrit grand la porte et vociféra, si fort que tous les assistants l'entendirent :

— Puisque je ne suis pas assez bien pour vous, peut-être avez-vous aussi une cuisinière ou une bonne qui se débrouillera mieux que moi et que tous les autres étudiants !

Et il claqua la porte, puis quitta l'institut à grandes enjambées sous les applaudissements de ses camarades.

Le Pr Pickering fit ensuite venir Ailis dans son bureau.

— Ma chère Mrs Hay, je sais que vous vous épanouissez dans votre rôle de calculatrice. Mais puis-je vous demander de me seconder encore une fois en tant que secrétaire ? Nous voilà avec quelques postes à pourvoir à l'institut, et vous êtes la plus qualifiée pour cette tâche. J'aimerais que vous vous occupiez personnellement de recruter et évaluer du personnel. Peut-être pourrez-vous aussi vous charger de la formation ? J'ai décidé que désormais ces postes seraient occupés par des femmes. Alors, s'il vous plaît, trouvez-les-moi !

De l'autre côté de l'Atlantique, lady Denise Balincourt profitait d'une cure thermale sur Ischia, et Donna et Emily frissonnaient en découvrant les vestiges d'Herculanum et de Pompéi. Pendant ce temps, Ailis, elle, s'entretenait avec les rares étudiantes en mathématiques et en physique qu'elle avait pu trouver. Elle s'adressa également à des écoles pour jeunes filles afin de dénicher des élèves qui s'intéresseraient à l'astronomie. Enfin, au début de la nouvelle année, elle alla jusqu'à publier une annonce dans le quotidien de Boston :

Institut scientifique recherche employées de sexe féminin. Les qualités requises sont une bonne vue, une appétence pour le calcul, de la patience, de la curiosité, et un attrait pour la voûte céleste ! Une expérience préalable n'est pas indispensable. Formation complète garantie et rémunérée.

C'est elle qui avait convaincu le Pr Pickering d'ajouter ce dernier élément. La rémunération des femmes était mauvaise – Ailis était contrariée qu'elles gagnent la moitié du salaire des étudiants qui assistaient le professeur. Mais l'institut payait toujours mieux que la plupart des autres entreprises employant du personnel féminin.

En outre, c'était un travail stimulant, sans comparaison avec la monotonie de l'usine, ni avec la dureté des tâches domestiques non qualifiées.

Ailis reçut aussitôt des candidatures, et, même si elle dut refuser les postulantes dont le niveau en mathématiques était insuffisant, à la fin de la première semaine elle avait déjà engagé trois jeunes femmes très motivées, qui suivirent sa formation avec ferveur. Peu de temps après, une dame qui n'avait jamais travaillé qu'à la tenue de son foyer les rejoignit, désireuse d'exercer une activité intellectuelle. Ailis accepta toutes les femmes qui disposaient de bonnes connaissances en calcul et souhaitaient faire leurs preuves. Elle les réunit autour d'un but commun : un catalogue stellaire ! Tel était l'objectif affiché du Pr Pickering : un grand projet, ambitieux et unique ! Chacune des femmes qui y participaient pouvait être fière d'avoir cette chance.

Envolées amoureuses

Paris et Boston, printemps – été 1889

1

AVANT DE REJOINDRE PARIS, les voyageurs s'arrêtèrent pour visiter Rome et Venise. Toujours aussi enthousiaste, Frederick Balincourt conduisait les jeunes gens d'un site archéologique à l'autre. La grand-mère de Donna enchaînait les prières dans les églises, et toute la troupe passa de longues journées dans les musées du Vatican. Dans la cité des Doges, Katrina, qui partageait une embarcation avec George, mêla sa voix claire au chant du gondolier. Si Donna trouva ce duo agréable, le spectacle sembla embarrasser son frère. Il se garda toutefois de faire une remarque, car Katrina et lui avaient compris depuis longtemps qu'une alliance de circonstance serait utile à leurs objectifs respectifs. Du moment que George invitait sa cousine, les Balincourt ne leur interdisaient quasiment aucune sortie. Après les visites éreintantes de la journée, le vieux couple n'avait guère envie de jouer les chaperons. Le soir, Emily et Donna, à qui les Balincourt faisaient entièrement confiance, étaient donc chargées d'accompagner les tourtereaux. Les deux jeunes filles avaient pris l'habitude de faire demi-tour sitôt que le couple se dirigeait vers un quartier animé qu'il affectionnait : à Rome, George et Katrina fréquentèrent assidûment les tavernes et les cafés dansants de Trastevere, et, une fois à Venise, ils laissèrent bien vite derrière eux le ponte delle Tette pour partir à la découverte du quartier rouge de la cité flottante.

Donna et Emily regagnaient alors l'hôtel en cachette, ou profitaient de l'événement auquel Katrina et George prétendaient se rendre. Elles assistèrent ainsi à des concerts de musique classique dans des parcs pittoresques, suivirent des processions hautes en couleur en l'honneur de la Madonna ou d'autres saints et admirèrent des gondoles illuminées sur le Grand Canal. Emily nourrit les pigeons de la place Saint-Marc, riant lorsqu'ils se posaient sur ses mains et ses épaules, ainsi que sur sa tête. Donella assistait effarée à ce manège.

— Forment-ils un seul et même groupe, ou restent-ils en famille ? demanda Emily tout en se mettant à la recherche de nids. Regarde, ces deux-là mangent ensemble en parfaite harmonie, mais ils rejettent le troisième. Ce serait intéressant d'étudier leur comportement au lieu de les contempler…

— Il faudrait peut-être d'abord les identifier, suggéra Donna. Sans cela, tu auras bien du mal à te retrouver dans cette cohue.

— On pourrait leur poser des bagues, renchérit Emily. De différentes couleurs, par exemple. Ça ne doit pas être compliqué de les attraper un instant.

Dans un musée, Donna fut émerveillée de découvrir plusieurs tableaux représentant un vol en ballon. Elle apprit que les artistes s'étaient inspirés d'une expédition organisée par le doge de Venise en 1884, un an seulement après la première ascension de l'aérostat des frères Montgolfier. Conçus par Domenico Zanchi, le ballon et sa nacelle finement décorée avaient atterri sans dommage dans un marais après deux heures et demie de vol.

— Je ne comprends pas pourquoi ces vols ne sont pas plus fréquents ! s'emporta Donna. Beaucoup de gens seraient sans doute prêts à payer cher pour voir Venise du ciel. Pourquoi personne ne propose-t-il de le faire ?

Son grand-père rit.

— Je crois que la plupart des voyageurs ne partagent pas ton goût de l'aventure, Donna ! Et les trajets en gondole sont déjà assez onéreux comme ça. Avec ce qu'on dépense pour une heure sur le canal, on pourrait traverser trois fois le Loch Ness en barque.

— Et rencontrer un monstre pour le même prix ! plaisanta Emily.

George et Katrina n'avaient que faire des créatures mystérieuses et des objets volants, leur préférant l'exploration des quartiers les plus animés. Dans les cafés dansants et les bars, George avait presque toujours à son bras une jeune femme, qui demandait généralement à être payée à la fin de la soirée. George s'exécutait sans rechigner. Bien sûr, il aurait pu attirer l'attention d'une demoiselle respectable, et peut-être même la séduire, mais c'était une entreprise fastidieuse, qui comportait en outre le risque de voir une amante éconduite retrouver sa trace. Qu'une de ses conquêtes fasse irruption dans l'hôtel de ses grands-parents était la dernière chose qu'il souhaitait.

Katrina avait cessé de l'accompagner dans les bars et les tavernes. Davantage intéressée par le cabaret et la musique légère, elle se mit à fréquenter des établissements qui proposaient ce type de spectacle, où elle n'avait aucun mal à trouver de la compagnie. Elle apprit rapidement à repérer les hommes, d'ordinaire plus âgés, qui seraient disposés à jouer le rôle de protecteur pour la soirée et à lui payer du champagne sans l'importuner outre mesure. Ceux-ci la croyaient volontiers lorsqu'elle racontait qu'elle était en voyage, et que son cousin George l'avait entraînée dans le demi-monde avant de l'abandonner à son sort. Elle prétendait s'être attendue à des représentations de musique et de danse et découvrir avec embarras la teneur réelle du spectacle. En règle générale, son cavalier se mettait alors à la recherche de lieux proposant un programme adapté, et c'est ainsi que Katrina put découvrir la fine fleur de la vie nocturne italienne. Elle n'en fut pas impressionnée pour autant : des femmes chantaient et dansaient en petite tenue devant un public majoritairement masculin, mais leurs prestations manquaient d'originalité. Elle avait espéré assister à des spectacles plus avant-gardistes, plus neufs, qui lui serviraient d'inspiration pour trouver sa voie en tant que chanteuse. Contrairement à son cousin George, elle visait l'exception, la singularité, la possibilité de se démarquer de la masse : voilà comment elle souhaitait briller parmi les étoiles. Mais la très catholique Italie n'était pas pionnière en la matière.

George et Katrina avaient pris l'habitude de rentrer plus tard qu'ils n'y étaient autorisés, ce qui n'agréait guère Frederick et Denise Balincourt. Ils se consolaient cependant à l'idée que le plan des Hard semblait fonctionner, puisque Katrina et George étaient toujours ensemble lors de ces sorties qui s'éternisaient...

— Au fond, rien de grave ne peut arriver, sinon qu'elle attende un enfant de lui, déclara Frederick à sa femme, qui se signa aussitôt, outrée. Dans ce cas, il devra l'épouser, et tout le monde sera content. Mieux vaut donc ne pas chercher à savoir ce que ces deux-là fabriquent ensemble.

Donella, assise à côté d'eux, écoutait leur conversation et les trouvait bien naïfs. Ce n'était pas ensemble que les deux cousins prenaient du bon temps. Si Katrina était assez idiote pour tomber enceinte au cours de ses aventures, cette histoire se terminerait en drame.

Mais Katrina était loin d'être idiote, et d'ailleurs aucun des individus dont elle faisait la connaissance n'aurait valu la peine qu'elle prenne ce risque. Elle était curieuse de découvrir l'amour physique avec un homme, mais il faudrait que cet homme la fasse progresser d'une manière ou d'une autre, idéalement dans sa carrière. Et, si ce n'était pas le cas, elle devrait au moins ressentir pour lui une forte attirance. Les grands sentiments ne l'intéressaient pas vraiment. D'après ses observations, ils menaient à une vie de femme d'intérieur et de mère de famille, deux états auxquels elle n'aspirait pas.

Les quatre jeunes voyageurs furent ravis de quitter enfin l'Italie pour rejoindre la France, après un bref séjour en Suisse. Paris, la capitale, aurait plus à offrir que de vieilles pierres et du grand art. Donella était impatiente de visiter le musée des Arts et Métiers. Enfin un lieu consacré à la technique ! Peut-être pourraient-ils même y voir les croquis des machines volantes de Léonard de Vinci ?

— Il paraît qu'il s'est plutôt inspiré des chauves-souris que des oiseaux, déclara Emily dans le train pour Paris. Je serais curieuse de savoir pourquoi. Est-ce que les chauves-souris pèsent davantage ? D'après moi, c'est surtout le poids qui pose problème chez les humains. Ils sont trop lourds pour s'élever dans les airs à la seule force de leurs bras, peu importe l'efficacité des ailes.

— Je ne suis pas sûr qu'on vous laisse consulter ces précieux documents, les tempéra le grand-père de Donna. Et puis y jeter un coup d'œil ne serait pas suffisant, il faudrait que vous ayez le temps de les étudier en détail…

— … et de les recopier ! s'exclama Emily, enthousiaste. Nous pourrions… Donella pourrait simplement demander à les voir. Ou bien seriez-vous d'accord de le faire pour nous ?

Petit à petit, Emily avait accordé sa confiance à Frederick Balincourt. Il prenait Donna et Emily au sérieux, encourageait leur intérêt pour les questions techniques et partageait leur fascination pour l'aérostatique. Il regarda Emily avec bonté et lui promit d'essayer.

— Mais, cette fois, nous ne nous contenterons pas de visiter des musées ennuyeux, n'est-ce pas ? intervint Katrina, qui s'était tue jusqu'alors, mais ressentait désormais le besoin de faire connaître ses objectifs parisiens. Nous visiterons aussi le Moulin-Rouge, pas vrai ? Et puis Montmartre, les cabarets…

Le grand-père de Donna hocha la tête.

— Évidemment, le Moulin-Rouge est incontournable. Quant à tous ces autres lieux qui célèbrent le vice et donnent à voir des orgies morbides, nous nous en passerons, Katrina. Nous visiterons plutôt le Louvre, et, bien sûr…

Katrina fit la moue, mais George lui adressa un clin d'œil. Tous deux étaient résolus à profiter de la vie nocturne parisienne, et le Moulin-Rouge ne serait qu'un début.

Le musée des Arts et Métiers était situé dans une ancienne église abbatiale, entre le deuxième et le premier arrondissement de Paris.

À la demande de Donna et d'Emily, ce fut le premier musée où Frederick Balincourt les emmena. Les deux jeunes filles s'extasiaient en continu.

— Le pendule de Foucault ! s'exclama Donna, impressionnée. La preuve que la Terre tourne, sans même avoir besoin d'observer les étoiles ! Et là, le fardier à vapeur de Cugnot ! Vous vous moquez sans cesse de moi quand j'affirme que l'automobile est une machine d'avenir. Cugnot, lui, en était déjà convaincu en 1769 !

— Certains sont toujours en avance sur leur temps, répondit son grand-père. Prenons par exemple les ballons à air chaud…

Il lui fit un clin d'œil et la suivit de bon gré dans les salles du musée réservées aux premières expériences que l'homme avait menées pour voler, des machines de Léonard de Vinci à la montgolfière.

Le programme de Donna pour les semaines suivantes fut fixé dès qu'elle apprit que le musée disposait d'une vaste bibliothèque accessible à tous. La petite troupe souhaitait rester quelque temps à Paris, et Donna entendait mettre cette période à profit pour améliorer ses connaissances. Emily lui faussait parfois compagnie, choisissant de s'attarder au Muséum d'histoire naturelle. Quoique curieuse d'en savoir plus sur les principes physiques du vol, elle n'était pas aussi obnubilée par le sujet que Donna. Elle préférait étudier les oiseaux en tant que tels, ainsi que leur évolution depuis l'époque des ptérosaures et leurs liens de parenté avec les reptiles. Un fossile d'archéoptéryx l'incita à réaliser de nombreux dessins où elle le comparait avec les oiseaux.

— L'archéoptéryx devait planer plutôt que voler, expliqua-t-elle à Donna. Il grimpait quelque part, puis se laissait porter par les airs.

Donna approuva.

— C'était sûrement aussi le cas des ptérosaures, qui étaient plus gros et plus lourds que les oiseaux. Je doute qu'ils aient réussi à battre des ailes assez fort pour se maintenir en l'air. Les humains non plus n'en seraient pas capables. Les inventions comme celles de Léonard de Vinci ne pouvaient pas vraiment fonctionner. Avec des ailes artificielles, peut-être parviendrait-on à planer en descente, voire à s'élever un peu quand le vent est favorable. Mais de là à voler… Je continue de croire que les ballons sont notre meilleure chance.

Emily haussa les épaules.

— Pour qu'un objet vole, il suffit qu'il soit plus léger que l'air ou bénéficie d'une poussée mécanique quelconque. Que pcnscs-tu dc la vis aérienne de Léonard de Vinci ?

La vis aérienne était une autre machine susceptible de voler dont Léonard de Vinci avait dessiné les plans. Donna réfléchit.

— Je ne crois pas qu'elle puisse fonctionner telle qu'il l'a conçue. Il pensait que quatre hommes feraient tourner l'hélice assez vite pour qu'elle s'élève. Mais c'est impossible, même dix personnes ne pourraient pas créer une vitesse suffisante. En revanche, la vis de Léonard serait inspirée d'un jouet chinois qui, lui, volait vraiment. Ça te dit quelque chose ?

Emily secoua la tête.

— D'après mes recherches, c'était une sorte de toupie volante, ajouta Donna en souriant. Les anciens Chinois ont eu quantité de bonnes idées en ce qui concerne le vol.

Elle jeta un regard de connivence à Emily. Récemment, elle avait appris que l'Asie était aussi le berceau de « lanternes volantes » très semblables au lampion qui avait manqué de mettre le feu au château des Hard.

— Tu oserais donc réitérer l'expérience ? demanda Emily en riant. Avec la vis de Léonard de Vinci ?

Donna fit la moue.

— Au moins, je ne risquerais pas de provoquer un incendie. Mais assez plaisanté. Certains inventeurs se sont déjà attelés au principe de la vis aérienne, sans jamais obtenir une force de propulsion suffisante pour qu'un appareil volant de cette taille prenne de l'altitude. La dernière tentative en date faisait appel à une machine à vapeur, qui s'est avérée trop lourde.

Aucun doute : Donna avait bel et bien passé les jours précédents à étudier en détail tout ce qui touchait aux inventions de Léonard de Vinci.

Katrina comptait elle aussi employer son séjour à des études approfondies : le Moulin-Rouge fut son point de départ. L'élégant restaurant, qui proposait aussi des spectacles, figurait tout en haut de la liste des attractions choisies par les voyageurs, cette fois à la demande explicite de George et Katrina. Alors qu'Emily était parvenue à se faire excuser, les Balincourt et Donna écoutèrent les chansons avec circonspection et restèrent de marbre face au numéro de la star de l'établissement : La Goulue, une jeune femme qui aguichait le public avec ses toilettes provocatrices et ses danses frivoles. La grand-mère de Donna trouva la représentation choquante, et seule Katrina eut le sentiment de se rapprocher enfin de la forme d'expression artistique qu'elle recherchait.

Dès le lendemain soir, elle s'éclipsa à nouveau avec George, qu'elle persuada de l'accompagner à la sortie des artistes du Moulin-Rouge pour y attendre la danseuse.

— Je vais lui demander un autographe, expliqua Katrina. Et puis, après un tel spectacle, elle ne rentre sûrement pas tout de suite ! Je veux savoir où les gens comme elle passent leurs soirées. Le Moulin-Rouge est si célèbre que tout le monde y va. Mais il doit exister des revues et des cabarets encore plus intéressants…

La chanteuse apparut une demi-heure après la fin du programme, vêtue d'un costume en soie rose pâle dont le corsage était très ajusté. Elle était coiffée d'un imposant chapeau assorti et rehaussé de plumes. Katrina trouva subitement sa propre tenue vieillotte.

Louise Weber, qu'on surnommait « La Goulue », répondit aux habituelles demandes d'autographes, puis monta dans un fiacre après avoir crié quelque chose au cocher.

— Chat noir ? s'étonna George.

S'il ne parlait pas aussi bien français que ses cousines, il avait compris le sens de ces deux mots.

— Probablement un nom de code ! s'exclama Katrina en hélant le fiacre suivant.

À son tour, elle prononça d'un air mystérieux le sésame « Chat noir ! », et le cocher se mit en route sans broncher. Peu de temps après, alors qu'ils n'avaient pas encore quitté Montmartre, le véhicule s'arrêta devant un théâtre ou un cabaret d'apparence moins somptueuse que le Moulin-Rouge, mais assailli par les fiacres. Katrina paya le chauffeur et entraîna George dans le bâtiment. À l'intérieur, un présentateur annonçait les numéros et plaisantait avec le public, assis autour de tables où le champagne coulait à flots. Il y avait plusieurs salles et différentes scènes censées incarner des époques variées. La représentation à laquelle ils assistèrent était extraordinaire, originale à souhait, avec des jeux de lumière et un piano d'un noir brillant installé sur scène. Fascinée, Katrina profitait autant du spectacle offert par les artistes que de ce qui se passait dans le public.

À l'évidence, La Goulue retrouvait ici des amies. Katrina regarda les femmes, toutes très maquillées, se saluer à grand renfort de baisers sur les joues. Louise accepta un cigare que lui tendait l'une des dames et demanda du feu à un serveur.

— Elle fume ! s'exclama Katrina, stupéfaite.

George fit la grimace. Il n'avait encore jamais vu de dame fumer et jugeait sans doute ce geste inapproprié. Katrina se disait au contraire que le cigare seyait parfaitement à la danseuse. Elle tirait dessus avec désinvolture, emplissant l'air d'une envoûtante fumée bleue. Dans la salle, toutes les femmes portaient des tenues raffinées, très corsetées, avec des jupes froncées et des manches tantôt bouffantes, tantôt en dentelle légère et vaporeuse. Les costumes des dames assises à la table de Louise rivalisaient d'extravagance. Certaines d'entre elles semblaient avoir enfilé une robe courte par-dessus une jupe longue, et leurs décolletés auraient fait rougir lady Mairead. Katrina décida de se rendre dès le lendemain dans les magasins de haute couture qui faisaient la réputation de Paris.

Sur scène, des danseuses et chanteuses allaient et venaient en tenue légère. Leurs jupes, généralement plus courtes qu'au quotidien, laissaient apparaître des bas de soie noire, et parfois même une culotte. Presque toujours, les femmes terminaient leur numéro assises par terre, les jambes ouvertes dans un grand écart.

À son tour, George était gagné par la fascination. Comme Katrina, il vit l'une des danseuses qui venaient de se produire sur scène rejoindre Louise et ses amies, puis embrasser l'une d'elles sur la bouche dans un long baiser passionné. Tout cela était aussi déconcertant qu'irrésistible.

Katrina employa les jours suivants à la recherche de cours de danse et de chant, ainsi qu'à l'acquisition d'une robe en dentelle affriolante, d'un chapeau sophistiqué et d'une boîte de cigares. Se remémorant l'odeur âcre du tabac, elle estima judicieux de s'essayer à fumer seule avant de s'y aventurer en société. Elle en fut bien avisée : le premier cigare la fit tousser à cracher ses poumons, le deuxième lui brûla la gorge, et c'est au bout du troisième qu'elle commença à en apprécier la saveur. Elle demanda à Emily de relever ses cheveux en un chignon haut crêpé, dont quelques boucles s'échappaient pour retomber sur son front, et s'emporta parce que la jeune fille n'y parvenait pas du premier coup.

Peu après, elle sortit de nouveau avec George, qu'elle ne tarda pas à abandonner. Ce soir-là, elle se rendit seule au Chat noir, s'arrangea pour arriver lors d'une pause entre les représentations et se dirigea sans hésiter vers une table exclusivement occupée par des dames.

— Excusez-moi, susurra-t-elle, auriez-vous du feu ?

L'une des femmes se leva d'un bond tel un homme sur qui Katrina aurait fait forte impression, et lui tendit un briquet orné d'ivoire. Katrina la remercia en souriant, s'assit seule à une table voisine et commanda du champagne.

Après deux numéros, la femme qui lui avait prêté son briquet s'approcha d'elle.

— Pardonnez-moi, mais vous attendez quelqu'un ?

Katrina secoua la tête.

— Non, répondit-elle. Je... je connais très peu de gens à Paris...

La femme sourit avant de se présenter.

— Je m'appelle Marie de Poison.

Katrina se demanda si c'était un nom d'artiste.

— Katrina Hard, dit-elle à son tour, songeant que son patronyme avait aussi l'étoffe d'un nom de scène.

— Souhaitez-vous rejoindre notre table ? proposa Marie de Poison. Ce serait plus commode pour vous, avec le feu…

Elle pointa du doigt le cigare presque terminé de Katrina, qui hocha la tête avec courtoisie et saisit son verre pour la suivre. Les autres femmes assises autour de la table se présentèrent également.

— Je suis ravie de faire votre connaissance, dit Katrina, dont l'accent ne passa pas inaperçu.

Les Françaises voulurent aussitôt en apprendre davantage sur elle, et, bientôt, une conversation animée s'engagea.

— D'Écosse ! s'étonna Marie. Et qu'est-ce qui vous amène ici ?

Katrina raconta le grand tour et le plan échafaudé par ses parents à cette occasion. Comme prévu, la tablée s'amusa de cette histoire.

— Mais tu ne vas pas l'épouser, si ? l'interrogea Marie, qui avait tout de suite proposé à Katrina de la tutoyer.

— Sûrement pas ! Je… je ne suis pas faite pour ce monde-là. J'aimerais… je suis chanteuse !

À sa plus grande joie, son aveu n'entraîna pas de moqueries. Les autres femmes la prenaient au sérieux – l'une était peintre, une autre danseuse, et Marie présentait son propre spectacle de magie.

— Tu pourrais nous chanter quelque chose un de ces jours, suggéra cette dernière.

Elles avaient désormais vidé un certain nombre de coupes de champagne. Enhardie par l'alcool, Marie s'aventura à replacer une mèche qui s'était échappée de la coiffure de Katrina. Son regard étincelait. La voyant faire, ses amies éclatèrent de rire.

— Ah, Marie, avant que tu ne t'entiches de cette petite, tu devrais peut-être lui demander si ce sont les hommes en général qui ne l'attirent pas, ou si elle dédaigne uniquement son ennuyeux cousin ! lança celle qui s'était présentée sous le nom de Claudette. Alors Katrina, qu'en est-il ?

Katrina rougit.

— Je... je ne sais pas...

Sa réponse fut à nouveau accueillie par des rires bienveillants.

— Elle est encore vierge, conclut Claudette. C'est ta chance, Marie, tu peux la faire basculer de ton côté...

Marie prit la main de Katrina.

— Si jamais tu es intéressée, souffla-t-elle. J'habite tout près d'ici...

Katrina baissa les yeux. Elle ne connaissait rien à l'amour entre personnes du même sexe. C'est ici, au Chat noir, qu'elle avait vu pour la première fois deux femmes s'embrasser, et ailleurs, lors d'une autre excursion avec George, elle avait aperçu deux filles qui dansaient ensemble. Une chose était sûre en tout cas : elle ne prenait aucun risque en acceptant l'invitation de sa nouvelle amie. De Marie, elle ne pourrait pas tomber enceinte...

Deux coupes de champagne plus tard, elle consentit à se faire raccompagner par ces joyeuses noctambules jusqu'à l'appartement de Marie, situé dans un immeuble ancien du centre de Montmartre. Enivrées, Claudette, Louise et Germaine fredonnaient la marche nuptiale et, une fois sur le seuil, elles insistèrent pour que Marie porte Katrina pour entrer. Marie leur claqua la porte au nez, puis se tourna vers Katrina, à qui elle ôta son chapeau.

— Tu vas voir, c'est merveilleux, chuchota-t-elle en déshabillant lentement la jeune femme.

Katrina se prêta au jeu tout en examinant le domicile de Marie, qui était petit, mais confortable. Une couverture colorée garnissait le grand lit, et les foulards qui coiffaient les lampes électriques baignaient la pièce d'une lumière diffuse. Elle avait craint que le contact de Marie ne lui soit déplaisant – pendant la saison à Londres, chaque fois qu'un homme s'était permis des privautés, elle avait vécu cela comme quelque chose de repoussant et intrusif. Mais les caresses et la langue de Marie qui chatouillaient sa peau étaient tout sauf désagréables. Katrina se laissa aller à son étreinte. Elle tenta de lui rendre la pareille, toutefois explorer le corps d'une autre femme ne lui procurait pas beaucoup de plaisir.

Marie cessa finalement de la cajoler et lui sourit.

— Ma chérie, tu as un corps magnifique, mais je ne crois pas que tu sois du même bord que moi. Tu rendras sûrement plus d'un homme heureux… et plus d'une femme jalouse !

— Je suis désolée, murmura Katrina.

Marie secoua la tête.

— Tu n'as aucune raison de l'être. Il y a des filles qui aiment ceci, et d'autres qui aiment cela. Nous pouvons quand même être amies, ajouta-t-elle avant de se lever. Je te raccompagne jusqu'aux fiacres ? Je préfère ne pas te laisser aller seule de nuit dans Montmartre…

À ces mots, Katrina se rappela subitement son rendez-vous avec George, qu'elle aurait dû retrouver une heure plus tôt. Elle se rhabilla à la hâte, puis se rendit à la station de fiacres avec Marie, qui la gratifia d'un baiser tendre sur le front.

— Je serai demain sur scène aux Folies-Bergère, dit-elle. Tu veux venir ? Pour toi, je suis prête à sortir un lapin de plus de mon chapeau !

Katrina était ravie à l'idée d'assister à ce spectacle, si tant est qu'on l'y autorise. Mais, en arrivant devant l'immeuble où Frederick Balincourt avait loué un étage entier pour leur séjour à Paris, elle fut surtout soulagée de trouver George qui l'attendait patiemment. Quand elle s'excusa pour son retard, il la regarda d'un air narquois.

— Toujours vierge ? demanda-t-il avec un sourire égrillard.

Elle répondit sur le même ton :

— D'une certaine manière, non.

Et, sans se faire remarquer par la concierge, ils prirent l'ascenseur jusqu'au deuxième étage.

2

La rencontre avec Marie et ses amies se révéla une véritable aubaine pour Katrina. Les quatre femmes la prirent volontiers sous leur aile, et Marie se montra particulièrement attentionnée à son égard. Accompagnée de l'une ou de plusieurs d'entre elles, Katrina se rendit aux Folies-Bergère et dans d'autres cabarets et cafés-concerts, des plus connus aux plus confidentiels. Les quatre Françaises lui firent découvrir Le Ciel et L'Enfer, deux établissements qui prenaient un malin plaisir à choquer leur clientèle par une décoration peu conventionnelle et des représentations burlesques. Katrina vit danser Liane de Pougy – une femme qui, d'après Marie, alternait conquêtes masculines et féminines. Et elle eut à nouveau l'occasion d'admirer La Goulue et sa légendaire interprétation du cancan. Claudette, danseuse elle aussi, présenta Katrina à sa professeure de danse, Mariquita, qui jouissait aussi d'une certaine renommée.

Pendant ce temps, George se mit à fréquenter une maison de jeux de Montmartre, dépensant sans compter à la table de roulette. Les Balincourt, eux, commençaient à s'inquiéter sérieusement pour leurs protégés.

— Peut-être devrions-nous envisager de quitter Paris plus tôt que prévu, annonça Frederick Balincourt à sa petite-fille. Je sais que tes recherches au musée te comblent, et que tu n'auras plus jamais accès à une bibliothèque aussi vaste, mais je n'apprécie guère le changement qui s'opère chez Katrina, tant dans son apparence que dans son comportement. Je n'ai pas non plus l'impression que le moindre sentiment soit en train de naître entre elle et George. Je commence à penser qu'ils se jouent de nous depuis des semaines. Tu es au courant de quelque chose ?

Donna s'efforça de rester impassible.

— Je n'ai jamais été très proche de Katrina, déclara-t-elle en toute honnêteté, sans pour autant répondre directement à la question de son grand-père. Et encore moins de George !

Si la perspective de quitter Paris plus tôt que prévu affligeait Donella, elle aurait pu s'en accommoder. Mais, contre toute attente, un événement vint tout chambouler dans sa vie.

Comme à son habitude, elle sortait du musée après avoir lu et étudié intensément pendant des heures quand elle tomba en arrêt devant ce qu'elle pensait être une nouvelle pièce d'exposition.

Le long du trottoir était garé un élégant véhicule à trois roues. À l'avant, une petite roue était surmontée d'une barre de direction et d'une banquette d'apparence confortable, tandis que l'arrière comportait deux roues de grande taille. Le moteur était placé au centre du véhicule. Donna s'approcha, les yeux étincelants.

Alors qu'elle se penchait au-dessus du moteur à quatre temps pour tenter d'en identifier les éléments, une voix masculine retentit derrière elle.

— Vous vous intéressez aux véhicules automobiles ?

Surprise, Donna se retourna pour se retrouver face à un jeune homme mince et élégant. Ses cheveux sombres étaient soigneusement peignés en arrière, son teint était hâlé. Donella nota que ses yeux en amande presque noirs brillaient d'une lueur singulière. Il avait le regard vif et aimable, et la dévisageait avec curiosité. Elle lui sourit.

— Oh oui ! Pour être précise, je m'intéresse à tout ce qui permet de se déplacer plus vite qu'en calèche. C'est un tricycle Benz, pas vrai ? Quel véhicule incroyable ! J'aimerais tellement pouvoir l'essayer un jour.

Le jeune homme lui rendit son sourire et, d'un signe de la main, désigna le siège de l'automobile.

— Eh bien, je vous en prie, montez !

Donna hésita.

— Vous travaillez pour le musée ? Avez-vous le droit de... enfin, d'habitude, le public n'est pas même autorisé à toucher les pièces d'exposition.

L'homme, qui ne devait pas être beaucoup plus âgé qu'elle, éclata de rire.

— Je ne fais pas partie du musée, et cette merveille non plus, répondit-il. Cette Benz est la mienne. Mais avant de vous emmener pour votre premier tour en automobile, laissez-moi au moins me présenter convenablement. Hernando Sánchez-Duboire, pour vous servir.

— Donella Hard, souffla la jeune femme avant de passer le doigt sur l'un des pneus en caoutchouc. C'est...

— ... la première de son genre en France, indiqua l'homme avec fierté. Alors, vous m'accompagnez pour un petit tour ?

Donna n'aurait manqué cela pour rien au monde. Le cœur battant, elle s'installa sur la banquette avec l'aide d'Hernando Sánchez-Duboire, qui la rejoignit après avoir lancé la voiture d'un coup de manivelle. Éblouie, elle sentit les légères vibrations provoquées par le moteur. Hernando saisit la barre de direction et libéra le frein.

— En avant ! lança-t-il.

Donna rayonnait de bonheur. Le véhicule s'inséra dans la circulation à une vitesse régulière. Se déplacer ainsi en voiture sans attelage était une expérience étrange. Elle se rappela ce qu'elle avait lu sur cette invention.

— C'est un moteur à quatre temps, n'est-ce pas ? Et pour mesurer la puissance on utilise les chevaux-vapeur, il me semble ? Combien en possède-t-il ?

— Deux à trois, répondit Hernando. C'est un engin très rapide. Évidemment, ici, en ville, on ne peut pas rouler à plein régime. Mais, dites-moi, comment se fait-il qu'une jeune demoiselle comme vous ait tant de connaissances sur les moteurs ? Vous savez peut-être aussi que c'est un prototype ? Ce véhicule-ci a été construit spécialement pour moi, d'après l'automobile testée par Carl Benz en personne. Je la voulais à tout prix !

Donna n'avait aucune peine à comprendre cet engouement, et elle se demanda ce que ce souhait hors du commun avait pu coûter.

— J'ai lu des choses sur le sujet, expliqua-t-elle. Pas plus tard qu'hier, au musée, dans une gazette technique. Voilà pourquoi j'ai pensé que votre automobile était une pièce d'exposition, une nouvelle acquisition destinée à faire découvrir au public cette invention révolutionnaire.

— Elle n'est pas encore totalement au point, confessa-t-il. Les chaînes, surtout, cassent trop vite. Ce sont des chaînes de vélo… J'envisage de faire un essai avec des modèles plus résistants, mais je crains qu'ils ne soient trop lourds.

— Le poids est un problème récurrent, confirma Donna. Peut-être faudrait-il tester une autre forme de chaîne ? Le vélo n'est pas ma spécialité, mais en bijouterie il existe différents types de chaînes plus ou moins résistantes. Vous menez donc vous-même des expériences sur votre automobile ?

— Je suis étudiant. J'ai choisi la chimie, la physique, l'astronomie ainsi que la mécanique, une matière qui m'intéresse au plus haut point. Et les inventions m'ont toujours fasciné. J'ai un atelier dans la cave de mon immeuble.

— C'est fantastique ! s'exclama Donna, les yeux brillants de curiosité. J'aime aussi bricoler et construire des objets. Mon domaine favori est l'aéronautique.

Tandis qu'elle parlait, elle suivait attentivement les gestes du conducteur. La barre de direction était surmontée d'une petite roue qui en facilitait la manœuvre. Le frein fonctionnait de la même manière que sur un véhicule hippomobile, mais il était ici décisif et son utilisation plus fréquente puisque, bien entendu, il n'y avait pas de rênes pour ralentir la voiture. Le jeune homme finit par remarquer l'intérêt de Donna.

— Aimeriez-vous la conduire ?

Ils avaient quitté le centre-ville et l'automobile avançait dans des rues tranquilles. Donna le regarda, incrédule.

— Si vous m'y autorisez, mais... je ne voudrais rien casser.

Hernando sourit.

— Allons, je suis sûr que vous vous en sortirez très bien. Regardez, on commande la vitesse avec le levier des gaz. Quand le levier est au milieu, la voiture est à l'arrêt, si vous le poussez vers l'avant, elle se met en branle, et pour ralentir il suffit de le tirer vers l'arrière. Avec délicatesse, je vous prie, sans geste brusque. Pour tourner, on utilise le volant fixé sur la barre de direction. Vous allez voir, c'est beaucoup plus simple que de monter à cheval.

Lorsque Hernando lui laissa sa place, Donella se montra très prudente et mania les différents instruments avec une précaution presque excessive, puis prit rapidement confiance. Quel sentiment extraordinaire !

— Ce véhicule a d'ailleurs été conçu pour être manipulé par des mains de femme, déclara Hernando, à son aise dans le rôle du passager. C'est Berta Benz, l'épouse de l'inventeur, qui l'a testé sur les longues distances.

Donella était aux anges.

— Et il n'y a rien d'autre à prendre en compte ?

Hernando haussa les épaules.

— Eh bien, il faut contrôler l'alimentation en ligroïne, qui fait office de combustible, et son niveau. Si le carburant vient à manquer, on tombe en panne. Et le moteur est refroidi à l'eau. Cela ne doit pas être négligé. Mais Carl Benz a résolu ce problème avec brio : grâce à un ingénieux système de tuyaux, l'eau de refroidissement qui s'évapore est récupérée et condensée à nouveau.

— Pourrais-je y jeter un coup d'œil plus tard ? demanda Donella. J'aimerais tellement pouvoir un jour démonter pièce à pièce un moteur de ce genre ! Plus jeune, j'ai fait mes armes sur tous les appareils qui croisaient mon chemin, ma mère en devenait folle !

— Bien sûr que vous pourrez, répondit Hernando tout en invitant Donella à s'arrêter devant un bistrot. Mais, avant cela, me ferez-vous le plaisir de boire un café avec moi ? Pour célébrer votre premier tour en automobile ?

— Un tel événement mériterait plutôt du champagne ! objecta Donna gaiement. Pour être honnête, cette automobile a déjà conquis mon cœur !

Le jeune homme fronça les sourcils.

— Alors si d'aventure je conquérais votre cœur... devrais-je m'attendre à ce que vous me disséquiez ?

Donella éclata de rire. Hernando Sánchez-Duboire lui plaisait de plus en plus. Non seulement il était passionné par la technique, mais il avait aussi de l'humour.

— N'ayez crainte, ce sont les disciplines techniques qui m'intéressent, pas l'anatomie, répliqua-t-elle. Je me demande si un tel moteur pourrait permettre l'ascension d'une machine volante.

— Pourquoi ne faites-vous pas un essai ?

Hernando sourit en lui ouvrant la porte de l'établissement. Quand ils se furent assis, le jeune homme commanda du café et du champagne.

— Si vous suiviez des études d'ingénierie, vous pourriez le découvrir par vous-même.

Donna leva les yeux au ciel.

— Vos connaissances en anatomie sont plutôt limitées, je me trompe ? N'avez-vous pas remarqué que je suis une femme ? La majorité des universités ne nous autorisent pas l'accès à des matières telles que la physique, la chimie, la technique et l'astronomie.

— Vraiment ?

Hernando semblait ne s'être jamais demandé pourquoi les messieurs restaient entre eux à l'université.

— On doit bien pouvoir y faire quelque chose, reprit-il, puis il but une gorgée de café et secoua vivement la tête. Quel breuvage infâme ! Si j'étais vous, je m'en tiendrais au champagne !

Donella avait déjà goûté au café et ne trouvait rien à y redire.

— Le café et le champagne font aussi partie de vos domaines de compétence ? le taquina-t-elle.

— Le café, c'est une histoire de famille. Mon père possède des plantations au Brésil.

L'accent que Donella avait décelé était donc espagnol ou portugais. Hernando Sánchez-Duboire parlait couramment le français, mais, à l'entendre, elle avait supposé qu'il ne s'agissait pas de sa langue maternelle.

— Et croyez-moi, continua-t-il, ce qu'on vous sert ici est souvent bon à jeter. Contrairement au champagne, domaine dans lequel la France excelle. Souhaitez-vous une autre coupe ? Et pour ce qui est du café, un jour, je vous en préparerai un moi-même. Vous sentirez la différence !

La respiration de Donella s'accéléra. Il parlait comme s'il avait l'intention de la revoir.

— Mais revenons-en aux études. Il n'y a pas de raison que je ne puisse pas vous faire profiter des miennes. Mon prochain cours de mécanique a lieu demain. À 11 heures. Donnons-nous rendez-vous à 8 heures et demie. Au croisement entre le boulevard Haussmann et la rue de Bretagne. Vous trouverez ?

Donella éclata de rire.

— Nous avons un plan de la ville, le rassura-t-elle. Mais l'université se situe loin de là.

— Nous avons une automobile, dit-il avec un clin d'œil.

— Ce jeune homme doit être très fortuné, fit remarquer le grand-père de Donella lorsqu'elle lui narra sa rencontre ainsi que son tour en automobile.

Elle s'était bien gardée de lui dire qu'il l'avait laissée conduire, sans parler de sa folle idée de l'emmener avec lui à l'université.

— Et j'espère que c'est aussi un gentleman, ajouta Frederick Balincourt.

— Oh oui, cela ne fait aucun doute ! s'empressa de le rassurer Donna. Il a été extrêmement poli et prévenant, il…

— Laisse-moi deviner, il souhaite te revoir, la coupa sèchement Frederick Balincourt. Et sans se donner la peine de venir se présenter ici.

Cela n'avait pas traversé l'esprit de Donna. Elle estimait devoir jouir des mêmes libertés que George et Katrina, qu'on laissait sortir sans jamais leur demander qui les accompagnait. Mais pour l'heure il fallait qu'elle invente une réponse satisfaisante, et vite.

— Nous… nous nous retrouvons demain à la bibliothèque du musée des Sciences, affirma-t-elle. En plein jour. Il cherche un sujet pour un projet de fin de semestre, et peut-être arriverai-je à le convaincre de reproduire la machine volante de Léonard de Vinci. À échelle réduite, bien sûr, mais cela permettrait de voir si elle vole réellement. Sur un plus petit appareil, une manivelle pourrait servir de propulseur, comme sur les jouets à remonter…

À cette seule pensée, son visage s'éclaira, et elle poursuivit :

— Fais-moi confiance, grand-père, M. Sánchez-Duboire et moi ne partageons rien de plus que des centres d'intérêt communs. Ce n'est pas ce que tu crois…

Frederick Balincourt fronça les sourcils.

— Lorsqu'il s'agit d'un garçon et d'une fille, ce que croient les adultes se vérifie presque toujours. Est-il vraiment aussi jeune que toi ?

Donna hocha la tête.

— S'il devait un jour m'inviter pour une soirée ou quelque chose de ce genre, alors il viendrait se présenter. C'est promis !

Bien sûr, elle ne formulait là que de vagues espoirs, mais elle pensait pouvoir se fier à son intuition au sujet d'Hernando Sánchez-Duboire. Il était indéniablement bien éduqué et ne se soustrairait pas à ses obligations sociales.

3

Le lendemain, Donella se rendit, fébrile, au point de rendez-vous fixé par son nouvel ami, à un carrefour dont les rues étaient bordées de boutiques de luxe. L'automobile d'Hernando Sánchez-Duboire était garée devant un magasin de confection pour hommes. Le jeune Brésilien attendait, assis sur la banquette du véhicule.

— Miss Hard, quelle joie que vous ayez pu vous libérer ! Je craignais que ma proposition d'hier ne vous ait prise de court. Car, à vrai dire, il conviendrait de nous connaître davantage pour partir ensemble à l'aventure.

Il lui sourit, descendit de la voiture et l'accueillit par un baisemain galant.

— À l'aventure ? répéta Donella, non loin de croire qu'il envisageait peut-être d'entrer avec elle à l'université par la fenêtre. Je crois qu'en me laissant conduire votre automobile vous m'avez déjà offert mon lot de frissons.

— Attendez de voir, dit-il avec un clin d'œil, et il ouvrit la porte de la boutique pour hommes. Je vous en prie, entrez.

Les sourcils froncés, Donella accepta son invitation. Un jeune vendeur, très beau garçon, vint à leur rencontre.

— Monsieur Sánchez-Duboire ! En quoi puis-je vous être utile aujourd'hui ? Si c'est pour du sur-mesure, le tailleur n'est pas encore arrivé, mais je peux le faire appeler immédiatement, cela s'entend.

Il s'inclina avec déférence, puis posa sur Donella un regard un peu étonné. Hernando expliqua :

— C'est pour une métamorphose, mon cher Gaston. Je me fie à votre génie. Il s'agit de… eh bien, disons, d'un pari. Ma ravissante compagne, miss Donella, souhaiterait se métamorphoser le temps d'un pari en mon jeune cousin Donald. Auriez-vous un costume qui siée au jeune homme et, dans l'idéal, cache un peu ses formes révélatrices ?

Donella rougit tandis que le vendeur luttait pour conserver son aplomb. Sans doute ne lui avait-on jamais adressé pareille requête. Il avala sa salive.

— À votre… À votre convenance, Monsieur Sánchez-Duboire… et monsieur…

— Hard, souffla Donella.

Hernando les regardait l'un et l'autre avec innocence, comme si sa demande n'avait absolument rien d'inhabituel.

Une demi-heure plus tard, lorsque Donella eut essayé trois costumes, Hernando choisit un trois-pièces marron, composé d'un pantalon de coupe droite, plutôt large, d'une redingote ample et d'un gilet légèrement plus foncé qui se portait sur une simple chemise blanche. Une cravate sombre et un béret-casquette en vogue chez les jeunes gens complétaient la tenue de l'étudiant. Gaston se procura auprès d'un chausseur voisin une paire de souliers masculins sobres en cuir. Au premier regard, on n'identifierait certainement pas Donella comme une jeune fille, mais en se contemplant dans le miroir, elle-même jugea ses traits trop doux et sa peau trop soyeuse pour garantir la réussite d'un tel déguisement. Il lui manquait toute trace de pilosité, et le béret peinait à dissimuler son épaisse chevelure.

— Aucune importance, déclara Hernando, faisant fi de ses réticences. Et maintenant viens, ne nous mettons pas en retard. Gaston, vous mettrez cela sur ma note. Excellent travail, je vous remercie !

— Depuis quand nous disons-nous « tu » ? demanda Donella avec impertinence quand ils furent de nouveau dans la rue.

Hernando Sánchez-Duboire haussa les sourcils.

— Devrais-je donc vouvoyer mon cousin ?

Donella en prit son parti.

— Très bien, dit-elle. Je ne vois toujours pas où cela doit nous mener, mais... permettez-moi de me présenter, mon nom est Donald !

Elle lui tendit la main, que M. Sánchez-Duboire serra en déclarant :

— Hernando ! Et maintenant nous devons vraiment filer, je voudrais réussir à voir le Pr Barlot avant le cours.

— Tu comptes m'inscrire en bonne et due forme ? demanda Donella tandis que la Benz démarrait. C'est perdu d'avance ! De près, ce déguisement ne trompera personne.

— Attends de voir, dit Hernando en riant. Tu apprendras qu'il y a des moyens d'obtenir tout ce que l'on désire. Ce n'est qu'une question de prix.

À leur arrivée, Donella le suivit avec quelque appréhension dans les couloirs de la Sorbonne, l'une des plus anciennes et plus célèbres universités européennes. Les amphithéâtres de la faculté de sciences naturelles se trouvaient au rez-de-chaussée, mais Hernando la conduisit deux étages plus haut, où les enseignants avaient leur bureau. Il frappa chez le Pr Barlot.

— Entrez ! s'exclama un vieil homme tout en leur ouvrant la porte.

Il était visiblement sur le point de partir. Le cours commençait bientôt, mais Hernando ne se pressa pas pour autant.

— Excusez-moi d'arriver si tard, professeur, mais je tenais à vous présenter mon cousin, que je souhaite emmener au cours avec moi.

Hernando offrit un sourire des plus avenants au professeur, qui, de son côté, dévisagea Donella d'un air troublé. Celle-ci baissa les yeux.

— Mais c'est… commença le vieil homme.

— Donald est assurément très jeune, poursuivit Hernando sans se laisser impressionner. Il n'a pas encore passé son baccalauréat. Mais les sciences naturelles l'intéressent beaucoup, et comme il séjourne quelque temps chez moi à Paris mon père a pensé…

— Enfin, c'est…

Le ton du professeur était plus sec. La stupeur semblait laisser place à l'impatience. Mais Hernando ne s'arrêtait plus :

— Nous comprenons, bien sûr, qu'un étudiant n'ayant pas encore atteint la maturité représente, si vous décidiez de l'accepter aussi dans vos séminaires, une charge supplémentaire. Surtout pour vous, qui travaillez déjà dans des conditions que nous savons tendues. La baisse de votre budget de recherche est à notre sens tout bonnement scandaleuse…

Hernando avait touché la corde sensible du professeur, qui approuva.

— C'est indubitable, certes ! déclara-t-il. Mais...

— Mon père et moi nous sommes donc demandé si nous pourrions vous soulager sur ce point en augmentant le budget de recherche de la faculté... disons, d'un tiers.

Hernando parlait avec la même aisance que s'il avait évoqué le temps qu'il fait.

Le Pr Barlot resta coi, et Donella bouche bée.

— Mais c'est une fille ! finit par protester le professeur, d'une voix qui ne traduisait plus ni agacement ni surprise, mais plutôt du dépit.

— Alors disons de moitié, proposa Hernando comme en pleine négociation. Mais, dans ce cas, vous devrez permettre à mon cousin de participer à tous vos séminaires. Je me charge de veiller sur lui, ne vous inquiétez pas. Il n'y aura aucune réclamation...

La voix d'Hernando avait pris une inflexion grave. En prononçant ces derniers mots, il promettait de s'occuper des éventuelles protestations de ses camarades, au cas où Donella serait démasquée.

— Mais elle... il... ne pourra toutefois passer aucune épreuve, précisa le Pr Barlot. Il n'y aura pas de certificat de présence, pas d'examen...

— Cela va de soi, acquiesça Hernando. Mon cousin ne sera là qu'en observateur. Rien d'autre.

Le Pr Barlot toussota.

— Bien, alors... si c'est ainsi, je vous souhaite la bienvenue comme auditeur libre dans mes cours, monsieur...

— Hard, répondit Donella. Donald Hard.

Hernando sourit.

— L'argent sera versé dans les prochains jours sur le compte de l'université, assura-t-il.

Le Pr Barlot hocha la tête, puis se mit enfin en route pour son cours de cinématique. Hernando et Donella lui emboîtèrent le pas, se glissèrent derrière lui jusqu'aux premiers rangs de l'amphithéâtre et trouvèrent deux places tout devant. Le cœur de Donella battait encore la chamade, et elle tremblait un peu en s'installant à côté d'Hernando. Les dix premières minutes du cours passèrent ainsi sans qu'elle en retienne grand-chose, mais ensuite les développements du Pr Barlot sur la trajectoire, la vitesse et l'accélération d'un corps en mouvement captèrent toute son attention. Elle constata avec bonheur qu'elle suivait sans peine. Pourtant, quand le professeur eut terminé son cours, elle avait l'impression d'avoir couru un marathon.

— Nous avons le temps de boire un café avant que notre séminaire commence, annonça Hernando. À moins que tu ne préfères le champagne ?

— Tu vois, rien n'est impossible ! déclara Hernando un peu plus tard, alors que Donella sortait triomphante de l'épreuve de son premier séminaire.

Elle y avait assisté, béret enfoncé sur la tête, sous les regards inévitablement suspicieux de ses camarades. Pourtant, personne ne s'était risqué à un commentaire : on avait trop de respect pour Hernando Sánchez-Duboire.

Donella but une petite gorgée de champagne. Pendant la pause, elle avait naturellement refusé, mais à présent ils fêtaient le succès de leur subterfuge dans un café au bord de la Seine.

— Mais cela te coûte une fortune ! se récria-t-elle. Et puis je suis gênée… nous ne sommes pas pauvres non plus, mais je ne pourrais pas m'offrir ce luxe… sans compter que mon père ne me financerait certainement pas.

Hernando l'arrêta.

— L'argent n'a aucune importance pour mon père. Et les coupes budgétaires drastiques qu'a subies le pauvre Pr Barlot sont réelles. J'avais déjà réfléchi avant à provisionner les comptes de la faculté. Après tout, qu'il puisse acheter de nouveaux appareils et faire avancer la recherche nous profite aussi. Il s'intéresse de très près à l'aéronautique, tu apprendras beaucoup avec lui.

Donella trouva le moment bien choisi pour lui proposer de réaliser son projet de fin de semestre sous la forme d'une maquette reproduisant une machine volante de Léonard de Vinci.

— Ce serait une idée originale, expliqua-t-elle. Jusqu'à présent, tout le monde est d'avis que l'avenir de l'aéronautique réside dans le vol motorisé. Pour ma part, je m'intéresse surtout au vol en montgolfière...

Hernando rit quand elle lui raconta son expérience avec un premier ballon à air chaud de sa conception. Puis il proposa de se retrouver au musée le lendemain afin d'examiner les pièces exposées et de voir ce qu'il était possible de faire. Il certifia qu'on mettrait aussi à leur disposition les dessins et les écrits originaux de Léonard de Vinci. Donella ne fit aucune objection. Rien ne semblait pouvoir arrêter un Hernando Sánchez-Duboire. Sauf peut-être...

— Hernando, si nous voulons continuer de nous voir... Comme tu le sais, je suis une jeune fille... « une Hard », ainsi que le disent mes parents quand ils veulent mettre en avant mes qualités de génitrice.

Hernando rit de bon cœur.

— Et donc, reprit Donella, mes grands-parents veulent savoir avec qui je passe mon temps même s'il ne s'agit que... que d'un projet d'études commun. Serait-il envisageable pour toi de te présenter à eux ?

Hernando invita Donella au restaurant de l'hôtel Balzac pour le lendemain soir et passa la prendre chez les

Hard. Il apporta comme il se doit des fleurs – pour elle ainsi que pour sa grand-mère –, et engagea une conversation aimable et intéressante avec Frederick Balincourt, donnant aussi force détails sur sa famille et ses affaires. Son père était brésilien, héritier de grandes plantations de café, sa mère venait du Portugal. Il avait également un frère aîné et une sœur cadette, et sa famille l'appuyait dans son désir de se consacrer à la recherche et d'initier de grandes découvertes. On n'attendait pas de lui qu'il participe à la gestion des plantations ni qu'il contribue à la fortune familiale.

— Ce qui ne signifie pas que ma famille n'ait aucune ambition à mon égard, précisa-t-il. Mon père attend de moi que je réussisse dans ce que j'entreprends, mais il me laisse le choix de mes activités.

Donella apprit qu'il avait été un sportif talentueux dans sa jeunesse et s'était distingué dans la course à pied au niveau national. Il parlait plusieurs langues et avait fréquenté des écoles renommées, dont il était toujours sorti parmi les meilleurs.

Frederick Balincourt laissa sans crainte sa petite-fille sortir en sa compagnie, mais seulement après que le jeune homme eut expliqué son automobile en détail et invité le vieil Écossais à faire un tour.

— Tout va bien ? demanda finalement Hernando en aidant Donna à s'installer sur la banquette de la Benz.

Elle hocha la tête, les yeux pétillants.

— Tu as été formidable. Il ne me reste plus qu'à trouver le bon moment pour avouer à grand-père cette histoire de « Donald », dit-elle, ravie.

Hernando la dévisageait d'un air radieux. Ce soir-là, Donna s'était mise en frais pour lui plaire. Emily avait noué ses cheveux en un chignon à la dernière mode, et Donella portait une longue robe vert pâle ornée de dentelles qui soulignait la finesse de sa taille. Emily avait dû serrer fort les lacets pour garantir un ajustement parfait, mais en voyant le regard éclatant et réjoui de son cavalier Donna se dit que le jeu en valait la chandelle. Les manches de la robe étaient bouffantes, et quelques fleurs choisies garnissaient le joli petit chapeau assorti.

— Donella me plaît davantage que Donald, fit remarquer Hernando.

Elle le regarda d'un air malicieux.

— Et Hernando me plaît davantage que M. Sánchez-Duboire, dit-elle.

Prudente, elle avait préféré rester formelle et le vouvoyer devant ses grands-parents.

— Alors n'y renonçons pas ! dit-il en souriant. Veux-tu que nous allions tout de suite au théâtre, ou bien le laçage serré de cette somptueuse robe te permet-il encore de dîner avant le spectacle ?

Ce soir-là, Hernando se révéla être un parfait gentleman, et, pour la première fois, Donna ne s'ennuya pas à table avec un homme. Les sujets de conversation qui les passionnaient tous deux ne manquaient pas. Hernando se rappelait même sa remarque sur le vol en montgolfière, et il s'était renseigné.

— Il y a une manufacture de ballons à Vaugirard, annonça-t-il. C'est un faubourg de Paris. Si tu veux, nous pourrons nous y rendre un jour. Et peut-être aurons-nous l'occasion de participer à un vol, qui sait ?

À la fin de la soirée, Donella était comme enivrée, en partie à cause du champagne, mais surtout en pensant à tout ce qui était désormais possible. Quand Hernando l'embrassa, elle entrouvrit les lèvres avec délice et savoura son étreinte.

Elle était amoureuse.

4

AILIS HAY, ELLE, n'était pas amoureuse, en dépit des efforts qu'elle déployait pour éprouver des sentiments envers l'homme qui la courtisait depuis quelque temps. William Henry Pickering était en visite chez son frère, et le professeur et son épouse l'avaient présenté sans tarder à Ailis, très certainement avec une idée derrière la tête. William Henry, également astronome, s'intéressait toutefois moins aux lointains systèmes stellaires qu'à la Lune et à Mars, qu'il étudiait volontiers en s'appuyant sur la photographie. Quelques années auparavant, au Pérou, il avait installé un observatoire astronomique et prévoyait d'en construire un autre en Arizona. Ailis était passionnée par les travaux de recherche qu'il menait avec des télescopes à la pointe de la modernité, et il n'avait pas son pareil pour raconter les détails palpitants de son aventure sud-américaine. Il était plus jeune que le professeur et très bel homme, si l'on exceptait le fait qu'il perdait déjà ses cheveux. Ailis lui trouvait cependant plus de charme qu'elle n'en avait jamais trouvé à Cuthbert. Il avait un regard paisible et aimable, il était poli et semblait le calme personnifié.

Tout de suite, il avait montré de l'intérêt pour le travail des « calculatrices de Harvard » – ainsi qu'on appelait désormais les femmes employées à l'observatoire –, et valorisé par là les recherches d'Ailis.

— Quel dommage que vous ne puissiez pas leur donner de nom, lui dit-il gentiment quand elle lui présenta la dernière des étoiles qu'elle avait découvertes.

Le Pr Pickering ne permettait aucune extravagance à ses collaboratrices. Les astres qu'elles identifiaient étaient simplement numérotés, puis catalogués ; un système général était en cours d'élaboration.

Ailis se mit à rire.

— Le pauvre professeur n'aime déjà pas beaucoup les constantes taquineries sur son « harem ». Si nous nous mettions en plus à baptiser les étoiles « Shéhérazade » ou « Zarah », cela finirait par dégénérer. Parmi les autres sources d'inspiration pour les noms, il y aurait aussi nos animaux domestiques : Lorna aurait aimé appeler sa première étoile « Suzie », comme son caniche.

William Henry se frappa le front, affligé. Les chercheurs hommes étaient parfaitement autorisés à choisir le nom de leurs découvertes, et Ailis le savait.

— Vous avez donné le nom de Phœbé à votre lune de Saturne, dit-elle. C'est votre chat ?

Mr Pickering éclata de rire.

— Non, c'est une Titanide de la mythologie grecque. Une déesse… et un beau prénom féminin. Tout comme Ailis, je dois dire. Un prénom que je n'avais encore jamais entendu.

Jusque-là, Ailis avait apprécié sans réserve la compagnie de William, mais elle éprouvait à présent une certaine gêne. Flirtait-il avec elle ?

— C'est très courant en Écosse, répondit-elle. Une variante d'Alice, je suppose.

— Aimeriez-vous que je nomme « Ailis » la prochaine lune que je découvrirai ? demanda-t-il d'une voix douce.

Ailis ne savait que répondre. Elle finit par partager tout simplement avec lui les pensées qui lui traversaient l'esprit.

— Eh bien, ce serait… certainement flatteur. Mais, quand on y réfléchit, une lune n'est en fin de compte qu'un gros caillou qui tourne autour d'un autre.

William Henry laissa entendre un rire un peu forcé. Et Ailis, une fois de plus, se sentit maladroite et ingrate. Cet homme était tellement gentil, il avait tout pour lui plaire, il semblait même s'accommoder de la présence de Copper. Il faisait sauter le petit sur ses genoux et, le soir, avant le coucher, lui montrait la Lune dans le ciel. Participer à la construction d'un nouvel observatoire avec lui… Ailis ne pouvait pas imaginer de perspective plus tentante. Peut-être aurait-elle alors l'occasion de travailler de manière plus autonome que chez les calculatrices de Harvard ? William Henry était en vérité le prétendant idéal, qu'il aurait fallu encourager. Mais Ailis avait beau se donner du mal, elle ne ressentait pour lui que de la sympathie, ce qui, elle en était désormais convaincue, ne suffisait pas pour un mariage. Elle s'était donnée à Cuthbert parce qu'il le fallait, sans jamais en éprouver la moindre joie, et l'idée de partager à nouveau son lit lui répugnait plus qu'autre chose. Et puis elle trouvait pénible de devoir s'apprêter pour un homme et de chercher à s'attirer ses faveurs. Ces dernières années, elle avait pris l'habitude de se vêtir très simplement, de serrer ses cheveux en un chignon sévère et d'ignorer les hommes plutôt que de flirter avec eux. S'il lui arrivait de sortir, c'était avec les autres calculatrices, et pour des excursions liées à leur métier. Son travail la passionnait toujours autant, et elle savourait ses succès.

Elle ne connaissait pas vraiment le sentiment de solitude dans sa nouvelle vie, et ne regrettait pas la prétendue complicité du mariage. Tout au plus aurait-elle aimé avoir une amie proche, comme Donna autrefois. Certes, les deux cousines étaient restées en contact et s'écrivaient régulièrement – le petit groupe du grand tour résidait à Paris depuis plusieurs semaines –, mais ce n'était quand même pas pareil. Ailis s'ennuyait du rire de Donna, de ses moqueries acérées, tout comme lui manquaient leurs embrassades occasionnelles ou leurs tentatives de se coiffer ou de se maquiller l'une l'autre, ce qui, bien entendu, n'était ni autorisé ni convenable.

William Pickering s'approcha d'elle.

— Chère Ailis Hay, vous n'êtes pas un gros caillou ! dit-il aimablement.

Ailis haussa les épaules.

— Je crains que si, Mr Pickering. Mais je ne tourne autour de personne. Sinon de mon fils…

Il la regarda d'un air navré.

— Il faudrait peut-être que quelqu'un découvre pour vous une étoile, un soleil qui vous réchauffe.

— Peut-être, dit Ailis sans émoi. Mais on ne m'attribuerait encore qu'un numéro.

— C'est bien triste, soupira William. Vous valez mieux que cela.

Ailis ne se préoccupait pas vraiment de ce qu'elle avait ou valait, jusqu'à ce qu'apparaisse dans sa vie quelqu'un autour de qui elle aurait pu accomplir sa révolution, non pas à l'image d'une lune, mais plutôt d'une étoile double.

Sa curiosité avait été piquée quand le professeur avait annoncé devant elle et les autres calculatrices que Maureen Tonnell, la toute première astronome diplômée, rejoindrait bientôt l'institut. Ancienne élève du Vassar College, la jeune femme avait suivi des études d'astronomie et obtenu son diplôme avec les honneurs, mais avait ensuite été limitée dans sa carrière, comme toute femme instruite. Aucun établissement n'avait voulu l'engager à un poste à responsabilités. Dans le vaste milieu de l'astronomie, le Pr Pickering était le seul à employer des femmes pour la recherche. Leur travail était mal payé, mais restait intéressant pour quelqu'un comme Maureen Tonnell.

Ailis imaginait la jeune femme sous les traits du bas-bleu : en tenue bien comme il faut, avec des lunettes et une coiffure sévère ; en somme, une version jeune de miss Lumsden. Quelle ne fut donc pas sa surprise quand, le 1er juin, alors que le chevaleresque Pr Pickering tenait la porte à la nouvelle venue, elle vit paraître sur le seuil une élégante femme blonde. Maureen Tonnell portait ses cheveux relevés et mis en plis comme c'était alors la mode. Sa robe rouge foncé d'inspiration réformiste n'était pas serrée à la taille, tentation à laquelle Ailis elle-même n'avait pas encore succombé. Quelle liberté devait-on ressentir sans corset ! Mais Ailis craignait les regards scandalisés qu'attiraient encore les femmes vêtues de robes amples. Maureen Tonnell semblait ne pas s'en formaliser, pas plus qu'elle ne semblait se soucier de ne pouvoir prétendre à une taille de guêpe, même avec le meilleur corset. Elle était bien en chair, avec un beau visage ovale dominé par de grands yeux bleus pleins de sagacité et une bouche où Ailis crut discerner une trace de rose à lèvres. Elle portait par-dessus sa robe une veste légère, qu'elle ôta sans la moindre gêne pendant que le Pr Pickering la présentait. Et elle souriait, d'un sourire qui reflétait une joie sincère.

— Voilà donc les célèbres calculatrices de Harvard ! s'exclama-t-elle d'une voix claire. J'ai tellement entendu parler de vous ! Et j'ai encore du mal à croire que je peux désormais rejoindre votre groupe !

Ailis répondit avec la même sincérité au sourire de la jeune femme.

— Pour nous aussi, c'est une grande joie ! Et un honneur. Nous… nous avons certainement beaucoup à apprendre de vous.

— C'est plutôt moi qui apprendrai de vous, la corrigea Maureen Tonnell. Pour ma part, je n'ai encore découvert aucune étoile.

— Cela peut arriver d'un jour à l'autre, l'encouragea Ailis.

Presque toutes ses collègues avaient déjà analysé des étoiles que personne ne connaissait auparavant.

— Il vous faudrait cependant un œil de lynx pour arriver au niveau de notre chère Mrs Hay, souligna le Pr Pickering. Vous en avez déjà une centaine sur votre liste, n'est-ce pas ?

Ailis opina, légèrement embarrassée.

— La chance, dit-elle, rien d'autre.

Maureen Tonnell, étonnamment cordiale alors qu'elles venaient de se rencontrer, lui adressa un clin d'œil et reprit :

— Chance ou pas, j'ai vraiment hâte de travailler ici.

— La formation détaillée que reçoivent les dames qui nous rejoignent sans connaissances préalables ne devrait pas vous être nécessaire, déclara le Pr Pickering. Mais pour commencer je souhaiterais que Mrs Hay vous prenne un peu sous son aile et vous explique notre façon de travailler. Nous formons des équipes de deux, et je suis certain que miss Brown ne verra pas d'inconvénient à se joindre à quelqu'un d'autre.

La partenaire habituelle d'Ailis hocha la tête avec un brin de fierté. Elle n'avait commencé que quelques semaines auparavant et se réjouissait d'être déjà autorisée à travailler sans la supervision de Mrs Hay.

Dans la salle de repos que les femmes appelaient leur boudoir, Ailis attribua à sa nouvelle collègue un casier où cette dernière suspendit sa veste. Maureen noua ensuite un tablier sur sa belle robe et suivit sa guide jusqu'à la salle où les calculatrices assises à de longues tables se penchaient sur les plaques photographiques.

— Vous avez déjà travaillé avec l'astrophotographie ? demanda Ailis. Vous savez que nous privilégions les négatifs pour analyser les étoiles ?

Maureen Tonnell hocha la tête.

— J'ai souvent observé cette procédure, mais sans jamais réaliser de mesures moi-même. Enfin, je sais comment on fait, mais…

— Alors passez tout de suite à l'analyse, et je me charge de noter vos résultats, proposa Ailis, qui appréciait d'autant plus la sincérité de son interlocutrice qu'elle s'était attendue à devoir affronter la pédanterie d'une astronome diplômée.

Elle rapporta une plaque photographique, installa Maureen devant et, armée d'un bloc et d'un stylo, s'assit près d'elle. Maureen, loupe et spectroscope en main, se mit à dicter.

— Ah, celle-là, je la connais, c'est une constellation déjà décrite par Ptolémée. Le Petit Cheval – *Equuleus*. Les noms donnés par les astronomes de l'Antiquité étaient si beaux ! Ces étoiles-ci sont plutôt petites. Oh, ce sont surtout des étoiles doubles ! Ça alors, je n'en savais rien ! Attendez...

Maureen commença ses mesures, enchantée par tout ce qu'elle apprenait. Ailis prenait beaucoup de plaisir à travailler à ses côtés.

Pendant la pause, la jeune astronome s'entretint à cœur ouvert avec les autres femmes. Ailis constata avec soulagement qu'elle s'intégrait bien au groupe. Elle était aussi très observatrice, et pas seulement en matière d'astronomie.

— Pourquoi ne vous regardez-vous jamais dans le miroir ? demanda-t-elle à Ailis au deuxième jour de leur collaboration.

Les femmes en avaient placé un dans leur vestiaire, et aucune d'elles ne quittait la pièce sans avoir contrôlé son apparence d'un coup d'œil rapide.

Les joues d'Ailis s'empourprèrent.

— Je ne suis pas coquette, dit-elle.

— Et pourtant tu es si jolie ! Oh, mais voilà que je t'ai dit « tu », se reprit-elle en s'excusant d'un sourire. Et je ne connais même pas votre prénom.

— Je m'appelle Ailis. Et nous pouvons continuer à nous tutoyer, nous le faisons toutes ici.

— Maureen, se présenta à son tour la jeune femme blonde avec un grand sourire. Alors dis-moi, Ailis, que t'a fait ce pauvre miroir ?

— Rien, répondit Ailis en riant. Je n'ai pas le goût de la toilette, voilà tout. Je sais à quoi je ressemble, je n'ai pas besoin de m'en assurer trois fois par jour.

— Tu n'en demeures pas moins un plaisir pour les yeux ! insista Maureen. Ou est-ce une chose que seul ton mari est autorisé à dire ? Es-tu de ces femmes si religieuses qu'elles ne détachent leurs cheveux que devant leur époux ? Le professeur t'appelle Mrs...

— Il n'y a pas d'époux, répliqua Ailis. Il n'y a que mon fils et moi. Ce dernier est toujours content de mon apparence, et le premier ne l'a jamais été. D'autres questions ?

Elle espérait avoir enfin satisfait la curiosité de la jeune femme, mais Maureen répondit en riant :

— Des tonnes ! Tu es une astronome chevronnée, mais tu n'as jamais étudié. Tu es mariée, mais tu n'as pas de mari. Tu es belle, mais tu ne veux pas en entendre parler. Qu'est-ce qui te fait croire que les étoiles brillent plus que toi ?

Ailis était désarçonnée par l'aplomb de la jeune femme.

— Les étoiles brillent plus que nous toutes, dit-elle.

Maureen la regarda d'un air mutin.

— Mais elles sont loin, et toi tu es tout près. Si nous allions manger quelque chose ensemble, pour que tu me parles de toi ? Je veux bien te raconter ma vie aussi, mais elle n'est certainement pas aussi passionnante.

Ailis réfléchit. Elle avait très envie de bavarder avec cette femme peu conventionnelle. Mais elle pensa aussi à Copper : ils avaient fêté son premier anniversaire en février, et les Pickering lui avaient offert une crécelle sur laquelle étaient peints le Soleil, la Lune et les étoiles. D'après le professeur, il n'était jamais trop tôt pour commencer à s'y intéresser.

— Je dois m'occuper de mon fils, dit Ailis sur un ton hésitant. Mrs Pickering le garde volontiers, mais après le travail elle attend quand même de moi que je passe du temps avec lui.

Maureen balaya ses doutes.

— Nous n'avons qu'à l'emmener ! Quel âge a-t-il ? J'adore les enfants !

Ailis capitula devant cette tornade. Une heure plus tard, elle était assise dans un café avec Maureen et donnait à Copper de petites bouchées de son omelette. Maureen avait trouvé l'enfant adorable, relevé que son père devait être roux, puis évoqué quant à elle, toujours sans réserve, sa famille et ses études. Elle venait d'un milieu fortuné du Connecticut, son père était médecin, et elle avait deux sœurs. Comme il fallait s'y attendre, sa famille n'avait pas été enchantée que la cadette soit plus tentée par l'université que par des noces.

— Mais honnêtement, avança-t-elle avec nonchalance, payer une dot ou des frais universitaires c'est du pareil au même. Et puis, on n'est pas à l'abri juste parce qu'on se marie. Tu en es la preuve.

— Beaucoup de femmes rêvent d'avoir un homme à leurs côtés, objecta Ailis.

Maureen haussa les épaules.

— Pas moi. J'aime mieux voler de mes propres ailes.

— Mais tu ne te sens pas seule ?

Ailis était surprise de poser une question aussi directe alors qu'elle-même n'avait jamais ressenti de solitude jusque-là. D'un autre côté, ces conversations sans façon faisaient défaut dans sa vie depuis si longtemps. Après tout, peut-être était-ce simplement ce type d'échange qui lui manquait.

Maureen secoua la tête.

— J'ai toujours eu de très bonnes amies.

Au cours des semaines qui suivirent, les deux femmes se donnèrent rendez-vous assez souvent. Elles allèrent se promener avec Copper et jouer avec lui au parc, assistèrent à des concerts et contemplèrent avec émerveillement le feu d'artifice du jour de l'Indépendance. Maureen décida Ailis à aller au théâtre, et Ailis lui avoua qu'elle était toujours mariée à l'impresario du Boston Music Hall.

— Alors il devrait au moins te laisser entrer gratuitement, déclara Maureen.

Elle ne paraissait pas impressionnée le moins du monde et insista pour qu'Ailis, à cette occasion, revête une robe neuve et adopte une coiffure moins sévère. Si les deux amies n'aperçurent pas Cuthbert Hay lors de leur venue au théâtre, Ailis eut toutefois le sentiment d'avoir fait un pas important pour s'affranchir de lui et mener une vie indépendante. Dorénavant, elle ne l'éviterait plus : il n'y avait rien dont elle puisse avoir honte.

En revenant du théâtre, Maureen la prit par le bras. Ailis savoura cette intimité, et quand Maureen entonna avec fougue l'air qu'elles venaient d'entendre, esquissant en même temps quelques pas de danse, Ailis se laissa volontiers conduire.

— Je vais te raccompagner chez toi comme un vrai chevalier servant, déclara Maureen sur un ton grave. Et au moment de partir je t'embrasserai.

Ailis la regarda, troublée.

— Mais je suis une femme.

Maureen rit.

— Et si, justement, cela me plaisait que tu sois *ma* femme ?

— Je suis ton amie, dit Ailis, toujours sans comprendre. Ce n'est pas la même chose.

— Non, ce n'est pas la même chose, approuva Maureen en l'enlaçant.

Ailis sentit son cœur s'emballer, et pour la première fois lors d'un baiser tout chavira en elle. Pour la première fois, elle avait envie de plus, de toucher, de cajoler, de caresser une autre personne.

— Ne faisons-nous pas quelque chose de mal ? demanda-t-elle, étourdie.

— Tu n'as pas plutôt la sensation que c'est bien ? répliqua Maureen.

Quelques jours plus tard, les deux femmes se mirent en quête d'un appartement. Maureen quitta sa pension sordide, et Ailis, enfin, sa chambre chez les Pickering. En réunissant leurs deux salaires, elles pouvaient facilement payer un loyer, et même s'offrir le luxe d'une bonne qui gardait Copper pendant la journée. Comme c'était encore une très jeune fille, Maureen hésitait, mais Ailis pensa à Larna et prit sa décision.

— Alma va le chérir ! s'exclama-t-elle. Et c'est la meilleure chose qui puisse arriver à Copper.

5

Depuis des semaines qu'elle était à Paris, Katrina Hard n'était toujours pas tombée amoureuse. Elle commençait à s'en inquiéter, d'autant plus que ses nouvelles camarades l'avaient introduite dans un cercle d'amis fréquenté par des hommes d'âges divers. Il arrivait que George et celle des filles qu'il courtisait alors l'accompagnent, mais Marie, Claudette et les autres n'avaient le plus souvent que du mépris pour ces jeunes femmes.

— Racoleuses, avait décrété Claudette, même si Katrina se demandait en quoi ces dernières étaient différentes de ses propres amies, tout aussi liantes.

Louise, Claudette et Germaine s'affichaient également avec des partenaires changeants, et Marie avec une compagne ou une autre. Elles ne se faisaient toutefois pas payer, elles étaient indépendantes financièrement. Si leur amant du moment offrait le champagne, elles ne protestaient pas, bien sûr, mais il leur arrivait aussi de paraître en compagnie de jeunes artistes sans le sou – peintres, danseurs ou chanteurs –, qui n'avaient à proposer que leur originalité. On ne pouvait pas en dire autant des conquêtes de George, des femmes tape-à-l'œil et bruyantes, dont il changeait presque tous les jours. Katrina, à l'inverse, n'avait rien tenté ni avec un homme ni avec une femme depuis la soirée passée avec Marie. Elle buvait, dansait, mais n'avait d'aventure avec personne.

— Ma foi, c'est que tu n'as pas encore trouvé le bon, dit Claudette pour la réconforter le jour où Katrina lui demanda conseil. Le premier, en général, on est folle amoureuse de lui, et tu n'as pas encore connu cela. Tu peux te considérer comme chanceuse : quand une fille tombe amoureuse tous les quatre matins, à la fin, elle se retrouve toujours à entretenir un gars. Ou alors elle l'épouse, tombe enceinte et doit le botter sans cesse pour qu'il la nourrisse, avec ses enfants.

— Mais pourquoi coucher avec un homme si l'on n'est pas amoureuse de lui ? s'enquit Katrina.

Claudette éclata de rire.

— Mon petit lapin. Supposons que tu obéisses à ta famille et épouses ton cousin. Te refuserais-tu à lui ? Il y a mille raisons de s'acoquiner avec un homme : l'argent, l'ambition professionnelle, le pouvoir… Seule, une femme ne va souvent pas bien loin. Et puis c'est aussi très plaisant ! Si tu veux mon avis, c'est même la meilleure raison. Malheureusement, bien peu de femmes savent à quel point ce peut être plaisant ! Il faut dire que les hommes dont elles tombent amoureuses ne sont en général pas les meilleurs amants.

— Parce qu'il y a des différences ? demanda naïvement Katrina.

Claudette rit encore plus fort.

— Et comment ! Écoute, ma chérie, que dirais-tu de nous faire confiance quant au choix de ton premier amoureux ? Nous pourrions t'en trouver un qui soit assez expérimenté, et passionné ! Il faudrait qu'il te plaise, c'est sûr, mais nul besoin d'être folle amoureuse de lui.

— Et... si je tombe enceinte ? s'inquiéta Katrina, inquiète. C'est quand même possible... et là...

Claudette passa un bras autour de ses épaules.

— Alors, pour commencer, il se protégera, et te protégera toi. Il y a des chemisettes à cet effet... Et ensuite nous te montrerons comment compter les jours où tu ne risques rien. Le danger n'est réel qu'une semaine par mois à peu près. Mieux vaut alors s'abstenir. Là encore, c'est plus facile quand on n'est pas folle d'amour.

Les jours suivants, les amies se firent un plaisir de débattre passionnément de l'homme qui conviendrait le mieux à Katrina parmi leurs nombreux amis et anciens amants. Elles passaient en revue leurs différentes qualités avec une telle liberté d'esprit que la jeune Écossaise, qui se croyait pourtant si pleine d'assurance, en rougissait presque. Claudette l'interrogea aussi en détail sur ses menstruations et lui apprit à calculer les jours où elle était fertile. Katrina, qui avait d'abord considéré tout cela comme un jeu, finit par sentir sa curiosité piquée. Ne passait-elle pas en ce moment à côté du plaisir ultime ? Si elle devait un jour répondre au désir d'un homme pour progresser enfin dans sa carrière, un peu d'expérience ne pouvait-il pas lui être utile ?

Enfin, ses nouvelles amies se mirent d'accord sur un danseur classique, un jeune Russe qui, à ce qu'on disait, avait dansé au Bolchoï avant de venir à Paris. Alexeï était grand et brun, tout à fait crédible dans les rôles de prince qu'il incarnait sur scène. À la ville, il était discret et aimable. Katrina avait déjà remarqué qu'il touchait volontiers les femmes, et quand il passait un bras autour de ses épaules ou prenait sa main pour l'embrasser elle n'avait jamais trouvé cela désagréable.

— Ce sera donc Alexeï ! décida Claudette. Marie, tu dois leur prêter ton appartement. Il ne faudrait pas que quelqu'un arrive à l'improviste quand…

Les autres partageaient pour la plupart leur appartement avec de jeunes femmes artistes. À Montmartre, rares étaient les logements qu'elles auraient pu se payer seules.

— Mais est-ce qu'il voudra ? demanda Katrina avec angoisse.

Les autres rirent.

— Ce sera pour lui un honneur, plaisanta Germaine. N'oublie pas, c'est un prince !

Non seulement Alexï voulait bien, mais il se montra même prêt à faire de cette soirée un moment inoubliable pour Katrina. Ils se retrouvèrent au Moulin-Rouge – Marie s'y produisait ce soir-là, et Claudette avait rejoint depuis quelque temps la troupe des danseuses de french cancan. Alexeï avait le sourire, il offrit des fleurs à Katrina et la couvrit de compliments. Ils burent du champagne, puis il l'emmena manger sur le pouce dans un bistrot et bavarder. Katrina parla de la carrière qu'elle projetait, Alexeï de celle qu'il avait déjà commencée. Pendant la conversation, il lui prenait parfois la main, écartait une mèche de cheveux de son visage, et il lui assura que tous ses rêves pouvaient se réaliser à condition qu'elle y croie assez fort.

Enfin, il la conduisit à l'appartement de Marie, où les attendaient une lumière tamisée, des bougies parfumées et une autre bouteille de champagne. Les amies de Katrina avaient aussi répandu une pluie de pétales de rose sur le lit, et, quand le couple pénétra dans l'appartement, quelqu'un, sous la fenêtre, chantait une chanson d'amour en s'accompagnant au luth.

— C'est comme dans un conte de fées, murmura Katrina, et elle laissa Alexeï l'embrasser.

Il la déshabilla lentement, lui montra comment s'y prendre pour le dévêtir aussi, et la souleva ensuite dans ses bras jusqu'au lit. Tout en lui murmurant des mots tendres en russe, il la caressait et l'embrassait, tant et si bien qu'elle fut prête à l'accueillir. Cette nuit-là, Katrina découvrit le plaisir. Alexeï prit tout son temps, entra doucement en elle, de sorte qu'elle ne ressentit qu'une légère douleur, et la guida jusqu'à son premier orgasme. Après cela, elle en était convaincue : dans l'idéal, l'amour charnel ne devait avoir d'autre but que lui-même. Si seulement tous les hommes pouvaient être comme Alexeï…

Alors que Katrina vivait une nuit parfaite, son cousin George jouait ce soir-là de malchance. Une fois de plus, il s'était rendu à la maison de jeux, et une fois de plus la jeune femme qu'il y avait emmenée ne lui porta pas bonheur. Au cours des dernières semaines, George s'était lui aussi constitué un cercle d'amis et, jusqu'à présent, quand il perdait trop, il avait toujours trouvé quelqu'un pour lui prêter la somme qu'il devait. Il avait rarement remboursé l'argent emprunté, oubliant purement et simplement ses dettes. Il n'avait jamais songé que cela puisse un jour se retourner contre lui. Mais cette fois, alors que l'ardoise affichait plusieurs milliers de francs, personne ne voulut voler à son secours.

— George, je t'ai déjà prêté quatre mille francs ! rappela un jeune aristocrate français. Et tu dois dans les trois mille francs à Maurice. Comment comptes-tu rembourser une somme pareille ?

— Je me débrouillerai bien ! Si tu me prêtes, disons, mille francs de plus, je peux regagner le tout... dit George avec une once de désespoir dans la voix.

Le jeune Français secoua la tête.

— Ce genre de plan ne marche jamais, tu devrais le savoir. Pour ma part, je ne peux plus rien te donner. Débrouille-toi pour trouver un arrangement avec l'établissement ; il est sûrement possible de payer par acomptes. Tu n'es pas le premier à voir trop grand.

George réfléchit au conseil qu'on lui donnait, mais sans arriver à un résultat concluant. Comment paierait-il ses dettes s'il ne pouvait pas continuer à jouer pour gagner de l'argent ? Car, bien sûr, il serait décrété *persona non grata* dans ce club de jeux, et dans tous les autres. Pour finir, il ne vit plus qu'une issue.

— Viens, Françoise, nous partons ! glissa-t-il à l'oreille de son amie, alors en pleine conversation avec un autre joueur. Fichons le camp sans nous faire remarquer.

George abandonnait au vestiaire son haut-de-forme et son manteau d'été, mais la jeune femme n'était pas prête à renoncer à ses affaires.

— Mais enfin, George, j'ai là mon mantelet et mon ombrelle ! J'en ai besoin ! D'abord, pourquoi devrions-nous déjà partir ? Et si précipitamment ?

Françoise n'avait pas l'intention de baisser la voix, et George finit par paniquer. Il se dirigea vers la sortie beaucoup plus vite que prévu, traversa au pas de course le hall d'entrée et fut stoppé dans son élan par le portier qui accueillait d'ordinaire les visiteurs.

— Pas si vite, monsieur ! s'écria l'homme. Où courrez-vous donc ainsi, sans chapeau ni manteau ? Se pourrait-il que vous ayez omis quelque chose ? Peut-être de régler vos dettes ? Je vais vous demander de me suivre jusqu'aux caisses afin de tirer cela au clair.

Le club de jeux se montrait peut-être magnanime envers des débiteurs repentants, mais il était sans pitié avec les filous. George et Françoise avaient bu deux bouteilles de champagne au cours de la soirée, auxquelles s'ajoutait l'argent perdu au jeu. George dut subir l'infamie d'être escorté jusqu'à un poste de police.

— Vous trouverez bien quelqu'un qui se portera garant, dit le gendarme qui était venu le chercher. Votre famille, peut-être ?

George comprit qu'il devrait en passer par là. Et donna à la police l'adresse de ses grands-parents à Paris.

— S'il vous plaît, pourriez-vous les informer au plus vite ? demanda-t-il. Je... Je suis l'héritier des Hard... si je vais en prison...

Les gendarmes se fichaient de son statut, mais un petit garçon qui rôdait près du poste, sûrement dans l'attente de pareilles missions, se mit aussitôt en chemin en échange du demi-franc que George avait encore dans sa poche.

Quand on sonna à leur porte au milieu de la nuit, Frederick et Denise Balincourt eurent une peur bleue. George et Katrina ayant une clef, leurs grands-parents et Emily étaient généralement endormis quand ils rentraient. Donella, qu'Hernando raccompagnait toujours à l'heure dite, avait déjà rejoint son lit elle aussi, et rêvait d'un voyage en ballon.

— Pourvu qu'il ne soit rien arrivé aux enfants, murmura Denise, exprimant tout haut les craintes de Frederick.

Ainsi, la nouvelle du petit messager fut presque accueillie avec soulagement. Et à l'inquiétude de Frederick succéda aussitôt une colère terrible.

— Qu'en est-il de Mlle Hard ? demanda-t-il au garçon. Sa cousine ! Était-elle aussi au poste ? Elle aurait dû être avec lui.

Le garçon secoua la tête. Il ne savait rien d'une femme qui aurait accompagné le délinquant. Françoise était restée au club de jeux, attendant que l'orage passe.

— Bien, je m'en charge.

Frederick donna un franc au garçon et l'envoya trouver un fiacre, ce qui n'était pas une mince affaire à cette heure dans un quartier si paisible. Toutefois, quand Frederick se fut habillé et sortit, il trouva la voiture devant la porte.

Située sur l'île de la Cité, la préfecture de police de Paris était un imposant bâtiment construit dans le style néo-renaissance. En temps normal, Frederick Balincourt se serait passionné pour l'architecture du lieu, mais à cet instant il étouffait de colère en allant retrouver son vaurien de petit-fils qui, lui, trépignait d'impatience. Au moins les gendarmes ne l'avaient-ils pas encore enfermé dans une cellule, se contentant de l'installer dans une salle d'interrogatoire.

Sans accorder un seul regard à George, Frederick exigea de parler au préfet, qui n'était pas sur place à cette heure de la nuit. Son représentant reçut cependant l'aristocrate écossais avec la plus grande politesse, et, dès que celui-ci se déclara prêt à assumer les obligations de son petit-fils, un accord fut trouvé. Frederick déposa une caution, promit de contacter la direction du club de jeux dès le lendemain et fut autorisé à emmener George.

— On aurait mieux fait de te laisser croupir là ! gronda le vieil homme une fois dans le fiacre. Pour l'amour du ciel, mais que t'est-il passé par la tête ? D'abord faire des dettes, et ensuite te carapater comme un criminel !

Tu es une honte pour ta famille ! Et Katrina, où est-elle ? Elle était censée rester avec toi. Sous ta responsabilité. La plaisanterie a assez duré ! Maintenant, vous allez écouter vos parents et vous fiancer sans plus attendre. Je ne supporterai pas ce manège plus longtemps !

Katrina et Alexeï avaient bu leur champagne et s'étaient assoupis dans les bras l'un de l'autre, mais cela ne dura pas : Alexeï savait ce qu'il avait à faire. Il s'habilla, réveilla Katrina avec une tasse de café fort et lui apporta ses affaires.

— C'était une nuit magnifique ! lui assura-t-il en l'aidant à mettre son manteau, bien décidé à la raccompagner chez elle.

Peu avant l'immeuble où elle demeurait, Katrina demanda au fiacre de s'arrêter devant le renfoncement où elle retrouvait d'ordinaire son cousin. Elle espérait que George l'avait attendue. Quand elle constata que la niche en question était vide, Alexeï descendit de voiture avec elle.

— Il est hors de question que je te laisse seule ici. Où ton cousin peut-il bien être ?

Katrina n'en avait aucune idée, mais elle s'aperçut avec soulagement que c'était elle qui avait la clef de l'appartement. Elle attendrait donc George encore une heure, puis l'abandonnerait à son destin. Peut-être même était-il déjà rentré ? Elle arrivait beaucoup plus tard que de coutume.

— Tu peux y aller, dit-elle, car Alexeï avait une répétition à l'opéra le lendemain matin. Je vais attendre encore quelques minutes, puis je monterai. George a très certainement déjà trouvé une excuse pour rentrer à la maison sans moi. Il est inventif. Et m'attendre ici pendant des heures n'a pas dû lui plaire.

Le beau temps des derniers jours avait cédé la place à une nuit fraîche et pluvieuse.

— Bon, dit Alexeï. Mais j'attends que tu sois à l'intérieur.

— Tu es vraiment un prince, dit Katrina avec ravissement, et elle avança les lèvres vers lui.

Il l'embrassa langoureusement. Ils s'enlaçaient encore quand le fiacre qui transportait Frederick et George se gara devant la porte.

6

— MAIS CE N'EST PAS JUSTE ! Je n'ai rien fait ! Vous connaissiez Hernando, et je vous ai toujours dit où j'étais. Il n'y a aucune raison valable de me punir aussi !

Donella haussait rarement le ton ; sa mère et ses enseignantes lui avaient assez répété qu'elle devait rester calme et se comporter comme une dame quelles que soient les circonstances. Mais, ce matin-là, lorsque ses grands-parents informèrent les jeunes gens qu'ils comptaient quitter Paris le plus tôt possible et réserver leur traversée pour New York, elle rua dans les brancards. La nuit précédente, son grand-père avait envoyé George et Katrina se coucher sans prendre la peine d'aborder le comportement de cette dernière, si bien que Donna, restée endormie, n'avait rien suivi du drame. La colère du vieil homme, cependant, était toujours perceptible le lendemain matin quand il convoqua les deux coupables et resta sourd à toutes leurs excuses. La décision était prise.

— Cela n'a en effet rien à voir avec toi, Donna, précisa-t-il encore. Mais ce qui est sûr, c'est que cette ville n'est bénéfique ni à ton frère ni à ta cousine. Tous deux ont de mauvaises fréquentations, et nous devons mettre un terme à cette situation.

— Je n'épouserai pas Katrina pour autant ! s'exclama George. Elle en a embrassé un autre !

— C'est l'hôpital qui se moque de la charité ! rétorqua Katrina. Je t'ai vu embrasser pas moins de vingt femmes ces derniers temps.

Lady Denise Balincourt faillit s'étrangler. Et Frederick Balincourt, ignorant les dires des deux dévergondés, reprit à l'intention de Donna :

— Quant à toi, tu n'es pas non plus irréprochable. Nous t'avons envoyée plusieurs fois avec eux pour que tu les aies à l'œil. Même chose pour toi, Emily ! Vous étiez certainement au courant. Et vous les avez couverts !

Emily se tut. Au fil des semaines, depuis que Donna passait son temps en compagnie d'Hernando Sánchez-Duboire, elle s'était repliée sur elle-même sans que personne n'y prête attention. Elle assurait tel un automate son service auprès de Katrina, l'aidait à se coiffer et à s'habiller, mais dès que possible elle filait au Muséum d'histoire naturelle. Elle y avait même croisé Hernando et Donna, et cette dernière, qui avait mauvaise conscience de ne plus s'occuper de la plus jeune du groupe, l'avait présentée à Hernando et emmenée avec eux dans des salles réservées, où on leur avait permis de voir les dessins originaux de Léonard de Vinci. Emily les avait examinés avec assiduité, heureuse. La veille, quand Katrina et George étaient rentrés, elle dormait elle aussi, mais au petit matin elle avait réveillé Katrina pour lui faire couler un bain. Vêtue d'un peignoir blanc moelleux, la jeune femme s'était ensuite assise à la table du petit déjeuner, sans que rien ne transparaisse de sa nuit avec Alexeï. Les accusations de Frederick Balincourt ne l'impressionnaient pas plus qu'elles n'arrêtèrent Donna.

— Nous avons toujours assisté comme prévu aux concerts, aux défilés et à toutes ces choses ! affirma celle-ci sans mentionner George et Katrina.

— Naturellement, j'ai aidé miss Katrina à se vêtir et je l'ai coiffée, déclara Emily à son tour.

Depuis qu'on l'avait plus ou moins forcée à jouer le rôle de femme de chambre auprès de Katrina, Emily s'attachait à une langue plus formelle dans ses échanges avec les Balincourt. Donna ne savait pas si elle y recourait également quand elle était seule avec sa maîtresse, mais probablement pas. En tout cas, il n'y avait qu'avec Donna qu'elle usait en public du ton amical dont elles avaient l'habitude.

— Je supposais qu'elle sortait avec Mr George, ajouta Emily.

— Je comprends que tu aies un devoir de discrétion vis-à-vis de Katrina, répondit Frederick Balincourt en soupirant. Mais *toi*, Donna, si tu savais quelque chose, tu aurais dû nous le dire, à grand-mère et moi !

À la vérité, depuis qu'elle avait rencontré Hernando Sánchez-Duboire, Donna ne s'était même plus souciée des aventures parisiennes de Katrina et George. Elle faisait sa vie de son côté et s'en trouvait comblée. D'ordinaire, elle rejoignait Hernando le matin dans son bel appartement du troisième arrondissement où, sous le regard amusé du valet de pied et celui, réprobateur, de la gouvernante, elle se transformait en Donald. Puis, vêtue de la sorte, elle assistait avec Hernando aux cours magistraux et aux séminaires proposés à l'université. Elle avait une préférence pour la mécanique, mais ne rechignait pas à se glisser dans un cours de physique ou de chimie si le sujet l'intéressait. Parmi tous les auditeurs des vastes amphithéâtres, les professeurs ne pouvaient pas repérer cet intrus, et les autres étudiants s'étaient déjà habitués à Donald. S'ils échangeaient peut-être des messes basses, ils ne dénonçaient pas la jeune infiltrée. Plus tard dans la journée, Donna et Hernando se retrouvaient généralement au musée des Arts et Métiers ou au Muséum d'histoire naturelle, à moins qu'ils ne travaillent dans la cave d'Hernando sur leur maquette de machine volante d'après Léonard de Vinci. Donella était de plus en plus à même d'y contribuer par ses idées, absorbant comme une éponge les connaissances que leur transmettait le Pr Barlot dans les domaines de la cinématique et de la dynamique. Quant au domaine romantique, il n'était pas en reste. Hernando, qui bricolait et s'instruisait avec Donald, faisait à Donella une cour en bonne et due forme. Au volant de sa Benz, il l'emmenait à la campagne, où ils déjeunaient dans des auberges raffinées, et l'invitait au théâtre de variétés, au cabaret, à des vernissages ou des défilés de mode. Il s'était vraiment présenté un jour chez elle avec une invitation à un spectacle de haute couture, et elle avait ri de bonheur.

— Je me disais bien que ça te plairait ! déclara-t-il, ravi de la voir s'extasier devant cette avalanche d'étoffes colorées et de créations insolites présentées sur le podium.

Ils avaient prévu de se rendre enfin à la manufacture de ballons la semaine suivante. Mais, à en croire les projets en cours, Donna serait alors en route pour Calais…

— Je ne pars pas, déclara Donna sans réfléchir aux implications de cette décision, exprimée au moment même où elle la prenait. Il m'est impossible de venir avec vous.

Son grand-père fronça les sourcils.

— Comment ça, « impossible » ? Je comprends bien que tu n'aies pas très envie d'abandonner ton M. Sánchez-Duboire, mais a-t-il dit quoi que ce soit, s'est-il déjà déclaré ? A-t-il évoqué des fiançailles ? Ce serait quelque peu précipité, bien sûr, mais, si les choses étaient en cours...

— Nous ne nous connaissons que depuis quelques semaines, dit Donna. Aucun gentleman ne ferait sa demande à une jeune fille en si peu de temps. Et puis... et puis ce n'est pas seulement que je suis amoureuse.

Frederick et Denise Balincourt se regardèrent sans comprendre.

— Quoi encore ? demanda sa grand-mère. Je dois dire que depuis le début j'étais opposée à ce qu'on l'autorise à sortir seul avec toi le soir. Sans doute ses... cajoleries... ont-elles déjà renforcé tes sentiments pour lui, et maintenant...

La jeune femme n'avoua pas qu'Hernando prenait plaisir à l'embrasser et qu'un jour, à la campagne, alors qu'ils étaient allongés côte à côte dans l'herbe, il avait déjà déboutonné son chemisier et caressé sa peau. Donner de tels détails ne l'aurait avancée à rien. Au contraire. Si elle voulait avoir une chance de rester ici, elle devait parler de Donald à son grand-père.

— Ce n'est pas du tout ça ! s'exclama-t-elle. Grand-père, pourrions-nous... Pourrions-nous s'il te plaît nous entretenir seule à seul ? Il y a quelque chose dont je voulais te parler depuis longtemps, mais...

— Quelque chose en rapport avec Hernando Sánchez-Duboire ? demanda son grand-père, méfiant.

Donna se mordit les lèvres.

— Plutôt en rapport avec l'université, dit-elle à mi-voix. Je t'en prie, prends le temps de m'écouter !

Katrina et George laissèrent échapper un soupir de soulagement quand Frederick Balincourt se retira au salon avec sa petite-fille. Enfin, ils allaient pouvoir petit-déjeuner en paix.

Ni l'un ni l'autre n'étaient très affectés de leur départ prochain. Katrina avait plus ou moins appris tout ce qu'elle espérait de son séjour dans la Ville Lumière. Sa nuit avec Alexeï avait été la cerise sur le gâteau ; elle savait désormais ce qu'une femme pouvait attendre d'un homme, et cela ne l'effrayait plus, même s'il ne fallait pas espérer que ce soit toujours aussi bien. Quant à George, il avait littéralement joué toutes ses cartes à Paris. Même si son grand-père réglait ses dettes, on ne le laisserait plus entrer dans aucun club. En revanche, la plupart des bateaux de croisière de luxe qui faisaient route vers New York depuis Calais ou Londres proposaient des jeux d'argent, et il y avait fort à parier qu'on pouvait aussi faire à bord la connaissance de femmes dignes d'intérêt. George était prêt à élargir son horizon.

Frederick Balincourt hésitait entre l'amusement et l'indignation. Il avait toujours su que Donna ne reculerait devant rien pour étancher sa soif de savoir, mais jamais il ne serait allé jusqu'à imaginer cette histoire d'auditeur libre à la Sorbonne.

— M. Sánchez-Duboire a donc officieusement payé tes frais universitaires ? demanda-t-il. Nous ne pouvons pas laisser faire une chose pareille ! Je lui rembourserai ses dépenses, de même que je solderai les dettes de George.

Donna fit la grimace.

— Tu n'as pas idée des sommes engagées, dit-elle tout bas. Les moyens dont dispose Hernando ne sont pas comparables aux nôtres. Et d'ailleurs c'était une donation. Hernando l'aurait faite même si Donald n'avait pas existé. Seulement, maintenant… maintenant, il existe, grand-père. Mes frais universitaires, comme tu dis, sont payés, au moins pour un semestre, et je crois que le Pr Barlot apprécie Donald. Si je ne fais pas d'éclat, il me laissera étudier. Peut-être trouverai-je par la suite une université qui m'autorise à passer les examens en tant que femme ? Je ne vole la place d'aucun homme. Et, même si je ne suis jamais acceptée à l'université, ce que j'ai dans la tête, personne ne peut plus me l'enlever.

Elle regarda d'un air implorant son grand-père, qui réfléchissait.

— Donna, dit-il lentement, ton père voudra te marier. Et tu devras obéir – comme Katrina, et Ailis avant elle. Si je te laisse ici, j'aurai de gros ennuis. Comment envisages-tu les choses ? Où pourrais-tu vivre ?

Donna hésita.

— Hernando a un immense appartement, un étage entier…

Son grand-père secoua la tête.

— Impossible, Donna. Tu ne peux pas partager l'appartement d'un homme pour lequel, au-delà de ton enthousiasme pour les études, tu… ressens aussi une inclination romantique.

— Il doit bien y avoir des foyers pour les jeunes domestiques, réfléchit Donna. Ou des étudiantes qui logent ensemble, puisque nous sommes malgré tout acceptées dans quelques cursus. Je t'en prie, grand-père, autorise-moi à rester ! Au moins pour le semestre d'été ou pour la durée du grand tour. Vous avez prévu de voyager encore presque une année, n'est-ce pas ?

Je pourrais en apprendre tellement pendant ce temps ! Papa et maman ne sont pas obligés de le savoir. Je leur écrirai des lettres et je les expédierai à Boston, d'où Ailis les leur enverra. Elle fera ça pour moi, j'en suis sûre ! S'il te plaît, grand-père ! C'est mon souhait le plus cher… Et ensuite, ensuite j'obéirai à tout. Promis !

Elle le regarda avec candeur. *En un an,* se disait-elle, *il peut se passer beaucoup de choses.* Hernando lui ferait peut-être vraiment sa demande d'ici là. Et Connor Hard ne pourrait éconduire le fils d'un richissime magnat du café.

Frederick Balincourt soupira. Refuser quelque chose à Donna n'avait jamais été son fort, et il avait toujours été chagriné qu'elle doive se battre pour la moindre opportunité d'apprentissage.

— Très bien, céda-t-il. Mais il est hors de question que tu emménages seule dans Dieu sait quel foyer ! Nous allons conserver cet appartement, et je resterai ici. Avec toi. Tu te tiendras convenablement et n'entacheras pas la réputation de la maison Hard. Est-ce que je peux te faire confiance ? Tu me garantis que tu seras toujours vierge quand tu auras terminé tes études ici ?

À cet instant, Donna aurait promis n'importe quoi.

— Oui, grand-père ! Tout ce qui m'intéresse, c'est d'étudier, déclara-t-elle. Imagine un peu, je finirai peut-être par voler !

Elle lui parla de la manufacture de ballons. Et Frederick Balincourt se tranquillisa en songeant que sa petite-fille était davantage transportée par l'aéronautique que par des envolées amoureuses.

7

Ailis s'était rarement sentie aussi heureuse et légère. Maureen lui faisait découvrir des sommets amoureux dont elle n'aurait jamais osé rêver. La jeune astronome avait fréquenté de nombreux établissements pour jeunes filles – écoles, *colleges* ou foyers universitaires. Écolières et étudiantes y étaient souvent séparées de l'autre sexe pendant plusieurs mois et, en grandissant, à l'âge des premiers émois, elles tombaient inévitablement amoureuses de camarades de classe. Ailis se souvenait qu'au pensionnat il y avait eu des amitiés plus que proches entre les jeunes filles, des couples qui se tenaient sans cesse par la main, se donnaient le bras et s'enlaçaient. Elle n'y avait jamais accordé plus d'attention que cela, mais Maureen, elle, avait entretenu de telles amitiés depuis ses 13 ans. Et, contrairement à la plupart des autres jeunes femmes, qui se passionnaient en fin de compte pour le sexe opposé quand l'occasion s'en présentait, elle ne s'était jamais sentie attirée par les hommes. Ailis comprenait désormais qu'il en allait de même pour elle. Elle n'avait cependant pas eu l'occasion de tomber amoureuse d'autres femmes : à l'école, elle n'avait fréquenté que ses cousines et Emily, puis elle avait été mariée très jeune. À présent, Maureen l'initiait à l'amour physique, avec beaucoup plus de douceur et de compréhension que Cuthbert n'en avait jamais montré.

Ailis et Maureen étaient en outre liées par des sentiments qui allaient au-delà de la simple attirance. Elles s'aimaient et s'admiraient, elles se comprenaient et partageaient les mêmes centres d'intérêt. Leur collaboration au sein des calculatrices de Harvard était excellente, épanouissante et jalonnée de brillants succès. Le projet de catalogue astronomique entrait à présent dans sa phase de réalisation, avec le travail de classification des étoiles prévu depuis longtemps par le Pr Pickering. Maureen avait les connaissances théoriques nécessaires pour l'assister dans cette tâche et les transmettait aussi à Ailis. Ensemble, elles réfléchissaient aux différentes catégories qui leur permettraient de classer les corps célestes. Il y avait la taille, bien sûr, mais aussi la luminosité et le spectre visible. Les raies spectrales fournissaient des renseignements sur la température de surface des étoiles et sur leur composition chimique. Grâce à l'analyse des plaques photographiques, on pouvait aussi déterminer l'âge d'une étoile. Ailis avait parfois le tournis à force de réflexions sur les classes spectrales, les classes de luminosité, les étoiles doubles, les nébuleuses et les trous noirs. Répertorier l'ensemble de ces phénomènes n'était pas simple, et les avis pouvaient évidemment diverger quant aux critères d'après lesquels telle ou telle étoile devait être listée. Véritables crève-cœur pour Ailis, les différends sur ce point entre son amie et son mentor étaient fréquents, et aucun des deux n'entendait faire de concessions.

Comme Ailis s'en était rendu compte, Maureen avait au moins autant de fierté que la plupart des hommes. Il est vrai que, pour réussir dans l'univers masculin de la science, une femme devait avoir une bonne dose de confiance en soi, mais Ailis trouvait parfois que Maureen exagérait. Elle voulait toujours avoir raison. Au quotidien, la jeune Écossaise ne s'en formalisait guère, elle s'amusait même des théories en tout genre que Maureen développait et soutenait mordicus même quand on lui prouvait mille fois le contraire. Le Pr Pickering, lui, était moins indulgent. S'il se réjouissait dans un premier temps des discussions enflammées avec sa jeune collègue, il arrivait un moment où il voulait que les choses avancent. Mais trouver un accord avec Maureen n'était pas facile.

Après environ une année de grand tour, la situation s'était envenimée à Paris, et quand Ailis reçut la lettre de Frederick Balincourt lui annonçant l'arrivée aux États-Unis d'un groupe réduit de voyageurs, elle craignait déjà depuis longtemps que les choses ne se gâtent ici aussi, à Boston. Elle s'interrogeait sur la voie que choisirait Maureen. Donnerait-elle la priorité à Ailis, à sa famille, pour ainsi dire – Copper, qui appelait sa mère *Mummy*, avait même baptisé Maureen *Momma* –, ou voudrait-elle avancer dans sa carrière d'astronome ? En réalité, il aurait suffi que la jeune femme cède : les propositions de Pickering pour la classification des corps célestes étaient tout à fait bien pensées, et l'argument qu'il opposait à la version de Maureen, si volumineuse qu'aucune bibliothèque ne pourrait selon lui l'accueillir, était légitime.

Maureen, toutefois, ne pouvait ou ne voulait pas se laisser fléchir. Deux semaines avant l'arrivée de la famille d'Ailis, elle annonça à son amie qu'elle avait accepté un poste à l'observatoire du Vassar College.

— Retour à la mère nourricière, plaisanta-t-elle. Certes, c'est plus petit que Harvard, mais je pense que je pourrais y travailler de manière plus autonome…

À l'université féminine, trouver des amies ne serait pas un problème… La déception d'Ailis était immense.

— Je ne compte donc pas pour toi ? demanda-t-elle d'une voix étouffée tandis que Maureen commençait allègrement à faire ses bagages.

— Mais si, tu comptes ! protesta Maureen en la prenant dans ses bras. Je préférerais t'emmener ! Veux-tu que je demande s'ils n'auraient pas aussi une place pour toi ? Il y a longtemps que tes compétences sont reconnues dans le milieu de l'astronomie.

C'était la vérité. Ailis avait découvert plus d'une centaine d'étoiles, dont des étoiles doubles, et même une nébuleuse : un amas stellaire, dans une galaxie, qui apparaissait comme un seul et unique objet scintillant. À l'observatoire de Harvard, sa renommée n'était plus à faire, mais ailleurs ? Les gens de Vassar verraient-ils en elle autre chose que l'intendante écossaise du Pr Pickering, voire la favorite des femmes de son harem ?

Ailis secoua la tête.

— Je n'ai pas suivi d'études, je ne suis même pas allée au bout de ma scolarité. Et tu sais combien il est difficile de trouver un emploi, même quand on a terminé son cursus avec les honneurs, comme toi. Je ne peux pas t'accompagner, Maureen. Mais toi, tu pourrais rester ici…

Maureen continuait de rassembler ses affaires.

— C'est impossible, Ailis, et tu le sais très bien. Je me dois de partir ; je le fais pour moi et pour toutes les autres femmes. Nous ne pouvons pas nous soumettre en permanence aux hommes ! Je suis aussi qualifiée que Pickering !

Ailis garda le silence. Pourtant, elle aurait eu des arguments à lui opposer. Son amie était encore loin du doctorat, et le Pr Pickering avait de surcroît de longues années d'expérience.

— Je veux être aux commandes, Ailis ! poursuivit Maureen sur sa lancée. Je veux avancer. Je suis désolée, ma chérie, mais si je reste auprès de toi je ferai du surplace.

Ailis ne dit plus rien. Au fond, le raisonnement était le même que celui de Cuthbert quand il l'avait quittée : elle n'acceptait pas la nouveauté, elle n'avait ni ambition ni perspectives. Maureen ne lui avait pas reproché d'être prude, elle, mais qui sait ? Elle chercherait peut-être aussi une autre femme pour une vie plus excitante.

C'était fini, et Ailis n'avait pas le choix : elle devait accepter la décision de Maureen. Elle fit ses adieux froidement et se réfugia ensuite dans son appartement. Copper, remarquant la tristesse de sa Mummy, vint se blottir contre elle. Elle lui caressa la tête, le prit dans les bras et l'embrassa tendrement sur la joue. Par bonheur, elle avait son fils. L'avenir n'avait peut-être pas de plus grande joie à lui offrir…

Le lendemain du départ de Maureen, le professeur vint à la rencontre de sa collaboratrice préférée.

— Je suis si content que vous restiez, Mrs Hay, dit-il avec chaleur. Je craignais déjà de vous perdre.

Ailis s'efforça de sourire.

— Il y a encore beaucoup d'étoiles à découvrir, dit-elle doucement. Je ne peux quand même pas vous laisser seul avec elles.

Le Pr Pickering lui sourit à son tour.

Ailis voyait au moins dans l'arrivée prochaine de sa famille, réduite à lady Denise Balincourt, Katrina, George et Emily, l'occasion de se changer les idées. Sur le bateau, Denise Balincourt avait fait preuve d'une détermination inattendue et décidé de surveiller ses ouailles. Immédiatement, elle avait obtenu que l'accès aux tables de jeux soit interdit à son petit-fils, et si George et Katrina se rendaient aux soirées dansantes elle y assistait aussi.

Plutôt contrariée par l'interruption brutale de leur séjour à Paris, Emily ne participait pas aux divertissements organisés sur le pont ni à aucune autre distraction. Elle consacrait la majeure partie de son temps à la rédaction de lettres, usant alors d'une éloquence qui ne lui ressemblait pas, comme si elle avait puisé une audace inédite dans ses études parisiennes. Jusqu'à présent, elle s'était contentée de signer les lettres dans lesquelles Donna racontait à Ailis leur voyage, car à quoi bon écrire deux missives, puisqu'elles vivaient plus ou moins la même chose ? À présent, dans les courriers qu'elle adressait à ses parents et à Ailis, elle racontait avec force détails et anecdotes ce qui s'était passé en France, ne mâchant pas ses mots, surtout dans ses lettres à destination de Boston. Ailis et Donella avaient été ses confidentes au pensionnat, et Emily avait toujours un peu considéré Ailis comme sa protectrice. Elle n'oubliait pas qu'autrefois, au moment de l'adoption de l'oison, son aînée avait fait de son mieux pour rétablir la vérité. Dans ses lettres, Emily lui dévoilait ce qu'elle savait des activités de Katrina ; jamais elle n'en avait dit autant aux Balincourt et à Donna. Elle lui exprimait aussi son impatience de découvrir le Muséum d'histoire naturelle de New York. À Paris, les heures passées à étudier sans contrainte l'avaient rendue heureuse.

À la plus grande déception d'Emily, la petite troupe de voyageurs demeura peu de temps à New York. Frederick Balincourt craignait que la métropole en plein essor ne dissimule des dangers qui, comme à Paris, menaceraient la vertu de George et Katrina. Son épouse insista donc pour qu'ils poursuivent leur périple sans délai. Un vent de panique s'était d'ailleurs emparé de Denise Balincourt, qui redoutait de perdre encore l'un des jeunes gens placés sous sa protection ; même l'intérêt d'Emily pour la science lui semblait suspect. Elle ne permit à la jeune fille qu'une seule visite au musée et exigea de l'y accompagner avec Katrina et George.

La dernière lettre qu'Emily adressa à Ailis avant leurs retrouvailles témoignait de son découragement.

N'aurais-tu pas connaissance à Boston de quelqu'un qui cherche une femme de chambre ? Katrina est en permanence de mauvaise humeur. Elle avait espéré pouvoir profiter de notre séjour à New York pour montrer ses talents de danseuse ou de chanteuse à Broadway. Ici, il y a des auditions à tout moment, et n'importe qui peut s'y présenter. Mais lady Balincourt ne la quitte pas d'une semelle : si elle le pouvait, elle l'enchaînerait à George. Pourtant, je ne crois pas qu'ils se laisseront marier de force. Ils ne se considèrent plus qu'avec haine, chacun rendant l'autre responsable de sa liberté perdue à Paris. J'ai du mal à supporter cette tension, et j'espère qu'il y aura à Boston quelques îlots de nature où je pourrai me réfugier. Lady Balincourt ne cesse de vanter l'été indien...

L'explosion de couleurs caractéristique de l'automne sur la côte est des États-Unis valait effectivement le détour, et Ailis espérait que les merveilles de la nature pourraient en partie apaiser l'esprit des voyageurs. Quant à Emily, elle ne l'imaginait pas en femme de chambre : ses plans pour la jeune fille étaient tout autres. À l'université Harvard, les femmes qualifiées étaient autorisées à étudier, et d'une certaine manière le Pr Pickering lui était redevable : en la remerciant d'être restée alors que Maureen était partie, il lui avait fait comprendre combien le travail qu'elle effectuait était important pour les calculatrices de Harvard. Elle continuait de se charger de l'intégration des nouvelles collaboratrices en plus de son activité habituelle. Peut-être le professeur se montrerait-il donc prêt à lui rendre un service en échange, et à prendre fait et cause pour Emily.

8

— Qu'as-tu donc fait de ton charmant époux ?

C'est à Cuthbert que Katrina s'intéressa en premier en retrouvant Ailis, venue chercher à la gare de South Boston les membres de sa famille ainsi qu'Emily. Ailis avait amené avec elle son petit garçon, toujours curieux, qui observait d'un œil fasciné l'animation des trains venus de New York et des autres villes de Nouvelle-Angleterre. Il rit gaiement en découvrant le cadeau qu'Emily lui apportait. Dans le célèbre magasin de jouets new-yorkais FAO Schwarz, celle-ci n'avait pas pu résister à une peluche en forme d'oie. Katrina s'était moquée d'elle, bien sûr, et Emily avait dû réprimer ses larmes au souvenir de Gooby. Mais, ensuite, elle avait songé à Copper, qu'un tel jouet ravirait sûrement. Personne d'autre n'avait pensé à lui apporter de présent.

— *Goosy* ! s'exclama Copper, faisant à nouveau perler des larmes aux yeux d'Emily.

Ailis examina la jeune fille avec attention. On ne pouvait l'ignorer : elle semblait à bout de nerfs.

— Mon mari use ailleurs de ses charmes depuis deux ans déjà, répondit Ailis après une brève hésitation. Cela devrait se savoir dans la famille, mes parents et Donella en étaient informés, en tout cas. Mais tu avais sûrement d'autres préoccupations. Suivez-moi, je vais vous montrer votre hôtel. C'est tout près, inutile de prendre un fiacre, quelques porteurs suffiront.

Elle jeta un coup d'œil à l'amoncellement de valises et de malles que les voyageurs emportaient partout avec eux. Katrina réquisitionna deux conducteurs de charrettes à bras rien que pour le transport de ses robes et de ses chapeaux, qui exigeait le plus grand soin.

— Si tu veux bien t'en charger, Emily ! ordonna-t-elle à sa femme de chambre. Je ne voudrais pas que tout soit écrasé !

À contrecœur, Emily abandonna Ailis et Copper pour aller donner des instructions aux porteurs, tandis que lady Balincourt exigeait de George qu'il prenne lui-même au moins l'un de ses bagages. Cela semblait faire partie du programme d'éducation – fort tardif – qu'elle imposait désormais à son malotru de petit-fils.

— Comme j'ai pris mon après-midi, si vous n'êtes pas trop fatigués de votre voyage, je serais ravie de vous montrer Boston, proposa Ailis.

Puis elle ajouta avec fierté :

— Et demain vous pourrez voir l'observatoire où je travaille !

Mis à part lady Balincourt, personne ne voulait se reposer, aussi Ailis conduisit-elle Katrina, George et Emily à son appartement, où elle confia Copper à sa bonne, avant de guider les visiteurs jusqu'aux principaux sites touristiques. Il s'agissait surtout, comme dans presque toute ville de moyenne importance, de bâtiments publics, d'églises et de monuments commémoratifs, la particularité de Boston étant que tout y avait un rapport avec la révolution américaine. Ailis leur parla de la Boston Tea Party, révolte initiée dans la Old South Meeting House. Mais l'intérêt du groupe, et surtout de George, fut davantage éveillé par un bateau de guerre de 1812 amarré au port. Quand ils passèrent ensuite devant Whipple and Black, Katrina leva le nez.

— N'est-ce pas ici que Cuthbert travaille ? demanda-t-elle, apparemment marquée par sa rencontre avec le mari d'Ailis le jour des noces. Ah non, c'est vrai : quelqu'un m'a raconté qu'il avait désormais son propre atelier. J'irai peut-être le voir. Quelques photographies de qualité pourraient m'aider dans mes projets...

— Des projets ? répéta Ailis, comme absente.

Le bâtiment avait éveillé des souvenirs en elle. Elle avait beaucoup aimé travailler à cet endroit.

— Cuthbert ne fait plus de photographie, se reprit-elle ensuite. Il a un théâtre...

— Il a quoi ? piailla Katrina. Raconte ! Cuthbert dirige un théâtre ? Du théâtre musical ou plutôt dans le genre Shakespeare ? Où est-ce donc ? Tu dois nous y mener ! Nous...

Ailis n'avait pas très envie de s'étendre sur Cuthbert et ses projets, qui, il ne fallait pas l'oublier, avaient joué un rôle certain dans sa séparation. Et elle n'aimait pas repenser à l'humiliation qu'elle avait subie ni au dénuement dans lequel il les avait laissés, elle et son fils. Mais Katrina faisait peu cas de son histoire avec Cuthbert. Elle ne s'intéressait qu'au Boston Music Hall, à son programme et à sa troupe. Elle insista tant et si bien qu'Ailis finit par intégrer le théâtre dans sa visite de la ville. Une fois sur place, Katrina fila aussitôt vers les caisses, où elle prit des billets pour la matinée du lendemain. Un opéra-comique signé de Cuthbert lui-même.

— Pour lady Denise, George et moi, déclara-t-elle. Tu ne veux pas venir, Ailis, j'imagine ?

Elle ne posa même pas la question à Emily.

— Demain, je dois travailler, dit Ailis. À vrai dire, j'avais prévu de vous montrer ce que nous faisons. Les calculatrices de Harvard sont assez célèbres.

L'expression de George et Katrina disait clairement qu'ils n'en avaient jamais entendu parler, alors qu'Emily les connaissait des lettres d'Ailis et de Donella.

— Moi, je viens volontiers ! s'empressa-t-elle de dire.

Ailis lui sourit. Au fond, ce n'était peut-être pas plus mal qu'Emily soit la seule à l'accompagner à l'institut.

Ce soir-là, elle emmena sa famille dîner dans un restaurant de poissons renommé et fut soulagée que lady Balincourt se charge de l'addition. Naturellement, il lui fallut aussi expliquer l'échec de son mariage, mais lady Balincourt lui manifesta tout son soutien.

— J'ai toujours dit qu'il ne pouvait rien sortir de bon de cette combine imaginée par Charles Hard. Il n'y a qu'à voir : sa fille légitime répudiée et forcée de gagner sa vie par ses propres moyens, et sa... sa seconde épouse qui vient de lui offrir sa troisième fille d'affilée.

Ailis n'avait rien su de cette troisième demi-sœur, ni même de la deuxième. Son père ne jugeait pas plus nécessaire de rendre publique la naissance de ses filles que de garder contact avec son aînée.

— J'aime beaucoup mon travail, expliqua Ailis face au visage soucieux de la vieille femme.

Discuter avec la grand-mère de Donella lui faisait penser à sa cousine préférée. Elle souffrait de son absence, même si elle comprenait qu'elle soit restée à Paris.

— Toutes les jeunes femmes ne souhaitent pas se marier, renchérit Katrina. Il y a d'autres possibilités...

— Pas pour une Hard ! répliqua lady Balincourt avec fermeté. D'ailleurs, je n'approuve d'aucune façon que mon mari donne ainsi carte blanche à Donella. Des études sous une fausse identité, et cet homme dont personne ne sait si ses intentions sont sérieuses...

Ailis sourit. Dans ses lettres, Donna lui décrivait en détail son bonheur avec Hernando. Si elle s'extasiait davantage sur l'université que sur le jeune homme, il n'en restait pas moins qu'elle était amoureuse de lui.

— En tout cas, pour ce qui est d'un mariage convenable, elle a assuré à mon époux que, du moment qu'il la laissait agir à sa guise maintenant, elle se soumettrait ensuite à tous les souhaits de son père, ajouta lady Balincourt.

Ailis dut dissimuler un autre sourire. Pour avoir la permission d'aller à l'université, elle le savait bien, Donella aurait promis n'importe quoi.

Emily arriva avec une heure de retard à l'institut, où elle devait retrouver Ailis. Katrina avait exigé son aide pour s'apprêter avant d'aller au théâtre. Emily se doutait bien qu'elle avait une idée derrière la tête, mais elle s'était abstenue de tout commentaire et avait fait de son mieux pour répondre aux exigences particulières de sa maîtresse.

Ailis pressentait aussi quelque chose, évidemment, tout en se moquant bien des projets de Katrina. Elle était heureuse d'accueillir Emily à l'observatoire et la présenta aux autres femmes comme l'une de ses anciennes camarades d'école.

— Emily était la plus jeune de notre établissement, ce qui ne l'a pas empêchée de terminer sa scolarité avec les meilleures notes ou presque ! ajouta-t-elle plus fort en s'apercevant de la présence du Pr Pickering.

Celui-ci se pencha pour examiner le travail d'une de ses collègues, puis se redressa aussitôt en la félicitant pour sa découverte d'une nouvelle étoile.

— Classe C, non ? Qu'en dites-vous, Mrs Hay ? Venez y jeter un coup d'œil, vous aussi ! Votre jeune amie verra ainsi tout de suite combien notre travail est passionnant. Est-ce la jeune dame dont nous avons parlé ?

Le Pr Pickering, tout sourire, salua Emily, restée près d'Ailis et intimidée par l'ambiance détendue qui régnait à l'institut.

— Je n'ai pas encore parlé avec mes collègues des autres facultés, reprit le professeur, je voulais d'abord faire la connaissance de cette jeune femme. Mais montrez-lui les lieux pour commencer, et puis vous viendrez dans mon bureau.

Une fois le professeur parti, Emily jeta un regard inquiet à Ailis.

— Tu lui as parlé de moi ? Pourquoi ? Son épouse a besoin d'une femme de chambre ?

Ailis secoua la tête.

— Tu es trop brillante pour aspirer à une place de femme de chambre, tout comme j'étais trop intelligente pour ne m'occuper que du ménage du Pr Pickering. Je sais que tu veux quitter Katrina au plus vite, mais je crois que des études te plairaient davantage que de travailler chez quelqu'un.

Emily la regarda avec incrédulité.

— Des études ? murmura-t-elle. Je n'ai pas les moyens…

— Voilà pourquoi, tout à l'heure, tu devras t'efforcer de faire bonne impression devant le Pr Pickering. Il pourrait en effet te permettre d'obtenir une bourse d'excellence. Mais avant, dit Ailis avec un sourire d'encouragement, viens voir quelques étoiles !

Tandis qu'Emily mesurait sa première étoile, George et lady Balincourt suivaient avec un intérêt relatif, et Katrina avec la plus grande concentration, ce qui se passait sur la scène du théâtre. Ainsi que la jeune femme s'y était attendue, les exigences envers les artistes étaient plus modestes ici que dans les cabarets de Paris. Ni les chanteurs ni les danseurs n'étaient mauvais, mais la pièce ne requérait pas d'eux qu'ils aient des talents exceptionnels. Katrina était certaine de pouvoir jouer au pied levé le rôle principal de Cindy, jeune villageoise qui se révélait être la fille d'un millionnaire et devait alors apprendre à s'imposer dans la haute société. L'actrice, une dénommée Angèle Fréville, qui n'avait pas le moindre accent français, n'était pas plus jolie ni ne dansait plus gracieusement qu'elle. Katrina la trouvait même assez balourde. À mesure que le spectacle avançait, l'assurance de Katrina grandissait. Il ne restait plus qu'à ce que les portes s'ouvrent devant elle. Elle espérait que le nom Hard serait un sésame suffisant.

George accepta tout de suite d'accompagner sa grand-mère à l'hôtel quand Katrina, après le spectacle, prétendit vouloir rejoindre Ailis à l'observatoire.

— Elle avait tellement envie de nous montrer son lieu de travail ! Je suis sûre qu'elle serait déçue si aucun de nous ne s'intéressait à ce qu'elle fait !

Lady Balincourt hocha la tête avec bienveillance. Elle n'avait pas connaissance du lien qui unissait Cuthbert et le Boston Music Hall ; Ailis n'était pas entrée dans les détails. Quant à Katrina, dès la veille elle avait informé son cousin de ses plans. Et il la soutenait, trop heureux de pouvoir peut-être se débarrasser d'elle.

Katrina attendit qu'il se soit éloigné avec sa grand-mère, puis pénétra à nouveau dans le théâtre. Le foyer fermait, mais elle s'adressa à l'une des employées occupée à mettre de l'ordre et à nettoyer.

— J'aurais aimé parler à Mr Cuthbert Hay, annonça-t-elle.

— Et à quel sujet ? intervint un homme en grande livrée, chargé de saluer les visiteurs à leur arrivée. C'est pour une audition ?

— C'est familial, prétendit Katrina. Je suis la cousine de sa femme…

— Je ne savais pas que Mr Hay était marié, objecta l'employé qui, après avoir examiné Katrina d'un œil critique, sembla en conclure qu'il ne prenait pas de risques à la présenter à son patron. Je me ferai un plaisir de vous annoncer. Quel est votre nom ?

— Katrina Hard. Nous nous sommes vus pour la dernière fois lors de son mariage. Nous avions beaucoup dansé… Il s'en souviendra certainement.

Elle arrangeait encore sa coiffure et le petit chapeau qui la surmontait – les miroirs ne manquaient pas dans le foyer – quand l'homme en livrée revint au bout de quelques minutes seulement. Il était suivi de Cuthbert Hay, qui souriait de toutes ses dents.

— Cousine Katrina ! Quelle agréable surprise !

Katrina baissa les yeux avec coquetterie.

— Je n'osais pas croire que vous vous souviendriez de moi, minauda-t-elle.

Cuthbert dissipa ses doutes.

— La jeune fille qui, le jour de mon mariage, éclipsait même la mariée ? la complimenta-t-il. Comment, ma très chère cousine, aurais-je pu vous oublier ?

Katrina se montra séduite tant par sa manière de la saluer que par son allure. Ses cheveux roux et frisés étaient toujours coupés court, ses favoris soigneusement taillés, et son costume pimpant lui seyait à merveille.

— Que diriez-vous… que dirais-tu d'un verre de champagne pour fêter nos retrouvailles ? demanda-t-il galamment. Mais allons dans mon bureau, nous y serons plus à notre aise.

Katrina le suivit au premier étage, dans une pièce qui permettait de voir à la fois la scène et la salle. La jeune femme était impressionnée. Tout en débouchant une bouteille, Cuthbert engagea la conversation.

— Tu as assisté à la représentation ? Le spectacle t'a plu ?

— Beaucoup, répondit Katrina, la pièce est très divertissante. Toutefois, en ce qui concerne ton actrice principale, vois-tu, je viens de Paris et, là-bas, on est habitué à autre chose…

— Tu arrives de Paris ? demanda Cuthbert avec un étonnement plein d'enthousiasme. Tu y as vécu ? Ma foi, pour ce qui est d'Angèle, notre Cindy, il est vrai qu'elle se relâche un peu ces derniers temps. Je devrais lui dire deux mots. Mais je t'en prie, parle-moi plutôt de Paris !

Katrina buvait son champagne à petites gorgées sans quitter Cuthbert des yeux. Elle savait depuis longtemps comment regarder les hommes pour leur donner le sentiment d'être le centre du monde. Encore que des gaillards comme Cuthbert n'aient pas besoin de beaucoup pour en être convaincus.

— J'ai étudié à Paris, affirma-t-elle. Le chant et la danse.

Elle mentionna le nom de ses professeurs et en ajouta quelques autres dont avaient parlé Clarisse et Louise. Ce faisant, elle sortit lentement de son sac, avec désinvolture, un élégant étui qui renfermait les longs cigares brun clair qu'elle affectionnait. Une fois son énumération terminée, elle demanda :

— Me donnerais-tu du feu, je te prie ?

Et d'un geste nonchalant, elle glissa un cigare entre ses lèvres entrouvertes.

— Et tu es montée sur scène là-bas ?

Cuthbert attrapa le briquet en argent posé sur son bureau, l'alluma et présenta la flamme à Katrina. Elle inspira profondément, embrasant la pointe du cigare. Après quoi elle soupira.

— J'avais de nombreuses opportunités, mentit-elle. Le Moulin-Rouge, les Folies-Bergère… Seulement ma famille ne me soutient pas dans mes ambitions artistiques. Et en Europe, vois-tu, mon père a le bras long…

Quelle influence un lord écossais pouvait-il vraiment avoir sur l'impresario du Moulin-Rouge ou de tout autre établissement parisien de renom ? Katrina n'en savait rien, mais elle espérait que les réflexions de Cuthbert n'iraient pas jusque-là.

Il la resservit, puis demanda, un peu méfiant malgré tout :

— Mais alors comment as-tu fait pour étudier là-bas ?

Katrina lui parla de son voyage autour du monde, des plans que sa famille forgeait pour elle et George et prétendit que, si les Balincourt avaient voulu séjourner si longtemps à Paris, c'était surtout à cause de Donella.

— La troisième cousine, celle qui a pleuré à mon mariage ?

— Oui, la petite avec les cheveux en bataille. Une espèce d'intellectuelle ! Voilà qu'elle s'est éprise d'un homme, bien sous tous rapports qui plus est. Ses grands-parents ont donc encouragé l'affaire et m'ont laissé la bride sur le cou.

Elle sourit d'un air de conspiratrice.

— Alors maintenant tu voudrais te débarrasser complètement de cette bride ? supposa Cuthbert.

— Avec un peu de soutien, cela ne devrait pas m'être trop difficile, dit Katrina. Un autre pays, peut-être un contrat d'artiste… J'ai 21 ans.

— Et la grand-mère de ta cousine ne peut de toute façon pas t'imposer grand-chose, souligna Cuthbert avec un sourire malicieux. Montre-moi tes cheveux.

D'une main experte, il ôta le petit chapeau et découvrit la chevelure blonde et lumineuse de Katrina.

— Magnifique, dit-il en défaisant une mèche qu'il enroula autour de son index. Voudrais-tu me chanter quelque chose ?

Katrina hocha la tête. Elle choisit une valse chantée intitulée *Rejoins-moi*, dans laquelle la chanteuse, tout entière dévouée à un homme, voulait s'offrir à lui et imaginait les joies de l'amour à venir. Katrina chanta, les yeux rivés sur Cuthbert. Elle perçut le désir dans son regard et sut qu'il lui donnerait tout ce qu'elle voulait.

— Quand signons-nous ? demanda-t-elle.

Il ne faudrait pas longtemps à Cuthbert pour oublier une certaine Angèle Fréville.

Dans le bureau du Pr Pickering, Emily essayait de ne pas se tortiller sur sa chaise tandis que le scientifique l'interrogeait gentiment sur ses projets d'avenir. Veillant à garder son calme, elle parla de son intérêt pour la biologie, surtout pour les oiseaux, de son mémoire de fin d'études au pensionnat et de ses recherches à Paris. Quand elle évoqua les dessins originaux de Léonard de Vinci qu'il lui avait été donné de voir en compagnie de Donna et Hernando, elle eut soudain des étoiles dans les yeux, et sa crainte s'envola. Pour finir, elle mentionna même Gooby et ses efforts pour comprendre le comportement de l'oie.

— Voilà ce que j'aimerais vraiment ! avoua-t-elle. Comprendre les gens et les animaux. Leurs actes… leurs sentiments. Miss Lumsden, la directrice de St Leonards, disait qu'il était possible d'étudier ce sujet. Elle appelait cela la psychologie.

Le Pr Pickering hocha la tête. Ailis lui avait beaucoup parlé de cette fille de domestiques précoce que son intraitable cousine Katrina avait « adoptée », ou plutôt accaparée. À présent qu'il faisait sa connaissance, il la trouvait aussi intelligente et sérieuse que l'avait décrite Ailis : c'était une jeune fille douée, mais trop inexpérimentée et apeurée pour se libérer des contraintes qui pesaient sur elle.

— J'en toucherai un mot à mes collègues de la faculté de psychologie. Et aux biologistes. En toute logique, les premiers devraient accueillir les esprits prometteurs à bras ouverts. Et puis, nous souhaitons inciter davantage les femmes à étudier. Toutefois, vous… Même si nous pouvions vous obtenir une bourse, vous devriez en plus gagner de quoi vivre, n'est-ce pas ?

Le Pr Pickering adressa un signe de tête encourageant à Emily, dont le visage s'illuminait peu à peu d'un immense sourire.

— J'ai pensé qu'elle pourrait travailler ici, intervint Ailis, qui s'était tue jusque-là. Elle a de bons yeux, et elle est excellente en calcul.

Emily approuva. Oui, elle s'y voyait tout à fait.

— Dans ce cas, bienvenue parmi les calculatrices de Harvard !

Le Pr Pickering lui tendit la main. En sortant du bureau, Emily avait l'impression de ne plus toucher terre. Elle ne revint à la réalité qu'une fois hors de l'institut.

— Comment vais-je annoncer la nouvelle à Katrina ? murmura-t-elle avec inquiétude.

9

Donella était heureuse et fébrile. Elle était assise sur la banquette de la Benz au côté d'Hernando, le jeune homme avait délicatement posé son bras autour de ses épaules, et ensemble ils quittaient Paris en direction de Vaugirard. Ils se rendaient à la manufacture de ballons d'Henri Lachambre.

— Ils nous attendent vraiment ? répéta Donna pour la énième fois.

— Oui, répondit calmement Hernando. J'ai annoncé notre venue. En mentionnant l'éventualité d'un achat. Ils nous recevront donc en grande pompe. Et si je demande à faire un essai, je présume qu'on me l'accordera ; ils doivent disposer d'un ballon prêt à voler.

Donella peinait à le croire. Pourtant, lorsqu'ils pénétrèrent dans la cour des ateliers après avoir traversé le paisible faubourg parisien, ils virent effectivement se dresser devant eux un aérostat bleu ciel orné de rinceaux multicolores, déjà rempli de gaz et retenu au sol par quelques cordes.

— Il est gigantesque ! frémit-elle.

Devant les longs bâtiments de la manufacture apparurent alors un homme épais d'une cinquantaine d'années, et un autre, plus mince, mais à l'allure tout aussi vigoureuse, qui semblait avoir plusieurs années de moins. Tous deux souriaient, le plus jeune observant Donella d'un air émerveillé. Elle lui rendit son sourire et croisa son regard, paisible et aimable. Il avait le visage encore doux, mais on devinait qu'il prendrait un jour les mêmes traits anguleux et burinés que l'homme plus âgé.

— Monsieur Sánchez-Duboire ? demanda ce dernier en s'adressant à Hernando. Je suis Henri Lachambre. Et voici mon neveu, Armand Machure.

Le jeune homme s'inclina devant eux, et Hernando présenta Donella, dont il se contenta d'indiquer le nom. Donna avait secrètement espéré qu'il l'introduirait comme sa fiancée.

— Mlle Hard s'intéresse vivement à la fabrication des ballons, précisa Hernando. Elle étudie la mécanique et la physique, comme moi.

Ces derniers mots suffirent à ce que le cœur de Donella chavire à nouveau.

— Quel ballon immense ! s'exclama-t-elle.

Elle ne parvenait toujours pas à détacher les yeux de la sphère bleu ciel qui flottait majestueusement dans la cour. Henri Lachambre approuva, sans manifester le moindre étonnement face à l'intérêt de la jeune femme.

— Ce modèle peut transporter jusqu'à six personnes sans problème. Cela exige un certain volume. Je vous en prie, suivez-moi par ici pour la visite des ateliers, annonça-t-il à Donella et Hernando tandis que son neveu leur ouvrait la porte.

— Nous ferons une ascension ensemble plus tard. Si vous le souhaitez, bien entendu, déclara Armand

Machure, à qui la fascination de Donna n'avait pas échappé.

— Je ne manquerais ça pour rien au monde ! lui répondit-elle avec un grand sourire.

Henri Lachambre commença la visite en leur présentant les différents types d'aérostats fabriqués dans sa manufacture.

— Nous construisons des ballons à air chaud, ainsi que des ballons à gaz, qui sont plus populaires en raison d'un risque d'accident moindre. Le gaz est inflammable, mais au moins ces ballons ne nécessitent pas la manipulation d'un brûleur en plein vol, contrairement à leurs homologues à air chaud. Ils permettent également de couvrir de longues distances, et nous espérons trouver un jour un moyen de les piloter de manière efficace. Le ballon ne deviendra vraiment intéressant pour le transport de personnes qu'une fois qu'il sera dirigeable.

Dans les ateliers, des hommes travaillaient avec d'imposantes machines à coudre, mais sur des tissus relativement légers.

— Des étoffes de soie, avec un enduit étanche au gaz, expliqua Henri Lachambre. Comme vous le voyez, nous en avons de toutes les couleurs, et le tissu peut également être peint. Nous avons recours à des machines spécifiques pour réaliser des coutures doubles. L'enveloppe est généralement sphérique, mais il est possible de commander d'autres formes. Le ballon est stabilisé par un filet qui l'entoure, auquel sont reliées les suspentes qui supportent la nacelle. Nous tressons cette dernière nous-mêmes dans des matériaux aussi légers que possible, et néanmoins solides, comme le bambou, ou encore l'osier.

L'homme et son neveu conduisirent les visiteurs jusqu'au poste de fabrication suivant.

— C'est ici que nous élaborons nos manches de gonflement, qui sont parmi les pièces les plus lourdes du ballon. Et ce que vous voyez là-bas c'est le cercle de charge, auquel on suspend la nacelle. Celle-ci est pourvue d'attaches pour des sacs de sable, dont on se déleste afin de gagner en hauteur. Et ici nous avons la corde de soupape, qui sert à libérer du gaz pour faire descendre l'aérostat.

— Mais le gaz s'échappe par le haut, n'est-ce pas ? demanda Donna. Il ne sort pas par la manche de gonflement.

— Tout à fait, approuva Henri Lachambre. Il sort par une soupape située au sommet du ballon. Ici, regardez !

Il leur indiquait sur une enveloppe en cours de fabrication le clapet dont elle était déjà équipée.

— La technique n'est pas très compliquée, reprit-il. Il suffit de travailler méticuleusement et de respecter toutes les consignes de sécurité.

— Nos ballons sont très sûrs, ajouta Armand Machure. Ce dont nous serions ravis de vous convaincre par la pratique.

C'était désormais le jeune homme qui leur servait de guide. Quittant avec eux les ateliers, il leur montra sur le ballon terminé et prêt à décoller les différents éléments dont ils venaient d'observer la fabrication.

— L'enveloppe pourrait aussi bien être réalisée par des femmes, fit remarquer Donna en examinant les coutures d'un œil expert dû à ses longues années d'entraînement aux travaux d'aiguille.

— Si tel était le cas, sans doute les ballons auraient-ils des formes autrement plus recherchées, s'amusa Armand Machure. Malgré la grande variété des coloris, le ballon à gaz moderne garde une apparence assez sobre, notamment si on le compare à la première montgolfière.

Donna acquiesça.

— Quand j'étais enfant, mon grand-père m'a montré une gravure représentant sa première ascension. Ça m'a beaucoup impressionnée, admit-elle. Et depuis ce jour je rêve de voler.

Hernando lui sourit.

— Alors ne tardons plus à réaliser ton rêve. Me permettrez-vous de piloter, monsieur Machure ?

— Avec plaisir, répondit le jeune homme avant de le tempérer. Si tant est qu'il soit possible de manœuvrer le ballon. Comme mon oncle l'a évoqué, nous pouvons avoir une influence sur l'altitude ainsi que sur le décollage et l'atterrissage. Mais, pour la destination, nous devons nous en remettre au vent.

À cet instant, la trajectoire qu'ils suivraient avait peu d'importance aux yeux de Donna. Tout ce qu'elle voulait, c'était s'élever dans les airs. Prévenant, Armand Machure aida la jeune femme à embarquer, tandis qu'Hernando rejoignait la nacelle d'un bond.

— Larguez les amarres ! s'exclama-t-il joyeusement quand Armand Machure fut monté à bord lui aussi.

Henri Lachambre resta à terre. Quelques hommes attelaient déjà deux véhicules hippomobiles : une calèche qui ramènerait les visiteurs et une charrette destinée à transporter l'aérostat.

Puis le ballon s'éleva ! Lentement, il prit son envol. Donna se sentait flotter comme si on la soulevait tout en douceur – c'était un sentiment indescriptible. Les yeux brillants, elle se tenait à une corde et ne perdait pas une miette de ce qui se passait autour d'elle. Armand Machure l'observait.

— Est-ce vraiment votre premier vol en ballon ? l'interrogea-t-il.

— Mais oui ! lui répondit en riant Donna. Je n'en ai même jamais vu ni touché avant celui-ci ! Et pourtant les ascensions en ballon n'ont presque aucun secret pour moi. Mon Dieu, nous volons ! C'est fantastique ! Hernando, n'est-ce pas incroyable ?

Elle se tourna avec bonheur vers son ami, qui semblait tout aussi enthousiaste. Il était toutefois moins euphorique qu'elle et paraissait s'intéresser davantage au fonctionnement de l'appareil.

— Faut-il attendre qu'il s'élève encore de lui-même ou devons-nous lâcher du lest ? demanda Hernando. Comment décide-t-on de cela ?

— La trajectoire et l'altitude dépendent des forces thermiques et dynamiques à l'œuvre dans l'atmosphère. Si l'on connaît les courants aériens qui circulent aux différentes altitudes, on peut même prédire la trajectoire de façon assez précise, expliqua Armand Machure. Mon oncle sait déjà à peu près où il devra venir nous chercher.

— Ce sont donc des données empiriques ? continua Hernando.

— Oui, et des valeurs mesurées par les météorologues, répondit le jeune constructeur. Il s'agit par exemple de la vitesse du vent, des changements thermiques…

Bien qu'il soit en discussion avec Hernando, Armand Machure gardait les yeux rivés sur Donella. Elle en était tout à fait consciente ; il la trouvait probablement idiote à s'extasier ainsi, mais pour l'instant elle était incapable d'analyser les choses de manière scientifique. Plus tard peut-être, quand cette expérience incroyable serait reléguée au rang de la normalité… Il va sans dire que les techniques vouées à déjouer le vent l'intéressaient, mais pour ce premier vol le plaisir prenait le pas sur le reste. Donella voyait les maisons et les champs rapetisser au loin, tandis que les nuages se rapprochaient. Elle sentait le vent pousser l'aérostat et le laissait s'engouffrer sous son chapeau et ébouriffer ses cheveux, qui flottaient librement comme à l'époque des collines dévalées à toutes jambes. Enfant, elle rêvait déjà de sauter sur le nuage le plus proche pour s'envoler vers d'autres horizons…

— La plupart des dames sont un peu effrayées la première fois, commença Armand Machure, osant enfin s'adresser à nouveau à elle. Il existe quelques femmes aéronautes célèbres, mais en général…

— Je n'ai pas peur, déclara Donna. Je savoure pleinement l'instant. T'es-tu déjà senti aussi léger, Hernando ? T'es-tu déjà déplacé avec autant de facilité ? L'automobile est déjà un prodige, mais ça…

Elle aurait voulu se pencher par-dessus la nacelle et dire son sentiment de liberté au monde entier. Armand Machure lui sourit.

— Parfois, la joie est si intense qu'on pourrait se mettre à chanter, murmura-t-il. Et parfois même on se croirait libre.

Donna lui accorda pour la première fois une réelle attention.

— Vous aussi, vous ressentez ça ? Je croyais…

— Comment ne pas éprouver un tel sentiment ? demanda-t-il. C'est lui qui nous anime. Nous et tous ceux qui souhaitent voler. Que ce soit en aéroplane, en ballon, en aérostat dirigeable… ou même un jour en aéronef motorisé.

Hernando hocha la tête.

— Voler est une aventure, on ne peut que se lancer. Je pense que je vais vous commander un ballon, Monsieur Machure. Et un jour je réussirai à le diriger !

Donna exultait de bonheur. Un ballon rien que pour eux ! Sur lequel ils pourraient tenter de perfectionner cette technique au fond élémentaire ! Et elle ferait partie de l'aventure ! Avec Hernando !

Au bout d'une heure environ, Armand Machure fit signe à Hernando d'amorcer la descente et le guida jusqu'à ce qu'ils se posent en douceur sur une pelouse. Donna observa la manœuvre d'un œil captivé. Ce n'était pas bien compliqué, elle aurait pu y arriver. Elle trépignait déjà d'impatience à l'idée d'entreprendre un vol seule avec Hernando.

Elle n'en fut que plus déçue quand, au moment de passer commande, son ami évoqua un ballon monoplace. Elle n'osa pas aborder le sujet directement, mais se sentit agacée lorsque, dans sa grande générosité, il l'autorisa ensuite à choisir une couleur.

— Que dirais-tu de rouge foncé ? demanda-t-il.

— Rouge, comme la couleur de l'amour ? voulut-elle le provoquer.

— Comme la couleur du coucher de soleil, proposa Armand Machure, qui continuait de l'observer et avait perçu sa déception. Je dirais : rouge, doré et bleu.

Telles étaient les couleurs dont se teintait le ciel tandis que la calèche les ramenait vers leur automobile, aux ateliers aérostatiques.

— Vous garderez ainsi toujours le souvenir de votre premier vol, ajouta-t-il.

Donna fit un effort pour ravaler sa colère.

— Charmante idée, dit-elle. Faisons donc ainsi.

Quand ils prirent la route du retour, laissant la manufacture derrière eux, Hernando semblait n'avoir toujours pas conscience de sa bévue.

— Quelle belle journée ! s'exclama-t-il en voulant enlacer Donella, qui le repoussa.

— Un ballon monoplace ? Et moi, alors ?

Hernando éclata de rire.

— Mais enfin, Donna, l'objectif n'est pas de faire des promenades romantiques ! Je pensais que ce qui t'importait était la technique, et de trouver la pièce manquante pour transformer une girouette en ballon dirigeable. Un appareil plus léger facilite les expérimentations.

Donella avait beau comprendre, elle n'en était pas moins déçue.

— Quel mal y a-t-il aux promenades romantiques ? demanda-t-elle, têtue.

Hernando l'embrassa sur la tempe.

— Voilà ce que j'aime chez toi, dit-il avec tendresse. Tu as tant à offrir. De l'esprit, mais aussi des rêves. Nous irons loin, Donna, tu verras !

Le dîner romantique auquel il l'invita ensuite acheva de consoler Donna. Et quand elle rejoignit l'appartement de son grand-père tard dans la soirée, elle lui raconta avec bonheur et exaltation son premier vol en ballon.

— Tout ça, c'est grâce à toi ! déclara-t-elle tandis qu'elle l'embrassait sur la joue dans une tentative d'apaisement, car son retard lui avait valu des remontrances. Si tu n'avais pas acheté cette gravure pour oncle Charles à l'époque…

Frederick Balincourt demeura silencieux. S'il avait autrefois encouragé sa curiosité enfantine, et plus tard son esprit inventif, il craignait depuis quelque temps déjà d'avoir ainsi précipité sa petite-fille dans le malheur.

10

— NOUS RESTONS ICI, annonça Katrina à Emily lorsqu'elle fut de retour du théâtre. Je suis engagée comme chanteuse et comédienne au Boston Music Hall.

— Le théâtre du mari d'Ailis ? demanda Emily, stupéfaite.

— Rien ne s'y oppose, que je sache, la rembarra Katrina.

— Non…

Spontanément, Emily avait d'abord vu là une trahison. En tant que cousine d'Ailis, Katrina aurait dû faire preuve de solidarité à son égard. D'un autre côté, Ailis se moquait probablement de ce que Katrina et Cuthbert pourraient fabriquer ensemble. La jeune femme, désormais une astronome reconnue, avait depuis longtemps fait le deuil de son mariage.

— Et moi… je vais travailler pour le Pr Pickering. Avec les calculatrices de Harvard.

Emily prit son courage à deux mains et lui raconta comment on lui avait proposé un nouvel emploi. Elle s'apprêtait à ajouter qu'elle ne souhaitait plus être sa femme de chambre, quand Katrina l'interrompit.

— Voilà donc ce que cachait cette visite de l'institut avec Ailis. Tu voulais rester ici. Et moi dans tout ça ? Tu pensais peut-être que je me coifferais seule ? Enfin, par chance, nous n'avons plus besoin de nous en soucier. Nous restons toutes les deux à Boston. Et si tes autres obligations n'en pâtissent pas tu peux bien t'amuser à lire dans les étoiles, je n'ai rien contre. De toute façon, tu n'auras plus grand-chose à faire. Juste à m'habiller et me coiffer. Je serai sûrement au théâtre la majeure partie de la journée.

Emily lui jeta un regard noir.

— Ce n'est pas toi qui décides ! s'exclama-t-elle avec force. Je ne t'appartiens pas, Katrina. Et aucun contrat de travail ne me lie à toi. Avant notre départ, ta mère avait fixé une somme que je recevrais chaque mois en échange de mes services, une sorte de dédommagement... C'est lady Balincourt qui me payait cet argent de poche. Si elle cesse de le faire parce que tu veux voler de tes propres ailes, je n'ai plus besoin de travailler pour toi non plus.

— Tu oublies le vivre et le couvert ! rétorqua Katrina. Au cas où tu ne l'aurais pas remarqué, j'assure ta subsistance, et ce depuis toujours ou presque ! Songe à toutes ces chances que tu n'aurais pas eues sans moi...

— Dorénavant, je vais me débrouiller seule, déclara Emily. Comme je te l'ai déjà dit, je travaille à l'institut.

Katrina eut un rictus hideux.

— Et combien gagnes-tu là-bas ? Sûrement pas assez pour vivre...

— Et toi ? riposta Emily. Tes cachets te suffisent-ils à payer un appartement *et* une femme de chambre ?

Katrina fit une moue pincée. Elle n'était pas encore allée aussi loin dans ses réflexions, mais Emily avait raison, son premier cachet ne lui permettrait pas de rester vivre à l'hôtel.

— Dans un premier temps, je pensais loger chez Ailis, improvisa-t-elle. Elle a partagé son appartement avec une autre femme jusqu'à récemment, il me semble ? Elle a sans doute du mal à s'acquitter de son loyer seule.

Emily se mordit les lèvres. En réalité, elle avait aussi envisagé de demander à Ailis de l'héberger temporairement. Cela lui aurait laissé le temps de chercher une résidence étudiante. Elle ne savait pas encore si, à Harvard, il en existait pour les femmes. Mais une chose était sûre : payer ne serait-ce qu'une moitié de loyer était au-dessus de ses moyens. Katrina, elle, pourrait se le permettre. Et elle tiendrait sans nul doute à ce qu'Emily soit aussi logée chez sa cousine. Si Katrina n'exigeait rien de plus que sa présence pour la toilette matinale… Encore résolue à opérer une coupure radicale quelques instants plus tôt, Emily sentait désormais vaciller sa volonté.

— Tu crois qu'Ailis sera d'accord ? Qu'elle accepterait vraiment de partager son appartement avec nous ? Et puis… tu en as déjà parlé à George ? Et à sa grand-mère ?

Katrina exposa ses nouveaux plans à lady Balincourt et à son cousin le soir même au dîner.

Sans surprise, George prit la nouvelle avec décontraction, voire avec soulagement.

— Tu as obtenu ce que tu voulais, chère cousine ! dit-il avec condescendance.

— Mais… Mais, ce n'est pas du tout ce qui était prévu ! s'emporta lady Balincourt. Ton père veut te marier ! Tu ne peux pas lui désobéir !

Katrina haussa les sourcils et alluma tranquillement un cigare, ce qu'elle faisait pour la première fois en présence de la vieille dame.

— Ah oui, et que pourrait-il faire ? Venir à Boston, m'arracher à la scène et me traîner jusqu'à l'autel ? Je suis navrée, lady Denise, mais nous sommes ici dans un pays libre ! Je suis majeure, enfin, presque… ajouta-t-elle en songeant qu'elle avait menti à Cuthbert et prétendu avoir déjà fêté son vingt et unième anniversaire. En tout cas, je le serai le temps que mon père arrive ici avec son plan de bataille. Je ne suis plus une simple Hard. Je suis Katrina Hard ! Bientôt, tout le monde connaîtra ce nom.

— D'ailleurs, à ce jour, il n'y a pas de fiancé ! la soutint George. Je veux choisir seul celle à qui reviendra le titre de lady Thorgale. Même si tu me plais de plus en plus, chère cousine. Je ne pensais pas que tu en avais autant dans le ventre !

— Merci, répondit Katrina. Voulez-vous en informer mes parents, lady Denise, ou préférez-vous que je m'en charge ? Ma foi, le mieux serait sûrement que nous leur écrivions toutes les deux. Mon père va être furieux, cela ne fait aucun doute. Mais ma mère a toujours été fière de moi. Qui sait, peut-être viendra-t-elle un jour me voir sur scène ?

— Et où comptes-tu vivre ? s'enquit lady Balincourt. Tu… Tu vas tout de même avoir un mode de vie décent ?

— Je pense d'abord loger chez Ailis, affirma une nouvelle fois Katrina. Emily lui rend visite en ce moment même pour l'informer que nous aimerions demeurer chez elle quelque temps.

Lady Balincourt était très impressionnée par les qualités morales d'Ailis, une jeune femme qui avait réussi à survivre loin de chez elle avec son enfant, sans enfreindre les règles de la bienséance. Katrina supposait donc que Lady Balincourt ne s'opposerait pas à ce qu'elle s'installe chez elle. Mais, avant que la vieille dame ait eu le temps de réagir, Emily fit son apparition dans le restaurant où dînaient les Hard. Elle salua poliment, puis rapporta, le rouge aux joues, ce qu'Ailis pensait d'un éventuel emménagement.

— Mrs Hay ne souhaite pas nous héberger, déclara-t-elle sur un ton aussi formel que possible. Elle dit que nous ne sommes plus à l'école. À l'époque elle n'avait pas eu le choix, il lui avait fallu s'accommoder de notre présence, mais aujourd'hui elle peut décider à qui sous-louer sa chambre.

Ce dernier point n'était pas tout à fait exact, ainsi qu'Ailis l'avait d'ailleurs avoué à Emily. Parmi les calculatrices de Harvard, rares étaient celles qui pouvaient payer la moitié du loyer, et la plupart ne vivaient pas seules, mais avec leur famille. Ailis aurait pu accueillir des étudiantes, mais avec un enfant dans l'appartement elle hésitait à céder plusieurs chambres à des personnes différentes. Toutefois, elle ne voulait en aucun cas de Katrina chez elle. Son tempérament instable perturberait sa tranquillité, ainsi que celle de son fils et de sa bonne.

— Quel toupet ! fulmina Katrina. Je vais lui parler, moi, je...

Lady Balincourt plia sa serviette, la posa sur la table et se leva. Elle avait perdu l'appétit.

— C'est moi qui parlerai à Ailis Hay. Je suppose que c'est la dernière chose que je puisse faire pour m'acquitter de mon rôle de chaperon. Je veux au moins pouvoir dire à tes parents que tu loges dans le respect des convenances et que l'honneur de la famille est intact, annonça-t-elle avec solennité tandis que Katrina levait les yeux au ciel. Emily, veux-tu bien me montrer le chemin ?

Emily acquiesça. Même si elle n'avait aucune raison de se sentir concernée, le comportement de Katrina lui faisait honte. La jeune femme avait sans doute raison de vouloir réaliser ses rêves professionnels et de tout mettre en œuvre pour y parvenir, mais elle aurait dû exposer la situation de manière plus diplomatique à la vieille dame. Et se donner par exemple la peine de trouver un logement respectable avant d'annoncer une telle nouvelle.

Ailis habitait un quartier plutôt aisé situé non loin de l'université. On y trouvait surtout de vieilles demeures, des maisons de maître, dont certaines étaient encore occupées par leurs propriétaires, et d'autres divisées en plusieurs appartements. Les logements spacieux ainsi créés avaient un loyer élevé, et pour ceux qui ne pouvaient plus se le permettre il était d'usage de prendre des étudiants en sous-location. Depuis le départ de Maureen, Ailis avait d'autant plus de mal à joindre les deux bouts qu'elle avait conservé la jeune fille embauchée à l'époque pour s'occuper de Copper pendant leurs heures de travail. Celle-ci l'aidait aussi un peu dans les tâches ménagères, bien qu'Ailis fasse elle-même le plus gros, comme elle l'avait indiqué à lady Balincourt. La vieille dame savait que la situation financière de la jeune femme n'était pas fameuse, mais elle ne s'était encore jamais rendue à son domicile. Ce qu'elle découvrit lui plut. Les meubles étaient de faible valeur, mais confortables, et tout dans le foyer d'Ailis donnait l'impression d'un endroit bien tenu et convenable. Ce serait parfait pour Katrina.

Ailis invita poliment la vieille dame et Emily à entrer et, sitôt qu'elles eurent pris place dans le salon, lady Balincourt lui exposa sa requête.

— Te faire cette demande me coûte, Ailis, commença-t-elle après avoir abordé une nouvelle fois la question du domicile de Katrina. Tu...

D'un petit geste de la main, Ailis lui fit signe de s'arrêter, puis se tourna vers Emily.

— Emily, voudrais-tu bien aller à la cuisine nous préparer un thé ? Et pourrais-tu aussi aller voir Copper ? Il dormait encore à poings fermés à l'instant, mais sa bonne ne travaille pas ce soir et...

Emily se leva sur-le-champ et lady Balincourt adressa un regard reconnaissant à Ailis. Elle avait la délicatesse de lui éviter de s'humilier devant la femme de chambre de Katrina.

— Vois-tu, Ailis... Je peux encore te tutoyer, n'est-ce pas ?

Lady Balincourt attendit qu'Ailis hoche la tête pour continuer.

— Mon mari et moi, nous ne pensions pas que ce serait si difficile... Accompagner ces jeunes gens pour un grand tour nous paraissait une tâche agréable et gratifiante. Frederick, surtout, était ravi à cette idée. Il espérait leur transmettre un peu de son amour pour la culture, un peu de son admiration pour les grandes réalisations de l'Europe, et leur permettre aussi de percevoir ce vent de nouveauté qui souffle peut-être ici, en Amérique. Comment aurions-nous pu savoir que ces trois-là voudraient n'en faire qu'à leur tête ? Et, surtout, comment imaginer qu'en relâchant un tant soit peu notre vigilance, George et Katrina s'adonneraient à de telles dérives ? Je ne sais pas si Donella te l'a raconté dans ses lettres, mais à Paris Frederick a dû sortir George du commissariat ! Et Katrina est évidemment une gentille petite, mais elle a fait de mauvaises rencontres…

Ailis fit la moue. Jamais elle n'aurait qualifié Katrina de « gentille petite », pas même lorsque celle-ci était encore dans son berceau.

— Et voilà que Donella est tombée amoureuse à Paris, où, par je ne sais quel tour de passe-passe, elle a entamé des études. Mon époux la soutient, ce que je ne vois pas forcément d'un bon œil, et je ne serais pas étonnée que cette histoire vire elle aussi au désastre. Ces rêves de voyage dans les airs, et puis ce jeune Brésilien…

La grand-mère de Donella se tut et, un instant, ses yeux se mouillèrent de larmes. Ailis aurait voulu l'encourager à avoir confiance en sa petite-fille, mais lady Balincourt reprit son récit et revint à Katrina en se tordant les mains.

— Je ne crois pas que Katrina se serait ainsi égarée à Paris si elle avait été soumise à une surveillance masculine. Mais George n'a assumé aucune responsabilité, et nous avons failli à notre devoir de vigilance…

Ailis se retint de dire à lady Balincourt qu'elle se fourvoyait. Rien n'aurait pu arrêter sa petite-fille ni Katrina dans leur désir de réaliser leurs rêves.

— Dans quelques jours, je retournerai en Écosse les mains vides, pour ainsi dire. Je n'ai pas été à la hauteur, j'ai failli dans la tâche qui m'était confiée. Katrina chantera dans ce théâtre. Mais toutes les actrices ne sont pas des femmes de mauvaise vie, n'est-ce pas ?

— Bien sûr que non, la rassura Ailis, qui ne connaissait aucune autre comédienne que Felice Roberts, avec qui Cuthbert l'avait trompée.

— Aussi, si je pouvais au moins m'assurer d'instaurer un cadre sûr, si je pouvais promettre à William et Mairead que leur fille vit avec sa cousine dans une honnête maison, et que tu la tiens à l'œil… cela signifierait beaucoup pour moi.

Lady Balincourt jeta à Ailis un regard implorant.

— Ne pourrais-tu pas faire en sorte qu'il en soit ainsi ? Même si tu n'apprécies pas particulièrement Katrina ? Tu as toujours été loyale envers ta famille.

Ailis garda ses pensées pour elle. Elle aurait eu quelques vérités désagréables à assener sur Katrina Hard, mais cela n'aurait fait qu'accabler encore plus la pauvre lady Balincourt. Et puis cette loyauté envers sa famille avait fini par tourner à son avantage. Qui sait ce qu'il serait advenu de sa passion pour l'astronomie si elle était restée en Écosse et avait terminé sa scolarité à St Leonards ?

Elle comprenait les craintes de lady Balincourt concernant Katrina. Elle pouvait même s'imaginer ce que ferait sa cousine si elle devait chercher seule un domicile digne de son rang. Elle s'adresserait à Cuthbert, qui pourrait alors profiter de la situation. En vivant chez Ailis, Katrina serait nettement moins dépendante de lui.

— Avec Emily, tu aurais aussi une personne de plus pour t'aider au ménage, continua lady Balincourt. Elle pourrait s'occuper du petit…

Ailis se fit violence.

— Dans les mois à venir, Emily va surtout s'occuper d'elle, déclara-t-elle d'une voix ferme. Elle étudiera à l'université et travaillera pour les calculatrices de Harvard. À elle de voir s'il lui reste du temps à consacrer aux besoins de Katrina. Mais soit, j'accepte qu'elles emménagent ici pour l'instant, en attendant que les choses se calment un peu. Et par ailleurs…

Elle saisit une lettre qui était posée sur la table devant elle.

— … votre mission n'a plus lieu d'être, lady Balincourt. Que George et Katrina se marient ou non n'aura aucun impact sur l'avenir de la famille.

Elle lui tendit un faire-part de naissance imprimé sur du papier de cuve.

— Je l'ai reçu aujourd'hui.

Lord Charles Hard de Thorgale House
et lady Muriel Hard ont la joie d'annoncer
la naissance de leur premier fils
Charles Thomas Thaddeus Hard.

Lady Balincourt sembla d'abord incrédule, puis son visage s'illumina d'un sourire.

— L'héritier ! Ils ont réussi. Sache toutefois que je n'approuve pas les agissements de Charles, surtout à ton égard. Mais quel soulagement d'apprendre que le titre ne reviendra pas à George !

11

LE BALLON NE FUT PAS LIVRÉ avant la fin du semestre d'été, preuve que le carnet de commandes de M. Lachambre était bien rempli. Donella et Hernando étaient toutefois assez occupés par leurs études, à commencer par le projet de fin de semestre d'Hernando, qui consistait à fabriquer une maquette de la vis aérienne de Léonard de Vinci. Ce n'était pas tant la construction de cette machine volante selon les indications de l'Italien qui leur posait problème, car tous les matériaux nécessaires étaient désormais disponibles, mais la propulsion : Léonard de Vinci était convaincu que son appareil parviendrait à s'élever dans les airs pourvu que la vis tourne assez rapidement. À son époque, il n'avait pas été possible de générer la vitesse requise, et Donella et Hernando peinaient eux aussi à trouver une solution. Donella eut finalement l'idée d'utiliser une ficelle que l'on tirerait, comme sur un jouet à remonter. Ce procédé ne permit qu'à un modèle miniature de s'élever dans les airs, et seulement pour une courte durée, mais le principe était prouvé : cette invention du XVIe siècle fonctionnait !

Ils célébrèrent leur succès dans l'un des élégants hôtels-restaurants de Paris et invitèrent Frederick Balincourt à se joindre à eux. En présence du vieil homme, l'ambiance ne pouvait cependant pas être détendue : comme d'habitude, il s'acharna à vouloir évoquer les intentions d'Hernando vis-à-vis de Donella.

Ses tentatives mirent la jeune femme mal à l'aise. En ce moment, elle était comblée, et c'était grâce à Hernando. Il était hors de question de le bousculer, ou d'éveiller l'impression qu'elle en attendait davantage de lui. Elle trouvait l'attitude de son grand-père embarrassante et dépassée. Ils ne s'éternisèrent donc pas à table.

Hernando passa ses examens, qu'il obtint avec les honneurs, et le Pr Barlot sembla presque déçu de ne pas pouvoir tester aussi les connaissances de Donald Hard. Donella l'avait depuis longtemps convaincu de sa vivacité d'esprit : il n'était plus question qu'elle cesse de suivre ses cours au semestre suivant.

Puis le ballon à gaz d'Hernando fut enfin prêt ! L'hôtel particulier abritant son appartement disposait d'un jardin plus ou moins à l'abandon, où il avait loué un espace, en plus de l'atelier au sous-sol qu'il occupait depuis son emménagement. L'endroit était idéal pour gonfler le ballon à l'hydrogène et le faire décoller. Quand Donella arriva, l'appareil était déjà prêt, semblable au ballon bleu ciel qui les avait attendus chez M. Lachambre. Il paraissait aussi simple d'utilisation que le grand modèle qu'ils avaient essayé à Vaugirard et, quoique d'un format plus modeste, semblait comme lui vouloir se libérer de ses amarres. Fascinée, Donella caressa le pourtour de la petite nacelle avec un seul souhait : être à bord pour son vol d'inauguration.

— Tu aurais pu m'attendre pour le gonfler, dit-elle sur un ton de reproche. J'aurais aimé participer.

Hernando balaya ses paroles d'un geste.

— Tu auras suffisamment d'occasions de le faire. Et puis ce n'est guère intéressant. Allez, monte ! déclara-t-il avec un grand sourire.

Elle le regarda d'un air incrédule.

— Moi ? demanda-t-elle. Mais... c'est ton ballon, tu l'as acheté pour toi...

— Pour nous ! la corrigea-t-il, grand seigneur. Et tu vas être la première à voler avec. Alors assez bavardé, cousin Donald, et en avant ! À moins que Mlle Donella ne souhaite embarquer ?

La jeune femme l'embrassa fougueusement.

— Mlle Donella est ravie !

Comme la robe d'après-midi qu'elle portait, pourtant simple, entravait ses mouvements, Hernando dut l'aider à rejoindre la nacelle. Une fois à bord, elle se rappela tout de suite comment manier le ballon. Depuis leur visite à la manufacture, Hernando et elle s'étaient en outre renseignés : ils savaient dans quelle direction le vent était le plus susceptible de souffler à Paris selon les heures, et connaissaient l'effet des températures estivales actuelles sur les différentes couches atmosphériques. Bien sûr, leur savoir théorique était loin d'égaler l'expérience d'Armand Machure, mais Donella était assez certaine que son vol l'emmènerait ce jour-là vers l'ouest.

— Si possible, essaie d'atterrir dans un parc, ou, encore mieux, sur une pelouse, lui conseilla Hernando. Je ne te perdrai pas de vue, et j'ai déjà commandé une voiture pour venir récupérer le ballon. Je te souhaite bonne chance !

Le cœur de Donella s'affola quand Hernando libéra les cordes, le ballon s'élevant alors lentement dans les airs. Elle retrouva avec ravissement la sensation de flottement et de liberté totale éprouvée la première fois. Elle s'y abandonna, se perdit dans la contemplation de la ville en contrebas, avec ses parcs et ses statues qui rétrécissaient à vue d'œil. Paris se transforma en une cité miniature sur laquelle Donella croyait régner : le monde entier lui appartenait. Submergée par le bonheur, elle n'en surveillait pas moins d'un œil attentif la direction prise par le ballon. Elle espérait de tout cœur que leurs calculs ne seraient pas trop éloignés de la réalité. Elle leva les yeux vers l'enveloppe sphérique au-dessus de sa tête, enchantée par les couleurs vives si bien choisies par Armand Machure, et pensa brièvement au sympathique jeune homme qui leur avait expliqué comment fonctionnait l'aérostat. Il avait alors eu dans les yeux la même lueur que Donella aujourd'hui.

Après plus d'une heure, il fut temps d'atterrir, et Donella, qui venait de sortir de Paris, repéra un champ vers lequel elle descendit en douceur. Elle lâcha du gaz aussi délicatement que possible, mais l'atterrissage fut tout de même plus brutal que lors de son premier vol avec Armand Machure. La nacelle se posa néanmoins sur le sol comme prévu, le ballon s'affaissa à côté, et Hernando apparut peu après avec la Benz. En dépit de sa longue robe, Donella s'était déjà hissée hors de la nacelle, et elle se jeta à son cou, folle de joie.

— C'était extraordinaire, Hernando ! Quel cadeau merveilleux ! Jamais je ne pourrai te rendre la pareille !

Hernando sourit.

— Voyons Donna, bien sûr que si, chaque jour passé à tes côtés est déjà un cadeau !

La voiture destinée à transporter le ballon arriva, et Hernando et Donna plièrent la toile selon les instructions fournies par Armand Machure. Puis ils suivirent le véhicule jusqu'à la maison d'Hernando, surveillèrent le déchargement et, une fois le chauffeur reparti, se regardèrent, heureux.

— Et maintenant que faisons-nous ? demanda Donna.

Elle était censée retrouver son grand-père, mais ce rendez-vous lui était sorti de la tête.

— Nous faisons la fête !

Hernando l'embrassa et l'emmena quelques rues plus loin, dans un petit restaurant raffiné où ils avaient déjà mangé une fois. Mais ce jour-là tout était différent : l'établissement était entièrement vide, une seule table était dressée, et à peine étaient-ils entrés qu'un serveur déboucha une bouteille de champagne.

— Il n'y a personne aujourd'hui ? demanda Donna avec étonnement.

Le garçon s'inclina.

— Ce soir, nous ouvrons uniquement pour vous, mademoiselle. Et pour votre noble compagnon !

Hernando conduisit Donna jusqu'à la table, où trônaient des huîtres et d'autres spécialités se mariant à merveille avec le champagne. Donella n'en finissait pas de s'extasier sur son vol mais, lorsqu'elle commença à ébaucher des idées pour rendre l'aérostat manœuvrable, Hernando secoua doucement la tête et remplit à nouveau son verre.

— Oublions le travail pour aujourd'hui ! dit-il avec un sourire tendre. Ce soir, je veux profiter de la compagnie de Donella, laissons Donald se reposer un peu. D'accord ?

Donella prit une gorgée de champagne.

— Donella ne tardera pas non plus à aller se reposer ! répondit-elle en riant. Tant d'émotions... En tout cas, elle a déjà l'impression de rêver !

Hernando déposa un baiser sur sa main.

— Peut-être qu'aujourd'hui les rêves deviennent réalité – peut-être même cette nuit...

Donna accepta qu'il l'embrasse, dans un long baiser impérieux. Elle se laissa griser par ce moment. C'était comme voler à nouveau... Lorsqu'ils quittèrent le restaurant main dans la main, elle le suivit de bonne grâce jusqu'à sa porte.

— Tu es sûre que tu es d'accord ? demanda-t-il d'une voix sourde. Je ne veux rien que tu ne veuilles pas.

Donella souhaitait que les aventures de cette journée fabuleuse ne prennent jamais fin. Elle désirait embrasser Hernando, se blottir contre lui, lui rendre au moins un peu du bonheur qu'il lui avait procuré aujourd'hui.

— J'en ai envie ! répondit-elle, résolue, avant de tendre à nouveau les lèvres vers lui.

Hernando ouvrit alors la porte, dévoilant un élégant corridor le long duquel il la conduisit jusqu'à son appartement. Là encore, du champagne frais les attendait dans un seau. Les pièces étaient décorées de fleurs et de petits lampions.

— Si tu veux, tu pourras les faire s'envoler demain, dit-il tendrement. On devrait trouver des bougies.

Donella lui permit de détacher ses cheveux, puis elle entreprit de déboutonner sa robe, quelque peu nerveuse.

— Laisse-moi faire ! chuchota Hernando.

Elle s'abandonna à ses mains, et il lui apprit une autre façon de voler.

Le lendemain matin, après qu'Hernando eut enfilé une robe de chambre en soie posée près du lit et aidé Donella à se glisser dans une autre, un valet d'une politesse irréprochable leur servit du café et des croissants au lit, le visage impassible. Donna se sentait comblée, heureuse, même si un sentiment de culpabilité venait progressivement troubler son humeur sereine. Son grand-père avait dû l'attendre la veille au soir. Nul doute qu'il s'était déjà imaginé le pire.

— Je dois rentrer chez moi, déclara-t-elle à regret. Si je peux, je repasserai plus tard. Comptes-tu faire un autre vol aujourd'hui ?

Hernando hocha la tête.

— Cela va sans dire. D'autant que j'en aurai peu l'occasion prochainement, hélas. Ma famille est à Saint-Tropez. Je dois l'y rejoindre pour quelques jours.

La joie intense de Donella fit place à la déception.

— Tu veux me laisser seule ? Maintenant ? demanda-t-elle.

Hernando l'attira à nouveau à lui.

— Ce n'est pas une question de volonté, ma douce. Mon père a fait un long voyage avec toute la famille, et il exige ma présence là-bas. Il y aura ma sœur, et j'ai hâte de la retrouver… Vois le côté positif : pendant ce temps, le ballon est à toi !

— Tu es sérieux ? l'interrogea Donella. Je… j'ai le droit de l'emprunter ?

— Bien sûr, dit Hernando. Le service de transport est payé. Le chauffeur te suivra et t'aidera, il te suffit de convenir de l'heure avec lui. Il se chargera aussi de gonfler le ballon pour toi. Manipuler le gaz n'est pas sans risque, et je préfère t'épargner cette étape.

Donna faillit lui rabattre le caquet. La pensait-il vraiment incapable de manier l'hydrogène avec précaution ?

Mais elle se ravisa. C'était gentil de sa part d'avoir tout organisé pour elle. Et puis il n'avait pas besoin de savoir qui gonflerait le ballon.

— En réalité, je m'étais dit que tu me suivrais avec la Benz aujourd'hui, déclara Hernando. Et que nous célébrerions ensuite ce second vol. Mais je comprends tout à fait que tu doives expliquer à ton grand-père…

Donna se mordit les lèvres.

— Oui, il le faut. Je ne peux pas faire autrement. Mais, pour être honnête, je ne sais pas quoi lui raconter. Il est hors de question que je lui dise que je… que nous…

Hernando sourit.

— Il comprendra au premier coup d'œil.

Donella espérait qu'Hernando aurait tort mais, lorsqu'elle pénétra dans l'appartement du deuxième arrondissement et découvrit le visage furibond de Frederick Balincourt, elle craignit le pire.

— Grand-père ! s'exclama-t-elle avec un sourire qu'elle voulait innocent. Je suis désolée de t'avoir fait faux bond hier. Mais le ballon est arrivé. J'ai volé, grand-père, c'était magnifique. Tout était magnifique, je…

— Je pense que tu as failli à ta promesse cette nuit, déclara le vieil homme. C'était prévisible. J'aurais dû mettre fin à cette histoire bien plus tôt. Maintenant, fais tes valises, nous prendrons le prochain train pour Calais.

— Mais, grand-père !

Donna était catastrophée. Elle ne s'attendait pas à une réaction si vive.

— Je ne peux quand même pas…

— Oh que si, tu peux ! Tout cela est une hérésie, depuis le début ! Il est temps que je mette de l'ordre.

Il saisit un courrier qui se trouvait sur la table et l'agita nerveusement. Donna reconnut le papier à lettres et l'écriture de sa grand-mère.

— Katrina, ton ingrate cousine, s'est soustraite à l'autorité de ta grand-mère. À ce qu'il paraît, elle aurait obtenu un contrat comme artiste et entend désormais gagner sa vie par elle-même. Avec du divertissement de bas étage ! Du chant et de la danse !

Frederick Balincourt froissa la lettre avant de la jeter par terre.

— Je ne te laisserai pas en arriver là. Je te ramène à la maison. Même si ton honneur est entaché ! ajouta-t-il sur un ton amer.

Donna avait la sensation que le monde s'effondrait autour d'elle.

— Mais, grand-père... maintenant... le ballon est là... et je... Hernando ne sera pas à Paris dans les semaines qui viennent. Il doit se rendre à Saint-Tropez pour une réunion familiale...

Il lui jeta un regard las.

— Quelles preuves te faut-il encore, Donella ? Si ce jeune individu avait la moindre intention sérieuse à ton égard, il t'emmènerait sans hésiter avec lui. Un homme convenable te réserverait une chambre dans une pension sur place pour te présenter ensuite officiellement à sa famille. Je t'aurais accompagnée avec plaisir, tout cela aurait pu se dérouler de manière civilisée et se serait terminé en fiançailles sous les palmiers. On trouve bien des palmiers là-bas ? demanda-t-il, interrompant un instant son sermon pour réfléchir. Qu'importe. Ce M. Sánchez-Duboire, si distingué soit-il, n'est pas intéressé. Il ne veut pas t'épouser, Donna. Il t'utilise !

— Il m'aime ! cria Donna. Cette nuit, il me l'a prouvé...

— Cette nuit, il t'a déshonorée, répliqua sèchement son grand-père. Il ne nous reste plus qu'à espérer que cela sera sans conséquence ! Et maintenant fais tes valises !

Donna secoua la tête. L'histoire ne pouvait pas se terminer ainsi ! Elle ne pouvait pas faire une croix sur son bonheur, rentrer en Écosse et y épouser le premier noble venu, puis s'enterrer avec lui dans un château de campagne sombre et froid...

— Je ne partirai pas ! dit-elle, déterminée.

— Tu m'as donné ta promesse. C'était la condition pour que tu sois autorisée à rester ici. J'ai toujours été de ton côté, Donella Hard. Comptes-tu vraiment me décevoir de la sorte ?

Le vieil homme l'observait d'un air inquisiteur. Donella en avait le cœur brisé. Mais sa décision était prise.

— Il le faut, grand-père ! S'il n'y avait qu'Hernando... j'y réfléchirais à deux fois. Mais il s'agit de ma vie ! Hernando ne me promet peut-être pas le mariage, ou du moins pas encore. Mais à la longue il ne pourra plus se passer de moi ! Nous avons des objectifs communs, un avenir commun ! Et il me promet de voler, que dis-je, il me le garantit ! Nous allons fabriquer des navires aériens, doter les ballons d'une direction... Et, plus tard, peut-être... D'autres aéronautes travaillent déjà sur le vol motorisé ! Je ne peux pas tout abandonner ! Je ne peux pas ! Je suis désolée !

Le visage baigné de larmes, elle tourna les talons, quitta l'appartement et s'élança dans les rues de Paris. Elle ne prit pas de fiacre et courut tout le long du chemin qui menait jusque chez Hernando. La voiture à chevaux qui avait transporté l'aérostat la veille attendait devant la maison, et, dans le jardin, le ballon était déjà gonflé, prêt à accueillir Hernando pour son premier vol.

Le jeune homme, qui vérifiait les sacs de sable, eut une expression radieuse en la découvrant.

— Donella ! Tu as réussi à venir ? Veux-tu me suivre avec la Benz ?

Donna se jeta dans ses bras.

— Je te suis ! murmura-t-elle. Où que tu ailles, je te suivrai désormais.

12

Lady Balincourt décida de rester à Boston le temps que Katrina et Emily emménagent chez Ailis. Elle repartirait ensuite directement pour l'Écosse, ce qui coïncidait avec les plans de son époux. La lettre amère dans laquelle ce dernier rapportait la promesse brisée de Donella lui était parvenue par retour de courrier. Aucune mention de la naissance de l'héritier n'y était faite : Frederick Balincourt évoquait seulement la déception causée par sa petite-fille et se reprochait cruellement de l'avoir toujours encouragée dans ses projets si ambitieux.

Ailis, elle, se réjouissait pour sa cousine préférée. Elle ne savait que penser de sa relation avec Hernando Sánchez-Duboire, les envolées lyriques de Donna ne permettant pas d'en déduire des faits concrets, mais elle lui souhaitait de tout cœur de pouvoir poursuivre ses études et ses recherches. Même si pour le moment il n'était question que des petites expériences privées d'Hernando, Donna connaîtrait un jour le succès, quel que soit ce qu'elle entreprendrait pour conquérir le ciel. De cela, Ailis était persuadée.

Quant à George, il envisageait avec déplaisir son retour prochain en Écosse. Ces derniers mois lui avaient donné le goût du voyage, et il n'avait pas la moindre envie de mettre fin à son tour du monde. Sans compter qu'une fois de retour au pays son avenir serait moins brillant que prévu. Il ne prendrait pas la tête du clan, n'aurait ni pouvoir ni fortune démesurée. Bien sûr, il hériterait un jour ou l'autre de Cliff Tower. Mais cette perspective n'avait rien d'excitant, au contraire : c'était du travail. En tant que propriétaire terrien, il aurait pour devoir d'administrer ses terres et de les accroître au travers de son mariage, que son épouse lui plaise ou non. Sa vie se résumerait à la paperasserie et aux entretiens avec les fermiers et les administrateurs, parfois entrecoupés d'un banquet ou d'une chasse, dont il faudrait en plus financer l'organisation en se serrant la ceinture. Il avait observé son père. Et, pour ne rien arranger, il serait la risée de tout le clan, voire de la noblesse écossaise au grand complet. Il avait été si certain de son sort. Et voilà qu'on mettait en travers de son chemin un nourrisson mâle, qui grandirait comme un prince. Contrairement à Katrina et Donella, George n'avait pas de projet précis, mais lui aussi désirait se libérer des contraintes que son nom faisait peser sur lui.

Quelques jours après leur dernière entrevue, lady Balincourt se présenta chez Ailis, affligée. C'était un dimanche, et Ailis profitait d'une journée de congé avant l'installation prochaine des deux jeunes femmes. Avec l'aide d'Emily, elle devrait faire de la place pour les nombreuses malles de Katrina. Bien que Maureen ait été soucieuse de suivre la mode, sa collection de robes et de chapeaux n'était en rien comparable.

— George a disparu ! annonça lady Balincourt, à qui il n'aurait pas manqué beaucoup pour se jeter dans les bras d'Ailis.

La vieille dame, d'ordinaire toujours si digne, tenait un mouchoir chiffonné et luttait contre les larmes.

— Et il a… il a… commença-t-elle avant d'être prise d'un hoquet.

Ailis la fit asseoir dans un fauteuil. Elle venait de préparer du thé, dont elle lui servit une tasse.

— Buvez d'abord une gorgée, lady Balincourt. Et racontez-moi ensuite calmement. Qu'a-t-il fait ?

— Il a pris mon argent ! s'écria la dame. Tout mon argent liquide…

— Allons, il ne doit pas y en avoir pour une si grosse somme, la tempéra Ailis.

Lors d'un tour du monde, les voyageurs avaient d'ordinaire en leur possession des lettres de change, qu'ils pouvaient convertir en argent dans des banques agréées une fois arrivés dans leurs lieux de séjour. Avoir trop d'espèces sur soi pouvait s'avérer dangereux.

— Deux cents dollars ! l'informa lady Balincourt. Ils devaient me servir à payer la traversée en bateau…

Ailis demeura pensive. C'était plus qu'elle ne se l'était imaginé, mais cela ne causerait pas la ruine de la famille. Lady Balincourt était sûrement en mesure d'obtenir d'autres fonds auprès de la banque, ou elle devrait s'arranger pour se faire envoyer de l'argent depuis l'Écosse.

— S'il le faut, je peux vous prêter cette somme, dit Ailis, peu enjouée à cette idée, mais soucieuse de rassurer la vieille dame.

— Ce n'est pas l'argent, le problème ! se récria-t-elle, ne parvenant plus à retenir ses larmes. C'est ce déshonneur ! Un Hard ! Il est le deuxième dans l'ordre de succession du clan, et il est devenu un misérable voleur !

Ailis n'était pas surprise que George révèle un tel visage, si vil soit-il. Tout au plus s'étonnait-elle que ses grands-parents lui aient toujours donné des occasions de se montrer sous son meilleur jour.

— George n'a jamais été un gentleman, déclara-t-elle donc sans détour. À vrai dire, le clan peut s'estimer heureux d'en être débarrassé. Où pensez-vous qu'il soit allé ?

Lady Balincourt haussa les épaules.

— Il avait évoqué le... le Texas. La Californie... La Nouvelle-Orléans, aussi, balbutia-t-elle en se tordant les mains.

— Je parierais plutôt sur cette dernière destination, dit Ailis, qui imaginait davantage son cousin en joueur qu'en cow-boy ou en chercheur d'or. Allons, ressaisissez-vous, lady Balincourt. Il n'y a rien que vous auriez pu faire...

— Mais qu'allons-nous dire à Connor et à Winifred ? Que Donella fait sa vie avec un Brésilien, et que George est parti jouer les aventuriers ?

La vieille dame sanglotait de plus belle. Ailis chercha un nouveau mouchoir à lui donner.

— Ayez un peu de patience, lady Denise, peut-être que tout cela finira par prendre un tour heureux ! tenta-t-elle pour l'apaiser. Katrina deviendra sans doute une « star », comme disent les Américains. Donella révolutionnera l'aéronautique. Et peut-être que George reviendra de son périple en homme riche. Après tout, c'est arrivé à d'autres.

— Tu crois ? lui demanda la vieille dame, qui avait recouvré un peu de consistance.

Ailis se leva et posa une main sur son épaule, puis elle se rappela que lady Balincourt était profondément croyante.

— Les voies du Seigneur sont impénétrables, déclara-t-elle d'une voix doucereuse.

Ailis faisait confiance à Donella pour trouver sa voie, et à Katrina pour écarter tout obstacle de la sienne si nécessaire. Celui qui aurait pu avoir besoin d'une intervention divine, c'était bien George, mais Ailis doutait qu'il soit dans les bonnes grâces des puissances célestes.

— Je dois à présent emmener mon fils au parc, annonça-t-elle.

La jeune bonne tenait Copper occupé dans la pièce voisine et devait s'impatienter de ne pas voir sa mère prendre la relève. Généralement, Ailis lui accordait sa journée du dimanche.

— Quant à vous, lady Balincourt, écrivez à votre époux. Demain, Katrina vous accompagnera à New York et réservera une traversée en bateau pour vous. À moins que je ne le fasse à sa place.

Elle soupira. Elle savait trop bien que Katrina trouverait quelque excuse pour ne pas s'éloigner de plus de cinq miles du théâtre de Cuthbert, et qu'elle éviterait par tous les moyens de passer du temps à New York avec lady Balincourt. Ailis pourrait prendre un jour de congé et laisser Copper avec Alma, et Katrina avec Emily. Elle espérait que l'habituelle pluie d'ordres proférée par sa cousine n'entraînerait pas la démission de la bonne.

Ailis ne pouvait pas faire autrement : à cet instant, elle aurait volontiers envoyé au diable toute sa famille.

ÂMES SŒURS

Boston, automne – hiver 1889
Paris, automne 1889 – été 1890

1

Finalement, lady Balincourt fit ses valises. Ailis l'aida à réserver une traversée pour Londres, où elle retrouverait son époux et pourrait poursuivre avec lui le trajet vers l'Écosse. Au moment des au revoir, la vieille dame prit Ailis dans ses bras et laissa échapper quelques larmes.

— Et toi ? lui demanda-t-elle. Tu n'as pas envie de faire le voyage avec moi ? De revoir ton pays ? On t'a fait un mauvais parti, certes, mais chez nous tes possibilités seraient tout autres… un second mariage… Ta famille pourrait t'aider… Enfin, ta famille élargie. Puisque ton père ne veut plus entendre parler de toi.

Ailis l'arrêta d'un geste

— Cuthbert n'est pas mort, déclara-t-elle.

Quant au pays… La froide et pluvieuse Écosse ne lui manquait pas. Les hivers de Boston étaient rudes, certes, mais au moins il neigeait vraiment ; elle comptait acheter à Copper ses premiers patins à glace dès la saison prochaine. Et la famille ? Sa belle-mère l'accueillerait sans doute à bras ouverts, pour profiter gracieusement de ses services de bonne d'enfants !

— Peut-être rendrai-je visite à ma mère dans le Sud de la France, dit Ailis, qui se moquait des roses et des chiens.

Lady Balincourt hocha la tête.

— Elle en serait sûrement ravie !

Ailis fut soulagée de voir s'éloigner le bateau à vapeur. Elle agita encore la main en direction de la vieille dame, puis se remit en route vers Boston. L'état de l'appartement était tel qu'elle s'y attendait. Non contente d'empester l'air avec la fumée de ses cigares, Katrina s'étalait, laissait traîner ses affaires partout et se plaignait du raffut parfois occasionné par Copper. Emily rangeait derrière elle, comme jadis à l'internat, et courbait l'échine sous les invectives. Par chance, Cuthbert avait écrit une nouvelle pièce pour l'ouverture de la saison à l'automne, et les répétitions commenceraient bientôt. Sans oublier que les artistes se produisaient aussi parfois pendant l'été, dans des parcs ou sur des scènes en plein air. Katrina chantait des chansons françaises et des airs d'opérette, ou entonnait l'hymne national des États-Unis en ouverture de matchs de football et de concours hippiques. Elle ne s'était pas trompée : son physique et sa jolie voix suffisaient amplement pour une carrière dans les arts frivoles. Elle gagna rapidement le cœur des mélomanes de Boston et devint la coqueluche du public, au point que toute la ville semblait brûler d'impatience de la découvrir dans son premier grand rôle. La pièce que Cuthbert avait écrite pour elle s'intitulait *Ma très chère cousine* et racontait l'histoire d'une jeune fille qui tombait amoureuse du futur mari de sa cousine, cette dernière étant une femme rigide et peu séduisante. De son côté, la protagoniste était promise à un vieux médecin… Il s'ensuivait une série d'imbroglios de toutes sortes, avant que chacun ne trouve chaussure à son pied. Le vieux médecin finissait par rendre sa liberté à Katrina, la très chère cousine, sans quoi elle serait morte de chagrin, ainsi qu'elle le lui assurait en chantant *Die of a Broken Heart*. Le refrain associé à cette scène avait tout pour devenir populaire.

Ailis, à qui Emily avait révélé l'intrigue, ne voyait là qu'une pièce de très mauvais goût. Le fait que la relation entre Katrina et Cuthbert dépasse probablement le simple cadre du travail ne la troubla sinon pas outre mesure. Cependant, un jour qu'elle tomba sur lui dans son appartement alors qu'il passait chercher Katrina, son sang ne fit qu'un tour, et elle le jeta dehors.

— Je ne veux pas de cet homme chez moi, Katrina ! s'emporta-t-elle. Il n'a *jamais* daigné venir frapper à ma porte pour faire connaissance avec son fils, et encore moins envisagé de couvrir une partie du loyer afin d'assurer à Copper un logement décent. Il est hors de question qu'il m'impose sa présence ici pour rendre visite à sa… je préfère me taire pour épargner les oreilles de Copper ! Mais fais en sorte que nous n'ayons pas à le revoir !

Katrina était vexée, bien sûr, mais elle respecta l'interdiction. Peut-être la colère d'Ailis avait-elle aussi provoqué un sursaut chez Cuthbert. Il ne voulait pas courir le risque d'avoir à payer une pension alimentaire.

Emily apprenait avec assiduité le métier de calculatrice, en plus d'accompagner fréquemment Katrina à ses représentations. Cuthbert n'employait pas de maquilleuses, si bien que les comédiens et danseurs devaient se farder eux-mêmes. Katrina, elle, exigeait d'Emily qu'elle endosse ce rôle. L'habileté de la jeune femme ne passa pas longtemps inaperçue parmi les membres de la troupe. Elle avait appris quantité d'astuces en observant les amies parisiennes de Katrina, et elle avait toujours été douée en dessin. Petit à petit, elle commença donc à maquiller et coiffer les autres artistes, gagnant ainsi un peu d'argent. Elle économisait chaque cent pour l'université : elle y avait été acceptée, et ses cours débuteraient à l'automne. Contrairement à ce qu'elle avait pensé, Emily se plaisait au théâtre. Les acteurs, les chanteurs et les danseurs des deux sexes étaient jeunes et heureux d'avoir un contrat. La plupart n'étaient pas arrogants et considéraient les machinistes, ouvreuses et employés du vestiaire comme des membres à part entière de la troupe, au même titre que leurs partenaires de scène. Quand ils faisaient la fête ou plaisantaient, Emily n'était jamais exclue. La jeune femme, qui s'était toujours estimée insignifiante et avait vécu jusqu'ici dans l'ombre de Katrina, commença à prendre de l'assurance. Katrina ne l'en empêchait pas : comme à l'époque du groupe de théâtre de St Leonards, elle gardait ses distances avec les autres. En tant que star, elle échangeait tout au plus avec le second rôle, et naturellement avec l'impresario, Cuthbert. Sa liaison avec lui fut rapidement sur toutes les lèvres, et l'on s'indigna de ce que l'homme rétrograde sans sourciller Angèle Fréville, qui avait jusqu'alors été sa vedette. Celle-ci décida de ne pas renouveler son contrat et se vengea en annonçant son départ au dernier moment, après avoir déjà répété son rôle pour la pièce suivante. Cuthbert dut trouver une remplaçante au pied levé et promut à la hâte une jeune fille qui dansait et chantait avec le chœur. Exposée à la jalousie de Katrina, la débutante subit le feu d'un harcèlement verbal incessant, et Emily la trouva plusieurs fois à sangloter en coulisses. Pour finir, Cuthbert tenta de rétablir la paix au sein de sa troupe en assurant à Katrina, devant tout le monde, qu'il se fichait éperdument de Sabina et que le talent de cette petite nouvelle ne pourrait jamais détrôner celui de son actrice fétiche. Sans surprise, Sabina en fut extrêmement peinée, et il fallut beaucoup d'efforts pour faire renaître un peu de confiance en elle.

Ce fut ensuite Emily, en acceptant d'aller boire un café avec un jeune danseur, qui fit les frais de la jalousie de Katrina. Comme le soleil brillait, ils s'étaient installés à l'extérieur et discutaient des futures études d'Emily ainsi que des grands projets de carrière de Leo, quand Katrina apparut au coin de la rue. Elle était en chemin pour un magasin de mode, mais en les apercevant elle changea ses plans pour venir les rejoindre et commença à flirter ouvertement avec Leo. Elle vanta son talent, évoqua la possibilité de plaider sa cause auprès de Cuthbert et séduisit le jeune homme en moins de temps qu'il n'en faut pour le dire. Plusieurs jours plus tard, ainsi qu'Emily le constata, il était encore suspendu aux lèvres de Katrina, qui l'encourageait juste assez pour qu'il ne regarde plus qu'elle.

Cet épisode agaça d'autant plus Emily qu'il se reproduisit peu après. Cette fois, ce fut un jeune éclairagiste qui l'invita à une soirée dansante au théâtre. Cuthbert organisait souvent ce genre d'événement, ouvert à tous moyennant une somme modique. L'orchestre du théâtre jouait, et il y avait parfois un intermède chanté destiné à promouvoir le spectacle à venir. Emily n'avait encore jamais eu l'occasion de mettre en pratique les cours de danse de l'école. Elle se fit longuement conseiller par Alma, avec qui elle s'était liée d'amitié, et se prêta volontiers au jeu lorsque celle-ci proposa de lui montrer quelques nouvelles danses. Ailis ne s'en formalisa pas et participa à leurs discussions interminables sur le choix de la robe et du chapeau les plus adaptés. Le jour venu, quand l'éclairagiste passa chercher Emily, elle quitta l'appartement à son bras avec fierté. Elle avait finalement choisi une robe bleu clair rehaussée d'une écharpe appartenant à Ailis et du chapeau préféré d'Alma. Teddy, ainsi qu'il lui proposa sans tarder de l'appeler, l'invita ensuite à boire un verre de punch dans le foyer du théâtre avant de la guider quelque peu maladroitement pour sa première danse.

Emily appréciait ce jeune homme un rien gauche, avec ses airs d'ours gentil, et elle passa une excellente soirée à ses côtés, jusqu'à ce que Katrina fasse son entrée sur scène. Vêtue d'une robe élégante, elle chanta *Die of a Broken Heart* sans quitter Teddy des yeux. Naturellement, le charme opéra, et lorsque Katrina les rejoignit après le récital, l'éclairagiste n'accorda plus le moindre regard à sa cavalière. Aux petits soins pour Katrina, il lui apporta à boire et lui offrit du feu.

— C'est la première fois qu'un professionnel m'aide à allumer un cigare, susurra Katrina. En temps normal, vous vous occupez davantage des feux de la rampe, pas vrai ? Ceci dit, j'ai bien l'impression que vous maîtrisez aussi l'art de tamiser la lumière quand il le faut…

Tandis que Teddy, subjugué, se risquait à inviter la star de la troupe pour une danse, sous les yeux admiratifs des autres invités, Emily quitta le théâtre, plus furieuse qu'attristée. Par chance, elle n'avait éprouvé de véritables sentiments ni pour Teddy ni pour Leo. Mais le comportement malsain de Katrina ne se contentait pas de l'irriter, il l'inquiétait : qu'adviendrait-il le jour où Emily tomberait vraiment amoureuse ? Katrina mettrait-elle là encore tout en œuvre pour lui briser le cœur ?

Le lendemain, Emily se fit violence pour aborder le sujet avec Katrina.

— Alors, tu t'es bien amusée hier ? lui demanda-t-elle tandis qu'elle la coiffait. As-tu eu besoin de passer la nuit avec Teddy pour le détourner de moi, ou un simple battement de cils a-t-il suffi ?

Katrina éclata de rire.

— Mademoiselle serait-elle jalouse, par hasard ? Tout ça parce que j'ai voulu côtoyer un peu les machinistes ? Rassure-toi, c'est Cuthbert qui me le demande. Il trouve que je suis trop distante avec le personnel.

— Tu n'as pas cherché à côtoyer *tous* les machinistes ! s'écria Emily, furieuse. D'ailleurs, pour cela, tu n'aurais qu'à te montrer plus aimable au quotidien. Non, ton apparition au théâtre avait pour seul but de séduire l'homme qui m'avait emmenée danser. Évidemment, tu as réussi. Il n'a même pas remarqué mon départ.

Katrina eut un sourire moqueur.

— Il te le reprochera demain, prédit-elle. Et, si je peux me permettre, ce n'était pas très malin de ta part. Une femme habile sourit et attend son tour, ou flirte avec quelqu'un d'autre. En général, cela suffit à attirer à nouveau l'attention de l'homme. Dans le cas contraire… En réalité, Em, tu devrais m'être reconnaissante. Par deux fois je t'ai démontré ce que tu valais aux yeux de ces coureurs : absolument rien, mon chou !

Elle tira une bouffée sur son cigare avant d'ajouter :

— Il faut bien que je protège mon bébé…

Puis elle se leva en souriant, la salua d'un baiser volant et quitta la pièce, laissant Emily sans voix. Celle-ci n'attendait qu'une chose : que le semestre d'hiver commence enfin. Avec un peu de chance, Katrina ne la persécuterait pas jusqu'aux bancs de l'université.

Après les remous de l'été, Ailis passa un automne tranquille. Son travail lui plaisait toujours autant. Elle découvrit sa deuxième nébuleuse, et se plonger dans l'étude de son spectre la remplissait de fierté et de bonheur. Comme la météo demeurait clémente, elle passait la majeure partie de son temps libre au parc avec Copper, qu'elle regardait, heureuse, patauger dans la fontaine en babillant gaiement. Le soir, elle sortait parfois avec lui et lui montrait la Lune et les étoiles. Elle l'emmenait pique-niquer avec Alma et Emily, et essayait de ne pas penser aux moments passés avec Maureen. Elle n'avait pas encore fait le deuil de son amie. Les deux femmes entretenaient une correspondance irrégulière, mais Ailis lisait entre les lignes que Maureen avait déjà trouvé un nouvel amour. Elle-même n'avait pas eu cette chance et se consolait en songeant que sa vie était par ailleurs bien remplie.

Peu de temps après la querelle avec son grand-père et le départ d'Hernando pour Saint-Tropez, Donella lui avait fait parvenir une lettre.

Je me sens terriblement seule en ce moment, bien que je sois installée comme une reine chez Hernando et n'aie rien à faire que m'amuser avec le ballon. Mais les vols n'ont plus la même saveur sans Hernando. Et puis, grand-père me manque. Sans doute aussi parce que je me sens affreusement coupable. Il a raison, j'ai failli à ma promesse, mais je ne pouvais quand même pas renoncer à tout ce qui fait ma vie ! S'il avait vu le ballon au moins une fois ! Peut-être aurais-je pu le convaincre. Mais il n'avait à la bouche que ma relation avec Hernando : une fois encore, la seule chose qui importait était de préserver ma vertu ou de me marier au plus vite. Tout cela est si injuste ! Et moi qui pensais que grand-père me comprenait…

Ailis se souvenait d'avoir reposé la lettre sur ses genoux en soupirant. Qu'une femme désire plus qu'un mariage ou une famille, ou même aspire à tout autre chose, voilà qui dépassait l'entendement, y compris chez les hommes les mieux intentionnés. Elle en avait fait l'expérience depuis longtemps. Le Pr Pickering prenait au sérieux ses employées, il permettait aux calculatrices de réaliser des recherches et d'obtenir des résultats, mais en définitive lui seul serait crédité en tant qu'auteur du catalogue astronomique. Quant à sa décision d'embaucher des femmes pour les analyses spectrales, elle reposait sans doute aussi sur le fait qu'il pouvait les payer moins que les hommes. Les femmes analystes gagnaient entre vingt-cinq et cinquante cents de l'heure, et les astronomes diplômées n'étaient pas mieux rémunérées que les femmes formées par Ailis. À budget égal, le Pr Pickering pouvait donc recruter davantage de personnel et progresser plus vite dans ses recherches. Si Ailis lui était toujours reconnaissante, elle ne pouvait pourtant pas ignorer cette réalité. Elle aurait tant aimé en parler avec Donella, lui faire part de ses pensées et éprouver l'immense force de caractère de sa cousine, pour qui amour et science étaient étroitement liés. Ailis avait alors repris la lecture de la lettre…

Heureusement, Hernando est différent. Il m'accepte comme son égale, et je me languis bien de son retour ; pas seulement parce que je brûle de retrouver ses baisers passionnés ! Je suis toujours aussi fascinée par mes ascensions en ballon, mais j'aimerais aller plus loin dans les réflexions et les expériences relatives au pilotage. À mon avis, tout repose sur la propulsion. Jusqu'à présent, nous n'utilisons que le vent, alors que nous aurions besoin d'un moteur, dans l'idéal assez puissant pour aller à contrevent. Comme tu l'imagines, différents essais ont déjà eu lieu avec des moteurs électriques et des machines à vapeur. Mais ces appareils sont très lourds, et je ne crois pas qu'ils soient la solution. Un moteur à essence serait plus adapté, ce qui m'a donné une idée pour le moins audacieuse. Pourquoi ne pas retirer le moteur de la Benz, l'automobile d'Hernando, et l'utiliser comme propulseur pour notre ballon dirigeable ? Il est relativement petit et léger, et, si on améliorait un peu l'aérodynamisme du ballon, cela pourrait fonctionner. Cependant, je ne sais pas si Hernando serait prêt à démonter ainsi sa précieuse automobile. Ah, chère Ailis, qu'il me tarde de le retrouver…

2

HERNANDO RENTRA À PARIS, et sa relation avec Donella reprit exactement comme avant son séjour à Saint-Tropez. Avec une différence : désormais ils vivaient ensemble chez le jeune homme. En partant, il avait mis son appartement à disposition et, une fois revenu, il ne parla pas de déménagement. Heureux de partager leurs journées et leurs nuits, ils passaient le plus clair de leur temps à expérimenter sur le ballon dirigeable. Donella regretta qu'Hernando ne s'étende guère sur son séjour en famille et supposa qu'il s'était surtout ennuyé à Saint-Tropez. Cependant, quand elle lui demanda d'où il tenait son hâle doré, il évoqua des matchs de tennis et des sorties en voilier. Sa famille possédait ses propres terrains ainsi qu'un bateau, et Hernando excellait sur les courts comme sur l'eau. Il avait déjà remporté de nombreux tournois et régates.

— Mon père est très attaché aux compétitions, déclara-t-il, ajoutant qu'il avait aussi participé à une régate à Saint-Tropez et décroché la première place.

Donella ne lui aurait pas refusé son admiration, mais Hernando accordait peu d'importance à ses compliments. Les idées qu'elle lui exposa pour transformer le ballon en un aérostat dirigeable éveillèrent davantage son intérêt, et il accepta de commander une nouvelle enveloppe, cette fois avec une forme aérodynamique. Ils reprirent donc la route de Vaugirard, où ils retrouvèrent Armand Machure. Le constructeur de ballons leur réserva un accueil chaleureux, où affleurait cependant l'inquiétude.

— Monsieur Sánchez-Duboire et mademoiselle Hard ! Que nous vaut l'honneur de vous revoir si vite ? Auriez-vous un problème avec le ballon ?

— Le ballon est fantastique ! répondit Donella, et elle remarqua alors à nouveau la lueur qui brillait dans les yeux d'Armand Machure.

Le jeune homme la fixait peut-être un peu trop longuement, mais son regard n'avait rien de suggestif. Il paraissait se réjouir de l'enthousiasme qu'il lisait sur le visage de Donella.

— Vous avez donc volé avec l'aérostat, mademoiselle ?

Donella hocha la tête.

— Oh oui, presque tous les jours ! Je ne m'en lasse pas, et maintenant…

— … maintenant, nous souhaitons faire l'acquisition d'une autre enveloppe, la coupa Hernando.

Le ton était sec, presque un peu agacé. Il n'était pas habitué à ce qu'on s'adresse en priorité à celle qui l'accompagnait. D'ordinaire, il menait la conversation. Donella ne l'avait encore jamais remarqué, mais à cet instant elle comprit que le comportement d'Armand Machure déplaisait à son ami.

— Une enveloppe pour deux, cette fois ! s'exclama le jeune homme avec un sourire, ignorant le ton désagréable d'Hernando. Les voyages en ballon sont beaucoup plus amusants quand on peut en partager les joies…

Hernando fit la moue.

— Il n'est pas question de joies, monsieur Machure, mais d'aéronautique. J'ai l'intention de perfectionner le ballon, et pour cela il est nécessaire de revoir sa forme.

Donna sortit les plans de son sac et regretta de ne pas les avoir confiés à Hernando. Sans doute aurait-il aimé les présenter lui-même au neveu d'Henri Lachambre. Armand Machure y jeta un rapide coup d'œil.

— Oh, un ballon dirigeable ! reconnut-il immédiatement. Eh bien, entrez, nous allons regarder cela de plus près.

Il les convia dans un petit bureau attenant aux ateliers. De là, on avait vue sur les postes de fabrication, et Donella observa avec intérêt le travail des ouvriers. Pendant ce temps, M. Machure examinait les documents.

— La forme du ballon peut aisément être modifiée, dit-il enfin. Quant à la nacelle… Vos plans prévoient de la rapprocher de l'enveloppe.

— Car le moteur s'y trouvera aussi, intervint Donna. S'il est trop éloigné du ballon, la direction manquera de précision.

Armand Machure semblait admiratif, tandis qu'Hernando la regardait d'un air renfrogné.

— Est-ce vous qui avez réalisé ces dessins ? demanda le constructeur de ballons.

Donella acquiesça.

— Sous supervision, affirma-t-elle. Nous avons établi les plans ensemble.

— Et quel type de propulseur aviez-vous en tête ?

— Une hélice, répondit Donna, incapable de tenir sa langue. Deux surfaces hélicoïdales autour d'un arbre mû par un moteur. Comme pour les hélices de bateaux. Ça s'est déjà vu. Sur des jouets pour enfants dans la Chine ancienne… et chez Léonard de Vinci…

Armand Machure hocha la tête.

— La vis aérienne. Mais personne ne sait si elle aurait réellement pu voler…

— Moi, je le sais, intervint Hernando avec froideur. J'en ai fabriqué une maquette miniature pour l'université.

— Elle était si petite qu'il suffisait de la remonter à l'aide d'une ficelle, ajouta Donna, enjouée. Mais cette fois… Hernando est prêt à sacrifier son automobile. Nous ferons tourner l'hélice grâce à son moteur à combustion.

— C'est un plan brillant ! s'écria Armand Machure, impressionné. Je serais curieux de voir le résultat ! Bien, voyons maintenant les dimensions. Deux personnes et un moteur… avec une hélice en plus – peut-être en bois ?

— Une personne, le corrigea Hernando. N'oublions pas qu'il n'existe encore aucune donnée empirique concernant une hélice actionnée par un moteur.

Armand Machure fronça les sourcils, et Donna fut sur le point de dire quelque chose, mais elle se ravisa, consciente qu'aux yeux d'Hernando elle avait déjà assez bavardé.

Sur le chemin du retour, son ami ne manqua pas de la réprimander.

— Donella, nous avançons en territoire inexploré. C'est un type de propulsion jamais vu. Tu ne peux pas exposer nos plans à n'importe qui !

Donella lui jeta un regard de côté.

— Et pourquoi pas ? s'agaça-t-elle. M. Machure n'est pas n'importe qui, je te rappelle. Il construit notre ballon dirigeable ! Il faut bien qu'il sache comment nous souhaitons procéder.

— Évidemment, le secret commercial, ça ne te dit rien ! lança Hernando, acerbe.

Donella laissa échapper un rire nerveux.

— Parce que nous faisons du commerce ? Notre ballon dirigeable est loin de pouvoir être mis sur le marché ! Et puis, si nous voulions le vendre, il serait absurde de construire un monoplace. L'objectif reste de permettre un transport plus rapide des personnes et des biens. Si chacun devait avoir le sien, ce serait trop compliqué, sans parler du prix.

— C'est une question de principe ! affirma Hernando. Ce qui importe, c'est d'être les premiers à faire voler et à diriger une machine de ce type !

— Charles Renard ne l'a-t-il pas déjà fait ? le provoqua Donella.

Quelques années plus tôt, cet ingénieur avait fait sensation à Chalais-Meudon avec *La France*, un dirigeable propulsé par un moteur électrique.

— C'est précisément pour cette raison que nous devons faire mieux. Aller plus vite, plus loin... Le moteur à essence est promis à un grand avenir ; je ne crois pas à la propulsion électrique sur le long terme.

Hernando accéléra, et Donella se cramponna à la banquette de la Benz, effrayée. Battre des records avec leur ballon dirigeable ne lui était encore jamais venu à l'esprit. Elle prenait simplement plaisir à inventer quelque chose, et pensait au prochain projet de fin de semestre d'Hernando. Un ballon dirigeable construit par ses soins serait encore plus spectaculaire que la vis aérienne du semestre précédent. Quel dommage que, cette fois encore, l'implication de Donald ne puisse pas être officiellement reconnue ! Au moins était-il toujours autorisé à participer aux cours… Le semestre d'hiver avait commencé quelques jours plus tôt, et le Pr Barlot n'avait pas sourcillé en voyant le cousin d'Hernando prendre place dans l'amphithéâtre.

— Nous y parviendrons… murmura-t-elle sur un ton plus apaisé.

Elle ne voulait pas se disputer avec Hernando ; au fond, elle lui était redevable de tout ce qu'elle avait. Et elle l'aimait.

À Boston aussi, le nouveau semestre universitaire débutait – tout comme la saison 1889-1890 au théâtre. Pour sa première représentation, *Ma très chère cousine* se joua à guichets fermés. Katrina fit sensation dans son premier rôle, et le public se leva pour l'acclamer. Un sourire béat sur le visage, elle accepta un énorme bouquet de fleurs que lui tendait Cuthbert : son rêve était devenu réalité.

Emily touchait elle aussi du bout des doigts le sien en franchissant pour la première fois, le cœur battant, les portes de la vénérable université Harvard afin de s'y inscrire en tant qu'étudiante. Quelques jours plus tôt, les doyens des facultés de psychologie et de zoologie l'avaient invitée pour un entretien. Le Pr Pickering leur avait vivement recommandé cette étudiante prometteuse mais, avant le début du semestre, ils souhaitaient rencontrer en personne la titulaire de la bourse.

— Voici donc l'enfant prodige du Pr Pickering !

Emily avait aussitôt piqué un fard face à l'accueil quelque peu moqueur du Pr Munsterberg, du département de psychologie.

— Je… je ne suis pas une enfant prodige, avait-elle répondu tout bas, mais avec détermination. Sinon, je ne serais pas ici comme étudiante mais comme sujet d'étude.

Le Pr Munsterberg avait éclaté de rire.

— En tout cas, vous ne manquez pas de repartie. Puis-je savoir ce qui vous passionne tant dans notre discipline, somme toute relativement nouvelle ?

Emily avait expliqué s'intéresser au comportement des humains et des animaux.

— Ce qui explique le choix de la zoologie en parallèle. Or, comme son nom l'indique, notre discipline est la science de l'âme. Considérez-vous donc que les bêtes en soient dotées ?

Emily avait pris le temps de réfléchir avant de répondre.

— Tout dépend de la manière dont on définit l'âme. Quand j'étais enfant, le prêtre de l'école du dimanche nous racontait que, si nous nous comportions bien et menions une existence conforme à la volonté de Dieu, nos âmes iraient au paradis pour y jouer de la harpe, ou quelque chose comme ça. Mon oie respectait sans nul doute la volonté de Dieu, et c'était un brave animal. Pourtant, je crains de ne jamais avoir la chance de la croiser au Ciel.

— Vu sous cet angle, nous devrions peut-être aussi songer à proposer des cours de harpe… même si cela exclut les oies, avait poursuivi le Pr Munsterberg, qui observait Emily d'un œil amusé. Et comment définiriez-vous le bien et le mal, miss Coxwold ?

Emily s'était mordu les lèvres.

— C'est… c'est précisément ce que j'aimerais apprendre à l'université. Pour le moment, je suis incapable de les définir, je parviens uniquement à… les ressentir.

— C'est donc une question de perception, que vous aborderez sûrement à Harvard. Et je me réjouis d'avance de vos interventions. Le Pr Pickering avait raison, vous avez tout d'une étudiante prometteuse.

Le Pr Roberts, du département de zoologie, ne l'avait pas questionnée aussi sévèrement, et s'était contenté de se renseigner sur ses centres d'intérêt et ses expériences. Emily avait été ravie de lui parler de son oie et des observations faites quant à son comportement, mais aussi de lui présenter ses recherches sur son aptitude à voler et sur le vol des oiseaux en général.

— Les humains seraient incapables d'actionner des ailes, avait-elle conclu. Du moins pas à la seule force de leurs muscles. C'est ce qui fait toute la singularité des oiseaux, mais aussi des chauves-souris, des roussettes et de bien d'autres animaux. Je m'intéresse à la manière dont le vol a évolué, ainsi qu'à…

Elle avait failli parler d'âme, mais s'était arrêtée à temps pour se corriger.

— … ainsi qu'au changement de perception observé chez les êtres vivants aptes à voler.

Le Pr Roberts lui avait répondu avec un sourire satisfait :

— Dans ce cas, vous seriez aussi à votre place en aéronautique. À ce qu'il semble, le monde entier s'échine à concevoir des machines volantes aussi performantes que possible.

Emily avait alors évoqué son amie Donella.

— Elle dit qu'il se passe quelque chose en elle lorsqu'elle flotte dans les airs. Cela change la… la perception qu'on a du monde, tout ce qui nous préoccupe habituellement perd en envergure. Peut-être… peut-être l'humain devient-il meilleur quand il vole…

— Espérons-le, avait soupiré le Pr Roberts. À moins qu'il ne préfère utiliser cette nouvelle aptitude pour lâcher des bombes sur d'autres humains. Mais gardez donc cette foi en l'humanité, miss Coxwold, si tant est que vos études de psychologie ne l'entachent pas. De notre côté, nous nous faisons une joie de vous accueillir en premier cycle, où vous n'aurez pas encore de spécialisation. Toutefois, si vous vous intéressez particulièrement aux oiseaux, je peux vous mettre en contact avec un ami : William Brewster, rentier, et néanmoins ornithologue reconnu, qui a transformé sa maison de campagne de Concord en une réserve ornithologique qui vaut le détour. Chaque mois, il convie un groupe de jeunes gens à venir observer les oiseaux, partager des lectures et discuter d'ouvrages ornithologiques. Il serait sans doute ravi de vous accueillir dans son cercle. Ne bougez pas, je vais vous donner son adresse. Écrivez-lui quelques mots aimables, citez-moi comme recommandation, et vous recevrez à coup sûr une invitation !

Enchantée, Emily avait accepté l'adresse. Depuis, elle réfléchissait à la meilleure manière de formuler ces « quelques mots aimables ». Mais, pour l'heure, elle devait s'inscrire à l'université. Elle entra dans le bureau correspondant, où elle tomba nez à nez avec Katrina.

— Qu'est-ce que tu fais ici ? demanda Emily stupéfaite, énonçant tout haut ce que les autres devaient penser tout bas.

Au milieu des employés et des futurs inscrits, Katrina passait aussi inaperçue qu'un oiseau exotique parmi des moineaux. La plupart des étudiants et étudiantes étaient sobrement vêtus – Emily portait sa tenue de domestique, dont elle avait simplement retiré le tablier et le bonnet. Elle était coiffée d'un chapeau à brides qui encadrait parfaitement son joli visage sans attirer l'attention sur elle. Les jeunes hommes étaient en costume, dont beaucoup paraissaient de mauvaise facture, certains donnant même l'impression de ne pas être parfaitement ajustés, comme s'ils avaient été hérités de leurs frères aînés plutôt que confectionnés sur mesure. Katrina, elle, arborait la robe en dentelle sophistiquée qu'Emily l'avait aidée à enfiler le matin même avant sa répétition, ainsi qu'un chapeau à large bord.

— Eh bien, mon poussin, de quoi cela a-t-il l'air ? dit Katrina, sa voix de comédienne emplissant avec aisance la pièce tout entière. Je suis venue m'inscrire. Ce que tu m'as raconté sur la psychologie ces derniers jours... m'intéresse au plus haut point... et je pourrais aussi m'en servir dans mon métier.

— Pour influencer encore plus les autres et les pousser dans la direction qui t'arrange ? demanda Emily.

Rares étaient les occasions où elle laissait ainsi libre cours à sa colère, mais le tour agréable qu'avaient pris les discussions avec les deux professeurs lui avait donné du courage. Elle s'était sentie la bienvenue dans le monde universitaire et avait acquis le sentiment qu'ici, elle pourrait avoir quelque chose qui n'appartienne qu'à elle. Et voilà que Katrina venait à nouveau s'immiscer dans sa vie.

— Où comptes-tu trouver le temps d'étudier ? s'écria Emily. Avec ton travail au théâtre, et je ne sais quelles autres activités encore !

Tous les regards étaient désormais rivés sur les deux jeunes femmes, mais Emily ne s'en souciait guère.

— Ne t'imagine pas que j'écrirai tes devoirs à ta place comme je le faisais à l'école. Tu ne vas pas recommencer à me contrôler ici !

Katrina répondit par un sourire.

— Qui parle de te contrôler, voyons... Ne sois pas si sensible, ou les gens vont penser que tu n'es pas l'étudiante en psychologie, mais le sujet d'étude.

Emily la foudroya du regard et prit dans le même temps conscience du spectacle qu'elles donnaient à voir.

— Je reviendrai plus tard, dit-elle avec un calme appuyé à l'intention de l'employée qui lui tendait les formulaires d'inscription.

Et elle tourna les talons.

Alors qu'elle quittait le bureau, elle sentit dans sa poche le morceau de papier que lui avait donné le Pr Roberts. Elle allait écrire sur-le-champ à William Brewster et ne dirait rien à personne de son paradis ornithologique. Là-bas, au moins, Katrina ne pourrait pas la suivre !

3

EMILY FUT ÉTONNÉE de recevoir une réponse si rapide de la part de William Brewster, qui, à son tour, lui souhaitait la bienvenue à l'université Harvard. Empêché quant à lui de suivre des études pour des raisons médicales, il avait dû se contenter d'une éducation privée. Par la suite, il avait fondé un musée ornithologique sur le domaine dont il avait hérité et réuni une vaste collection d'ouvrages sur les oiseaux. C'est là, non loin de Boston, que se rencontraient chaque mois les membres du Nuttall Ornithological Club, que Mr Brewster l'invitait chaleureusement à rejoindre.

Pour l'heure, Emily avait cependant à faire : en plus des cours et séminaires auxquels elle devait assister, il s'agissait aussi de préparer un déménagement.

Katrina ne supportait plus qu'Ailis « régente tout », comme elle disait, et que son tourbillon de fils la « terrorise ». Telles étaient les raisons qu'elle avait données pour son départ, mais Ailis savait que la vérité était ailleurs. L'hiver approchant, Katrina voulait surtout avoir la possibilité d'accueillir chez elle son amant, Cuthbert. Elle loua donc un appartement somptueux non loin du théâtre, et, bien sûr, c'est à Emily que revint la tâche d'organiser le transport des affaires et l'aménagement des lieux. Katrina choisit les meubles et les coloris, donna des ordres et laissa sa cadette surveiller les artisans en charge des travaux.

Toutefois, ce fut aussi l'occasion pour Emily de mettre encore un peu plus de distance entre elle et Katrina.

— Si tu veux, tu peux rester ici, lui proposa Ailis à l'annonce du déménagement. En suivant Katrina à Tremont Street, tu risques de continuer à te faire exploiter. Tu peux bien la maquiller et la coiffer tant qu'elle te paie. Mais pour le ménage de son appartement elle n'a qu'à trouver quelqu'un d'autre.

Emily s'empressa d'accepter, ravie, bien qu'elle ait alors à affronter les sanglots dramatiques de Katrina, entrecoupés de crises de colère. Et, naturellement, elle ne pouvait payer qu'une petite partie du loyer. Ailis la prévint donc qu'elle prendrait peut-être aussi une autre sous-locataire, ce qui ne laisserait pas beaucoup de place à Emily. Mais celle-ci ne voyait pas d'inconvénient à partager une chambre avec Alma, la bonne de Copper. Elle aurait accepté n'importe quelle solution du moment qu'elle n'était plus forcée de se tenir jour et nuit à la disposition de Katrina.

Ses études s'annonçaient aussi sous d'heureux auspices. Le cours de zoologie pour débutants était tout à fait à sa portée : à St Leonards, elle avait déjà beaucoup appris de ce qu'on leur enseignait ici. Le cursus de psychologie était plus difficile, mais la passionnait encore davantage. On y parlait de philosophie, et même de physique et de mathématiques ; l'enjeu était de faire reconnaître cette discipline comme une science naturelle, de sorte qu'on avait recours à des méthodes d'évaluation complexes. Katrina assistait rarement aux cours magistraux, mais ses apparitions faisaient fureur chaque fois, et elle allait jusqu'à distribuer des autographes dans les couloirs de l'université. Morte de honte, Emily tentait de s'éclipser dès que la star était dans les parages, et elle y parvenait le plus souvent : les laboratoires et les salles de bibliothèque les plus reculés de l'université n'eurent bientôt plus de secret pour elle. En outre, elle ne recherchait jamais la compagnie de ses camarades masculins, et Katrina n'entrevit pas une seule conversation intime avec un étudiant… Il n'y avait donc aucune raison pour elle de suivre Emily à la trace.

— Elle est quand même à l'affût, raconta Emily à Ailis en soupirant. Et je ne lui ferai pas le plaisir de me montrer avec qui que ce soit.

— Jusqu'à ce que tu tombes amoureuse, dit Ailis en souriant.

Emily ne put s'empêcher de soupirer encore.

Enfin, elle trouva le temps d'aller à une rencontre du club d'ornithologie. Dans une lettre à Mr Brewster, elle renouvela ses remerciements et s'inscrivit à la séance du 30 octobre, qui aurait lieu chez lui, près de Concord. Malheureusement pour elle, la ferme des Brewster était difficile d'accès.

— C'est un affreux périple, se lamenta Emily en découvrant qu'elle devrait prendre le train, puis parcourir trois miles à pied. J'en ai pour toute la journée !

Sans avoir de véritable solution à lui proposer, Ailis lui rappela néanmoins que d'autres membres du club devaient se rendre eux aussi d'une manière ou d'une autre à la ferme des Brewster.

— Quelqu'un pourra peut-être te raccompagner. Essaie déjà d'y aller et de te faire une idée. Pour le reste, tu verras là-bas.

Elle conseilla en outre à la jeune femme de choisir une toilette plus élégante pour le club que pour l'université.

— Si ces gens ont leurs propres calèches ou même des véhicules à moteur pour se rendre sur place, c'est certainement qu'ils sont très aisés. Mieux vaut ne pas te faire remarquer avec une tenue trop modeste.

Emily ne manquait pas de robes, de jupes, de chemisiers et de manteaux. Katrina avait laissé presque toute sa garde-robe d'hiver chez Ailis : elle voulait se vêtir de neuf puisqu'une comédienne, à l'en croire, ne pouvait pas se présenter sous les traits d'une petite aristocrate écossaise. Emily, décidée à ne plus rien lui devoir, avait d'abord hésité à se servir dans ses affaires. Mais Alma ne s'embarrassait pas de ce genre d'état d'âme.

— Tu serais folle de ne pas en profiter. Tu as besoin de toilettes correctes pour l'université, et tu seras peut-être invitée de nouveau quelque part. Moi, en tout cas, je prends tout ce que je peux ajuster à ma taille.

Ce n'était pas grand-chose, car Alma était plus robuste que Katrina. Emily, elle, était plus délicate, et on avait moins de peine à resserrer une robe qu'à en défaire les coutures.

Pour son excursion à la campagne, Emily avait choisi un costume de voyage d'un vert mat, qu'elle portait avec un chemisier clair orné de dentelles, le tout assorti du plus joli chapeau d'Alma. Elle ne pouvait pas faire l'économie de souliers fermés, puisqu'elle avait devant elle une longue marche sur un terrain possiblement difficile, sans oublier que la réunion serait peut-être aussi l'occasion d'aller observer les oiseaux de la réserve.

Par chance, en ce 30 octobre, le temps était de son côté. L'été indien avait paré la nature d'une symphonie de couleurs automnales, et Emily profita au moins de la première demi-heure de marche depuis la gare de Concord. Elle redoutait cependant le retour. Il ferait sûrement sombre, et les sentiers et chemins qui reliaient le domaine des Brewster à la gare n'étaient pas éclairés. Elle songeait déjà à renoncer à son projet et à revenir sur ses pas. Elle retrouverait l'appartement d'Ailis avant la tombée de la nuit, mais raterait la réunion du club. Encore à ses réflexions, elle entendit derrière elle le trot d'un cheval, puis vit surgir une chaise légère, tirée par une bête à la robe baie. Plus petit que la plupart des chevaux qu'elle avait vus en Écosse, il semblait pourtant vif et trottait avec une élégance peu commune. Emily fit un pas de côté pour laisser passer l'attelage, mais le jeune homme qui le conduisait s'arrêta près d'elle.

— Je ne voudrais en aucun cas vous importuner, miss, mais ai-je raison de penser que vous vous rendez à la réunion du club d'ornithologie ?

L'homme était mince et portait un costume trois pièces à la mode. Il avait le visage ovale et, derrière d'épaisses lunettes, ses yeux très bleus posaient sur Emily un regard inquisiteur, mais pas hautain. Ses traits étaient réguliers, et il était coiffé d'un haut-de-forme.

— Comment le savez-vous ? demanda Emily, troublée.

L'inconnu montra en riant le gros livre qu'elle n'avait pas pu faire entrer dans son sac. Un catalogue des oiseaux locaux, publié par Mr Brewster lui-même.

Emily rougit.

— Vous n'auriez pas dû vous donner la peine de le transporter, Mr Brewster en possède un exemplaire dans sa bibliothèque.

Emily ne discerna aucune moquerie dans le sourire du jeune homme et soutint son regard, soulagée.

— Je me présente : Mr Peyton, dit-il alors. Avocat à Boston, et ornithologue à mes heures perdues. Nous devons partager la même passion, puisque vous n'avez pas hésité à entreprendre une si longue marche pour rejoindre la ferme de Mr Brewster. M'autoriseriez-vous à vous y conduire ?

Emily bataillait avec sa conscience. À l'évidence, il n'était pas convenable pour une jeune femme de monter dans la voiture d'un parfait inconnu. D'un autre côté, elle avait encore plusieurs miles à parcourir, et Mr Peyton ne semblait pas dangereux.

— Je… je ne sais pas trop… murmura-t-elle.

Après tout, Ailis elle-même lui avait conseillé de chercher quelqu'un pour la conduire. Elle fit donc une croix sur ses réserves et reprit :

— Je suis Emily Coxwold. Le Pr Roberts m'a recommandée à Mr Brewster, qui m'a invitée. Je suis attendue, ajouta-t-elle.

— Nous le sommes tous, miss Coxwold, dit Mr Peyton en riant. Soyez certaine que Mr Brewster dépêcherait quelqu'un à votre recherche si je devais profiter du chemin pour vous faire du tort et me débarrasser de vous.

Emily rougit une nouvelle fois.

— Je… je ne voulais pas sous-entendre…

Mr Peyton l'arrêta.

— Une femme ne peut jamais être assez prudente quand des inconnus l'abordent. Et, comme me l'a enseigné entre autres mon métier, tous les voleurs et meurtriers n'ont pas l'air de ce qu'ils sont. Je ne le prends pas personnellement. Mais montez donc ! Nous ne voudrions pas nous mettre en retard.

Emily lui tendit le livre et grimpa à son côté dans l'élégante voiture à deux places, puis Mr Peyton lança son cheval au trot. Le paysage se mit à défiler sous les yeux d'Emily.

— Comme c'est joli, ici ! s'exclama-t-elle.

Mr Peyton hocha la tête.

— Attendez de voir les terres de Mr Brewster. Un vrai jardin d'Éden ! Voilà vingt ans que personne n'y a chassé. Et il fait de son mieux pour tenir à l'écart les prédateurs : le domaine est entouré d'une clôture très efficace. Les oiseaux y vivent en toute tranquillité, si l'on excepte une poignée d'ornithologues curieux qui s'acharnent à les poursuivre, un appareil photo à la main ! Je suis moi-même photographe amateur. Vous vous y connaissez dans ce domaine ?

Emily répondit par la négative, mais raconta qu'elle évaluait des clichés astrophotographiques pour le Pr Pickering.

— Une calculatrice de Harvard ! Mes respects, miss Coxwold ! Votre intérêt pour l'ornithologie indique néanmoins que vous avez encore des attaches sous nos cieux. Qu'est-ce donc qui vous séduit tant chez nos amis ailés ?

Mr Peyton s'y entendait pour entretenir une conversation aimable, et la gêne d'Emily se dissipa vite. Bientôt, ils franchirent un impressionnant portail orné de sculptures d'oiseaux qu'un serviteur avait ouvert à leur arrivée, puis refermé derrière eux. Leur cheval trotta le long d'une route soigneusement entretenue qui menait à une maison de campagne pimpante à la façade jaune pâle. Les dernières fleurs d'automne embellissaient encore le jardin, la pelouse était bien verte, tout paraissait accueillant.

— Nous y voilà ! déclara Mr Peyton. C'est là que vivent les Brewster, mais, en réalité, c'est en premier lieu un musée. Dans le temps, Mr Brewster chassait les oiseaux, puis les empaillait. Aujourd'hui, il préfère les observer et les photographier, même s'il possède encore une importante collection de spécimens naturalisés. Il a surtout une magnifique bibliothèque. C'est là que se tiendra notre réunion.

Le jeune homme galant aida Emily à descendre de voiture. Pendant ce temps, le petit cheval salua d'un hennissement quelques-uns de ses congénères qui attendaient le retour de leur propriétaire. Toutes les bêtes ou presque étaient flanquées d'un cocher. Seul Mr Peyton chercha lui-même un endroit où attacher son trotteur et enjoignit à Emily d'entrer sans l'attendre.

— J'ai encore des affaires à décharger. Et Traveller, dit-il en flattant le col de son cheval, sera content que je lui donne à boire et à manger.

La porte d'entrée était grande ouverte, et Emily pénétra d'un pas timide dans le hall déjà très animé. Une douzaine d'hommes et de femmes ôtaient leurs manteaux tout en bavardant. Ils semblaient tous se connaître. Emily ne savait pas ce qu'elle devait faire. Elle n'avait pas l'habitude d'aborder des inconnus : Katrina avait toujours été la seule à lier de nouvelles relations.

— Puis-je vous débarrasser ? demanda une voix chaude et posée.

Emily se retourna et tomba nez à nez avec un homme dont le visage l'effraya un instant. Avant son voyage en Amérique, elle n'avait vu d'autres couleurs de peau que dans les spectacles de variété parisiens. Aux États-Unis, les grooms ou les valets étaient souvent des personnes noires, mais là non plus les Hard n'avaient jamais échangé plus de quelques mots avec eux. C'était la première fois qu'Emily se trouvait si près d'une personne à la peau sombre. À Boston, les Noirs ne se mêlaient pas aux Blancs, et inversement.

Emily s'efforça de rendre à l'homme son sourire aimable.

— Vous venez pour la première fois, n'est-ce pas ? demanda-t-il.

— Oui, Mr Brewster m'a invitée. Je suis Emily. Emily Coxwold. J'étudie la biologie à Harvard.

Le jeune homme hocha la tête.

— Et vous avez un intérêt particulier pour les oiseaux ? Dans ce cas, vous êtes à la bonne adresse. Mr Brewster a créé sur ses terres un véritable paradis pour eux. Et pour les ornithologues…

— Vous êtes aussi… commença-t-elle, mais une voix l'interrompit.

— Ronald, veux-tu bien prendre les plaques ? J'ai réussi à photographier un pic mineur à l'aube, il faudrait juste que quelqu'un développe les clichés…

Mr Peyton franchit le seuil les bras chargés de plaques photographiques.

— Je m'en chargerai dès demain, Mr Peyton… Ah, voilà miss Dover…

Le valet, puisque c'était le rôle que devait tenir Ronald, se détourna d'Emily pour accueillir d'autres invités. Ensuite, il conduisit le groupe dans une salle du musée suffisamment spacieuse pour accueillir une grande tablée. Entre les étagères chargées de livres, des daguerréotypes encadrés présentaient différentes espèces d'oiseaux. Quelques ouvrages étaient posés sur la table, ainsi que des photographies d'un minuscule volatile.

— C'est une paruline jaune, n'est-ce pas, Ronald ? demanda l'une des jeunes femmes présentes.

L'assemblée, dont les membres n'étaient pas en premier lieu des étudiants, comptait à peu près le même nombre d'hommes et de femmes. Le club paraissait ouvert à toute personne intéressée. Mais Ronald, servant à présent du café et du thé, était le seul à ne pas avoir la peau blanche. Mr Brewster approcha de la table, salua tous les membres ainsi que la nouvelle venue, Emily. Puis, en s'appuyant sur les photographies, il entama un exposé sur la petite paruline jaune et sur la menace que représentait pour elle le parasitisme de couvée. Pendant ce temps, Ronald se tenait en retrait, attendant que quelqu'un s'adresse à lui. Ce que Mr Brewster faisait parfois.

— À quel endroit avons-nous photographié celui-ci, Ron ? Du côté ouest, à la lisière de la forêt, n'est-ce pas ? Ou bien était-ce l'autre ? En tout cas, nous avons trouvé dans le nid de ce couple des œufs de vacher à tête brune…

Ronald savait exactement à quels nids correspondaient les différentes photographies. Mr Brewster aimait connaître les oiseaux de sa réserve et notait sur des cartes l'emplacement de leurs nids. Il pouvait ainsi savoir si la population d'une espèce croissait ou décroissait.

Emily trouva passionnante la discussion qui s'ensuivit. Mais elle était gênée que Ronald, qui avait sans conteste beaucoup de choses à dire sur le sujet, ne soit pas assis avec eux à table pendant que les membres savouraient leur café et leurs petits gâteaux. Plus tard, alors qu'il l'aidait à remettre son manteau, elle s'adressa à lui. Mr Brewster avait convié ceux qui le souhaitaient à venir observer l'un des nids du petit passereau sur lequel avait porté la séance du jour : apparemment, une espèce parasite était venue y pondre.

— Pourquoi ne pas vous être assis parmi nous ? demanda Emily d'une voix un peu timide.

La réunion lui avait beaucoup plu, elle était ravie d'avoir été admise sans peine parmi ces ornithologues passionnés. Néanmoins, la place de Ronald au sein du club la dérangeait. Il semblait proche de Mr Brewster, et pourtant les autres membres du club ne l'acceptaient pas avec autant de naturel. Elle avait aussi remarqué que Mr Peyton, par exemple, le tutoyait comme si cela allait de soi.

— Vous êtes quand même l'assistant de Mr Brewster... poursuivit-elle.

Ronald Gardener haussa les épaules.

— Je suis son assistant, son photographe, et en quelque sorte aussi son ami, je crois. Mais... c'est... Vous n'êtes pas américaine ?

— Non, je viens d'Écosse, dit Emily tout en se dirigeant à son côté vers le parc. Mais je ne suis pas aveugle. Je vois bien qu'aux États-Unis les gens tels que vous ne sont pas traités comme les personnes blanches. Et je connais un peu l'histoire de l'esclavage...

— ... qui a pris fin il y a deux bons siècles, ajouta Ronald. En tout cas dans les États du Sud. Ici, dans le Nord, il a même été aboli avant. Il n'empêche que la plupart des membres de notre petit cercle trouveraient étrange que je m'asseye à table avec eux. Et Mr Brewster ne juge pas utile de déranger leurs habitudes...

— Mes parents ne s'asseyent pas non plus à la même table que les maîtres, fit remarquer Emily. Mais je ne crois pas qu'ils auraient beaucoup de choses à se dire de toute façon. Ma mère est cuisinière, vous savez, et mon père, valet. En Écosse, dans une famille noble, les Hard.

Une expression de surprise passa sur le visage de Ronald.

— Mais comment êtes-vous arrivée à Harvard ? Les frais d'inscription sont exorbitants ! Le personnel de maison est-il donc si bien payé dans votre pays ?

Emily secoua la tête et raconta le rôle qu'avait joué le Pr Pickering. Elle aurait pu continuer son récit, mais l'immensité et la beauté de la propriété la laissèrent sans voix. La ferme des Brewster était un lieu enchanté. Des prairies sauvages jouxtaient des collines boisées, un lac scintillait au loin sous les rayons du soleil couchant, et partout on entendait les trilles et les chants des oiseaux.

Après une courte promenade, Mr Brewster prit de nouveau la parole, montra l'arbre dans lequel se trouvait le nid en question et invita ses visiteurs à aller le voir chacun à leur tour. Effectivement, l'un des quatre œufs était différent des autres. Un vacher à tête brune avait pondu en douce dans le nid.

— Les oiseaux ne s'en aperçoivent pas ? s'étonna Emily.

Spontanément, elle avait posé sa question à Ronald. Elle n'avait pas encore osé prendre la parole devant tous les membres du groupe.

— Il faut croire que non, répondit-il. Ils ne voient peut-être pas les couleurs.

Emily sourit.

— Voilà qui me semblerait parfois une bonne chose…

Ronald allait répondre, mais Mr Brewster raccompagnait à présent le groupe d'ornithologues vers la maison : la réunion était terminée.

Tandis que les membres du club prenaient congé les uns des autres, Ronald salua Emily.

— Ce fut un plaisir d'échanger avec vous, miss Coxwold.

— Emily, dit celle-ci sans hésiter.

Ronald n'était pas beaucoup plus âgé qu'elle. Elle aurait été gênée qu'il l'appelle miss Coxwold alors que les autres le tutoyaient.

— Et, pour ma part, ajouta-t-elle, le plaisir sera encore plus grand si, la prochaine fois, nous pouvons discuter assis…

Ronald rit. Il faudrait encore attendre trois mois avant qu'il ose convier Emily à boire un café avec lui.

4

ARCHIBALD PEYTON, DIT ARCHIE, proposa à Emily de la raccompagner en voiture jusqu'à la gare, et même jusqu'en ville.

— Cela ne me dérange pas du tout, affirma-t-il. Au contraire, le temps passe plus vite quand on bavarde en chemin. Si vous le permettez, je viendrai volontiers vous chercher pour notre prochaine réunion, à moins que vous ne nous ayez déjà assez vus…

Emily accepta la proposition du jeune avocat, qui ne lui faisait plus peur. Mr Peyton avait participé à la conversation avec enthousiasme tout au long de l'après-midi, et il avait apporté plusieurs plaques photographiques sur lesquelles échanger. Il comptait parmi les membres les plus engagés du club.

Au début du trajet, ils parlèrent surtout d'oiseaux et de la réserve privée de Mr Brewster. Mr Peyton demanda ensuite à quelle adresse il devait déposer Emily à Boston, puis obtint durant l'heure suivante d'autres détails sur elle et sur sa vie. En homme cultivé et fervent amateur de théâtre, il connaissait bien sûr Katrina Hard de nom.

— Travailler pour elle devait être passionnant, avança Mr Peyton. Pourquoi avoir rejoint les calculatrices de Harvard ? À ce qu'on dit, ce n'est pas très bien payé.

Emily faillit éclater de rire. Elle lui avoua que, à la différence des Hard, le Pr Pickering la payait presque grassement.

— Depuis que Katrina s'est brouillée avec sa famille, on ne me donne plus rien, déclara-t-elle. C'est sa mère, lady Mairead, qui mandatait toujours mon prétendu argent de poche.

Mr Peyton regarda la jeune femme avec des yeux ronds.

— Vous ne devriez pas vous laisser faire, miss Coxwold. Il faut réclamer haut et fort votre argent, ou cesser de travailler. Voulez-vous que je parle à miss Hard ? En ma qualité d'avocat ? Pardonnez-moi si je suis indiscret, mais il me semble que cette personne vous met mal à l'aise.

Emily se récria.

— Surtout pas ! Si vous me représentez, elle tentera aussitôt de vous... Comment dire... reprit-elle en rougissant. Elle... elle fera tout pour vous mener par le bout du nez, et vous l'inviterez au club d'ornithologie, et alors elle viendra, bien sûr, et voudra occuper le devant de la scène...

Mr Peyton la dévisagea d'un air surpris.

— Je ne me laisse pas si facilement mener par le bout du nez. Et le seul qui puisse inviter quelqu'un aux séances du club est Mr Brewster. Dites-moi, miss Coxwold, se pourrait-il que miss Katrina Hard vous fasse peur ?

Emily ne répondit pas et préféra changer de sujet. Quand il la déposa devant chez Ailis, elle le remercia chaleureusement et accepta son offre de la conduire à

Concord la prochaine fois. Il ne restait plus qu'à espérer qu'il n'irait pas importuner Katrina. En le regardant s'éloigner, Emily ne se sentait pas tranquille.

Et en effet, Archie Peyton ne parvint pas à oublier l'affaire. Il trouvait Emily charmante et avait bien envie d'aider cette jeune femme aux prises avec une relation de dépendance malsaine. En outre, il était curieux de faire la connaissance de cette actrice qui avait tout l'air d'une intrigante.

Le lendemain matin, Emily lui ayant raconté qu'elle devait aller à l'université, il savait qu'elle ne serait pas au théâtre et alla donc voir Katrina pendant les répétitions. Après s'être présenté au factotum de l'entrée, en mentionnant son nom complet et son titre, il exigea qu'on fasse venir miss Hard. Il n'en aurait pas pour longtemps, expliqua-t-il, mais il devait s'entretenir avec elle d'une affaire urgente et plutôt embarrassante.

Katrina, alarmée par les paroles qu'on lui avait rapportées, entra dans le bureau de Cuthbert Hay, où Archie Peyton avait été conduit pour l'entrevue. L'administrateur du théâtre était quant à lui occupé sur scène.

— En quoi puis-je vous être utile ? demanda Katrina quand Mr Peyton se fut présenté.

— Eh bien, c'est un peu délicat, commença le jeune avocat. Voilà, miss Hard, il se trouve que j'ai eu vent d'une affaire qui risquerait d'être compromettante pour vous si elle était rendue publique.

Katrina afficha un sourire las.

— Si vous voulez parler de ma relation avec Mr Hay… voyez-vous, je suis actrice. C'est-à-dire quelqu'un à qui l'on pardonne volontiers quelques licences avec…

— Il ne s'agit pas de Mr Hay, la coupa Mr Peyton. Votre relation avec lui n'est un secret pour personne, du moins pas pour les gens qui connaissent Mr Hay. J'ai pour ma part entendu dire qu'il entretenait volontiers des relations de travail, disons, très proches avec ses actrices. Non, il s'agit plutôt de votre relation avec votre employée, miss Emily Coxwold.

— Qu'insinuez-vous ? répliqua aussitôt Katrina sur un ton sec.

Archie Peyton sourit. Une aventure galante entre une actrice et un impresario passait encore, mais une relation homosexuelle… dans une ville aussi conservatrice que Boston, Katrina Hard pourrait dire adieu à sa carrière.

— Je veux parler de relations professionnelles, précisa-t-il. Autant que je sache, il n'existe pas de contrat de travail en bonne et due forme entre vous et miss Coxwold. Or, dans notre pays, c'est illégal, miss Hard. Vous auriez tout intérêt à remédier au plus vite à cet état de fait.

Le sourire de Katrina regagna en assurance.

— Je vois. Il est vrai qu'aucun contrat ne nous lie, Emily et moi. Nous sommes amies, vous comprenez ?

Mr Peyton haussa les sourcils.

— Miss Coxwold n'exerce-t-elle donc pas à l'heure pour vous le métier de femme de chambre et de coiffeuse, ainsi que celui de maquilleuse ? Ce pour quoi elle supporte quelques désagréments, comme celui de venir ici chaque matin avant son travail à l'observatoire, de même que le soir ? Mais peut-être n'avons-nous simplement pas la même vision de l'amitié. Pour moi, un ami est quelqu'un avec qui je vais me promener, ou pêcher, ou peut-être boire une bière au pub. Il ne nous viendrait pas à l'idée de faire couler un bain à l'autre ou de lui repasser ses costumes. Et si mon ami, par hasard, était coiffeur, il ne me couperait pas les cheveux gratuitement, pas plus que je ne le représenterais à titre gracieux lors d'un procès.

— C'est différent dans notre cas, prétendit Katrina avec une pointe de nervosité. Nous nous coiffons l'une l'autre depuis notre enfance.

— Je pourrais objecter que vous n'êtes plus des enfants, mais des femmes adultes qui exercent chacune un métier pour lequel il est évident qu'elles doivent être rémunérées. En outre, votre argument met en avant le principe de réciprocité. Coiffez-vous régulièrement miss Emily ?

Implacable, Mr Peyton fixait Katrina, qui grimaça.

— Très bien, Mr Peyton, répondons aux exigences de la loi et établissons un contrat. Je suppose que vous avez déjà préparé quelque chose ?

— Absolument, répondit Mr Peyton. Il ne nous reste plus qu'à nous accorder sur la rémunération de miss Emily.

— Ma mère lui payait deux dollars d'argent de poche par semaine ! lança Katrina.

— Je parlais du salaire qui revient à une femme de chambre expérimentée, rétorqua Archie Peyton, le sourcil froncé. De l'argent de poche, c'est ce que touche une apprentie, et encore. Dans cette situation, quinze dollars par semaine me semblent être une somme appropriée.

— Quinze dollars ? Vous avez perdu la tête ?

Katrina souffla, furieuse, puis renonça soudain à son attitude sévère pour s'installer dans le fauteuil avec une volupté presque lascive.

— On dirait que ma petite Emily a appris à user de ses charmes. Elle se donne toujours des airs guindés, mais en vérité j'ai dû la préserver plusieurs fois déjà d'aventures galantes qui auraient pu mal finir, confia Katrina en écartant une mèche de cheveux.

— Je ne crois pas que cela ait jamais été dans vos attributions, poursuivit Mr Peyton sans se laisser impressionner. Elle n'est pas votre pupille. Du reste, miss Coxwold est ma cliente. Une relation d'une autre teneur n'existe pas entre nous et ne serait jamais aussi… tolérée ?… par la société que celle qui vous lie à Mr Hay.

Katrina était dure en affaires. Elle fit feu de tout bois, rappela les services que sa famille avait rendus à Emily par le passé, ainsi que les robes qu'elle avait eu la largesse de lui céder récemment encore.

— Elle a reçu son salaire en nature.

Mr Peyton accueillit sereinement ce nouvel argument.

— Voilà qui pouvait encore être admissible quand vous étiez enfants ou jeunes filles, et la générosité de vos parents est fort louable. Mais aujourd'hui vous recourez à des prestations proposées par miss Coxwold. Cela n'a rien à voir avec le passé. Vous devez payer pour ce service, miss Hard.

Finalement, ils se mirent d'accord sur un travail quotidien de trois heures maximum, pour lequel Emily recevrait un salaire de dix dollars par semaine. Quand Katrina eu signé le contrat, Mr Peyton la remercia poliment, et elle le congédia sur un ton glacial.

Le soir même, Mr Peyton apporta le contrat à Emily, qui en pleura de joie. Il avait patienté devant l'observatoire et, quand les calculatrices de Harvard étaient sorties de leur travail, il l'avait interceptée avant qu'elle ne se rende au théâtre pour préparer Katrina avant un spectacle.

— Et elle n'était pas fâchée ? demanda Emily plusieurs fois. Elle n'a pas non plus tenté de vous… enfin, de… je veux dire, elle n'a pas essayé de toucher votre cœur ?

Elle s'interrompit. Comme toujours, elle ne trouvait pas les mots pour décrire les tentatives de séduction de Katrina.

— Si elle avait eu une arme adaptée sous la main, répondit Mr Peyton en riant, il est certain qu'elle n'aurait pas manqué mon cœur. Et, bien sûr, elle était contrariée, miss Coxwold. Personne n'aime payer plus qu'il n'y est obligé, et vous lui avez toujours facilité la tâche pour qu'elle vous exploite. Ne continuez pas dans cette voie, je vous prie. J'ai négocié trois heures par jour. Si vous deviez travailler plus longtemps, informez miss Hard de ces heures supplémentaires et exigez cinquante cents de l'heure. C'est toujours trop peu, d'autant plus qu'au théâtre on travaille souvent jusque tard dans la nuit. Si miss Hard ne paie pas d'elle-même, notez les heures, et je lui enverrai une facture à la fin du mois.

— Comment… comment vous remercier ? demanda Emily. Vous pourriez peut-être aussi m'envoyer une facture ?

Mr Peyton secoua la tête.

— Inutile, miss Coxwold. En revanche, je serais heureux que vous puissiez m'accorder un peu de votre temps. Seriez-vous prête à dîner avec moi un soir ?

5

Archie Peyton faisait la cour à Emily en vrai gentleman. Il ne se pressait pas, soucieux de ne pas effaroucher la jeune femme, et n'aurait jamais exigé de caresses ou de baisers prématurés. Il n'avait cependant pas échappé à Emily que le jeune homme s'intéressait à elle. Elle aussi appréciait sa compagnie et pouvait s'entretenir librement avec lui de ses études, de ses voyages et d'autres sujets anodins. Le restaurant dans lequel il l'invita proposait des mets raffinés, et leur rendez-vous suivant devait leur permettre d'assister ensemble à un concert de musique classique. Pourtant, Emily n'était pas entièrement à son aise : chaque fois que l'aimable Mr Peyton se penchait vers elle, elle voyait en pensée un autre visage. Ronald Gardener, l'assistant de Mr Brewster, faisait résonner quelque chose en elle, plus qu'Archie Peyton ne le ferait jamais. Mais il se pouvait aussi que ses sensations se dissipent la prochaine fois qu'elle le verrait. L'occasion lui en fut donnée plus tôt que prévu. Le Pr Roberts organisa une excursion ornithologique à Concord pour ses étudiants, avec pour objectif principal non pas d'observer les oiseaux, mais de s'initier aux techniques de la photographie animalière.

— À l'heure actuelle, rares sont ceux qui savent manipuler ces appareils encore souvent encombrants. Mais, croyez-moi, cette possibilité de documenter vos recherches prendra de l'importance au cours de votre vie professionnelle. Ce serait une bonne chose de vous y préparer, et Mr Brewster dispose avec Mr Gardener, son assistant, d'un maître de la discipline !

Le Pr Roberts proposait l'excursion à tous ses élèves, mais jusqu'à présent Emily n'avait pas envisagé d'y participer. Il lui manquait l'argent nécessaire pour le trajet, les repas et le cours, dont Mr Brewster avait fixé le prix à quelques dollars. « Ce sont des dons pour la réserve naturelle », avait expliqué le professeur, ce à quoi Emily n'avait rien à redire. Mais, comme sa bourse ne couvrait pas de tels frais annexes, elle était partie du principe qu'elle ne pourrait pas suivre cette formation. Toutefois, les premiers gages versés par Katrina étaient arrivés entre-temps sur son compte, et Emily ne voyait pas de meilleure façon de les dépenser que de s'inscrire à l'excursion à Concord. Ailis l'y encouragea, et Katrina, acerbe, déclara qu'elle déduirait évidemment de son salaire les deux jours pendant lesquels elle s'absenterait. Emily n'avait cependant pas à s'inquiéter : dès la première semaine de leur contrat, elle avait accumulé de nombreuses heures supplémentaires, pour lesquelles elle osa même présenter une facture à Katrina. Celle-ci fulmina, mais s'acquitta de sa dette, sans oublier de se lamenter.

Emily était la seule étudiante à accompagner le professeur et dix jeunes messieurs, qui s'engouffrèrent tous ensemble dans le train. À la gare de Concord,

Ronald Gardener vint les chercher avec une lourde charrette tirée par deux gros chevaux de trait.

— Si ces messieurs veulent bien se donner la peine... D'habitude, nous utilisons plutôt ce véhicule pour transporter du bois dans la réserve, dit-il, mais nous y avons installé des bancs.

Il désigna d'un geste les sièges rudimentaires et découvrit alors Emily parmi les étudiants. Son visage s'éclaira.

— Miss Coxwold ! Mais bien sûr, vous suivez les cours du Pr Roberts ! Mr Brewster sera ravi de vous voir, assura-t-il joyeusement, quoiqu'un peu embarrassé par le manque de confort de la voiture, équipée de bancs sans dossier. Je peux peut-être offrir à Mademoiselle de prendre place à l'avant, sur la banquette ? Bien que vous, professeur, soyez naturellement...

La place la plus confortable aurait dû revenir à l'organisateur de l'excursion.

— Je sais ! s'exclama Ronald Gardener. Installez-vous donc tous deux sur la banquette. Je vais monter sur l'un des chevaux et diriger l'attelage de là.

Cette solution semblait le combler, tout autant que la vue de la jeune Emily.

— C'est un cheval qui a l'habitude d'avoir un cavalier ? demanda Emily avec inquiétude.

Ronald approuva.

— Tout à fait, je les monte souvent l'un et l'autre.

Sans que les harnais ou l'absence de selle ne paraissent constituer le moindre obstacle, il enfourcha avec aisance l'une des lourdes juments, qui se mit à trotter d'un pas vif en dépit de la charge supplémentaire. Le professeur, assis à côté d'Emily, s'enquit gentiment de ses progrès à l'université et de sa participation au club d'ornithologie. Il fut enchanté d'apprendre qu'elle avait déjà trouvé quelqu'un pour la conduire de Boston à la ferme des Brewster. C'était un interlocuteur charmant, mais Emily avait de la peine à se concentrer sur leur conversation. Elle ne pouvait détacher le regard du jeune cavalier qui guidait l'attelage d'une main experte, assis à califourchon sur l'énorme cheval, le corps souple et tendu à la fois. De temps en temps, Mr Gardener se retournait vers ses passagers avec un large sourire, et le Pr Roberts lui assurait d'un signe de tête que tout allait bien.

— Il en a fait du chemin, ce jeune Ronald, souligna-t-il à l'intention d'Emily. Les Brewster prennent soin de lui depuis qu'ils l'ont rencontré un jour en Alabama. Sa famille vivait dans une grande pauvreté, mais le petit avait l'air très éveillé ; il devait avoir 12 ou 13 ans à l'époque. Avec la bénédiction de ses parents, les Brewster l'ont emmené et envoyé à l'école. Et puis William lui a enseigné l'ornithologie et permis d'apprendre la photographie. Ronald est un photographe exceptionnel, certainement parce qu'il sait faire preuve de patience quand il observe les oiseaux derrière son objectif.

Les quelques miles qui séparaient la gare de la ferme furent vite parcourus. William Brewster vint accueillir ses invités et indiqua aux étudiants un emplacement où ils pourraient planter leur tente. L'excitation s'empara d'eux ; ils étaient ravis de camper pendant deux jours. Emily regardait autour d'elle, un peu perdue.

— Et pour miss Coxwold nous allons bien sûr trouver un logement à l'intérieur, expliqua Mr Brewster. Mon épouse va s'occuper de vous, Emily. Ron, pourrais-tu s'il te plaît conduire cette jeune dame ?

Ronald avait dételé les juments, qui broutaient déjà dans le pré. Debout à côté de Mr Brewster, il attendait qu'on lui confie de nouvelles tâches.

— Suivez-moi, miss Coxwold, dit-il en souriant. Vous verrez, Mrs Brewster est très aimable, vous vous entendrez bien avec elle.

Emily lui emboîta le pas, empruntant une autre entrée que la fois précédente, et qui menait à la partie du bâtiment réservée au musée. Elle pénétra alors dans une ferme typiquement américaine, avec un vestibule où l'on quittait ses bottes sales et ses vêtements trempés pour pénétrer dans les espaces de vie. Au centre de l'habitation se trouvait une vaste cuisine avec un coin salle à manger, où s'affairait Mrs Brewster. Il y régnait une délicieuse odeur de biscuits sortis du four. Mrs Brewster était une femme replète, avec un large visage et de grands yeux bleus au regard doux.

— Qui m'amènes-tu là, Ron ? demanda-t-elle en regardant gentiment Emily. Une amie ?

— Une amie de la maison, répondit Ronald sur un ton neutre, sans se laisser décontenancer par les allusions de Mrs Brewster. Miss Emily Coxwold est membre du club et étudie chez le Pr Roberts. Elle participe à notre cours.

— Vous pouvez m'appeler par mon prénom, dit Emily en rougissant devant Mrs Brewster, qui l'enveloppa tout entière de son sourire chaleureux.

— Bien volontiers, mon petit. Et vous m'appellerez Caroline. Nous ne sommes pas très collet monté, ici, pas vrai, Ron ? Tenez, prenez chacun un biscuit, ils sortent du four. Mais pas un mot à la horde d'étudiants qui vous accompagne : ils devront se préparer leur pitance seuls. Ou ils iront à pied à Concord et dîneront au pub.

Emily prit avec plaisir un biscuit qu'elle se mit à grignoter. Elle se sentait à son aise dans cette cuisine qui lui rappelait sa mère s'affairant dans leur petite chaumière ou dans la grande cuisine d'Old Lane Manor.

La maison de Caroline Brewster était on ne peut plus accueillante. La chambre d'amis, dans laquelle on la conduisit quelques minutes plus tard, était douillette elle aussi. Une courtepointe bigarrée recouvrait le lit, et le nécessaire de toilette était en céramique de couleur vive.

La chambre donnait sur le pré aux chevaux et sur le campement que les étudiants étaient en train d'installer. À en juger par leur maladresse, tous n'étaient pas experts dans ce domaine. Emily observa d'un œil amusé les efforts de ses camarades. Ronald, qui les avait rejoints, se rendait déjà utile. Comme il était très habile à manier les piquets et les sardines, ces messieurs en profitaient pour abandonner la partie dès qu'il commençait à les aider. Emily, qui se demandait où Ronald avait ainsi appris à monter des tentes, se dit que le domaine des Brewster avait dû accueillir d'autres expéditions de ce type.

Un peu plus tard dans l'après-midi, Mr Brewster souhaita officiellement la bienvenue à ses hôtes, et Ronald, dans une introduction à la photographie, expliqua le fonctionnement d'un appareil. Emily connaissait le principe de la photographie sur plaques grâce à son travail pour le Pr Pickering, mais Ronald leur parla alors d'un autre support :

— Pour la photographie animalière, nous utilisons des films souples. Vous imaginez bien qu'on ne peut pas prier les animaux sauvages de venir dans un atelier et de se tenir tranquilles tandis qu'on impressionne les plaques. Avec ce type d'appareil, on est plus mobile : on peut même grimper dans les arbres pour se rapprocher des oiseaux.

— Comme un singe ! Ouh ouh ah ah ! se moqua l'un des étudiants. Il y en a parmi nous qui ont des prédispositions, pas vrai ?

William Brewster intervint tout de suite et rappela à l'ordre les étudiants : il ne tolérerait aucune dérive de la sorte. Que cela se reproduise, et le coupable serait renvoyé sans autre forme de procès. Puis le professeur adressa un signe de tête à Ronald, qui reprit ses explications sur l'exposition du papier et des plaques, sur leur préparation et sur le développement. Il dressa un tableau passionnant des innovations qui s'étaient établies dans l'univers de la photographie depuis l'époque des daguerréotypes. Pour finir, il montra à l'assemblée comment placer un film dans l'appareil photo et proposa de réaliser un portrait rapide.

— Peut-être de vous, miss Coxwold ? demanda-t-il sur un ton volontairement détaché, mais sans parvenir à dissimuler l'éclat qui illuminait son regard à la seule pensée de posséder un portrait de la jeune femme.

— Avec plaisir, répondit Emily.

Alors qu'il existait de nombreuses photographies des cousins et cousines Hard, elle-même n'avait été photographiée que quelques fois dans ses jeunes années, et toujours en compagnie de Katrina. Or elle aurait bien aimé envoyer un portrait actuel à ses parents.

En se conformant aux indications de Ronald, elle prit la pose et fixa l'objectif avec sérieux. Ronald regarda par le viseur.

— Si je peux me permettre une suggestion… Tournez légèrement la tête de côté, comme si vous alliez regarder par-dessus votre épaule. C'est plus naturel.

Emily s'exécuta, puis leva les yeux vers lui, et un sourire à peine esquissé passa sur ses lèvres. Ronald appuya sur le déclencheur pour capturer cette expression fugace.

— Ce sera un portrait magnifique, déclara-t-il. Quelqu'un d'autre ? Vous pouvez aussi passer derrière l'objectif.

Si nous utilisons tout le film, je pourrai le développer dès ce soir.

Les étudiants se disputèrent naturellement la place du photographe, et quelques-uns endossèrent le rôle du modèle avec plus ou moins d'aisance. Ronald attira l'attention du groupe sur l'incidence et le temps de pose. Chaque fois qu'on lui posait une question, il se montrait patient et partageait son expérience. Puis vint le tour d'Emily.

— Sur qui notre étudiante jettera-t-elle son dévolu ? demanda l'un des élèves, très beau garçon, qui avait déjà tenté de flirter avec elle pendant le trajet en train.

Emily rougit.

— Je... euh... je pense faire un portrait de Mr Brewster. Il aura ainsi un souvenir de notre cours... Nous pouvons désormais réaliser plusieurs positifs à partir d'une photographie, n'est-ce pas, Mr Gardener ?

— Tout à fait, oui. C'est ce qu'on appelle des « tirages », confirma Ronald.

William Brewster prit la pose devant l'objectif, puis, sans prévenir, tira son assistant par le bras pour le faire passer dans le champ de l'appareil.

— S'il s'agit d'un souvenir de notre cours, alors Ron doit aussi être sur la photo ! lança-t-il en posant la main sur son épaule.

Ronald ne put s'empêcher de sourire, et Emily parvint à capturer cet instant. Tous deux échangèrent alors un regard de connivence timide.

6

EMILY PASSA UNE NUIT TRANQUILLE dans sa chambre coquette, et, au petit déjeuner, Mrs Brewster l'invita à se joindre à elle.

— Je ne sais pas trop, dit Emily. Je ferais peut-être mieux de déjeuner là-bas, au campement. Il ne faudrait pas que les autres croient que j'ai du dédain pour eux.

Elle avait déjà passé la veille loin de ses camarades et profité d'une soirée au coin du feu chez les Brewster – en compagnie du Pr Roberts et de Ronald Gardener. Les trois hommes s'étaient entretenus des oies sauvages, un sujet qui aurait passionné Emily, mais, ayant appris entre-temps qu'elle travaillait au théâtre et connaissait Katrina Hard, Mrs Brewster l'avait pressée de questions. Toujours est-il qu'il faisait bon au coin de l'âtre, alors que dehors la fraîcheur devait l'emporter sur le feu de camp qu'avaient allumé les étudiants. La Nouvelle-Angleterre resplendissait encore des couleurs de l'été indien, mais certaines nuits les températures avoisinaient déjà le zéro.

Mrs Brewster balaya ses doutes.

— Le professeur déjeune également avec nous, et Ron nous rejoindra après avoir fini de développer le film. Vous pourrez ainsi apporter les photographies au groupe.

Emily n'aurait su dire ce qui avait le plus pesé dans sa décision : l'évocation de Ron ou la perspective de se retrouver seule avec les étudiants, sans le professeur ; en tout cas, elle mordit bientôt à pleines dents dans un petit pain maison tartiné de miel prélevé sur les ruches de Mr Brewster. Dans la réserve, on laissait les insectes en paix puisqu'ils constituaient une part importante de l'alimentation des oiseaux. En revanche, les prédateurs y étaient honnis. Les chiens et les chats n'y étaient pas non plus les bienvenus, et des clôtures spéciales empêchaient même ces derniers de se faufiler dans le paradis de Mr Brewster.

Arrivé au dernier moment, Ron se retrouva aussitôt avec une tartine de miel et une tasse de café dans la main, puis sortit rejoindre le groupe avec le Pr Roberts, Mr Brewster et Emily.

— Comment sont les photos ? demanda Emily.

— Comme ci comme ça, répondit Ron avec un clin d'œil. Certains de ses messieurs semblent ne pas avoir beaucoup de talent. Ou alors ils louchent...

Emily éclata de rire. Sans qu'elle sache pourquoi, sa timidité face à Ronald s'était envolée. Il lui semblait qu'elle pouvait plaisanter et s'entretenir avec lui aussi librement qu'avec Ailis ou Alma.

— Je vais faire passer les tirages dans le groupe, déclara Ronald en se dirigeant vers le feu autour duquel s'étaient réunis les étudiants, les mains autour de leur tasse de café pour se réchauffer.

Ni lui ni Emily n'avaient remarqué que le professeur et Mr Brewster ne les avaient pas suivis et s'étaient dirigés vers l'écurie. Au petit déjeuner, les deux scientifiques avaient parlé d'hirondelles – ils espéraient encore en apercevoir quelques-unes.

Les étudiants sautèrent sur cette occasion de chicaner Emily et Ronald.

— Tiens, tiens, voilà notre miss Em en compagnie de *Mr Ron*, lança Ted Rand, déjà apparu la veille comme l'un des meneurs.

Ils étaient plusieurs à ne pas avoir apprécié que Mr Brewster leur demande de s'adresser à son assistant dans le respect des formes. Cette obligation à la politesse avait d'ailleurs étonné Emily, dans la mesure où les membres du club d'ornithologie, eux, tutoyaient toujours Ronald. Pendant leurs réunions, il endossait pourtant aussi le rôle de l'enseignant.

— Y aurait-il anguille sous roche ?

Les étudiants s'esclaffèrent.

— C'est sûr que notre miss Em n'est pas très à cheval sur les conventions, poursuivit le jeune Rand. Étudier en tant que femme… Et, à ce qu'il paraît, miss, vous êtes aussi *show girl* dans des spectacles de variétés, pas vrai ?

Emily piqua un fard. Un jour, sur ordre de Katrina, elle avait rendu service comme placeuse au théâtre et cru mourir de honte au moment où quelques-uns de ses camarades assis dans le public l'avaient reconnue. Évidemment, il n'y avait rien d'inconvenant à accompagner les spectateurs jusqu'à leur place. Mais il n'en fallait pas plus pour attaquer une femme qui avait le culot de vouloir étudier. Manque de chance, le spectacle d'alors était un divertissement léger ; beaucoup d'artistes s'étaient montrés plus frivoles que dans les opéras-comiques au fond très sages que programmait d'habitude Cuthbert Hay.

Ron se tenait près d'Emily. Elle sentit que le corps du jeune homme se raidissait sous les quolibets, mais il garda son sang-froid et ignora l'insolence de Ted Rand. Il profita néanmoins de son rôle de professeur pour demander le silence, puis brandit une pile de photographies, dont il entreprit d'analyser les qualités techniques. Il commenta les tirages les uns après les autres.

— Mr Rand excelle dans un portrait un peu flou de la jambe de pantalon de Mr Tremlow, souligna-t-il, pince-sans-rire, en arrivant à la photographie réalisée par le jeune perturbateur. Et Mr Tremlow a bien saisi le front de Mr Rand. Vous devez éviter de secouer l'appareil quand vous appuyez sur le déclencheur, messieurs. La photographie exige de la maîtrise.

Les étudiants firent passer les tirages en commentant allègrement les ratés de leurs camarades. Soudain, Mr Tremlow, le meilleur ami de Ted Rand, brandit la photo que Ronald avait prise d'Emily.

Le portrait de trois quarts était splendide – Emily demeura stupéfaite de la douceur de ses traits. Ronald avait exploité avec adresse les jeux d'ombre et de lumière du jour tombant. Sans oublier ce sourire presque imperceptible qui dansait sur ses lèvres…

— En voilà, un sourire béat, miss Em ! se moqua Mr Tremlow. Et comme elle mange des yeux son nouveau béguin… Mazette ! Où est donc le portrait qu'elle a fait de lui ?

Heureusement, le Pr Roberts et Mr Brewster rejoignirent alors le groupe, de sorte qu'aucun n'osa plus lancer de commentaires acides sur la photographie qu'Emily avait prise de Ronald Gardener. Mr Brewster la félicita au contraire d'avoir réussi son cadrage et de ne pas avoir bougé.

— Très beau travail, la complimenta également le Pr Roberts en hochant la tête.

Il divisa ensuite ses étudiants en différents groupes. Équipés chacun d'une caméra, ils partiraient explorer la réserve en quête de sujets. Emily se retrouva avec des étudiants un peu plus âgés, dont les essais photographiques de la veille avaient aussi donné de bons résultats. L'un d'eux avait déjà de l'expérience dans le domaine et se chargea de conseiller les autres.

Mr Tremlow et Mr Rand étaient dans le groupe de Ron, dont faisait aussi partie le professeur. Ainsi placés sous surveillance, les deux étudiants ne se permettraient plus la moindre grossièreté.

Emily profita d'une journée passionnante. À l'automne, le paradis ornithologique de Mr Brewster exhibait la richesse de ses feuillages étincelants, et le paysage était encore plus beau que d'habitude. La jeune femme regrettait presque de ne pouvoir photographier les oiseaux que dans un morne contraste noir et blanc. Elle n'aperçut pas d'oies sauvages, hélas, les zones humides de la réserve étant quadrillées par un autre groupe d'étudiants. L'après-midi, Ronald se chargea d'initier l'ensemble du groupe aux secrets du développement photographique.

— Vous n'aurez sans doute pas à le faire vous-mêmes : il existe de plus en plus de laboratoires où l'on peut déposer les appareils ou seulement les films. L'évolution dans ce domaine est fulgurante. Bientôt, chacun aura son propre appareil photographique, au moins pour réaliser de modestes prises de vue. Toutefois, si vous souhaitez vous pencher sérieusement sur la photographie animalière à des fins scientifiques, mieux vaut bien connaître les supports. Miss Coxwold, vous qui travaillez chez les calculatrices de Harvard, savez-vous comment sont réalisées les plaques que vous analysez ?

Emily eut un instant de gêne. Elle n'avait pas évoqué son travail à l'observatoire devant Ron ; il avait donc dû parler d'elle avec le Pr Roberts ou avec Mr Brewster.

— Nous travaillons sur des négatifs, répondit-elle après s'être ressaisie. Avec des spectroscopes. Et, effectivement, je sais comment on développe les plaques. J'ai une amie, Ailis, qui a autrefois effectué cette tâche pour un atelier de Boston. Cela étant, chez les calculatrices de Harvard, il ne s'agit pas tant de développement que d'analyse. Nous ne prenons pas nous-mêmes de photographies.

À la fin de la séance, les tirages furent mis à sécher dans la chambre noire, ce qui clôtura la journée de cours.

Alors qu'ils se dirigeaient vers la maison à la suite du Pr Roberts et de Mr Brewster, Ronald aborda Emily.

— Je suis désolé, miss Coxwold, que vous ayez été plusieurs fois la cible des moqueries de vos camarades aujourd'hui. Ils n'en avaient nullement après vous, mais après moi…

Emily l'arrêta.

— Vous savez, j'ai l'habitude, Mr Ron. Non seulement à cause de mes origines, mais aussi parce que je suis l'une des rares étudiantes dans ma spécialité. Ne vous en faites pas pour cela, je vous prie.

— Dans ce cas, voudriez-vous participer à une excursion supplémentaire demain matin ? Même si cela risque de vous attirer de nouvelles railleries ?

— En votre compagnie ? demanda Emily d'une voix qui dénotait moins le refus que l'étonnement.

Elle ne s'attendait pas à tant de témérité de la part de Ron.

— Pas seulement, répondit Ronald. La sortie se fera sous la supervision de Mr Brewster et du Pr Roberts. Je ne ferai que conduire la voiture et prendre des photos. À ce qu'il semble, les oies sauvages se préparent à partir pour le sud. Elles nichent en bordure de la rivière Concord, dans des endroits humides, et assister à leur départ est une expérience unique.

Le visage d'Emily s'illumina.

— Je ne raterais cela pour rien au monde, s'exclama-t-elle. Mais Mr Brewster et le professeur ne s'y opposeront pas ?

Ronald secoua la tête.

— Non. Ils sont ravis.

Emily le regarda avec un sourire.

— Vous leur avez déjà posé la question ?

Le jeune homme hocha la tête, satisfait de lui.

Le départ de l'excursion eut lieu avant le lever du soleil. Mrs Brewster avait préparé du café et des sandwichs pour au moins trois jours.

Ronald attela l'une des juments de trait à une voiture stable et légère, puis grimpa sur le banc du cocher. Mr Brewster et le professeur, comme toujours en grande conversation, prirent place sur les sièges à l'arrière, et personne ne remarqua qu'Emily s'installait à côté de Ronald. Depuis ce point de vue surélevé, les alentours étaient magnifiques, et la jeune femme avait l'impression que son guide lui dévoilait un monde enchanté aux mille couleurs. Des perles de rosée, peut-être même des cristaux de givre, scintillaient entre les brins d'herbe et les feuilles des arbres ; une nappe de brouillard matinal ondoyait au-dessus du lac. Le froid était mordant, mais les deux scientifiques s'étaient enveloppés dans des couvertures, et Ron en tendit également une à Emily.

Elle s'y emmitoufla, consciente que Ron profitait un peu de ce regain de chaleur.

À cette heure, la plupart des oiseaux chanteurs semblaient encore endormis, et il y avait peu d'agitation dans les arbres, mais, quand ils arrivèrent près de la rivière, ils aperçurent dans les prairies humides des centaines d'oies sauvages cacardant à tue-tête, comme pour échanger les dernières informations sur leur départ et leur itinéraire. Le bruit était assourdissant.

Ron se mit à rire lorsque Emily lui fit part de ses hypothèses sur les vocalisations, et il entreprit de « traduire » les conseils qu'un couple d'oies adressait sans doute à ses petits dont c'était le premier grand voyage.

— Restez bien en ligne, les enfants ! Et pas d'exploits, Petite Oie, tu sais que la route est longue !

Pendant qu'il attachait la jument à un arbre et lui donnait de quoi manger, Emily lui confia que son oie, elle, n'avait malheureusement jamais volé. Mr Brewster et le professeur rejoignaient déjà à pas de loup un point d'observation plus proche de la colonie, et la jeune femme évoqua alors sa chère Gooby et tout ce qu'elle avait tenté pour lui apprendre à s'élever dans les airs - sans succès.

— À quoi attribuez-vous ces échecs ? demanda Ron, dont la curiosité avait été piquée. Elle n'était pas malade, si ?

— Non, non. La vraie raison, c'est que moi je ne volais pas. Elle m'imitait en tout, comme les oisons imitent leurs parents. C'est ma faute si elle n'a pas su voler, expliqua Emily.

— Mais pas du tout ! Vous lui avez sauvé la vie. Et vous l'avez sans doute beaucoup aimée…

En disant ces mots, il baissa la voix. Les émotions n'avaient pas leur place dans la recherche ; le professeur l'avait expliqué à ses élèves dès le premier cours magistral, et Ron avait certainement entendu le même discours de la part de Mr Brewster.

Emily, que le souvenir de son oie bouleversait encore, n'eut la force que de hocher la tête. Puis elle aida Ronald à transporter l'appareil photographique et le trépied vers les prairies humides où les attendaient les deux ornithologues expérimentés. Au moment d'enjamber un cours d'eau, Ronald offrit tout naturellement sa main à Emily, puis s'excusa quand elle la saisit.

— Pourrions-nous cesser cela ? demanda-t-elle après avoir franchi l'obstacle. Je veux dire, voudriez-vous bien arrêter de vous excuser à tout bout de champ ? Surtout quand vous n'avez rien fait de mal ?

— Pardonnez-moi ! laissa alors échapper Ron, et tous deux éclatèrent de rire.

Enfin, ils trouvèrent l'endroit approprié pour photographier et observer les oiseaux, non loin de la cachette de Mr Brewster et du professeur. Un bosquet de roseaux les dissimulait aux oies, mais la vue n'en était pas moins idéale.

— À vrai dire, les oiseaux ne sont pas particulièrement craintifs, expliqua Ron. Personne ne les chasse, ici. S'ils sont malgré tout prudents, c'est à cause d'expériences qu'ils ont eues ailleurs au cours de leur voyage. Le monde entier regorge de chasseurs qui attendent d'abattre leur dîner de Noël.

Au lieu de se soucier d'eux, les oies continuaient en effet leurs préparatifs de voyage, quels qu'ils soient, et s'apprêtaient à abandonner leur territoire pour la moitié de l'année.

— Ont-elles toutes couvé ici ? demanda Emily, à qui cette zone, quoique vaste, semblait exiguë pour tant d'oies.

Ronald secoua la tête.

— Non, elles se sont réunies pour l'occasion. C'est ce qui rend leur départ si spectaculaire. Elles viennent de tout le Massachusetts et sûrement aussi des États voisins.

Emily observa avec fascination, et une pointe de nostalgie, cet immense rassemblement de jars et d'oies qui auraient pu être les frères et sœurs de Gooby. Les brumes matinales s'étaient dissipées, Ron régla son appareil, et Mr Brewster distribua des sandwichs. Deux heures s'écoulèrent. Enfin, les oiseaux semblèrent se mettre en position, et les premiers groupes s'envolèrent à grands cris.

— Elles vérifient que tout le monde est là, que personne n'a été oublié, et que chacun est à sa position, dit Ronald tout en prenant des photos. Elles se déplacent par familles…

— Ce sont même des clans, déclara Emily avec un sourire en voyant que les groupes en question comptaient parfois plusieurs centaines d'individus.

Et puis tout le monde se tut. Les quatre scientifiques s'abandonnèrent au spectacle de la nature, au milieu d'une multitude d'oiseaux qui s'envolaient, cacardaient, battaient des ailes. Oubliant tout ce qui l'entourait, Emily avait l'impression de ne faire qu'un avec ces nuées de volatiles, de sentir le vent sur elle et, de toutes parts, des battements d'ailes puissants dans des tourbillons d'air. Elle aurait voulu crier elle aussi et dire sa joie : « Je suis là ! Vous entendez ? Je suis là, et je suis libre ! »

En détachant un instant le regard des oies, elle croisa celui de Ronald, assis auprès d'elle, et eut le sentiment que le jeune homme éprouvait la même chose qu'elle. À présent que les oies s'éloignaient, il avait laissé son appareil photo de côté et observait simplement le spectacle, songeur lui aussi.

— Je voudrais m'envoler avec elles ! murmura Emily sans se demander si elle risquait de paraître ridicule.

Mais elle sentit alors la main de Ronald se poser délicatement sur la sienne.

— Nous volons dans nos rêves, dit-il doucement.

Elle répondit à la pression de sa main.

— Et nous sommes libres ! ajouta-t-elle.

Elle savait qu'il n'y avait pas lieu de le penser vraiment, ni pour elle ni pour lui, mais cet instant était néanmoins le leur.

Au plus profond d'eux, ils volaient.

7

L'excursion à Concord eut des retombées à la fois positives et négatives sur le quotidien universitaire d'Emily. Elle remporta d'abord l'adhésion inconditionnelle du Pr Roberts, aussi convaincu par son engagement lors de leur excursion pour observer les oies que par ses photographies. Il salua ses indéniables talents de photographe et la pria de préparer un exposé afin de présenter les oiseaux qu'elle avait capturés sur la pellicule. Emily redoutait de prendre la parole debout devant ses camarades, mais Ailis, désormais habituée à rendre publiquement compte de son travail, l'encouragea.

— Personne ne connaît ton sujet aussi bien que toi ! dit-elle. Au mieux ils seront intéressés et t'écouteront sagement. Au pire certains s'ennuieront ou voudront te contredire. Dans mon cas, nombreux sont ceux qui refusent de reconnaître que les femmes peuvent être d'aussi bonnes chercheuses que les hommes. Mais, s'ils tentent de me déstabiliser, j'ai largement de quoi les faire taire. Et je suis certaine que tu connais mieux les oiseaux que n'importe quel étudiant en zoologie. Il te suffit de répondre aux questions qu'on te pose. N'aie pas peur !

Cependant, Ailis n'avait pas préparé Emily aux remarques grivoises dont elle ferait l'objet. Le jour de son exposé, mais aussi le reste du temps, chaque fois qu'elle entrerait dans un amphithéâtre ou une salle de cours.

Les étudiants qui avaient participé à l'excursion, jaloux ou blessés dans leur honneur que leur meilleur élément soit la seule étudiante du groupe, faisaient circuler les histoires les plus abracadabrantes sur la vie privée d'Emily. On prétendait qu'elle payait ses études grâce au théâtre et s'était éhontément jetée dans les bras, au choix, du Pr Roberts, de William Brewster ou de son domestique Ronald. Cette dernière relation, surtout, provoquait l'indignation, puisque les étudiants se gardaient de préciser que Ronald Gardener avait été leur professeur pendant leur séjour.

— Une vraie lubrique ! affirmaient Ted Rand et ses amis.

Emily faisait de son mieux pour ignorer les piques, de même qu'elle présenta son exposé sans ciller. Personne ne posa de questions ni ne souleva d'objections, mais les moqueries à son encontre persistèrent. En psychologie aussi, elle avait de plus en plus de détracteurs.

Les enseignants, qui, tous, appréciaient Emily, condamnaient ses bourreaux chaque fois qu'ils avaient vent de quelque chose, mais cela arrivait trop rarement. Emily finit par renoncer à les prévenir : rien n'aurait changé de toute façon, sinon que sa popularité déjà déplorable en aurait encore pris un coup.

Elle trouvait au moins un peu de réconfort lorsqu'elle acceptait de sortir avec Archie Peyton, qui continuait de se montrer patient. Il n'allait jamais au-delà des compliments et tentait de gagner son cœur honorablement, en multipliant les tête-à-tête romantiques. Il lui fit découvrir les environs de Boston, l'emmena dans des cafés, des restaurants, et tenta de gagner pour elle un ours en peluche au stand de tir d'une kermesse. À présent, il projetait de l'inviter à un tour en barque sur le lac du Public Garden. Emily n'avait pas de doute sur ses intentions et se montrait aimable envers lui, mais secrètement elle ne pouvait s'empêcher de le comparer à Ronald Gardener. Ronald, avec qui elle avait pu contempler le paysage en silence, alors qu'Archie était un moulin à paroles... Malgré tout, elle se demandait si la magie qu'elle percevait entre elle et Ronald n'était pas qu'une création de son esprit.

La réunion suivante qu'organisa le club, et où Emily se rendit en compagnie d'Archie Peyton, leur permit de se revoir. Ronald se montra alors aussi aimable et distancé avec elle qu'avec tous les autres membres du club. À la demande de William Brewster, Emily présenta devant le groupe d'ornithologues amateurs l'exposé qu'elle avait préparé pour le Pr Roberts, et obtint cette fois un franc succès. Archie Peyton sembla presque fier d'elle et, plus tard, lorsqu'ils partirent dans la réserve à la recherche des oiseaux décrits par Emily, il ne la quitta pas des yeux. Ils firent cependant chou blanc. L'hiver était là, on attendait les premières neiges, et les oiseaux, s'ils n'étaient pas partis pour des contrées plus accueillantes, ne montraient pas le bout de leur bec.

En quittant la ferme des Brewster, Emily était déçue et triste, pas seulement en raison de l'absence des oiseaux. Elle n'avait pas pu échanger le moindre mot en privé avec Ronald... Aussi fut-elle comblée par la lettre qu'elle reçut deux jours plus tard.

Chère miss Coxwold,

J'espère que vous me pardonnerez de prendre la liberté de vous écrire cette lettre pour vous assurer que votre présentation m'a beaucoup impressionné, de même que vos talents de photographe. Je serais très honoré de pouvoir vous apporter l'été prochain d'autres enseignements sur les techniques utiles à votre travail.

Votre très dévoué Ronald Gardener

P.-S. Transmettez aussi à Mr Peyton mes salutations distinguées. Je me réjouis de voir que vous avez trouvé en lui un ami et une âme sœur.

D'abord toute à sa joie, Emily lut et relut la lettre en essayant d'y déceler des messages. Après une nuit blanche passée à réfléchir, elle finit par demander son avis à Ailis.

— Pour ce qui est des lettres d'amour, je ne suis pas la mieux placée, plaisanta son amie, qui parcourut néanmoins de bon gré les quelques lignes de Ronald. Son écriture est un peu ampoulée, tu ne trouves pas ? Comme s'il soupesait chaque mot. Et, surtout, il semble soucieux de ne pas donner l'impression qu'il s'intéresse à toi en tant que femme. Je trouve ses salutations à Mr Peyton presque vexantes, comme s'il te poussait dans ses bras.

Emily se mordilla la lèvre, puis évoqua la couleur de peau de Ronald, et, tant qu'elle y était, elle parla aussi des remarques fielleuses de ses camarades. Elle termina en sanglots sur l'épaule d'Ailis.

— Que puis-je faire ? demanda-t-elle avec des accents de désespoir.

Ailis réfléchit.

— Si tu veux mon avis, cette lettre est une sorte de question. Une manière de te sonder. Il ne peut pas exprimer ce qu'il ressent ; pour la plupart des Américains, ce serait… inconcevable. Mais tu hantes ses pensées. Il veut savoir si tu l'apprécies.

Emily sanglota de plus belle.

— Mais il ne dit pas qu'il m'apprécie, lui !

— Enfin, Emily, sa lettre même est la preuve qu'il est fou amoureux de toi. Envers et contre tout. Et si tu ne sais rien des obstacles que vous risquez de rencontrer, lui n'en est que trop conscient. Ce que tu vis à l'université est un simple avant-goût de ce qui vous attendrait. Je préfère ne pas imaginer le mépris et la haine auquel vous feriez face si vous deviez former un couple. Est-ce que tu l'aimes bien ?

Emily hocha la tête entre ses larmes.

— Beaucoup.

Ailis soupira.

— Dans ce cas, tu devrais commencer par cesser d'encourager ton avocat. Une crise de jalousie est la dernière chose dont tu aies besoin. Et Mr Peyton est un gentleman, c'est sûr… Mais d'après ce que tu m'as raconté de son intervention auprès de Katrina, je préférerais ne pas l'avoir comme ennemi.

Le soir même, Emily répondit à la lettre de Ronald.

Cher Mr Gardener,

Je me sens prête à vous autoriser à prendre toutes les libertés possibles, à condition que vous cessiez enfin de vous excuser. Personne n'a à avoir honte de quoi que ce soit.

Je vous remercie du fond du cœur pour les compliments que vous m'avez adressés et dont je connais la valeur. Je peux vous assurer que je serais ravie d'en apprendre davantage sur la photographie.

Depuis que je fais partie du club d'ornithologie, j'y ai trouvé de nombreux amis qui partagent mes centres d'intérêt, dont Mr Peyton. Je ne vois cependant pas en lui une âme sœur. Je ne saurais avoir pareils sentiments que pour quelqu'un avec qui je pourrais voler. Ne serait-ce qu'en rêve.

Bien fidèlement à vous,

Emily Coxwold

8

LE NOUVEAU BALLON avait été livré quatre semaines après le début du semestre d'hiver, et, depuis, Donna et Hernando ne s'occupaient plus que de préparer leur prochaine aventure. L'aérostat devait s'envoler au printemps, et il devait être dirigeable. Le cœur battant, mais aussi lourd de remords, ils démontèrent le moteur de la Benz. À vrai dire, ils n'avaient plus le loisir de la conduire. Le projet de dirigeable monopolisait tout leur temps, exception faite des heures qu'ils passaient à l'université et des nuits pendant lesquelles ils s'aimaient. Hernando était un amant doué, et Donella apprenait volontiers. Elle était agile et imaginative, tandis qu'il ne connaissait pas de tabous. Les baisers et caresses qu'ils échangeaient les comblaient, et les emmenaient même au septième ciel, au plus haut de la voûte céleste. Donella, qui n'avait jamais été aussi heureuse, aurait voulu en faire part à Hernando, mais celui-ci boudait les déclarations d'amour.

— Il n'y a pas de mots pour ce que nous ressentons, disait-il. Nos sentiments sont libres. Les mots… les mots ne sont que des chaînes…

Donella se demandait ce qu'il entendait par là. Peut-être évoquait-il le vœu matrimonial qui unissait deux personnes. Mais pourquoi envisager ce lien sous forme de chaînes ? Donna imaginait plutôt un ruban de soie qu'Hernando et elle auraient noué en une ganse…

Puis tout fut enfin prêt.

Le ballon dirigeable fut achevé juste à temps pour le début du printemps. Le moteur fonctionnait et n'était pas trop lourd, si bien que l'aérostat s'élevait dans les airs sans difficulté. Donella n'était pas encore pleinement satisfaite de la direction, qu'elle jugeait trop imprécise, et elle aurait voulu monter le gouvernail à l'arrière du ballon plutôt qu'à l'avant. Mais Hernando refusait d'attendre plus longtemps. Il annonça le baptême de l'air de l'*Estrella* dans la presse ainsi qu'à l'université. En hommage à la première montgolfière, il prévoyait d'atterrir dans le jardin des Tuileries. Le décollage aurait lieu dans un petit parc parisien situé plus au nord.

Donella assista à l'événement sous les traits de Donald, notamment parce que le Pr Barlot était présent lui aussi. À l'issue du vol, Hernando voulait lui expliquer le fonctionnement de l'aérostat dirigeable, validant ainsi avec brio un autre projet de fin de semestre. Il aurait été étrange que Donald ne soit pas à ses côtés, sans compter que Donella craignait d'être reconnue si elle se mêlait aux étudiants en toilette de femme. Et elle ne voulait en aucun cas manquer le vol et l'atterrissage ! Elle contrôla encore une fois le moteur et le gouvernail, aida Hernando à remplir le ballon d'hydrogène, puis contempla avec un sentiment de fierté et de satisfaction l'aérostat qui, libéré de ses amarres, prenait son envol pour faire route vers le sud sans même attendre le vent nécessaire. C'était un dimanche, les journaux avaient annoncé l'événement et, dans la rue, une foule enthousiaste agitait la main vers Hernando. Donella monta quant à elle dans le véhicule chargé de rapporter le ballon. Ils avaient aussi envisagé de tenter un vol aller-retour, mais pour Donella le gouvernail n'était pas encore assez performant.

— Nous ne voudrions quand même pas risquer un échec ! avait-elle opposé à l'audacieux Hernando. Ce serait nous ridiculiser. Et puis, pour l'atterrissage, les Tuileries offrent un décor beaucoup plus intéressant que notre jardin ou le petit parc d'où tu décolleras. On prendra certainement des photographies de toi, Hernando, et de notre petite étoile.

Elle avait pris l'habitude de donner ce surnom affectueux à l'*Estrella*, cette fière étoile qu'elle considérait un peu comme leur enfant. Le nom choisi par Hernando lui paraissait trop sévère et prétentieux.

Hernando, qui avait fini par se plier à ses arguments raisonnables, planait à présent au-dessus de Paris. Les gens l'applaudissaient, et Donella les aurait volontiers imités. L'un de ses rêves était en train de se réaliser, peu importe que les lauriers ne lui reviennent pas directement. Hernando et elle ne faisaient qu'un, jamais elle ne pourrait lui envier quoi que ce soit ni lui en vouloir longtemps. Elle avait la certitude qu'un jour, en dépit de sa crainte d'être enchaîné, il la prendrait pour femme. Peut-être une fois ses études et celles de Donald achevées. Le plus important pour l'instant était de ne pas mettre en péril sa fausse identité.

Pour ce premier voyage, les conditions météorologiques étaient idéales. Hernando se posa avec l'*Estrella* devant un parterre de fleurs multicolores, à une centaine de mètres de l'emplacement initialement choisi par Donna, ce que les spectateurs en liesse, bien sûr, ne remarquèrent pas. Ils acclamèrent le beau jeune homme, saluant le succès de cet audacieux pionnier de l'aéronautique à grand renfort de champagne et de bravos.

Hernando tint devant la foule un discours enjoué dans lequel, tout en introduisant adroitement des détails techniques à l'intention du Pr Barlot, il expliqua au plus grand nombre comment il avait réussi à faire voler l'*Estrella*.

— Ce deuxième vol en France à bord d'un ballon dirigeable marque un tournant dans l'histoire de l'aéronautique ! déclara-t-il fièrement. Je suis certain que le vol motorisé s'imposera, sur des aérostats ou sur d'autres machines volantes dont on voit aujourd'hui déjà les premières ébauches. À long terme, le moteur électrique conçu par MM. Renard et Krebs ne suffira pas pour parcourir de longues distances.

— Mais les deux ingénieurs, eux, ont décollé et atterri au même endroit, à Chalais-Meudon, intervint un jeune journaliste. À quand votre premier vol aller-retour ?

Hernando afficha un sourire vainqueur.

— C'est bien sûr la prochaine étape prévue. Peut-être bien dès ce mois-ci. Je pense décoller à Montmartre, me diriger vers l'Arc de Triomphe, puis le Louvre, l'Opéra, et finir la soirée au Moulin-Rouge.

Donella frémit. Qu'est-ce que c'était que cette histoire ? Il n'avait jamais été question d'une telle entreprise, encore moins ce mois-ci ni même le mois suivant !

— Nous permettez-vous de vous citer ? demanda le journaliste.

Quelques-uns de ses collègues noircissaient déjà d'une main frénétique les pages de leur bloc-notes.

— Mais avec plaisir ! L'*Estrella* inaugure une nouvelle ère de l'aéronautique. Songez un peu : un jour, c'est dans un appareil de ce type qu'on fera le tour du monde !

— Encore heureux que tu ne leur aies pas promis ce tour du monde pour dans deux mois ! lui reprocha Donella avec une pointe d'ironie dans la voix alors qu'ils s'étaient retrouvés à l'atelier pour ranger le ballon. Hernando, nous devons encore travailler sur le gouvernail ! Tu n'as pas atterri exactement là où nous l'avions prévu. Le professeur s'en est aperçu lui aussi, il connaissait l'itinéraire précis. Je te parie que la prochaine fois il te prendra entre quatre yeux pour en parler ! Et encore, tu as eu de la chance : il n'y avait pas beaucoup de vent aujourd'hui. Sinon tu aurais pu dériver bien plus loin...

Hernando la coupa.

— J'aurais quand même atterri aux Tuileries, protesta-t-il. Il était impossible d'échouer.

— Mais ce vol aller-retour peut échouer ! lui objecta Donella. La trajectoire d'aujourd'hui était presque une ligne droite, et tu as atterri dans un vaste domaine. Mais à Montmartre ! Avec toutes ces maisons serrées les unes contre les autres, tu devras piloter avec la plus grande précision jusqu'à l'aire d'atterrissage. Sans parler de l'ascension : il faudra peut-être même que tu manœuvres autour des bâtiments. Nous n'avons pas le choix : nous devons déplacer le gouvernail, ou au moins essayer. Et peut-être aussi perfectionner l'aérodynamisme du ballon...

Hernando fronça les sourcils.

— Tu as perdu la tête, Donna ? Cela nous obligerait à en commander un nouveau ! Le temps qu'il soit terminé et que tu aies testé ton nouveau gouvernail, l'été sera passé. N'importe qui peut nous devancer maintenant que j'ai communiqué des objectifs précis.

— Voilà pourquoi tu aurais mieux fait de te taire ! répliqua Donna.

Elle n'avait encore jamais été aussi furieuse et inquiète.

— Tout dépend quand même aussi de la dextérité de l'aéronaute, dit Hernando d'une voix plus douce. C'est peut-être sur moi que tout repose. Si je m'entraîne davantage, je pourrai mieux maîtriser le gouvernail.

Donella secoua la tête.

— J'ai fait autant d'essais que toi, tu l'oublies toujours ! Et j'ai eu exactement les mêmes difficultés. Il faut améliorer cet élément, Hernando ! Il le faut !

Pendant toute la soirée, Hernando demeura distant, et il voulut rentrer tôt, sans fêter comme prévu l'événement avec Donna. Elle l'avait rarement vu d'aussi mauvaise humeur ; d'habitude, quand ils n'étaient pas du même avis, ce qui était exceptionnel, ils se réconciliaient au plus tard en allant se coucher. Mais cette fois ils n'échangèrent pas un mot, et, le lendemain, quand Donna ouvrit les yeux, Hernando était déjà au salon. La gouvernante lui avait servi un café, qu'il dégustait en lisant la presse du matin. Donna sut qu'elle avait perdu quand elle déplia le premier journal. *Le Figaro* annonçait en gros caractères l'exploit à venir du « seigneur des airs », Hernando Sánchez-Duboire.

« Peut-être bien dès ce mois-ci ! » rapportait le rédacteur enthousiaste, fixant du même coup une date butoir à Hernando. On était en mars, l'*Estrella* devrait fournir avant avril une nouvelle preuve du génie de son constructeur. D'ici là, Hernando n'autoriserait que des modifications de faible envergure.

Le journal du soir apporta d'autres nouvelles décisives : un industriel dont les affaires d'import-export s'étendaient à toute l'Europe plaçait de grands espoirs dans cette nouvelle technique et offrait une prime de cent mille francs à quiconque parviendrait à effectuer sans accident une boucle au-dessus de Paris.

— À nous la récompense ! s'enflamma Hernando.

Donella le regarda, hébétée.

— Tu n'as pas besoin de cet argent, Hernando. Ton père est immensément riche, ces cent mille francs ne seraient que de l'argent de poche. Je suis certaine qu'il ne voudrait pas que son fils risque sa vie pour ça !

Hernando fit la grimace.

— Tu ne le connais pas. Mon père veut me voir triompher. L'argent ne compte pas, ce sont les honneurs qui lui importent. Pour lui, je dois être le premier, partout, et tout le temps. J'entends bien ne pas le décevoir !

Donella faillit lui faire remarquer qu'ainsi c'est elle qu'il décevrait. Elle espérait du fond du cœur que ce pari ne mettrait pas directement sa vie en jeu. Mais elle songeait aussi qu'en cas d'incident, même si seul le ballon devait être endommagé, elle se verrait privée de la possibilité de se présenter un jour à Paris comme la première aéronaute.

C'était pourtant ce dont ils étaient convenus, dès qu'Hernando aurait remporté quelques autres succès, l'année suivante, quand il aurait terminé ses études et que Donald n'existerait plus.

Donella sentait bien qu'Hernando ne tiendrait pas compte de leurs projets. Il voulait cette récompense, et tout de suite ! Elle n'était pas de taille face aux souhaits de sa famille, réels ou supposés.

Elle retourna à l'atelier le cœur lourd. Il lui serait peut-être encore possible de modifier la forme de la barre de direction. Ou valait-il mieux la raccourcir ? Ses réflexions techniques chassèrent peu à peu sa mauvaise humeur. S'il existait une solution au problème, elle la trouverait.

9

HERNANDO AVAIT FIXÉ LA DATE de son premier vol aller-retour au 1er avril, et, ce jour-là, sur une place réservée de Montmartre, près du Moulin-Rouge, quand Donald-Donella remplit le ballon d'hydrogène – un gaz inflammable qu'elle aurait préféré ne pas avoir à manipuler dans un environnement aussi peuplé –, elle eut le sentiment que toute la ville de Paris s'était rassemblée. Cette fois encore, le beau temps était au rendez-vous, et les Parisiens entendaient profiter de cette journée ensoleillée. Les rues seraient bondées tout le long du parcours : en cas de problème, il serait impossible d'atterrir en urgence sans risquer de blesser quelqu'un. Hernando semblait malgré tout très confiant. Radieux et très à son avantage avec sa veste et son bonnet de pilote en cuir, il donnait déjà des interviews. Il laissa à Donna le soin de contrôler l'appareil.

— Prêt au décollage ? demanda-t-il gaiement en grimpant dans la nacelle sous les acclamations de la foule.

— Tout fonctionne, déclara Donna. Mais, je t'en prie, sois prudent ! Veille à ce que le ballon s'élève suffisamment ! Même si les vents contraires sont plus forts dans les sphères les plus hautes, nous le savons bien…

Pour étudier les directions du vent au-dessus de Paris, Donna avait fait quantité d'ascensions avec le ballon à gaz. Hernando s'était déjà plaint qu'elle recoure chaque jour au transporteur pour rapatrier le ballon, sans parler de la consommation de gaz.

— Mais si tu restes plus bas, reprit-elle, tu devras contourner les clochers et les plus grands immeubles. Un beau spectacle, c'est sûr, les gens seraient ravis. Mais c'est dangereux. La di…

— D'accord, Donna, ça suffit comme ça ! la coupa Hernando d'une voix coléreuse qu'elle ne lui connaissait pas. La direction manque de précision. Mais je l'utilise depuis des semaines. Je sais m'y prendre ! Et cesse de me regarder ainsi comme une épouse inquiète, ou personne ne croira plus à ton déguisement ! Nous nous retrouvons dans une demi-heure. D'ici là, ne te mets pas martel en tête !

Cette fois, la jeune femme laissa le soin de détacher les amarres à une poignée de dignitaires parisiens, qui se seraient presque battus pour avoir ce privilège. L'*Estrella* prit son envol sous les ovations de la foule, droit vers le ciel, mais dut contourner un imposant hôtel avant d'atteindre la hauteur prévue. Hernando réussit la manœuvre sans s'approcher trop du bâtiment, et Donella poussa un soupir, soulagée. Elle suivit des yeux le ballon dirigeable jusqu'à ce qu'il disparaisse au loin. Quelques spectateurs s'élancèrent derrière lui, mais Donna savait que les rues étaient trop fréquentées pour s'y frayer un passage. Mieux valait attendre le retour d'Hernando ici, au point de départ. Elle qui ne jurait que par la technique et ne croyait pas à l'influence de puissances supérieures se surprit alors à prier. Elle espérait que, si ce vol réussissait, Hernando ne se fixerait pas aussitôt un nouvel objectif ambitieux.

Les clameurs du public lui annoncèrent plus tard que l'*Estrella* approchait. Il ne s'était pas écoulé plus de vingt-cinq minutes depuis le départ. Apparemment, Hernando avait pu respecter la durée qu'il avait prévue. Donna, elle, aurait préféré voler plus haut et planifier davantage de temps, mais après tout le vol s'était bien déroulé ainsi. Elle vit le jeune homme lâcher du gaz, et le ballon entreprit sa descente. Il fallait encore passer devant l'hôtel...

Elle faillit crier en constatant que l'*Estrella* virait trop sec. L'aérostat percuta non pas le bâtiment, mais l'un des drapeaux dont étaient ornés les balcons de la façade, où quantité de badauds s'étaient regroupés pour observer le spectacle. Donna vit avec épouvante le mât s'enfoncer dans l'enveloppe du ballon et y percer un large trou, dont s'échappa alors du gaz. L'aérostat descendait beaucoup trop vite. Pire : parmi les spectateurs devaient se trouver des fumeurs, et, comme on le savait, il suffisait d'une étincelle pour enflammer l'hydrogène. Le ballon sembla soudain cracher une flamme ; les gens rassemblés à proximité sur les balcons se jetèrent à terre en hurlant.

La soie du ballon prit feu, la nacelle vrilla, heurta le balcon de l'étage en dessous, et Donella, le souffle coupé, vit Hernando s'élancer avec audace et sauter sur le balcon. Il était en sécurité ! Elle se mit à rire et à pleurer en même temps tandis qu'autour d'elle la foule tentait de se mettre à l'abri de l'aérostat en chute libre. Un miracle que personne n'ait été blessé, rapporteraient les journaux le lendemain. Seuls les spectateurs qui se tenaient sur le balcon souffraient de légères brûlures, notamment au niveau des sourcils.

Hernando, l'aéronaute casse-cou, fut accueilli en héros, et pas un seul journal ne remit en question son idée de faire décoller et atterrir son ballon en pleine ville. Encore un peu, et Donna se serait aussi retrouvée dans les gros titres, mais le Pr Barlot, d'une main ferme, l'empêcha d'aller se jeter dans les bras d'Hernando au moment où celui-ci sortait de l'hôtel par l'entrée principale.

— Dieu du ciel, n'y songez pas, Donald – ou qui que vous soyez ! Il ne manquerait plus qu'on apprenne que votre ami a trompé l'université pendant des années en faisant passer son amante pour un cousin. C'est un diable d'homme, c'est sûr, mais nous autres professeurs ne sommes pas non plus nés de la dernière pluie…

Donna, dont les cheveux à présent détachés dépassaient du béret de Donald, le regarda avec résignation.

— Je savais que vous n'étiez pas dupe, dit-elle doucement. Mais il faut que je le retrouve, je…

— Vous allez rester bien sagement ici et faire comme si vous n'aviez rien à voir avec tout cela, ordonna le professeur sur un ton péremptoire. D'ailleurs, c'est la vérité : je parie que vous ne vous seriez pas risquée au vol d'aujourd'hui.

Donella le regarda fixement.

— Vous… vous savez cela aussi ?

Le professeur leva les yeux au ciel.

— Je ne le sais pas, mais j'ai tout lieu de le supposer. M. Sánchez-Duboire est un homme intelligent, qui ne mène cependant pas toujours à terme ses réflexions, contrairement à son cousin Donald, le meilleur élève que j'aie jamais eu. Un jour, vous pourrez passer ces examens à votre tour, mais pour l'instant restez en retrait. Rentrez chez vous, il finira par vous rejoindre. Et remettez-lui alors les idées en place avant qu'il n'annonce son intention de vouloir recommencer d'ici peu. Le moteur fonctionne à la perfection. Mais la direction manque encore de précision. En outre, on pourrait…

— … améliorer l'aérodynamisme de l'ensemble, compléta Donna en souriant entre ses larmes. Je voulais vous dire, professeur : mon nom est Donella Hard.

Le Pr Barlot tint à raccompagner Donella chez elle. Elle était encore pâle et tremblante, et il l'obligea à faire halte dans un café pour se remonter avec un cognac et un café bien fort. Quand elle prétexta devoir s'occuper du transport des restes de l'aérostat, il l'arrêta d'un geste.

— Pour une fois, laissez donc notre héros s'en occuper. Il faut avouer que ce saut sur le balcon, c'était quand même quelque chose ! J'ai toujours entendu parler des exploits sportifs de M. Sánchez-Duboire, mais je ne l'aurais jamais cru capable de ça !

Le Pr Barlot commanda encore des biscuits, sans paraître se soucier du trouble de la serveuse devant le personnage qui l'accompagnait – Donna portait toujours ses vêtements d'homme, mais sa longue chevelure s'offrait à présent à tous les regards.

— Il a eu beaucoup de chance, murmura Donna. Je devrais peut-être prier plus souvent.

Quand elle arriva chez eux, Hernando l'attendait déjà ; elle s'était entretenue plus longtemps que prévu avec le Pr Barlot. Les températures étaient douces, mais le jeune homme avait demandé au valet d'allumer la cheminée. Assis devant le feu, grelottant, il buvait un cognac à petites gorgées. Alors que la gouvernante jetait un regard mauvais à Donna, comme si elle la jugeait seule coupable de l'état de son maître, Donna, elle, comprit la situation : après les célébrations, Hernando prenait conscience d'avoir échappé de justesse à la mort. L'émotion était si violente qu'il en était anéanti.

Donna s'assit près de lui, pria le valet de lui préparer un thé et, plus tard, de faire couler un bain. Ensuite, elle fit un récit le plus calme et concret possible de sa rencontre avec le Pr Barlot, qui signait malheureusement la fin de la carrière universitaire de Donald.

— Moi aussi, j'arrête, déclara Hernando. De toute façon j'aurais passé mes derniers examens au printemps prochain, alors je peux aussi bien m'attaquer à mon diplôme dès l'automne…

Donna tâcha d'esquisser un sourire encourageant.

— Bien. Nous aurons ainsi beaucoup de temps pour notre nouveau ballon. J'en ai parlé avec le professeur. Il m'a fait part de quelques bonnes idées. Qu'en penses-tu : faut-il commander un nouveau moteur ou plutôt réparer l'ancien ? Et quand irons-nous à Vaugirard pour choisir une nouvelle enveloppe ?

Hernando but encore une gorgée de cognac.

— Bientôt. Très bientôt… Il faut seulement que… Je crois qu'après cette histoire je dois d'abord me reposer quelques jours.

Donna hocha la tête.

— Moi aussi, avoua-t-elle. Je… J'ai cru que j'allais te perdre. C'était un vrai cauchemar : tous ces gens, les cris… Quand j'ai vu que tu étais sain et sauf… Jamais je n'ai éprouvé un tel soulagement. Je t'aime, Hernando ! Tu ne peux pas imaginer combien je t'aime !

— Ne dis pas ça, la reprit-il doucement. Tu sais bien… Nous préférons seulement nous en donner des preuves. Les mots et les sentiments ne font pas bon ménage.

10

Hernando offrit bientôt à Donella quantité d'occasions de lui donner de telles preuves. Le soir de l'accident, il l'aima comme si sa vie en dépendait, et, dans les semaines qui suivirent, il l'entraîna avec lui dans une sarabande de plaisirs. Ils passèrent de longues soirées au Moulin-Rouge, se rendirent à l'Opéra et admirèrent le feu d'artifice du 14-Juillet. Plutôt que d'acheter une nouvelle voiture, Hernando fit l'acquisition d'une élégante chaise attelée à des chevaux blancs, qu'il inaugura après avoir dépensé une fortune en toilettes raffinées pour Donna.

Au fond d'elle, la jeune femme désapprouvait ces mœurs. Elle n'avait que faire d'une garde-robe prestigieuse, se moquait de danser dans les salles de bal les plus huppées, et, à force, boire du champagne tous les jours l'ennuyait. Elle aurait préféré travailler à la construction du nouveau ballon dirigeable, mais Hernando ne semblait pas plus disposé à réparer l'ancien moteur qu'à commander une enveloppe neuve.

— Tu ne souhaites donc plus voler ? lui demanda-t-elle un soir, enhardie par quelques verres de vin en trop, alors qu'ils rentraient chez eux. Tu ne veux plus gagner le prix ?

Hernando soupira.

— Si, si, bien sûr. Mais pour l'instant... je n'ai pas vraiment l'élan nécessaire, ma chérie. Après être passé si près de la mort, j'ai l'impression de devoir rattraper quelque chose et profiter de la vie.

Donna ne sut que répondre. Elle-même n'avait jamais autant aimé la vie qu'à bord d'un ballon – ou, mieux encore, d'un dirigeable – qui lui permette de conquérir les cieux.

— Voler n'est-il pas toute ta vie ? demanda-t-elle, prudente.

Hernando haussa les épaules.

— J'essaie justement de le découvrir, déclara-t-il. Ce qui est certain, c'est que ma vie ne peut pas se résumer à bricoler dans un atelier des heures durant pour au bout du compte échouer... Encore moins lorsque cet échec peut m'être fatal.

Crains-tu de prendre des risques ? Donella, qui s'apprêtait à poser cette question, se ravisa. Jusqu'alors, Hernando n'avait jamais eu peur de rien, mais sa dernière aventure l'avait ébranlé. En le forçant à admettre qu'il était effrayé, elle risquait de le voir s'effondrer complètement.

— La prochaine fois, tu n'échoueras pas, affirma-t-elle avec conviction. Je ne le permettrai pas !

Quelques jours plus tard, prétextant un rendez-vous chez le coiffeur, elle attela la chaise et prit la direction de Vaugirard. Quand il aperçut les élégants chevaux par la fenêtre, Armand Machure sortit du bâtiment et vit Donna qui cherchait où attacher les bêtes.

— Mademoiselle Hard ! s'exclama-t-il, surpris. Vous savez donc aussi guider un attelage ?

Donna éclata de rire. Elle était sincèrement heureuse de le voir, et de retrouver ses ateliers. Au cours des dernières semaines, les divertissements à foison lui avaient donné l'impression de vivre dans une bulle de bonheur factice, alors qu'il existait ici un lieu où ses rêves pouvaient devenir réalité.

— J'ai grandi dans la campagne écossaise, l'informa-t-elle d'un air satisfait. Je sais conduire une calèche, monter à cheval, et la plupart des femmes de ma famille savent également manier le fusil de chasse. Mais j'étais différente : moi, ce que je voulais, c'était voler.

Le visage d'Armand Machure s'illumina d'un large sourire.

— Dans ce cas, vous êtes au bon endroit, dit-il. Mais où est M. Sánchez ? J'ai su pour son accident...

— Par chance, il ne lui est rien arrivé, le rassura Donna. Seulement... sa détermination en a pris un coup.

Elle s'interrompit et ajouta à la hâte :

— Ne lui répétez surtout pas que je vous ai dit ça !

— Ne vous en faites pas, répondit le jeune homme, amusé, en levant la main comme pour prêter serment. Je ne voudrais pas le blesser dans sa fierté... Mais, dites-moi, mademoiselle, que pouvons-nous faire pour vous ?

— Je souhaiterais commander une nouvelle enveloppe – en son nom, dit Donna. Et je... je veux construire un dirigeable. Mais je n'y parviendrai pas toute seule. J'ai besoin de votre aide.

— Notre manufacture fabrique uniquement des enveloppes et des nacelles, répondit Armand Machure à regret. Mon oncle fait peu de cas des dirigeables, la technique ne le passionne pas autant que la couture et la vannerie.

Donna le regarda droit dans les yeux.

— Je ne crois pas. Enfin, je vous crois bien sûr quand vous dites que votre oncle ne s'intéresse pas à la technique. Mais vous n'êtes pas comme lui. Je pense que vous, vous seriez capable de m'aider.

L'expression du jeune homme était difficile à déchiffrer. Il donnait l'impression d'avoir été pris en défaut, mais Donna ignorait si c'était parce qu'il ne voulait pas trahir son oncle, ou parce qu'il craignait de s'attribuer des compétences qu'il ne possédait pas.

— Je n'ai pas fait d'études, avoua-t-il enfin.

Donna balaya ses scrupules d'un geste.

— Et moi, je n'ai suivi que deux semestres à l'université. Mais je parie que vous avez lu à peu près tout ce qui est paru ces dernières années sur l'aéronautique.

Armand Machure rougit.

— J'ai essayé, en tout cas. Et je suis plutôt habile de mes mains.

— Vous savez souder et visser, découper et assembler le métal… tout ce dont Hernando se chargeait jusqu'ici. Je suis en train d'apprendre, et moi aussi je suis habile de mes mains. Malgré tout, je ne me sens pas capable, seule, de réparer le moteur et de fabriquer un nouveau gouvernail. Mais je sais à quoi il devrait ressembler. Regardez… Pourrions-nous peut-être nous installer à l'intérieur ?

Une fois dans l'atelier, elle lui présenta quelques dessins, qui impressionnèrent de nouveau le constructeur de ballons.

— M. Sánchez sait-il que vous êtes ici ? demanda-t-il.

Donna secoua la tête.

— Non, je veux lui faire une surprise. Une fois que le dirigeable sera là, il n'aura pas d'autre choix que de l'essayer.

— Vous ne pensez pas qu'il nous en voudra ?

À ce que M. Machure en avait vu, son meilleur client n'était pas du genre à se laisser déposséder de ses décisions.

— Pas s'il lui appartient, affirma Donna. Nous… nous ne faisons que le construire, vous comprenez ? Tous les plans sont de lui.

Armand fronça les sourcils. Elle lui avait raconté un jour que ses dessins se basaient sur les propositions d'Hernando, et, à l'époque déjà, il ne l'avait pas crue.

— Mais où pourrions-nous travailler ? s'inquiéta-t-il.

Donella se mordit les lèvres. Il mettait le doigt sur un problème : il était inenvisageable de s'installer dans la manufacture de M. Lachambre, et impossible d'occuper l'atelier d'Hernando sans qu'il s'en aperçoive. Par chance, Hernando lui avait apporté la solution quelques jours plus tôt. Il prévoyait un nouveau séjour dans sa maison de famille, à Saint-Tropez. Son frère aîné, qui travaillait d'habitude sur la plantation familiale, y passait quelques semaines avec sa femme, et Hernando ne l'avait pas vu depuis longtemps. Cette fois non plus, il n'avait pas invité Donella à l'accompagner.

« Tu ne ferais que t'ennuyer là-bas, avait-il dit. Et puis tu ne comprendrais pas un mot. Lucinda ne parle que le portugais. »

De toute évidence, c'était un prétexte. Non seulement son frère et lui auraient pu servir d'interprètes, mais en plus ladite Lucinda était sûrement issue d'une famille aisée et avait donc dû bénéficier d'une éducation de haut rang. Ce qui, en Amérique du Sud comme en Europe, comprenait l'apprentissage de langues étrangères.

Donna supposait plutôt qu'il ne souhaitait pas la présenter à son frère avant d'avoir parlé d'elle à son père. Sur ce point au moins, elle trouvait que Frederick Balincourt avait raison : les formes devaient être respectées, même si elle vivait depuis plus d'un an avec Hernando.

Elle invita donc Armand à venir travailler avec elle dans l'atelier de son ami.

— Mais je... je ne pourrai ni vous rémunérer ni vous loger, ajouta-t-elle.

Alors qu'elle lui soumettait sa proposition, elle se demandait comment le jeune homme pourrait accepter de telles conditions : des coûts plutôt que des bénéfices, et toute la gloire pour un autre ?

— Bien sûr, je n'ignore pas que... reprit-elle.

Armand Machure l'arrêta, tout sourire.

— J'accepte avec plaisir de réaliser ce projet pour vous. Ou plutôt avec vous. C'est une technique qui m'a toujours intéressé. Alors si je peux vous aider et en même temps en apprendre plus...

Donna lui tendit la main.

— Nous allons apprendre l'un de l'autre, promit-elle. Et nous en saurons encore bien plus à la fin, quand ce ballon dirigeable ira exactement là où nous le souhaitons !

Armand lui serra la main, et tous deux se penchèrent sur les plans de la nouvelle enveloppe de ballon.

— Encore un monoplace ? demanda-t-il.

— Sans cela, le dirigeable serait trop gros : il ne pourrait plus être gonflé dans notre jardin ni sur aucune des places de Montmartre...

Armand leva les yeux au ciel, mais ne releva pas.

Pendant qu'Hernando séjournait à Saint-Tropez, où il remportait de nouvelles régates et, avec un peu de chance, regagnait en audace, Armand Machure trouva à se loger chez un ami parisien. Il entama tout de suite la construction de la nacelle, destinée à être accrochée sous le ballon dirigeable à l'aide de cordes aussi légères et solides que possible. Donna se concentra sur le moteur, qu'elle connaissait bien, et constata bientôt que la chute l'avait à peine endommagé – elle pourrait le réparer facilement. Ensemble, ils procédèrent à une longue série d'expériences avec l'hélice, une structure en bambou recouverte de toile, et surtout avec le gouvernail.

Quand ils avaient besoin d'une pause, que leur esprit était trop embrumé, ils allaient dans l'un des petits bistrots du quartier et buvaient du café fort ou du vin rouge bon marché. Ils riaient beaucoup en partageant leurs rêves les plus fous quant aux voyages aériens du futur. Donna raconta à Armand sa première rencontre avec une montgolfière : en voyant la gravure qui représentait cette machine volante si commode, elle s'était aussitôt demandé pourquoi celle-ci ne remplaçait pas déjà les calèches.

— Étais-tu trop paresseuse pour nourrir les chevaux ? la taquina-t-il.

Depuis que, dans leurs discussions autour du ballon, l'un s'était mis à terminer les phrases de l'autre, ils avaient cessé de se vouvoyer.

— Possible, admit Donna. Même si à l'époque ce n'était pas à moi de le faire. Mais il y a du vrai là-dedans.

À ce moment, il ne se trouvait personne chez Hernando pour prodiguer aux magnifiques chevaux blancs tout le soin qu'ils méritaient. Le valet considérait cette tâche comme indigne de son statut, la gouvernante avait peur des bêtes, et le palefrenier ne recevait plus d'argent d'Hernando. Donna supposait qu'il s'agissait là d'un simple oubli – en l'absence de son propriétaire, la Benz, elle, n'avait nécessité aucune attention. C'était donc à la jeune femme qu'il incombait de nourrir les chevaux, de nettoyer leur écurie et de s'assurer qu'ils fassent de l'exercice. La plupart du temps, elle se contentait de les laisser aller dans le jardin.

— En réalité, si je voulais tant voler, c'était avant tout pour échapper à mon frère, avoua-t-elle. Tu as des frères et sœurs ?

Armand avait une sœur qu'il aimait beaucoup. Un jour, celle-ci lui rendit visite à Paris avec son époux, et Donna, accompagné d'Armand, fit découvrir Montmartre au couple. Elle les emmena dans des établissements bon marché – ni Armand ni son beau-frère Louis n'avaient les moyens de s'offrir une entrée au Moulin-Rouge –, ce qui ne les empêcha pas de prendre du bon temps. Après une soirée pleine de gaieté, passée à admirer les danseuses de french cancan sur scène, puis à s'essayer eux-mêmes à sautiller en rythme, Donna dut bien avouer qu'elle s'était rarement autant amusée. Là encore, elle était différente de ses semblables : les divertissements des gens simples lui plaisaient davantage que les loisirs luxueux de l'aristocratie.

La collaboration entre Donna et Armand touchait à sa fin. La nacelle était terminée, et le moteur en place. Le nouveau gouvernail, qui fonctionnait à l'aide d'une sorte de voile, semblait opérationnel lui aussi. Puis l'enveloppe fut enfin livrée. L'oncle d'Armand avait respecté à la lettre les dessins de Donna pour sa fabrication. Il connaissait son métier !

Il était grand temps d'inaugurer le ballon dirigeable : Hernando avait annoncé son retour imminent.

Donna peinait à contenir son excitation tandis qu'Armand remplissait pour la première fois l'enveloppe de gaz. L'aérostat oblong s'éleva jusqu'à ne plus être retenu au sol que par ses amarres. Quel spectacle !

— À toi l'honneur ! déclara Armand en lui indiquant la nacelle. Attends, laisse-moi t'aider... ces jupes longues sont vraiment tout sauf pratiques...

Donella rit de bon cœur, prête à proposer une nouvelle transformation en Donald, quand elle prit soudain conscience de ce qu'il venait de lui proposer.

— Moi ? C'est moi qui vais le piloter ?

Armand lui fit un clin d'œil.

— Tu l'inaugures, et moi, je le baptise.

Donna secoua la tête.

— Non, non, c'est Hernando qui choisira son nom. Il...

— Il l'appellera *Donna,* j'espère, la coupa Armand. Ou bien *La dona...*

Dona Donella Sánchez-Duboire... La jeune femme se laissa aller à rêver à son futur nom, et à celui du dirigeable. Armand avait raison, Hernando devait avoir une pensée pour elle en baptisant le ballon. Mais, pour l'heure, tout ce qu'elle voulait, c'était l'essayer enfin !

— Tu n'as pas peur, n'est-ce pas ? demanda Armand.

— Voler ne m'a encore jamais fait peur !

Malgré sa longue robe, Donna enjamba la nacelle d'un bond, démarra le moteur et cria à Armand de libérer les amarres.

Alors le ballon dirigeable s'éleva. Son propre dirigeable ! Donna était fière, heureuse, et quand l'aérostat décrivit exactement la trajectoire qu'elle lui imprimait à l'aide du gouvernail, elle éclata de joie. Elle monta haut dans le ciel – elle ne voulait pas être trop visible depuis le sol, pas plus qu'elle ne souhaitait contourner des bâtiments. Elle ne craignait pas les vents contraires, le moteur était puissant, et le ballon suffisamment solide. Donna profitait de chaque seconde de son vol d'inauguration, quand elle s'aperçut qu'ils n'avaient pas parlé de l'atterrissage. Se poser dans le jardin d'Hernando était un pari risqué, et elle devrait manœuvrer avec la plus grande exactitude pour y parvenir. Mais Armand, à l'évidence, n'avait pas douté qu'elle atterrisse à l'endroit où elle avait décollé. Le cœur battant, Donna lâcha du gaz pour amorcer la descente. L'attention tout entière concentrée sur le gouvernail et la soupape, elle se rapprocha des immeubles du troisième arrondissement, contourna un grand bâtiment, puis, en douceur, vint bel et bien se poser dans le jardin.

Elle se jeta avec bonheur dans les bras d'Armand.

— Ça fonctionne ! Le ballon se laisse guider comme… comme un cheval ! Et pas n'importe lequel : le plus obéissant qui soit ! se réjouit-elle. Hernando ne va pas en revenir. C'est exactement ce que nous avions imaginé.

Armand repoussa gentiment son étreinte.

— Tu comptes vraiment le lui laisser ? Il ne t'a jamais effleuré l'esprit que tu pourrais toi-même concourir pour le prix ? Tu aurais davantage besoin de cet argent que lui. Et puis, avoue-le : la construction repose presque en totalité sur tes dessins et tes idées. Ma contribution et celle de M. Sánchez ne représentent qu'une infime partie du travail de conception.

— Sánchez-Duboire, rectifia Donna, songeant qu'il était grand temps qu'Armand s'habitue à une appellation correcte. Non, je n'ai jamais envisagé les choses sous cet angle. Pas sérieusement, en tout cas.

Elle se tut un instant avant d'ajouter :

— Tu dois comprendre que je lui dois tout ! Sans lui, je ne serais pas ici en ce moment…

— Et tu l'aimes, constata-t-il, amer. Même si tu n'oses pas le dire…

Donella démentit avec vigueur.

— Ce n'est pas que je n'ose pas. Mais nous… nous sommes convenus de ne pas prononcer ces mots car le dire, c'est… Enfin, peu importe ! Cela ne signifie pas pour autant que nous ne nous aimions pas. Il voudra certainement que je…

— … que tu l'épouses ? Tu y crois vraiment ? l'interrompit Armand.

Son scepticisme criant fit pâlir Donella.

— Mettrais-tu en doute notre futur mariage, Armand ? Que peux-tu bien en savoir ?

Armand caressa la jolie moustache qu'il se laissait pousser depuis peu.

— Je lui ai demandé, dit-il. Il y a quelque temps déjà. S'il souhaitait t'épouser. Il a répondu que non, que tu n'étais pour lui qu'une sorte d'âme sœur. Pourtant, votre relation va au-delà de la simple amitié, ou je me trompe ?

Donella s'empourpra.

— Je ne vois pas en quoi cela te concerne !

— Pardonne-moi, murmura Armand en baissant les yeux. Ça m'a échappé. Je ne voulais pas te froisser. Mais voilà, je…

D'un geste, Donna lui intima de se taire.

— Ne dis rien ! Je t'apprécie, et je ne veux pas avoir à te considérer comme le rival d'Hernando, encore moins comme notre ennemi. Et toi non plus, ne t'imagine pas être son adversaire, car tu n'aurais aucune chance. Hernando et moi, nous ne faisons qu'un !

Un éclair traversa les yeux d'Armand. Était-ce de la colère, de la déception, ou une profonde compassion ?

— Dans ce cas, je me demande bien pourquoi il a toujours commandé des ballons qui ne pouvaient transporter que lui ! lança-t-il. Et tu devrais peut-être te poser la même question !

MÉSALLIANCE

Boston, hiver 1889 – été 1890
Paris, été 1890 – hiver 1890

1

MÊME S'IL LUI EN COÛTAIT, Emily avait promis à Ailis de se montrer ferme, et puis faire espérer Archie Peyton en vain n'était pas juste. Pendant plusieurs semaines, elle refusa donc ses invitations, et, lors du trajet suivant pour Concord, elle se jeta à l'eau.

— Vous faites preuve d'une amabilité sans bornes à mon égard, Mr Archie, commença-t-elle.

— Votre compagnie m'est toujours très agréable, répondit-il avec un sourire.

Emily se força à poursuivre.

— Je... J'apprécie aussi votre compagnie. Mais je dois vous dire que... nous ne serons jamais plus que des amis. Je suis engagée auprès de quelqu'un d'autre.

Mr Peyton fronça les sourcils.

— Mais depuis quand ? Êtes-vous promise à quelque Écossais ? Il doit être possible de revenir sur cet engagement. Après tout, vous avez quitté le pays depuis des années.

— Il ne vit pas en Écosse, dit Emily. Et c'est encore tout récent, je ne veux pas m'avancer. Mais par respect envers vous je tenais à vous en informer.

— Je ne vous cache pas ma surprise, admit-il. Je croyais dur comme fer que nous avions un avenir commun. Que possède donc ce mystérieux inconnu qui me fasse défaut ? Que peut-il vous offrir de plus que moi ? En quoi m'est-il supérieur ?

Plus il parlait, plus sa voix se teintait de colère. Emily rassembla son courage et posa une main sur la sienne pour tenter de l'apaiser. Ce geste ne lui procura pas la moindre émotion.

— Vous n'avez rien à lui envier, Mr Peyton. Seulement... je dois me fier à mon cœur !

Archie Peyton sourit.

— Vous êtes encore si jeune, Emily ! Et grisée de rêves idiots. Vous êtes tombée amoureuse de Dieu sait qui, comme ça, sans réfléchir. Était-ce pendant l'excursion ? Serait-ce l'un de vos camarades ? Qu'importe, une toquade ne dure qu'un jour. Tandis qu'une relation fondée sur le respect et l'estime réciproques est un gage de sécurité, et mène, à terme, à l'amour véritable... Voilà ce que j'ai à vous proposer, Emily. Je vous offre ma protection, je veux prendre soin de vous, veiller sur vous.

Il essaya de l'attirer à lui, mais Emily s'écarta.

— Non, Mr Peyton, je veux être libre. Et je veux voler, dit-elle tout bas.

Ce jour-là, Archie Peyton se montra froid et distant pendant toute la durée de la réunion, tandis que Ronald affichait comme à son habitude une politesse irréprochable.

Emily remarqua cependant qu'il ne s'excusa pas une seule fois, ni auprès d'elle ni auprès des autres membres du club.

— Ai-je répondu à vos attentes ? lui demanda-t-il plus tard en lui tenant son manteau.

D'habitude, c'était Mr Peyton qui aidait Emily à s'habiller, mais celui-ci affectait de discuter avec d'autres jeunes femmes.

— Vous vous en êtes sorti comme un chef.

Emily sourit, et son cœur s'emballa au moment où la main de Ronald effleura la sienne comme par mégarde.

— Alors, puis-je désormais rêver de vous ? demanda-t-il, le regard aussi doux que du velours.

— Moi, je vous vois déjà... je veux dire, en rêve, répondit-elle à voix basse.

Il lui tendit son écharpe.

— Dans ce cas, retrouvons-nous cette nuit au pays des songes...

Non seulement Ron peuplait les nuits d'Emily, mais il occupait aussi ses pensées et ses rêveries pendant la journée. Pourtant, ils ne se voyaient guère en réalité et, à Concord, ils n'avaient désormais plus la possibilité de se parler en tête à tête. L'été avait été propice à de telles discussions, car après la réunion les membres aimaient se promener pour observer les oiseaux. À présent, Boston et ses environs étaient recouverts d'une épaisse couche de neige, et il n'y avait pas grand-chose à voir dehors, sinon quelques lagopèdes.

Emily regrettait presque d'avoir été si franche envers Archie Peyton. Elle était désormais privée de nombreuses activités citadines, de tous ces agréables divertissements que les autres jeunes femmes partageaient avec leur fiancé. Bien sûr, elle sortait avec Ailis et Copper, souvent à la place d'Alma, qui avait depuis peu un ami avec lequel elle allait patiner et boire du vin chaud. Emily avait beau s'occuper de Copper avec plaisir, elle aurait préféré profiter du paysage enneigé au côté de l'élu de son cœur.

À l'observatoire, on photographiait le ciel hivernal avec zèle, et les calculatrices de Harvard se réjouissaient de la clarté des clichés réalisés à cette période de l'année. Emily découvrit avec fierté son premier astre, et Ailis, deux étoiles doubles encore inconnues. Le reste du temps, cette dernière travaillait en collaboration étroite avec le Pr Pickering à établir les critères de classification des étoiles.

Un après-midi, en entendant la porte s'ouvrir, Emily, plongée dans son travail, leva un œil moyennement intéressé et découvrit avec stupéfaction Ronald Gardener, dont le regard s'illumina sitôt qu'il sut sa surprise réussie. Le jeune photographe et William Brewster suivaient le Pr Pickering, d'excellente humeur.

— Mesdames, annonça ce dernier tout sourire, nous avons de la visite. Voici Mr Brewster et son assistant, Mr Gardener, tous deux ornithologues et pionniers dans le domaine de la photographie animalière. Mr Brewster est convaincu que cette nouvelle technique va révolutionner l'observation de la faune et sa documentation, de la même façon que l'astrophotographie a réformé notre discipline. Ils ont visité cette nuit le télescope et assisté au travail de nos astrophotographes. Aujourd'hui, ils souhaitent en apprendre un peu plus sur l'analyse des plaques. J'imagine que vous ne voyez pas d'inconvénient à ce qu'on observe votre travail ? Mrs Hay ?

Comme toujours lorsqu'il s'agissait de présenter les activités des calculatrices à une personne extérieure, il s'adressait à Ailis. Celle-ci, à la dérobée, avait examiné Emily et Ronald tour à tour et tiré ses conclusions. Fébrile, Emily tentait par tous les moyens de se recoiffer malgré l'absence de miroir, tandis que Ronald la regardait faire, le visage habité par une expression attendrie que rien n'aurait pu dissiper, pas même des cheveux en bataille.

— Nous en serions ravies, bien sûr ! déclara Ailis. Je vous en prie, Mr Brewster, venez ! Je vais vous montrer une nébuleuse. Elle était déjà connue, mais grâce à la clarté du ciel en cette saison nous avons pu obtenir une photographie de bien meilleure qualité. Mr Gardener pourrait peut-être se joindre à miss Coxwold. Emily, il me semble que vous vous connaissez déjà du club d'ornithologie, n'est-ce pas ?

Emily, le visage en feu, invita Ron à se rapprocher de la table qu'elle partageait avec Rose. Elle était en train de dicter ses observations à sa collègue, qui les consignait par écrit. Quand Ron se plaça derrière elles pour voir comment elles procédaient, Rose s'écarta.

Emily ne se laissa pas troubler pour autant. Elle s'attacha à expliquer à Ron les mesures qu'elle réalisait et comment elle interprétait les couleurs du spectre stellaire. Ainsi qu'elle le lui indiqua, ces données permettaient ensuite de déterminer la taille et la composition chimique de chaque astre.

— Et la température de surface, ajouta-t-elle. Elle est souvent très élevée, car en réalité les étoiles sont des soleils – certaines ont des planètes qui tournent autour d'elles, comme nous tournons autour de notre Soleil.

— Est-ce que ça signifie que vous cherchez une autre planète Terre ? demanda Ronald. Qui serait peut-être même habitée ?

— Nos techniques ne sont pas encore assez évoluées, répondit Emily en souriant. Mais qui peut dire ce qu'il en sera dans cent ans ? Cela étant, la plupart des étoiles sont très éloignées de nous. Il faudrait des années pour les atteindre.

— Je pense que je ferais le voyage quelle que soit sa durée, dit Ron. Dans un autre monde, bon nombre de choses seraient sûrement différentes, voire meilleures.

— Ou pires, intervint Rose sur un ton acerbe. Et maintenant reprenons, Emily, ou nous ne verrons jamais le bout de cette plaque.

Emily poursuivit sa dictée, sans toutefois renoncer à glisser ça et là des explications à l'intention de Ron.

— Un aspect de votre travail me laisse encore perplexe, déclara-t-il au bout d'un moment. Vous utilisez des négatifs… et, pour moi, une étoile sera toujours une lumière dans le ciel nocturne. Mais ici c'est un point noir sur fond gris. Ne perd-elle pas un peu de sa magie ?

Rose eut un rire méprisant. Emily s'interrompit pour regarder Ron. Elle s'apprêtait à lui expliquer qu'à l'institut on ne s'arrêtait pas à des considérations romantiques, qu'on menait des recherches sérieuses, et que les négatifs facilitaient simplement l'analyse. Mais une autre idée lui vint à l'esprit.

— Une étoile ne dévoile pas ses secrets à qui veut, dit-elle. Mais pour peu que vous ressentiez du bonheur à sa vue, qu'elle soit noire ou blanche n'a plus aucune importance…

Rose leva les yeux au ciel, mais Ronald, lui, avait compris. Quand l'aiguille de l'horloge s'arrêta sur le 12 et que les premières femmes recouvrirent les plaques avant de prendre leur pause, il osa se lancer : ni lui ni Emily ne pourraient désormais plus faire marche arrière.

— Miss Coxwold, dit-il, Mr Brewster retrouve bientôt le Pr Roberts pour déjeuner. Je ne suis pas tenu de l'accompagner. Nous pourrions peut-être… comment dire… puis-je vous inviter à boire un café, miss Emily ?

Emily aurait pu choisir un petit café à l'abri des regards dans une rue peu fréquentée, mais elle aussi en avait assez de se cacher. Elle emmena donc Ron dans un *diner* populaire proche de l'université, où ils se glissèrent sur une banquette collée à la fenêtre.

— J'ai une faim de loup, pas toi ? dit Emily, qui, d'instinct, s'était mise à le tutoyer.

Elle commanda pour elle un café et une omelette, et Ron l'imita, sans prêter attention au regard insistant de la serveuse. Il n'y avait aucune autre personne noire dans l'établissement.

— Alors, mon travail te plaît ? commença-t-elle, et en un rien de temps ils furent si absorbés par leur conversation qu'ils ne s'aperçurent pas que leurs plats tardaient, et que la serveuse persistait dans son attitude hostile. Au contraire, Ron la gratifia même d'un généreux pourboire et lui assura ne s'être jamais autant régalé.

— Tu retournes à l'observatoire ? demanda Ron une fois dehors.

Emily secoua la tête.

— Non, je vais à l'université. À la faculté de psychologie, j'ai un cours. Mais tu n'as qu'à m'accompagner. À moins bien sûr que Mr Brewster ne t'attende.

— Je crois que j'ai encore le temps, déclara Ron.

Emily passa un bras sous le sien, et ils traversèrent ainsi les allées enneigées du campus pour rejoindre la faculté de psychologie, sans se soucier de l'émoi qu'ils suscitaient autour d'eux. Ils n'échangèrent pas encore de baiser d'au revoir, mais eurent toutes les peines du monde à lâcher la main de l'autre.

— Nous nous reverrons à Concord, finit par dire Emily. Sauf si tu… enfin, si tu avais l'occasion de venir à Boston ce week-end, ou un autre jour, je ne serais pas contre un deuxième café.

Ron sourit.

— La prochaine fois, il y aura peut-être du vin chaud, suggéra-t-il en montrant le stand proche de la patinoire qu'ils venaient de dépasser. Malheureusement, je ne sais pas patiner.

— Moi non plus, confessa Emily.

Si Ron en était conscient, elle ignorait alors encore que, sous leurs pieds, la glace menacerait toujours de craquer quand ils se montreraient ensemble.

2

EMILY EN FIT DÉJÀ LES FRAIS peu de jours après. À l'université, les rumeurs sur leur relation allaient bon train, et Rose se chercha une autre partenaire.

— C'est vrai que vous êtes allés manger ensemble ? voulut savoir Sally, dont la réputation de commère n'était plus à faire. Tu es tombée amoureuse de lui ? Moi, en tout cas, je ne pourrais pas...

Emily se demanda d'abord s'il ne valait pas mieux s'abstenir de tout commentaire, mais opta pour une explication.

— Je connais Mr Gardener depuis longtemps, il fréquente le club d'ornithologie.

— N'est-ce pas là que tu as aussi rencontré ce charmant avocat ? l'interrogea Sally. On ne vous voit plus ensemble...

Mr Peyton avait en effet pris ses distances. Il ne passa pas la prendre chez elle pour la réunion suivante du club ni pour celle d'après, et Emily resta donc à la maison, auprès d'Ailis et de Copper. Heureusement, Ronald lui rendait visite de temps à autre.

Ce jour-là encore, il était venu la chercher à la sortie de l'observatoire et l'attendait, caché dans un renfoncement de l'édifice, mais Emily lui fit signe dès qu'elle l'aperçut.

— Regrettes-tu nos rendez-vous ? demanda ensuite Ronald à voix basse dans un salon de thé où la serveuse leur avait réservé un accueil glacial.

Un peu plus tôt déjà, en se promenant, ils avaient subi les regards appuyés des passants.

— Ne recommence pas à t'excuser, s'agaça Emily. À quoi ça rime, tout ça ? J'ai bien compris : on juge que l'amitié entre les Noirs et les Blancs est inappropriée. Mais, au nom du ciel, on juge aussi inapproprié de se montrer à une soirée en robe d'après-midi ! Les gens parlent, ils y vont de quelques commentaires stupides… et puis l'histoire est vite oubliée. En revanche, à l'université aussi bien qu'à l'observatoire, je me suis heurtée ces derniers temps à une incompréhension totale, à un rejet en bloc. Pour ne pas dire à de la haine. Tu te souviens des deux camarades qui faisaient des remarques idiotes lors de l'excursion ? Eh bien, hier, ils m'ont barré la route dans un couloir et… ils m'ont bousculée.

Le rouge monta aux joues d'Emily.

— Je vais leur faire la peau ! s'emporta Ronald.

Emily haussa les sourcils.

— Ça ne serait pas très malin. Explique-moi plutôt ce qu'il se passe dans ce pays. Qu'est-ce qu'on te reproche, au juste ?

Ronald se gratta la tête.

— Eh bien, à l'origine, nous sommes arrivés ici comme esclaves. Mes ancêtres ont été faits prisonniers en Afrique et transportés dans des conditions inhumaines.

Une fois en Amérique, ils ont dû travailler. Surtout dans les grandes plantations de coton des États du Sud. On les traitait parfois encore plus mal que des animaux, jamais mieux, en tout cas. En plus de les considérer comme simples d'esprit, on leur déniait tout accès à l'éducation. Même les citoyens les mieux intentionnés se croyaient ainsi supérieurs à nous en tout point, sauf peut-être pour ce qui est de la force physique. Et puis il y a eu la guerre civile, en 1861, sous Abraham Lincoln. Les États du Nord et du Sud se sont livré une bataille sans merci. Ils s'opposaient notamment sur la question de l'affranchissement des esclaves, qui a été obtenu au bout de quatre ans. Du moins en théorie. Aujourd'hui encore, dans le Sud, les restrictions sont drastiques, les Noirs et les Blancs ne sont pas autorisés à boire à la même fontaine, à manger dans les mêmes restaurants, à se marier.

— Quoi ? s'écria Emily. Tu veux dire que toi et moi…

Ron s'amusa de sa réaction.

— Chez nous, dans le Massachusetts, cette loi a été abrogée il y a quelques années, la rassura-t-il. Mais les esprits restent marqués par une profonde rancune. Et t'y voilà malheureusement confrontée, alors même que tu fréquentes des milieux bourgeois et éduqués.

Emily baissa le regard, en proie à une foule d'émotions. Puis elle laissa éclater sa colère :

— Mais pourquoi ne peuvent-ils pas nous ficher la paix ? On ne fait rien de mal !

— C'est que… tu te soustrais au marché matrimonial blanc. Mr Peyton écume de rage. Si encore tu étais tombée amoureuse d'un de tes camarades, il aurait fini par l'accepter. Mais que tu t'éprennes de moi ? Dans l'histoire, je suis le séducteur diabolique, celui qui jette son dévolu sur d'innocentes jeunes filles blanches et les mène à leur perte dès le premier mot aimable qu'il leur adresse…

— Plus personne ne veut me parler à l'université, se lamenta Emily. Même le Pr Roberts se permet des allusions étranges…

— Je connais ça, soupira Ronald. La plupart du temps, il se montre poli, mais on voit bien qu'il s'étonne encore qu'une personne comme moi sache formuler des phrases.

Emily eut un rire amer.

— Et Mr Brewster, tu lui as parlé de nous ? demanda-t-elle, inquiète, en se remémorant la taquinerie de Mrs Brewster, certes dénuée de méchanceté, mais blessante. Tu lui as dit que tu avais maintenant « une amie », Ron ?

Le jeune homme répondit par l'affirmative.

— On ne peut pas dire qu'il soit ravi. Mais je crois qu'au fond ça lui est égal. Mrs Caroline était assez choquée. D'après elle, une idylle entre deux personnes qui n'ont pas la même couleur de peau est contre la volonté de Dieu, et elle a insisté sur les conséquences… déclara-t-il avant de poser la main sur celle d'Emily. Les Brewster se font du souci pour nous.

— Comment se sont passées les dernières réunions du club ?

— Les membres exigent à présent ton exclusion… murmura Ron. On attend d'une jeune lady qu'elle respecte certaines règles de moralité, et ce n'est pas ton cas.

Emily le regarda avec des yeux étincelants.

— Et toi, quel sort te réservent-ils ?

— Ils ont besoin de moi, dit Ron. Et Mr Brewster a clairement formulé son refus de me voir partir. Quant à ton exclusion, aucune décision n'a encore été prise. Mais si j'étais toi je ne m'imposerais pas.

— C'est un véritable cauchemar ! s'écria Emily. Alors que nous devrions vivre un rêve !

— Tu es sûre que c'est quand même ce que tu veux ?

Au lieu de répondre, Emily attira la main de Ron à ses lèvres, se moquant éperdument de ce que les autres clients et la serveuse pourraient penser.

— Tu ne te débarrasseras pas de moi ainsi ! lui dit-elle avec un sourire. Tout cela est très désagréable, mais ne m'effraie pas. Seule Katrina m'inquiète un peu. Dieu sait ce qui pourrait arriver si elle apprenait que nous nous côtoyons.

Katrina ignorait encore tout de la relation entre Emily et Ron Gardener. Il n'y avait rien de très surprenant à cela, puisqu'en sa qualité de star elle évoluait désormais dans un monde qui lui était propre. La jeune chanteuse profitait de sa célébrité, jouissant d'une saison d'hiver aussi réussie que celle du printemps. Elle se nourrissait de l'admiration de son entourage et ne renonçait à aucun des privilèges qu'elle pouvait en retirer. Katrina était de tous les bals – au bras de Cuthbert Hay, puis bientôt aussi en compagnie d'autres soupirants. Cuthbert ne semblait pas jaloux, conscient sans doute de n'avoir pas autant à offrir que les riches notables avec qui Katrina aimait badiner. Emily devait fréquemment rester au théâtre après les représentations, pour remaquiller Katrina et l'aider à revêtir des robes de soirée toujours plus somptueuses. La jeune fille ignorait où et avec qui l'actrice allait ensuite danser toute la nuit, mais il lui arrivait de croiser l'un ou l'autre de ses cavaliers le lendemain, lorsqu'elle venait chez Katrina pour la rendre présentable avant sa prochaine répétition. Après une nuit de réjouissances, ce n'était pas une mince affaire.

Emily avait horreur d'assister à la tirade d'adieux de ces galantins quand, d'aventure, son arrivée concordait avec leur départ. Ils étaient tous vieux et riches, pour la plupart déjà mariés. Emily ne comprenait pas ce que Katrina leur trouvait. Là encore, il ne devait s'agir que de posséder quelque chose d'important aux yeux d'une autre personne. Sans doute Katrina profitait-elle par ailleurs de ces hommes – son coffre à bijoux se remplissait à vue d'œil de boucles d'oreilles et de colliers sertis de diamants. Ainsi occupée, elle n'accordait plus autant d'intérêt à sa femme de chambre. Seul lui importait qu'Emily soit là quand elle avait besoin de ses services. Ses collègues faisaient les frais de ses sautes d'humeur et de son irrépressible désir de voir souffrir les autres. Choquée et répugnée, Emily était parfois le témoin involontaire de ces scènes. Elle se demandait pourquoi Cuthbert Hay n'intervenait pas – à croire que Katrina avait tous les droits tant qu'elle remplissait les salles.

Il ne fallut cependant pas attendre bien longtemps avant que Katrina soit au courant de la « mésalliance » d'Emily, ainsi qu'on avait pris l'habitude d'évoquer sa relation avec Ron dès qu'elle avait le dos tourné.

Elle aborda le sujet avant une matinée du dimanche, alors qu'Emily la maquillait et la coiffait.

— J'ai entendu dire que tu avais une nouvelle fréquentation, lança-t-elle d'une voix en apparence aimable. Qui plus est une fréquentation... hum... pas tout à fait convenable ?

Emily tressaillit et espéra que Katrina ne s'en était pas aperçue. Elle s'efforça de garder un visage impassible tout en continuant à brosser l'abondante chevelure blonde de la jeune femme.

— Je ne vois pas en quoi cela te regarde, répondit-elle. D'ailleurs, à ce que je sache, les hommes que tu fréquentes ne sont pas des plus *convenables* non plus. À moins bien sûr qu'aucun de ces messieurs ne soit marié ?

— Allons, ne prends pas la mouche !

Katrina éclata de rire et tendit à Emily un nouveau cigare. Désormais, elle fumait en permanence, et quand Emily était là elle exigeait d'elle qu'elle allume les longs et élégants panatellas. Katrina prit une grande bouffée.

— Je ne fais que constater que mon bébé grandit. Même s'il ne vole pas encore de ses propres ailes. Je n'ai pas l'intention de te marier à un Noir…

— Tu n'as aucun droit sur moi. Nous en avons déjà parlé plusieurs fois : tu n'es ni ma mère ni ma propriétaire. C'est moi qui choisirai la personne que j'épouserai.

Katrina pouffa avant de répliquer :

— Et comme par hasard l'homme que tu choisis a des ancêtres qui, il n'y a pas si longtemps encore, étaient sans doute esclaves sur je ne sais quelle plantation ? Ça ne te donne pas à réfléchir, Emily ? Que crois-tu que ce jeune homme voie en toi ? Une future épouse ? Est-il seulement en mesure de te nourrir ? D'après ce qu'on m'a dit, sa position chez ce fameux Brewster est très similaire à la tienne ici !

Emily se mordit les lèvres. Comme d'habitude, Katrina était bien informée, et elle n'avait pas complètement tort. Ronald était arrivé chez les Brewster dès ses 13 ans, époque à laquelle ses parents vivaient encore sur la plantation de leur ancien maître, comme des esclaves. Mr Brewster lui avait promis un avenir meilleur, et Ron avait davantage grandi chez lui comme un fils adoptif que comme un serviteur. Même si, depuis quelque temps, il recevait un salaire et gagnait aussi un peu d'argent en tant que photographe, son lien avec les Brewster n'avait rien d'une relation de travail classique. La principale différence entre sa situation et celle d'Emily était que Ronald ne détestait pas les Brewster et vivait volontiers chez eux. Ils n'avaient encore jamais parlé de ce qu'il adviendrait si lui et Emily en venaient à se marier.

— Encore un qui joue avec tes sentiments, j'en ai bien peur, déclara Katrina avec condescendance. Mais ne t'en fais pas, ma chère Emily, je veille sur toi.

Emily resta silencieuse. Elle aurait voulu riposter, mais elle pressentait qu'un danger les guettait, elle et Ron. Un danger beaucoup plus grand que celui émanant de Ted Rand et d'individus de sa trempe, ou même d'une assemblée de snobs telle que le club d'ornithologie. Katrina pouvait se révéler coriace quand tout n'allait pas selon sa volonté. Elle n'abandonnerait pas son bébé sans livrer bataille.

3

À SON RETOUR DE SAINT-TROPEZ, Hernando avait fière allure. Il affichait un hâle doré et des muscles saillants – il avait dû faire du sport tout l'été –, et raconta avoir gagné deux régates. Donella se réjouit de leurs retrouvailles affectueuses.

— Et maintenant, construisons un nouveau ballon dirigeable ! s'exclama-t-il. Ce serait quand même dommage de ne pas remporter ce prix !

Donella sourit.

— À ce sujet, j'ai une surprise pour toi. Mais promets-moi de t'en réjouir, et de ne pas te fâcher parce que je l'ai fait sans toi. Tu paraissais si découragé avant ton départ...

Hernando fronça les sourcils.

— Tu as fait quoi sans moi ? Dessiné de nouveaux plans ? Mais je n'y vois aucun inconvénient, au contraire ! Nous pourrons les retravailler ensemble et...

Donella secoua la tête.

— J'ai fait plus que ça, l'interrompit-elle en lui prenant la main. Viens !

Le cœur battant, elle le conduisit dans le jardin, espérant qu'il ne lui en voudrait pas d'avoir pris cette initiative. Elle n'avait pas pensé qu'il pourrait se sentir exclu si elle agissait sans lui demander son avis.

À la vue du ballon dirigeable qui se dressait fièrement devant lui, Hernando écarquilla les yeux.

— Tu as... ? commença-t-il en s'approchant pour examiner la nacelle. Non, tu n'as pas pu fabriquer ça toute seule.

Donella vint se blottir contre lui.

— Dis-moi d'abord comment tu le trouves ! quémanda-t-elle.

— Tu as modifié le gouvernail... et l'hélice, dit Hernando, fasciné par l'appareil.

— Rien que des détails, affirma Donna. Et on m'a un peu aidée pour la réalisation technique. Mais, en ce qui concerne les plans... nous avions déjà plus ou moins discuté de tout, toi et moi.

Ce n'était pas la vérité. Le gouvernail amélioré n'avait pas été conçu avec Hernando, et la plupart des nouveautés étaient en réalité issues de son travail avec Armand. Mais elle ne voulait surtout pas blesser la fierté d'Hernando...

Le jeune homme monta à bord et inspecta le poste de pilotage. Donella prit la peine de lui expliquer les différentes commandes, mais il la fit taire d'un geste.

— Je le vois bien tout seul ! la rabroua-t-il. Oui, c'est aussi le genre de liaison que j'avais en tête...

Donna se mit à rire, bien qu'elle soit un peu vexée.

— Tu m'as sans doute transmis cette idée par télépathie, plaisanta-t-elle. Veux-tu d'abord manger quelque chose ou...

Au départ, elle avait pensé attendre qu'Hernando se soit reposé de son voyage pour lui montrer le ballon dirigeable, mais les choses étaient allées plus vite que prévu.

— Manger ? Maintenant ? As-tu... as-tu déjà volé avec ?

— Non, mentit Donella.

— Alors libère les amarres ! Je vais l'essayer ! s'écria-t-il tout en se saisissant du gouvernail.

— Là, tout de suite ?

Donna aurait aimé lui donner quelques explications préalables. Sans compter qu'il portait encore son costume de voyage, et pas les knickerbockers, le bonnet et la veste en cuir qu'il revêtait d'habitude pour ses escapades aériennes.

— Oui, tout de suite ! S'il vole aussi bien qu'il y paraît, nous pourrons fixer dès demain une date pour tenter un nouveau record ! Dès cet automne, tu comprends ? insista-t-il, au comble de l'excitation. Plus aucun risque qu'on me devance, maintenant ! Largue les amarres, Donna !

Et Donella, étrangement déçue, s'exécuta. Bien sûr, l'enthousiasme d'Hernando faisait plaisir à voir, mais elle avait espéré qu'il lui témoignerait un peu de gratitude ou reconnaîtrait la valeur de son travail. Pourvu qu'il arrive à manœuvrer son précieux ouvrage... Elle se surprit à craindre davantage pour le ballon dirigeable que pour lui.

Mais Hernando était habile, il maniait des voiliers et des véhicules motorisés depuis des années, et les dimensions du nouveau ballon dirigeable étaient assez semblables à celles de l'*Estrella.* Il contourna sans problème les bâtiments à proximité du jardin puis s'éleva dans les airs, encore plus haut qu'auparavant avec l'ancien dirigeable. Donna comprit qu'il souhaitait être le moins visible possible. C'était aussi la stratégie qu'elle avait adoptée lors de ses vols d'essai. Elle essaya tout de même de le suivre du regard, sentit la nervosité la gagner quand elle le perdit de vue, puis poussa un soupir de soulagement en le voyant réapparaître et se préparer à l'atterrissage. Après quelques tentatives, il parvint à se poser avec presque autant de précision qu'elle.

— Il est fantastique ! s'exclama-t-il, puis il quitta la nacelle et – enfin ! – enlaça Donna, qui leva les yeux vers ce visage radieux qu'elle aimait tant. Je ne pourrai jamais te remercier assez ! Tu as réalisé tous mes rêves ! C'est exactement ainsi que j'imaginais l'*Estrella 2* !

L'*Estrella 2* ? Donna reçut ses mots comme une gifle en plein visage. L'idée de nommer le nouveau dirigeable en l'honneur de Donna n'avait même pas effleuré Hernando.

— Tu comptes vraiment l'appeler *Estrella 2* ? demanda-t-elle d'une voix blanche. Cela ne va-t-il pas nous porter malheur ?

Le jeune homme la serra dans ses bras en riant, heureux.

— Voyons, ma douce, depuis quand sommes-nous superstitieux ? Mais si ça peut te rassurer, le voilier avec lequel j'ai remporté mes deux dernières régates s'appelait aussi *Estrella*. Allons chercher du champagne ! Tu vas le baptiser !

Donna fut incapable d'éprouver de la joie quand, peu après, elle brisa une bouteille sur la nacelle du dirigeable, en prenant soin de ne pas abîmer le délicat ouvrage. Hernando ouvrit une autre bouteille et servit deux coupes pour trinquer à la prochaine tentative de record.

— Cette fois, ce sera la bonne !

Trois semaines plus tard, alors que le froid automnal s'était installé à Paris et que les arbres autour de la place de Montmartre resplendissaient de couleurs chatoyantes, l'*Estrella 2* fut prêt à s'envoler pour une boucle au-dessus de la ville. Cela lui prendrait trente minutes, ainsi que l'avait déclaré Hernando aux journalistes. Comme d'habitude, il se montra charmant, sûr de lui, et s'abstint de mentionner Donella. À chaque interview, la jeune femme avait un pincement au cœur et pensait à Armand. Elle imaginait très bien ce qu'il dirait du comportement de son ami. Et, cette fois, elle ne le contredirait pas. À l'époque du premier essai, Donald existait encore, et elle comprenait que révéler son identité soit inopportun. Mais à présent ? Pourquoi ne pas nommer avec fierté la femme œuvrant à ses côtés et lui rendre ses lettres de noblesse ?

Donna ne put s'empêcher de chercher Armand du regard parmi les spectateurs, de nouveau rassemblés en nombre, mais à distance respectueuse du dirigeable ainsi que de l'hôtel et des mâts sur lesquels était venu s'échouer le premier *Estrella*. La foule était trop dense. S'il avait voulu assister au spectacle avec elle, Armand lui aurait donné rendez-vous. Il était sans doute encore un peu contrarié.

Hernando prononça quelques mots avant le départ, mais Donna était trop loin pour l'entendre. Comme la dernière fois, les amarres furent libérées par des notables, qui eurent ainsi l'impression de participer à l'aventure. Donna retint son souffle alors que son dirigeable s'élevait dans les airs. Ce jour-là, il resta visible un long moment. Le ciel était clair, et Hernando volait bas. Hélas, elle ne put pas le voir contourner la tour Eiffel, ce qui serait décrit plus tard comme une manœuvre « spectaculaire ». En totale maîtrise de son véhicule, l'aéronaute eut même l'audace de faire le tour de l'hôtel où il avait échoué autrefois, saluant de la main les badauds installés sur les balcons, puis, après vingt-huit minutes de vol, il se posa à l'endroit exact où il avait décollé. Une liesse indescriptible s'empara de la foule. Tout Paris acclamait Hernando Sánchez-Duboire, on faisait sauter des bouchons de champagne, on tenait des discours, et Donna attendait qu'il l'appelle enfin et la présente à ses admirateurs. Mais il n'en fit rien. À l'évidence, elle n'existait pas pour lui. Pendant qu'il célébrait son exploit au Moulin-Rouge, elle surveilla, le cœur lourd, le pliage et le chargement du ballon sur un véhicule… Quand Armand Machure vint à sa rencontre, juste avant qu'elle ne rentre chez elle, elle ne savait pas si elle se réjouissait du succès de son dirigeable ou si la déception l'emportait. Armand comprit dès qu'il la vit. Comme s'il avait deviné dans quel état elle se trouverait, il lui remit une rosette fabriquée dans la même soie que le ballon, semblable au ruban tricolore qu'on avait épinglé au revers de la veste d'Hernando.

— Félicitations ! dit-il d'une voix douce. Tu as réussi !

— Mais personne ne le sait, murmura Donna. Hernando…

— Tout le monde le sait ! la corrigea-t-il. Tu voulais qu'Hernando Sánchez batte ce record. Et maintenant son nom y sera associé pour toujours.

Donna soupira.

— Si tu le dis…

— Je t'ai demandé ce que tu voulais. Tu n'aurais eu aucune difficulté à établir ce record avant son retour. Et tout le monde aurait su qui avait construit le dirigeable. Mais tu voulais voir triompher Hernando. Alors : félicitations !

Donna ne parvenait pas à se réjouir. Au fond, elle se sentait utilisée, et lasse. Mais Armand avait raison, bien sûr. Elle avait obtenu exactement ce qu'elle souhaitait…

— Veux-tu fêter ça ? proposa-t-elle d'un ton morne.

— Et comment ! s'exclama-t-il. Et puis, ce n'est pas vrai que personne ne sait qui a construit le dirigeable. Moi, je le sais !

Donna fit un petit sourire en ajoutant :

— Et tu y as largement contribué ! Alors, félicitations à toi aussi !

Tandis qu'Hernando sabrait le champagne au Moulin-Rouge, Donna et Armand partagèrent un verre de vin sans prétention dans leur bistrot préféré et, pour une fois, Donna trinqua en l'honneur de l'*Estrella 2* avec une boisson qu'elle aimait vraiment.

4

Les jours suivants non plus, Donna ne vit pas beaucoup Hernando. Il allait d'une réception à l'autre, donnait désormais des interviews dans des journaux nationaux et s'exprimait sur l'avenir des déplacements aériens. Il continuait à faire sensation en emmenant l'*Estrella 2* à tous ses rendez-vous. Chaque fois qu'il était invité quelque part, il attachait le ballon dirigeable à un arbre ou une rambarde, et les passants pouvaient l'admirer.

— Je pense que les dirigeables s'apprêtent à vivre leur moment de gloire, déclara Hernando dans un grand journal parisien. Nous allons en construire de plus gros et de plus solides, traverser l'Atlantique avec, et relier ainsi nos continents ! Mais, d'après moi, ce n'est qu'une étape. L'avenir réside dans le vol motorisé, avec des aéroplanes qui ne se maintiennent dans les airs que grâce à leur moteur, sans enveloppe de sustentation. Les premières recherches sont déjà en cours, et j'ai moi aussi l'intention de me consacrer à cette nouvelle technique.

J'ai contribué autant que je l'ai pu au développement du ballon dirigeable. Il est temps pour moi de me fixer de nouveaux objectifs !

Donna n'avait pas sa place dans cette vie trépidante, mais Hernando faisait en sorte que les soirées de la jeune femme soient bien remplies. Il ne sortait plus avec elle, et préférait faire servir chez lui des plats raffinés venus des meilleurs restaurants. Le champagne ne manquait pas, et Hernando comblait son amie de gestes tendres. Donna recouvrait sa joie de vivre. Malgré sa déception initiale après le vol au-dessus de Paris, elle débordait d'idées pour continuer à améliorer le dirigeable. Ce matin-là encore, tandis que le journal parisien qui publiait l'entretien d'Hernando attendait sur la table du petit déjeuner, Donna était allée au jardin, où elle avait modifié un réglage du moteur afin d'en optimiser la régularité. Elle rejoignit la maison d'un air satisfait, ravie de l'idée qu'elle avait pu mettre en œuvre après une nuit merveilleuse, puis s'assit et parcourut l'entretien.

— Alors comme ça, nous nous lançons bientôt dans les aéroplanes ? demanda-t-elle tout en se servant un café. Nous allons devoir déménager. D'après ce que j'ai entendu, ces engins ont besoin d'élan pour s'envoler, et d'une vitesse aussi élevée que possible. Il nous faudrait une piste de décollage, peut-être légèrement en pente…

Hernando l'interrompit d'un geste.

— Oh, ce n'est pas un problème. Nous avons du terrain… Au fait, j'ai déposé le chèque de la récompense sur ton compte. En guise de remerciement. Je n'ai pas besoin de cet argent, et tu as investi tant d'énergie dans ce projet.

Pour la première fois depuis qu'elle lui avait confié le dirigeable, Donna se sentit honorée, même si ce geste l'étonnait. Elle offrit à Hernando son plus beau sourire.

— Tu n'aurais vraiment pas dû, dit-elle. Mais qu'entends-tu par « du terrain » ? Je te rappelle que nous vivons à Paris. Ici, on ne trouve « du terrain », comme tu dis, que dans les parcs, et décoller en ballon dirigeable depuis le jardin des Tuileries, ce n'est pas tout à fait la même chose que dévaler une pente dans un aéroplane pour prendre de l'élan. La pelouse serait fichue.

Hernando se mit à rire.

— Ça ne me paraît pas très réaliste. Je pense qu'à terme des installations spécifiques existeront pour ces machines volantes, des pistes pavées ou bétonnées sur lesquelles elles pourront se lancer et se poser. Imagine un peu un avenir où chaque grande ville, sinon chaque ville, serait dotée d'une telle aire de décollage et d'atterrissage !

— Finies les calèches ! Mais nous, en attendant, où ferons-nous décoller notre aéroplane ? Quelque part dans un faubourg ?

— Au Brésil, annonça Hernando comme si cela allait de soi. Je vais construire mes aéroplanes au Brésil. Ma famille a du terrain à ne plus savoir qu'en faire...

— Tu... tu veux partir au Brésil ? demanda-t-elle, comme frappée par la foudre.

Avait-il vraiment dit « mes aéroplanes » ?

— Hélas, oui, mon trésor, répondit Hernando sans l'ombre d'une hésitation. Je quitte Paris dans moins d'une semaine. À contrecœur, car j'ai aimé vivre ici, mais il a toujours été prévu que mon séjour prenne fin en même temps que mes études... Enfin, avec la tentative de record, mon père a accepté que je reste quelques mois de plus. Nous ne pouvions pas savoir que tu prendrais de l'avance sur la construction de mon dirigeable. Je ne te remercierai jamais assez...

— Mais je... est-ce que je suis censée t'accompagner au Brésil ?

Sous le coup de la surprise, ou plutôt du choc que lui infligeait cette nouvelle, Donna avait laissé tomber le croissant qu'elle venait de beurrer.

Hernando secoua la tête.

— Non, non, désolé, mon trésor, je ne peux pas t'emmener là-bas. D'ailleurs, on s'y étonnerait beaucoup qu'une femme veuille construire des appareils volants.

Donna le foudroya du regard.

— Ah oui ? Parce qu'ici c'est monnaie courante ? En France aussi, révéler ma participation au grand jour aurait fait sensation. Mais tu voulais garder le mérite pour toi tout seul !

— Voyons, ma chérie, ce n'est pas aussi simple que cela. Ma famille aurait été heurtée d'apprendre que j'ai travaillé avec une autre femme.

Une autre femme ? Donna n'eut pas le temps de réagir qu'Hernando poursuivait déjà, l'air de rien :

— Maintenant que je rentre à la maison, mon père voudra que je me marie.

— Et en quoi le mariage est-il un problème ? s'enquit Donna, comprenant soudain qu'elle aurait dû poser cette question depuis fort longtemps. Tu sais que je suis issue de l'aristocratie. Ta famille ne me rejetterait pas. Et je pense que mon père se laisserait convaincre de me marier à un magnat du café. Il n'y a pas de raison qu'il me refuse ma dot.

Hernando lui jeta un regard surpris.

— Tu veux dire que je devrais t'épouser, toi ? Mais, Donna, il n'en a jamais été question !

— Eh bien abordons-la, cette question ! s'emporta Donna. Nous vivons ensemble depuis plus d'un an. Nous travaillons ensemble, partageons les mêmes rêves, les mêmes objectifs, les mêmes intérêts ! Pourquoi ne pas nous marier ?

Hernando passa la main dans ses cheveux d'un air un peu embarrassé.

— Eh bien, pour commencer parce que je suis promis à Estrella Gutiérrez-Váldoz depuis ses 14 ans. Nos fiançailles ont été scellées l'année dernière, à Saint-Tropez. Estrella serait très déçue si je les rompais. Sans parler de sa famille et de la mienne.

Donna était sidérée.

— L'année dernière à Saint-Tropez ? Mais nous étions déjà ensemble !

Il hocha la tête.

— Oui. Mais entre nous… ça n'a jamais été qu'une sorte de partenariat de travail. Certes, nous étions proches par ailleurs. C'est arrivé par la force des choses, avoir en plus une amie m'aurait pris trop de temps… Et puis, pour être honnête, je suis incapable de m'imaginer la future dona Sánchez-Duboire avec des ongles cassés et des cheveux pleins de cambouis, même si, bien sûr, tu es adorable dans cet accoutrement, Donella.

Il posa les yeux sur la tenue de travail qu'elle portait pour son bricolage matinal. Elle n'avait pas jugé nécessaire de se changer avant le petit déjeuner.

— C'est dans cet accoutrement que j'ai construit le ballon dirigeable qui t'a rendu célèbre !

Ses joues s'étaient enflammées, son cœur tambourinait dans sa poitrine et ses mains étaient moites. Qu'était-il en train de se passer au juste ?

Hernando haussa les épaules.

— Désolé, je n'avais pas compris qu'il s'agissait d'un cadeau de fiançailles. Tu as pris du plaisir à tout cela, Donella, à tout ce que nous avons fait ensemble... Je ne t'ai jamais rien promis, et tu le sais. En revanche, tu as toujours eu beaucoup d'imagination.

Donna comprit soudain ce qu'elle avait sacrifié pour lui.

— J'aurais pu piloter le dirigeable. J'aurais pu établir le record pendant que tu étais à Saint-Tropez. Car bien sûr j'ai volé avec, qu'est-ce que tu crois ! Je l'ai bien sûr essayé, ne serait-ce que pour m'assurer qu'il ne t'arrive rien. Mais tu... comme une idiote, j'ai espéré que tu me laisserais ta place ! Que tu dirais : « Donna, c'est ton dirigeable, ce sera ton heure de gloire ! » Mais non, tu as préféré empocher seul tout le mérite...

— Eh bien, maintenant, tu as l'argent, répliqua-t-il d'une voix calme. Fais-en quelque chose qui te rende heureuse. Et cesse de me hurler dessus, veux-tu ? J'avais l'intention de profiter de cette dernière semaine avec toi. De faire mes adieux en toute sérénité. Mais si tu as décidé de jouer les trouble-fête...

Donna le regarda, interdite.

— Tu me mets dehors ?

Hernando secoua la tête.

— Loin de moi cette idée, Donna, ce serait mesquin. Je vais prendre une chambre dans un hôtel pour mes derniers jours à Paris. Ne te gêne pas pour rester encore un peu ici, réfléchis à tes projets pour la suite, et, s'il te plaît, ne m'en veux pas. J'ai vraiment beaucoup, beaucoup aimé partager ces moments avec toi.

Il se leva et referma la porte derrière lui juste à temps pour éviter la cafetière que Donna lui lançait à la tête.

5

— Vous voulez vraiment y aller ? Tous les deux ? En couple ?

Ailis tournait dans tous les sens l'invitation parfumée qui venait d'arriver pour Emily. Katrina Hard l'invitait à venir « accompagnée » à l'une de ses soirées. Une nouvelle chanteuse, engagée au mois de mai, devait s'y produire, et, bien sûr, le champagne coulerait à flots.

— Elle a été très claire sur le fait que Ronald était le bienvenu, dit Emily. D'après elle, nous n'avons aucune raison de nous cacher...

— Elle manigance quelque chose, affirma Ailis. J'en suis sûre et certaine. Je me demande seulement quoi... Il va sans dire que vous allez vous compromettre. Mais c'est le cas chaque fois que vous vous montrez en public, et d'habitude on ne prend même pas la peine de vous inviter. Ce n'est donc pas un coup d'éclat qu'elle prépare. Il se pourrait que certaines personnes quittent les lieux en vous voyant, mais...

— Je ne pense pas, l'interrompit Emily. Les invitations aux soirées de Katrina sont très convoitées. Les gens de théâtre se bousculent pour y assister, et les autres semblent n'avoir d'autre souhait que d'aller se frotter aux artistes quand ils le peuvent. Elle veut peut-être en profiter pour se rendre intéressante. Quelque chose du genre : « Regardez comme je suis moderne ! »

Ailis plissa le front.

— À ta place, je n'irais pas, Emily. Et si j'y allais je partirais avant que tout le monde soit saoul. Comment comptez-vous rentrer ensuite ? Tu n'es pas sans savoir que la plupart des fiacres refuseront de prendre Ronald…

Il n'était pas prudent pour un couple mixte de se promener dehors la nuit. D'autres villes avaient été le théâtre d'agressions, parfois fatales.

— Mr Brewster va prêter une voiture et un cheval à Ronald, déclara Emily.

— Bien, répondit Ailis en hochant tête. Vous pourrez prétendre que Ronald est ton cocher.

— Ailis ! la coupa Emily, indignée.

Ailis n'avait rien contre Ronald, Emily le savait. N'étant pas au fait de la relation entre Ailis et Maureen, elle ignorait d'ailleurs ce que lui valait cette tolérance inhabituelle, mais elle y trouvait une source de réconfort.

— Nous n'allons pas nous livrer à des mascarades honteuses, reprit Emily plus calmement, nous…

— Vous irez à la soirée de Katrina comme si de rien n'était. Et on ne vous remarquera même pas, dit Ailis en haussant les épaules. Je ne demande qu'à voir.

Katrina se montra euphorique à l'arrivée d'Emily et Ronald, à qui un majordome embauché pour l'occasion avait ouvert la porte. Ronald s'était senti intimidé à la seule vue du bâtiment, qui comptait parmi les plus anciennes et somptueuses maisons de Boston. Un des pères fondateurs devait avoir investi une fortune dans sa construction.

Emily, qui s'était renseignée sur l'histoire de l'esclavage aux États-Unis, s'abstint de faire remarquer que l'homme, par ailleurs respectable, et son maître d'œuvre avaient certainement eu recours à des esclaves africains sur le chantier. Elle avait été choquée de lire que Thomas Jefferson lui-même en avait fait travailler sur ses plantations.

Katrina ne savait sûrement rien de tout cela. Sublime dans sa robe de soie rouge, elle serra Emily dans ses bras pour la saluer.

— Tu es absolument ravissante ce soir ! s'exclama-t-elle. Contrairement à moi… Lena est loin d'être aussi douée que toi pour me coiffer.

Contre toute attente, Katrina avait bel et bien renoncé à recourir aux services d'Emily pour l'apprêter. Lena, sa bonne, s'était essayée ce soir-là à relever ses cheveux en chignon, et, même en faisant preuve d'indulgence, on aurait pu tout au plus qualifier le résultat d'amusant.

— Quant à cette robe, reprit Katrina, elle ne m'est jamais aussi bien allée qu'à toi !

De fait, la robe en dentelle vert mat s'harmonisait davantage à la couleur de cheveux et au style d'Emily. Katrina avait dû faire un achat inconsidéré, comme cela lui arrivait parfois lorsqu'elle flânait en ville au bras d'un généreux compagnon.

— Et voici donc ton ami, Mr Gardener… Puis-je me permettre de vous appeler Ronald ? Vous savez, Emily et moi sommes comme deux sœurs, nous ne nous embarrassons pas de formalités. Je suis ravie de faire enfin votre connaissance.

Surpris, Ronald en oublia presque ses bonnes manières, mais il se ressaisit, s'empressant de lui assurer qu'il était enchanté lui aussi, que Katrina était sans conteste la femme la plus belle et la plus captivante de la soirée, et qu'elle n'avait aucune raison de se discréditer.

— Vous allez éblouir tous ces messieurs. Mais je dois vous avouer que je ferai exception : mon cœur bat plus fort à la vue de votre amie qu'à celle de toute autre femme.

Il sourit à Emily.

— Vous êtes photographe ? demanda Katrina sur le ton de la conversation, avant d'arrêter un serviteur, prélevant sur son plateau trois coupes de champagne pour elle et ses hôtes. Voudrez-vous bien m'apporter encore du feu, Fred ?

Elle sortit son étui à cigares de sa poche avant d'ajouter :

— À moins que… Ronald ?

Emily avait repéré le briquet de la jeune femme sur une desserte toute proche. Elle le saisit et, d'un geste habile, alluma elle-même le cigare.

— Vous ne fumez pas ? demanda Katrina à Ronald.

Celui-ci admit fumer parfois un cigare en compagnie de Mr Brewster, même s'il n'en achetait jamais lui-même. La vérité, c'est que le goût ne lui plaisait guère, et il lui plaisait encore moins quand il songeait à ceux qui plantaient et récoltaient le tabac : certes, ils n'étaient plus esclaves, mais ils gagnaient toujours à peine de quoi survivre – autant de réflexions que Ronald garda pour lui.

— Vous travaillez pour ce fameux Mr Brewster ? poursuivit la comédienne. Emily le tient en haute estime…

Emily, qui n'avait jamais parlé du club d'ornithologie à Katrina, se demanda d'où elle tenait cette information.

— C'est un ornithologue réputé, qui m'a formé dès mon plus jeune âge. Puisque mon talent s'exprime plutôt dans ce domaine, je me suis spécialisé dans la photographie animalière, en particulier des oiseaux.

Katrina parut déçue.

— Ah, je croyais que vous réalisiez aussi des portraits ?

Emily regretta aussitôt de lui avoir montré, dans un moment de faiblesse, la photographie que Ronald avait prise d'elle pendant l'excursion.

— Cela m'arrive, dit-il. J'améliore volontiers mes revenus avec des commandes privées. Je compte bien un jour avoir mon chez-moi, et j'essaie d'économiser dans ce but. Mr Brewster n'y voit pas d'inconvénient. Cependant, on me demande plus souvent d'immortaliser des chevaux et des chiens que des enfants ou des mariages.

— Mais je pourrais vous solliciter pour une séance, n'est-ce pas ? demanda Katrina.

Ronald hésita.

— Miss Hard, une femme comme vous pose d'ordinaire sous l'objectif de photographes plus renommés que moi. Vous devez posséder des dizaines de portraits formidables...

Katrina lui sourit.

— Il n'empêche que... parfois, je souhaiterais avoir une vision plus neuve, plus sincère sur mes atouts et mes faiblesses. Une autre perspective... La photographie que vous avez faite d'Emily cet automne, ce jeu de lumière, cette expression, ce profil à peine esquissé ! Vous savez capturer une personnalité ! Ce n'est pas donné à tout le monde.

Ronald se sentit flatté, quoiqu'un peu gêné par ce concert de louanges. Il n'avait pas pensé au jeu de la lumière quand il avait braqué sans réfléchir son appareil photo sur Emily, pas plus qu'il n'avait inventé cette pose où le modèle, au lieu de garder la tête droite, la tournait de quelques degrés pour regarder l'objectif. Quel rapport avec la personnalité ? Mais soit, si Madame insistait. Elle offrirait certainement un bon prix pour ce travail.

— Je me ferais une joie de partir à l'affût de votre personnalité, dit-il en se moquant gentiment. Seulement, je ne garantis pas de parvenir à la capturer. Qui pourrait souhaiter cela ? Rendre justice à votre beauté et votre élégance ne sera sans doute pas chose aisée, mais je suis d'accord pour essayer. Après tout, je suis déjà sous le charme.

Katrina afficha l'expression de chat satisfait qu'Emily lui connaissait bien.

— Nous en reparlerons. Pour l'heure, je dois me consacrer à mes autres invités… Ah, Mr et Mrs Winyard, quelle joie que vous ayez pu venir ! lança-t-elle en se tournant vers un couple de quarantenaires d'une mise plutôt classique, à qui elle adressa un large sourire. Permettez-moi de vous présenter mon amie Emily Coxwold et son… hum… presque fiancé, Mr Gardener.

Elle ponctua ces mots d'un petit rire. Le couple, interloqué par la présence de Ronald, se raidit en entendant Katrina évoquer la relation qu'il entretenait avec Emily.

— Si vous voulez bien m'excuser, j'aperçois une amie là-bas ! dit Mrs Winyard, qui se dégagea de son mari et partit trouver de la compagnie ailleurs.

— Quant à moi, je crois que je vais d'abord me diriger vers le bar, déclara son mari en lui emboîtant le pas.

Feignant la surprise, Katrina haussa les épaules, puis les abandonna à son tour pour aller saluer d'autres invités. Ronald but une gorgée de champagne.

— Une véritable tornade, dit-il en la regardant s'éloigner. Qu'as-tu donc à lui reprocher ? Elle est un peu excessive, c'est vrai, mais c'est sans doute le propre des actrices. Elle semble en tout cas sincèrement désireuse de… de nous introduire dans cette société mondaine…

Emily fit la moue.

— Elle vient d'alimenter les ragots, et ce n'était pas par hasard. Si elle n'avait rien dit, les gens s'en seraient tenus à s'interroger sur la présence d'un Afro-Américain à cette soirée. Tandis qu'à présent il est question de fiançailles avec une Blanche. On ne va sans doute pas tarder à en parler au bar, et les dames sont déjà en train de jaser.

Elle lui montra Mrs Winyard qui jetait des coups d'œil répétés dans leur direction en échangeant des messes basses avec ses amies.

Ronald observa les autres invités. Il sembla se demander s'il n'était pas préférable de se retirer, mais, au lieu de cela, il se tourna vers Emily avec un sourire franc et radieux qui ne pouvait et ne devait échapper à personne.

— Tu sais quoi ? Ignorons-les. Je vais aller nous chercher quelque chose à manger au buffet, et tant mieux si l'on s'écarte de moi : je pourrai choisir en toute tranquillité les mets les plus appétissants. Mangeons à notre guise, buvons du champagne et profitons du programme musical. Après ça, je te ramènerai chez toi. Nous sommes invités, nous ne nous sommes pas introduits ici en douce. Si certains ne sont pas contents, ils n'ont qu'à jaser !

Ils ne tardèrent pas à prendre place à l'une des tables hautes installées dans la pièce, se régalant sans façon d'une assiette remplie de petits fours raffinés qu'ils avaient posée entre eux. Emily eut d'abord maille à partir avec sa timidité, gênée de se trouver ainsi sous le feu des regards. Néanmoins, elle commençait aussi à apprécier de ne plus être la jeune fille effacée vivant dans l'ombre de Katrina, et d'attirer à son tour l'attention dans le rôle de l'illustre enfant terrible.

Puis Katrina claqua dans ses mains, ouvrit la porte de la pièce voisine comme si elle ouvrait un rideau de théâtre et s'adressa à ses invités d'une voix sonore.

— Chers concitoyens, chers amis ! C'est avec une joie immense que je vous annonce ce soir un récital qui saura ravir vos oreilles. Je vous prie d'accueillir Evangeline Ashton, une étoile montante de la scène musicale de Boston !

Une jeune femme vêtue d'une robe de soirée bleu clair s'avança. Des volants ourlaient le bas de sa jupe ainsi que son corsage, des rubans sombres entrecroisés à la taille soulignaient sa silhouette élancée, et le large décolleté de sa toilette dévoilait en partie des épaules d'un blanc immaculé. Sa chevelure dorée, irisée de reflets roux, encadrait de petites boucles son visage gracile ; elle n'était relevée qu'en partie et tombait sur son épaule droite en une longue tresse élaborée, qui donnait à la chanteuse l'air jeune et innocent. Son teint affichait une pâleur distinguée, et ses deux grands yeux bruns qui posaient sur le monde un regard plein d'attente ne furent pas déçus. Le public applaudissait son arrivée avec enthousiasme.

Evangeline Ashton semblait droit sortie d'un daguerréotype d'une autre époque, ou plutôt d'une peinture. Emily se demanda pourquoi Katrina, qui aimait tant être au centre de l'attention, patronnait cette rivale potentielle. Peut-être ne savait-elle pas chanter ? Katrina la couvrirait alors de ridicule. Pourtant, Cuthbert Hay n'aurait jamais embauché de chanteuse sans voix.

La jeune femme prononça des remerciements d'une voix traînante. Un accent américain parmi tant d'autres, comme l'accent écossais d'Emily différait de l'anglais d'Oxford. Emily ne savait pas à quelle région l'attribuer, mais il lui plaisait. Sa manière de parler lui rappelait un peu celle de Ronald, même s'il s'efforçait toujours de gommer son accent du mieux possible.

Soudain, elle sentit comme de l'électricité dans l'air. Délaissant la chanteuse, Emily regarda Ron. Tout son corps trahissait sa tension, il semblait avoir pâli.

— Elle vient d'Alabama, glissa-t-il à l'oreille d'Emily. Tu as devant toi la plus classique beauté blanche des États du Sud.

Miss Ashton s'était approchée du piano à queue qui trônait dans le salon, et un pianiste joua les premières mesures. La jeune femme entonna *Annabel Lee*, une ballade douce-amère. En plus de ne rater aucune note, elle interpréta la chanson avec une telle intensité que de nombreux spectateurs en eurent les larmes aux yeux. Ce fut ensuite au tour de *Sally Gardens*, et miss Ashton, qui avait gagné en aplomb, s'autorisa à parcourir du regard l'assemblée conquise. Elle se figea un instant en apercevant Ronald, mais se ressaisit et continua à chanter de son air angélique. Emily avait beau ne pas connaître grand-chose à la musique, elle comprit vite que la voix de Katrina était loin d'égaler celle de la jeune chanteuse, tant au niveau du timbre que de l'assurance. Quand, pour finir, Evangeline interpréta quelques chansons d'amour, Emily attrapa la main de Ronald. La mélodie qui emplissait la salle incarnait ses sentiments avec une justesse qu'elle n'aurait jamais crue possible.

Après une demi-heure, miss Ashton fit une pause. De nombreux admirateurs la rejoignirent aussitôt. Katrina la laissa d'abord profiter de ce moment de gloire, puis se fraya un chemin jusqu'à elle, deux verres à la main.

— Evangeline, joignez-vous donc à moi. Je dois vous présenter quelqu'un. Un invité qui nous vient de chez vous...

Emily et Ronald n'eurent pas le temps de s'éclipser tandis qu'elle se dirigeait droit sur eux avec la chanteuse, à l'évidence troublée.

— Miss Ashton, voici Mr Ronald Gardener. Comme vous, une étoile montante, mais dans le domaine de la photographie.

Evangeline Ashton écarquilla les yeux, terriblement offusquée d'être présentée à un Afro-Américain. Les lois régissant les rapports entre les deux groupes de population étaient plus strictes en Alabama que partout ailleurs.

Mais le pire était à venir. Lorsque Ronald sortit de sa stupeur, s'inclina poliment et répondit par un « Enchanté ! », le visage si pur d'Evangeline se décomposa.

— Miss Hard, je ne comprends pas ! s'écria-t-elle, avant de se tourner vers Ronald. Et toi... le moricaud, comment oses-tu t'afficher en pareille société ? N'en avez-vous pas déjà fait assez, toi et tes semblables ? Cela ne vous a pas suffi que la question des Noirs divise notre pays et déclenche une guerre civile ? Notre coton a pourri sur place parce que vous ne vouliez plus le récolter ! Par votre faute, notre maison a été incendiée, notre plantation rasée ! Nous avons dû fuir comme les derniers des mendiants...

Evangeline haussait de plus en plus la voix, tous les regards étaient rivés sur elle. Même si la plupart des invités n'avaient pas accueilli Ronald sans préjugés, la tirade de la chanteuse allait trop loin. Emily entendit s'élever des murmures scandalisés et s'étonna qu'Evangeline se mette dans un tel état pour une guerre terminée depuis de nombreuses années. À cette époque, elle était en toute logique un bébé ou une très jeune enfant.

Sourde au revirement d'attitude dans la salle, miss Ashton continuait à déchaîner son courroux :

— Je vous vois encore plantés devant chez nous. Riant du malheur de ma famille. Ma sœur et moi avons dû chanter dans la rue pour quémander quelques centimes, ma mère en a eu le cœur brisé… Et me voilà aujourd'hui encore réduite à divertir le monde telle une vulgaire danseuse ! Alors que j'aurais dû épouser un riche héritier et régner avec lui sur sa plantation. Je ne suis plus qu'une fille de joie, un animal de foire qui chante et danse, et se laisse même tripoter sans rien dire. Je… je… bon sang, je suis une Ashton ! Nous possédions la plus grande plantation au sud de Montgomery !

Cuthbert Hay s'était précipité pour faire taire sa nouvelle star. Evangeline avait perdu toute trace de son innocence enfantine. Cuthbert ne parvenant pas à calmer la chanteuse, qui s'acharnait à invectiver les citoyens et citoyennes de la ville, ce fut Mr Winyard, en tant que représentant des notables de Boston, qui mit enfin un terme à sa fureur.

— Miss Ashton, je suis navré d'entendre que vous vous sentez offensée et utilisée par vos auditeurs, dit-il d'un air grave. Soyez certaine que nos ovations étaient sincères. Elles n'étaient que l'expression de notre plaisir à goûter votre magnifique voix, votre présence enchanteresse… Nous ignorions que vous portiez votre talent comme un fardeau. Et que vous nourrissiez tant de haine à l'égard des États du Nord et des Africains injustement asservis sur votre plantation. Peut-être devriez-vous simplement renoncer à chanter en Nouvelle-Angleterre ; comme vous le savez, notre région est et reste un bastion des quakers, qui ont aidé beaucoup d'esclaves à fuir…

Cuthbert avait saisi d'une main ferme le bras d'Evangeline. Il tenta d'apaiser les esprits :

— Je suis convaincu que miss Ashton ne pensait pas ce qu'elle disait. La rencontre inattendue avec Mr Gardener...

— Ce n'est pourtant pas si inattendu, lança une jeune femme depuis l'un des derniers rangs. Au Massachusetts, chaque citoyen, quelle que soit la couleur de sa peau, a le droit d'assister à une représentation musicale.

— Et, de la même manière que le public respecte l'artiste, il est en droit d'attendre en retour que l'artiste réfrène ses éventuelles rancœurs, ajouta un homme âgé.

— Je vous prie de m'excuser au nom de notre chanteuse, Mr Gardener, dit Cuthbert en s'adressant autant à Ronald qu'aux autres spectateurs. Je crois que miss Ashton aimerait maintenant se retirer... Messieurs, mesdames, reprenez donc un verre de champagne ou de whisky. Miss Hard se fera une joie d'assurer la suite du programme musical. Peut-être un medley de nos derniers opéras-comiques, Katrina ?

— Nous ferions mieux de filer, souffla Ronald à Emily pendant que les regards se tournaient vers Katrina Hard, triomphante. Seigneur, quelle histoire ! Une princesse du Sud tombée dans la misère à cause de la guerre, et qui en veut désormais à la terre entière. Qui aurait pu imaginer ça ?

— Un vrai coup de maître de la part de Katrina ! déclara plus tard Ailis, assise au salon avec Ronald et Emily, qui etaient rentrés précipitamment.

La soirée n'était pas encore très avancée, et tous deux avaient ressenti le besoin de raconter l'incident. Tandis que Ronald était encore disposé à croire à un hasard,

Emily, elle, était certaine que Katrina avait provoqué à dessein la sudiste.

— Comment a-t-elle pu le découvrir ? Je veux dire, qu'Evangeline soit raciste était prévisible, mais pas qu'elle voue en plus une haine à son public...

— Elle ne pouvait pas le savoir, répondit Ronald.

Emily secoua la tête.

— Elle était au courant, c'est évident ! Dieu sait comment elle lui a soutiré ces informations... Elle a pu feindre l'amitié, et Evangeline se sera alors livrée à elle. En tout cas, elle savait très bien ce qui arriverait en confrontant Evangeline à Ronald. Et elle misait sur le fait que Mr Hay ne pourrait pas la défendre après une telle offense au public. Si encore elle ne s'en était prise qu'à Ronald – désolée, Ron, mais la direction du théâtre aurait pu passer outre. Katrina ne voulait pas seulement dénoncer son racisme, elle voulait se débarrasser d'elle !

— Ce à quoi elle semble être parvenue avec brio ! souligna Ailis, que le stratagème de Katrina amusait désormais.

— Ravie de voir que tu trouves ça drôle ! la rabroua Emily.

Ailis posa la main sur son bras pour l'apaiser.

— Allons, Emily, je veux bien admettre que se servir de vous pour jeter l'opprobre sur une rivale est condamnable et sournois. Mais n'allez pas me dire que cette raciste vous fait de la peine ! Katrina l'a poussée à dévoiler son vrai visage en connaissance de cause. On a beau dire ce qu'on veut : son ingéniosité m'impressionnera toujours.

— Je n'arrive toujours pas à croire qu'elle ait pu organiser tout ça, persista Ronald. Comment aurait-elle pu savoir que... ?

— Katrina est une redoutable intrigante, répliqua Ailis. C'était déjà le cas à l'école. En première année, elle nous a dénoncées, Donella et moi, parce que nous avions démonté un microscope. Ça lui a valu des réprimandes, alors à la première opportunité elle s'est arrangée pour que la maîtresse d'internat nous surprenne à commettre quelque bêtise. Et depuis elle s'est débarrassée d'un nombre incalculable de rivales.

— Elle est dangereuse, Ronald, insista Emily. Crois-moi. Tu ne devrais pas accepter de la photographier.

Elle raconta à Ailis que Katrina souhaitait faire appel aux services de Ronald.

— De quoi as-tu peur ? demanda Ailis, toujours plus amusée qu'inquiète. Qu'elle jette un sort à l'appareil photo pour le faire exploser ? Ses talents ne vont quand même pas jusque-là...

Emily lui lança un regard noir.

— Elle n'a eu aucun scrupule à assassiner Gooby.

Ailis se passa la main sur le front.

— D'après Donna, si elle a lâché les chiens sur ton oie, c'est parce que l'occasion s'en est présentée. C'était très cruel de sa part, et sans doute aussi mal avisé. Mais ça ne m'étonnerait pas qu'elle l'ait regretté après coup. À mon avis, elle n'a rien planifié de sang-froid.

— Katrina est capable de tout ! Je le sais ! s'écria Emily. Après ce qu'elle m'a fait vivre...

— Il faut arrêter d'avoir peur d'elle, dit Ailis en lui prenant la main. Elle n'a plus aucun pouvoir sur toi, et tu n'es même plus obligée de la coiffer si tu n'en as pas envie. Et tu n'aurais pas dû aller à cette soirée.

— Ronald doit refuser cette séance photo !

— Écoute, ma chérie, je n'y vois aucun danger non plus, mais si c'est ce que tu souhaites et que ce rendez-vous t'inquiète, alors je n'irai pas.

Emily le regarda, incrédule.

— Tu annulerais ? Pour moi ?

— Vos désirs sont des ordres ! répondit-il en riant.

Emily, elle, ne riait pas. Elle s'était rarement sentie aussi soulagée.

6

Katrina Hard n'était cependant pas du genre à se laisser décourager aussi facilement. Elle avait proposé à Ronald une date en mars, qu'il avait refusée, prétextant crouler sous le travail, après quoi William et Caroline Brewster reçurent à leur adresse une enveloppe bleu ciel délicatement parfumée. Curieuse, Caroline l'ouvrit et trouva quelques lignes aimables ainsi que deux billets pour une représentation de Katrina Hard au Boston Music Hall. D'une plume polie, Katrina demandait à Mr Brewster de bien vouloir accepter ce présent en échange d'un après-midi pendant lequel il libérerait Ronald Gardener pour une séance photo. Elle précisait que les programmes de la saison d'automne partiraient bientôt à l'impression et qu'elle avait besoin de portraits récents.

— Comment se fait-il qu'elle t'ait choisi, Ron ? demanda Mr Brewster après avoir lu la lettre que Caroline, aux anges, lui avait montrée. Et pourquoi aurais-tu besoin qu'on te libère ? Il n'y a quasiment rien à photographier ici en mars. Sans compter que je te laisse toujours le champ libre quand quelqu'un d'autre fait appel à tes services.

On ne commandait jamais de portraits à Ronald, mais il arrivait qu'un membre de la Société ornithologique lui propose de documenter une expédition. À présent, il était obligé de raconter que Katrina avait voulu prendre rendez-vous avec lui et qu'il avait annulé à la demande d'Emily.

— Je ne sais pas ce qui l'inquiète, elle a peur pour moi, déclara-t-il.

William Brewster fronça les sourcils.

— Peur ? Mais enfin, Ron, s'il y a quelque chose qui puisse te faire du tort actuellement, c'est bien ta liaison avec Emily, et en aucun cas une séance photo avec miss Hard. Tu sais à quel point je vous apprécie tous les deux, ce qui ne m'empêche pas de considérer votre relation comme une erreur. Et voilà que miss Emily semble n'être plus tout à fait lucide. Souffrirait-elle d'une jalousie maladive ? En tout cas, je ne peux que répondre à miss Hard que je te libérerai avec plaisir de tes obligations si tu me le demandes. Et, bien sûr, je te prête volontiers un cheval et une voiture pour le transport du matériel. Mais si tu préfères la contrarier…

— Je suis vraiment désolé, Emily, mais désormais il m'est presque impossible de dire non.

Lors de la réunion du club d'ornithologie qui suivit, Ronald avait pris Emily à part pour lui rapporter l'intervention de Katrina auprès des Brewster. Emily n'avait pas renoncé à participer à ces rencontres, et Ronald venait la chercher à la gare. Elle endurait ensuite sans ciller l'ambiance quelque peu tendue qui, grâce à William Brewster, ne s'envenimait jamais. Chaque fois que quelqu'un lançait une pique à Emily ou à Ronald, il intervenait et remettait les choses au point sur un ton aimable, mais ferme. Il prenait aussi soin d'intégrer les deux jeunes gens aux discussions, veillant toujours à ce que celles-ci restent polies et factuelles. Emily n'en était pas moins nerveuse, et ses promenades avec Ronald dans la réserve lui apportaient ensuite un réconfort appréciable. Les Brewster faisaient semblant de ne pas remarquer leur disparition. Quant aux autres membres du club, ils étaient d'ordinaire déjà sur le chemin du retour quand les deux tourtereaux se retrouvaient.

— Tu vas faire son portrait quand même ? demanda Emily, que la lettre de Katrina inquiétait. Peut-être… peut-être que je devrais venir avec toi ?

— Tu n'as pas un cours magistral à ce moment-là ? lui rappela Ronald. Et de quoi aurais-je l'air si je n'osais pas me rendre seul chez miss Hard ? De toute façon, elle va sûrement te demander de venir chez elle pour la maquiller et la coiffer avant la séance.

— Vous vous retrouverez dans son appartement ? demanda Emily.

Ronald acquiesça.

— Elle souhaite être photographiée dans un cadre familier, assise à son piano à queue. Il s'agit d'offrir au regard extérieur un aperçu de son quotidien.

Emily fit une moue sceptique.

— Je ne peux que continuer à te mettre en garde.

Elle lui exprima de nouveau ses réserves, et, pour la première fois, Ronald sentit un malaise s'installer entre eux. Était-ce ce que Katrina cherchait ? À moins que la paranoïa de son amie n'ait fini par le gagner à son tour ?

La curiosité de Ronald l'emporta sur l'inquiétude lorsque le portier qui montait la garde devant la prestigieuse demeure de Katrina le fit entrer. Un page vint aider Ronald à porter son matériel de photographie jusqu'à l'étage. Le garçon repartit aussitôt sa mission accomplie, et une jeune femme ouvrit la porte. Ronald se rappelait l'avoir vue à la soirée, vêtue d'un uniforme de domestique. À présent, elle était en tenue d'extérieur et semblait avoir attendu son arrivée.

— Mr Gardener est là, miss Hard. Puis-je vous laisser maintenant ? lança-t-elle derrière elle après avoir salué le jeune homme dans les formes.

— Fais-le entrer avant, veux-tu, Lena ? répondit Katrina.

La bonne obéit et aida Ronald à transporter son matériel dans le salon. L'actrice était assise au piano à queue, vêtue d'une robe-manteau qui épousait sa silhouette à la perfection. Subtilement maquillée, elle avait noué en chignon ses cheveux ondulés, et son incontournable cigare ondulait gracieusement au bout de ses doigts.

Ronald s'inclina avec déférence.

— Je vais installer l'appareil photographique, miss Hard, puis nous pourrons nous mettre au travail, dit-il, affable, tandis que Lena refermait la porte d'entrée derrière elle.

— Voyons, Ronald, nous n'allons quand même pas commencer sans avoir trinqué à notre projet…

Ronald remarqua alors le seau à champagne posé sur un buffet, ainsi que deux coupes sur le piano, l'une pleine, l'autre à moitié vide.

— Pas pour moi, miss Hard, je vous remercie. J'ai besoin d'avoir les idées claires quand je travaille.

Il déplia son trépied et manqua faire tomber son appareil quand la jeune femme se leva. L'air de rien, elle avait défait la ceinture de sa robe-manteau, dont les pans s'étaient largement écartés. Katrina se tenait en corset devant lui, la poitrine à peine couverte.

— Miss Hard, je vous en prie... commença Ronald, ne sachant pas où regarder. Vous ne voudriez tout de même pas poser à moitié dévêtue...

— Pourquoi pas ?

Katrina ôta sa robe et s'allongea sur une méridienne. Le sourire aux lèvres, elle prit plusieurs poses lascives. L'appareil de Ronald était désormais en position, mais le jeune homme hésitait à actionner le déclencheur.

— Eh bien allez-y, faites ! s'exclama Katrina. Je vais finir par attraper froid...

Jouant avec son cigare et sa coupe de champagne, elle défit encore un peu le laçage de son corset, de sorte qu'il laisse davantage entrevoir sa poitrine. Pour finir, elle détacha ses cheveux, qui tombèrent en cascade sur ses épaules.

Ronald enchaînait les rouleaux de film et les plaques, photographiant sans s'arrêter et tentant de s'imaginer devant un paon qui faisait la roue pour impressionner une paonne.

Mais Katrina Hard attendait plus de lui que de simples portraits. Lorsque Ronald voulut mettre fin à la séance, elle se leva et vint se frotter contre lui.

— Ma foi, je n'ai pas encore découvert ce que ma petite Emily pouvait bien te trouver, susurra-t-elle. Pourquoi ne pas me le montrer toi-même ? Viens !

Elle lui prit la main et tenta d'attirer le jeune homme vers la méridienne. Son autre main glissa jusqu'à son entrejambe. Ronald se dégagea avec fermeté.

— Voulez-vous cesser, miss Katrina ! Ces prises de vue sont déjà à la limite de l'acceptable. Lors de notre première discussion, il n'a jamais été question de photographies érotiques. Mais ce que vous me demandez à présent est tout sauf professionnel ! Et absolument contraire aux bonnes mœurs. Que penserait Emily de moi ?

Ronald s'éloigna d'elle et vérifia que son pantalon était toujours fermé.

Katrina rit.

— Emily sait à quel point j'aime jouer. Et puis vous deux… c'est déjà de l'histoire ancienne, non ? Tu vois, Ronny, j'ai toutes les cartes en main. Imagine que je me mette à crier, et que j'affirme que tu as essayé de me sauter dessus… Le portier garde un œil sur mon appartement. Il sait que je suis seule avec un homme. Alors s'il faisait irruption maintenant…

Elle renversa sa coupe de champagne et feignit de se couvrir du mieux qu'elle pouvait avec son corset presque défait.

— Qui croirait-on, jeune homme ? poursuivit-elle. Une femme respectée ou un impulsif pris d'un coup de folie ?

Ronald sursauta en entendant la sonnette. Il ignorait s'il devait souhaiter ou redouter de voir apparaître Emily, mais ce fut Cuthbert qui entra. Il semblait avoir ses habitudes dans l'appartement et avait déjà retiré sa veste de costume.

— Katrina, ma chérie, tu devrais fermer ta porte à clef. Tout le monde n'est pas doué d'aussi charitables intentions que moi, dit-il gaiement.

C'est alors qu'il leva les yeux et découvrit la scène.

— Qu'est-ce que c'est que ce cirque ? gronda-t-il.

Paniqué, Ronald n'essaya même pas de se justifier. Il eut juste assez de lucidité pour s'emparer des plaques et des films exposés, abandonna l'appareil photo sur place, la mort dans l'âme, puis quitta les lieux en dévalant l'escalier quatre à quatre.

La petite voiture qu'il avait empruntée à Mr Brewster pour transporter son matériel était garée devant l'immeuble. Ronald détacha le cheval à la volée et, sitôt installé sur le siège, le lança au galop. Il réfléchissait à toute vitesse. Il devait parler à quelqu'un. Emily était en cours, Ailis au travail… Ne restaient que Mr et Mrs Brewster, même si le trajet pour les rejoindre était long. Il poussa Meta, une jument plutôt tranquille, plus qu'il n'en avait l'habitude et parcourut le chemin en un temps record.

Quand il fit irruption dans la maison, il était dans tous ses états. Par chance, Caroline et William étaient tous deux là. Mr Brewster travaillait à la rédaction d'un texte, et sa femme venait de préparer le thé. Elle comprit tout de suite que quelque chose n'allait pas.

— Dieu du ciel, Ronald, on dirait que tu as vu un fantôme !

Elle lui servit sans attendre une tasse de thé. Ronald relata d'une voix tremblante ce qui était arrivé.

— Si elle raconte que je l'ai violée, on m'enfermera, dit-il dans un souffle. Je… nous… J'aurais dû écouter Emily. Elle avait raison de me mettre en garde contre cette femme !

Mr Brewster fit un geste rassurant.

— Allons, on n'enferme pas les gens si vite. Au moins, ce Mr Hay est arrivé à temps et t'a trouvé tout habillé. Par ailleurs, tes photographies sont la preuve que miss Hard a posé de son plein gré, et dans une mise en scène scabreuse, ce qui ne souligne pas exactement sa vertu. Et puis, une femme qui reçoit un jeune homme chez elle sans même faire appel à un chaperon ne saurait être au-dessus de tout soupçon si les choses dégénèrent.

— Je ne crois pas qu'elle porte plainte, ajouta Mrs Brewster. Ce serait très embarrassant pour elle si l'affaire allait devant le tribunal. Tout ce qu'elle veut, c'est t'intimider, ainsi que miss Emily, bien sûr. Si tu lui avais été infidèle…

— Le monde d'Emily se serait écroulé, dit Ronald en prenant son visage entre ses mains. Mon amour est une malédiction pour elle… Je dois y mettre fin. Tout de suite. Oui, dès demain, j'y mettrai fin.

7

EMILY AVAIT TOUTES LES PEINES DU MONDE à se concentrer sur son cours de psychologie. Elle s'inquiétait pour Ronald et se demandait ce que Katrina pouvait avoir en tête. Quand la séance prit fin, elle n'eut qu'une hâte : quitter l'université au plus vite. D'habitude, elle veillait à ne croiser la route d'aucun autre étudiant et à choisir les passages les moins fréquentés. Depuis qu'elle était dans la ligne de mire de Ted Rand et de sa bande, elle redoublait de précautions. Pressant le pas, elle emprunta donc cette fois encore l'un des couloirs déserts de la faculté de psychologie. Les amphithéâtres et les salles de cours qu'il desservait étaient moins utilisés, mais par malchance la porte d'un des laboratoires s'ouvrit juste à ce moment, et un professeur redonna leur liberté à ses élèves avant de s'éloigner aussitôt dans la direction opposée. Les étudiants, eux, avaient déjà repéré Emily. Quelques-uns passèrent devant elle sans lui accorder d'attention, mais un groupe de six jeunes hommes lui barrèrent la route.

— Mais qui avons-nous là ? Cette chère miss Emily, notre petite star de la zoologie.

Tout le monde savait qu'Emily étudiait la zoologie et la psychologie dans le but de mener peut-être un jour des études comparées sur l'homme et l'animal. Cette approche, qui convainquait pleinement les professeurs, était jugée ridicule par un bon nombre d'étudiants. Les animaux, prétextaient-ils, étaient des créatures sans âme ; alors comment appliquer à leur cas la science de l'âme ? Quand Emily prenait la parole pendant les séminaires, ils se moquaient souvent d'elle, même si ses interventions étaient loin d'être insensées et n'avaient en général rien à voir avec le règne animal. Ici comme en zoologie, les étudiants enviaient à la seule femme de la faculté ses notes excellentes et la sympathie que lui témoignaient les professeurs.

— Dites-nous, miss Emily, comment vont vos affaires de cœur ? Deux âmes mal assorties se seraient-elles trouvées ? poursuivit le même étudiant.

— Laissez-moi ! s'écria Emily quand un autre la saisit par le bras.

— Voyons, nous pourrions peut-être commencer par examiner l'âme de notre miss Emily ? Où peut-elle se loger ? jubila le jeune homme, et il entreprit de tâter Emily des pieds à la tête, tandis que deux autres étudiants la maintenaient immobile, l'obligeant à subir cette fouille corporelle. À moins que nous ne nous occupions plutôt de ce cœur égaré ?

D'une main, le meneur commença à défaire les boutons de la robe d'Emily et, de l'autre, à lui palper les seins.

La jeune femme tenta de se débattre, mais c'était peine perdue : elle ne fit qu'aider l'étudiant à déchirer sa robe. Les hommes la tenaient prisonnière.

— S'il vous plaît ! NON ! cria-t-elle, désespérée. Ne faites pas ça ! Lâchez-moi !

Ses joues étaient inondées de larmes, sa lèvre inférieure saignait, et sa tresse s'était dénouée.

— Et pourquoi ne pas essayer de rendre miss Emily plus heureuse qu'avec ce type qu'elle côtoie ? dit l'étudiant en faisant mine de déboutonner son pantalon.

Insensible à la détresse d'Emily, il lança au petit groupe d'étudiants encore en retrait :

— Allez, aidez-moi ! Déshabillez-la !

Mais, avant que ces trois-là n'aient choisi leur camp, une voix grave s'éleva, couvrant sans mal le tapage. Emily crut reconnaître celle du Pr Rutherford, avec qui elle venait d'avoir cours. Il avait dû oublier quelque chose dans l'amphithéâtre et revenir sur ses pas.

— Qu'est-ce que vous faites là ? s'écria-t-il.

En approchant, il reconnut Emily, piégée entre trois étudiants qui la tripotaient, tandis que trois autres, subjugués par la scène, en avaient presque la mâchoire qui tombait.

Le trio infernal s'écarta, et les six hommes s'enfuirent sans demander leur reste. Le Pr Rutherford, encore sous le choc de ce qu'il avait vu, n'eut pas le réflexe de les retenir. Il regarda avec effroi Emily qui sanglotait, assise par terre.

— Miss Coxwold ! C'est… c'est… Ils vous ont fait du mal ?

Il semblait ne pas savoir si la bienséance lui permettait de s'approcher de la jeune femme pour s'occuper d'elle ou s'il était préférable de rester à distance. Emily serrait comme elle le pouvait autour d'elle les restes de sa robe déchirée.

— Ils… Ils voulaient, gémit-elle. Ils s'apprêtaient… Ils s'apprêtaient à me…

— Six hommes contre une fille ! Ils devraient avoir honte ! Mais cela portera à conséquence ! Êtes-vous blessée, miss Coxwold ? Dois-je appeler un médecin ?

Le Pr Rutherford se résolut enfin à ôter sa veste, qu'il tendit à Emily. Elle s'en enveloppa, reconnaissante.

— Non, dit-elle. Je n'aurai sans doute que quelques bleus.

Puis elle tenta de sourire et poursuivit :

— Nous autres, les femmes, souffrons souvent de devoir porter un corset, mais aujourd'hui il m'a sauvée du pire.

— Je vais informer le doyen, déclara le Pr Rutherford. De toute urgence. Nous devons porter plainte. Y en a-t-il un que vous ayez reconnu ?

— Je... Je serais capable de les reconnaître... en tout cas ceux qui me tenaient, dit Emily, qui se mit soudain à trembler de tout son corps. Est-ce que... vous pourriez appeler un fiacre pour moi ? Je ne peux pas rentrer à pied ainsi...

Elle prit appui contre le mur ; ses jambes semblaient encore trop faibles pour la porter.

— Naturellement, s'exclama le professeur. Venez, je vais prendre votre sac et votre chapeau.

La petite coiffe d'Emily était tombée à terre dès le premier assaut.

— Le mieux est que je vous raccompagne chez vous, reprit le professeur. Où demeurez-vous ?

Plutôt jeune pour enseigner à Harvard, le Pr Rutherford était un homme courtois et gentil. Emily faillit refuser, mais jugea raisonnable de s'en remettre à lui, et elle lui donna l'adresse d'Ailis. Après avoir trouvé une chaise où elle puisse s'asseoir, il partit chercher un fiacre, non sans l'avoir d'abord confiée à une vieille employée qui nettoyait les couloirs et comprit aussitôt de quoi il retournait. À une fontaine de l'entrée, elle remplit un verre d'eau dont Emily, reconnaissante, but une gorgée. Le Pr Rutherford ne tarda pas à revenir pour la conduire au fiacre qui l'attendait.

— Cette jeune dame a eu un accident, expliqua-t-il au cocher en aidant Emily à monter dans la voiture.

À leur arrivée chez Ailis, c'est Alma qui leur ouvrit la porte de l'appartement. La jeune calculatrice n'était pas encore rentrée de son travail.

— Seigneur, Emily, que s'est-il passé ? s'exclama la bonne, épouvantée. Attends, je vais t'aider. Mais qui t'a fait ça ? Quand même pas ce Ronald ?

Emily secoua vigoureusement la tête, et le professeur expliqua en quelques mots à Alma ce qui était arrivé. Après quoi il sembla soulagé de pouvoir prendre congé.

— Je suis sincèrement désolé, miss Coxwold ! dit-il quand Emily le remercia. Et comme je vous l'ai dit j'en parlerai au doyen.

Quand Ailis rentra chez elle, deux heures plus tard, Emily avait plus ou moins recouvré son calme. Alma lui avait fait couler un bain et n'avait pas lésiné sur les huiles et senteurs. Elle avait aussi préparé une tasse de lait chaud avec du miel, dans laquelle elle avait versé une bonne rasade de whisky. Emily, allongée en peignoir sur le canapé, buvait à petites gorgées le breuvage concocté par Alma tout en jouant avec Copper, qui faisait son possible pour attirer son attention. Il sentait que quelque chose n'allait pas et avait apporté son oie en peluche afin de divertir Emily, qui en fut émue aux larmes.

Dès qu'Ailis franchit le seuil de l'appartement, Alma la prit à part et lui exposa en quelques mots ce qui s'était passé. Elle ne put s'empêcher d'exprimer alors son malaise vis-à-vis de la relation qu'entretenaient Emily et Ronald.

— Voilà où ça mène ! pesta-t-elle.

Ailis ignora son commentaire et préféra serrer Emily dans ses bras pour la réconforter, câlinant du même coup Copper et son oie.

— Ne laisse personne te dire que tu es coupable ! insista-t-elle. Ni toi ni Ronald n'êtes responsables. D'ailleurs, où est-il ? Ne devait-il pas se rendre aujourd'hui chez Katrina ? Je pensais qu'il viendrait ensuite nous raconter comment s'était déroulé leur rendez-vous.

Après deux autres tasses de lait au miel et au whisky, Emily avait raconté à Ailis tous les détails de l'agression et épanché son cœur. Le lendemain, il lui faudrait faire face aux conséquences, mais pour l'heure elle avait besoin de repos. Ailis prit la courtepointe qui recouvrait le canapé et borda son amie. Puis elle ferma doucement la porte du salon et alla elle aussi se coucher.

Le matin, Emily se réveilla de bonne heure. Elle choisit une tenue irréprochable et prépara le petit déjeuner en réfléchissant à ce qui l'attendait.

— Est-ce que je dois vraiment porter plainte contre ces hommes ? demanda-t-elle à Ailis. Le Pr Rutherford estime que c'est inévitable, mais moi ça… ça me fait peur.

Ailis n'était pas non plus convaincue par cette idée. Au fil des années, en travaillant pour le Pr Pickering, elle avait été confrontée à tant de destins de femmes qu'elle ne croyait plus en une justice.

— La police dira probablement qu'il ne s'est rien passé, la prévint-elle, pessimiste, et je doute même qu'on prenne la peine d'enregistrer ta plainte. À mon avis, tu ferais mieux de continuer comme si de rien n'était, et de te montrer encore plus prudente à l'avenir.

— Mais... et le Pr Rutherford ? s'inquiéta Emily. Il compte rapporter les faits au doyen...

— Il changera peut-être d'avis. Il était choqué, mais il se peut qu'il relativise après coup. Tâche avant tout de te remettre, Emily ! Tu devrais rester un jour de plus à la maison, et ensuite... Les hommes ont tendance à vite oublier ce genre d'incident. Ton professeur ne dérogera sûrement pas à la règle.

Emily se demandait si elle pouvait assister au cours de zoologie du Pr Robert, dont le sujet lui importait beaucoup, ou si elle devait au contraire suivre le conseil d'Ailis et manquer une journée, quand Ronald arriva. Alma le fit entrer : il paraissait aussi bouleversé qu'Emily. Lorsqu'elle lui raconta ce qui s'était passé, il prit son visage entre ses mains.

— C'est le bon choix... murmura-t-il. C'est le bon choix que je fais. Nous devons nous séparer, Emily. Je t'aime, mais nous n'avons aucun avenir. Et la situation devient dangereuse.

Quand il lui rendit ensuite compte de sa mésaventure avec Katrina, elle l'écouta, de plus en plus furieuse. Si, l'instant d'avant, elle pleurait encore en lui confiant son histoire, quelque chose se durcissait désormais en elle.

— C'est hors de question, s'écria-t-elle lorsque Ronald lui répéta son intention de la quitter. Nous n'allons pas nous laisser impressionner pour si peu ! Je vais régler cette histoire avec Katrina une bonne fois pour toutes. Je lui ai assez longtemps servi de paillasson. Maintenant, c'est terminé !

Elle se leva d'un bond et saisit les photographies de Katrina, que Ronald avait développées dans la nuit.

— Je dois me changer, dit-elle. Attends-moi un moment, je te prie.

Peu après, elle reparut vêtue d'un élégant costume, qui lui venait de Katrina. Ronald se demanda comment elle pouvait se résoudre à le porter. Il n'eut pas le temps de lui poser la question qu'on sonna à la porte. Un jeune coursier apportait un message de l'université : miss Emily Coxwold était priée de se présenter à 15 heures dans le bureau du président de l'université Harvard.

— Le président de toute l'université ? demanda Ronald avec nervosité. Je pensais que l'affaire se résoudrait au sein de la seule faculté…

— Je me charge de régler cela aussi, déclara Emily sur un ton ferme, puis elle enfonça son chapeau sur sa tête et se regarda dans le miroir.

L'étoffe gris clair de son costume-tailleur était agrémentée de motifs gris foncé en forme de spirales. La jaquette avait de longues basques et des manches bouffantes, tandis que la jupe touchait presque le sol. Le chapeau assorti, paré de fleurs sans paraître trop mondain, était posé sur sa coiffure relevée. Emily se plaisait ainsi. Sa tenue était adaptée à son projet. Elle demanda à Ronald de l'attendre chez Ailis et prit le chemin du cabinet d'Archibald Peyton.

Son cœur battait la chamade au moment où elle entra et demanda au secrétaire qui lui avait ouvert la porte une audience auprès de Mr Peyton.

— Je serais ravi de fixer un rendez-vous, proposa le jeune homme avec diligence, mais Emily secoua la tête.

— Je dois le voir immédiatement, insista-t-elle, c'est urgent. Dites-lui que miss Emily Coxwold est ici.

À l'annonce de son nom, Archie Peyton écouterait ce qu'elle avait à dire ou la renverrait. Emily attendit, en proie à une terrible anxiété. Enfin, le secrétaire reparut.

— Mr Peyton va vous recevoir, dit-il en lui ouvrant poliment la porte du bureau de son employeur.

La pièce était aménagée de manière simple et dominée par un grand bureau. L'avocat attendait, assis dans un fauteuil imposant, face à deux sièges destinés à ses clients. De grandes bibliothèques tapissaient les murs, mais plusieurs photographies d'oiseaux y avaient également trouvé leur place et égayaient l'ensemble. Emily se sentit aussitôt plus à son aise.

— Merci, Jack ! lança Mr Peyton à l'adresse de son secrétaire, resté sur le seuil sans savoir si l'on avait encore besoin de lui.

Quand la porte se referma, Archibald se tourna vers Emily.

— Miss Emily. Que me vaut le plaisir ? Je croyais que vous ne vouliez plus entendre parler de moi.

Emily hésita.

— Je n'ai jamais dit une chose pareille. J'ai toujours eu beaucoup d'estime pour vous. C'est précisément ce qui m'a poussée à vous dire en toute honnêteté qu'il serait vain de me faire la cour, mon cœur étant déjà pris.

— L'est-il donc toujours ? demanda le jeune homme.

Emily se mordit les lèvres.

— Je ne suis pas versatile, Mr Peyton. Pas plus que je ne suis volage, souligna-t-elle sur un ton où perçait le reproche. En outre, je ne suis pas venue vous parler de mon cœur. Je suis ici parce que… j'ai besoin d'un avocat. Enfin, je crois. Et vous êtes le seul avocat que je connaisse.

Mr Peyton ne put s'empêcher de sourire.

— Une jeune femme plus calculatrice aurait dit que j'étais le meilleur qu'elle connaissait.

— L'un implique l'autre, déclara Emily, toujours aussi sérieuse.

L'avocat désigna l'un des sièges qui lui faisaient face, de l'autre côté du bureau.

— Dans ce cas, prenez place, miss Emily, et dites-moi ce que je peux faire pour vous.

Emily rapporta aussi objectivement que possible ce qui lui était arrivé ainsi que les déconvenues de Ronald.

— Je sais que vous désapprouvez ma relation avec Mr Gardener – comme presque tout le monde, y compris les Brewster. Par conséquent, si vous ne nous croyez pas... Je suis consciente que la plupart des gens n'accorderont aucun crédit à la parole de Ronald, et je crains qu'en ce qui me concerne, on ne m'attribue au moins en partie la responsabilité de ce qui m'est arrivé. Aussi, si vous ne souhaitez pas nous défendre...

Sa voix faiblit. L'avocat était sa seule chance. Sans lui, elle n'aurait plus qu'à affronter seule les attaques de tous.

Mr Peyton secoua la tête et l'apaisa d'un geste.

— La question n'est pas de savoir si je vous crois ou pas, miss Emily. Dès lors que j'accepte votre dossier, je suis de votre côté. Et du côté de Mr Gardener, si son affaire demande également à être traitée, encore que je ne sois pas vraiment inquiet sur ce point. Dites-moi, auriez-vous les photographies de miss Hard ?

Emily les sortit de son sac. Alors qu'elle-même avait rougi en découvrant les poses de Katrina, Archie Peyton se contenta d'en rire.

— Il n'y a pas à dire, c'est une femme superbe, fit-il remarquer. Et elle a le sens de la mise en scène. Il lui sera en tout cas difficile de soutenir que Ronald Gardener l'a forcée à poser pour ces photographies. Et je ne doute pas que Mr Hay se rangera lui aussi à cet avis.

Mr Peyton eut un sourire railleur.

— J'hésite encore… poursuivit-il. Lequel des deux irai-je voir en premier ? Je penche plutôt pour miss Hard. Après tout, je garde un excellent souvenir de notre première rencontre. Quant à nous, miss Emily, nous nous retrouverons cet après-midi, à 15 heures, à l'université. Je verrai ce que je peux faire pour vous.

8

Archie Peyton adressa à Emily un sourire triomphant quand ils se retrouvèrent peu avant 15 heures devant le bureau du président de l'université. Au terme d'une longue hésitation, Emily avait finalement gardé son costume élégant plutôt que de revêtir l'une des robes simples qu'elle portait d'habitude pendant les cours. C'était peut-être une erreur stratégique : Ailis lui avait conseillé de se montrer sous son jour le plus modeste, mais Emily en avait assez de courber l'échine.

Archie Peyton était impatient de lui faire part des bonnes nouvelles qu'il apportait.

— Notre charmante miss Hard vous transmet toutes ses amitiés ! lança-t-il gaiement. Elle demande à votre ami de bien vouloir lui pardonner le malentendu d'hier. Mr Gardener peut envoyer chercher son matériel dès qu'il le désire. Miss Hard a jugé les photographies très réussies, mais nous sommes tombés d'accord pour dire qu'elles étaient davantage destinées à un usage privé qu'à une publication, même si, à l'évidence, plusieurs journaux seraient prêts à payer une petite fortune au photographe pour avoir l'autorisation de les imprimer. Voici d'ailleurs les honoraires de votre ami ; miss Hard a souhaité me les remettre en main propre.

Il tendit une enveloppe à Emily.

— Elle a tenu à arrondir la somme, précisa-t-il. Ah, et Mr Hay n'a quant à lui été témoin d'aucun incident. Il est bien sûr dans son intérêt que l'existence de ces photographies… enfin, disons que Mr Hay nous saurait gré de faire comme si rien de tout cela n'était arrivé. Il connaît l'existence des négatifs, contrairement à miss Hard, à qui il a suffi que je remette les tirages pour qu'elle soupire déjà d'aise. Mr Hay se dit prêt à offrir une somme d'argent confortable à Ronald en échange de ces négatifs.

Emily sourit jusqu'aux oreilles en dépit de l'entretien qui les attendait. L'important était que les manigances de Katrina contre Ronald n'aient pas abouti.

— Elle a commis une erreur en faisant réaliser d'elle des portraits compromettants, résuma l'avocat. L'arrivée de Mr Hay est mal tombée. Mais, avec les négatifs, Ronald aurait toujours eu de quoi l'empêcher de porter plainte.

— Elle serait sûrement parvenue à les lui extorquer, dit Emily. Ce matin, il était paniqué, alors que Mr Brewster lui avait déjà expliqué que les photographies le mettaient en position de force. En tout cas, vous méritez toute ma gratitude ! Merci, merci, merci !

— Ce fut un plaisir, répondit Mr Peyton sur un ton qui semblait sincère. Maintenant, voyons ce qu'on vous veut ici.

La porte du bureau du président s'ouvrit au moment exact où il prononçait ces mots, et un assistant pria miss Coxwold d'entrer. Il ne cacha pas son étonnement de la voir accompagnée d'un avocat, mais Archie Peyton n'était pas homme à se laisser impressionner par si peu. Il pénétra avec Emily dans le bureau où avaient déjà pris place les Prs Roberts, Rutherford et Munsterberg. Tous trois paraissaient tendus.

Le Pr Charles W. Eliot, ainsi que se présenta le président de l'université, examina Emily de la tête aux pieds.

— Voilà donc notre pierre d'achoppement, commença-t-il.

C'était un homme d'âge moyen aux cheveux grisonnants et clairsemés. Le visage étroit, le nez orné de lunettes rondes, il paraissait au fond plutôt sympathique. Il portait un costume trois pièces marron et jouait avec un petit drapeau aux couleurs de Harvard, sans doute un bibelot ordinairement posé son bureau.

— Miss Emily Coxwold, reprit-il, voudriez-vous m'expliquer en détail ce qui s'est passé hier, et à quels motifs vous attribuez cette attaque ?

Archie Peyton prit aussitôt la parole, s'opposant à ce qu'on désigne sa cliente par l'expression « pierre d'achoppement ».

— En outre, poursuivit-il, miss Coxwold ne saurait s'exprimer sur les causes de l'agression dans la mesure où elle en ignore tout. Les faits se sont produits sans raison, et miss Coxwold a été prise au dépourvu.

— Vraiment ? demanda le président. Bien sûr, nous sommes tous d'accord pour dire que l'attaque dont a été victime miss Coxwold est injuste et absolument impardonnable. Mais de là à affirmer qu'elle s'est produite sans aucune raison... N'est-ce pas plutôt que... qu'en raison d'un mode de vie, disons, peu conventionnel, miss Coxwold est devenue une « pierre d'achoppement » ou, si vous préférez, un « rocher de scandale » ?

Il avait répété l'expression en la savourant presque. Emily rougit.

— Mon mode de vie n'a rien de scandaleux, se défendit-elle.

— Et, même si tel était le cas, les étudiants de votre université n'auraient pas à s'en mêler, ajouta son avocat. Il arrive certes que des faits de mauvaise conduite – d'un point de vue moral ou juridique – poussent une université à réagir et à exclure un étudiant. Par exemple si celui-ci avait tenté de forcer la main à une camarade et de la blesser dans un couloir de la faculté de psychologie. C'est au doyen de la faculté que reviendrait alors la décision d'agir, ou à vous, monsieur le président, puisque rendre justice par soi-même est proscrit du droit universitaire comme du droit commun. Par ailleurs, miss Coxwold ne s'est rendue coupable d'aucune faute.

— J'ai eu vent d'une relation extrêmement peu convenable dont cette demoiselle ne se cache pas, déclara le président. Et, avant que vous ne criiez à la rumeur, je tiens à souligner que miss Coxwold n'est pas ici une étudiante lambda. Elle bénéficie d'une bourse, ce qui constitue un privilège. L'université peut la lui retirer à tout moment.

Emily se figea. Elle s'était attendue à ce qu'on renonce à poursuivre ses agresseurs, et cela aurait déjà été difficile à accepter, mais voilà qu'on voulait aussi la renvoyer de l'université ?

— Il me semble qu'aucune raison ne le justifierait, intervint le Pr Roberts. Miss Coxwold...

— Ce serait un scandale ! renchérit le Pr Rutherford, qui avait dénoncé les faits et semblait prendre l'affaire très à cœur. Je sais quand même ce que j'ai vu ! La victime, c'est cette jeune femme ; on ne peut pas en plus la punir !

— Miss Coxwold est l'une de nos étudiantes les plus prometteuses, ajouta le Pr Munsterberg. Elle allie le discernement à l'originalité – précisément ce que nous recherchons en psychologie…

— Ce que nous recherchons dans toute faculté, mon cher collègue ! approuva le Pr Roberts.

Le président leur intima le silence.

— Je ne dis pas le contraire. Et c'est bien miss Coxwold qui a été agressée, nous sommes d'accord. Laissons donc de côté la question des causes plus ou moins justifiées qui y auraient conduit. Il n'empêche que nous faisons face à un sentiment de révolte palpable chez les étudiants. Dois-je renvoyer tous les messieurs qui refusent d'accepter miss Coxwold dans leurs rangs ?

— Vous pourriez déjà commencer par les trois gentlemen qui m'ont attrapée hier pour me toucher de manière indécente et déchirer ma robe. Et vous attaquer ensuite au trio qui a préféré regarder plutôt que de me venir en aide ! déclara vaillamment Emily.

Archie Peyton lui jeta un regard impressionné.

— Exactement ! approuva-t-il.

Les trois professeurs qui avaient pris le parti d'Emily hochèrent la tête.

— Nous y viendrons, affirma le président. Pour le moment, vous ne pourrez qu'abonder dans mon sens quand je dis que le moyen le plus simple de rétablir la paix au sein de vos facultés est d'en éloigner ladite pierre d'achoppement, ne serait-ce que dans le but de protéger miss Coxwold. Nous ne pouvons quand même pas lui adjoindre un estafier.

— C'est grotesque ! s'emporta le Pr Roberts.

— Nous n'en resterons pas là, déclara Mr Peyton.

Le président sourit.

— Comme il vous plaira…

Emily se creusait la tête. Cette fois, Archie Peyton ne pouvait pas lui venir en aide. Pas plus que ses professeurs, quand bien même ils la soutenaient. Le président s'était prononcé, il ne voulait pas risquer d'incidents supplémentaires. Il pouvait écarter sans état d'âme une accusation de quasi-viol. Mais, s'il arrivait qu'une étudiante soit sérieusement blessée par ses camarades et qu'on apprenne ensuite qu'il n'avait rien fait pour la protéger...

— J'aurais une proposition à vous faire, dit-elle sans laisser au président l'occasion de l'interrompre. Si ma présence au sein de l'université est désormais intolérable...

— « Intolérable » ? Comment pouvez-vous dire cela ! clamèrent presque en même temps Mr Peyton et les trois professeurs.

— ... je pourrais au moins continuer à m'instruire en dehors, poursuivit Emily. Par exemple si vous transformiez ma bourse d'études en une bourse de recherche.

— L'idée n'est pas mauvaise, mais sur quoi porteraient donc vos recherches ? s'interrogea le Pr Roberts. Vous terminez à peine votre première année.

— Ma foi, Mr Brewster n'est jamais allé à l'université, et cela ne l'a pas empêché d'apporter une contribution notable à l'ornithologie, dit Emily. Quant à moi, j'ai déjà parlé au Pr Roberts et au Pr Munsterberg de mon oie, Gooby. Et des questions passionnantes qu'ont soulevées les années passées à l'élever. La réserve ornithologique de Mr Brewster compte des oies sauvages par centaines. Je pourrais observer les couples et répéter l'expérience « Gooby » avec d'autres oisons, si Mr Brewster le permet.

— Balivernes ! glousse le président, mais les professeurs d'Emily semblaient très intéressés.

— Il en va de l'empreinte, c'est bien cela ? demanda le Pr Munsterberg à ses collègues.

Le Pr Roberts acquiesça.

— Un sujet intéressant pour les deux facultés, jugea-t-il. Il nous faudrait bien sûr l'assentiment de Mr Brewster, ainsi que son soutien. Et miss Coxwold devrait encore acquérir les fondements théoriques de pareils projets.

— Ce type d'étude à long terme n'implique-t-il pas que le ou les chercheurs vivent et travaillent à proximité des animaux ? demanda le Pr Munsterberg. Cela pourrait s'avérer difficile...

Emily glissa un regard à Archie Peyton.

— Comme Mr Peyton pourra vous le confirmer, il existe deux affûts dans la réserve de Mr Brewster. Je pourrais aménager l'un d'eux, ce qui me permettrait de vivre parmi les oies, ou presque.

Le président secoua la tête.

— Une femme seule ? Dans une cabane en pleine nature ? Impossible.

Emily sourit.

— Je pense que je ne serais pas seule...

— Honnêtement, je ne vous aurais pas crue capable d'un coup pareil, déclara Archie Peyton, considérant Emily avec un respect neuf.

Ils avaient quitté le bureau du président, mais pas avant qu'Emily ait discuté de tous les détails avec les professeurs. Elle passerait encore les examens de fin de semestre, puis on la dispenserait d'assister aux cours afin qu'elle puisse se consacrer à son projet de recherche.

— Aviez-vous déjà cette idée en tête en venant me consulter ce matin ? demanda Mr Peyton. Ou bien vous a-t-elle traversé l'esprit à l'instant ?

— C'était tout à fait spontané, confessa Emily, épuisée mais satisfaite de cette victoire. J'ai compris que nous n'arriverions à rien en portant plainte contre l'université. Quand bien même nous aurions eu une chance de gagner, la procédure aurait duré des années. Alors qu'une bourse de recherche arrange tout le monde. J'espère seulement que Ronald sera d'accord…

Archie Peyton la regarda, surpris.

— Vous voulez dire qu'il ne vous a pas encore fait sa demande ?

Emily fit la grimace.

— Ce matin encore, il voulait me quitter…

Archie Peyton éclata de rire.

— Vous êtes bien la cliente la plus étonnante que j'ai jamais eue.

Ronald avait passé la journée à faire des achats dont l'avaient chargé les Brewster, puis il était revenu à l'appartement pour y attendre Emily. Ailis n'étant pas encore rentrée, il était seul en compagnie de Copper et d'Alma, qui semblait frôler l'évanouissement chaque fois qu'il lui adressait la parole. Copper, au contraire, observait le jeune homme avec une curiosité enfantine et parvint à briser la glace en posant une simple question.

— Tu as les cheveux bouclés comme moi, dit-il. Mais tu es tout noir. Est-ce que moi aussi je serai comme ça plus tard ?

Ronald ne put réprimer un rire, tandis qu'Alma, affolée, cherchait à tranquilliser l'enfant en lui assurant qu'il ne changerait pas de couleur.

— Dommage ! répliqua Copper. Moi, j'aimerais bien être comme toi. Je suis sûr que tu gagnes toujours à cache-cache.

Ronald fit semblant de réfléchir.

— Tout dépend de l'endroit où l'on joue. Dans la cave à charbon, c'est sûr, je pourrais me cacher plus facilement. Mais dans un parterre de fleurs, c'est toi qui aurais l'avantage. Et miss Alma…

— … serait bien cachée dans un champ de blé ! s'écria Copper en regardant la bonne et sa tresse blonde.

Puis il demanda, plein d'espoir :

— On joue ?

Ronald sourit.

— À cache-cache ? Ici ? Miss Alma et moi sommes trop grands pour cette pièce, tu nous trouverais tout de suite.

— Mais vous, vous ne me trouverez pas ! lança Copper avec un petit rire. Allez, à vous de me chercher !

Ronald échangea un regard avec Alma et constata avec soulagement que sa mine inquiète s'était un peu apaisée. Ensemble, ils feignirent d'avoir les plus grandes difficultés à trouver le petit garçon, caché derrière un rideau, puis, à tour de rôle, ils cherchèrent l'oie de Copper que l'un d'eux dissimulait. Bien entendu, Alma et Ronald laissèrent l'enfant gagner chaque fois.

— Je ne savais pas que quelqu'un comme vous pouvait être aussi gentil… dit Alma à Ronald comme pour s'excuser, pendant que Copper cherchait son oie. Je pensais qu'il fallait vous craindre.

Ronald secoua la tête.

— Vous n'avez rien à craindre de la plupart des personnes noires, miss Alma. Comme de la plupart des personnes blanches. Ce n'est pas la couleur de peau qui nous rend bon ou mauvais, c'est autre chose. Emily aimerait déterminer d'où vient cette différence, mais je ne crois pas qu'elle y parviendra.

À cet instant, Emily ouvrit la porte et sourit en voyant Copper qui poussait des cris d'allégresse. Il venait de trouver son oie et la montrait à ses camarades de jeu.

— À ton tour ! dit-il à Ronald, mais celui-ci secoua la tête.

Il n'avait plus d'yeux que pour la jeune femme en costume élégant qui se tenait devant lui, moins inquiète mais tout aussi déterminée que le matin, le regard soudain lumineux, comme chaque fois qu'elle le voyait. Rayonnante de joie, elle agitait de la main une enveloppe.

— Tes honoraires ! annonça-t-elle gaiement. Avec les remerciements de miss Hard.

Alma prit la main de Copper.

— Mr Ronald doit maintenant s'entretenir avec Emily, dit-elle au petit garçon. Et toi, tu peux m'aider à leur préparer un thé.

Mais Emily secoua la tête.

— Allez plutôt voir à l'épicerie si Mr Meyer n'a pas une bouteille de mousseux en rayon… À vrai dire, il faudrait du champagne, mais…

La petite boutique voisine n'était pas très bien achalandée.

— Il y a quelque chose à fêter ? demanda Alma.

Emily sourit.

— Oui, dit-elle. Des fiançailles. Du moins je l'espère.

Et en se laissant tomber à genoux devant Ronald, elle demanda, théâtrale :

— Mr Ronald Gardener, accepteriez-vous de m'épouser ?

9

DONELLA AURAIT ÉTÉ BIEN EN PEINE de dire depuis combien de temps elle n'avait plus quitté l'appartement.

Elle gardait un vague souvenir du jour où Hernando était parti, du bruit de la porte qu'il refermait derrière lui sans se soucier d'elle. Des pas du valet qui, dans le cabinet de toilette de son maître, préparait les bagages puis, avec deux grandes malles, allait le rejoindre à l'hôtel. Pendant tout ce temps, elle était restée assise à la table du petit déjeuner, remuant son café refroidi, le regard perdu. Elle était sous le choc. La douleur était venue plus tard. Donella avait tout juste réussi à se lever et à tituber, la vue brouillée par les larmes, jusqu'au canapé où elle s'était blottie pour sangloter tout son saoul. C'était comme si on lui avait arraché le cœur. Elle était restée roulée en boule à gémir, prise de nausées, et puis elle avait fini par s'endormir – pour retrouver dès le réveil la douleur absolue de la perte, en comprenant que plus rien ne serait comme avant. Elle tenta alors de fuir à nouveau dans le sommeil, mais un froid cruel la glaçait. Tremblante, elle se traîna jusqu'à la salle de bains. L'installation des plus modernes était équipée d'un chauffe-bain que le valet avait gardé jusque-là allumé toute la journée. Par chance, le réservoir contenait encore assez d'eau chaude pour remplir la baignoire. Donna se déshabilla, y entra et s'efforça de ressentir autre chose que le froid et la douleur. Elle plongea la tête sous l'eau, ne désirant rien que se fondre dans cette chaleur et se laver de tout ce qui, la veille encore, lui était cher. Quand elle sortit du bain et s'enveloppa dans un peignoir moelleux, l'eau avait refroidi. Elle aurait voulu se réfugier dans son lit, mais les draps embaumaient le parfum d'Hernando. Ne s'y étaient-ils pas encore aimés la nuit précédente ?

Donna prit une couverture et retourna pleurer sur son canapé. Au matin du deuxième jour de cette nouvelle ère, la douleur s'était un peu apaisée, laissant place à un ressassement obscur. Quelle erreur avait-elle commise ? Comment avait-elle pu se tromper à ce point ? Les choses auraient-elles été différentes si elle n'avait pas construit ce maudit dirigeable pour lui ? Non, Hernando l'aurait quittée quoi qu'il arrive, tout était déjà arrangé, et la jeune fiancée choisie depuis longtemps. Ils auraient peut-être encore travaillé quelques mois ensemble, mais ensuite… Tandis que Donna se perdait dans des regrets lancinants, le froid la gagnait de nouveau. La gouvernante aurait dû être arrivée depuis un moment. Donna se demanda si Hernando l'avait renvoyée ou si la domestique, de son propre chef, avait décidé de ne plus servir la concubine de son maître. Dans tous les cas, si elle voulait boire et manger, Donna ne pouvait compter que sur elle-même. Elle rêvait avant tout d'un café. Un étau lui enserrait la tête et le cœur, mais il faudrait bien qu'elle finisse par mettre de l'ordre dans ses pensées.

Alors qu'elle se préparait un café fort, elle entendit le boulanger et le laitier déposer comme chaque matin leurs marchandises devant la porte de l'appartement. Elle se décida à rentrer les livraisons et ne put alors résister à l'odeur des croissants et des petits pains. Après quelques bouchées, elle sombra, épuisée.

Les journées s'écoulaient, identiques. Donna pleurait en tournant et retournant ses pensées. Un jour, elle prit la peine d'aller voir le dirigeable et constata qu'il n'était plus là. Pour la première fois, elle sentit percer sous son chagrin une pointe de colère. Il aurait quand même pu le lui laisser, elle l'avait construit, c'était le sien ! Évidemment, elle savait que le dirigeable appartenait à Hernando et qu'il avait de la valeur ; le jeune homme ou une personne à son service avait dû se charger de le vendre. Il en irait de même de l'appartement. Donna ne pourrait pas vivre ici pour toujours et se nourrir exclusivement de croissants, de café et de lait.

Au bout d'une semaine, les livraisons matinales cessèrent. Quelqu'un avait congédié le boulanger et le laitier. Donna découvrit alors à la place les réserves de vin. Hernando avait réuni une collection de grands crus, qui seraient sans doute aussi mis en vente. Donna décida d'en faire meilleur usage. Chaque soir, elle buvait deux ou trois verres de vin rouge pour s'endormir.

Au bout de trois semaines, un homme à la tenue impeccable sonna et, très poliment, se présenta comme l'avocat d'Hernando.

— J'ai reçu l'instruction de vendre cet appartement, annonça-t-il à la jeune femme. Rien ne presse toutefois. M. Sánchez-Duboire laisse volontiers son logement à votre disposition si vous en avez encore besoin pendant quelques jours. Je suis néanmoins chargé de vous demander de combien de… jours il s'agira dans ce cas.

Alors qu'il parlait, il regardait autour de lui, remarquait les cheminées froides, la vaisselle sale, les restes de nourriture sur la table. Par chance, Donna n'avait pas laissé traîner de bouteille vide – elle en serait morte de honte.

— Je ne sais pas, dit-elle d'une voix sourde.

L'avocat, un certain M. Cassirand, la regarda avec un mélange de pitié et de mépris.

— Miss… Hard… À long terme, cet appartement est sans conteste trop vaste pour une seule personne. Vous ne croyez pas qu'il serait temps, disons, de choisir une nouvelle voie ?

Donna eut envie de l'injurier. Ce n'était pas elle qui avait soudain changé de voie et tout détruit sur son passage. Mais elle était trop bien élevée, et cet homme n'avait en outre rien fait de mal.

— Mon cabinet pourrait vous aider à trouver quelque chose de plus petit. M. Sánchez-Duboire a eu la générosité de pourvoir à vos besoins financiers. Peut-être à Montmartre ?

L'homme ne laissait planer aucun doute sur l'opinion qu'il se faisait d'elle. Montmartre, le quartier des artistes, était aussi le fief de la prostitution.

Donna le foudroya du regard.

— Je suis une Hard. J'appartiens à un clan influent de la noblesse écossaise. Ce n'est pas à Montmartre ni auprès des hommes que je compte trouver cette fameuse voie dont vous parlez !

L'avocat s'excusa avec nonchalance.

— Dans ce cas, vous devriez peut-être retourner en Écosse. Dans le giron familial, si tant est qu'on vous y accepte encore…

Donna, qui fulminait intérieurement, parvint à garder son sang-froid.

— Le mieux est que vous me laissiez votre carte, monsieur. Je vous informerai de mes projets.

Après son départ, elle poussa un soupir de soulagement – et ouvrit une nouvelle bouteille de vin. On était au milieu de l'après-midi, mais il fallait qu'elle recouvre son calme et réfléchisse pour de bon. Si seulement elle pouvait penser à autre chose qu'à Hernando et sa fiancée. Estrella devait avoir 16 ans, apparemment un âge raisonnable au Brésil pour se marier. La jeune fille plaisait-elle à son futur époux ? Allait-il tomber amoureux d'elle ? Avaient-ils des points communs ? Donna regagna son canapé avec son verre de vin et ses pensées. Elle n'était pas entrée dans la chambre à coucher depuis le départ d'Hernando…

Au moment où elle attrapait le livre qu'elle avait trouvé dans la cuisine – un roman à l'eau de rose dont avait dû se régaler la gouvernante –, on sonna de nouveau à la porte. M. Cassirand avait-il oublié quelque chose ?

Se levant pour aller ouvrir, Donna tenta de remettre un peu d'ordre dans son chignon ébouriffé. L'avocat n'avait pas tout à fait tort, elle se laissait aller.

Elle tira le loquet et trouva, planté sur le seuil, non pas M. Cassirand, mais Armand Machure, accompagné du portier.

— Ce monsieur a demandé après vous, dit le portier. Cela vous convient, mademoiselle ?

Donella hocha la tête, médusée. La vue d'Armand la laissait sans voix.

— Cela te convient, n'est-ce pas ? demanda encore le jeune homme comme elle ne faisait pas mine de bouger alors que le portier avait pris congé depuis longtemps. Je me suis dit que…

Donna rêva soudain de se laisser aller dans les bras d'Armand, mais elle ne voulait pas susciter de faux espoirs. Il était trop tôt pour envisager quoi que ce soit avec un autre homme. Ce dont elle avait cruellement besoin, en revanche, c'était d'un ami.

Elle pria Armand d'entrer malgré le désordre qui régnait dans l'appartement.

— Comment es-tu au courant ? demanda-t-elle après un silence.

Le jeune homme s'approcha, et ce fut lui qui la prit dans ses bras, désireux de la réconforter, mais quand elle se raidit il s'écarta aussitôt.

— Qu'est-ce que tu crois, Donna, je lis les journaux. Et les projets d'Hernando y ont été décrits en long, en large et en travers. J'espère au moins que tu n'as pas été informée par la presse.

Donna secoua la tête.

— Non, c'est lui qui m'en a fait part. L'air de rien, comme si c'était la chose la plus normale au monde.

Elle le scruta d'un œil méfiant et ajouta :

— Si tu es venu pour me dire que tu m'avais prévenue, tu peux t'en aller tout de suite.

Armand sourit en montrant la bouteille de vin entamée sur la table.

— Je n'ouvrirai pas la bouche avant que tu m'offres aussi à boire, dit-il.

Donna alla chercher un autre verre, qu'elle remplit.

— Il est peut-être encore un peu tôt, concéda-t-elle.

Armand ne releva pas et s'assit pour boire son verre en silence.

— Tu es donc venu pour ne rien dire du tout ? finit par demander Donella.

— Je voulais savoir comment tu allais. Et ce que tu fais…

La jeune femme soupira et se ressaisit. Il n'y avait pas de raison de se montrer à Armand sous les traits de l'héroïne tragique, qui plus est tentée par les vertiges de l'alcool.

— Jusqu'à présent, je ne fais rien, avoua-t-elle. Ou plutôt si, je réfléchis. Je possède cent mille francs, puisque Hernando a été assez généreux pour me céder sa récompense. Maintenant, il faut que je décide comment les utiliser. Et vite, si j'en crois Hernando et son avocat.

Armand sourit.

— Je ne pense pas que tu veuilles t'en servir pour ouvrir une mercerie.

S'imaginer vendre des bobines de fil et des aiguilles à tricoter avait de quoi amuser Donella, qui lui rendit son sourire en précisant :

— L'avocat songeait plutôt à un petit établissement de Montmartre. Où je pourrais peut-être dégoter le successeur d'Hernando, pour peu que je révèle mes talents de cocotte.

— Toi ?

Armand éclata de rire. Donella lui jeta un regard mauvais.

— Tu ne m'en crois pas capable ?

Armand secoua la tête.

— Non, vraiment pas, même avec la meilleure volonté ! Loin de moi l'idée que ta beauté ne puisse pas concurrencer celle des femmes de Montmartre, mais franchement, la grande Donella, aéronaute et constructrice de dirigeables, courant le guilledou ? Tu n'envisages pas sérieusement cette possibilité, pas vrai ?

Il l'observait avec attention, et, pour la première fois, elle remarqua que ses yeux noisette au regard doux et curieux lui rappelaient ceux de son grand-père. Elle frémit, rongée par le remords en songeant une fois de plus à la déception qu'elle avait causée à Frederick Balincourt.

— Bien sûr que non ! répondit-elle, et tout à coup se formèrent dans son esprit des pensées nouvelles, qui ne concernaient ni Hernando ni son Estrella. Je pensais… je pensais plutôt à un ballon. Je pourrais proposer des ascensions en ballon. Ou faire peindre sur l'enveloppe des publicités qu'on verrait de loin… Et toi, tu pourrais m'en construire un.

Armand secoua la tête.

— Tu es capable de le construire toi-même. Ou au moins de le concevoir. Pour la réalisation, il faudrait que tu trouves une manufacture ou que tu en fondes une. Et j'ai même mieux : tu pourrais construire des dirigeables ! Tu es bien trop talentueuse pour te laisser ballotter par le vent.

Donna soupira. C'était exactement ce qu'elle avait fait au cours des dernières semaines.

— Y aurait-il par hasard un poste à pourvoir chez vous ?

Armand répondit par la négative.

— Tu sais ce que mon oncle pense des femmes qui pilotent des aérostats ! Alors celles qui en construisent… Non, il faudrait que tu montes ta propre affaire.

— Quitte à vous concurrencer ?

Armand haussa les épaules.

— Tu n'es pas forcée de rester ici…

Soudain, Donna sut ce qu'elle voulait. Elle avait laissé sur la table la dernière lettre d'Ailis, dans laquelle sa cousine lui racontait ses découvertes célestes, la carrière prometteuse de Katrina et, surtout, la réussite universitaire d'Emily. L'air de rien, Ailis avait aussi mentionné l'existence d'un cursus d'aéronautique à Harvard depuis quelques années.

— Je vais étudier ! s'écria Donna. Aux États-Unis. Les ballons et les dirigeables, c'est très bien, mais Hernando a peut-être raison : l'avenir pourrait résider dans le vol motorisé.

Armand sourit.

— Dans ce cas, il ne te reste plus qu'à t'envoler dans l'une de ces machines avant lui, dit-il. La vengeance serait parfaite. Mais faut-il vraiment que ce soit de l'autre côté de l'Atlantique ?

Il paraissait déçu.

— Oui, répondit doucement Donella. C'est la meilleure chose à faire. Ici, en Europe, je ne peux pas étudier, en tout cas pas dans l'une des meilleures universités du monde. Et je... j'ai besoin de recul. Cette ville ne me permet pas de laisser cette histoire derrière moi.

— Hernando est au Brésil, Donella ! rétorqua Armand. Ce n'est pas comme si tu allais le croiser tous les jours.

— Mais Paris reste Paris, et tout me rappelle son souvenir.

— Et rien ne te rappelle le mien ? demanda Armand.

Donna baissa la tête.

— Bien sûr que si. Tu pourrais faire partie d'une nouvelle histoire...

— ... que tu n'es pas prête à écrire.

Armand l'avait comprise.

— Le seras-tu un jour ? demanda-t-il encore.

— Je ne sais pas, murmura Donna. Pour le moment, je me fais l'effet d'un ballon... Mais voilà, maintenant, je largue les amarres.

Elle esquissa un faible sourire en reprenant :

— C'est toi qui as les détachées. Seulement, je ne sais pas où le vent me porte.

Armand posa la main sur la sienne.

— Je peux attendre, dit-il. Tu finiras par construire un dirigeable ! Et cette fois tu seras celle qui le pilotera !

Études

Boston, hiver 1890 – novembre 1891

1

QUELQUES MOIS SEULEMENT après avoir défendu Emily et Ronald, Archie Peyton se trouva de nouveau nez à nez avec la jeune femme, venue sonner à la porte de son cabinet. Elle semblait prendre goût aux toilettes élégantes, et le costume en velours vert qu'elle portait lui seyait à merveille.

— Miss Emily ! s'exclama l'avocat tout sourire en l'accueillant lui-même, son secrétaire étant absent. J'espérais vous voir à la dernière réunion du club. Notre réticence à l'égard de vos fiançailles aurait-elle eu raison de votre fidélité ?

Emily le rassura.

— Je m'arrange très bien de la réticence du club, dit-elle. Mais Ronald et moi avons été fort occupés ces derniers temps. J'ai dû réviser mes examens, sans aucune aide puisque je m'étais engagée à ne plus assister aux cours de l'université. Et puis nous avons aménagé l'affût, près du fleuve. Ronald s'est chargé des travaux, et moi j'ai confectionné des rideaux et des coussins pour rendre l'endroit plus confortable. Et plus chaud. Le poêle qui s'y trouvait fumait davantage qu'il ne réchauffait la pièce. Il nous a fallu chercher un fumiste, et aussi faire installer une cuisine digne de ce nom. Ronald nous a fabriqué des meubles ; il s'est débrouillé comme il l'a pu, mais il y a mis du cœur.

Elle sourit avec tendresse à l'évocation de leur travail, notamment parce qu'il lui rappelait les magnifiques week-ends passés chez les Brewster. Avec Ronald, ils avaient arpenté la réserve et joué dans la neige fraîche comme des enfants. Ils avaient construit des bonshommes, s'étaient laissés tomber par terre pour dessiner des anges en remuant les bras, avaient fait des batailles de boules de neige et ri à n'en plus finir.

— Nous voulons emménager tout de suite après le mariage, ajouta-t-elle, redevenue sérieuse. Avant que les oies sauvages ne reviennent d'Afrique.

— La date des noces est donc fixée ? demanda Mr Peyton. Vous ne vous êtes quand même pas déplacée pour me remettre une invitation ?

Emily se mordit les lèvres.

— Si vous aviez envie de vous joindre à nous, nous en serions ravis. Mais pour l'heure... Voilà, nous n'obtenons pas de date pour le mariage. Le juge de paix refuse.

Archie haussa les sourcils.

— C'est-à-dire ?

— Il refuse de nous marier. Nous ne sommes pas allés frapper à la porte des églises, mais à quoi bon ? Je suis catholique, et Ronald, baptiste. Cela ferait des difficultés. En plus de la couleur de peau.

Emily passa une main lasse sur son front.

— Mais enfin, s'emporta Mr Peyton, le juge est dans l'obligation de vous marier. Aucune loi n'interdit plus votre union au Massachusetts, il vous suffit de contester sa décision !

Il se tut un instant pour recouvrer son calme.

— Je vois, reprit-il. Voilà donc la raison de votre venue.

— Votre emportement me réjouit, observa Emily. Jusqu'à présent, j'avais l'impression que vous n'approuviez pas totalement la levée de cette interdiction.

— Que j'approuve ou non une loi n'a aucune espèce d'importance ! répliqua Mr Peyton, toujours soucieux de clarifier son rôle d'avocat, avant de se rendre soudain compte qu'au fond il réprouvait l'attitude du juge de paix. Mais, en réalité, je crois que je commence à vous comprendre. Quand je pense que j'ai tellement blâmé votre relation à ses débuts... Eh bien, pour être honnête, il y avait aussi là une certaine jalousie. J'étais vexé que vous me préfériez Ronald. Alors que c'est un homme bien, je le sais puisque nous avons fait plusieurs excursions ornithologiques ensemble. Toutes mes connaissances en photographie, c'est d'ailleurs de lui que je les tiens.

Emily hocha la tête et s'abstint de demander qui avait porté l'équipement ou monté les tentes lors de ces sorties, et si Ronald avait été payé pour son enseignement.

— Je regrette en tout cas mon attitude, dit Mr Peyton. Quant au juge de paix, j'en fais mon affaire. À mon avis, une simple lettre signée d'un avocat suffira à le ramener à la raison. Quels motifs a-t-il invoqués ?

Emily soupira.

— Alors, pour commencer, il n'a évidemment rien contre les Noirs – tant qu'ils restent entre eux. S'agissant d'un mariage avec une Blanche, il voit les choses d'un autre œil : songez donc aux enfants, qui risqueraient d'être mis à l'écart toute leur vie... De toute façon, nous n'avons pas prévu d'en avoir tout de suite.

Mr Peyton rit.

— La cigogne ne vous demandera pas votre avis.

— La cigogne, comme vous dites, n'est pas bien difficile à apprivoiser. À votre avis, comment se fait-il que Katrina Hard n'ait pas encore d'enfants ?

Emily constata avec amusement qu'Archie Peyton rougissait d'embarras.

— Vous voulez dire que…

— Vous ne croyez quand même pas que Katrina est toujours pure et innocente, le railla Emily. Il existe des moyens pour prévenir une grossesse. Surtout si l'homme y met du sien. S'il refuse en revanche d'être continent les jours où la femme est féconde…

Les joues d'Archie virèrent à l'écarlate.

— Je crois que je préfère ne pas connaître tous les détails, miss Emily, marmonna-t-il.

— Vous devriez pourtant ! s'exclama Emily, résolue. Cela vous permettrait peut-être d'éviter bien des désagréments à votre future épouse !

Archie Peyton comprenait peu à peu qu'Emily Coxwold n'était sans doute pas la douce ingénue qu'il avait imaginé épouser. Dans ses rêves de mariage, il l'avait vue entourée d'au moins quatre adorables bambins.

— Je veux d'abord terminer mes études, et surtout ce projet de recherche, ajouta Emily. Ronald me soutient. Nous avons tellement d'idées ! Et nous sommes jeunes tous les deux, nous pouvons attendre que les temps changent.

Tandis qu'Archie Peyton adressait une lettre sans ambiguïté au juge de paix qui avait refusé de marier Emily et Ronald, Donella, de l'autre côté de l'Atlantique, s'efforçait de prendre sa vie en main. Il lui fallut d'abord ouvrir le courrier des dernières semaines, et y répondre. Dans une longue missive, Ailis lui racontait les fiançailles d'Emily et Ronald, et Donella se dit que les choses n'auraient pas pu prendre un meilleur tour pour ces deux-là. Elle répondit aussitôt à sa cousine et lui fit part de sa séparation d'avec Hernando ainsi que de ses projets d'avenir.

Je voudrais me servir de l'argent pour financer des études aux États-Unis. Dans l'idéal à Harvard, avec vous, à Boston. Comme Emily déménagera bientôt, je pourrais peut-être même loger chez toi ? Bien sûr, je participerais au loyer, et tu peux être certaine que je ne ramènerai aucun homme à la maison avant longtemps. L'amour, j'en ai soupé ! Mais vivre de nouveau avec toi, ce serait merveilleux ! Qu'en dis-tu ? Pourrions-nous ressusciter notre chambrée d'écolières, cette fois sans Katrina ?

Donella s'attela ensuite à la rédaction d'une seconde lettre, autrement plus difficile. Elle avait bien réfléchi : elle voulait écrire à son grand-père. Pendant les longs mois passés auprès d'Hernando, elle avait souffert de n'avoir aucune nouvelle, mais elle avait été trop fière pour lui écrire, après que plusieurs lettres adressées à ses parents lui étaient revenues sans même avoir été ouvertes. Ailis, qui entretenait une correspondance irrégulière avec sa mère, elle-même restée proche de ses anciennes belles-sœurs, avait raconté à Donna ce qu'elle savait : lady Winifred et Connor Hard remâchaient leur amertume depuis que leurs deux enfants avaient tourné le dos à la famille. Évidemment, ils en attribuaient la responsabilité, en partie du moins, aux Balincourt, et Donna se reprochait d'avoir anéanti sa famille en se rebellant contre son grand-père. À présent, dans sa lettre, elle lui annonçait le départ d'Hernando, et reconnaissait que Frederick Balincourt avait eu raison sur tous les arguments qu'il lui avait opposés à l'époque. Elle lui disait combien elle était désolée d'avoir trahi sa confiance. Toutefois, écrivait-elle, elle ne regrettait pas d'être restée à Paris.

Si apprendre la vérité sur les sentiments d'Hernando fut une terrible épreuve, pour rien au monde je ne voudrais avoir été privée de ces années avec lui. J'aurais pu suivre tes consignes, grand-père, et aujourd'hui je serais probablement mariée en Écosse, à un homme incapable de me comprendre. Au lieu de cela, j'ai pu fréquenter l'université – et j'ai fini par apprendre à voler ! C'est ce que j'ai toujours voulu, et c'est ce que je veux encore. Une nouvelle vie s'offre à moi. Je tiens à te remercier d'être resté à Paris pour me soutenir. Grâce à toi, j'ai pu emprunter un chemin sur lequel je me suis d'abord égarée, certes, mais qui n'en reste pas moins le bon pour moi. Je t'en prie, grand-père, pardonne-moi mes erreurs !

Donna écrivit également à l'université Harvard et posa sa candidature pour l'année à venir. Ensuite, elle se rendit à Vaugirard et parvint à convaincre l'oncle d'Armand, d'abord récalcitrant, de l'accueillir pendant quelques semaines dans ses ateliers aérostatiques, où elle pourrait observer le travail des constructeurs de ballons. Elle s'intéressait en particulier aux techniques de coupe et de couture des enveloppes, domaine dans lequel elle n'avait encore aucune expérience.

— Après tout, la couture est une activité typiquement féminine ! affirma-t-elle en espérant qu'Henri Lachambre n'évoque pas le métier de tailleur pour la contredire.

Au fond, qu'il s'agisse d'une enveloppe de ballon ou d'une robe de bambin, c'est la même chose.

Henri Lachambre était grincheux de nature, mais la comparaison l'amusa tant qu'il ne put plus refuser. Et puis, il avait compris depuis longtemps que son neveu appréciait Donella. Il posa néanmoins ses conditions.

— Vous vous trouverez un logement respectable, miss Hard, et ne vous avisez pas de tenter Armand ! J'ignore quelle était votre relation avec M. Sánchez-Duboire, mais il m'a semblé que vous étiez très proches, et avec tout ce que vous avez entrepris ensemble je doute qu'il y ait toujours eu un chaperon pour vous accompagner. Je vous préviens : si vous jouez les gourgandines, vous serez aussitôt renvoyée !

Donella approuva sagement, trouva une chambre à louer chez une veuve et ne céda à aucune des propositions de sortie d'Armand Machure. Ils se côtoyaient bien sûr aux ateliers, mais ensuite Donella rentrait dans sa pension, écrivait des lettres et dessinait des enveloppes de ballons. Elle ne voulait surtout pas mettre en péril cette précieuse formation.

En recevant la lettre de Donella, Ailis eut de la peine à contenir sa joie. Non qu'elle se sente seule, son métier l'occupait trop pour cela : elle était tout entière dévouée au catalogue d'étoiles qui, lentement mais sûrement, prenait forme. Avec les calculatrices, elle se rendait dans des États voisins du Massachusetts pour visiter des observatoires, et on lui demandait souvent de donner des conférences. Même en étudiant l'astronomie, ce qui, autrefois, avait été son vœu le plus cher, elle n'aurait jamais pu obtenir de poste plus qualifié que celui qu'elle occupait désormais. Elle consacrait aussi toujours beaucoup de temps à Copper, qui se révélait être un petit bonhomme de plus en plus futé. Alma s'occupait bien de lui, et l'enfant l'aimait de tout son cœur, mais, parfois, les questions qu'il lui posait étaient trop complexes pour cette femme simple. Ailis avait donc une vie bien remplie, qui lui plaisait. Mais depuis le départ de Maureen il lui manquait une confidente, une âme sœur – et une amante. Donna ne comblerait pas cette dernière attente, mais elle n'en était pas moins une amie chère, avec qui Ailis pouvait parler de tout. Peut-être même de son désir pour les femmes. Aussi brûlait-elle d'impatience de revoir sa cousine.

Le hasard voulut que le bateau de Donella accoste à temps à New York pour le mariage d'Emily. L'invitée surprise se joignit donc aux femmes chargées de préparer la jeune mariée pour la cérémonie, et faillit même lui voler la vedette. Ailis ne s'intéressait plus qu'à sa cousine préférée. Alma, pour sa part, avait été avertie que Donella viendrait s'installer chez elles et la jaugeait d'un œil méfiant. Seule Caroline Brewster, présente elle aussi, la remarqua à peine. Contrairement aux autres, elle pleurait déjà à chaudes larmes, pour la simple et bonne raison que c'était de mise lors d'un mariage.

Emily avait préféré à une coûteuse toilette de mariée une longue robe bleu pâle à dentelles – qui avait appartenu à Katrina. Elle l'avait agrémentée d'une étole et d'une large ceinture en tulle blanc. Confectionné par ses soins, un voile court et vaporeux retenu par une couronne de fleurs artificielles parfaisait l'ensemble. Aucune fleur naturelle ne poussait à cette époque de l'année, en mars, ce qui chagrinait beaucoup Copper. Il aurait aussi adoré porter la traîne, comme sur les photos des mariages princiers qu'on lui avait montrées. La robe d'Emily en étant dépourvue, il comptait bien, à la place, lancer des

« fleurs » devant les mariés et tenait à la main un petit panier rempli de touffes d'herbe et de brindilles.

— Mais où est Katrina ? demanda Donna. Elle n'a quand même pas renoncé de son plein gré à assister aux noces de son bébé ?

Emily leva les yeux au ciel.

— C'est l'une des raisons pour lesquelles nous avons voulu célébrer notre union en tout petit comité dans la maison du juge de paix, même s'il nous déteste. Depuis cette affaire avec Ronald, Katrina ne nous cause plus d'ennuis, et j'ai cessé de l'habiller et de la maquiller avant les représentations. Cela m'a privée de plusieurs rentrées d'argent ces dernières semaines, car j'ai aussi renoncé à préparer les autres actrices. Mais c'était le bon choix : j'ai grand besoin de mettre de la distance entre Katrina Hard et moi ! Et nous voulions absolument éviter qu'elle arrive à l'improviste et tente encore de monopoliser l'attention.

— Elle aurait probablement été suivie d'une nuée de reporters, ajouta Ailis, et le mariage aurait fait les choux gras de la presse. « Liberté d'aimer – Katrina Hard soutient le mariage mixte ! » Tout Boston aurait jasé. Mais si elle te manque, Donna, tu n'as qu'à te rendre au Boston Music Hall : elle s'y produit presque tous les soirs. Rends-lui visite le matin pendant les répétitions, elle t'offrira sûrement une place.

— Je n'y manquerai pas, dit Donella, très au fait de toutes les frasques que Katrina Hard avait commises à Boston. À vrai dire, j'ai hâte de la revoir. Elle a su devenir la diva qu'elle rêvait d'être. Il *faut* que je la voie sur scène !

Toute la noce se rendit à la maison du juge de paix dans la charrette des Brewster. Mrs Brewster avait décoré le véhicule avec des guirlandes et paré les deux juments de plumes.

— On croirait voir passer la caravane des gens du voyage, remarqua Ailis. Il y a plus discret.

Le trajet, heureusement, n'était pas long. Ronald et Mr Brewster, désigné comme son témoin, attendaient déjà devant la maison du juge, où se trouvait une petite chapelle pour les mariages. Ronald était très chic dans son costume noir, et Donella lui trouva fière allure. Surtout, ses yeux s'illuminèrent d'une douce chaleur, comme débordants d'amour, quand il vit apparaître Emily, dont il baisa tendrement la main.

La jeune femme entra dans la salle au bras de son futur époux – son père ne pouvait pas être sur place, et elle n'avait pas voulu le remplacer. Archie Peyton était chargé de réaliser des photographies de la noce, que les parents d'Emily attendaient avec impatience. Le mariage de leur fille avec l'assistant d'un ornithologue de renom avait reçu leur approbation plus qu'enthousiaste, ce qu'ils avaient confirmé par écrit aux autorités. Après tout, cette union était synonyme d'ascension sociale. Emily ne leur avait rien dit de la couleur de peau de Ronald : ils n'avaient pas à s'en soucier plus qu'elle ne le faisait elle-même.

D'un pas décidé, Copper se glissa devant le couple en disséminant le contenu de son panier dans l'allée. La femme du juge de paix, que la curiosité avait poussée à assister au mariage, frisa la crise d'hystérie.

— Ce sont des tapis de valeur ! Vous ne pouvez pas y répandre des cochonneries !

Il faut dire que la cueillette de Copper consistait surtout en de longues herbes encore pourvues de leurs racines terreuses.

— Nous ferons le nécessaire pour que ce soit nettoyé ! assura Ailis sur un ton qu'elle voulait apaisant, tandis qu'Alma tentait de rattraper le petit garçon, sous le regard amusé de Donella.

Comme il ne s'était trouvé personne pour tirer des notes acceptables du piano à queue mis à disposition, c'est d'un gramophone que s'élevait la *Marche des fiançailles.*

— Tout compte fait, Katrina aurait pu nous être utile aujourd'hui, remarqua Donella.

La cérémonie fut brève : le juge de paix ne se donna la peine que de quelques mots sur le « mariage heureux », ajouta des félicitations tièdes et enchaîna sans tarder sur l'échange des consentements. Emily et Ronald répétèrent après lui leurs vœux, tous deux convaincus et rayonnants, se regardant avec émotion au moment de se dire oui. Mr Peyton fit des photos, Mrs Brewster pleura, et son mari moucha son nez. Alma avait pensé à apporter du riz, et Copper donna le coup de grâce au tapis en déversant avec enthousiasme le reste de son panier par terre ainsi que sur les souliers des époux et des invités. Le juge de paix eut lui aussi droit à son bouquet de « fleurs ».

— Ne nous attardons pas, conseilla Donna. Quel mariage ! Le plus beau que j'aie jamais vu : court, efficace et très amusant !

Ailis avait commandé le repas de noce dans un bon restaurant, et Mrs Brewster préparé le dessert. Très vite, la conversation tourna autour des oies : les couples qui venaient couver dans la réserve étaient attendus sous peu, et Mr Brewster, Mr Peyton ainsi que les jeunes mariés ne se lassaient pas de discuter les détails du projet de recherche d'Emily. Alma et Copper dévoraient de grosses parts de gâteau, tandis que Donella et Ailis se racontaient tout ce qu'elles n'avaient pas encore pu se dire, devant une Caroline Brewster fascinée. Quelle vie peu conventionnelle cette Donella avait-elle menée jusque-là !

— C'est peut-être une chance que notre Emily ne soit pas une Hard, confia plus tard Mrs Brewster à son époux alors qu'ils rentraient à Concord.

Mr Brewster guidait lui-même l'attelage, Emily et Ronald étaient blottis l'un contre l'autre à l'arrière, impatients de passer leur première nuit à deux dans leur petite maison. Jusqu'à présent, Emily avait toujours dormi chez les Brewster quand elle séjournait à la ferme, et le jeune couple n'avait pas non plus profité du temps passé sans surveillance pour anticiper sa nuit de noces. Les licences que se donnait Katrina en amour avaient toujours rebuté Emily. Elle voulait faire les choses correctement.

— Ils m'ont tous l'air un peu étranges dans cette famille, continua Caroline Brewster à voix basse devant le silence de son mari. Encore que notre Emily soit un peu exaltée, elle aussi. Elle vient de se marier, mais la seule chose dont elle parle, ce sont les oies…

2

S'ÉTANT PROCURÉ LE PROGRAMME SEMESTRIEL de Harvard, Donella s'inscrivit à tous les cours scientifiques qui touchaient de près ou de loin à la physique et à l'aéronautique.

— Que te restera-t-il à étudier aux prochains semestres ? la taquina Ailis. Si tu réussis tout ça, tu pourras valider ton diplôme dès cet été.

Donella, saisie par une inspiration soudaine, ajouta un cours de mécanique à son emploi du temps.

— J'ai tant à rattraper, expliqua-t-elle. Tu ne peux pas savoir combien j'ai hâte d'y être.

Entre-temps, Donna avait rendu visite à Ailis à l'observatoire ainsi qu'à Katrina au théâtre. L'actrice s'était montrée enchantée de la voir, et elle l'avait présentée à toute la troupe. Mais personne ne s'était vraiment intéressé à elle, sauf peut-être Cuthbert Hay, qui ne renonçait jamais à éprouver son charme sur une jeune femme séduisante. Le soir, Donna avait été très impressionnée par la prestation de Katrina sur scène.

— Elle joue vraiment avec ses tripes. Je ne pensais pas qu'elle s'investirait tant dans sa carrière.

— Peut-être s'investit-elle même un peu trop, dit Ailis en songeant aux manigances de Katrina. Rappelle-toi qu'elle ne pense jamais qu'à elle. Alors fais attention à ne pas te trouver en travers de son chemin !

Donella se mit à rire.

— Il y a peu de chances. Nous voulons peut-être toutes décrocher la lune, mais les chemins que nous empruntons pour y parvenir sont bien différents. Au fait, prenons-nous le train pour Concord ce dimanche, ou bien Mr Peyton peut-il nous conduire ? J'ai tellement hâte de voir les oies sauvages !

Emily et Ronald avaient emménagé dans leur maisonnette et célébré leur nuit de noces. Quelques jours plus tard, ils eurent la joie de voir arriver les premiers oiseaux migrateurs, bientôt suivis par les oies. La zone dans laquelle celles-ci faisaient leur nid était une prairie humide située en bordure de la rivière Concord et couverte de roseaux et de graminées où vivaient des milliers de petits amphibiens, d'escargots et d'insectes – un vrai pays de cocagne pour les oies. La petite maison de Ronald et Emily se trouvait un peu plus loin, sur une hauteur. Si les eaux de la rivière venaient à gonfler, elle ne serait pas inondée.

Emily, qui avait déjà exploré les environs en hiver, tentait à présent de repérer les nids, qu'elle répertoriait sur une carte. Elle avait en outre adopté deux oies domestiques, un mâle et une femelle, que Ronald baptisa Adam et Ève. Il fallait bien quelqu'un pour couver les œufs dont sortiraient les futurs participants à leur étude…

— Tant que nous y sommes, nous pourrions aussi observer les différences de comportement entre les oies domestiques et les oies sauvages, proposa Emily, qui nourrissait, heureuse, ses deux nouvelles compagnes.

Quoique passionnée par les études théoriques, elle avait souffert tout ce temps de ne plus avoir d'oiseaux auprès d'elle. Ronald l'observait d'un œil amusé pendant qu'Adam s'empressait de défendre son territoire en cacardant de toutes ses forces.

— En tout cas, aucun visiteur ne pourra plus nous prendre par surprise, lança-t-il. Rappelle-moi lequel d'entre nous s'est porté volontaire pour aller voler les œufs des oies sauvages ? Si elles défendent leur couvée avec la même détermination qu'Adam, cela risque d'être une sacrée partie de plaisir !

À l'arrivée des oies sauvages, Emily et Ronald se consacrèrent à l'observation de leur comportement, qu'ils documentaient par écrit ou avec un appareil photo, y passant presque leurs journées entières. Ils suivirent le choix des partenaires et la pariade des oies, mais s'intéressèrent aussi à des couples plus âgés qui, sans un regard pour les danses et les chants des plus jeunes, préféraient chercher dès leur arrivée un bon emplacement pour leur nid et s'atteler à sa construction.

— Ah, les vieux couples, dit Ronald avec un sourire. Ils ne se soucient plus vraiment de l'autre.

— Nous, ça ne nous arrivera jamais ! décréta Emily sans détour, avant de pointer du doigt une oie qui nageait nerveusement pour convier le mâle à s'accoupler. D'ailleurs, regarde : l'amour renaît toujours de ses cendres. Mais dis-moi, a-t-on déjà étudié les lieux de nidification, sait-on si les oies construisent leur nid tous les ans au même endroit ?

Chaque jour, Emily se posait de nouvelles questions, et la plupart étaient encore sans réponses. Peu de recherches avaient été menées sur la vie des oies sauvages jusqu'alors.

En photographiant les oiseaux pendant la pariade et l'accouplement, Ronald, goguenard, déclara qu'il avait un peu l'impression d'être en rendez-vous avec Katrina Hard.

— Très, très suggestives, ces poses…

Emily découvrit que les oies semblaient pratiquer une sorte de mariage à l'essai. Il arrivait que des couples passent quelques semaines ensemble, puis se séparent.

— Même après un accouplement ? demanda Donna lors d'une de ses visites dominicales.

Dès qu'il le pouvait, Archie Peyton venait voir où en était le projet de recherche des Gardener, et Donna, Ailis et Copper profitaient souvent de l'occasion pour l'accompagner et passer la journée au grand air. Ailis constatait avec un intérêt tout scientifique qu'Archie adoptait alors à son tour un comportement de pariade. À l'évidence, Donella lui plaisait. Il avait fait le deuil d'Emily.

— Non, dès lors qu'elles s'accouplent, les oies restent ensemble, expliqua Emily. Elles sont très fidèles. En revanche, quand une oie perd son partenaire, on assiste à un phénomène intéressant. Une femelle est arrivée seule ici, le mâle qui l'accompagnait a dû trouver la mort pendant leur voyage. À présent, elle s'efforce de se faire une place auprès d'autres couples. En tant que seconde épouse, pour ainsi dire. Les mâles ne sont pas hostiles à cette idée, mais les femelles la chassent à coups de bec.

— Rien d'étonnant, déclara Archie Peyton, à qui ce comportement animal semblait tout à fait compréhensible.

Pour Ailis, un tel trio soulevait des questions passionnantes : les oies femelles pouvaient-elles apprendre à aimer toutes deux le mâle, mais aussi à s'aimer entre elles ?

Si Ailis se posait de telles questions, c'était aussi parce qu'une femme, depuis peu, faisait de nouveau battre son cœur. Molly Peak Justin avait suivi des études d'astronomie, comme autrefois Maureen, et le Pr Pickering l'avait embauchée pour participer au projet de catalogue de l'observatoire. C'était une jeune femme blonde un peu potelée, au visage rond et aimable. Elle avait le teint clair et de grands yeux d'un bleu limpide. À première vue, elle pouvait paraître maladroite, mais elle était en réalité dotée d'une admirable perspicacité. Comme à l'époque de Maureen, Ailis, qui avait d'abord craint de se voir imposer la jeune diplômée pour supérieure, s'entendit finalement très bien avec elle. Les idées que Molly proposait pour le catalogue étaient pertinentes et apportaient un vent de fraîcheur bienvenu dans leurs recherches. La nouvelle recrue avait en outre introduit une joyeuse légèreté dans les sacro-saintes salles de l'observatoire. Elle était toujours de bonne humeur, et ses lèvres charnues et roses ne se déparaient jamais de leur sourire. Elle apportait du chocolat, des bonbons et d'autres friandises, et, quand elle analysait les clichés du ciel, elle semblait parler de pâtisserie.

— Celle-ci ressemble vraiment à une étoile à la cannelle, affirma-t-elle avec le plus grand sérieux en découvrant sur l'une des plaques son premier astre encore inconnu. Et là on dirait qu'une déesse a parsemé le ciel d'anis étoilé.

Les autres femmes pouffaient en l'écoutant, et, bien qu'Ailis trouve elle aussi leur nouvelle collègue un peu saugrenue, elle se réjouissait de voir s'installer à l'observatoire une ambiance plus décontractée. Pendant les conflits qui avaient opposé Maureen au Pr Pickering, l'atmosphère de travail avait parfois été tendue, et le départ de l'astronome avait fragilisé l'équipe. À présent, tout le monde semblait plus apaisé. Ailis avait remarqué que Molly posait sur les autres femmes le même regard que Maureen et qu'elle recherchait comme elle le contact physique avec ses interlocutrices. Ailis appréciait que les petites mains caressantes de Molly viennent parfois l'effleurer. Elle décida de sauter le pas et l'invita à boire un café, ce que Molly accepta avec joie. Les deux femmes causèrent à bâtons rompus – Ailis évoquant ici et là Maureen, et Molly les amies qu'elle avait fréquentées autrefois. Elles se limitaient à des allusions, se sondaient l'une l'autre. Aucune ne voulait risquer de se tromper.

Quand elles retournèrent ensuite à l'observatoire, Ailis se dit que ce premier rendez-vous avait été prometteur.

— Nous devrions remettre cela, proposa-t-elle, et Molly acquiesça.

— Absolument. Nous… nous pourrions aussi prévoir une vraie sortie ensemble. Comme je ne connais personne ici…

Ailis sentait naître en elle des sentiments pour Molly, et, quand elle ouvrit son cœur à sa cousine, Donna eut un rire joyeux. D'abord gênée de se confier, Ailis avait fini par lui raconter l'amitié particulière qui l'avait liée à Maureen. Pour Donna, qui avait connu avec Hernando les bars de nuit et les cabarets de Paris, l'existence de l'amour entre femmes n'était pas une découverte.

— Bien sûr, cela peut être mal vu, dit Donella. Surtout quand, à l'image de certaines Parisiennes, on s'exhibe aux yeux de tous. Mais j'imagine qu'il y a aussi des femmes qui sont comme ça et vivent avec leur amie sans en faire toute une histoire. On n'est pas obligé de raconter partout ce qui se passe la nuit.

— « Qui sont comme ça », c'est-à-dire ? demanda Ailis, troublée. Est-ce qu'il y a… un nom pour ça ?

Donna réfléchit.

— À Paris, certaines de ces femmes disaient venir de Lesbos. C'est une île grecque, mais je ne crois pas qu'elles en étaient réellement originaires. C'était plutôt une sorte de code. Si tu m'en avais parlé avant, je leur aurais demandé. Ce qui est sûr, c'est que ces femmes n'en faisaient pas un mystère. Peut-être que Molly en sait davantage sur le sujet. Alors, quand comptes-tu me la présenter ?

Ailis n'en était pas là. Elle voulait d'abord apprendre à mieux connaître la jeune femme. Désormais, elles déjeunaient régulièrement ensemble, parlant surtout de leur travail, mais aussi de l'engagement de Molly pour le droit des femmes. À l'université, déjà, elle avait milité pour le suffrage féminin et pour une rémunération équitable entre les deux sexes.

— Ce que nous gagnons ici est quand même scandaleux ! affirma-t-elle. Et le pire, c'est qu'en vérité je serais capable de payer pour qu'on m'autorise à faire de la recherche ! Le Pr Pickering est le seul à nous offrir une telle opportunité. Personne d'autre n'emploie des femmes astronomes !

— Même dans les *colleges* de femmes ? demanda Ailis en songeant à Maureen.

— Ce qui s'y passe dans la recherche ne vaut même pas la peine qu'on en parle, rétorqua Molly. Ce n'est guère mieux qu'un travail d'enseignante. Bien payé, toutefois. Quant aux autres facultés, par exemple celles où des femmes médecins font des recherches à un très haut niveau, les résultats, à ce qu'on m'a dit, sont souvent publiés sous le nom de leurs supérieurs : des hommes qui n'ont pas travaillé plus d'une heure sur le sujet.

Ailis aimait ces conversations inspirantes et passionnées avec Molly. La jeune femme l'incitait à poser un regard neuf sur le monde, à déceler des liens et des injustices depuis une perspective féminine. Et puis il arrivait que les doigts de Molly effleurent délicatement son bras, et Ailis elle aussi osait parfois laisser la main un peu trop longtemps sur l'épaule de sa collègue en l'aidant à enfiler sa veste. Ce faisant, elles échangeaient des sourires presque complices. Les choses allaient moins vite qu'avec Maureen : Molly semblait avoir besoin de plus de temps pour nouer des relations et accorder sa confiance. Ailis n'y voyait pas d'inconvénient. Elle n'était pas pressée.

Pourtant, la situation prit soudain un tour étrange. Du jour au lendemain, Molly prétexta avoir autre chose à faire et se défila chaque fois qu'Ailis l'invitait à boire un café ; elle annula même leur sortie prévue à la fête foraine, si bien qu'Ailis et Copper s'y rendirent avec Donna. Alors qu'ils étaient tous trois occupés à déguster leur barbe à papa et riaient d'avoir la bouche et les mains collantes, ils aperçurent Molly. Sans pouvoir dissimuler son étonnement, Ailis salua d'un geste sa collègue, mais celle-ci n'y répondit pas, se contentant de poser sur leur groupe un regard dont Ailis ne sut que penser. Molly était en compagnie de deux autres jeunes femmes de l'observatoire. Elle n'avait donc pas annulé par manque de temps. Perplexe, Ailis n'osa pas aborder avec elle cette étrange rencontre. La jeune femme avait peut-être changé d'avis. L'intérêt qu'elle avait d'abord témoigné pour Ailis semblait s'être envolé. Quant aux deux collègues avec qui elle l'avait vue à la fête foraine, à ce qu'elle en savait, aucune ne venait de Lesbos.

Molly faisait-elle fausse route ? Ou Ailis s'était-elle trompée sur Molly ? Elle décida de mettre ses sentiments en veilleuse et de ne plus aspirer qu'à une simple amitié. Blessée lorsque Molly répondait froidement à un geste ou à une parole chaleureuse, elle s'efforçait toutefois de conserver des liens cordiaux. Donna, à qui elle raconta ses malheurs, ne comprenait pas non plus ce revirement de Molly.

— Elle est pourtant si gentille ! Un jour, je suis passée à l'observatoire pour t'apporter quelque chose. Enfin, j'étais surtout curieuse de voir miss Peak Justin, avoua-t-elle en souriant. Et nous avons bavardé, c'était très sympathique. En fin de compte, je ne t'ai même pas vue, tu étais chez le dentiste.

Ailis haussa les épaules.

— Si elle n'était pas gentille et sympathique, je ne serais pas tombée amoureuse d'elle, fit-elle remarquer. Mais le destin en a décidé autrement... Tu m'accompagnes au parc avec Copper ?

Le chagrin d'Ailis était d'autant plus difficile à surmonter que le Pr Pickering ne lui rendait pas la tâche aisée. Il travaillait désormais en étroite collaboration avec elle et Molly. L'ampleur qu'avait prise leur travail sur le catalogue laissait à peine à Ailis le temps d'examiner de nouvelles plaques à la recherche d'étoiles inconnues. Or c'était à cette tâche qu'elle prenait le plus de plaisir. Elle s'organisa donc pour aller plus tôt à l'observatoire, de manière à pouvoir analyser au moins un cliché avant l'arrivée du professeur. Seule, sans collègue pour prendre des notes, c'était un travail fastidieux, mais Ailis savourait le calme qui régnait dans la salle. En se penchant sur les photographies d'Orion, il lui semblait voler dans ces contrées lointaines et explorer vraiment les étoiles. Et puis, un jour, elle fit une découverte qui dépassa tout ce qu'elle avait vu jusque-là. Sur le négatif, elle repéra parmi les étoiles une masse claire, qui aurait donc été sombre sur un tirage développé. On aurait dit une lumière dans le néant. Ailis se saisit d'autres plaques qui montraient sous d'autres perspectives cette partie de la constellation. Le même phénomène y était visible. Le cœur battant, elle se lança dans les mesures et l'analyse, sans remarquer que ses collègues arrivaient peu à peu. Elle était toujours penchée sur ses plaques, subjuguée, quand Molly fit son entrée.

— Quelqu'un veut une brioche au chocolat ? demanda joyeusement la jeune femme. Elles étaient en vitrine chez le boulanger, je n'ai pas pu résister !

Ailis ne se donna même pas la peine de lever la tête avant de l'interpeller :

— Molly ! Viens voir un peu ça ! À ton avis, qu'est-ce que c'est ?

Un léger parfum fleuri auquel se mêlait l'odeur des viennoiseries chatouilla les narines d'Ailis quand Molly s'assit près d'elle pour observer les plaques.

— Un écureuil, dit-elle alors.

Tout en fronçant les sourcils, Ailis dut avouer que les contours du phénomène évoquaient bien ceux d'un écureuil.

— Sois un peu sérieuse ! la réprimanda-t-elle cependant. Qu'est-ce que ça peut être ? Une nébuleuse ?

— C'est du gaz, je dirais. Les bords sont nets, et il n'y a pas d'étoiles à cet endroit, alors qu'elles sont nombreuses dans la constellation d'Orion, n'est-ce pas ?

— Oui, et de taille très variable. Peut-être que ce... que cet écureuil est formé de gaz non luminescent et absorbe la lumière des étoiles plus faibles, proposa Ailis en attrapant le spectroscope. Il se trouve devant une nébuleuse d'émission. Regarde, il y a des rougeoiements.

— Il faut absolument que tu montres ça au Pr Pickering, s'enthousiasma Molly, gagnée à son tour par l'excitation. Ça m'a tout l'air d'être un phénomène captivant. Son analyse pourrait aboutir à une publication.

Entre-temps, d'autres femmes s'étaient approchées, curieuses. Toutes voulaient jeter un coup d'œil sur la silhouette d'écureuil qui se dressait entre les étoiles. Peu après, le professeur fit son entrée.

— Eh bien, miss Peak Justin et Mrs Hay ? Le catalogue ne vous tente pas aujourd'hui ? demanda-t-il sur un ton amusé en prenant une brioche.

D'habitude, les deux femmes l'attendaient déjà dans son bureau.

— Ailis a découvert quelque chose, expliqua Molly. Quelque chose… Nous n'avons encore jamais rien vu de pareil !

Le Pr Pickering fourra le reste de sa brioche dans sa bouche et se pencha sur les plaques en mastiquant.

— Regardez, on le voit sur chacune des plaques de bonne qualité, dit Ailis. Du gaz ?

— Probablement, répondit le Pr Pickering. Prenez des mesures précises. Fascinant ! Il vous faut écrire quelque chose sur le sujet, Mrs Hay. À ma connaissance, c'est la première observation d'un tel phénomène.

— Est-ce que je… enfin… le catalogue…

Ailis aurait tellement voulu s'occuper de son mystérieux nuage, même si le catalogue était loin d'être fini.

— Bien évidemment ! s'exclama le professeur. Le catalogue ne va pas s'envoler. Ce que vous avez là, en revanche, quelqu'un d'autre pourrait le découvrir dès demain. Prenez le temps qu'il vous faut, et nous discuterons ensuite des résultats. Sans vouloir m'avancer, je pense que nous pouvons d'ores et déjà vous féliciter, Mrs Hay ! C'est une découverte qui fera date !

3

EMILY OBSERVAIT, FASCINÉE, les oies sauvages qui construisaient leur nid, et fut ravie de constater qu'Adam et Ève s'accouplaient eux aussi. Ève se mit ensuite à pondre un œuf par jour, et les deux jeunes ornithologues décidèrent qu'ils ne la laisseraient couver que deux de ses oisons. Ils mangèrent quotidiennement des œufs brouillés, luttant contre leur mauvaise conscience. Chez les oies sauvages, la ponte avait également commencé, en des endroits plus ou moins accessibles. Il était donc temps de se consacrer à ce qui constituerait le cœur de l'étude. Un dimanche, Emily et Ronald retrouvèrent Archie Peyton et Donella pour aller dérober des œufs sous la supervision de Mr Brewster. Ils essayèrent de ne pas trop affoler les animaux, et s'étaient mis d'accord pour ne jamais prélever qu'un œuf par nid afin que les oiseaux puissent continuer à couver normalement. Cela n'en restait pas moins une affaire délicate, les oies étant déterminées à défendre leur couvée. Elles osaient des attaques périlleuses et faisaient un tel chahut qu'on devait les entendre jusqu'à Concord, ainsi que le prétendait Ronald. Donna et Archie redoublaient de courage eux aussi. Ils attiraient les oiseaux et s'exposaient à leurs attaques tandis qu'Emily s'approchait furtivement des nids, où elle volait chaque fois un œuf. Ronald prenait des photographies, documentant avec précision la propension des oiseaux à se défendre et leur collaboration en tant que couple. À la fin de la journée, les oies avaient recouvré leur calme, et les jeunes gens étaient tous trempés et couverts de boue. Il y avait même quelques plaies à panser, des égratignures et une ou deux entailles résultant de la chasse entre les roseaux. Mais Emily avait pu rapporter trois œufs, ce qu'elle jugeait suffisant pour la recherche fondamentale. Lorsque la jeune femme plaça les œufs étrangers dans le nid d'Ève, la femelle ne fit aucune difficulté. À peine les humains l'avaient-ils laissée en paix qu'elle s'était déjà remise à couver. William Brewster se montra très satisfait.

— Maintenant, l'important est de ne pas manquer le moment où les oisons sortiront de la coquille, rappela Donella en pansant une coupure au bras d'Archie, qui avait rencontré des roseaux tranchants. Comment vous y prendrez-vous ? Vous comptez dormir près du nid d'Ève ?

— Il ne faut quand même pas exagérer ! Nous sommes prêts à faire des sacrifices pour la recherche, mais nous sommes aussi de jeunes mariés, répliqua Ronald avec malice. Nous connaissons la durée approximative de couvaison chez les oies. Surveiller le nid dans les jours qui précèdent la date prévue devrait suffire.

— Et c'est Emily qui les imprégnera tous, ou alors Ronald s'en chargera lui aussi ? demanda Archie.

— Ce sera moi, dit Emily. Ronald accompagnera le processus avec son appareil photo. Nous sommes surtout impatients de voir si les petits apprendront ou non à voler. Les ouvrages scientifiques estiment que c'est un trait instinctif, mais Gooby en est le contre-exemple. Si nos trois oies restent à terre, ce sera la preuve qu'elles apprennent par leurs parents.

Elle rit avant de reprendre :

— Tu te souviens, Donna, tout ce que nous avons imaginé au pensionnat pour inciter Gooby à voler ? Ta tyrolienne, tendue d'un arbre à l'autre, était impayable !

Donella leva les yeux au ciel.

— Je trouve que c'était une bonne idée. Alors que la « danse de pariade » que tu as tentée en sautant de plus en plus haut dans le pré tout en imitant les battements d'ailes avec des morceaux de carton était complètement saugrenue. Gooby te regardait comme si tu avais une araignée au plafond.

— J'ai hâte de voir ce que donneront les photos quand elle répétera l'opération ici, lança Archie Peyton, qui s'amusait beaucoup.

Il n'éprouvait désormais plus de gêne vis-à-vis d'Emily et de Ronald et ne se cachait plus pour faire la cour à Donella. C'était elle à présent qu'il invitait dans les bons restaurants de Boston ou conviait à des réceptions, des courses de chevaux et des concerts. Donella l'accompagnait avec plaisir. Elle se passionnait bien sûr pour ses études, mais elle ne pouvait pas non plus passer tout son temps à apprendre. Elle avait même raconté ses chagrins d'amour à Archie Peyton, prétendant toutefois qu'Hernando avait été son fiancé. *A posteriori*, elle était presque reconnaissante à ce dernier de ne pas avoir ébruité leur relation. Même si l'avocat se renseignait, ce dont Donna le croyait tout à fait capable, il ne trouverait rien de compromettant.

— Je n'ai plus l'âge de bricoler des ailes en carton, dit Emily. Nos petites oies devront imiter leurs congénères, et il y en a assez ici, alors que Gooby…

— … a grandi dans notre chambre, déclara Donella. Pour la plus grande joie de la maîtresse d'internat. Ce n'étaient pas les meilleures conditions pour apprendre à voler, tout au plus aurait-elle pu apprendre à lire.

— C'était une oie très intelligente ! affirma Emily. Quelqu'un reprendra des œufs brouillés ?

Des jours durant, Ailis s'appliqua à mesurer et analyser son « écureuil gazeux » ainsi que les étoiles qui l'entouraient, puis discuta des résultats avec le Pr Pickering, mais aussi avec Molly. Au bout d'une semaine, le professeur estima qu'elle devait coucher sur le papier ses conclusions et choisir quelques plaques sur lesquelles le phénomène était assez visible pour une publication. Il corrigerait ensuite son travail et le proposerait à quelques revues scientifiques.

Ailis passa une journée et une nuit entière à rédiger son article. À plusieurs reprises, elle supprima certains passages, les réécrivit, modifia encore des détails syntaxiques. Elle formulait ses résultats et ses hypothèses avec précaution et assurance, veillant à apporter des preuves suffisantes et à reproduire fidèlement les citations choisies. Enfin, elle osa présenter le fruit de son travail au Pr Pickering.

Il lui fit part de son avis à peine quelques heures plus tard, devant les calculatrices réunies au grand complet. Il n'avait rien modifié ni même supprimé de son article.

— Excellent travail, Mrs Hay ! déclara-t-il. Votre texte sera publié, j'en suis certain. Et il fera sensation ! Je suis vraiment très, très fier de vous !

Les autres femmes – Molly la première – applaudirent, et Ailis se hâta de rentrer chez elle pour tout raconter à Donella, qui avait de la visite. Depuis peu, le cabinet d'Archie Peyton était équipé d'un téléphone, tout comme la maison des Brewster. Archie avait donc été le premier à apprendre qu'une petite oie cendrée était sortie de son œuf. Il avait saisi cette occasion pour aller voir Donna.

— Tout s'est passé exactement comme Emily et Ronald l'avaient prévu, raconta-t-il. L'oison a vu Emily en premier, Ronald a fait des photos, et déjà les résultats sont stupéfiants. Au bout d'une heure environ, Emily a tenté de remettre le petit dans le nid d'Ève, la maman oie aurait été prête à le nourrir comme ses autres enfants, mais Goo-One ne voyait pas les choses de cet œil. Il faisait tout ce qu'il pouvait pour rejoindre Emily et cacardait à fendre l'âme.

— Goo-One ? répéta Donella en s'esclaffant.

— Oui, répondit Archie. Les deux autres s'appelleront Goo-Two et Goo-Three.

— Quelle imagination ! lança Ailis. Crois-tu qu'ils comptent aussi numéroter leurs enfants ?

— Moi, je suis Copper-One ! clama alors son fils en virevoltant autour d'eux.

— Il est bien éveillé pour son âge, non ? fit remarquer Archie.

Il n'avait jamais été au contact de jeunes enfants jusque-là, mais le petit garçon l'avait conquis.

— C'est un enfant très intelligent, déclara Ailis en s'étonnant que Donna et Archie éclatent alors de rire.

4

Pour Katrina Hard, la période était loin d'être aussi faste. Depuis plusieurs mois, elle et Cuthbert, son amant de longue date, avaient pris leurs distances. Au travail, leur entente restait bonne, mais Katrina ne se faisait pas d'illusions : l'embauche d'Evangeline Ashton avait été une mise en garde. Cuthbert Hay ne tarderait pas à découvrir une nouvelle chanteuse, et, cette fois, Katrina n'arriverait pas à s'en débarrasser aussi facilement.

Bien sûr, elle ne manquait pas de soupirants. Tout ce que Boston comptait d'hommes distingués se bousculait pour discuter et danser avec l'actrice lors des soirées mondaines où elle faisait son apparition – avec à la clef, pour peu que leur cour soit assez assidue, la possibilité de partager plus qu'une simple valse. Hélas, la plupart d'entre eux étaient plutôt ennuyeux. D'ordinaire, Katrina se gardait sous le coude deux ou trois de ces messieurs en plus de Cuthbert, mais depuis le printemps l'envie lui en était passée. Elle se sentait souvent fatiguée, nauséeuse. Sa poitrine était tendue, et pour la première fois de sa vie elle devait faire attention à ne pas prendre de poids.

Tout cela n'éveilla aucun soupçon chez elle, jusqu'à ce qu'elle décide de donner rendez-vous à un amant après deux mois d'abstinence, et sorte son calendrier afin de déterminer les jours les moins à risque. Autrefois, c'était Emily qui se chargeait de ces calculs pour elle ; Katrina n'avait jamais été douée pour les chiffres. Elle constata alors que son agenda n'indiquait aucune menstruation depuis plusieurs mois. Ce qu'elle avait évité pendant trois ans au prix d'une discipline de fer avait dû se produire : elle attendait un enfant. Cette prise de conscience lui donna un haut-le-cœur. Elle se précipita dans la salle de bains pour vomir. N'était-ce pas là le signe évident d'une grossesse ? Les doigts tremblants, elle attrapa un cigare. Elle devait à tout prix réfléchir, notamment à qui pouvait être le père. Katrina établit qu'il pouvait s'agir de trois hommes, tous mariés, dont Cuthbert. Certes, ce dernier devait pouvoir obtenir un divorce. Mais y serait-il disposé ? Il n'était pas sans savoir que Katrina avait d'autres amants. Il ne se laisserait jamais attribuer la paternité de l'enfant sans protester.

Au fond, elle-même ne voulait pas de ce bébé.

Katrina avait appris qu'il était possible d'éliminer un embryon, et entendu les choristes et les danseuses chuchoter que telle ou telle fille y était parvenue. Pour la première fois, elle regrettait de ne jamais avoir cherché à tisser de liens avec les membres de la troupe. Elle n'avait personne, aucune femme à qui se confier et demander conseil. Ailis et Donella ? Elle fit tout de suite une croix sur Ailis, beaucoup trop candide pour ce genre d'histoire. Et Donella ? À Paris, elle connaissait peut-être des adresses, ou aurait été en mesure d'en trouver. Mais à

Boston ? Katrina ne pensait pas que sa cousine ait déjà entamé de nouvelle relation.

Qu'en était-il de Cuthbert ? Peut-être savait-il quoi faire, il était possible qu'il ait déjà mis une fille en difficulté. Katrina tira une nouvelle fois sur son cigare et décida qu'elle n'avait pas d'autre choix que de le mettre au courant. Elle saisit le combiné du téléphone, qu'elle possédait depuis peu. Comme cet appareil était pratique !

À sa demande, Cuthbert la retrouva le soir même – n'avait-il réellement rien de prévu, ou avait-elle été assez claire quant à l'urgence de la situation ? Elle l'ignorait.

— Tu as changé de style ? l'interrogea-t-il, surpris, en pénétrant dans le *diner* miteux où elle lui avait donné rendez-vous.

Elle s'était terrée dans le recoin le plus isolé du restaurant, où il s'assit près d'elle après l'avoir embrassée sur la joue.

— Ne me dis pas que tu as des problèmes d'argent...

Katrina secoua la tête, puis, estimant préférable d'aller droit au fait, elle enchaîna.

— Non, mais j'ai des problèmes personnels. Je suis enceinte, Cuthbert.

Cuthbert siffla entre ses dents.

— Tu ne vas quand même pas essayer de me faire croire que je suis le père !

Katrina tira sur son cigare. Quand elle était nerveuse, elle fumait encore plus.

— Il n'est pas impossible que tu le sois. Mais n'aie pas peur, je n'ai pas l'intention de te forcer à m'épouser. Je ne veux pas du bébé, Cuthbert. Comment puis-je m'en débarrasser ?

Cuthbert but une gorgée de vin.

— Au moins, tu n'y vas pas par quatre chemins, dit-il, reconnaissant. Seulement, je ne connais personne qui ne soit pas dangereux, Katrina.

Elle balaya ses paroles d'un geste.

— Avoir des enfants est sans doute aussi dangereux que de ne pas en avoir.

— Il y a deux personnes qui le font à Boston, lui apprit Cuthbert. L'un est un ancien médecin, ivre du matin au soir. Carry a fait appel à lui l'année dernière…

— Mais Carry est morte ! s'exclama Katrina. Tu parles bien de la choriste blonde ?

Il acquiesça.

— Contrairement à ce qu'on a pu raconter, elle n'est pas décédée des suites d'une appendicite. Elle est… morte d'une hémorragie. Après l'intervention du Dr Field. Tu comprendras que je ne souhaite pas t'envoyer là-bas.

— Et l'autre ? demanda Katrina, anxieuse.

— C'est une femme. Une faiseuse d'anges. Je connais deux filles qui sont allées la voir : toutes deux ont survécu de justesse. L'une a fini par se suicider ; apparemment, elle était toujours enceinte malgré l'intervention. Et l'autre… Une fois remise sur pied, elle n'était plus que l'ombre d'elle-même. Ne fais pas ça, Katrina ! Du moins pas ici. Il doit exister de meilleures solutions à New York.

Cuthbert la regardait d'un air grave. Son inquiétude pour elle semblait sincère.

Katrina réfléchit. La perspective de se rendre à New York lui déplaisait. La ville était trop grande, et elle ne connaissait personne sur place. À qui pourrait-elle demander de l'aide ?

— À combien de mois en es-tu ? l'interrogea Cuthbert tout en scrutant sa taille toujours aussi mince, enfermée dans un corset impitoyablement serré.

— Combien de mois ? répéta-t-elle, absente.

— Bon sang, Katrina, tu dois bien le savoir ! Quand as-tu… ?

Il s'interrompit. Elle prit soudain conscience que son calendrier ne faisait aucune mention de ses règles depuis le départ définitif d'Emily. C'est-à-dire depuis l'histoire avec Ron… Cela devait remonter à plusieurs mois. N'avait-elle pas saigné depuis, ou avait-elle simplement oublié de le noter ?

— Je ne sais pas… Quatre mois peut-être ? dit-elle, hésitante.

Cuthbert parut préoccupé.

— Alors il est de toute façon trop tard. On ne peut le faire passer que dans les trois premiers mois : au-delà, cela devient très risqué. Personne n'osera intervenir passé ce délai.

— Tu es étonnamment bien informé, nota Katrina en sortant un nouveau cigare.

— J'ai d'excellents rapports avec mes employées de sexe féminin, répondit Cuthbert, impassible, avant de lui donner du feu. Elles me confient beaucoup de choses.

— Et maintenant qu'est-ce que je fais ? demanda Katrina.

Cuthbert haussa les épaules.

— Tu mènes cette grossesse à son terme. C'est tout ce qu'il te reste. Nous allons trouver une solution.

Une semaine plus tard, Cuthbert accorda une interview à plusieurs grands journaux de Boston. Il raconta que Katrina Hard avait, au dernier moment, décidé de se joindre à une compagnie itinérante en tournée pour quelques mois à travers les États-Unis et le Canada.

— Ils jouent l'une de mes anciennes pièces. Miss Hard avait chanté pour la première à l'époque de ses débuts au Boston Music Hall. L'actrice principale de la troupe s'est soudainement retirée, et l'impresario, qui est une vieille connaissance, m'a demandé de convaincre miss Hard de prendre sa place. Katrina – miss Hard –, qui chérit la confraternité et l'entraide, n'a pas hésité un instant. Au moment où je vous parle, elle est déjà en route pour La Nouvelle-Orléans, mais les citoyens de Boston auront la joie de retrouver son charme et sa voix inimitables dès la prochaine saison d'hiver.

Cuthbert ne doutait pas que les journalistes croiraient à son histoire, même si certains demanderaient bientôt pourquoi aucune chronique de la tournée ne leur parvenait. Il lui suffirait de s'arranger pour que les journaux remplissent leurs feuilletons avec d'autres nouvelles.

Après de brèves recherches, il embaucha une jeune chanteuse et comédienne. Clarisse Derrieux était connue dans le milieu pour sa propension au scandale. Elle ferait l'affaire pour remplacer Katrina dans les gros titres. Et, pour la saison suivante, il aviserait.

Katrina s'installa à New York, dans une pension tenue par une veuve. Elle s'enregistra sous le nom d'Emily Coxwold, raconta que son mari était à l'étranger, qu'elle le rejoindrait sous peu et qu'elle resterait le temps qu'il lui donne des nouvelles. Elle abandonna l'idée de dissimuler sa grossesse et s'acheta des vêtements adaptés. Quand elle sortait de la maison, elle chaussait des lunettes et se coiffait d'une modeste capote, qu'elle enfonçait le plus bas possible sur son crâne. Elle ne quittait cependant la pension qu'en de rares occasions, le plus souvent pour se rendre dans une bibliothèque publique ou une librairie. Pour la première fois de sa vie, Katrina ne lisait pas que des pièces de théâtre : elle se pencha avec un intérêt non feint sur des livres épais et tenta d'abord de s'informer sur la grossesse et l'accouchement, mais il n'y avait à ce sujet que des ouvrages complexes du domaine médical. Elle se tourna alors vers des textes plus accessibles, qui traitaient du soin des nouveau-nés et de l'éducation des enfants – et, dès les premières heures de lecture, Katrina sut ce qu'elle ne voulait pas. Elle ne ressentait rien pour le petit être qui grandissait dans son ventre, et n'était pas plus intéressée par les enfants qu'elle croisait dans la rue. L'idée de devoir allaiter ou même changer un nourrisson lui soulevait le cœur. Quant à un rejeton plus âgé qui lui aurait traîné dans les pattes en permanence, c'était la dernière chose dont elle avait besoin. Très vite, sa décision fut prise : elle mettrait au monde cet enfant malchanceux, puis elle s'en débarrasserait aussitôt. De préférence avant qu'il ne s'habitue à elle…

Katrina commença à se renseigner sur les possibilités d'accueil pour les enfants non désirés, ce qui la mena jusqu'à un confessionnal. Le curé de l'église catholique la plus proche lui fit un long sermon et lui rappela la gravité du péché de luxure. Enfin, il consentit à lui donner l'adresse d'un endroit où les mères célibataires et leur progéniture pouvaient trouver de l'aide.

« Hospice et foyer pour enfants trouvés », disait l'inscription au-dessus du portail. Le grand bâtiment à l'allure bourgeoise, situé à Manhattan, disposait de deux entrées. L'une, toujours ouverte, menait à une salle où se trouvait un berceau garni de draps blancs. Une pancarte sur la porte indiquait que les mères en détresse pouvaient laisser leur nourrisson ici de manière anonyme, sans être poursuivies en justice. Une fois le bébé déposé dans le berceau, précisait-on, la mère n'avait plus qu'à sonner la cloche et s'en aller.

Quelqu'un viendrait aussitôt se charger de l'enfant, qui bénéficierait de soins appropriés ainsi que d'une éducation chrétienne.

Katrina avait beau trouver cela fort séduisant, elle n'était ni en détresse ni dépourvue de moyens. De plus, elle devait d'abord mettre l'enfant au monde, et elle n'entendait pas s'y risquer sans aide médicale. Elle passa donc l'autre porte et découvrit un petit hall, où une religieuse assise à une table accueillait les visiteurs. Des femmes enceintes et des mères accompagnées de leur progéniture attendaient, certaines avaient les yeux rougis par les larmes. Katrina n'avait aucune intention de se joindre à elles.

— J'aimerais parler à la supérieure, annonça-t-elle à la jeune sœur.

Les Sisters of Mercy ne portaient ni véritable habit religieux ni voile, leur préférant des robes et des coiffes sombres, ce qui inspirait de la sympathie à Katrina. En remarquant son état, la nonne l'examina d'un air désapprobateur.

— C'est pour la prise en charge d'une grossesse hors mariage ? demanda-t-elle d'une voix morne. Inutile de déranger la supérieure pour cela. Asseyez-vous, quelqu'un viendra vous chercher pour vous emmener en salle de consultation. Vous y serez examinée et, le cas échéant, acceptée dans notre foyer pour mères célibataires.

Katrina lui adressa un regard des plus dignes.

— Il s'agit plus exactement d'un don. J'aimerais… m'impliquer dans ce lieu, mais je n'ai pas besoin d'un hospice.

À l'évocation du mot « don », le visage de la religieuse changea d'expression. Elle se força à un sourire amène et se leva.

— Dans ce cas, suivez-moi, je vous prie. Je suis sûre que mère Iseult vous recevra sur-le-champ.

Deux pièces plus loin, elle confia Katrina à une autre religieuse, qui la conduisit le long de plusieurs couloirs jusqu'au bureau de la supérieure. Katrina s'installa dans l'un des fauteuils accueillants de la salle d'attente, et fut invitée à entrer quelques instants plus tard. Mère Iseult, une femme à l'allure sévère d'une cinquantaine d'années, dont l'habit ne différait pas de celui des autres nonnes, la salua aimablement.

— Que puis-je faire pour vous, Mrs...

— Miss, répondit Katrina. Mais, avant d'aller plus loin, vous êtes tenue au secret professionnel, n'est-ce pas ?

La religieuse fronça les sourcils.

— Pas obligatoirement, déclara-t-elle. Nous ne sommes ni médecins ni prêtres. Je peux toutefois vous assurer que nous nous imposons une discrétion et une confidentialité très strictes. Comme vous le savez, nous accueillons aussi des mères qui souhaitent accoucher dans l'anonymat.

Le visage de la supérieure en disait long sur ce qu'elle pensait de ces dernières.

Katrina Hard se présenta.

— Je suis actrice et chanteuse, j'ai une certaine renommée. Et ceci... dit-elle en montrant son ventre, ceci est le fruit d'une mésaventure.

Mère Iseult fit la moue.

— En général, les personnes victimes d'une telle mésaventure n'y sont pas totalement étrangères, répliqua-t-elle.

Katrina hocha la tête.

— Je ne le nie pas. J'ai commis une faute, que j'ai confessée. Je suis issue de la noblesse écossaise et j'ai reçu une éducation catholique. Mais je n'ai pas pour autant l'intention de laisser une erreur isolée décider du reste de mon existence. Voilà pourquoi je souhaite vous déléguer la tâche d'élever et d'éduquer cet enfant.

La religieuse marqua un temps d'arrêt.

— Nous... nous ne sommes pas une entreprise de services, dit-elle sur un ton sec.

— Ah non ? répondit Katrina en plissant le front. Pourtant, cela y ressemble fort. Vous proposez sans conteste des services, même si vous agissez dans un but caritatif.

— C'est Dieu que nous servons ici ! riposta la nonne, inflexible.

— Grand bien vous fasse, déclara Katrina. J'imagine que vous acceptez quand même les dons ?

— Évidemment ! Il faut bien nourrir et vêtir les enfants. Vous...

— Dans ce cas, nous pourrions convenir d'un don de cent dollars par mois, que je verserai au nom de mon enfant jusqu'à ce que vous lui trouviez une famille d'adoption. En outre, je souhaiterais accoucher ici ; et si l'on ne me traite pas comme une fille déchue ou une dame de petite vertu qui, sans vous, aurait mis au monde son bâtard au fond d'une obscure ruelle, je vous octroierai un don supplémentaire de cinq cents dollars.

La supérieure l'observa d'un air hébété.

— En échange de quoi vous exigez...

— ... de ne pas être importunée, quel que soit le sort de l'enfant. Hard est un nom très commun, qu'il le porte n'éveillera pas les soupçons. Mais vous devez me garantir qu'il ne viendra jamais frapper à ma porte pour réclamer quoi que ce soit. Est-ce dans vos cordes ?

Katrina affichait le plus grand calme. De son côté, mère Iseult luttait pour recouvrer une contenance.

— Vous pouvez encore changer d'avis, dit-elle enfin. La plupart des femmes… eh bien, quand elles tiennent pour la première fois leur enfant dans les bras…

— Je ne suis pas comme la plupart des femmes, et je ne compte pas non plus tenir cet enfant dans mes bras. Il ne faudrait pas qu'il s'imprègne de ma présence… déclara Katrina, qui se rappelait le lien unissant Gooby à Emily.

La religieuse la regarda, interloquée.

— Miss Hard, un nouveau-né peut à peine distinguer ses propres mains.

Katrina haussa les épaules.

— Tant mieux, dans ce cas, il ne me reconnaîtra même pas. Alors, mes conditions vous conviennent-elles ? Sinon je me ferai un plaisir d'aller solliciter un autre foyer.

Mère Iseult n'hésita pas longtemps.

— Si c'est ce que vous souhaitez…

Katrina acquiesça.

— C'est exactement ce que je souhaite. Et, s'il vous plaît, veillez bien à ce que l'on reste courtois avec moi pendant la délivrance. À ce qu'on entend, c'est déjà assez pénible comme ça sans qu'on doive en plus subir de mauvais traitements.

Deux mois plus tard, Katrina accouchait d'une petite fille à l'hôpital des enfants trouvés. Elle occupait une chambre individuelle, et deux jeunes sœurs bien élevées se tenaient à son chevet. Malgré leur tenue sobre et leur formation manifeste au métier de sage-femme, elles semblaient issues de bonnes familles. Elles firent tout ce qui était en leur pouvoir pour faciliter la délivrance de Katrina. Seul son souhait de fumer pendant les contractions ne fut pas exaucé.

Quand ce fut terminé, l'une des deux femmes, sœur Katherine, lui tendit l'enfant emmailloté dans un linge propre.

— Regardez-la, elle est ravissante !

Katrina jeta un coup d'œil au visage encore fripé et rouge de sa fille, ainsi qu'au duvet clair qui recouvrait son crâne. Cuthbert n'était sans doute pas le père. Elle se souvenait que le fils d'Ailis avait hérité de ses cheveux roux flamboyant.

— Très jolie. Continuez à vous occuper d'elle comme il se doit, je vous prie, dit Katrina, et elle se laissa retomber sur son oreiller. J'ai besoin de sommeil.

— Elle ne lui a même pas donné de nom, dit plus tard la jeune nonne, stupéfaite. Alors que c'est le plus beau bébé jamais venu au monde ici ! Si vraiment sa mère n'en veut pas, elle trouvera vite une nouvelle famille.

— Appelez-la Mary Ann, décréta la supérieure. Et gardez-vous bien de la présenter à d'éventuels parents adoptifs. Cet enfant nous rapporte cent dollars par mois. Nous ne voudrions pas nous en priver !

5

EMILY PROFITAIT DE CHAQUE MINUTE PASSÉE à élever ses oisons. Quel adorable spectacle c'était de les voir se précipiter à sa rencontre ou se dandiner d'un pas encore maladroit derrière elle ! Ils s'égosillaient déjà afin de ne pas perdre leur maman, et, quand l'un d'entre eux s'égarait malgré tout, ses cris prenaient une autre intonation, beaucoup plus pressante. Emily regrettait de ne pas pouvoir les enregistrer. Il existait des appareils pour capturer les bruits, mais aucun membre de leur petit groupe ne s'y connaissait dans ce domaine. Toutefois, elle fut bientôt capable d'imiter la plupart des sons sortis du gosier de ses protégés. Elle ignorait encore comment intégrer cet élément dans son étude sans paraître ridicule, mais, au moins, ses amis s'amusaient de la voir converser avec les oisillons. Ronald, qui tentait aussi de communiquer avec les volatiles en dépit d'un succès moindre, riait de ce qu'Emily et lui avaient ainsi accès à un langage secret.

— Hélas, j'ai bien peur qu'il ne nous permette pas de mener des discussions très poussées, répondit Emily, amusée. Nous n'irions pas beaucoup plus loin que : « Je suis là, où es-tu ? »

Elle documentait avec soin chaque facette du comportement de ses bébés oies, qu'elle comparait à celui des petits élevés par un couple d'oies sauvages nichant non loin de là. Ronald l'accompagnait avec son appareil photo. Ils constatèrent tous deux qu'une hiérarchie s'établissait rapidement entre les oisons. Goo-One, un mâle, se révéla beaucoup plus fort que ses sœurs et les terrorisait parfois tellement qu'elles allaient se réfugier sous les jupes d'Emily. Ronald, qui avait observé un comportement similaire chez les oies sauvages, nota que les parents ne s'interposaient pas. Tout au plus la mère offrait-elle sa protection à un petit quand il était très éprouvé. Emily renonça donc à éduquer ses bébés et les laissa régler leurs différends entre eux.

— Le Pr Munsterberg s'est montré très intéressé par mes résultats sur le langage des oies et la communication entre parents et enfants, rapporta-t-elle à son mari après avoir rendu visite au psychologue afin de l'informer des progrès de son étude. D'après lui, l'influence du cacardement sur le développement des oisons mériterait d'être examinée plus en détail. Pour bien faire, il faudrait créer un groupe témoin, imprégné par un automate qui distribuerait de la nourriture. Mais ce serait cruel ! Contre qui les petits iraient-ils se blottir ?

Ses bébés oies étaient aussi câlins que Gooby l'avait été. Quand ils étaient fatigués, ils venaient se lover dans son giron, ou se serraient contre ses pieds, parfois les uns sur les autres. Là aussi, ils se disputaient les meilleures places.

Ronald, et à plus forte raison Donella, aurait pu construire un automate, et Archie soutint qu'on pourrait compenser l'absence de mère en mettant à disposition des animaux un coussin contre lequel se pelotonner. Mais Emily refusa en bloc, il lui paraissait suffisant de comparer l'élevage par des humains à un élevage naturel. Pour finir, elle formula l'objectif de son étude : elle voulait apporter la preuve que les oisons imitent leurs parents, quels qu'ils soient. Les petits d'Emily, par exemple, n'entraient pas dans l'eau si elle ne barbotait pas devant eux. De la même manière, les oisons sauvages suivaient leur mère partout.

— La nage est innée chez eux, raconta Emily à Donella, Archie et Ailis.

Archie venait à Concord tous les week-ends pour voir les bébés oies, souvent en compagnie de Donella, Ailis et Copper. Ces journées de congé supplémentaires étaient une aubaine pour Alma, qui passait tout son temps libre avec son ami. Ailis craignait de devoir bientôt se chercher une autre bonne. À l'évidence, la sienne se marierait sous peu.

— Et il en va sûrement de même du vol, continua Emily. S'ils se lançaient, ils décolleraient. Mais ils n'osent pas. Nous avions déjà cette impression avec Gooby. Il faudrait que je puisse m'élever dans les airs pour qu'ils me suivent...

Emily était préoccupée, car ses jeunes oies avaient commencé à déployer leurs ailes et les agiter. Leur duvet jaune de poussin avait disparu, elles étaient désormais grises, et leur cou s'allongeait. Certaines faisaient déjà de petits bonds en battant des ailes. Les oiseaux élevés par leurs parents biologiques s'essaieraient bientôt à leurs premiers vols, mais les oies d'Emily ne prenaient malheureusement pas leurs semblables pour modèles. Cela valait aussi pour la nage : quand les autres oies de leur âge s'étaient jetées à l'eau à la suite de leur mère,

Goo-One, Goo-Two et Goo-Three s'étaient contentées de les regarder d'un air indifférent, attendant qu'Emily aille patauger pour la rejoindre.

— Je pourrais te construire un ballon dirigeable, dit Donella comme si c'était la chose la plus naturelle du monde. Si tu n'as pas peur de t'en servir.

Emily et tous les autres la regardèrent d'un air incrédule.

— Tu… tu veux dire, un dirigeable qui vole vraiment ? demanda Emily. Et tu… tu pourrais le fabriquer toute seule ?

Donella rit.

— Que penses-tu que j'aie fait ces dernières années ?

— Mais vous avez quand même eu de l'aide, Donella ! dit Archie. Seule, vous n'arriverez jamais à…

Donna leva les yeux au ciel.

— Archie, je pourrais très bien y parvenir seule. Vous ne le croirez peut-être pas, mais une femme est parfaitement capable d'utiliser des outils. J'ai toujours eu de l'aide, c'est vrai. Ici comme à Paris, je ferais donc appel à quelques artisans locaux. Ne serait-ce que parce que je ne dispose pas des outils nécessaires, et encore moins d'un atelier. Mais ils œuvreraient d'après mes plans, et je contrôlerais aussi leur travail. Si l'un d'eux modifiait un élément de son propre chef, cela pourrait entraîner de graves problèmes.

— Et ça coûterait cher ? demanda Emily. L'université ne voudra sans doute pas nous donner d'argent.

— Qui te dit que nous aurons besoin de l'université ? intervint Archie. Je suis sûr que le club d'ornithologie financerait le projet, et Mr Brewster pourrait aussi faire appel à la Société ornithologique. Un humain dans un ballon dirigeable qui apprend à voler à des oies ! Ça ferait sensation ! Même si je ne n'arrive pas encore tout à fait à le croire, Donella. Vous vous surestimez, je le crains. Quant à Emily, si vous aviez su qu'il faudrait accompagner les animaux dans les airs, il aurait mieux valu que Ronald les imprègne.

Donella soupira, et regretta pour la énième fois de ne pas avoir réalisé elle-même le vol au-dessus de Paris.

— Je vais vous prouver que j'en suis capable, Archie. À condition qu'Emily veuille participer. Car c'est elle qui devra piloter l'aérostat dirigeable. Un ballon pour deux personnes serait trop gros, et le moteur trop cher. N'oublions pas qu'il doit rester maniable. Un jour, ajouta-t-elle en riant, Hernando est allé avec le sien au Moulin-Rouge et il l'a accroché à un arbre devant le cabaret.

Emily rayonnait.

— Bien sûr que je participe ! Tu es d'accord, Ronald, n'est-ce pas ? Il faut que tu documentes ça en images – ce projet va te rendre célèbre !

Ronald sourit.

— C'est d'abord toi qu'il rendra célèbre ! Et évidemment que tu dois faire partie de l'aventure, quelle question ! Archie a raison, ce sera une véritable sensation !

Donella se mit sans tarder à la recherche d'artisans compétents, ce qui l'amena même à rater l'un de ses cours préférés à l'université. Elle n'eut pas trop de difficultés à trouver de l'aide pour construire la nacelle, et, une fois qu'Archie eut obtenu le financement du club, elle put aussi commander un moteur, le plus récent et léger qui soit. Il y avait bien à Chicago une usine qui fabriquait de la soie pour ballons, mais Donna n'arriva à convaincre personne de réaliser une enveloppe de dirigeable selon ses plans. Elle dut donc s'y atteler elle-même, en se servant de tout ce qu'elle avait appris à Vaugirard. Le plus dur fut de mettre la main sur une machine à coudre adaptée – le tissu était trop volumineux pour les machines domestiques, et trop délicat pour celles utilisées par les selliers. Elle finit par trouver une manufacture spécialisée dans les bâches pour voitures. Le propriétaire accepta que Donna se serve d'une de ses machines pendant quelques jours. En contrepartie, il demanda à ce que l'emblème de son entreprise apparaisse sur le ballon dirigeable. Donna y consentit, et Ronald immortalisa les étapes de construction de l'appareil. Archie, enthousiasmé par l'idée de la bannière publicitaire, négocia alors auprès de toutes les personnes impliquées des prix réduits, en échange de quoi leur nom serait associé à l'aérostat dirigeable.

À mesure que les oisons grandissaient, l'inquiétude d'Emily croissait. Suivraient-ils le ballon dirigeable ? Elle s'entraînait sans relâche au cri d'appel utilisé par les mères pour inciter leurs petits à les imiter, même dans les situations les plus périlleuses. Elle étudiait aussi la structure et le fonctionnement des moteurs et des aérostats dirigeables. Il était hors de question qu'elle se ridiculise en tant qu'aéronaute ! Ronald apprenait avec elle et l'encourageait. Mr Brewster et les professeurs, eux, suivaient les préparatifs d'un œil sceptique : un dirigeable construit par une femme, et qui serait ensuite piloté par une autre femme ?

— Il ne manquerait plus que vos calculatrices se mettent à planifier un voyage dans l'espace, plaisanta William Brewster lors de l'une de ses visites au Pr Pickering à l'observatoire, où tous deux, désormais amis, avaient pris l'habitude de se retrouver.

Jetant un coup d'œil à Ailis qui travaillait avec lui dans son bureau, le professeur déclara :

— Vous n'imaginez pas de quoi sont capables certaines intendantes écossaises !

6

Au début de l'automne 1891, Ailis, qui arrivait à l'observatoire, trouva les calculatrices de Harvard en pleine effervescence. Copper l'ayant retenue, elle était un peu en retard. Depuis que Donella avait parlé au petit garçon d'aérostats dirigeables et de ballons, il dessinait tous les jours des montgolfières multicolores. Ailis réfléchissait déjà à lui en fabriquer une à partir d'un sac en papier léger, qu'elle ferait ensuite s'envoler grâce à une bougie. Mais, à la vue de ses collègues, elle mit ces pensées de côté, toute à sa surprise de voir l'ensemble des calculatrices penchées sur le bureau de Molly, pour tenter d'y apercevoir quelque chose.

— Que se passe-t-il ? demanda Ailis. Vous avez aperçu un homme sur la Lune ?

Molly releva la tête sans sourire.

— Si c'était le cas, je n'y accorderais pas la moindre attention ! Il faudrait que ce soit une femme pour que j'en parle. Je suis tellement en colère, Ailis ! Quel toupet ! s'écria-t-elle, le front plissé par la fureur.

Ailis comprit alors l'objet de cette agitation. Molly avait devant elle la dernière édition de *Scientific America,* avec en couverture une photographie de la nébuleuse découverte par Ailis.

Triomphe de l'astrophotographie !
Edward Pickering découvre une nébuleuse obscure dans la constellation d'Orion.

Ailis écarquilla les yeux. Elle attrapa la revue et chercha l'article. C'était son travail qui était imprimé là, à la virgule près. La contribution était toutefois signée du Pr Edward Pickering, Harvard.

— Ce... ce n'est pas possible, finit-elle par articuler.

Elle n'aurait jamais cru le professeur capable d'une telle trahison. Molly eut un rire amer.

— Pourtant, nous en avons déjà parlé, tu sais que ce n'est pas si inhabituel. Mais je dois dire qu'il a fait fort ! D'ordinaire, nos prétendus mentors changent au moins quelques mots avant de faire passer une étude pour la leur... Enfin, au fond, c'est toujours la même chose. Nous, les femmes, nous accomplissons le travail, et les hommes empochent le mérite.

— Tu ne peux pas rester sans rien dire ! s'exclama une des calculatrices à Ailis. C'est ta nébuleuse, il n'a pas le droit de se l'approprier ainsi !

Ailis essaya de sourire, sans grand succès. Sa déception et sa peine étaient immenses.

— Une nébuleuse n'appartient à personne, hélas.

— Ce n'est pas de la nébuleuse qu'il retourne, mais de ta propriété intellectuelle ! C'est toi, et toi seule, qui as découvert et étudié cette nébuleuse obscure ! Tu devrais être citée comme auteure de l'article ! Ne te laisse pas faire. Va voir Pickering et exige des explications !

Molly la fixait d'un air de défi. Les autres femmes étaient d'accord avec elle. Ailis secoua la tête.

— Je ne peux pas. Le Pr Pickering m'a toujours soutenue, sans lui, je n'en serais pas là aujourd'hui. Si je peux lui rendre un peu de ce qu'il m'a donné en lui cédant mon mérite, c'est bien...

— ... la pire injustice qui soit ! s'exclama Molly. Comment être un jour considérées comme aussi intelligentes et compétentes que les hommes si nous courbons toujours l'échine ? On ne peut pas en rester là ! Puisque c'est ça, c'est moi qui irai lui parler !

— Molly...

D'un côté, Ailis était touchée de voir sa cadette prête à prendre sa défense, quitte à perdre son emploi. De l'autre, elle craignait que cela ne menace aussi sa propre place. Elle attendit, nerveuse, et, quand on la demanda dans le bureau du Pr Pickering, son rythme cardiaque s'accéléra.

Molly était encore là, dans cette pièce chaleureuse aux tons acajou qu'illuminaient de grandes fenêtres. Un télescope était installé devant l'une d'elles, et des parutions récentes sur l'astronomie étaient posées sur un guéridon proche. Les murs étaient comme il se doit couverts de livres, cédant parfois la place à quelques spécimens astrophotographiques particulièrement spectaculaires. Ailis avait tout de suite aimé cet endroit mais, ce jour-là, elle s'attendait à y trouver une atmosphère tendue. Elle fut étonnée de découvrir qu'il n'en était rien. Edward Pickering et Molly semblaient en pleine conversation.

— Mrs Hay ! dit en souriant le professeur, qui n'avait jamais renoncé à appeler son ancienne intendante par son nom de famille. Je vous en prie, asseyez-vous. J'ai attendu votre arrivée toute la matinée pour vous parler du fiasco autour de la publication de votre article. Et voilà que miss Peak Justin m'a devancé. Vous avez là une jeune porte-parole très dévouée, encore que je ne sache pas vraiment ce qui, de vous ou de la cause féminine, importe le plus à miss Peak.

Ailis rougit.

— Ce qui m'importe, à moi, ce sont les femmes dans leur ensemble, déclara-t-elle. Mes ambitions personnelles n'entrent pas en ligne de compte, en revanche, le travail en tant qu'astronome…

Le Pr Pickering l'arrêta d'un geste.

— Je connais vos mérites et les ai déjà loués à de nombreuses reprises. Mais les éloges ne semblent pas vous atteindre. Dites-moi, Mrs Hay, vous arrive-t-il d'être fière de vous ? À titre personnel, j'entends, ce qui, je trouve, n'aurait d'ailleurs rien de vaniteux.

Ailis se raidit légèrement.

— Eh bien…

Son protecteur secoua la tête.

— Vous êtes une femme remarquable – d'une intelligence et d'une efficacité hors norme –, mais vous minimisez toujours votre mérite. Cela demeure une énigme pour moi. Quoi qu'il en soit, c'est terminé ! Vous avez lu vous-même que *Scientific America* m'a désigné à tort comme le découvreur de votre nébuleuse. Je ne pouvais pas les laisser écrire cela. Je les ai donc appelés sur-le-champ, et j'ai insisté pour obtenir une rectification.

— Comment ? demanda Ailis, troublée.

— Oui, j'ai tout de suite protesté, et le rédacteur en chef a prétendu être bourrelé de remords. Désormais, il veut à tout prix faire votre interview, et publier un long article sur le travail des femmes dans notre institut. J'espère qu'on ne parlera plus du « harem de Pickering »… Ah, et il veut aussi un portrait de vous en couverture !

Il examina Ailis un instant, puis ajouta de but en blanc :

— Et, pour cette occasion, vous nous épargnerez vos tenues ternes et votre air de petite gouvernante timide. Ma chère, je suis navré de me montrer aussi direct, mais s'il vous plaît mettez-vous un peu en valeur ! J'ai chargé miss Peak Justin de vous aider dans cette tâche, et l'ai libérée de ses autres obligations. Vous représentez notre institut, Mrs Hay ! Souvenez-vous de la promesse des étoiles ! Ce serait d'ailleurs un bon titre… Alors ne me décevez pas, Ailis.

Molly prit sa mission au sérieux. Elle accompagna Ailis dans les boutiques que fréquentaient d'ordinaire des femmes aussi élégantes que Katrina Hard. Ailis trouvait que tout y était trop cher et extravagant, mais Molly ne céda pas.

— Tu as entendu le professeur. Je dois te mettre à ton avantage. Et je ne compte pas le décevoir, il ne va pas te reconnaître ! Pour ça, nous aurons également besoin de ton amie, celle qui élève des canards à Concord. Si je me souviens bien, elle a aussi travaillé comme femme de chambre et maquilleuse ?

Ailis acquiesça, objectant qu'Emily avait mieux à faire en ce moment. Elle lui résuma l'objet de son étude.

— Et alors, elle peut bien abandonner ses bestioles pour quelques heures ! lança Molly. Au pire, elle n'a qu'à amener ses canards ou ce qui lui sert de basse-cour. Il faut juste qu'elle te donne quelques conseils. Enfin, Ailis, je ne te parle pas d'un maquillage de scène, ce ne serait pas naturel. Il suffit d'un peu de couleur…

Ailis se plia à la volonté de Molly et passa une demi-journée à essayer toutes sortes de créations dans la plus prestigieuse maison de mode de la ville. Elle choisit une robe d'après-midi à col montant, dont le corsage combinait deux teintes différentes de vert. L'ourlet de la jupe et la taille étaient rehaussés de galons d'un brun doré intense qui faisait ressortir ses yeux.

— La photographie sera en noir et blanc, précisa Ailis alors que Molly et la vendeuse se réjouissaient de ce détail.

— Dommage, dit Molly, mais les contrastes resteront visibles. Et puis, peut-être qu'ils la coloriseront. En tout cas, la robe te va à ravir. On la prend ?

Ailis approuva, puis découvrit le prix.

— Je n'ai jamais dépensé autant pour une robe ! s'écria-t-elle, choquée.

Molly n'en était pas si certaine.

— Je croyais que tu étais d'ascendance noble ? Ne devais-tu pas aussi faire bon effet ? Et puis, chez vous, on envoie les jeunes filles défiler devant la reine… En tout cas, il te la faut. Qui sait, tu décrocheras peut-être des prix d'astronomie ? Tu pourras la porter aux cérémonies de remise.

Emily mit de bonne grâce ses talents de femme de chambre au service de son amie. Le jour de la rencontre avec le journaliste et le photographe, toutes trois se retrouvèrent chez Ailis avant le rendez-vous.

— J'ai toujours jugé ton style un peu trop terne, dit Emily, qui avait déjà aidé la jeune astronome à enfiler sa nouvelle tenue et brossait à présent ses cheveux afin de la coiffer. Cette robe te donne une tout autre allure. Sais-tu au moins combien tu es belle, Ailis Hard ? J'ai maquillé des tas d'actrices, et aucune ne t'arrive à la cheville.

— Cuthbert ne m'a jamais trouvée à son goût, répondit Ailis à voix basse.

— Mais aurais-tu souhaité qu'il en soit autrement ? demanda Molly en examinant la mallette de maquillage professionnelle d'Emily. Est-ce que tu y tenais vraiment ? Ou c'est plutôt que ta fierté en a pris un coup quand il t'a laissée tomber ?

— J'ai bien dû faire quelque chose de travers, dit Ailis. Enfin, c'est ce que ma mère disait dans ses lettres. Mon père s'en fichait, tant que je restais une Hay et que je ne venais pas interférer dans sa nouvelle famille.

Ailis n'avait encore jamais parlé de cela, mais elle se sentait proche de Molly, et elle avait une confiance aveugle en Emily.

— Comment ça : « de travers » ? D'après ce que tu m'as raconté, Mr Hay ne t'a épousée que pour ta dot. Elle lui a permis d'émigrer, et il t'a ensuite laissée tomber comme une vieille chaussette !

Molly aimait les comparaisons truculentes.

— C'est le lot des femmes de ma condition, persista Ailis. On nous marie en fonction de ce qui est le plus arrangeant. Et encore, j'ai eu de la chance d'échapper à mon affreux cousin George. C'était le premier choix de mes parents, mais il ne voulait pas de moi...

À la vérité, elle non plus n'aurait pas voulu de George. Et malgré tout elle avait le sentiment d'avoir été éconduite – une fois de plus. Elle poursuivit :

— Ma mère affirme qu'il est du devoir d'une femme d'aimer son mari quoi qu'il arrive. Et de faire en sorte que cet amour devienne réciproque.

Molly n'en croyait pas ses oreilles.

— Et c'est ce qui te porte à croire que tu as échoué ? Ailis, as-tu seulement déjà aimé un homme ? Ou même trouvé un homme désirable ?

Ailis s'empourpra et secoua la tête. Molly avait donc compris, Ailis ne s'était pas trompée sur elle. Mais, si la jeune femme refusait tout de même ses avances, c'était qu'Ailis ne l'intéressait pas plus que cela...

— Un jour, tu rencontreras le bon, et tu tomberas amoureuse, dit Emily, qui ne savait rien du penchant d'Ailis pour les femmes. Même si tout le monde te dit qu'il n'est pas celui qu'il te faut !

— En tout cas, il n'y a pas d'obligation à aimer, affirma Molly.

Ailis eut l'impression que cette mise au point lui était adressée. Molly avait dû s'apercevoir des sentiments qu'Ailis avait pour elle et lui faisait comprendre qu'ils n'étaient pas réciproques. La jeune femme lutta de son mieux contre les larmes qui lui montaient aux yeux. Les gens de *Scientific America* seraient bientôt là. Elle devait leur montrer un visage souriant, triomphant. Après tout, elle était l'astronome dont la découverte avait fait sensation !

À cette pensée, elle se sentit le cœur un peu plus léger… Et, quand Emily se mit au travail, elle oublia tout, fascinée, autant que Molly, par sa virtuosité. La jeune femme releva les cheveux blond vénitien d'Ailis en un chignon vaporeux, nimbé de boucles délicates formant comme une auréole autour de sa tête. Elle lui appliqua du fond de teint pour souligner sa peau claire, puis de petites touches de fard qui ajoutèrent du relief à son visage aristocratique. Quelques coups de pinceau sur les paupières et les sourcils suffirent à donner de la profondeur à ses yeux noisette mouchetés de vert. En regardant dans le miroir, Ailis ne vit cependant pas une étrangère, mais la jeune fille qui, jadis, avait pris le train à St Andrews pour rentrer chez elle et parler à son père. Il émanait alors d'elle une sorte d'éclat, l'espoir d'un avenir lumineux dont elle aurait décidé. C'était une jeune fille prête à aller décrocher la lune. En quelques mots, son père avait détruit ses rêves. Et, alors qu'elle essayait d'en recoller les morceaux épars, Cuthbert, son mari, l'avait utilisée et s'était moqué d'elle. Maureen lui avait ouvert de nouveaux horizons, mais elle était ensuite passée à autre chose, elle avait fait sa vie ailleurs. Au fil du temps, Ailis Hay, née Hard, était ainsi devenue quelqu'un d'autre...

Et voici qu'aujourd'hui la jeune fille d'autrefois resurgissait ! Emily avait su la voir et la faire revivre, ne serait-ce qu'en apparence. C'était à présent au tour d'Ailis de briller par son intelligence et son charme. Elle sourit.

— Incroyable ! s'exclama Molly. Tu es si belle...

Molly s'en était donc aperçue aussi. Ailis se mit à espérer. Peut-être la nouvelle Ailis réussirait-elle à faire chavirer le cœur de Molly ?

Emily rangeait tranquillement ses affaires quand Donella pénétra dans la pièce, comme toujours au pas de course. Elle salua les jeunes femmes d'un air distrait.

— Tiens, vous êtes toutes là ? Ah oui, c'est le grand jour d'Ailis. Je croise les doigts ! Surtout, ne sois pas trop modeste. Tu dois les impressionner – pense à Hernando...

Molly lui adressa un large sourire pour tenter d'attirer son attention sur Ailis.

— Elle n'y manquera pas ! Regarde-la donc !

Donella se tourna de nouveau vers sa cousine.

— Tu es très bien, Ailis, c'est parfait ! Je regrette, mais je ne peux pas rester plus longtemps. Passe le bonjour à tes oies pour moi, Emily. Qu'elles patientent encore un peu, le grand voyage est pour bientôt. Ah, et salue également Ronald de ma part, bien sûr...

Elle repartit aussi vite qu'elle était arrivée. Elle allait retrouver ses artisans, dont elle inspectait le travail à intervalles réguliers. Emily lui emboîta le pas. Elle devait encore avoir des tonnes de questions à lui poser...

Quelque peu surprise, Molly se tourna vers Ailis.

— Eh bien, dit-elle sur un ton désapprobateur, Donella se montre bien indifférente. Je m'attendais à un peu plus d'enthousiasme de sa part, c'est quand même ton amie. Et aussi à ce qu'elle te soutienne par sa présence…

— Ma cousine, rectifia Ailis, qui contemplait encore le miroir d'un air hébété et avait à peine prêté attention au passage éclair de Donella. Donna et moi sommes cousines, nous partagions la même chambre au pensionnat. Et puis elle a déjà vu Emily à l'œuvre des centaines de fois sur notre cousine Katrina. Je ne vois pas pourquoi elle devrait s'extasier parce que j'ai une nouvelle robe et une nouvelle coiffure !

Molly parut d'abord perplexe, puis son visage s'illumina d'une expression qui ressemblait presque à de l'espoir.

— Ça signifie que… vous n'êtes pas amies ? Enfin, amies dans le sens de… oh, tu vois bien ce que je veux dire…

— Bien sûr que non, répondit Ailis. Nous sommes très proches, mais…

Soudain, elle comprit.

— Tu as cru que Donna et moi étions ensemble ? C'est pour ça que tu as pris tes distances tout à coup ?

Molly hocha la tête, et elle lui prit la main.

— Elle est venue à l'observatoire, nous avons un peu discuté. J'ai senti que vous aviez un lien fort. Et puis… avec ton petit garçon à la fête foraine… Vous aviez l'air si unis, comme une famille. Bien sûr, j'ai remarqué que tu t'intéressais à moi. Mais jamais je ne m'immiscerais dans une relation existante, affirma la jeune femme, qui hésitait à poursuivre. À vrai dire, j'étais très déçue. Par toi, parce que je pensais que tu voulais tromper Donella. Et aussi parce que… j'avais déjà des sentiments.

Ailis la regarda dans les yeux.

— Est-ce que ces sentiments pourraient renaître ?

Molly sourit.

— Ma flamme ne s'est jamais vraiment éteinte. Que ferais-je ici sinon ? murmura-t-elle avant de saisir l'autre main d'Ailis. J'aimerais beaucoup être ton amie !

Ailis se leva pour la serrer contre elle, mais Molly se déroba à son étreinte.

— Pas de baisers, Mrs Ailis Hay ! la gronda-t-elle. Ce n'est pas le moment de faire baver ton rouge à lèvres !

Durant l'interview avec Mr Smith, le journaliste de *Scientific America*, Ailis se sentit comme sur un nuage. Sa nervosité avait disparu et elle parla avec entrain de son travail, du Pr Pickering et des autres calculatrices. Questionnée à ce sujet par Mr Smith, elle raconta avec force détails que sa fascination pour le firmament remontait à la plus tendre enfance. Mr Smith rit quand elle rapporta les paroles de nanny Peterson, qui disait que chaque étoile était l'âme d'une petite fille sage, et s'étonna d'apprendre qu'elle avait fait ses débuts en tant qu'intendante du professeur.

Ailis évoqua aussi son merveilleux petit garçon et réfuta l'idée selon laquelle la maternité assignait la femme à son foyer.

— Exercer son rôle de mère en même temps qu'un métier n'est incompatible que si le salaire qu'on reçoit en tant que femme ne suffit pas pour embaucher une bonne, expliqua-t-elle. Ce qui, hélas, est presque toujours le cas, et beaucoup de nos calculatrices virtuoses nous quittent à leur mariage. C'est une grande perte pour la science, et pour nous tous !

— Entendez-vous par là qu'en permettant aux femmes de s'investir davantage dans la recherche, nous pourrions bientôt partir à la conquête des étoiles ? demanda le journaliste avec des yeux rieurs.

Ailis lui adressa un sourire charmant en retour.

— À l'avenir, les femmes iront partout où elles le veulent, Mr Smith.

Finalement, le photographe qui accompagnait le journaliste fit quelques portraits d'Ailis, et, bien qu'elle ait pour consigne de rester sérieuse, il parvint à capturer l'espérance, l'optimisme et la joie qui émanaient d'elle.

Une fois les deux hommes partis, Ailis et Molly tombèrent enfin dans les bras l'une de l'autre. Cette nuit-là, elles trouvèrent ensemble le chemin vers les étoiles.

7

EMILY AVAIT ATTENDU AVEC IMPATIENCE le jour où le ballon dirigeable arriverait à Concord. Ronald était allé le chercher à Boston avec la charrette des Brewster, sous escorte de Donella. Il avait fallu plusieurs allers-retours pour transporter l'enveloppe, la nacelle et le moteur jusqu'aux prairies humides, mais ils ne voulaient pas louer de plus grosse voiture de peur d'effrayer les oiseaux, habitués à l'attelage de chevaux de trait.

— Il sera déjà assez délicat de remplir cette immense poche avec du gaz et de laisser le moteur allumé, dit Emily, anxieuse, même si elle craignait davantage pour les oies sauvages que pour les siennes.

Le plan prévoyait d'accompagner l'une des vagues de départ vers le sud, jusqu'à ce que ses protégées se soient intégrées au groupe et acceptent, espérait-elle, de se séparer de leur mère adoptive.

— Il ne faudrait pas qu'elles s'en aillent plus tôt que prévu, se tourmenta-t-elle.

— Oh, ne t'en fais pas, les jeunes ne sont pas encore prêts !

Assis sur la terrasse devant chez Ronald et Emily, Donella et Archie observaient à la jumelle les familles d'oies sauvages. Les jeunes volaient déjà sur de petites distances, mais étaient encore loin de pouvoir parcourir cinq cents miles. Ronald servit du thé glacé. Emily, elle, ne pouvait pas se lever : blotti sur ses pieds, son trio faisait la sieste.

— Dès que le dirigeable sera assemblé, nous le gonflerons et laisserons aux oiseaux le temps de s'y accoutumer, dit Archie.

Donella constata avec une certaine amertume qu'il s'appropriait de plus en plus le projet.

— Ensuite, reprit Archie, il vous faudra aussi faire tourner le moteur tous les jours pendant quelques minutes.

— Je vais vous installer un treuil pour que vous puissiez faire monter et descendre légèrement l'aérostat. Je peux même faire en sorte qu'il soit entraîné par le moteur ! lança Donna, ravie de son idée. Comme ça, Emily pourra flotter à proximité du sol, et les trois petites oies n'auront qu'à décoller de quelques mètres.

— Elles pourront s'exercer à voler jusqu'à moi ! s'exclama Emily, aux anges. C'est formidable, et ça résout du même coup le problème de l'élan.

Cette difficulté avait déjà fait l'objet de longues discussions. Contrairement aux oiseaux, le ballon dirigeable s'élevait à la verticale, et les oies avaient besoin d'un certain temps pour atteindre une altitude acceptable.

— Pour commencer, tu pourrais monter sur une table, proposa Ronald, et les attirer jusqu'à toi.

— Encore une excuse pour prendre des photos saugrenues de moi, lui reprocha-t-elle gentiment. Tu ne voudrais pas que je m'accroche aussi des ailes d'ange dans le dos ?

— Bonne idée ! intervint Donella, les yeux brillants. Le mieux est de multiplier les stratégies. Essayons ça tout de suite, Emily ! Allez, réveille tes petits et grimpe sur la table !

Comme s'il avait compris ce qui se disait, Goo-One leva la tête et cacarda à l'intention de sa mère adoptive.

— Il doit d'abord faire ses besoins, traduit-elle. Je les emmène faire un petit tour derrière la maison. Debout, One, Two, Three, Donella veut vous voir voler.

Elle avait déjà exercé ses oies de la sorte, en les incitant par exemple à venir la rejoindre sur un tronc d'arbre renversé. Elles voletaient alors parfois jusqu'à elle, ou grimpaient quand leurs pieds palmés le leur permettaient. Emily laissa échapper quelques sons d'appel, et les oiseaux la suivirent à grand bruit.

— Elle est déjà à moitié oie, plaisanta Donna. Pas sûr qu'elle renonce à cette habitude si ses bébés s'envolent vraiment pour le sud… Elle risque de cacarder jusque dans son sommeil !

Ronald fit un petit sourire. Il ne dirait rien de ce qu'Emily faisait de ses nuits. Mais il ne lui laissait pas le temps de penser à ses oiseaux, c'était certain.

L'exercice de la table fonctionna à merveille. Emily monta dessus et prévint Ronald et Archie, en position avec leur appareil photo, qu'ils avaient intérêt à ne pas pointer leur objectif sous ses jupes. Pendant ce temps, les petites oies l'observaient, nerveuses, en poussant des cris dans sa direction. Emily secoua les pans de sa veste comme des ailes, et Goo-One finit par déployer les siennes, qu'il agita ensuite assez pour réussir à la rejoindre. Les autres l'imitèrent.

— Je n'appellerais pas ça voler, mais c'est un début ! déclara Emily, heureuse. Alors, Donella, prête à gonfler ton ballon dirigeable ?

Apporter les bouteilles d'hydrogène jusqu'à la réserve ne fut pas non plus chose aisée, mais avec la charrette Ronald vint à bout de cette tâche en quelques jours. La nacelle était posée dans un pré derrière la maison, et Donna installa tout ce dont elle avait besoin pour remplir l'enveloppe du dirigeable. Les autres l'aidèrent à étaler l'étoffe par terre, à côté de la nacelle, ainsi qu'à fixer les amarres qui empêcheraient le tout de s'envoler. Donna se chargea seule du gonflement à l'hydrogène : le gaz était inflammable et sa manipulation exigeait le respect de différentes mesures de sécurité. Emily, Ronald et Archie se tenaient à bonne distance et contemplaient, le souffle coupé, l'enveloppe qui enflait et se déployait. Les petites oies s'agitèrent, quelques oies sauvages prirent leur envol, mais dans l'ensemble il y eut peu d'émoi. Ronald photographiait les réactions des animaux, et Archie, le ballon dirigeable en train de prendre forme. Lorsque l'enveloppe flotta fièrement au-dessus de la nacelle, même les Brewster purent la voir depuis chez eux, et ils rejoignirent les autres pour observer l'expérience de plus près.

— Et c'est Emily, frêle comme elle l'est, qui est censée manœuvrer un engin pareil ? demanda Mrs Brewster, sceptique.

Donna hocha la tête.

— Mais oui, en réalité c'est très simple. N'oubliez pas que le ballon, c'est-à-dire la partie qui supporte le dirigeable, est plus léger que l'air. Je vous ferais bien une démonstration, mais je ne veux pas effrayer les oiseaux.

Elle avait déjà inauguré à Boston le *Gooby 1*, ainsi qu'elle avait baptisé son aérostat, sous les yeux ébahis des artisans qui l'avaient aidée. Il va sans dire que les journalistes s'étaient tout de suite emparés du sujet, mais Donella avait dû leur demander de patienter.

— Le moment venu, nous vous inviterons à assister à un vol avec les oies sauvages, avait-elle promis. Rappelez-vous cependant qu'il s'agit d'un projet de recherche. Les oiseaux ne doivent pas être perturbés. Mrs Gardener se livrera seule aux premiers essais.

Le temps passant, Emily avait de plus en plus envie de passer à l'action, mais elle respecta les étapes dont ils étaient convenus. Elle montra d'abord la nacelle à ses petits, les fit grimper dedans, puis les y nourrit. Dans un deuxième temps, Ronald alluma le moteur pour les habituer à ces sons nouveaux. Le trio élevé par Emily sembla y prêter à peine attention, tandis que les oies sauvages les plus proches montraient quelques signes d'inquiétude. Elles s'affolèrent davantage lorsque le mastodonte se mit à bouger. Ronald fit monter et descendre légèrement le ballon – le moteur rendait la manœuvre facile, il aurait même pu y arriver à mains nues. Puis, quand Emily fut arrivée à quelques mètres de hauteur, elle appela ses oies, et comme prévu Goo-One décolla, encore un peu gauche. Ses sœurs suivirent, et toutes réussirent la courte ascension jusqu'à la nacelle, où elles reçurent une récompense.

— Nous devrions éviter de faire ça trop souvent, dit Emily, soucieuse. Quand nous volerons vraiment, la porte sera fermée. Il ne faudrait pas qu'elles se cognent contre la nacelle en tentant de me rejoindre.

— D'accord, promit Ronald. De toute façon, elles n'ont pas besoin de beaucoup plus d'entraînement. D'après moi, dès le week-end prochain, quand Donna et Archie reviendront nous voir, tu pourras voler !

Ailis, Molly, et bien sûr Copper, accompagnèrent Donna et Archie à la ferme pour le premier vol. Archie, bougon, se plaignit qu'avec autant de passagers il aurait bientôt besoin d'une plus grande calèche. Il dut d'ailleurs emprunter un landau pour l'occasion, alors qu'il aurait de loin préféré voyager seul avec Donna dans sa chaise à deux places. À présent, il lui signifiait sans détour sa volonté de partager avec elle plus qu'une amitié. Mais Donna restait indécise. Elle le trouvait intéressant et séduisant, sans pourtant voir en lui l'élu de son cœur. Depuis peu, elle l'autorisait tout de même à l'embrasser le soir quand il la ramenait chez elle, espérant ressentir la même excitation, le même frisson qu'avec Hernando. Mais si les baisers d'Archie étaient très agréables, elle ne retrouvait pas le sentiment d'extase que lui avaient procuré les étreintes de son ancien ami.

Tu développeras peut-être une relation plus saine avec ce jeune homme.

Ces mots étaient ceux de son grand-père. Au grand soulagement de Donna, il avait répondu avec gentillesse à la lettre qu'elle lui avait écrite de Paris, et ils entretenaient depuis une correspondance nourrie. Elle lui avait parlé d'Emily et d'Ailis, mais aussi de son nouveau prétendant, Archie Peyton.

À ce que tu m'as raconté jusqu'ici, il ne semble pas avoir l'intention de te détourner du droit chemin. Puisses-tu trouver en lui un partenaire de vie prévenant et fiable.

C'était sans conteste une bonne description d'Archie Peyton, pensait Donella, qui aurait parfois eu envie qu'on l'emmène hors des sentiers battus.

Pour son premier vol avec les oies, Emily avait prévu de survoler les prairies humides, puis de revenir se poser dans le pré derrière la maison. Elle était nerveuse, bien que Donna lui ait expliqué en détail comment manier le gouvernail et l'ait laissée s'exercer avant d'installer le moteur.

— Ce n'est pas compliqué, et il n'y a aucun bâtiment sur ton passage, dit-elle, sereine. Je suis sûre que tu vas y arriver !

Mais celles qui devaient y arriver étaient surtout ses jeunes oies, se disait Emily, elle-même un peu effrayée par le nombre de spectateurs. Au moins, ils avaient pu convaincre les Prs Roberts et Munsterberg de remettre leur visite. Si tout se déroulait bien cette fois, elle les inviterait la semaine suivante. Donna et Archie, les Brewster, Ailis et Copper ainsi que Molly n'avaient pas pu être tenus à l'écart, et, au grand dam d'Emily, Archie n'avait pas réussi à tenir sa langue, si bien que trois autres membres du club d'ornithologie étaient présents.

— Ne t'inquiète pas, Emily, je me charge de les surveiller ! la rassura Donella.

Les amarres seraient détachées par Ronald, puisque les oies le connaissaient bien.

— De nous tous, ce sont les petites oies les moins agitées, dit Ailis.

À côté d'elle, Copper sautillait d'une jambe sur l'autre, impatient, et observait avec de grands yeux les oiseaux qui, à la suite d'Emily, avançaient vers le ballon en criaillant. La jeune femme les récompensa ce jour-là sur la terre ferme en leur donnant des orties, referma vite la porte de la nacelle derrière elle et demanda à Ronald de démarrer le dirigeable. Le *Gooby 1* s'éleva aussitôt dans les airs, puis Emily appela ses oies. Goo-One décolla tout de suite – et rata sa cible, car l'aérostat montait à vive allure, et cette fois sans marquer d'arrêt. Le jeune mâle parvint toutefois à prendre un élégant virage, et les autres l'imitèrent ! Quand Emily initia les premières manœuvres pour faire le tour de sa maison et survoler les prairies humides, le trio vint se placer derrière elle. Emily lançait toujours son cri d'appel, même si, à ce moment-là, elle aurait surtout voulu crier de joie. Elle avait réussi ! Elle volait avec ses protégées et savourait son bonheur. Talonnée par ses jeunes oies qui cacardaient de fierté, elle fit un petit tour, puis amorça la descente et se posa dans le pré sans une égratignure. Les oiseaux atterrirent derrière elle, et se précipitèrent à sa rencontre tandis qu'elle sortait de la nacelle.

Ronald, accouru pour la serrer dans ses bras, dut esquiver une attaque de Goo-One, qui tentait de le mordre. Il le repoussa en riant.

— C'est bon ? demanda Emily au comble de la joie. Tu as pu faire des photos ?

Ronald acquiesça.

— Et je compte bien en prendre d'autres. Quel spectacle extraordinaire !

— C'est un rêve qui se réalise ! souffla Emily. Je n'arrive pas à le croire !

— Ça viendra, dit joyeusement Donna, venue la féliciter ainsi que les trois oiseaux. Nous réitérerons l'expérience en exclusivité pour tes professeurs, puis nous ne pourrons plus faire attendre la presse longtemps. Quand tout cela fera du bruit, tu seras catapultée en un clin d'œil dans la réalité.

— Tu veux dire que ça pourrait devenir dangereux ? l'interrogea Ronald, soucieux. Car alors tout le monde saura qu'Emily et moi…

Donna rit.

— Non, ça ne sera pas dangereux, au contraire ! Cela plaidera même sûrement en faveur de couples comme le vôtre ! Mais ce sera… oh, et puis vous verrez bien vous-mêmes ! J'ai déjà fait cette expérience aux côtés d'Hernando, qu'il s'agisse de ses échecs ou de ses réussites. Et toi, Emily, tu connais les journalistes : Katrina a fait sa part de gros titres. Mais aujourd'hui la une est pour nous !

8

Emily n'aurait en effet jamais pu imaginer l'engouement que susciteraient ses vols en compagnie des oies. Les gazettes locales s'emparèrent du sujet, puis la presse nationale, et pour finir les plus grands journaux du pays. Des revues souhaitaient publier des reportages, réaliser des interviews, et, surtout, les journalistes, rédacteurs ou photographes voulaient assister au décollage. Mr Brewster avait toutes les peines du monde à canaliser l'affluence de spectateurs : il en venait presque tous les jours. Les sorties aériennes d'Emily avec ses oies prenaient de l'ampleur, et bientôt on put les voir voler de plus loin. Les habitants de Concord ne manquaient pas une occasion de les observer. Le week-end, la petite ville était envahie par les badauds venus de Boston et de ses environs. Mr Brewster, habituellement ravi de montrer sa réserve, dut la fermer pendant plusieurs jours et veiller à ce que les visiteurs n'abîment pas les clôtures en tentant de s'approcher de l'aire de décollage et d'atterrissage.

La notoriété que connut Donella n'était pas comparable, mais le fait que l'aérostat dirigeable ait été construit par une femme fut néanmoins jugé digne d'être mentionné. Les articles citaient presque toujours son nom, et, si elle avait ouvert une manufacture, elle aurait croulé sous les commandes de ballons à gaz et à air chaud. Cependant, ayant étudié l'espace aérien au-dessus du Massachusetts ainsi que ses conditions atmosphériques, elle déconseillait d'y faire des ascensions en ballon, que ce soit à des fins publicitaires ou pour le plaisir. Avec un aérostat mû par la seule force du vent, le risque d'atterrir dans la mer était trop élevé.

— Je pourrais construire des ballons dirigeables, déclara-t-elle à un journaliste. Mais la plupart des gens les trouvent trop chers et sont effrayés par les moteurs. Or se laisser emmener au gré du vent est certes plus romantique, mais aussi plus dangereux.

Désormais, Emily maîtrisait son véhicule à la perfection, et, en plus de partager des moments privilégiés avec les oiseaux – curieuses, de nombreuses oies cendrées venaient se joindre à son trio –, elle pouvait également admirer du ciel le paradis ornithologique de Mr Brewster, le fleuve et les petits villages alentour. Elle commençait à comprendre la passion de Donella pour le vol, le sentiment de liberté qu'on éprouvait en planant au-dessus du monde, et elle goûtait les panoramas d'une rare beauté qui s'offraient à elle. L'été indien avait débuté, et, vue d'en haut, la profusion des couleurs était encore plus saisissante. Emily entreprit ainsi de coloriser les photos qu'elle prenait depuis la nacelle. Elle aussi était passée derrière l'objectif pour photographier les oiseaux. Depuis le ballon dirigeable, la perspective sur les animaux était magnifique : personne n'avait jamais immortalisé d'aussi près une oie en plein vol. Quand elle évoquait cette expérience, tout son être s'animait, et les journalistes ne tarissaient pas d'éloges quant à sa beauté et son intelligence. Emily sortait enfin de l'ombre de Katrina ! Emplie de fierté, elle envoyait des coupures de presse en Écosse, où ses parents essayaient encore de se faire à la couleur de peau de son mari. Ils n'avaient jamais vu de personne noire et posaient à Emily des questions qu'on aurait pu croire sorties de la bouche de Copper. Jamais cependant ils ne mirent en doute l'intelligence ni le statut social de Ronald. Leur petite Emily avait épousé l'assistant d'un ornithologue célèbre. Cela suffisait à les rendre fiers et heureux.

Dès l'arrivée des premières oies sauvages en provenance d'autres régions, William Brewster mit un terme définitif à l'invasion des journalistes dans sa réserve ornithologique. Les oiseaux, qui prépareraient leur grand départ pour le sud, ne devaient être dérangés sous aucun prétexte : seuls quelques observateurs choisis étaient autorisés à accéder aux prairies humides. Si tout se passait comme prévu, cet événement clôturerait en beauté l'étude d'Emily et signerait la fin de sa cohabitation avec ses protégées. Elle avait prévu de se placer le plus au centre possible de la nuée, puis de se laisser distancer, avant de faire demi-tour vers la maison, et de rendre ainsi ses petits à l'état sauvage.

— Elles sont désormais assez grandes pour se débrouiller sans moi, expliqua-t-elle au Pr Roberts. Reste à savoir si elles en sont conscientes, si le besoin primaire de voler avec le groupe et leur instinct d'oiseau migrateur prendront le dessus, ou si leur attachement aux humains prévaudra. Cela signifierait que nous avons domestiqué ces oies sauvages, comme Gooby autrefois. Et j'aurais l'impression d'avoir failli.

Quand elle pensait à Gooby, Emily restait convaincue que son oie, si elle avait su voler, aurait pu échapper aux chiens.

Le jour où les premiers groupes d'oiseaux se mirent en place pour le grand départ, le ballon dirigeable était prêt. Il se dressait à proximité immédiate du territoire des oies sauvages, entre-temps accoutumées à ce drôle de compagnon de vol. Ronald fit le V de la victoire à Emily, libéra les amarres, et la jeune femme s'éleva dans les airs à bord du ballon, comme toujours suivie par ses trois protégées. Soudain, elle se trouva encerclée par la nuée, cernée par des centaines et des centaines d'oies qui volaient à sa gauche, à sa droite, au-dessus et au-dessous d'elle. Elle parvenait à peine à reconnaître ses petits parmi les autres oiseaux et devait veiller à n'entrer en collision avec aucun d'entre eux. Malgré cela, elle réussit à prendre quelques photographies grandioses, des images encore inédites, puis se laissa aller tout entière à cette expérience enivrante. Le cri des oies et le battement de leurs ailes résonnaient à ses oreilles, autour d'elle l'air semblait vibrer de mille frémissements… Emily et son aérostat ne faisaient plus qu'un avec la nuée : elle se prit à rêver de continuer le voyage vers le sud, de s'installer avec les oiseaux dans leurs quartiers d'hiver et d'en apprendre encore plus sur eux. Mais la quantité de carburant dont elle disposait était limitée, et la vie réelle l'appelait. À regret, mais très concentrée, elle réduisit la puissance du moteur, laissant de plus en plus d'oies la dépasser, jusqu'à se retrouver en dernière position, d'où elle prit quelques photographies supplémentaires. Elle attendit de voir si son trio faisait demi-tour, mais la distance la séparant de la nuée grandissait, les cacardements se perdaient peu à peu dans le lointain. Enfin, elle renonça à suivre le groupe. Elle vira pour reprendre la direction de Concord, survola la réserve et se posa dans le pré derrière sa maison.

Riant et pleurant tout à la fois, elle se jeta dans les bras de Ronald.

— Nous avons réussi ! dit-elle dans un sanglot. Crois-tu qu'elles nous reconnaîtront à leur retour l'année prochaine ?

Pendant quelques jours, Emily ressentit le vide laissé par les animaux. Plus de cris sur les prairies humides et dans la maison, plus d'oies se régalant des pissenlits qu'elle cueillait, plus de déjections à nettoyer. Le nouveau semestre débuterait bientôt, et Emily, avec Ronald et ses professeurs, devait décider si elle retournait ou non à l'université. À présent qu'elle était une quasi-célébrité, plus personne n'oserait l'attaquer, et sa relation avec Ronald était à peu près tolérée. Certains journaux, et presque toutes les revues, parlaient d'eux, les qualifiant même souvent de courageux. Comme la plupart des photographies publiées étaient de Ronald, son nom était connu lui aussi. Emily se sentait tiraillée. D'un côté, elle avait beaucoup aimé fréquenter l'université avant d'y devenir un objet de détestation. De l'autre, elle adorait vivre en pleine nature avec Ronald, au beau milieu de la réserve ornithologique. Pour ne rien gâcher, Mr Brewster était un professeur passionné, et sa bibliothèque n'avait rien à envier à celle de Harvard en matière d'ouvrages spécialisés sur les oiseaux. Elle continuait à y réfléchir tout en mettant enfin ses notes au propre pour rédiger son étude, qui devait être publiée sous peu. Et puis, une semaine après le départ des oies,

Ronald rentra à la maison avec du courrier qui sortait de l'ordinaire.

— Deux lettres d'éditeurs ! s'exclama-t-il. L'une nous est adressée à tous les deux, l'autre n'est que pour toi. Qu'est-ce qu'ils veulent, à ton avis ?

Emily ouvrit son courrier.

— Ils demandent si nous voudrions écrire un livre. Sur l'élevage des oies. Un ouvrage illustré. L'idée vient d'Archie, c'est lui qui les a contactés. Imagine un peu, les petites oies vont peut-être nous rendre riches !

Ronald avait déchiré la seconde enveloppe.

— Et une autre proposition, déclara-t-il. Cette fois de la part de l'éditeur qui publie Mr Brewster. Il aimerait beaucoup discuter avec nous d'un projet de livre.

Emily rit aux éclats.

— Eh bien, je suis curieuse de découvrir qui remportera les enchères ! s'exclama-t-elle. Tu sais écrire ?

Ronald fronça les sourcils.

— Tu n'es pas sérieuse, j'espère !

— Je veux dire, sais-tu écrire des histoires ? précisa Emily. Moi, j'ai toujours été bonne en dissertation.

— La concurrence n'était pas très rude en Alabama, répondit Ronald. Et les Brewster m'ont fait l'école eux-mêmes. Mais, de toute façon, je suis déjà responsable des photos. Puisque tu travailles justement sur ton étude, pourquoi ne pas en faire un livre ?

Emily réfléchit.

— Le texte est assez austère. Les études scientifiques sont censées être plutôt ennuyeuses à lire. Un livre, en revanche…

— Prenons rendez-vous, suggéra Ronald. Et parlons-en avec eux. Ainsi, nous saurons ce qu'ils veulent. Le mieux serait de leur écrire et de leur proposer la même date. Les deux maisons d'édition se trouvent à New York.

Ronald revêtit son plus beau costume, et Emily la tenue élégante qu'elle avait portée pour défendre son cas à l'université.

William Brewster avait offert de les accompagner, et Archie Peyton, évidemment, aurait aussi aimé se joindre à eux. Mais Ronald refusa.

— C'est avec nous qu'ils veulent travailler, c'est donc avec nous qu'ils devront négocier. Nous ferons de notre mieux pour ne pas nous faire rouler dans la farine.

Mr Brewster se moqua gentiment de leur détermination.

— Eh bien, j'ai hâte de voir ce que ça donnera !

Le couple se mit en route pour la gare, et, une fois qu'ils eurent laissé l'ornithologue derrière eux, Ronald fit la grimace.

— Comme s'il s'y connaissait en affaires ! En réalité, il peut s'estimer heureux quand il trouve quelqu'un qui daigne publier ses pavés. D'ailleurs, on ne peut pas dire qu'il ait vendu beaucoup d'exemplaires. Je ne te parle même pas d'obtenir une avance.

— Tu m'as l'air plutôt bien informé, dis donc ! lança Emily, surprise. Comment connais-tu tous ces détails sur le monde de l'édition ?

Ronald lui avoua qu'aussitôt les lettres reçues il avait contacté Richard Terrence, l'un des journalistes du *New York Times* qui avait interrogé Emily. Comme le reporter s'était alors longuement entretenu avec Ronald à propos de son travail, le jeune homme s'était permis de s'adresser de nouveau à lui pour en apprendre plus sur les contrats d'édition.

— En général, c'est l'auteur qui propose un projet à publier. Ce qui ne le met pas dans une position idéale pour négocier. En revanche, quand un éditeur approche quelqu'un avec une demande spécifique, il devrait être prêt à payer le prix fort. Et il est indispensable d'exiger une avance. Pour avoir de quoi vivre pendant qu'on écrit.

Ronald était fier de partager ses connaissances tout juste acquises.

La maison d'édition Harper & Brothers siégeait dans un imposant bâtiment de Cliffstreet. Le portier en uniforme examina d'un œil plutôt méfiant ce drôle de couple sur son trente-et-un, mais à l'accueil le réceptionniste sut tout de suite de qui il s'agissait.

— Mr Chandler vous attend déjà, dit-il sur un ton aimable, puis il demanda aussitôt à un employé de les conduire au premier étage, où était installée la direction.

Mr Chandler devait être quelqu'un d'important, car son bureau était presque aussi grand que la maison de Ronald et Emily.

— Mr et Mrs Gardener ! les salua-t-il avec chaleur, avant de leur proposer du thé, du café et des biscuits. Mais qu'avez-vous fait de Mr Peyton ?

— Pourquoi aurions-nous besoin de Mr Peyton ? demanda Emily. Nous savons qu'il a eu la gentillesse de vous contacter pour nous recommander, mais, à part ça…

Mr Chandler la dévisagea, surpris.

— J'avais cru comprendre qu'il s'agissait d'un projet commun. Mr Peyton nous a envoyé quelques images fascinantes de son cru, ainsi qu'un échantillon de texte…

Emily fronça les sourcils.

— Voilà qui est étonnant. Mon mari et moi avons mené cette expérience avec les oies, ce projet est le nôtre.

Mr Peyton est en effet l'auteur de quelques belles photographies, et peut-être pourrait-on en publier certaines…

— Non, dit Ronald sur un ton ferme. Il n'en est pas question. Tu écriras le texte de notre livre, et nous nous chargerons tous les deux de l'iconographie. Je présume que Mr Peyton veut également être cité en tant que coauteur, n'est-ce pas ?

— Bien sûr, pourquoi en serait-il autrement ? confirma Mr Chandler. Il jouit d'une excellente réputation à Boston…

Ronald secoua la tête, les yeux brillants de colère.

— Effectivement, et j'espère que vous n'insinuez pas par là qu'on ne peut pas en dire autant de nous. Mais Mr Peyton est aussi un habile avocat…

— Mais enfin, Mr Gardener ! se récria Mr Chandler, qui triturait son porte-plume, sans doute surpris par la tournure que prenait la discussion.

— Sir, voyons, réfléchissez un instant, continua Ronald. Un homme blanc, un homme noir et une femme : selon vous, à qui reviendra le prestige ? Non, Mr Chandler, dans ces conditions, nous n'avons rien de plus à nous dire. L'auteure du livre, si tant est qu'il sorte un jour, sera Emily Gardener. Photographie : Ronald et Emily Gardener.

Mr Chandler se mordit les lèvres.

— Si c'est ainsi, je dois en discuter de nouveau avec la direction. Nous pensions que Mr Peyton contribuerait de manière significative au projet, ce qui nous aurait permis d'en faire la publicité. C'est une personnalité remarquable…

Ronald et Emily se levèrent en même temps.

— Ce qui est remarquable, surtout, répliqua Emily, c'est que Mr Peyton n'ait pas jugé utile de nous informer de ses plans au préalable. Cela aurait fait gagner du temps à toutes les personnes impliquées. Dites bien à Mr Peyton que nous sommes désolés, mais dans ces conditions nous préférons en rester là. Bonne journée, monsieur.

Et elle sortit sans hésitation du bureau, à la manière de Katrina Hard, ce que Ronald ne manquerait pas de lui faire observer quelques jours plus tard.

— Emily, tu es en passe de devenir une vraie diva ! la taquinerait-il alors, quand ils seraient en mesure de rire de la situation.

Mais, pour le moment, Ronald se contentait de la suivre au-dehors en laissant libre cours à sa déception.

— Une affaire rondement menée, je dirais. On n'est jamais au bout de ses surprises. Au moins, nous avons le temps de manger quelque chose avant d'aller chez l'autre éditeur. J'ose espérer que Mr Brewster ne souhaite pas aussi être cité comme coauteur.

— Si c'est le cas, nous refuserons, pour les mêmes raisons ! déclara Emily. Le nom du Pr Roberts sera déjà associé à mon étude au moment de la publication, c'est suffisant. Et il se peut que le Pr Munsterberg veuille également être cité. C'est courant dans le monde académique. Reste à espérer que ce soit différent dans l'édition.

Mr Putnam, de Wiley & Putnam, leur avait donné rendez-vous dans un hôtel réputé, sa maison d'édition se trouvant en dehors de la ville, à New Rochelle, dans le comté de Westchester. Toutefois, sa taille et sa notoriété étaient au moins égales à celles de Harper & Brothers. Et le Fifth Avenue Hotel, qui avait été choisi pour l'entrevue, était beaucoup plus chic que le bâtiment où ils avaient rencontré Mr Chandler. En entrant, Emily fut très embarrassée de se retrouver face à une armée de porteurs et de grooms. Elle était heureuse de ne pas avoir de bagages – ils comptaient rentrer par le train de nuit aussitôt après. Elle se cramponna à Ronald, qui lui donnait le bras, et afficha son sourire le plus aimable. Ronald salua de même ; les autres clients ne daignèrent pas même ouvrir la bouche. À la réception, l'homme parut presque indigné de leur présence, mais fit l'effort de chercher leurs noms sur une liste.

— Mr Putnam n'est pas encore arrivé, dit-il. Nous allons vous conduire dans une salle où vous pourrez l'attendre.

Emily et Ronald échangèrent un regard. Ils avaient supposé qu'ils discuteraient avec l'éditeur au restaurant ou dans la *tearoom*. Mais, à l'évidence, le réceptionniste souhaitait les soustraire à la vue des autres clients. La salle de conférences dans laquelle on les amena était aussi peu chaleureuse que l'accueil qu'on leur avait réservé.

— Ça commence bien, marmonna Emily. J'imagine qu'ici on ne nous servira pas le thé…

Heureusement, Mr Putnam ne les fit pas patienter longtemps. C'était un petit homme alerte, au regard pétillant, qui échangea une poignée de main cordiale avec Ronald, sans manifester la moindre réticence. Ils prirent tous trois place autour d'une table.

— Mr Brewster m'a beaucoup parlé de vous, annonça l'éditeur. Il n'a de cesse de louer vos talents de photographe. Et j'ai déjà pu admirer plusieurs portraits de la ravissante Mrs Gardener. Je suis enchanté que vous envisagiez de travailler avec notre maison d'édition ! Mr Brewster s'est d'ailleurs dit prêt à rédiger la préface. Cela nous aidera à promouvoir le livre.

Le visage aimable d'Emily se durcit.

— Cela signifie-t-il qu'il veut son nom en couverture ?

Mr Putnam lui lança un regard étonné.

— Vous seriez contre ? Nous avions imaginé indiquer vos deux noms en tant qu'auteurs et mentionner en dessous, sur un petit bandeau, « Préface de William Brewster ». Pour les auteurs encore peu connus, c'est un bon moyen d'encourager les ventes.

Emily et Ronald se jetèrent un coup d'œil.

— Vous voulez dire que ce serait utile, et sans arrière-pensée de sa part ? demanda Ronald, hésitant.

Mr Putnam rit.

— Évidemment, c'est même une faveur qu'il vous ferait. N'oubliez pas que c'est un ornithologue renommé. Et le simple fait qu'il recommande votre livre…

Emily réfléchit.

— Mais ce sera *notre* livre ?

— Bien sûr, dit l'éditeur. À ce propos, qu'avez-vous en tête, Mrs Gardener ? Un ouvrage de type scientifique, comme ceux de Mr Brewster ? Ou plutôt une histoire ? Les photos occuperont évidemment beaucoup de place…

— Ce devra être un livre qui fasse rêver les gens, dit Emily. Un livre que tout le monde comprenne… que tout le monde aime.

Mr Putnam eut un sourire radieux.

— Fantastique ! Avez-vous apporté des photographies ? Et peut-être un extrait de texte ?

Ronald ouvrit une pochette et Emily fouilla dans son sac, le rouge aux joues.

— Je… j'ai bien écrit quelques pages, mais je ne sais pas…

— Allons, allons, ne soyez pas timide ! s'exclama Mr Putnam. Vous avez déjà une idée de titre ?

— *L'Été des oies cendrées*, répondit Emily, et elle fit glisser sur la table un extrait rédigé d'une écriture soignée.

À l'été 1891, notre famille comptait une femme blanche, un homme noir et trois oies au plumage gris. Les journées, pourtant, étaient aussi colorées, aussi ensoleillées et heureuses qu'elles le sont toujours en cette saison dans le Massachusetts...

Après quelques heures de négociation, tous trois signèrent finalement un contrat. *L'Été des oies cendrées*, par Emily et Ronald Gardener, paraîtrait un an plus tard chez Wiley & Putnam, et donnerait à rêver au monde entier.

9

Pour Katrina Hard, le retour à Boston fut plus que décevant. Après la naissance de son enfant, elle avait passé deux semaines supplémentaires à New York, où elle s'était affamée avec une rigueur implacable jusqu'à retrouver sa taille de guêpe. Durant sa grossesse, elle avait résisté avec bravoure aux tentations et aux fringales, prenant peu de poids. Désormais, elle pouvait lacer ses corsets aussi étroitement qu'avant, même si elle souffrait le martyre à les porter toute la journée.

Enfin, le moment était venu de prendre le train pour Boston et, à peine arrivée à la gare, où elle voulait faire le plein de journaux et de revues pour le voyage, elle apprit que ses cousines et son ancienne femme de chambre étaient devenues célèbres. Elle découvrit Ailis sur la couverture de *Scientific America*, tandis qu'Emily apparaissait dans presque tous les magazines, de temps à autre avec Donna, et une fois même accompagnée de Donna et Ronald, cet impossible mari. Katrina acheta tous les imprimés qui parlaient des jeunes femmes, ainsi qu'un des principaux quotidiens de Boston, qui lui en apprendrait davantage sur le programme concocté par Cuthbert. La saison d'automne venait de commencer, et elle avait quelques jours de retard, mais il n'aurait jamais pu mettre en scène une nouvelle pièce sans elle.

Le journal n'annonçait qu'un spectacle de revue, et pour la première fois Katrina vit le nom de Clarisse Derrieux associé à son théâtre ! Décrite comme une star du genre, elle interpréterait des chansons françaises et du blues. Katrina enrageait. Comment Cuthbert avait-il pu engager une remplaçante ? Encore une fois, elle allait devoir employer toute son énergie à éliminer sa concurrente. D'autant plus que le nom de Clarisse ne lui était pas inconnu. La jeune femme avait une réputation d'enfant terrible dans le monde du spectacle. Elle ne se laisserait pas évincer aussi facilement qu'Evangeline Ashton.

Katrina tenta de se changer les idées en parcourant l'éventail d'articles consacrés à ses cousines et à Emily. Mais les nouvelles de son ancienne femme de chambre ne contribuèrent pas à lui remonter le moral.

Ailis avait encore découvert on ne sait quel phénomène astral, mais dans deux ou trois jours, plus personne ne s'y intéresserait. En revanche, la prouesse d'Emily, avec ses oies et son ballon dirigeable, voilà qui était palpitant ! Sans parler des photographies ! Katrina était folle de colère et de jalousie. De toutes, il fallait que ce soit Emily, cette pauvre petite chose terne qui pleurait à la moindre occasion, qui devienne la coqueluche de la nation ! Alors qu'elle-même n'avait jamais acquis de notoriété au-delà de Boston.

Dès le lendemain, elle s'occuperait de Cuthbert et verrait ce que cette Clarisse Derrieux avait dans le ventre. Pour l'heure, Katrina était trop fatiguée. Ce maudit bébé... au moins, elle en était désormais débarrassée ! Elle n'éprouvait aucune forme de regret.

Elle rentra chez elle, où elle passa ses nerfs sur la bonne chargée de garder son appartement en ordre – de la poussière s'était accumulée sur un guéridon –, et elle se sentit mieux. Le lendemain, elle fit la grasse matinée. La bonne l'aida ensuite à se préparer, lui serra son corset, la colère qu'elle ressentait contre sa maîtresse l'aidant certainement à maltraiter celle-ci sans vergogne. Puis, parée et pomponnée, Katrina se mit en route pour le théâtre. Les répétitions du matin devaient tout juste être terminées, elle trouverait donc sans doute Cuthbert dans son bureau.

Katrina traversa le foyer, salua sans y prendre vraiment garde une employée de ménage et se raidit en voyant arriver en sens inverse, de la salle de spectacle, une ravissante femme à la toilette élégante. Elle portait une robe voyante à motifs rouge et bleu foncé sous un manteau bleu ouvert, son visage fin était maquillé sans excès, et ses cheveux bruns étaient coiffés d'un chapeau sur lequel on semblait avoir vidé l'intégralité d'une corbeille de fruits – la dernière mode de l'automne, ainsi que Katrina l'avait lu dans un magazine. Quand la nouvelle arrivante aperçut l'employée de ménage, un sourire avenant se dessina sur ses lèvres, tandis que ses yeux bleu azur restaient de marbre.

— Jean ! Encore en train de travailler ? Mais tout est déjà étincelant ! Votre sœur a-t-elle aimé la pièce pour laquelle je vous avais donné des places la semaine dernière ?

Elle avait une voix douce et susurrait ces mots avec tant de chaleur qu'on aurait pu penser qu'elle s'adressait à sa meilleure amie. Le visage de l'employée s'illumina à son tour.

— Oh oui, miss Clarisse ! Encore merci, mille fois merci ! Nous n'en revenons toujours pas d'avoir été assises en loge telles des dames distinguées !

Clarisse Derrieux ne se départait pas de son expression avenante.

— Mais c'est tout naturel ! Vous savez, nous sommes une grande famille, ici ! Il faut bien se faire de petites faveurs de temps à autre !

Katrina en resta bouche bée. Il ne lui serait jamais venu à l'idée d'offrir des billets à une employée pour l'une de ses pièces. Mais la nouvelle actrice semblait soucieuse de faire l'unanimité, tandis que Katrina préférait inspirer la crainte au reste du monde. Elle sortit alors de l'ombre d'une colonne, affichant un sourire aussi conquérant que celui de Clarisse.

— Quant à moi, je suis ravie de souhaiter la bienvenue à notre toute dernière recrue ! lança-t-elle. On m'a dit que vous aviez assuré l'intérim avec brio.

Clarisse Derrieux se figea une fraction de seconde, avant de recouvrer son expression radieuse.

— Vous devez être Katrina Hard ! Quelle joie de vous avoir de nouveau parmi nous ! Nous étions tous très excités à l'annonce de votre retour imminent. Votre tournée s'est bien passée ? Je n'ai rien lu à ce propos dans la presse.

— Ma chère, ce fut un véritabıe succès ! déclara Katrina. Quant aux journaux… eh bien, probablement étaient-ils trop occupés à chanter vos louanges.

Clarisse hocha la tête, flattée, mais fit un effort de modestie.

— Ce n'est rien comparé aux critiques enthousiastes qu'on a ont pu lire autrefois à votre sujet. En tout cas, je suis ravie que nous travaillions désormais ensemble.

Katrina ne passa pas à côté du sous-entendu. Clarisse lui faisait comprendre que son contrat était loin d'être temporaire, et qu'elle resterait au moins une saison au théâtre.

— Cuthbert... Mr Hay est déjà en train d'écrire une nouvelle pièce ! l'informa Clarisse, révélant du même coup la teneur de sa relation avec l'impresario. J'ai hâte d'en savoir plus. Hélas, je ne peux rester bavarder plus longtemps. Ce fut un plaisir de faire votre connaissance, Katrina – vous m'autorisez à vous appeler par votre prénom, n'est-ce pas ?

Clarisse fit un signe d'au revoir à la femme de ménage et s'éloigna d'un pas léger vers la sortie. Katrina resta immobile. Même si elle s'était bien battue, elle avait la nette impression d'avoir trouvé en Clarisse une redoutable adversaire. Elle lissa des deux mains sa taille fine, puis se dirigea vers le bureau de Cuthbert, au moins aussi désireuse que Clarisse d'en apprendre davantage sur sa dernière pièce.

— Il ne t'aura pas fallu longtemps pour te dégoter une nouvelle favorite à me mettre sous le nez, lança-t-elle en guise de salutation. Je viens de tomber sur Clarisse Derrieux dans le foyer. Chapeau bas ! Et maintenant tu écris une pièce pour elle ?

Cuthbert afficha un sourire ravi.

— Katrina ! Tu as l'air en pleine forme ! Je suis très heureux que tu sois de retour, dit-il avant de poursuivre d'un ton plus grave. J'espère que tu as pu mener à bien tes projets à New York ?

Katrina acquiesça. Elle aurait préféré parler de la pièce.

— Où est l'enfant ? demanda-t-il. Est-il en vie ?

— Il est entre de bonnes mains, affirma Katrina. Mais passons à autre chose, veux-tu ? Qu'en est-il de Clarisse Derrieux : tu comptes la garder ?

Cuthbert toussota.

— Bien sûr, pourquoi m'en séparerais-je ? Il y a de la place pour deux ingénues dans une troupe.

— Et l'on parle alors de première et de deuxième ingénue, précisa Katrina, qui s'assit et sortit un cigare d'un étui argenté. Quel rôle comptes-tu me confier ? Et quelle sera la place de Clarisse ?

Cuthbert lui donna du feu et préféra éluder la question.

— Allons, Katrina, une répartition aussi stricte n'a pas de sens. Tel rôle te conviendra mieux, et tel autre sera plutôt pour Clarisse... Vos voix n'ont pas exactement le même timbre, on pourrait tout à fait imaginer des duos.

— Il y aura donc deux grands rôles féminins dans la nouvelle pièce ? insista Katrina. Et c'est moi qui ai la priorité ?

Cuthbert leva les yeux au ciel.

— Katrina, c'est moi qui décide de la distribution. Vous pouvez toujours m'exprimer vos souhaits, mais...

— Où en est la pièce ? l'interrompit-elle.

Cuthbert lui tendit un classeur avec des partitions.

— Tiens, tout est là. Elle doit encore être orchestrée, ce n'est qu'une ébauche... Mais tu devrais pouvoir te faire une idée.

Katrina prit le classeur, tira sur son cigare et survola les textes.

Avec *La Femme au ballon,* Cuthbert s'inscrivait dans l'air du temps. Depuis les nombreux reportages sur Emily et Donella, les voyages en ballon étaient devenus très populaires, en particulier à Boston. Cuthbert s'en était inspiré. À part ça, la pièce était tout aussi banale que ses autres compositions. Il y était question de Michael, un fils d'industriel amoureux d'une jeune femme à laquelle il était promis, Constance. Lors de leur fête de fiançailles, organisée dans un jardin, un ballon survolait la ville, avec à son bord une femme sublime qui chantait d'une voix envoûtante. Michael tombait aussitôt sous son charme, partait à sa recherche, et lady Loon, la belle aéronaute, achevait de le séduire. Michael voulait alors se séparer de Constance, mais celle-ci se battait pour conserver son amour. Elle partageait un duo émouvant avec la mystérieuse lady, qui renonçait à Michael. À la fin, Constance et Michael s'étreignaient et réaffirmaient leur flamme, tandis que lady Loon s'en allait en chantant qu'elle n'avait qu'un seul véritable amour… la Lune, à laquelle elle avait été promise autrefois. Elle s'élevait dans les airs à sa rencontre et disparaissait dans sa lumière.

Katrina s'abstint de tout commentaire sur le contenu, et fit à la place une rapide analyse des deux rôles féminins. Constance avait légèrement plus de texte. Mais le rôle le plus exigeant, le rôle star, était évidemment celui de lady Loon.

— Magnifique ! D'où tiens-tu ton inspiration ? demanda-t-elle.

Flatter un peu Cuthbert avant d'en venir au fait ne pouvait pas faire de mal.

Il sourit et prit un portrait sur la table, un dessin, peut-être une vieille coupure de journal. Il représentait une jeune femme à la beauté éthérée, vêtue d'une robe blanche, les cheveux au vent, des rubans flottant autour d'elle, debout dans une nacelle suspendue à un ballon captif.

— Je te présente Sophie Blanchard, répondit-il. Chanteuse et bateleuse. Elle réalisait des spectacles depuis la nacelle de son ballon à air chaud, pour le plus grand plaisir des Parisiens. Il y a de ça soixante-dix ou quatre-vingts ans. Son histoire m'a fasciné.

Katrina ne l'était pas moins. La jeune femme du dessin dégageait quelque chose de magique. Quoi qu'il en soit, le moment était venu de faire connaître ses exigences.

— C'est moi qui chanterai la partie de lady Loon, affirma-t-elle avec aplomb. Ta Clarisse peut jouer Constance, le rôle principal, comme tu le sais. Je me trouve bien conciliante de...

Cuthbert parut embarrassé.

— J'avais pensé que nous répéterions d'abord, avec vous deux. Et que nous verrions ensuite quel rôle correspond mieux à quelle interprète.

— Pour qu'à la fin ce soit toi qui décides, c'est ça ? demanda Katrina d'un air narquois. Ne va pas me faire croire que tu te fonderas sur des critères objectifs. Tu serais prêt à faire n'importe quoi pour les beaux yeux de Clarisse. Et c'est ton droit. Mais j'ai l'avantage de l'ancienneté. Je serai lady Loon !

Cuthbert soupira.

— Ne décidons pas tout de suite, Katrina. Je suis heureux que tu sois rentrée, c'est assez pour aujourd'hui. Demain, nous commencerons les essais. Je demanderai à Clarisse de venir à 11 heures, et toi tu viendras à 10 heures. Je vous accompagnerai moi-même au piano... Nous ferons ça à huis clos. Personne n'aura d'information sur la distribution tant que les rôles ne seront pas fixés pour de bon. Je peux compter sur toi ?

Katrina n'avait pas le choix. Elle prit congé froidement. Demain, sa prestation couperait le sifflet à cette Clarisse !

La femme au ballon

Boston,
novembre 1891 – printemps 1892

1

Comme l'on pouvait s'y attendre, Katrina n'eut aucun mal à apprendre les chansons que Cuthbert avait composées. Elle n'avait jamais eu de difficulté à jouer un rôle qu'il avait écrit pour elle, Cuthbert se limitant à des mélodies simplissimes destinées à un public peu exigeant. À Boston, les vrais mélomanes étaient rares : on allait au théâtre pour s'amuser, profiter d'un divertissement réputé et exhiber les dernières toilettes des dames. Les compositions de Cuthbert et les interprétations de Katrina suffisaient à satisfaire les désirs des spectateurs.

Mais, à présent, il y avait cette Clarisse… Après avoir chanté devant Cuthbert, Katrina resta dans les parages pour écouter en douce sa concurrente. Bien que les salles de répétition soient correctement isolées, Katrina en entendit assez pour comprendre que Clarisse n'était pas moins douée qu'elle. Sa prestation était peut-être même plus suave. Katrina savait qu'elle s'abîmait la voix à force de cigares, mais ne voulait ni ne pouvait arrêter de fumer.

Songeuse, elle rentra chez elle. Elle devait trouver un moyen de se mettre en scène de manière à ce que Cuthbert lui confie le rôle principal. Elle ne se faisait aucune illusion : Clarisse ne choisirait jamais de plein gré le rôle de la gentille Constance plutôt que celui de l'étincelante lady Loon. La femme au ballon, le rôle-titre, était la star du spectacle !

Tout en réfléchissant, Katrina songeait au portrait de la Française qui avait survolé Paris. Si on avait pu y parvenir des décennies en arrière, c'est que ça ne devait pas être sorcier ! À l'image de cette bateleuse se superposa alors dans son esprit celle d'Emily dans son dirigeable. En voyant les photos d'elle dans le journal, elle avait compris qu'elles resteraient gravées dans la mémoire du public. Katrina se mit à élaborer un plan audacieux qui lui permettrait d'éclipser Clarisse, et même Emily ! Elle avait seulement besoin d'une photographie de cette Française… cette Sophie Machin-Chose…

Katrina prit le chemin de la bibliothèque municipale. Avec un peu de chance, elle y trouverait les renseignements qu'elle cherchait. Et ensuite elle irait voir Donella. Peut-être n'aurait-elle rien contre une nouvelle commande.

— C'est ça que je veux !

Katrina s'était rendue chez Ailis, où elle avait effectivement trouvé Donella. Le semestre d'hiver avait commencé, et Donna poursuivait ses études avec un égal enthousiasme. En voyant Katrina, elle s'était contentée d'un sourire poli, lui offrant néanmoins de boire le thé. Quand Donella lui demanda ce qu'elle avait fait ces derniers mois, Katrina se plia brièvement aux exigences de la conversation, puis lui tendit une reproduction du dessin qu'elle avait arrachée sans scrupule dans une encyclopédie : une belle femme parée de voiles blancs se tenait debout dans une nacelle aux allures de gondole, suspendue à un ballon couleur or et argent.

— C'est Sophie Blanchard, reconnut aussitôt Donella. Une sorte d'artiste qui se produisait en France dans les années 1810. Elle a conçu elle-même cet aérostat avec lequel elle a décollé plus de soixante fois. À bord, elle présentait des numéros d'acrobatie et lançait des feux d'artifice, ce qui était très osé...

— Serais-tu capable de construire un modèle semblable ? l'interrompit Katrina, qui n'avait que faire de l'histoire de Sophie Blanchard.

— Bien sûr. La nacelle est complexe, il nous faudrait un menuisier d'art pour la construire. Mais le ballon en lui-même ne pose pas de problème particulier. Cela dit, tu es quand même au courant que Sophie Blanchard a fait une chute mortelle alors qu'elle survolait Paris ?

— Un accident dû à la conception du ballon ? demanda Katrina, alertée, tout en tirant sur son cigare.

— Non, plutôt aux feux d'artifice. L'aérostat s'est enflammé. On n'a jamais vraiment su ce qui s'était passé, mais les causes de l'accident semblent assez évidentes.

— Dans ce cas, aucune importance, puisque je n'ai pas l'intention de tirer de feux d'artifice, déclara Katrina. Je veux seulement m'élever dans les airs, être la plus belle et chanter. Est-ce dans tes cordes ?

— Pour ce qui est d'être la plus belle, tu es la spécialiste, dit Donna en riant. Quant au ballon, j'en fais mon affaire, ce sera un jeu d'enfant. Tu préférerais de l'air chaud ou du gaz ? Tu voudrais qu'il soit dirigeable ?

Katrina fronça les sourcils.

— Quelle est la différence ?

— Avec du gaz, tu restes plus longtemps dans les airs, et tu as davantage d'influence sur l'atterrissage et la hauteur de vol. Avec de l'air chaud, tu t'élèves dans les airs et tu redescends, mais je ne peux pas te dire exactement où, expliqua Donna. Par ailleurs, le gaz est un peu plus coûteux.

Katrina réfléchit un instant.

— Je veux m'élever au-dessus du théâtre et chanter la mélodie phare de la pièce de Cuthbert Hay, rien de plus. Avec ça, tous les journaux devraient parler de moi, et ce sera aussi le moyen de faire la réclame du spectacle. Je pourrai décoller plusieurs fois, n'est-ce pas ?

Donella acquiesça.

— Autant de fois que tu voudras. Et le ballon peut ensuite être repeint afin d'être utilisé pour d'autres annonces.

Katrina poussa un petit soupir satisfait. C'était la meilleure idée qu'elle ait eue depuis longtemps !

— Dans ce cas, mets-toi au travail ! lança-t-elle. Aussi vite que possible !

Donna commanda de la soie argentée et de la soie dorée puis, en s'aidant du portrait de Sophie Blanchard, elle dessina les plans d'une nacelle aussi ressemblante que possible. Elle n'eut ensuite aucune difficulté à trouver un menuisier qui la construirait en bois léger. Il ne lui restait plus qu'à convaincre le fabricant de bâches qui disposait d'une machine à coudre, mais cette fois elle ne pourrait pas lui proposer d'apposer son nom sur le ballon. Par chance, l'homme profitait encore des retombées de sa publicité et, comme il était un fervent admirateur de Katrina Hard, il accepta de bon gré de prêter sa machine à coudre. Donna n'avait plus qu'à attendre la livraison de la soie pour s'attaquer à la confection de l'enveloppe. Ce projet l'enthousiasmait même si, bien sûr, il grignotait son temps libre, déjà restreint. Archie Peyton prenait presque ombrage de ce ballon et se plaignait qu'elle n'ait plus une minute à lui accorder.

— Si tu épouses cet homme, je ne donne pas cher de ta liberté, lui dit un jour Ailis. Il a beau répéter qu'il est très fier de toi, il voudrait surtout t'enfermer dans une vitrine et ne t'exhiber que lorsqu'il peut briller à tes côtés.

Donella se contenta d'en rire. Se marier n'étant de toute façon pas d'actualité, elle ignora la mauvaise humeur d'Archie.

Katrina commanda une robe et un chapeau à long voile assorti chez une couturière renommée de Boston, qui travaillait également comme chapelière. Dans cette toilette somptueuse, elle était sûre d'attirer tous les regards ! Elle s'inquiétait cependant de son maquillage. Elle serait plus loin de son public que lorsqu'elle montait sur scène, et si l'on devait pouvoir distinguer l'expression de son visage, il fallait qu'elle soit maquillée avec génie.

Elle n'avait pas encore trouvé de solution à ce problème quand elle passa voir Donna pour se renseigner sur la progression de son projet. En arrivant chez Ailis, elle tomba nez à nez avec Emily. Les deux femmes se toisèrent ; elles ne s'étaient pas vues depuis l'histoire de la séance photo avec Ronald.

— Que fais-tu ici ? demanda Katrina, stupéfaite.

Tout à coup, Emily lui parut très belle. La jeune femme portait pour la première fois depuis des années une robe qui n'avait pas appartenu à Katrina. Elle choisissait désormais ses tenues elle-même et affichait un goût résolument différent de celui de l'actrice. La robe à imprimé fleuri qu'elle portait ce jour-là était d'une simplicité rafraîchissante et soulignait sa jeunesse.

— Des études, répondit Emily.

Face à la difficulté de concilier ses cours et le travail sur le livre qu'elle préparait avec Ronald, elle avait trouvé un compromis. Le lundi matin, elle prenait le train jusqu'à Boston et assistait l'après-midi à des cours et des séminaires. Elle allait encore à l'université le mardi ainsi que le mercredi matin, puis rentrait à Concord. Quand elle séjournait à Boston, elle dormait chez Ailis, qui avait un lit disponible depuis qu'Alma avait déménagé pour se marier. Copper allait désormais à la maternelle, et, le reste du temps, Ailis et Molly se relayaient pour s'occuper de lui. Le petit garçon passait parfois l'après-midi à l'observatoire à dessiner des étoiles.

Emily avait choisi de se consacrer davantage à l'étude de la psychologie. Si elle voulait améliorer ses connaissances sur les oiseaux, elle pouvait interroger William Brewster et, au fond, elle ne s'intéressait pas beaucoup à l'étude d'autres animaux.

— Et toi ? demanda-t-elle à Katrina. Il paraît que tu veux monter au firmament ?

Ravie de trouver un sujet de conversation anodin, Katrina lui parla de la nouvelle pièce de Cuthbert Hay et du vol en ballon qu'elle devait entreprendre. Elle préféra ne pas évoquer sa rivalité avec Clarisse. Emily n'avait qu'à croire que le rôle-titre lui était déjà promis.

— Je porterai une robe sublime ! s'extasia-t-elle avant d'aborder le problème du maquillage. Vois-tu, la nouvelle maquilleuse du théâtre fait de son mieux, mais pour être honnête elle est loin d'être aussi douée que toi.

Emily sourit, sans se montrer toutefois aussi sensible que Cuthbert et Clarisse aux flatteries de Katrina.

— En ce moment, je m'occupe de donner de la couleur aux photographies de Ronald, raconta-t-elle à son tour. La maison d'édition qui publie notre livre a proposé à Ron de préparer une exposition itinérante sur le sujet. Ce sera l'occasion de présenter et de vendre l'ouvrage. Quelques-unes des photographies exposées seront colorisées.

— Celles que j'ai vues dans les journaux étaient très impressionnantes, fit valoir Katrina, et ses courbettes eurent enfin le résultat escompté.

— Si tu y tiens, je peux te maquiller, concéda Emily au détour de la conversation. Pour le grand jour. Ron et moi avions prévu de venir en ville voir le spectacle.

— Tu ferais ça ? demanda Katrina, radieuse. Tu… tu ne me tiens pas rancune de… de…

— De toutes les choses impardonnables que tu as faites ? la coupa Emily. « Rancune » n'est pas le mot juste. Je n'ai jamais éprouvé un tel sentiment. J'étais triste, blessée, en colère ; j'ai parfois pensé te détester. Mais j'ai dépassé tout ça. Je suis très heureuse, Katrina. Et d'une certaine façon tu as joué un rôle dans ce bonheur. Si quelques touches de maquillage peuvent te permettre à toi aussi de réaliser tes rêves, alors pourquoi ne pas t'aider ?

Tandis que Katrina la remerciait de son mieux, Emily constata avec fascination que la jeune femme était même capable de verser quelques larmes d'émotion. Puis elle songea que, avant de pouvoir goûter au succès grâce cette ascension en ballon, Katrina allait encore devoir faire face à une vexation supplémentaire. Pour Noël, le *Boston Herald* prévoyait un numéro spécial célébrant les « personnalités de l'année ». Il s'agissait de présenter celles et ceux qui s'étaient distingués à Boston au cours de l'année 1891 en accomplissant quelque chose de particulier.

Ailis avait été nominée, tout comme Emily et Donella – ainsi que Clarisse Derrieux. Emily ne voyait pas ce qu'il y avait de glorieux à impressionner en quelques chansons le public peu exigeant du Boston Music Hall. Probablement le responsable du journal admirait-il lui-même la chanteuse. Katrina n'avait donc pas été conviée à la séance commune de photographie, même si la roue pouvait encore tourner après son vol en ballon. L'ascension était prévue pour le début du mois de décembre, et il serait certainement possible de la nominer au dernier moment. En revanche, le modeste gala lors duquel seraient présentées les personnalités sélectionnées aurait lieu dès la fin novembre – sans elle.

2

C'ÉTAIT PRÉVISIBLE : en apprenant la nomination de sa rivale, Katrina écuma de rage, et répliqua aussitôt en annonçant son ascension en ballon pour la première pleine lune de décembre.

Cuthbert Hay était très enthousiaste. Il avait d'abord prévu de confier le rôle principal à Clarisse, qui avait alors davantage d'emprise sur lui que Katrina, et dont il jugeait en outre la voix plus belle. Mais, compte tenu de l'opération promotionnelle que représentait le projet de Katrina pour son théâtre et sa pièce, il était bien obligé de changer son fusil d'épaule. Une fois mis au courant par Katrina, il annonça le vol en ballon dans les journaux et rendit ainsi publique la distribution définitive de sa pièce.

Une mystérieuse apparition resplendira bientôt sur la scène de notre théâtre et, dès le 15 décembre, au-dessus de la ville de Boston. Miss Katrina Hard, qui incarnera lady Loon dans notre nouvelle pièce La Femme au ballon, *s'élèvera à bord d'un ballon captif et vous offrira un premier aperçu de ce que vous réserve le Boston Music Hall dans la seconde partie de cette saison.*

Alors que Katrina jubilait, Clarisse Derrieux fit une scène à Cuthbert, et elle en était encore à remâcher cet échec quand eut lieu le gala en l'honneur des « personnalités de l'année ». Elle s'épancha auprès d'Emily, qui était venue seule, comme toujours, Ronald étant exclu des grands événements de la société bostonienne. On tenait des discours, on servait du champagne, et Emily s'ennuyait ferme. Contrainte de rester jusqu'au moment où l'on ferait la photo de groupe, elle se laissa entraîner à parler de dirigeables et de vols en ballon avec Clarisse. Naturellement, elles en vinrent très vite à évoquer Katrina Hard et ses projets.

— Cette furie sabote ma carrière ! tempêta Clarisse, assez fort pour attirer l'attention plus que ce n'était profitable à son image. Et Cuthbert qui l'encourage, au lieu de tenir bon ! La seule chose qui l'embête, c'est de ne pas y avoir pensé lui-même. Après tout, il n'a pas tort : s'il s'était un peu creusé la cervelle, il aurait fait construire ce ballon, et c'est moi qui serais dedans et resplendirais au-dessus de la ville. Il paraît que vous l'avez connue autrefois ? L'auriez-vous crue capable d'une chose pareille ?

Emily haussa les épaules. Elle n'avait aucune intention de raconter en détail à Clarisse son passé avec Katrina.

— Katrina a toujours été très inventive, répondit-elle sans aborder plus amplement leur relation. Et téméraire ! Ce ballon minuscule, et cette toute petite gondole dans laquelle elle compte se tenir debout ! Je peux vous assurer que ces aérostats sont très instables… Il est vrai que Katrina est aussi danseuse, son sens de l'équilibre est certainement plus développé que le mien. Pour ma part, j'étais bien contente d'avoir une nacelle avec de hauts bords auxquels m'agripper. Et de pouvoir diriger moi-même l'appareil ! Katrina, elle, s'en remet tout entière au vent et à sa bonne fortune. Enfin, même pour Sophie Blanchard, les choses se sont longtemps déroulées sans accroc.

— Ce n'est pas toujours le cas ? demanda Clarisse, intriguée.

— Sophie Blanchard a trouvé la mort dans un accident, expliqua Emily. Son ballon a pris feu. Mais ça n'arrivera pas à Katrina. Elle n'emportera rien d'inflammable, pas même de quoi assurer l'éclairage. Seule la Lune illuminera le spectacle.

— N'a-t-on pas lu dans les journaux qu'elle dégage un éclat naturel et jette dans ses scènes d'amour des regards chargés d'étincelles ? demanda Clarisse, goguenarde.

— Le journaliste qui a écrit ça était amoureux d'elle, répondit Emily en riant. Et il n'était pas le seul. On pourrait dire que Katrina joue avec le feu depuis toujours. Mais pour ce qui est de ce ballon je fais entièrement confiance à la constructrice, Donella Hard.

Donella, qui avait déjà testé plusieurs fois le ballon de Katrina, se préparait à présent à une dernière ascension de contrôle. La pleine lune approchait : Donna remettrait l'appareil à Katrina dès le lendemain. Elle ouvrit prudemment l'arrivée d'air chaud, et le ballon se gonfla comme prévu, juste à temps pour que le jeune homme qui arrivait dans la cour puisse en admirer la splendeur.

— Qu'est-ce que c'est que cet engin ?

Donella fit volte-face en reconnaissant cette voix familière – et découvrit, à l'entrée de la cour de la manufacture où elle avait été autorisée à construire son ballon, Armand Machure, à peine changé. Elle fut la première surprise par la joie intense qu'elle éprouva en retrouvant le visage un peu trop rond de son vieil ami, ses gentils yeux noisette, ses rides du bonheur et ses lèvres pleines. Il avait rasé son épaisse barbe.

— Mais que fais-tu ici ? demanda-t-elle à son tour.

Il la regarda avec un large sourire.

— Eh bien, je te surprends ! Mais quand je vois que tu construis encore des ballons je me demande qui est le plus surpris de nous deux ! Tu te laisses toujours porter par le vent, à ce que je vois ? Je ne m'attendais pas à trouver dans tes ateliers une nacelle pareille. Tu reviens à tes origines ? Un ballon à air chaud ? Pour faire revivre Sophie Blanchard ?

Ébahi, il marcha droit vers le ballon, évitant ainsi à Donna de décider de quelle manière le saluer – par une accolade ou par une simple poignée de main ?

— J'étais persuadé que tu construisais désormais des dirigeables hautement perfectionnés, reprit-il.

Donella secoua la tête.

— Pas pour ma cousine Katrina. Dans son cas, mieux vaut que l'utilisation soit à la portée du premier venu. L'air chaud n'est donc pas un mauvais choix. Le ballon monte, puis redescend. Et, comme il est de petite taille, tout cela se déroule assez vite. C'est exactement ce qu'il lui faut.

— Qu'a-t-elle donc prévu ? Des numéros d'équilibriste en plein air, telle Mme Blanchard autrefois ? Tirer des feux d'artifice ne s'est pas révélé du meilleur effet…

Comme tout aéronaute digne de ce nom, Armand connaissait le destin de la bateleuse française.

— Elle veut chanter ! répondit Donna avec un sourire.

Il était temps pour elle de monter dans la nacelle, avant que l'air n'ait trop refroidi. Mais elle ne pouvait pas laisser Armand ainsi.

— Approche donc que je te dise bonjour correctement ! lança-t-elle et, quand il fut près d'elle, elle trouva tout naturel de l'enlacer et de déposer deux bises sur ses joues. Quelle joie de te voir ici ! Je dois encore faire un dernier test avec ce ballon, mais ensuite nous pourrons parler. Tu m'aides pour le départ ?

Armand entreprit de détacher les amarres tandis que Donna s'assurait d'être en sécurité dans la gondole.

— À condition que tu chantes aussi, dit-il, taquin. Sans cela, tu ne sauras pas si l'enveloppe du ballon résiste aux ondes sonores.

Donna laissa échapper un petit rire.

— Une vraie mise à l'épreuve… Je suis incapable de tenir la moindre note !

Quand le ballon s'éleva, elle entonna malgré tout une comptine dans laquelle il était question de voler comme un oiseau.

— Tu es satisfait ? demanda-t-elle, de retour sur la terre ferme.

Cette fois encore, le ballon n'était resté que quelques minutes dans les airs et, comme il n'y avait pas de vent, il avait très peu dérivé. Donna avait atterri sur le parvis de la manufacture. De là, elle pourrait facilement faire transporter le matériel jusqu'à Hamilton Place, devant le Boston Music Hall, d'où Katrina décollerait le lendemain soir.

Armand fronça les sourcils.

— Disons que j'avais plutôt en tête une chanson d'amour, déclara-t-il, enhardi par l'accueil chaleureux de Donna. Un hommage à l'ami longtemps disparu qui…

La jeune femme leva les yeux au ciel.

— Parce que tu avais disparu ? demanda-t-elle, moqueuse. Armand, je peux te construire un ballon ou un dirigeable, et à l'université je m'essaie en ce moment aux planeurs. Mais pour ce qui est des chansons d'amour je n'ai rien à offrir. Ni à toi ni à personne d'autre.

— Bon. Dans ce cas, je prendrai le dirigeable. Après tout, je sais bien qu'il n'y a pas plus belle preuve d'amour de ta part... dit le jeune homme avec un clin d'œil.

Donna ne répondit pas. Elle s'avisa à cet instant qu'Archie Peyton n'avait jamais manifesté la moindre envie de posséder un dirigeable.

Une heure plus tard, assis dans un petit restaurant de Boston, Donna et Armand se racontaient leurs rêves et leurs projets, comme s'ils étaient de nouveau à Paris. Donna aborda la construction du dirigeable pour Emily et apprit que le jeune homme en avait déjà entendu parler. Les pages culturelles des journaux français avaient eux aussi rapporté l'histoire de cette jeune ornithologue montée à bord d'un dirigeable pour indiquer à ses oies le chemin du sud. C'était d'ailleurs grâce aux photographies publiées dans la presse qu'Armand avait pu retrouver la trace de Donna à Boston. Lui-même, comme il l'expliqua, était venu aux États-Unis sur l'invitation du capitaine Adolphus Greely, chef des Transmissions dans l'armée américaine. Le capitaine avait commandé en France un ballon de reconnaissance à des fins militaires, qu'Armand et M. Lachambre avaient construit. À présent, on envisageait de réaliser aux États-Unis une réplique de cet aérostat et de lancer une production nationale. Armand s'était fait enrôler pour ce projet.

— L'unité responsable se trouve à Fort Logan, dans le Colorado, dit-il. C'est là que me conduira bientôt mon périple. Mais avant cela je voulais savoir comment tu t'en sortais ici, à Boston.

Donella lui parla de ses études et, pour finir, de la commande inhabituelle que lui avait passée Katrina.

— Tu aurais refusé de construire ce ballon, toi ? demanda-t-elle alors qu'ils évoquaient une nouvelle fois Sophie Blanchard et son destin. Tu as réagi drôlement, tout à l'heure.

— Oh non, j'aurais fait comme toi, dit Armand. J'ai été surpris, c'est tout... À Paris, Sophie Blanchard est encore adulée. La ressusciter sous les traits d'une autre ne serait pas très bien vu du public.

Donella haussa les épaules.

— Ici, personne n'a jamais entendu parler d'elle. Je me demande bien d'où Cuthbert, qui a composé la pièce, tient cette histoire. En tout cas, Katrina sera superbe, et les journaux de la ville ne parleront plus que d'elle. C'est tout ce qui lui importe.

— C'est ce qui leur importe à tous, dit Armand avec un brin d'amertume. Tu as eu des nouvelles d'Hernando ?

Donella répondit par la négative.

— Disparu corps et âme au Brésil. S'il est vrai qu'il s'essaie à la construction d'avions, il faut croire qu'il n'a pas beaucoup de succès.

— Tu es toujours triste ? demanda Armand timidement. Enfin... je ne veux pas être indiscret...

— Ne t'en fais pas, répliqua Donna, je m'en suis remise. Et j'éprouve même une sorte de reconnaissance. Sans Hernando, je ne serais pas là où je suis, ni ce que je suis. Étudiante... Constructrice de dirigeables... Je n'aurais jamais osé rêver pareil destin.

— Et... il y a un homme dans ta vie ? se hasarda Armand. Tu es, tu vas... ?

— Je fréquente un homme, oui, répondit Donna.

Elle le trouvait presque trop curieux, mais il lui semblait aussi qu'il était en droit d'avoir des réponses.

— Un homme bien, reprit-elle. Fiable. Qui sera toujours là.

Elle passa une main sur son front, pensive. Armand la regarda attentivement.

— Et toi, Donella, resteras-tu toujours là ? demanda-t-il doucement. Ne veux-tu pas aller plus loin ?

Sur le moment, Donna n'avait pas répondu, mais elle pensait encore à ces questions en ouvrant la porte de l'appartement d'Ailis, après qu'Armand l'eut raccompagnée devant l'immeuble. Ailis et Molly buvaient un verre de vin au salon, Copper était couché depuis longtemps.

Ailis lui fit signe de les rejoindre.

— Où étais-tu passée ? Nous pensions que tu avais eu des problèmes avec le ballon.

Donna les rassura et leur parla d'Armand et de ses projets d'avenir.

— Il sera encore là demain et assistera à l'ascension de Katrina, dit-elle avec un sourire. Notre ballon l'a beaucoup impressionné.

Ailis et Molly l'observèrent, puis éclatèrent de rire en échangeant des regards de connivence.

— À mon avis, c'est plutôt toi qui l'as impressionné, dit Molly. Et ça ne date probablement pas d'aujourd'hui.

— Nous sommes amis, affirma Donna. Et il part travailler dans le Colorado.

— Une région magnifique, dit Ailis. J'y suis déjà allée, pour une conférence. Ce n'est pas le bout du monde.

Resteras-tu toujours là ? Ne veux-tu pas aller plus loin ?

Les questions d'Armand poursuivirent Donella jusque dans son sommeil.

3

LE JOUR SUIVANT, Donella fit transporter jusqu'au théâtre le ballon et la nacelle, dissimulés sous une bâche pour éviter les regards des curieux. Les espoirs de Katrina s'étaient confirmés, et son apparition passionnait déjà tout Boston. Dès le début de l'après-midi, des spectateurs s'étaient rassemblés sur la place pour être certains d'être aux premières loges. Dans les immeubles voisins, on avait organisé des « fêtes du ballon » : depuis les balcons, les habitants et leurs invités surveillaient l'aire de décollage.

Cuthbert était surexcité. Encore un peu et il aurait interdit à Armand d'approcher alors que celui-ci était venu plus tôt pour aider Donella. Le directeur du théâtre avait installé des barrières autour du ballon afin que personne ne vienne importuner la chanteuse et lui demander un autographe avant le départ. Arrivée elle aussi de bonne heure avec Ronald, Emily avait disparu dans le théâtre, où elle devait rejoindre Katrina pour la maquiller. Ronald, quant à lui, avait proposé son aide pour gonfler le ballon, bien qu'un si petit aérostat ne nécessite pas l'intervention de tant de monde. Donna le présenta à Armand et fut rassurée de voir que son ami ne paraissait pas fâché.

— Tu comptes prendre des photos ? demanda-t-elle à Ronald. Les prises de vue de nuit sont difficiles, non ?

Le jeune homme sourit.

— Pas autant que celles sur lesquelles travaille Ailis, dit-il. Il faut un peu de temps pour régler l'exposition, et je vais utiliser un trépied. Mais je pense pouvoir immortaliser dignement la prestation de miss Hard. À condition que cette fois elle ne se déshabille pas… Encore que… les photographies de la dernière fois étaient quand même réussies.

Archie Peyton, qui avait rejoint le groupe et fait la connaissance d'Armand Machure, se mit à rire.

— Je n'exclus pas que notre bon Mr Hay prenne encore aujourd'hui plaisir à les regarder.

Entre-temps, Armand avait gonflé le ballon à l'aide d'un gros ventilateur. Il ne restait plus qu'à chauffer l'air enfermé dans l'enveloppe.

— Tu ne la laisses quand même pas s'envoler avec un brûleur ? demanda-t-il avec inquiétude.

— Non, répondit Donna. Katrina et une flamme nue dans la même embarcation, ce serait un mélange trop explosif. Nous allons chauffer l'air, Katrina prendra de la hauteur et, quand l'air refroidira, elle redescendra tranquillement sur terre. Elle aura besoin tout au plus de cinq minutes pour chanter son morceau. La chaleur accumulée devrait suffire – nous avons encore fait un test hier.

Elle mit le brûleur en marche et chauffa l'air, assez pour que le ballon se dresse. Les spectateurs réagirent aussitôt par des « Oh » et des « Ah » d'admiration et de surprise. Alors Katrina apparut et, sous les acclamations de la foule, s'avança vers son ballon. Elle sourit en rejoignant l'aire de décollage par le chemin que Cuthbert avait fait couvrir de tapis rouges. L'actrice était à couper le souffle. Elle portait une robe d'un blanc argenté dont les manches étaient reliées à la taille par des voiles. Quand elle écarterait les bras, ils se gonfleraient telles les ailes d'un ange. Le chapeau assorti, également paré de voiles pour l'instant relevés et fixés sur les bords, trônait avec impertinence sur sa chevelure blonde. Dès qu'une légère brise se lèverait, Katrina détacherait les voiles, dont l'étoffe légère danserait alors autour d'elle. La jeune femme gravit un marchepied et prit place dans la gondole. Emily, qui l'avait suivie, arrangea les plis de sa robe pour obtenir le plus joli drapé. À la hâte, Katrina tira encore quelques bouffées sur le long cigare brun clair qu'Emily lui avait allumé. En la voyant, Donna, encore occupée à réchauffer l'air avec le brûleur dans la gondole, fit la grimace.

— Veux-tu éteindre ça ! ordonna-t-elle d'un ton sévère. Tu peux te passer de cigare pendant quelques minutes. Même Hernando y est arrivé. On ne fume pas à bord, Katrina !

Avant de quitter la nacelle, elle confisqua son cigare à sa cousine et le piétina avec détermination. Les cordes qui reliaient la gondole et le ballon s'étaient tendues. Katrina aurait besoin de ses deux mains pour s'y agripper lors de l'ascension.

Pendant ce temps, Cuthbert Hay tenait un long discours, que Donna suivait tant bien que mal, impatiente de laisser s'envoler le ballon. Alors qu'elle piétinait, nerveuse, Clarisse Derrieux s'approcha de la gondole avec un sourire ensorceleur.

— Bonne chance, ma chère Katrina ! lui souhaita-t-elle en arrangeant encore le voile du chapeau que portait la jeune femme. Aujourd'hui, ta lumière aura définitivement raison de moi, mais tu le mérites !

Clarisse s'appuya sur le bord de la nacelle, où Katrina était assise, pour déposer un baiser sur la joue de sa rivale. Le ballon se déplaça légèrement, et elle perdit l'équilibre un instant avant de se rattraper à la gondole.

— Que je suis bête ! s'exclama-t-elle. On voit que je ne suis pas faite pour l'aéronautique !

Elle envoya un dernier baiser de la main à Katrina, puis s'éloigna d'un pas vif.

Donna et Armand détachèrent les amarres du ballon, et la foule applaudit à tout rompre Katrina, qui s'élevait dans les airs. La jeune femme, désormais debout dans la gondole, paraissait d'une beauté surnaturelle en approchant des cieux. Quand elle se mit ensuite à chanter, l'enthousiasme des spectateurs se déchaîna.

Ailis, Donna et Emily étaient elles aussi sous le charme. Ronald et Archie, de même que tous les photographes dépêchés par la presse, la mitraillaient avec leurs appareils.

— Si jamais tu as malgré tout l'intention d'ouvrir une manufacture de ballons, sache qu'après cet événement tu seras assaillie de commandes, dit Ailis à Donna. Et Katrina devrait désormais pouvoir choisir les contrats comme ça lui plaît. Tous les théâtres s'arracheront la chanteuse volante.

Donna ne répondit pas. Elle surveillait attentivement le ciel. Elle avait beau avoir testé sa construction à plusieurs reprises, elle n'en demeurait pas moins inquiète. Pourtant, à ce stade, rien ne pouvait mal tourner… Katrina avait terminé sa chanson, il ne lui restait plus qu'à attendre et à sourire jusqu'à ce que le ballon la ramène lentement sur le sol. L'actrice posa une main sur le bord de la nacelle et libéra le voile de son chapeau. Un vent léger s'était levé. Le tulle dansait autour d'elle, ajoutant à l'onirisme de son apparition.

Une fois encore, le public s'extasia. Tout à coup, une flamme comme surgie de nulle part jaillit et mit le feu au voile de Katrina. La jeune femme ôta précipitamment son chapeau, qu'elle voulut jeter par-dessus bord, mais il se prit dans les cordes du ballon.

La foule hurla quand les flammes, dévorant les cordes, remontèrent vers le ballon et léchèrent l'enveloppe. La soie légère s'embrasa aussitôt, et Katrina ne fut soudain plus suspendue qu'à une boule de feu. Un coup de vent fit légèrement remonter le ballon en flammes, puis la soie acheva de se consumer.

La gondole fut précipitée dans le vide.

— Katrina ! Katrina ! Oh mon Dieu, peut-elle survivre à une chute pareille ? cria Ailis avec effroi.

Donna et Emily sur ses talons, elle se fraya un chemin parmi la foule paniquée et courut en direction de l'endroit où le ballon s'était écrasé. Ronald, comme en transe, continuait de photographier l'impensable.

— Si elle est tombée dans un arbre, peut-être, répondit Donella à bout de souffle. Le ballon était déjà un peu redescendu, mais il était encore très haut. Et la gondole est en bois. Elle se sera brisée…

Un seul regard sur la nacelle fracassée et le corps désarticulé et sans vie de la jeune femme suffisait pour comprendre que personne n'aurait pu survivre à une telle chute. La gondole, elle aussi, s'était embrasée. Une poignée d'hommes tentaient déjà d'éteindre le feu et d'en extirper Katrina.

Les jeunes femmes virent un médecin se pencher sur le corps de la chanteuse, puis secouer la tête. Sa robe blanche était maculée de sang et noircie par les cendres. Emily fondit en larmes, et Ailis l'enlaça, tandis que Donna, effarée, se serait précipitée vers les restes de sa construction pour les inspecter si la police arrivée sur les lieux ne l'en avait pas empêchée.

— C'est bien vous qui avez construit cet engin ? demanda un officier de police. Vous allez devoir nous fournir des explications.

— Et vous, s'écria un autre à l'adresse d'Emily, je vous ai aperçue à l'instant avec miss Hard !

Trouant la foule compacte des curieux qui affluaient en masse vers le lieu de l'accident, une ambulance approchait.

Donella chercha des yeux Armand et Archie, mais aucun des deux n'était encore arrivé jusque-là. Un policier la saisit par le bras.

— Nous allons vous conduire au poste où vous devrez répondre à quelques questions, expliqua-t-il. Miss… vous aussi êtes une Hard, n'est-ce pas ? Vous êtes de la même famille ? Y avait-il des querelles entre vous ?

Donna regarda l'officier de police sans comprendre.

— Est-ce que… vous m'arrêtez ?

L'homme fit non de la tête.

— Vous allez plutôt nous suivre de votre plein gré. Tout comme cette autre demoiselle impliquée. À moins que vous ne préfériez vous exposer à la vindicte populaire ?

Des spectateurs, ayant reconnu Donella, l'insultaient déjà.

Elle se laissa conduire vers la voiture de police dans un état de semi-inconscience, tandis que d'autres unités arrivaient et bouclaient les lieux de l'accident. Les ambulanciers transportèrent Katrina jusqu'à leur véhicule. Quelqu'un lui avait recouvert le visage d'une veste.

Emily sanglota durant tout le trajet jusqu'au poste de police, où elles durent d'abord décliner leur identité.

— J'ai souhaité si souvent qu'elle soit punie, murmura-t-elle, en larmes contre l'épaule de Donna. Et maintenant...

— Ne dis pas n'importe quoi ! chuchota Donna. Tu ne lui as jamais rien souhaité de tel. Et si c'était le cas, à ta place je tiendrais ma langue, Emily ! Tu n'as rien fait, et moi non plus. Si seulement je savais ce qui a pu se passer !

Elles furent ensuite prises en charge par un certain inspecteur Sommerland. Après s'être présenté, celui-ci les pria de le suivre dans une salle d'interrogatoire.

— Décrivez-moi pour commencer vos liens avec miss Katrina Hard, la victime. Puis vous me raconterez ce qui, selon vous, s'est produit aujourd'hui.

Donna expliqua leur lien de parenté, tout en niant énergiquement que leurs rapports aient été gâtés d'une manière ou d'une autre.

— Elle pouvait être difficile, mais elle n'était ni mon amie ni mon ennemie. Elle m'a prié de lui construire un ballon, ce que j'ai fait, et elle m'a payée pour ce travail. Hier encore, je suis montée moi-même dans le ballon pour le tester, comme bien des fois auparavant. Je n'ai pas la moindre idée de ce qui a pu se passer. Il faudrait que je puisse inspecter les débris.

Emily, sanglotant toujours, déclara qu'elle avait été la femme de chambre de Katrina avant de se marier.

Le détective plissa les yeux.

— N'est-ce pas vous qui avez, euh, fait ce mariage peu conventionnel ? Il y a eu cette affaire avec notre juge de paix, et... Mais oui, c'est vous, avec les oies !

Miss Donella Hard vous a également construit un aérostat. Quelles relations vous liaient précisément ? Deux cousines, une femme de chambre, mais encore ?

Donella dressa un tableau rapide de leur passé commun.

— Nous partagions une chambre au pensionnat. Et nous sommes toujours amies. Je suppose que c'est le dirigeable d'Emily qui a donné à Katrina l'idée du ballon.

— Miss Hard vous traitait-elle convenablement ? demanda l'inspecteur Sommerland à Emily. Ou bien nourrissiez-vous de la rancœur à l'égard de votre ancienne patronne ?

Tandis qu'Emily pleurait toutes les larmes de son corps, Donella gardait son sang-froid.

— Si elle avait eu de la rancœur, dit-elle, elle n'aurait certainement pas accepté de la maquiller ce soir.

— Ce qui lui donnait l'occasion de saboter le voyage en ballon, réfléchit l'inspecteur. Il se peut qu'elle ait eu les connaissances nécessaires pour le faire, compte tenu de sa propre expérience en dirigeable.

Donella s'apprêtait à lui expliquer qu'il existait des différences de taille entre un dirigeable et un ballon à air chaud quand on frappa à la porte. Archie Peyton entra dans la pièce avant même d'y être convié.

— Je vous demanderai de ne plus interroger mes clientes qu'en ma présence ! assena-t-il. Supposer qu'elles auraient fait quoi que ce soit pour nuire à miss Hard est tout bonnement ridicule. C'est un accident. Ce ne peut être qu'un accident.

Donella l'interrompit.

— Archie, un événement pareil ne peut pas être dû au hasard ! Un ballon ne s'enflamme pas tout seul. D'ailleurs, il n'y avait rien d'inflammable à bord. Il faut tout examiner dans les moindres détails pour comprendre ce qui s'est passé !

— J'ai déjà donné des instructions en ce sens, répondit Archie sans laisser à l'inspecteur le temps d'intervenir. Il se trouve que nous avons justement en ville un constructeur de ballons très expérimenté venu de Paris. Armand Machure. Il fait halte à Boston avant de se rendre à Fort Logan, où il doit conseiller notre état-major sur la construction de ballons militaires. Son objectivité, de même que ses exceptionnelles qualifications, sont au-dessus de tout soupçon, et il s'est déjà déclaré prêt à soumettre dès demain matin les restes du ballon à une analyse soigneuse.

— Je veux y assister ! s'exclama Donella.

L'inspecteur demanda le calme.

— Excellente initiative, Mr Peyton. Encore que je préfère d'habitude recruter moi-même mes experts. Il n'est pas toujours dans l'intérêt de la vérité que la défense les engage.

— Oh, pour moi, Armand le fera sans rien demander en retour, dit Donella. Il...

Archie la fusilla du regard. Il venait de certifier l'objectivité de l'expert.

L'inspecteur sourit d'un air perspicace pendant que Donna tentait d'expliquer qu'Armand avait testé le ballon avec elle la veille. Il pourrait jurer que rien dans la construction n'était alors incorrect ni dangereux.

— Et je... je n'aurais jamais fait de mal à Katrina ! osa enfin dire Emily pour sa défense. Elle était tellement belle dans sa robe, et cette chanson ensuite...

— Mrs Gardener n'a naturellement fait aucun mal à son ancienne employeuse. D'ailleurs, comment s'y serait-elle prise ? En recourant à la sorcellerie ?

Archie Peyton secoua la tête ostensiblement.

— Je voudrais rentrer à la maison, dit Emily alors qu'un officier de police entrait dans la pièce et se penchait pour glisser quelques mots à l'oreille de l'inspecteur Sommerland.

— J'exige que mes clientes soient immédiatement relâchées ! renchérit Archie Peyton.

L'inspecteur Sommerland soupira.

— Je me plierais volontiers à vos exigences, maître. De toute façon, nous n'aurons pas de nouveaux éléments avant demain matin. Et, si je ne m'abuse, nous n'avons pas à craindre de ces dames qu'elles s'enfuient ni cherchent à dissimuler des preuves. Si je les garde ici néanmoins, disons que c'est plutôt par mesure de précaution. On vient de me rapporter que le chaos régnait en ville. Les gens sont bouleversés par l'événement – miss Hard était célèbre et adulée. La foule cherche un coupable à sa mort, ou plutôt *une* coupable. Dans ce contexte, votre… votre mariage a lui aussi été évoqué, Mrs Gardener. On dit que miss Hard l'aurait commenté dans les journaux en termes peu élogieux. Et voilà que tout un tas de gens estiment soudain que les femmes ne devraient pas construire d'aérostats. Regardez par la fenêtre. Et voyez si vous n'avez pas plutôt intérêt à rester ici.

Emily, Donna et Archie obéirent. Devant le poste de police, une foule en colère criait leurs noms.

— Au meurtre ! Elles l'ont tuée ! La corde pour Donella Hard et Emily Gardener ! Livrez-les-nous !

— Ils sont tous ivres, tempéra l'inspecteur. Demain, la plupart auront honte de leurs débordements. Seulement, si je vous libère maintenant… À la rigueur vous auriez une chance de vous en sortir sous protection policière, mais la majorité de nos hommes surveillent le lieu de l'accident et s'efforcent de rétablir le calme.

Alors qu'Archie voulait mettre son veto, Donella en prit son parti.

— Il est hors de question que cette horde déchaînée nous suive jusque chez nous et encercle l'immeuble d'Ailis. Copper mourrait de peur. Très bien, inspecteur, nous restons ici. Vous aurez peut-être une cellule à peu près confortable à nous proposer – et une tasse de thé ?

4

Donna et Emily virent leurs deux demandes exaucées : on les conduisit dans une cellule avec deux lits garnis de couvertures et de draps propres, et on leur apporta une théière.

Un officier de police aimable, un peu plus âgé que les autres, s'occupa d'elles.

— C'est notre cellule de dégrisement, leur dit-il. En général, les détenus dorment bien ici.

Les deux jeunes femmes, elles, ne fermèrent pas l'œil de la nuit. Donna ressassait les événements à la recherche d'une cause possible de l'accident, et Emily se faisait un sang d'encre pour Ronald. La foule en colère avait pu lui tomber dessus après qu'elle-même eut été mise à l'abri.

— C'est un véritable cauchemar, soupira Donna quand le soleil se leva.

L'attroupement qui s'était formé la veille devant le poste de police avait disparu, la ville semblait endormie. Armand s'occuperait sans doute des restes de la gondole dès la première heure. Le corps de Katrina serait aussi examiné par un médecin légiste. Donna se demandait ce qu'il pourrait révéler, mais puisqu'il n'y avait aucune piste elle était prête à se raccrocher à n'importe quoi.

— Je dois retrouver Ronald, répétait Emily.

Son mari lui importait plus que la cause de la mort de Katrina. De toute façon, aucun nouvel élément n'y changerait rien. Et la veille Archie Peyton lui avait assuré qu'elle ne pourrait jamais être désignée coupable en l'absence de preuves incriminantes.

— Si quelque chose était arrivé à Ronald, on nous en aurait informées, tenta de la rassurer Donella. Il est sans doute rentré à Concord depuis longtemps. À mon avis, il aura cherché les Brewster et les aura raccompagnés chez eux, loin de cette cohue. Et maintenant il doit s'inquiéter pour toi, comme tu t'inquiètes pour lui. À moins qu'Archie n'ait eu la présence d'esprit de lui téléphoner pour lui rendre compte de la situation.

Malgré tout, Emily ne parvint pas à avaler une miette du petit déjeuner frugal qu'on leur servit en cellule à 7 heures. Puis leur attente se poursuivit. Donella s'apprêtait à rappeler à leurs surveillants qu'elles étaient ici de leur plein gré et pouvaient désormais rentrer chez elles sans risque quand l'inspecteur Sommerland les fit appeler.

Armand Machure et Archie Peyton attendaient dans la salle d'interrogatoire de la veille. L'avocat était prêt à bondir.

— Miss Hard et Mrs Gardener ont l'air d'avoir passé une nuit affreuse ! N'auriez-vous pas pu trouver mieux qu'une cellule de dégrisement pour accueillir ma fiancée ? lança-t-il, outré, à l'inspecteur qui venait d'entrer.

Donna le dévisagea, stupéfaite et furieuse, tandis qu'Armand coula un regard déçu à la jeune femme.

À l'évidence, elle lui avait caché à quel point sa relation avec cet homme était sérieuse. Des fiançailles ? Donna aurait pu gifler Archie.

L'inspecteur n'accorda aucune attention à l'avocat. Il était davantage intéressé par le linge qu'Armand dépliait sur la table, et dans lequel il avait enveloppé les preuves. Passant rapidement sur les salutations, et après avoir remercié l'expert, le policier, tendu, demanda :

— Vous avez trouvé quelque chose ? Une idée sur la manière dont le ballon a pu s'enflammer ?

Armand hocha la tête et entama le récit de ses découvertes.

— Ce n'est pas le ballon qui s'est embrasé en premier, c'est arrivé plus tard. Le feu a démarré dans la gondole, comme le prouvent les photographies de Mr Gardener, qui a eu la gentillesse de les développer pour moi pendant la nuit. Ce matin, j'ai pu étudier en détail les débris de l'appareil. Il ne reste rien de l'enveloppe du ballon, mais un défaut de construction à ce niveau serait inenvisageable. Si une couture avait lâché, par exemple, l'air chaud se serait échappé à toute vitesse, et une fuite importante aurait entraîné une chute rapide. Mais il n'y aurait pas eu de feu : un ballon en soie ne peut pas s'enflammer de lui-même. Il faut au moins une étincelle, et en l'occurrence il y en a eu plusieurs. Regardez ce que j'ai trouvé ! s'exclama-t-il en prenant parmi les objets posés sur le linge un cigare noirci, mais pas entièrement consumé. Miss Hard a dû essayer de l'allumer…

— Dans les airs ? Par un vent pareil ? demanda Emily, qui avait allumé assez de cigares pour savoir qu'il n'était pas si aisé d'enflammer du tabac. Impossible !

— Elle n'a d'ailleurs pas réussi, répondit Armand. À la place, elle a dû mettre le feu à son voile… qui s'est enflammé sans difficulté, car regardez ce que j'ai trouvé d'autre, sur le sol de la nacelle. C'est probablement tombé du chapeau de miss Hard au moment où elle s'est levée pour chanter...

Tout le monde se pencha pour scruter les minuscules cristaux jaunâtres.

— C'est... du soufre ! s'écria l'inspecteur, qui avait humecté, puis trempé un doigt dans la poudre afin de l'examiner de plus près.

— Parfaitement ! confirma Armand. Du soufre inorganique, un accélérateur de feu. Il devait se trouver dans le voile. Une seule étincelle a alors suffi pour que tout le ballon s'embrase.

Emily était devenue blême.

— Ce n'est pas moi ! Je n'ai rien fait ! Quand j'ai mis en place ses voiles, ils étaient propres. Et elle n'avait pas non plus de cigare sur elle, je l'aurais remarqué, j'ai lissé les plis de sa robe...

— Personne ne vous accuse, la rassura Archie Peyton, qui avait recouvré son calme.

Armand continua.

— J'ai aussi pu déterminer où se trouvaient le cigare et les allumettes, déclara-t-il en saisissant cette fois un débris de la nacelle. Voyez-vous, ici, il y a un reste de colle, auquel adhèrent encore quelques feuilles de tabac et des fragments appartenant à une boîte d'allumettes. Le morceau de bois est courbé...

— Il provient du plat-bord, la bordure de la gondole, l'interrompit Donella, qui avait reconnu la pièce au premier coup d'œil. Ils étaient donc collés sur le dessous, bien cachés. Pourtant, j'aurais dû les voir, j'ai contrôlé la nacelle une bonne dizaine de fois. D'autant plus que j'étais consciente du... comment dire... du penchant de Katrina pour le tabac.

— Ce qui signifie que miss Hard aurait pu introduire elle-même le cigare à bord, dit l'inspecteur, songeur. Pour le fumer une fois sa chanson terminée, lors de la descente.

— Mais elle n'aurait jamais imprégné son voile de poudre inflammable, rétorqua Donna.

— Et elle aurait emporté un briquet, ajouta Emily. Il n'est pas si facile d'allumer un cigare avec des allumettes. Elle possédait en outre un très beau briquet moderne, jamais elle ne s'en serait remise à quelques tiges de bois.

— Celui ou celle qui a fait ça ne doit pas connaître grand-chose aux cigares, en conclut Armand. Il y avait bien quelqu'un avec elle, peu avant le décollage, une autre femme…

— Miss Clarisse ! s'exclama Emily. Bien sûr, miss Clarisse ! Elle est venue lui souhaiter bonne chance. Elle l'a embrassée sur la joue, et le chapeau de Katrina a glissé…

— Clarisse l'a remis en place, et c'est là que la garce en a profité pour verser le soufre sur le voile encore relevé ! compléta Donna, qui se rappelait désormais aussi la scène. Arrêtez cette actrice, inspecteur ! Elle a assassiné Katrina Hard !

— Un instant ! intervint Archie Peyton, en qui resurgissait l'avocat. Avant toute chose, il convient de réfléchir aux faits que l'on peut concrètement reprocher à miss Derrieux, et qui pourront être prouvés. Peut-être a-t-elle mis du soufre sur le chapeau de sa rivale, ce qui, au mieux, peut être qualifié de dégradation de bien d'autrui. Et il se pourrait qu'elle ait déposé dans la gondole un cigare et quelques allumettes. Mais je ne saurais dire en vertu de quels paragraphes ces actes seraient condamnables. D'ailleurs, on ne lui a jamais expressément interdit de le faire…

— Mais elle savait que... commença Emily avant d'être interrompue par Donna, qui alla droit au but.

— Clarisse Derrieux a sciemment poussé Katrina à la tentation ! s'indigna-t-elle. Elle savait qu'elle ne pourrait pas résister à fumer ce cigare !

— Mais ce n'est pas elle qui l'a allumé, insista Archie Peyton. D'après moi, la poursuivre pour meurtre est impossible.

L'inspecteur fit la grimace.

— Je vais tout de même la convoquer. Nous verrons bien ce qu'elle a à raconter.

— Vous pourriez demander dans les pharmacies si elle a acheté du soufre, suggéra Armand. Ce serait déjà un indice. Et aussi rendre visite à quelques boutiques de cigares... Il s'agit d'une marque particulière ?

Il pointa du doigt le mégot.

— C'est la marque préférée de Katrina, indiqua Emily. Tout le monde la connaissait.

— Pas moi, dit Donna. Ce qui, je l'espère, suffit à prouver que je n'ai rien caché dans la nacelle afin de piéger Katrina. Et maintenant pouvons-nous rentrer chez nous, inspecteur ?

Le policier hocha la tête.

— Bien sûr. Je vous remercie tous pour votre coopération. Et je tiens à vous présenter mes condoléances, miss Hard. Même si vous n'étiez pas très proche de votre cousine.

Donna le remercia.

— C'est tout de même... un choc, dit-elle. Nos existences ont toujours été liées malgré tout. Même si elle était parfois difficile à vivre, Katrina va nous manquer.

Quand elles sortirent du poste de police, Ronald était là, et il prit Emily dans ses bras. Donna avait d'abord prévu d'attendre Archie ainsi qu'Armand, qui devait encore signer sa déclaration, mais elle préféra demander à Ronald de la déposer chez Ailis. Il était venu en voiture et voulait ramener Emily chez eux sans attendre. La jeune femme ne s'était pas encore remise de ses émotions et avait grand besoin de repos.

Donella, elle, ne ressentait aucune fatigue. Elle rêvait de se laver et de se changer, et Ailis et Molly l'attendaient certainement, impatientes de savoir ce qui s'était passé depuis la veille. Mais, ensuite, elle comptait se rendre aussi vite que possible dans le hangar du théâtre, où l'on avait entreposé les restes de la gondole de Katrina. L'endroit, destiné à accueillir les accessoires scéniques encombrants, offrait assez d'espace pour protéger le tout contre les intempéries du mois de décembre et tenir à l'écart les éventuels chasseurs de reliques. Donna voulait soumettre les débris à un nouvel examen, sans croire toutefois qu'Armand ait pu manquer quelque chose d'important. Ses conclusions sur le déroulement de l'accident paraissaient plausibles.

Quand elle arriva enfin dans le bâtiment, elle constata que quelqu'un l'y avait précédée. Armand devait avoir jugé lui aussi nécessaire de procéder à une seconde inspection des éléments. Il avait d'ailleurs déjà commencé à les trier. En apercevant Donna, il ne dit pas un mot, et lorsqu'elle tenta de l'enlacer sans réfléchir, il la repoussa.

— Ce n'est pas vrai, dit Donna, qui devinait ses pensées. Archie Peyton et moi ne sommes en aucun cas fiancés.

L'expression résignée d'Armand changea à peine.

— Tout porte à croire qu'il compte bientôt te demander en mariage. Et il n'a pas l'air de douter de ta réponse. Est-ce que tu vas accepter ?

Donna soupira. Elle aurait aimé le prendre dans ses bras.

— Je ne sais pas, Armand. Je ne sais même pas si je souhaite me marier tout court. Ce ne sera pas pour maintenant, en tout cas. Ma vie me plaît telle qu'elle est. Mes études sont exigeantes, et elles me passionnent. C'est ce que j'ai toujours voulu. Pour la suite... Je n'ai pas de certitude.

— Si tu aimais l'un de nous, tu en aurais, répondit Armand d'une voix blanche.

— L'un de vous ? Tu... tu veux aussi me demander ma main ? Tu veux que je...

Donna eut l'impression de sentir ses jambes se dérober sous elle.

— Je t'ai toujours aimée, Donna, dès la première fois que tu es venue chez nous. Si intelligente, si courageuse, si follement éprise du vol. Mais tu ne t'en es jamais aperçue. Tu ne pensais qu'à Hernando...

— ... et aux ballons dirigeables, ajouta Donna.

Il esquissa un faible sourire.

— Et aux ballons dirigeables. Mais désormais tu t'es libérée d'Hernando. Alors peut-être qu'au-delà des dirigeables il reste un peu de place pour moi ?

Donna s'approcha de lui et l'embrassa sur la joue avant qu'il ne puisse se dégager.

— Je vais y réfléchir, Armand. Promis. Acceptes-tu de me laisser un peu de temps ?

Armand hocha la tête.

— Autant que tu voudras, Donna. Et maintenant mettons-nous au travail. Demain, je serai parti pour le Colorado.

— Une région magnifique, murmura-t-elle.

Ils passèrent deux heures à étiqueter et analyser le moindre débris, sans rien trouver de très probant à part quelques traces de soufre supplémentaires. Ils s'apprêtaient à renoncer quand Cuthbert Hay pénétra dans le hangar.

— Miss Hard... Donella...

L'impresario semblait hésiter sur la manière de s'adresser à elle. Leur dernier véritable échange remontait au mariage d'Ailis.

— Je... le gardien dehors m'a dit que je vous... te... trouverais ici, continua-t-il.

— Tu peux m'appeler Donella, dit-elle. Je suppose que nous sommes en quelque sorte toujours parents.

Il eut un sourire en coin.

— J'aurais dû mieux faire les choses avec Ailis, déclara-t-il, sans préciser davantage ce qu'il entendait par là. Mais je tenais en tout cas à t'exprimer mes sincères condoléances.

— Et moi les miennes, répondit Donella. Je crois que tu étais plus proche de Katrina qu'Ailis et moi ne l'avons jamais été.

Cuthbert rougit légèrement.

— C'est... c'est bien possible. Néanmoins, maintenant qu'elle est décédée, il y a tant de choses à régler. Je vais m'occuper de l'enterrement. Ou bien aurait-elle voulu qu'on la ramène en Écosse ? Qu'en penses-tu ?

Donna secoua la tête.

— Boston, ce sera mieux. C'est ici qu'elle avait ses admirateurs. La moitié de la ville viendra à ses funérailles, c'est exactement ce qu'elle aurait voulu.

— Faites-lui ériger une stèle ! ajouta Armand. À Paris, les gens se recueillent encore sur la tombe de Sophie Blanchard.

Cuthbert, les larmes aux yeux, approuva.

— C'est vrai, c'est ce qu'elle aurait souhaité. Mais, au-delà de ça, sa famille doit être informée, et il faut régler sa succession. L'appartement... tous ses vêtements et effets personnels... Emily et vous aimeriez peut-être récupérer certaines choses. Je voulais donc vous demander si vous accepteriez de vider son logement. Pas tout de suite, cela peut attendre. Mais ce serait bien que quelqu'un de la famille s'en occupe...

Donella posa une main réconfortante sur son bras.

— Bien sûr, nous nous en chargerons. Ailis comptait de toute façon écrire aujourd'hui à la famille de Katrina. L'appartement sera ensuite vendu ?

— Oui, je ferai le nécessaire, répondit Cuthbert. Elle laisse aussi sûrement une belle somme d'argent derrière elle. Les héritiers...

— Ce sera à ses parents et à ses frères de s'en soucier, dit Donella. As-tu eu des nouvelles de Clarisse Derrieux ?

Cuthbert se passa la main sur le visage.

— Si les soupçons se confirmaient... Les bras m'en tombent ! Je sais que les actrices se mènent une guerre sans merci pour obtenir les meilleurs rôles, et Katrina était d'ailleurs loin d'être une sainte, elle aussi. Mais de là à tuer quelqu'un ! Je vais devoir trouver une remplaçante. Ou plutôt deux.

— *The show must go on !* s'exclama Ailis lorsque Donella lui rapporta cette discussion. Quant à ses larmes, je ne serais pas étonnée que ce brave Cuthbert ait épluché un oignon avant de venir. Et que penser de ce soudain sursaut de délicatesse à notre égard concernant les effets de Katrina ? Je suis sûre qu'il est déjà passé par là pour s'emparer des objets de valeur... ou bien des éléments compromettants. Nous ne trouverons aucune lettre d'amour écrite par Cuthbert, ou adressée à lui. Dommage, cela aurait pu m'aider pour le divorce.

— Tu vas enfin sauter le pas ? l'interrogea Molly, qui, depuis longtemps, tentait de la convaincre d'entamer une procédure, certainement un peu par jalousie.

Ailis haussa les épaules.

— Tant qu'il ne s'intéresse pas à Copper, je n'y vois rien d'urgent. Mieux vaut ne pas réveiller le chat qui dort. Je ne voudrais pas qu'il lui vienne soudain à l'idée de faire découvrir à son fils le fabuleux monde du show-business.

— Archie Peyton te dirait que Cuthbert gagne plus d'argent que toi, et qu'il pourrait être contraint de payer une pension pour Copper, déclara Donella. D'un autre côté, sans divorce, tu restes son héritière principale, et s'il meurt avant toi cela pourrait s'avérer encore plus intéressant.

— Et je serais la première sur la liste des suspects si quelqu'un devait un jour mettre le feu à son théâtre, dit Ailis. Mais la situation me convient telle qu'elle est. Pour ce qui est de l'appartement, nous le viderons, bien sûr. Quand les choses se seront un peu calmées.

— Et qu'Emily ne fondra plus en larmes toutes les cinq minutes, ajouta Donna. Je me demande si c'est son amour ou sa haine pour Katrina qui la met dans cet état…

Les prédictions de Donella et Armand se révélèrent exactes. Les funérailles de Katrina Hard attirèrent les foules ; la moitié de Boston était présente au cimetière. Le chœur et les solistes de la troupe entonnèrent le *Requiem* de Mozart dans une version légèrement simplifiée – on y reconnaissait bien la patte de Cuthbert Hay. Clarisse Derrieux fit son apparition, le visage entièrement recouvert d'un voile, en compagnie de son avocat – à la surprise générale, Archie Peyton avait endossé ce rôle. Donella se demandait s'il était motivé par la célébrité ou, comme Emily le supposait, par sa conviction profonde que toute personne méritait d'être correctement défendue, quelle que soit la gravité de ses actes. Elle se dit qu'il avait dû conseiller à Clarisse de venir à l'enterrement après qu'elle eut nié lors de son interrogatoire toute implication dans la mort de Katrina. Mais la rumeur de son accusation s'était déjà répandue. Personne ne lui adressa la parole, et l'on évita de s'approcher trop d'elle.

Emily avait apporté l'appareil de Ronald et photographiait la foule. Cela mettrait du baume au cœur de lady Mairead, disait-elle, de voir amis et admirateurs réunis en si grand nombre sur la tombe de sa fille. Cuthbert avait déjà commandé une somptueuse stèle commémorative, et une très jeune et très jolie chanteuse, promue depuis le chœur, interpréta un solo.

Un quotidien titra : *The show must go on.*

— Je l'avais bien dit, déclara Ailis.

5

Peu après, Ailis, Molly, Donella et Emily se retrouvèrent dans l'appartement désert de Katrina afin de mettre de l'ordre dans ses affaires. Cuthbert avait bien vite renvoyé la bonne, et personne n'avait fait la poussière depuis. Une atmosphère morose flottait dans le logement laissé à l'abandon.

— Bien, mettons-nous au travail, dit Ailis en soupirant, puis elle répartit les différentes tâches.

Donna et Molly vidèrent les armoires et emballèrent les toilettes de Katrina, dont elles feraient ensuite don à l'hospice. La majorité de ses vêtements étaient encore en bon état et pourraient être vendus sans difficulté : les organisations caritatives seraient ravies. Pendant ce temps, Ailis et Emily épluchèrent les papiers de Katrina.

— Ce ne sont que des coupures de journaux, déclara Emily quand elles tombèrent sur un classeur épais. Elle conservait tout ce qui parlait d'elle.

Ailis jeta un bref coup d'œil à l'intérieur avant de s'attaquer aux relevés de compte.

— Tiens, voilà qui est curieux, dit-elle, interloquée. Vous saviez qu'elle donnait de l'argent à un orphelinat new-yorkais ?

Les autres firent non de la tête.

— Cent dollars par mois : c'est une somme. Surtout pour quelqu'un qui n'a jamais soutenu aucune organisation.

Ailis passa en revue les autres relevés, tandis qu'Emily cherchait la date du premier transfert d'argent.

— C'était en novembre, pendant sa tournée, nota-t-elle. Peut-être que Katrina s'est produite lors d'un événement caritatif, et on lui aura un peu forcé la main pour qu'elle fasse preuve de générosité.

Emily, qui avait parfois accompagné Katrina sur ses premières tournées, se rappelait avoir participé à de telles soirées.

— Mais alors elle n'aurait fait qu'un seul don. Ici, il s'agit d'un versement régulier, objecta Ailis.

— Tu n'as qu'à examiner les articles de journaux, proposa Donella. Peut-être que tu y trouveras un indice. Au fait, voilà ses bijoux.

Elle montra à Ailis et Emily un coffret en ébène et en velours rouge, puis ajouta :

— Je pense qu'on devrait les envoyer à sa mère. En souvenir.

Ailis regarda dans le coffret.

— Mieux vaut cependant n'envoyer que les bijoux les moins, disons, extravagants. Si je me souviens bien, lady Mairead a des goûts choisis. Ces grosses pierres sont très tape-à-l'œil et ne sont certainement pas toutes vraies.

— Comme c'est étrange ! s'exclama Emily, qui avait ouvert le classeur à la recherche d'articles relatant la tournée de Katrina dans le sud des États-Unis. Il n'y a aucune coupure qui corresponde à cette période. Et puis, New York... Moi, quand j'entends parler du sud, je pense plutôt à l'Alabama ou à la Louisiane.

Elle releva la tête, troublée, tandis qu'Ailis tirait déjà ses conclusions.

— Est-il possible que Katrina ait été enceinte ? Qu'elle ait accouché à New York pour ensuite laisser l'enfant dans un foyer ?

— Enfin, personne ne ferait une chose pareille ! s'écria Donna, choquée. Abandonner son propre enfant dans un orphelinat ! Tout le monde sait dans quelles conditions on y vit !

— Un orphelinat catholique, dirigé par des nonnes, ajouta Ailis en brandissant un document de la banque. C'est écrit noir sur blanc, l'argent allait à cette institution. Elle y est peut-être allée pour s'assurer que l'enfant y serait bien.

— Ou elle voulait simplement s'en débarrasser, et l'occasion s'est présentée, rétorqua sèchement Emily. Un foyer où les enfants vont bien, ça n'existe pas.

— La plupart de ces établissements sont affreux ! confirma Molly.

Sa mère avait œuvré pour plusieurs associations caritatives. Dans sa jeunesse, Molly l'avait parfois accompagnée dans ses missions, et elle en gardait un souvenir terrible.

— Il faut contacter ce foyer, et si elle y a bien laissé un enfant, alors nous devons nous en occuper ! continua-t-elle.

— Vraiment ? s'étonna Donna en se redressant. Et qu'est-ce que Katrina a fait pour nous, au juste ? Elle traitait Emily comme une esclave, ne se souciait ni d'Ailis ni de moi... Je ne crois pas que nous lui devions quoi que ce soit !

— L'enfant n'y est pour rien, protesta Molly.

Ailis lui donna raison.

— Et qui s'en occuperait ? demanda Emily. Ron et moi pourrions le prendre avec nous, mais jamais l'administration ne nous laissera adopter un enfant blanc !

— Et on ne le confiera pas non plus à deux femmes qui vivent ensemble, dit Ailis sans en paraître vraiment peinée.

Elle était une mère aimante, et économisait presque tout son argent pour pouvoir bientôt inscrire Copper dans les meilleures écoles. Néanmoins, elle ne se sentait pas très attirée par la maternité – elle préférait de loin s'adonner à l'astronomie plutôt que changer des langes.

— Et je… commença Donna tout en jouant avec l'un des bijoux les moins grossiers de sa cousine.

— Archie n'en voudrait sûrement pas, fit remarquer Emily, qui était celle qui connaissait le mieux l'avocat.

Mr Peyton ne tenait pas Katrina en haute estime. Dans l'éventualité où il se marierait avec Donna, il n'aurait sans doute pas envie de s'encombrer aussitôt d'un enfant adopté.

— À vrai dire, je ne sais pas encore si c'est ce que je souhaite, épouser Archie, avoir des enfants et… et tout le reste… murmura Donna.

Ailis décida de mettre un terme à leurs hésitations.

— Je sais ce que nous allons faire, dit-elle. Nous allons envoyer tout cela, les relevés de compte, les coupures de journaux et une lettre dans laquelle nous expliquons notre hypothèse, à sa mère en Écosse. Les parents les plus proches sont les Hard d'Old Lane Manor, deux des frères de Katrina sont déjà mariés, au moins l'un d'entre eux a des enfants. Ils auront bien une place dans la famille. Encore faut-il que nous ne soyons pas en train de nous raconter des histoires. Lady Mairead n'aura qu'à effectuer ses propres recherches, cela lui prendra peut-être juste un peu plus de temps qu'à nous.

— Vous pourriez envoyer le reste de la fortune de Katrina à l'orphelinat, ou au moins poursuivre les versements pour le moment, proposa Molly. Ainsi, les nonnes continueraient à recevoir l'argent et à bien s'occuper de l'enfant en attendant que les grands-parents se manifestent.

Les autres approuvèrent, soulagées. Elles rechignaient à abandonner à son sort cet enfant, dont l'existence restait à prouver, mais à ce jour elles n'étaient pas non plus en mesure de l'adopter.

Ailis promit d'écrire aussi à l'orphelinat. Elle raconta dans sa lettre la fin tragique de Katrina, et joignit au courrier une des dernières photographies prises d'elle. On la voyait dans son ballon en pleine ascension, d'une beauté à couper le souffle, l'air triomphant. Ailis assura que les dons continueraient, et, choisissant ses mots, elle en profita pour demander s'il était possible que sa cousine ait donné naissance à un enfant.

6

Chère Mrs Hay,

Nous avons toutes été très affectées d'apprendre le décès de miss Katrina Hard, l'une des bienfaitrices de notre établissement. Les voies du Seigneur sont impénétrables. Nous vous prions de recevoir nos plus sincères condoléances.

Suite à une visite dans notre foyer, miss Hard a souhaité soutenir notre travail auprès des orphelins en nous envoyant de l'argent de manière régulière. Nous vous sommes extrêmement reconnaissantes de vouloir perpétuer sa volonté. Nous avons toujours prié pour miss Hard et continuerons à le faire. Nous prierons aussi pour vous, chère Mrs Hay, et pour votre famille. Que Dieu vous aide à surmonter votre peine.

Soyez bénie,
Mère Iseult Latisse,
Supérieure des Sisters of Mercy,
couvent de New York

Mère Iseult dictait sa réponse à la lettre d'Ailis. La jeune sœur Katherine, qui prenait des notes, releva la tête.

— Vous n'évoquez pas la petite ? l'interrogea-t-elle, surprise.

— Non. J'ai donné ma parole, déclara la supérieure, solennelle. Miss Hard a été très claire : personne ne doit jamais entendre parler de sa fille.

— Mais elle ne pouvait pas savoir qu'elle ne serait bientôt plus de ce monde ! objecta la nonne. Peut-être quelqu'un de sa famille accepterait-il de s'occuper de Mary Ann ?

Mère Iseult fit un geste de dédain.

— Cela n'affecte en rien ma promesse. Et la mort, on le sait, peut venir nous chercher en tout lieu et à tout moment. Nous devrions toujours être prêts à nous présenter le cœur pur à notre Seigneur. Miss Hard était loin du compte. Pour le salut de son âme, il est donc tout à fait souhaitable que les dons continuent à nous être versés en son nom.

— Les dons ne prendraient pas nécessairement fin, insista sœur Katherine. Sa famille a de l'argent. Elle pourrait continuer à nous soutenir !

Mère Iseult lui jeta un regard où affleurait la pitié.

— Ma chère sœur, dans quel monde vivez-vous ? Dès l'instant où Mary Ann nous quitterait pour l'Écosse, Boston ou je ne sais où, nous ne recevrions plus un cent !

— Mais Mary Ann… La petite aurait une famille, elle ne grandirait pas orpheline.

Sœur Katherine n'était pas encore prête à abandonner.

— Mary Ann affrontera avec dignité le destin que Dieu lui a choisi, répliqua la supérieure. Elle recevra une bonne éducation chrétienne et deviendra ainsi, espérons-le, une meilleure personne que sa débauchée de mère. Et maintenant, sœur Katherine, rédigez-moi cette lettre. Elle doit partir dès aujourd'hui.

Quand la jeune nonne eut achevé toutes les tâches administratives que mère Iseult avait l'habitude de lui confier, elle se dirigea, comme presque tous les jours, vers les dortoirs des enfants. Elle s'était attachée à Mary Ann, ce magnifique bébé qu'elle avait aidé à mettre au monde. On faisait rarement appel à sœur Katherine pour des accouchements. Elle avait été sollicitée pour celui de Katrina parce qu'elle était de très bonne famille et restait toujours polie et patiente, même envers les personnes les plus désagréables.

Elle observait à présent l'enfant endormie, le duvet blond de son crâne et son adorable minois.

— Tu auras au moins droit à une mère, chuchota-t-elle, et elle accrocha la photographie de Katrina au-dessus du petit lit.

Demain, elle la ferait encadrer pour éviter qu'elle ne jaunisse trop vite.

— Ta mère veillera sur toi depuis le Ciel ! promit sœur Katherine, qui tentait moins de convaincre l'enfant qu'elle-même.

Furieuse, lady Mairead rejeta en bloc l'hypothèse de ses nièces : comment sa fille adorée aurait-elle pu avoir un enfant illégitime et l'abandonner ensuite dans Dieu sait quel orphelinat ?

Ailis, je ne peux pas croire que tu accuses ma défunte fille d'une chose pareille. Katrina était d'une nature aimante ! Quand je repense à la tendresse dont elle était déjà capable enfant, notamment à l'égard d'Emily... Même si nous n'étions pas tout à fait d'accord avec son choix de devenir chanteuse, nous comprenons à présent à travers les photographies prises lors de ses funérailles et les coupures de journaux qu'elle a su toucher par son art une multitude de personnes. En fin de compte, c'était peut-être elle qui avait raison, et j'aurais dû m'en tenir à ma première réaction, la soutenir dans son souhait de poursuivre une carrière artistique. Cela aurait été plus bénéfique que de la laisser partir seule faire usage de son talent inné dans un pays inconnu. Et voilà maintenant ce geste généreux, ces dons réguliers destinés à aider un orphelinat, si honteusement interprétés ! Je te prierai de garder à l'avenir de telles allégations pour toi. Il est hors de question que la mémoire de Katrina soit salie ! Nous sommes tout à fait favorables à ce que l'orphelinat continue à être soutenu en son nom. Nous pourrions aussi envisager de créer grâce à son héritage une fondation qui perpétuera le souvenir de Katrina à travers d'autres bonnes œuvres.

Ailis reposa la lettre en soupirant.

Cuthbert Hay, qui était le seul à savoir que Katrina avait mené une grossesse à son terme, envisagea brièvement d'en informer Ailis et Donella. Il ne savait cependant pas où trouver cet enfant – Katrina ne lui avait même pas dit s'il s'agissait d'une fille ou d'un garçon. Il était seulement certain de ne pas en être le père. Si Katrina avait mis au monde un bébé doté de boucles rousses qui lui ressemblait autant que Copper au moment de sa naissance, elle aurait utilisé cette information pour le faire chanter. Et peut-être qu'alors cette stupide idée de ballon ne lui serait jamais venue à l'esprit…

Cuthbert chassa cette pensée. Il avait rendez-vous avec Shirley Anderson, dont il voulait faire la nouvelle star de son spectacle. Elle se montrerait sûrement reconnaissante… L'enfant de Katrina fut bien vite oublié.

7

Quelques semaines plus tard eut lieu le procès de Clarisse Derrieux, où Archie Peyton démontra une nouvelle fois ses talents d'avocat.

Face au tribunal, Clarisse joua les demoiselles en détresse. Elle choisit une tenue sobre, raconta, le visage baigné de larmes, sa joie à l'obtention du contrat au Boston Music Hall, et le plaisir qu'elle avait eu à travailler avec Katrina Hard.

— Comment aurais-je pu lui envier le rôle de l'aéronaute ? Le mien était beaucoup plus important : c'est moi que le héros choisissait à la fin de la pièce… Malgré tout, j'ai l'impression que Katrina éprouvait une certaine rancune à mon égard. Pourtant, je n'ai rien fait qui aurait pu la nourrir !

Archie fit venir à la barre différents comédiens qui assurèrent tous n'avoir jamais assisté à une seule dispute entre les deux femmes.

— Miss Derrieux est d'un naturel trop paisible pour cela ! affirma l'un des artistes. Elle a toujours été gentille et polie avec chacun d'entre nous, qu'il s'agisse des acteurs ou des employés du vestiaire. Tout le monde adorait Clarisse ! Tandis que miss Hard... Eh bien, il ne faut pas dire du mal des morts, et c'était une très bonne comédienne, c'est vrai : elle laisse un grand vide derrière elle au théâtre. Mais elle avait tendance à se montrer impatiente, elle s'emportait facilement et parfois elle était injuste. Nous ne lui en voulions pas, bien sûr, mais cela pouvait donner l'impression qu'il y avait de la concurrence entre elle et miss Derrieux.

Ailis et Molly, qui suivaient le procès, alors qu'Emily et Donella, appelées à témoigner, attendaient dans une salle à part, ne purent qu'échanger un regard sidéré.

Tous les témoins décrivirent fidèlement la consommation excessive de cigares faite par Katrina.

— C'est simple, elle fumait en permanence, rapporta la maquilleuse. On aurait dit qu'elle était incapable de faire une pause. Quand elle sortait de scène, je devais toujours avoir un cigare prêt pour elle.

— Vous pensez donc que miss Hard n'aurait pas pu s'en passer le temps de son spectacle ? demanda Archie Peyton.

— Elle aurait certainement fêté ça avec un cigare, continua la femme. Comme à chaque représentation...

Emily confirma la dépendance de Katrina aux cigares.

— Elle devenait nerveuse quand elle n'en avait pas à portée de main. Mais lors de son ascension en ballon elle n'avait pas de cigare sur elle. Sa robe n'avait pas de poches.

Donella déclara avoir strictement interdit à sa cousine de fumer dans la nacelle. Elle lui avait rappelé les risques à plusieurs reprises et même arraché des mains son dernier cigare.

— Et j'ai aussi inspecté la nacelle ! assura-t-elle. Avant que Katrina ne monte. Il n'y avait rien de caché dedans.

— Mais miss Hard aurait pu dissimuler les cigares sous ses vêtements, argumenta Archie Peyton.

— Alors, d'où viennent les traces de colle retrouvées ? demanda Donella.

L'avocat ne se laissa pas démonter.

— Voyons, ce n'est pas une preuve formelle, elles peuvent très bien provenir du menuisier ou de n'importe qui d'autre...

Quand le procureur montra au tribunal la pièce à conviction portant les traces de colle, Archie Peyton soutint que le cigare aurait aussi pu être déposé par quelqu'un d'autre.

— Vraisemblablement par miss Hard elle-même. Elle a pu le faire juste avant le décollage. Ou bien miss Donella Hard ne l'a simplement pas vu.

Donella écumait de rage ; pourtant, le tribunal paraissait croire l'avocat. Archie Peyton eut tout de même du mal à expliquer de manière plausible la présence du soufre, mais on ne pouvait pas non plus prouver que Clarisse avait versé les cristaux sur le voile de Katrina.

— Il se peut que miss Hard ait eu la poudre sur elle, supposa Archie Peyton dans son plaidoyer final. Le soufre inorganique est considéré comme un purgatif intestinal efficace, beaucoup de gens en utilisent régulièrement – notamment les actrices qui souhaitent rester minces, ainsi qu'on me l'a expliqué... Peut-être était-il mêlé aux poussières de la rue, qui ont à leur tour adhéré aux semelles de miss Hard. Car c'est bien sur le sol de la nacelle que le soufre a été retrouvé. Enfin, d'autres personnes se trouvaient près de miss Hard avant le décollage. Celles-ci auraient tout aussi bien pu, sans mauvaise intention aucune, déposer du soufre dans la gondole...

— Comment *d'autres personnes* auraient-elles pu *déposer* du soufre dans la gondole ? s'agaça Donna, tandis qu'elle sortait du tribunal avec Emily, Ailis et Molly.

Clarisse Derrieux avait été acquittée sur tous les points.

Archie Peyton, occupé à répondre aux questions d'un journaliste avec sa cliente, fit un signe de la main à Donella, mais elle ne lui accorda pas un regard. Non content de prendre la défense de Clarisse, il avait en outre laissé entendre qu'elle ou Emily n'étaient pas forcément étrangères à la présence de soufre dans la nacelle.

— Tu te promènes souvent avec du soufre sur toi, Emily ? Moi, non. Et même si c'était le cas nous ne le sèmerions pas à tout vent ! La poudre ne peut pas être arrivée par hasard dans la nacelle. Et j'aurais remarqué le cigare, j'en suis sûre et certaine.

— Son argument principal reste quand même valable, intervint Ailis. C'est Katrina qui a embrasé une allumette, voire plusieurs, puisqu'il n'est pas si facile d'allumer un cigare sans briquet. En dépit de toutes nos mises en garde. C'était une négligence de sa part, elle a causé sa propre mort.

— Elle n'en a jamais fait qu'à sa tête, renchérit Emily.

— Et la plupart du temps elle s'en est tirée, ajouta Ailis. Jusqu'à ce qu'elle tombe sur quelqu'un d'encore plus perfide qu'elle.

— Vous croyez qu'elle aussi aurait été capable d'une chose pareille ? demanda Donna.

Emily haussa les épaules.

— Elle a joué un jeu cruel avec Ron. Et fait circuler de très vilaines histoires à mon sujet. Sans oublier qu'elle a assassiné mon oie.

— Mais jamais elle n'aurait eu assez d'esprit pour préparer un coup aussi sournois que cette maudite Clarisse, dit Ailis. Elle fonçait toujours tête baissée. Une enfant gâtée… Quel gâchis !

— Tandis que Clarisse reste impunie ! fulmina Donna.

— Mr Hay va la renvoyer, avança Emily. À Boston tout le monde sait ce qu'il s'est réellement passé. Il ne peut plus la faire monter sur scène.

Ailis haussa les épaules.

— À ta place, je n'en serais pas si certaine. Cuthbert connaît les vertus d'un bon scandale. Je n'exclurais pas la possibilité qu'il fasse construire un nouveau ballon et réitère le spectacle, avec Clarisse dans le rôle de l'aéronaute. Et, quand bien même il la renverrait, sa réputation de femme fatale n'est désormais plus à faire dans le monde du théâtre. Les impresarios vont se l'arracher.

Donna soupira.

— Et toi, Donella, où en es-tu ? demanda Emily, désireuse de changer de sujet. Vas-tu épouser Archie ? Ou as-tu rompu vos fiançailles ?

— Nous n'avons jamais été fiancés. Il a dit cela à la légère, ce qui lui a valu un sacré savon de ma part. Depuis, ajouta-t-elle en relevant le menton, il m'a vraiment proposé de l'épouser et de renoncer à tout le reste pour devenir Mrs Peyton. Son cabinet rapporte largement de quoi entretenir une maison de ville, peut-être même aussi une maison de campagne. Il veut continuer à observer les oiseaux et, comme il aime à le répéter, j'ai moi aussi un petit faible pour tout ce qui vole. Je pourrais prétendre à une vie parfaitement insouciante.

— Si seulement il n'y avait pas aussi ce M. Machure… dit Ailis avec un léger sourire. Même s'il a désormais quitté Boston. Se pourrait-il que tu le préfères à Archie Peyton ?

Donna se mordit les lèvres.

— Archie est séduisant et gentil, c'est un gentleman. Exactement comme Hernando, mon premier amour. Il rayonne, il est aux petits soins avec moi, il est admiré de tous, et il déploie beaucoup d'efforts pour être admiré. Ce procès par exemple... Je comprends son argumentation, et Katrina a une part de responsabilité, mais je n'aurais jamais défendu celle qui l'a tuée. J'aurais aimé lui parler de tout cela, mais il ne m'a pas demandé mon avis. Mon opinion ne l'intéresse pas le moins du monde. Je... je crains que, si Archie Peyton devait un jour commander un ballon, ce ne soit pas un biplace... conclut-elle la mine contrariée.

Les autres la regardèrent sans comprendre.

— Ce que je veux dire c'est que... Hernando voulait une femme avec qui partager sa vie trépidante, qui le soutienne dans tout ce qu'il faisait. Mais ce qu'il entreprenait, en particulier lorsqu'il s'agissait d'accéder à la gloire, il l'entreprenait seul ! Et maintenant Archie aimerait partager sa vie paisible avec une femme qui, de la même manière, l'épaulerait dans tous ses projets. Et qui, là encore, n'aurait pas son mot à dire. Tant que nos rêves concordent, tout va bien. Mais si mes rêves et mes désirs sont différents ? Aujourd'hui, je me demande si Hernando me connaissait vraiment, et Archie, lui, ne me connaît certainement pas. Quand je pense qu'il n'a encore jamais volé une seule fois !

— Et que dit M. Machure ? demanda Ailis avant que Donella ne se perde dans ses souvenirs et ses pensées.

Le visage de Donna s'éclaira.

— Armand me connaît bien. Il sait de quoi je suis capable et ce à quoi j'aspire. Et il a été terriblement blessé d'entendre Archie se présenter comme mon fiancé ! Il faudrait sans doute que je lui construise un ballon dirigeable pour lui faire comprendre que c'est lui que j'aime. De son côté, il m'a déjà déclaré son amour. Et je suis certaine qu'il souhaiterait que je le suive dans le Colorado. Maintenant ou plus tard, après mes études. Nous avons toujours bien travaillé à deux, pourquoi ne pas fabriquer ensemble des ballons pour l'armée ? Ainsi que des dirigeables et des aéroplanes et je ne sais quelles autres inventions encore ? Nous avons bien plus que de l'amour à partager ! Avec Armand, j'aurai ma part dans cette aventure ! J'aiderai l'humanité à réaliser son rêve : voler !

— Voler, et un jour aller par-delà les océans, comme les oiseaux migrateurs ! s'exclama Emily, les yeux brillants.

Avec un sourire, Ailis ajouta :

— Ou par-delà les étoiles.

POSTFACE

L'histoire de mes quatre héroïnes est entièrement fictive, mais j'ai puisé mon inspiration dans des événements et des personnages réels. Le récit constitue ainsi un aperçu véridique des évolutions de l'astronomie, de l'ornithologie et de l'aéronautique à la fin du XIXe siècle.

Pour ceux et celles qui souhaiteraient en apprendre davantage, voici quelques informations qui permettront de démêler les faits historiques de la fiction :

Le premier vol d'un ballon à air chaud, tel qu'il est représenté sur la gravure qui a tant fasciné ma Donella, eut lieu le 4 juin 1783. La montgolfière, ainsi baptisée d'après le nom de ses inventeurs, les frères Joseph et Jacques Montgolfier, était dotée d'une enveloppe en lin tapissée à l'intérieur d'une fine couche de papier. Quelques mois plus tard, c'est un ballon rempli de gaz qui s'éleva à son tour dans les airs.

Les lanternes volantes, ces petits lampions de papier pareils à ceux que Donna « invente » lors de la fête d'anniversaire à Thorgale House, existent depuis deux mille ans déjà, et furent utilisées comme moyen de communication par un chef militaire chinois. Leur envol est un spectacle merveilleux, mais qui revient littéralement à jouer avec le feu. Leur usage est de ce fait proscrit dans de nombreux pays.

Les domaines où grandissent mes héroïnes, en Écosse, sont tous fictifs ; en revanche, l'école de St Leonards existe depuis 1877, et Louisa Lumsden, sa courageuse directrice, est un personnage historique.

Mes protagonistes, Ailis, Donella, Katrina, Emily, Cuthbert, Hernando, Armand et Ronald, sont le fruit de mon imagination. Toutefois, je me suis inspirée pour certains d'entre eux de personnages ayant réellement existé.

Citons pour commencer Williamina Fleming (1857-1911), qui a été l'inspiratrice de mon Ailis Hay. Écossaise comme Ailis, Williamina émigra à Boston en 1878 avec son mari, qui la laissa ensuite seule alors qu'elle était enceinte. Il ne reparut jamais, et elle prit l'habitude de le dire mort. Williamina obtint le poste d'intendante chez Edward Pickering (1846-1919), le directeur de l'observatoire de Harvard, jusqu'à ce que le scientifique, s'avisant de son intérêt pour l'astronomie, constate qu'elle avait un don remarquable pour les mathématiques. Elle fut la première femme à qui il confia l'analyse d'astrophotographies ; sur son conseil, d'autres femmes suivirent et firent sensation dans le monde entier. On les appelait les *Harvard Computers*, les « calculatrices de Harvard » (à l'époque, une calculatrice désignait simplement une personne spécialisée dans le calcul, les machines que nous connaissons aujourd'hui n'existaient pas encore), ou, dans la bouche de leurs détracteurs, le « harem de Pickering ». Williamina Fleming découvrit 59 nébuleuses, 310 étoiles variables et 10 novae. Avec le

Pr Pickering, elle développa un système de classification des étoiles, augmenté ensuite par Annie Jump Cannon (1863-1941), qui a servi de modèle pour le personnage de Molly. Annie Jump Cannon s'intégra sans difficultés dans l'équipe du Pr Pickering, alors que des différends opposèrent le scientifique à la première astronome diplômée, Antonia Maury (1866-1952), l'inspiratrice de Maureen. Antonia Maury quitta ainsi l'observatoire de Harvard, où elle revint finalement en 1908, accomplissant alors de nombreuses prouesses dans le domaine de l'astronomie. Le lien qui unissait Williamina à Annie était purement amical. En outre, rien ne laisse à penser que le mariage de Williamina ait été arrangé : elle en avait fait le choix de son plein gré. Les relations amoureuses entre Ailis et Maureen, puis Molly, sont inventées de toutes pièces.

Le personnage qui a inspiré l'amant de Donella, Hernando, est Alberto Santos-Dumont (1873-1932), constructeur d'aérostats et fils d'un très riche propriétaire de plantations de café. Sa première automobile était une Peugeot type 2, commercialisée en 1890. Hernando rencontrant Donella dès 1889 dans le roman, il possède donc une Benz, qu'il a importée. Les deux véhicules étaient cependant très similaires : la Peugeot fonctionnait avec un moteur à quatre temps deux cylindres en V sous licence de Daimler, et résultait d'une première version tricycle.

Comme Hernando, Alberto étudia la chimie, la physique et l'astronomie à Paris, mais ce n'est qu'à partir de 1898 qu'il commença à s'intéresser au vol en ballon. Inspiré par un livre, il rendit visite aux fabricants d'aérostats Henri Lachambre (1846-1904) et Alexis Machuron (1872-1901), son neveu, de qui tient mon Armand Machure, et il leur commanda son premier ballon. Par la suite, il construisit des dirigeables et concourut au prix Deutsch de la Meurthe, auquel j'ai emprunté la tentative de record dont il est question dans le roman. Alberto tenta trois fois de remporter ce prix, et c'est à l'occasion d'un de ces essais qu'il frôla effectivement le toit d'un hôtel du Trocadéro. Le dirigeable prit feu, et Alberto sauta sur un rebord de fenêtre pour échapper à une chute mortelle. En octobre 1901, c'est-à-dire bien plus tard que dans mon histoire, il effectua finalement ladite boucle. Il fit bénéficier ses ouvriers et les pauvres de Paris des cent mille francs de récompense alors obtenus.

À partir de 1906, il pilota avec succès des avions à moteur. Il se suicida en 1932. Il n'était pas marié, et l'on ne sait rien de sa vie amoureuse.

William Brewster (1851-1919) et sa femme Caroline (1846-1924) sont des personnalités historiques. Mr Brewster, qui possédait une ferme près de Concord, y créa le paradis ornithologique dont il est question dans le roman. Le lieu accueillait les réunions régulières du Nuttall Ornithological Club, où toute personne ayant un intérêt pour les oiseaux était la bienvenue. Le personnage de Ronald est inspiré d'Alexander Gilbert (1870-1942), un Afro-Américain, pionnier de la photographie animalière, injustement tombé aux oubliettes de l'histoire. Il resta auprès de William Brewster, dont il était l'assistant et l'ami, jusqu'à la mort de ce dernier. Alexander Gilbert était marié, et il n'est fait état d'aucune relation qu'il aurait entretenue avec des femmes membres du club d'ornithologie.

Tandis que, dans mon roman, les histoires de Donella et d'Ailis se déroulent à peu près à l'époque des événements qui les ont inspirées, j'ai dû accepter de m'éloigner davantage de la réalité pour les études menées par Emily. Si l'on retrouve la trace de recherches similaires à celles d'Emily et de Donna au pensionnat – Otto Lilienthal (1848-1896), par exemple, travailla sur le vol des oiseaux pendant sa scolarité –, les premières imprégnations d'oisons documentées datent seulement des années 1950, avec les expérimentations de Konrad Lorenz (1903-1989). Ce biologiste se consacra surtout à la communication entre les animaux, et ses oies ne s'envolèrent jamais. Plus tard, des chercheurs déterminés à rendre à l'état sauvage des oies élevées par des humains utilisèrent – et utilisent encore – des aéronefs ultralégers pour attirer les oiseaux dans les airs. Cela n'a jamais été fait en dirigeable, et l'expérience d'Emily est entièrement fictive. Je reste néanmoins convaincue que, avant Konrad Lorenz, d'autres avaient déjà imprégné des oisons ; il fut seulement le premier à étudier le phénomène de manière systématique. La recherche sur les oies et le phénomène de l'imprégnation ont notamment été découverts par le grand public grâce à l'excellent film *L'Envolée sauvage,* de Carroll Ballard (né en 1937), tourné au Canada entre 1995 et 1996.

L'histoire de Katrina est inventée, mais son ascension en ballon est inspirée de la vie et de la mort de Sophie Blanchard (1778-1819), dont les spectacles, s'appuyant sur un décor onirique – une sorte de gondole suspendue à un ballon à air chaud –, sont restés gravés dans la mémoire collective. Sa tombe, située à Paris, continue d'être honorée aujourd'hui.

Mes lecteurs et lectrices seront peut-être étonnés de voir Katrina fumer le cigare, mais les cigarettes (ou les cigarillos), qui furent plus tard l'apanage des dames, n'existaient pas encore à la fin du XIXe siècle. Les Parisiennes mondaines s'adonnaient donc véritablement au cigare, même si cela peut paraître étrange de nos jours.

L'hospice des Sisters of Mercy à New York, où la petite Mary Ann vient au monde, a lui aussi réellement existé. Comme le décrit le roman, les mères pouvaient y accoucher de manière anonyme, puis laisser leur enfant à l'orphelinat en vue d'une adoption. On pouvait aussi y abandonner un nourrisson déjà né, sans le reconnaître.

À suivre

UN GRAND MERCI !

« Pourquoi tu n'écrirais pas l'histoire d'une pionnière de l'aviation ou d'une astronome ? » m'a demandé un jour Melanie Blank-Schröder, mon éditrice.

C'est ainsi que ce livre est né. Sa suggestion m'a donné envie de « prendre de la hauteur » et d'aller voir du côté des étoiles, que je ne connaissais jusqu'ici que par l'intermédiaire du capitaine Kirk et de M. Spock ☺. Il en va de même des ballons – j'ai toujours adoré voir voler ces engins, sans savoir comment ils fonctionnaient. Merci à Melanie de veiller à ce que son auteure ne se repose pas trop sur ses lauriers et en apprenne chaque jour davantage ! Je lui suis reconnaissante de m'avoir donné cet élan, ainsi que tant d'autres auparavant à travers des propositions toutes plus intéressantes les unes que les autres !

Je tiens aussi à remercier ma nouvelle relectrice, Heike Brillmann-Ede, qui, lors de notre travail sur la chronologie, a fait preuve d'une détermination sans faille pour articuler de manière cohérente tous les événements, jusqu'au dernier. Notre prochaine collaboration promet d'être tout aussi fructueuse, et je m'en réjouis. Je n'oublie pas non plus Margit von Cossart, qui assurait jusqu'ici la relecture de mes ouvrages. Merci pour ces nombreuses années de travail constructif !

Comme d'habitude, mes lectrices test ont également joué un rôle essentiel dans la finalisation de ce roman, ainsi que Nelu et Anna Puscas, qui m'ont prêté main-forte, notamment en s'occupant de mes chevaux, en récupérant mon courrier, en faisant les courses, le ménage et le plein de la voiture, afin que je puisse me consacrer pleinement à l'écriture. Je n'ai pas peur d'affirmer que, sans eux, je n'aurais pas été capable d'écrire la moitié des livres parus à ce jour sous mon nom. De tout cœur, merci à eux aussi !

Je tiens en outre à remercier tous ceux qui œuvrent en coulisses à rendre mes livres attrayants, et contribuent à leur promotion en mettant en valeur mon travail. Sans oublier les libraires qui recommandent mes romans, et toutes les personnes qui prennent le temps de rédiger des critiques en ligne. Être ainsi soutenue me procure une joie immense.

Enfin, je souhaite exprimer toute ma gratitude à mes lectrices et mes lecteurs. Avec ce livre, j'espère une nouvelle fois leur permettre – et vous permettre – de rêver !

Sarah Lark

À suivre

La communauté Charleston a aimé !

Chez Charleston, nous sommes convaincus que loin d'être une aventure solitaire, la lecture est une invitation au partage. Nous échangeons constamment avec nos lecteurs et lectrices, et nous sommes fiers de la belle communauté d'amoureux des livres que nous formons tous ensemble. Chaque année, nous choisissons au sein de cette communauté vingt lectrices et lecteurs qui nous accompagnent tout au long de l'année et découvrent nos romans en avant-première. Voici leurs avis !

J'ai été captivée par ces quatre femmes fortes et inspirantes qui refusent leur destin et sont prêtes à tout pour réaliser leurs rêves. Un premier tome sensationnel qui nous fait voyager entre l'Écosse et la ville de Boston.

@livresdesophie_

Ce roman est rempli de force et de femmes pionnières. À chaque page, j'ai ressenti cette énergie qui leur a permis de gagner leurs droits et leur place dans la société. Un roman qui pose les bases du féminisme.

@dans_tous_mes_etats

Un premier tome captivant et addictif ! L'imagination débordante de Sarah Lark sait nous tenir en haleine. Cette lecture m'a ravie, j'ai passé un merveilleux moment et j'ai hâte de lire le tome 2 !

@jo_livresque

Quel roman ! Quels personnages ! La plume de l'autrice est incroyable. Laissez-vous guider par ces destins féminins incroyables, ces histoires intellectuelles, ces histoires d'amour et d'abnégation.

@mapetiterevolutionlitteraire

J'ai beaucoup aimé les personnages et l'ambiance du récit. Je ne connaissais pas Sarah Lark, mais j'ai désormais envie de découvrir ses autres romans. Sa plume m'a beaucoup plu.

@Yasmine.aufildesmots

Un roman historique à l'intrigue passionnante où les personnages complexes nous invite à croire en nos rêves. Un énorme coup de cœur !

@doresixtine_lecturesdesixtine

IMPRIM'VERT®

Cet ouvrage a été imprimé en utilisant des papiers composés de fibres naturelles, renouvelables, recyclables et fabriquées à partir de bois issus de forêts qui adoptent un système d'aménagement durable. En outre, les fournisseurs de papier s'inscrivent dans une démarche de certification environnementale reconnue.

Achevé d'imprimer en août 2024
par CPI Bussière
À Saint-Amand-Montrond (18)
Dépôt légal : octobre 2024
N° d'impression : 2079066
Imprimé en France

L'imprimerie CPI Bussière est titulaire de la marque Imprim'Vert®